GW00702838

Über dieses Buch

Australien um 1800 – ein wildes, noch weitgehend unbesiedeltes Land. Und Sidney, die dürftige, trostlose Siedlerstadt – der richtige Ort für billige Arbeitskräfte einer englischen Strafkolonie. Immer wieder bringen Sträflingsschiffe die Verbannten von England nach Sidney. Auch Sara Dane ist auf einem dieser Schiffe, in der Hölle des Unterdecks zusammengepfercht mit Kriminellen und Dirnen. Schön, gebildet und unschuldig fährt sie ihrem ausweglosen Schicksal entgegen. Doch Sara hat Glück. Unerwartet wendet sich ihr Schicksalsblatt. Der junge Schiffsoffizier Andrew Maclay verliebt sich in sie und heiratet die Verbannte nach der Ankunft in Sidney. Sara ist dem Sträflingsdasein entkommen, aber die Vergangenheit läßt sich nicht abschütteln. Es ist nicht nur das harte Leben der frühen Pioniere, dem sie sich zu stellen hat. Es sind vor allem die Vorurteile der Siedler aus aller Herren Länder, die sie nicht heimisch werden lassen. Aber Saras Wille zum Glück ist stark und unbeirrbar. Er hilft ihr zu überleben, Bedrohungen und tödlicher Gefahr vor allem durch die Landarbeiter aus den Sträflingslagern zu entgehen. Eines Tages wird sie ihren Traum wahrmachen von einer einträglichen großen Farm, von gesellschaftlicher Anerkennung, von Liebe und Geborgenheit in der Familie.
Catherine Gaskin, die First Lady spannender Unterhaltungsliteratur, beschreibt in diesem großen Abenteuer- und Liebesroman das wechselvolle Schicksal einer mutigen jungen Frau vor dem dramatischen Hintergrund der Pionierzeit Australiens, das in seinem Land- und Goldrauschfieber dem legendären Wilden Westen kaum nachstand.

Die Autorin

Catherine Gaskin wurde 1929 in Irland geboren und wuchs in Australien auf. Nach dem Studium in Sidney lebte sie einige Jahre in England, um als Frau eines Fernsehfachmanns wieder nach Australien zurückzukehren. Heute lebt sie in den USA. Ihre zahlreichen Gesellschafts- und Frauenromane erreichten auch in Deutschland eine Millionenauflage. Im Fischer Taschenbuch Verlag erschienen außerdem folgende Romane: »Das grünäugige Mädchen« (Bd. 1957), »Die englische Erbschaft« (Bd. 2408), »Alles andere ist Torheit« (Bd. 2426), »Denn das Leben ist Liebe« (Bd. 2513), »Im Schatten ihrer Männer« (Bd. 2512) und »Der Fall Devlin« (Bd. 2511).

Catherine Gaskin

Wie Sand am Meer

Roman

Fischer Taschenbuch Verlag

Übersetzung aus dem Englischen
von Cilly Lutter

Fischer Taschenbuch Verlag

1.–20. Tausend	Juli 1979
21.–27. Tausend	August 1980
28.–37. Tausend	Oktober 1981
38.–47. Tausend	März 1983

Ungekürzte Ausgabe

Umschlagentwurf: Rambow, Lienemeyer, van de Sand
Foto: Bildarchiv Schuster/Bramaz

Die Originalausgabe erschien unter dem Titel
›Sara Dane‹ im Verlag Collins, London.
© 1955/1956 by Catherine Gaskin, Cornberg
Fischer Taschenbuch Verlag GmbH, Frankfurt am Main
Lizenzausgabe mit freundlicher Genehmigung
des Wolfgang Krüger Verlages GmbH, Frankfurt am Main
Alle Rechte der deutschen Ausgabe beim
Wolfgang Krüger Verlag GmbH, Frankfurt am Main
© 1957 Verlag Deutsche Volksbücher, Stuttgart
Gesamtherstellung: Hanseatische Druckanstalt GmbH, Hamburg
Printed in Germany
980-ISBN-3-596-22435-7

Erstes Buch

Kapitel 1

»Ich bin die Auferstehung und das Leben, spricht der Herr, wer an mich glaubt, den werde ich auferwecken am Jüngsten Tage.«

Bewegungslos verharrte die Menge, die dichtgedrängt an Deck der Georgette stand. Sie lauschte den monotonen Worten der Totenfeier, die der Kapitän so kühl und leidenschaftslos abhielt. Nur ein paar Neugierige drängten sich nach vorn, um das eingenähte Segeltuchbündel, das fast ganz der Union Jack bedeckte, besser sehen zu können.

Es war um die Mittagsstunde eines Junitages des Jahres 1792. Die Georgette, ein mit 64 Kanonen bestückter Zweidecker der Ost-Indien-Kompanie, war vor zehn Tagen mit Kurs auf Kapstadt aus Rio ausgelaufen. Sie hatte Order, sich gleich nach Kapstadt südlich gegen die Antarktis zu wenden, um dann ostwärts einer Route zu folgen, die nur wenige Schiffe vor ihr je befahren hatten. Ihr Bestimmungsort war eine Niederlassung, die erst vor vier Jahren an der Küste von Port Jackson in der neuen Kolonie von New South Wales gegründet worden war. Man kannte sie noch kaum unter ihrem eigentlichen Namen Sydney; der gebräuchliche Name, der auch in den Gerichtshöfen und Gefängnissen Englands umlief, war Botany Bay. Er bezeichnete die gefürchtete Siedlung, die man errichtet hatte, um Verbrecher loszuwerden, ein einziger Kerker, der jede Flucht zunichte und jede Hoffnung auf eine Rückkehr nach England aussichtslos machte.

Ja, die Georgette war ein Sträflingsschiff, und der Gedanke an Botany Bay lebte beständig im Gedächtnis jener, die stumm den Worten des Kapitäns lauschten.

Es war ein seltsames Bild, wie sie sich dort um das flaggenbedeckte, segeltuchverschnürte Bündel scharten. Die Mienen der barfüßigen und schmutzigen Mannschaften vom Vorder- und Achterdeck zeigten eine etwas erzwungene Feierlichkeit; was bedeutete ihnen schon dieser Mensch dort in dem Segeltuchpaket! Einer oder zwei von ihnen hatten zur Feier der Stunde ihr fettiges Haar zu Zöpfen geflochten. Sie waren alle ungewaschen und rochen entsetzlich.

Der Erste Offizier, vier weitere Offiziere, ein Maat und sechs Seekadetten standen in starrer Haltung hinter dem Kapitän. Der Schiffsarzt hatte sich ganz ans Ende der Reihe gestellt. Man sah ihm an, daß er nicht zu der kleinen Schiffshierarchie gezählt werden wollte. Alle Gesichter in dieser Reihe zeigten den gleichen kalten Ausdruck, der sich auch in den Augen der Mannschaft widerspiegelte. Ihre Blicke waren an den Horizont geheftet, der im Auf und Nieder des Schiffes zu tanzen schien. Die Worte der Predigt stießen auf taube Ohren, sie hatten sie oft genug gehört, und nur die Seekadetten, jung und noch Neulinge auf See, schienen tief beeindruckt. Der jüngste unter ihnen, ein Bursche von vierzehn Jahren, der seine erste Reise machte, warf immer wieder kurze, verstörte Blicke auf das Bündel.

Ein Mann und eine Frau standen mit ihren beiden Kindern ein wenig seitwärts hinter den Offizieren. Ihre Blicke drückten Unbehagen aus, so als fühlten sie förmlich, wie wenig ihre Magd, die dort unter dem Segeltuch ruhte, die Mannschaft anging. Sie war nur eine von vielen gewesen, die niemals auch nur den geringsten Eindruck auf all diese Männer gemacht hatte, die ihr wohl ein dutzendmal am Tage an Deck begegnet waren. Der Wind spielte mit den langen bunten Röcken der Frau und ihrer Tochter, spielte mit den Fransen ihres Schals. Farbe und Flattern des weichen Gewebes wirkten fast etwas leichtfertig in diesen steifen Reihen.

Weit entfernt vom Kapitän und sorgfältig abgesondert von den anderen standen die Sträflinge. Die bewaffneten Aufseher sorgten für eine scharfe Trennung.

Zweihundertundsieben Gefangene waren an Bord der Georgette, eine zusammengewürfelte menschliche Fracht, die im Dunkel des Zwischendecks hauste und bar aller Hoffnung auf Rückkehr die Landung in Botany Bay erwartete. Mürrisch und unterwürfig ließen sie das Begräbniszeremoniell vorübergehen. Sie wendeten oft ihre Köpfe zur Seite, und ihre Blicke wanderten von den Masten zur Takelage und verloren sich in der Endlosigkeit des fernen Horizontes. Sie blinzelten in das grelle Licht, denn die Weite zwischen Himmel und Meer tat ihren Augen weh, da sie Wochen im Dunkel des Lagerraumes verbracht hatten. Erbarmungslos trieb der Wind seinen Spott mit ihren Lumpen. Sie sahen wirklich verwegen aus, diese

Handvoll Männer und Frauen.

Kaum einer trug ein heiles Paar Schuhe oder Stiefel. Die um ihre Gestalten schlotternden Fetzen gaben ihnen das Aussehen von Vogelscheuchen. Sie trippelten von einem Fuß auf den anderen und kosteten weidlich das Gefühl aus, die Füße bewegen zu können, die Lungen mit frischer Luft füllen zu dürfen.

»Den Leib geben wir der Erde anheim zur Verwesung.« Neugierig streckten sie die Hälse vor, als nun das Segeltuchbündel aufgehoben und durch eine der offenen Stückpforten geschoben wurde. Die Flagge wurde eingeholt, und mit einem dumpfen Laut versank der Körper im Meer. Sekundenlang zuckte es in einigen Gesichtern erschrocken auf bei diesem klatschenden Laut. Mitten aus den Reihen der Sträflinge erhob sich ein verhaltener Schrei, und ein etwa elfjähriges Kind schlug die schmutzigen Hände aufschluchzend vors Gesicht. Niemand nahm Notiz davon, nur eine Frau tätschelte dem Kind ein wenig verlegen und liebevoll die Schultern. Das Kind weinte leise vor sich hin, aber die Stimme des Kapitäns übertönte alles. Als hätte sie plötzlich empfunden, daß ihr Gewimmer störend wirkte, hörte die Kleine auf und hob das Köpfchen. Die Tränen hatten auf den schmutzigen Wangen kleine helle Rinnen gezogen.

Schließlich sah der Kapitän von seinem Buch auf und sprach die letzten Worte des Rituals aus dem Gedächtnis.

»Amen«, murmelte die Menge im Chor. Sie wartete auf das Zeichen zum Aufbruch.

Man spürte förmlich die Spannung unter den Sträflingen, die sich zu einem Zuge ordneten, um sich wieder in ihre Verliese zu begeben.

Andrew Maclay, Zweiter Offizier der Georgette, beobachtete scharf diesen zerlumpten barfüßigen Haufen. Was für eine elende Bande, mußte er denken, wahrhaftig kein malerisches Bild. Eine Ansammlung von Dieben und Lumpen, von denen manche noch froh sein konnten, dem Galgen entronnen zu sein. Sie raunzten einander an, als sie sich um die Einsteigluke drängten. Die scharfe Stimme eines Wächters forderte Ruhe.

Andrews Augen ruhten noch einen Moment auf der raunenden und stoßenden Masse, und er überlegte, daß es wohl anderer Methoden bedürfte, als die der Deportation nach New South Wales, um diese traurige Gesellschaft zu bessern. Er wollte gerade die Stiege zur Kapitänskajüte hinaufzulaufen, als ihn die schrill und entrüstet aus der Menge aufsteigende Stimme einer Frau innehalten ließ: »He, was tun Sie da!? Sie stoßen ja das Kind die Treppe hinunter!«

»Hüte deine Zunge, du . . .« Der Satz verlor sich in einer Flut von Flüchen.

Andrew drehte sich blitzschnell um. Die Menge teilte sich und wartete schweigend, was nun geschehen würde. Der Wächter, durch das Verstummen des Haufens auf den Offizier aufmerksam geworden, drehte sich eilig herum. Er wies mit dem Daumen nach hinten auf die Gefangene, die eben geschrien hatte. »Die da macht Ärger, Sir«, sagte er. »Hält nur alle auf.« Die Frau hatte eine Hand auf den Arm des kleinen Mädchens gelegt, das vorhin mit seinem Schluchzen die Trauerfeier gestört hatte. Jetzt richtete sie sich zur vollen Höhe auf, schaute von dem Wärter auf Andrew, und es war, als bebten die schäbigen Reste des Kleides von ihrem mühsam beherrschten Zorn.

»Sie haben es doch selbst gesehen!« sagte sie herausfordernd zu Andrew. »Der dort hätte sie fast hinuntergestoßen, Sir!«

Mit einer wilden Gebärde richtete der Wärter seine Flinte gegen die Frau. Die Gefangenen rückten noch enger zusammen, streckten die Köpfe vor und warteten begierig auf den Ausbruch des Streits. Der Befehl zur Bestrafung der Frau hätte ihnen Zerstreuung gebracht.

Der Anblick dieser verschlagenen lauernden Gesichter machte Andrew elend. Nicht die Spur von Mitleid kannten die Leute für ihresgleichen, nicht einmal für ein Kind.

»Ruhe jetzt!« befahl er. Und zur Frau gewandt:

»Gehen Sie!«

Sie warf ihm einen langen Blick zu, dann drängte sie das Kind zur Luke hin. Der Wärter, sichtlich erleichtert, begann erneut, den Haufen vorwärts zu stoßen. Wieder schwoll das Gemurmel.

»Halten Sie Ordnung«, sagte Andrew kurz zu dem Aufseher schon im Fortgehen.

»Aye, aye, Sir!«

Auf dem Weg in die Kajüte dachte Andrew über den Zwischenfall nach. Ein paar Sekunden, und alles war vorbei gewesen, die anderen Offiziere hatten nicht einmal etwas bemerkt. Man konnte den Vorfall noch nicht einmal einen Verstoß gegen die Disziplin nennen. Mit so etwas mußte man eben rechnen, wenn man den Haufen an Deck ließ. Die Frau hatte Mut bewiesen, das mußte man sagen. Er wollte sich ihr Bild ins Gedächtnis rufen. Aber sie unterschied sich in nichts von all den anderen Frauen in diesen elenden Lumpen, die alle gleichmachten. Deutlich erinnerte er sich nur an das ärgerliche Aufblitzen ihrer Augen in dem Augenblick, als sie sich zu ihm wandte.

Die Hand auf der Klinke zur Kapitänskajüte, durchfuhr es ihn, daß ihre Stimme wie die einer gebildeten Frau geklungen hatte.

Kapitel 2

Bereitwillig wie alle hatte auch Andrew Kapitän Marschalls Einladung zum Essen nach dem Begräbnis angenommen. Alle waren dankbar für diese Ablenkung. Die ziemlich lärmenden und ausgedehnten Mahlzeiten an der Kapitänstafel entschädigten für Wochen der Eintönigkeit in der Messe.

Bequem lehnte er sich im Stuhl zurück, und zufrieden und schläfrig beobachtete er James Ryder, einen wohlhabenden Gutsbesitzer aus Ostengland, der sich aus unerfindlichen Gründen als Farmer in New South Wales niederlassen wollte. Andrew dachte bei sich, daß ein solcher Entschluß eigentlich von unglaublicher Überspanntheit zeuge, wenngleich der Mann ganz vernünftig aussah.

Er trug einen gutgeschnittenen Rock aus blütenweißem Linnen, ein Zeichen seines Standes. Ryders hübsche, zarte Gemahlin war ebenfalls zum Mahle gebeten worden. Aber die Trauerfeier hatte sie ermüdet, und so zog sie es vor, gleich in ihre Kabine zu gehen. Auch Howlett, der Proviantmeister, war nicht da, und außerdem fehlte in der Tafelrunde noch Roberts, der Vierte Leutnant.

Es war mittlerweile Nachmittag geworden, aber das Mahl war immer noch im Gange. Sie hatten gut gespeist. Der Madeira war köstlich und reichlich. Ihre Laune war glänzend, und zwar ungeachtet dessen, daß ihr Gespräch sich nun schon zum zweiten Mal um das traurige Ereignis drehte, dessen Zeuge sie heute mittag gewesen waren.

Brooks, der Schiffsarzt, wandte sich an Ryder:

»Ihrer Frau Gemahlin dürfte der Tod ihrer Dienerin wohl sehr ungelegen kommen . . . Wirklich fatal . . .«

Ryder nickte zustimmend: »Da haben Sie recht, Mr. Brooks.«

Andrews Augen glitten über die Gesichter der Anwesenden, und neugierig beobachtete er ihr Mienenspiel, als das Thema wieder angeschnitten wurde. Alle Altersstufen waren vertreten, von dem vierundzwanzigjährigen Leutnant Wilder bis zu dem ältlichen Kapitän, der ungefähr Mitte Fünfzig war. Insgesamt waren sie sechs Personen, der Kapitän, Harding und Wilder, der Erste und Dritte Offizier, Brooks, James Ryder und er.

Ryder spielte mit Brotkrumen auf seinem Teller. Er räusperte sich, bevor er das Wort an den Kapitän richtete:

»Meine Frau wüßte gern, ob es stimmt, daß unter den Sträflingen eine Frau namens Sara Dane ist?«

Es blieb eigenartig still nach diesen Worten.

Der Kapitän neigte die Weinkaraffe über sein Glas. Ryder hatte den Wein in Teneriffa an Bord gebracht, und es war wirklich ein köstlicher Tropfen. Er nippte daran und hob dann den Blick zu seinem Passagier:

»Wie soll sie heißen, Mr. Ryder?«

»Sara Dane, Sir!«

Der Kapitän sah seinen Ersten Offizier an.

»Mr. Harding, erinnern Sie sich des Namens auf Ihrer Liste?«

Harding schüttelte verneinend den Kopf.

»Wir haben immerhin siebenundsechzig weibliche Gefangene an Bord. Kann mich wirklich im Augenblick nicht erinnern, ob diese Person darunter ist.«

Er wandte sich an Ryder:

»Sie haben irgendein Interesse an der Frau?«

Ryder nahm sich Zeit zur Antwort. Er runzelte die Stirn. Seine lederne Haut war dunkler geworden und wirkte noch gröber als sonst gegen das glatte Weiß seiner Hemdbrust.

»Sie wissen ja, meine Frau verträgt die Seefahrt schlecht. Sie ist so oft in die Kabine gebannt, daß ich wirklich nicht mehr weiß, was ich mit den Kindern anfangen soll, jetzt nach Martha Barrets Tod. Sie verstand es mit ihnen, das wissen Sie ja.«

Harding nickte nur und wartete darauf, daß Ryder fortfahre.

Da ergriff Brooks das Wort. Seine Stimme klang kalt:

»Suchen Sie etwa deswegen nach dieser Frau, Sir, wollen Sie sie etwa zum Kindermädchen für Charles und Ellen bestellen?«

Andrew sah, wie unbehaglich Ryder dieser Ton war.

»Hätten Sie irgendwelche Einwände gegen einen solchen Plan, Mr. Brooks?«

»Nun wohl . . .«, der Arzt zögerte: »Sie kennen sie nicht, oder?«

»Nicht persönlich, nur vom Hörensagen!«

Die ganze Runde war aufmerksam geworden. Andrew sah, wie sich der Kapitän vorbeugte. Er stützte die Ellenbogen auf und umklammerte sein Glas mit beiden Händen.

»Bevor wir uns in Portsmouth einschifften, erhielt meine Frau von ihrer Freundin aus Rye einen Brief. Sie schrieb darin von einer Sara Dane, die Bedienstete in einer dortigen Pfarrersfamilie gewesen und vor ungefähr zwölf Monaten zur Deportation verurteilt worden sei. Meine Frau hat also berechtigte Hoffnung, daß sich diese Frau an Bord befindet. Wenn dem so ist, könnte sie uns mit ihren Erfahrungen während der Reise wirklich von großem Nutzen sein. Es ist allerdings sehr zweifelhaft, ob sie überhaupt die Haft in England überstanden hat«, fuhr er fort, »vielleicht aber ist sie auch schon in New South Wales oder wartet noch auf einen der nächsten Transporte«, endete er mit einem Achselzucken.

Wieder ergriff Brooks das Wort:

»Vor zwölf Monaten wurde sie verurteilt, sagen Sie, dann sollte es mich wirklich wundern, wenn sie nicht schon längst tot ist. Die Kerker starren vor Schmutz und Ungeziefer, und selbst die Straßenköter würden den Fraß nicht nehmen, den man den Gefangenen anbietet. Und wenn Typhus ausbricht, sterben diese armen Schlucker wie die Fliegen.«

Kapitän Marschall sah nacheinander seine Gäste an:

»Ich war mal in so einem Kerker, meine Herren . . . natürlich nicht notgedrungen.« Er legte eine Pause ein für das Gelächter, das auch pflichtschuldigst folgte. »Der Ort war völlig verwahrlost, und nicht einen Penny gab es für Instandsetzungen. Was glauben Sie, machte dieser Bursche von Kerkermeister? Er kettete die Gefangenen einfach an die noch einigermaßen festen Wände und scherte sich einen Deut darum, ob die brüchigen um sie herum zusammenstürzten.«

Andrew lauschte voller Interesse. Er hatte in seinem Leben noch keinen Blick hinter Kerkermauern getan, wo die Kerkermeister wie die Herren schalteten und walteten und an den Gefangenen ihre Launen ausließen.

»Was Sie dort gesehen haben, ist nichts Besonderes, Sir«, warf

Wilder ein. »Das gibt es alle Tage. Aber was sollen die Kerkermeister denn auch machen? Sie leben von dem, was sie aus den Gefangenen herausschinden. Man kann nicht erwarten, daß solche Orte Gasthäusern gleichen.«

»Gasthäuser ist gut!« Brooks lachte laut. »Glauben Sie mir, meine Herren, Sie kennen die Welt nicht, wenn Sie nicht einen Blick in so ein Frauengefängnis geworfen haben. Nicht selten stopfen sie dreißig bis vierzig Frauen in ein Loch, das kaum für zehn reicht. Ich habe diese Geschöpfe gesehen. Die paar Lumpen, die sie anhaben, kribbeln noch dazu von Läusen. Die meisten haben nicht einmal so viel Geld, damit sie den Wärter mit einer Kanne Bier traktieren können, es bleibt ihnen nichts anderes übrig, als zu verfaulen, und bei Gott, sie verfaulen auch bei lebendigem Leibe! Sollte mich je das Verhängnis treffen, ins Gefängnis zu kommen, so hoffe ich inständig, daß ich vorher genügend Geld zusammengestohlen habe, daß ich mir den Weg in die Freiheit wieder erkaufen kann.«

Keiner antwortete. Brooks Worte schienen wie in einen tiefen Schacht gefallen zu sein. Alle, mit Ausnahme von James Ryder, dösten vor sich hin. Die Hitze, das reichliche Mahl und der schwere Wein förderten nicht gerade die Unterhaltung. Aber Wilder gab sich einen Ruck. Andrew sah, wie er die Brauen hochzog und ein etwas geziertes Lächeln aufsetzte.

»Nach allem, was Sie soeben gehört haben, glauben Sie ernstlich, Mr. Ryder, daß es ein guter Gedanke ist, Ihre Frau Gemahlin und Ihre Kinder der Obhut einer solchen Person anzuvertrauen?« Wilder blickte von einem zum anderen und lächelte ironisch. »Man kennt diese Sorte ja zur Genüge, es ist ein offenes Geheimnis, daß sie die Haftgebühr mit ihrem eigenen Leibe zu bezahlen pflegen.«

»Ich bin trotzdem überzeugt, daß meine Idee gut ist, Mr. Wilder«, verteidigte sich Ryder.

»Ich würde nicht dazu raten, Sir«, meinte Wilder, nicht mehr ganz so forsch. »Diese Weiber sind alle Verbrecher!«

Andrew blickte zu Mr. Ryder, dem Mann mit den soliden Grundsätzen, dem beträchtlichen Vermögen und der beachtlichen Bildung. Die Offiziere der Georgette rätselten zum Zeitvertreib oft daran herum, was ihn wohl in die so unerschlossene Kolonie zog, wie er darauf verfallen sei, Weib und Kind die schier endlose Reise zuzumuten, nur um sich schließlich zwischen Wilden und Zuchthäuslern in einer Strafkolonie niederzulassen.

»Keine andere wird mir der Gouverneur als Bedienstete zuweisen können, wenn ich in New South Wales bin«, erwiderte Ryder und warf Wilder einen kalten Blick zu. »Ich nehme das Risiko auf mich. Meine Frau braucht unbedingt Hilfe für die Kinder!« Und zu dem Kapitän gewandt: »Kapitän Marschall, gestatten Sie, daß man auf dem Schiff nach dieser Frau sucht?«

»Aber natürlich«, beeilte sich der Kapitän mit der Antwort. Dieser alte Narr, dachte Andrew. Zum Dank für Ryders Freigebigkeit – der Madeira war wirklich ausgezeichnet – war er zu jeder Hilfe bereit. Die unwillkommene Aufgabe, diese Person aus dem stinkenden Loch dort unten loszueisen, würde ja einem seiner Offiziere zufallen. Wahrscheinlich würde man Brooks mit der Aufgabe betrauen, überlegte Andrew, es gehörte zu den Obliegenheiten des Schiffsarztes, das Sträflingsquartier täglich zu inspizieren. Plötzlich schoß es Andrew durch den Sinn, daß die Aufgabe ebensogut ihm zufallen konnte. Gott verhüte es! Verzweifelt hoffte er, daß der umherwandernde Blick des Kapitäns auf Brooks verweilen würde.

Da beugte sich der Kapitän über den Tisch und sagte zu Ryder: »Selbstverständlich, Sir, ganz meine Meinung, wenn Sie eine Frau von dort unten als Kindermädchen haben wollen, dann besser jetzt als später. Holen Sie nur das Beste aus ihr heraus, jetzt, da Sie so dringend eine benötigen.«

Gutgelaunt warf Andrew ein: »Vielleicht ist sie gar nicht so schlimm, Mr. Ryder. Es sind längst nicht alle schlimme Verbrecher. Es sind viele Wilddiebe darunter und ketzerische Priester, und die kann man wohl kaum als Verbrecher bezeichnen!«

»Wie denn sonst?« fragte Wilder.

»Sehen Sie«, holte Andrew aus, »ich würde einen Menschen nicht einen Verbrecher schimpfen, bloß weil er einen anderen Weg zum Heil lehrt, oder weil er ein oder zwei Hühner gestohlen hat.«

»Unbesonnene Worte, Mr. Maclay«, warf Harding lächelnd ein. »*Ein* sonderbarer Priester . . . gut, was macht das schon? Aber denken Sie einmal, Hunderte solcher Prediger, Tausende solcher Wilderer und Hühnerdiebe, dann sieht die Geschichte schon ganz anders aus. Bestraft man solche Leute nicht kategorisch, dünken sie sich bald ebensogut wie die Herren. Aus solcher Haltung erwuchs die Französische Revolution. Soweit ich es beurteilen kann, rührt das Unheil daher, daß der König

13

schwach genug war, diese Konsorten zusammenzurufen und ihnen den Gedanken einzublasen, sie hätten bei der Regierung ein Wörtchen mitzureden. Daß sie dann bei der nächsten Gelegenheit nach der Macht griffen, war nur natürlich. Jetzt sitzt die königliche Familie in den Tuilerien, und bei dem hitzigen Temperament dieser Franzmänner kann es leicht passieren, daß die Königsfamilie noch unter der Guillotine endet.« Er machte eine Pause, um ruhiger fortzufahren: »Womit fängt das an? Nur damit, daß man einen einzigen Wilderer straflos ausgehen läßt und ein paar Priestern erlaubt, im Lande umherzuziehen und Zwietracht zu säen.«

Ryder nickte zustimmend: »Ich bin ebenfalls für Bestrafung. Gewiß, die Gesetze sind oft hart für die Armen, aber der Pöbel neigt nun einmal zur Rebellion, und man muß es den Leuten zeigen, daß sie die Gesetze nicht ungestraft brechen dürfen. Diese Volksaufwiegler aller Schattierungen sind schon gefährliche Subjekte. Geben Sie ihnen Gelegenheit, und sie stürzen Könige und Regierungen. Nehmen Sie nur diesen Schuft Tom Paine. Seine ›Menschenrechte‹ sind ein verräterisches Machwerk, für das er gehängt werden müßte.«

Selbst auf die Gefahr hin, jakobinischer Umtriebe verdächtigt zu werden, konnte sich Brooks nicht zurückhalten und entgegnete: »Alles was Tom Paine forderte, war eine parlamentarische Regierungsform und Altersrenten.«

»Ach was, er wollte die Monarchie abschaffen und das House of Lords«, fiel ihm Harding ins Wort. »Er verlangte Bildung auch für die Armen, und er wäre glücklich, wenn wir auch von einer Rotte Arbeiter regiert würden, genau wie die in Paris.«

»Schauen Sie sich doch die Wirkungen von Tom Paines Evangelium und der Französischen Revolution auf Irland an«, warf Ryder ein. »Wolf Tone ist zwar nur ein verrückter Heißsporn, aber die Iren sind noch lange nicht am Ende mit ihrem Aufstand, glauben Sie mir.«

Andrew meinte nachdenklich:

»Ich halte es nicht für fair, den Franzosen alle Schuld an dem irischen Aufstand in die Schuhe zu schieben. Ich glaube viel eher, die Iren haben es einfach satt, von englischen Soldaten regiert zu werden. Und was England betrifft, glauben Sie nicht, Mr. Ryder, daß gerade die Enteignung von Grund und Boden, die die Bauern in die Fabriken treiben, die wahre Ursache der Unruhen ist? Viele von denen, die früher glücklich und zufrieden lebten, verdienen kaum noch das Lebensnotwendigste.

Darum stehlen und wildern sie!«

Wie auf ein Stichwort fuhr der Kapitän hoch.

»Jawohl, sie stehlen und wildern, ganz recht, daß man sie nach Botany Bay schickt! Laßt sie nur glauben, sie könnten es so treiben, und hin sind Sitte und Ordnung.«

»Das stimmt wohl, Sir«, sagte Andrew. »Ich meine auch nicht, daß man sie nicht bestrafen soll. Aber ich kann beim besten Willen keine Sittlichkeit und Ordnung in Gesetzen erkennen, die einen Mörder hängen oder nach Botany Bay deportieren und den gleichen Urteilsspruch über einen Mann fällen, der ein paar Wildkaninchen widerrechtlich erlegt. Das ist doch einfach Unsinn!«

Harding lächelte: »Sie sprechen ja wie ein liberales Mitglied des Parlamentes, Maclay, wollen Sie vielleicht für eine Gesetzesreform eintreten, wenn man Sie nach Westminster sendet?«

Allgemeines Gelächter brach aus. Andrew antwortete freundlich: »Ich eigne mich nur über einer vollen Weinflasche zum Reformator, meine Herren. Sonst kümmert mich das Los meiner Mitmenschen wenig, fürchte ich.«

»Nun«, Wilder dehnte die Worte, »es wäre auch zuviel verlangt von einem schottischen Bauernjungen, der zur See fährt, sich für Politik und Reformen zu interessieren.«

Andrew, nicht im geringsten verstimmt, antwortete: »Vielleicht verstehen schottische Bauern wirklich nichts von Politik, wenigstens nichts von der, die man in Westminster macht. Aber darum bleibt doch wahr, was ich sagte, daß nämlich nicht jeder der Sträflinge ein Verbrecher ist und nicht jede Gefangene eine Schlampe. Ich meine daher, wenn Mrs. Ryder es mit einer dieser Frauen versuchen will, so besteht durchaus die Chance, hier eine geeignete zu finden.«

Kapitän Marschall schien der Ansicht zu sein, daß man nun lange genug über eine so unerfreuliche Sache geredet habe. Er erhob sich, und die anderen folgten seinem Beispiel. »Ein köstliches Weinchen, Mr. Ryder«, murmelte er mit einer Verbeugung. Auch Ryder verneigte sich. Der Kapitän sah seine Offiziere der Reihe nach an. Er lächelte kaum merklich, und seine Fingerspitzen ruhten leicht auf dem Tisch, als er sich spähend vorbeugte.

»Nun, Mr. Maclay, Sie scheinen ja zur Verteidigung der Häftlinge entschlossen. Daher sind Sie auch der geeignete Mann, ausfindig zu machen, ob sich eine Sara Dane an Bord befindet.«

Andrew erstarrte, und flammende Röte schoß ihm ins Gesicht:
»Ja, Sir!«

»Sollte sie nicht an Bord sein«, fuhr der Kapitän fort, »können wir es Ihnen getrost überlassen, eine geeignete Person auszusuchen, nicht wahr, meine Herren?«

Andrew sah das Grinsen der anderen und hörte sie zustimmend murmeln.

»Ja, Sir!« sagte er noch einmal.

Wieder verbeugte sich der Kapitän vor Ryder.

»Darf ich um eine Empfehlung an die Frau Gemahlin bitten, Sir. Ich bin überzeugt, daß Mr. Maclay alles tun wird, um ihr gefällig zu sein.« Er stieß den Stuhl zurück und entfernte sich mit einem nachlässigen: »Mahlzeit, meine Herren!«

Eine Stunde später schickte Andrew einen Kadetten, die Liste der weiblichen Gefangenen zu holen. Er befand sich in der Messe und war beschäftigt, aber der Befehl des Kapitäns duldete keinen Aufschub. Es nützte ihm nichts, die Sache mußte erledigt werden, wie sehr er auch innerlich das »Glück«, das ihm da zugefallen war, verwünschte.

Die Tür öffnete sich, der Kadett trat ein und reichte Andrew ein ledergebundenes Buch.

»Danke, Williamson.«

»Bitte, Sir!«

Der Junge verschwand.

Brooks und Wilder, die ebenfalls in der Messe waren, traten an den Tisch heran. Andrew stieß die Karten beiseite und öffnete widerwillig das Buch: »Zum Teufel auch, mußte der Alte gerade mich herausfischen!«

Wilder grinste.

»Bin gespannt, mit wem Sie aufkreuzen werden, mal sehen, wie Ihr Bild einer tugendhaften Frau aussieht.«

An Bord der Georgette herrschte strenge Zucht und Ordnung. Kapitän Marschall hatte noch nie ein Auge zugedrückt, was etwaige Beziehungen der Mannschaft zu den Sträflingen betraf. Andrew zweifelte nicht eine Sekunde daran, daß sich Wilder als erster mit diesen Frauen einlassen würde, wenn man die Bestimmungen lockerte. Ihm fielen Geschichten von anderen Schiffen ein, auf denen die Kapitäne nachsichtiger waren und Mannschaft und Gefangene zusammen das liederliche Leben führten und aus der ganzen Reise eine einzige Orgie machten.

Widerwillig blätterte Andrew die Seiten um. Unter den Offizieren der Ost-Indien-Kompanie herrschte ganz allgemein die Meinung, daß es eigentlich unter ihrer Würde sei, einen Vertrag anzunehmen, der sie verpflichtete, Sträflinge nach Botany Bay zu bringen. Die Kompanie hatte in letzter Zeit viele solcher Verträge geschlossen, und manchmal beschlichen Andrew Zweifel, ob er je wieder eine normale Indienfahrt bekommen würde.

Wilder lehnte sich lässig über Andrews Schulter und spähte in die Liste. Träge meinte er:

»Möchte bloß wissen, was Ryder dort will. Und noch dazu mit der Frau! Übrigens ein verdammt hübsches Frauenzimmer, wissen Sie! Und dieser Narr hat es sich in den Kopf gesetzt, sie unter einen Haufen Wilder zu versetzen.«

»Vielleicht will Ryder in New South Wales sein Glück machen«, bemerkte Brooks. »Das ist doch Grund genug für einen Mann, dorthin zu gehen.«

»Glück machen, daß ich nicht lache.« Wilder stieß Andrew freundschaftlich in die Seite. »Ausgerechnet dort. Was kann man schon in einer Sträflingskolonie groß gewinnen? Dort hat man ja nicht einmal die Möglichkeit, Handel zu treiben wie in China und Indien. Es wird nichts exportiert, außer Verbrechern kaum etwas importiert. Wäre der Krieg mit Amerika nicht gewesen, hätte die Regierung für ihre Sträflinge keine neuen Plätze gesucht und das Land erschlossen. Nein, Botany Bay ist nichts als ein Haufen elender Hütten, und es wird auch niemals etwas anderes sein als ein Abladeplatz für die überfüllten Gefängnisse Englands.«

Brooks zog während Wilders Gerede langsam die Brauen hoch. Er steckte die Hände in die Taschen und stützte ein Bein auf die Tischkante:

»Interessant, Ihre Ansichten, Mr. Wilder«, sagte er, »ich denke allerdings anders darüber.«

Aus Mr. Brooks Miene konnte Andrew ablesen, daß er sich den Spaß nicht entgehen lassen wollte, Wilders sozusagen aus zweiter Hand stammende Meinung zu widerlegen. Brooks hatte damals als Schiffsarzt den zweiten Gefangenentransport nach Port Jackson begleitet. Er war ein ruhiger Mann und redete sonst nicht viel über seine früheren Reisen. Andrew wartete gespannt.

»Es gleicht keinem anderen Ort, den ich kenne«, sagte Brooks, mehr zu sich selbst als zu den beiden. »Ich habe einen großen Teil meines Lebens auf Schiffen zugebracht, und es gibt kaum einen größeren Hafen, den ich nicht kenne. Er ist ein Geheimnis – der ganze Ort – trostlos – und doch – faszinierend. Kapitän Cook besetzte für uns die Ostküste vor nun ungefähr zweiundzwanzig Jahren. Er ging nur einmal an Land, das war in Botany Bay. Als vor fünf Jahren die erste Flotte ausfuhr, erschien es Gouverneur Phillip unmöglich, in Botany Bay zu siedeln. Er fuhr einige Meilen weiter die Küste entlang nach Port Jackson. Mein Gott, das ist ein Hafen! Dort also landete er und gründete einen Ort, den er Sydney Cove nannte.«

»Alles ganz hübsch, aber was hat das damit zu tun, daß Ryder dort eine Chance hat, sein Glück zu machen?« fragte Wilder.

»Weil ich es mit Gouverneur Phillip halte«, sagte Brooks, und studierte das belustigte Zucken um Wilders Mund. »Phillip hat Großes vor mit seiner Strafkolonie, und bei Gott, mich schert es wenig, was die anderen reden. Er wird recht behalten!«

»Was hat er denn vor?« warf Andrew ein. »Ist fruchtbares Land dort?«

Brooks zögerte: »Schwer zu sagen, Maclay, noch bringt der Ackerbau so gut wie nichts ein. Sie stehen immer hart vor der Hungersnot, und was den Nachschub betrifft, so sind sie einzig und allein auf England angewiesen. Sie wissen ja, wie unsicher das ist. Die Gefangenen sterben zu Dutzenden Hungers, wenn sich ein Schiff verzögert, eben weil sie nicht genügend Vorräte haben. Aber Phillip ist der Ansicht, daß man den Boden fruchtbar machen könnte, wenn nur die Sträflinge etwas vom Boden und den Klimaeinflüssen verstehen würden. Bisher scheint auch nicht einer unter ihnen zu sein, der etwas von Landwirtschaft versteht, und überhaupt, die Sträflinge interessieren sich nicht für die Zukunft des Landes.« Ernst schloß er: »Darum glaube ich, Ryder ist der rechte Mann, dort sein Glück zu machen. Er hat die Kenntnisse und Erfahrungen, und er hat Geld genug, seine Pläne auch durchzuführen.«

Wilders hübsches Gesicht zeigte deutlich Langeweile.

»Nun, ich für meinen Teil fände es verdammt ärgerlich, wenn Port Jackson auf dieser Route regelmäßig angelaufen werden sollte. Ich werde keine Träne vergießen, wenn ich den Ort nach dieser Reise nie mehr wiedersehe.»

Andrew beschäftigte sich wieder mit seinem Buch. Voller Ungeduld schlug er die Seiten um. »Sara Dane . . . Hmm . . . Mein Gott, wie kann ein Mensch nur all diese Frauen auseinanderhalten«, sagte er. »Nicht einmal ein Vermerk ist dabei, warum sie eigentlich verurteilt wurden.«

Wilder lachte!

»Zum Schluß überantworten wir die gütige Mrs. Ryder noch Mörderhänden.«

»Das Ganze mutet wie eine Kateridee an«, meinte Andrew und stierte finster ins Buch. »Der Staat schickt die Leute bis ans Ende der Welt, ohne jede Erklärung und Papiere. Was macht man in New South Wales mit ihnen bloß? Wie wird Gouverneur Phillip je erfahren, wann sie ihre Strafzeit verbüßt haben.«

»Das lassen Sie man seine Sorge sein, Kamerad«, meinte Wilder leichthin. »Sie haben sich hier um etwas anderes zu kümmern. Kommen Sie, lassen Sie uns das feine Fräulein aus dem Dunkel fischen.«

»Ich möchte schwören, die ist nicht auf . . .« Andrew brach jäh ab und tippte wie wild mit dem Zeigefinger auf eine Zeile: »Da ist sie ja . . . Sara Dane . . .! Und an Bord kein einziger Vermerk über irgendwelche Bestrafungen! Welch ein Glück für Mrs. Ryder!«

»Na, denn man los, Maclay«, sagte Wilder gutgelaunt. »Viel Spaß bei der Sache!« Er winkte ihm flüchtig zu, strich sorgfältig seinen Rock glatt und schlenderte gemächlich hinaus. Bevor er die Tür hinter sich schloß, verhielt er eine Weile und meinte: »Da fällt mir noch etwas ein!«

»Ja?« fragte Andrew.

»Nicht um alle Schätze des Ostens möchte ich mit Gouverneur Phillip von New South Wales tauschen!«

Kapitel 3

Wann immer Andrew das Quartier der Sträflinge betreten mußte, nie hatte er das Gefühl von Ekel ganz überwinden können. Mit einem knappen Befehl forderte er einen Sergeanten auf, ihn zu begleiten. Rasch stieg er die Kajütentreppe hinab und versuchte sich innerlich hart zu machen, denn es stand ihm der Anblick einer elenden Menschenfracht bevor, übler zusammengepfercht als das Vieh.

Als er das Artilleriedeck erreichte, wo die Gefangenen gehalten wurden, empfing ihn der verwirrende Lärm schriller Frauenstimmen und rauher Männerlaute. Der Schweiß brach ihm aus, er fühlte das Prickeln förmlich am ganzen Körper, und der verzweifelte Wunsch überkam ihn, auf der Stelle kehrtzumachen. Meistens hielt er mit seiner Meinung über das ungerechte Schicksal der Sträflinge zurück, nur manchmal, wie heute bei Tisch zum Beispiel, war er so voreilig, seine Geringschätzung über ein unsinniges Gesetz, das Mörder und armselige Diebe zusammenwarf und nach Botany Bay verdammte, auszudrücken. Männer seines Standes pflegten kein Mitleid mit Sträflingen zu haben, noch nie hatte er in der Offiziersmesse auch nur ein Wort der Sympathie für die Gefangenen vernommen. Wenn er die Reden über die Sträflinge hörte, wurde es ihm jedesmal von neuen klar, daß er mit seinem Gefühl für die Gefangenen allein dastand, daß ihre Leiden ihn persönlich angingen, daß sie ein Recht auf seine Aufmerksamkeit und seine Gedanken hatten, so fern sie seiner Welt auch stehen mochten.

Britische Reeder, Männer, die gegen Sklaverei waren, hatten Grausames von Sklavenschiffen berichtet, die zwischen Afrika und Westindien kreuzten. Die Lage der Sträflinge auf der Georgette schien ihm nicht weniger schrecklich. Er haßte das Durcheinander und den immerwährenden Kampf um das nackte Leben, wie es in den Slums Londons und Edinburghs zu Hause war. Sein Vater, ein Schotte, der eine einträgliche Anwaltspraxis beim englischen Gerichtshof betrieb, war Trinker und Spieler gewesen. Des Sohnes Widerwillen gegen alle Juristerei und jede Art von Leichtsinn war also verständlich. Andrew konnte sich an seinen Vater nur dunkel erinnern. Der Bruder seiner Mutter, Besitzer eines kleinen Hofes vor den Toren Edinburghs, hatte ihn großgezogen. In der Marine hatte er dann militärische Zucht und Ordnung kennengelernt, und später bei der Ost-Indien-Kompanie ein etwas milderes Reglement. Bauernhof und Marine, beides waren Welten, die dem Geschehen in einem solchen Sträflingshaufen diametral entgegenstanden.

Die Gefangenen waren in einem großen Verschlag unter Deck untergebracht, die kleinen Öffnungen in den Wänden dienten den Wärtern als Schießscharten. Andrew ging widerstrebend vorwärts in der Dunkelheit. Die beiden Wärter spähten gebeugt durch die Scharten. Als sie Andrew kommen hörten, drehten sie sich um und suchten einen Schlüssel hervor.

Andrew stand vor der schweren Tür. Durch das schmale Gitter

drangen schrille Schreie zu ihm, der wilde Lärm einer Rauferei.

Aufgeregt wies Andrew gegen die Tür:

»Um Gottes willen, Mann, rasch! Was zum Teufel ist dort drinnen los?«

Der Wärter nestelte am Schlüsselbund:

»Weiß nicht, fing gerade erst an, irgendein Zank, das gibt's dauernd.«

»Ist es nicht Ihre Pflicht, das zu verhüten? Warum greifen Sie nicht ein?«

»Eingreifen, Sir?« Der Mann richtete sich auf und sah Andrew voller Staunen an:

»Das könnte mir übel bekommen, und außerdem geh ich sowieso nicht gern rein. Die zerreißen mich in Stücke.«

Ungeduldig stieß Andrew ihn beiseite und drehte selbst den Schlüssel im Schloß.

»Ich werde dem Kapitän melden, wie ernst Ihr es mit Euren Pflichten nehmt.«

Er stieß die Tür auf und trat ein. Sichtlich widerstrebend folgte ihm der Sergeant.

Als seine Augen sich ein wenig an das Dämmerdunkel gewöhnt hatten, entdeckte er den Haufen liegender, sitzender und stehender Weiber. Der Lärm war furchtbar. In der Mitte des Raumes rauften vier oder fünf Weiber in wilder Raserei. Die anderen verfolgten begierig den Kampf, ihre Drohungen und Anfeuerungen erhöhten noch den allgemeinen Lärm. Der Kampf stand hoffnungslos ungleich. Die eine, fast vergraben unter dem Haufen der Leiber, Arme und Beine, hätte nicht mehr lange durchgehalten.

»Ruhe«, brüllte er.

Der balgende Haufen beachtete ihn nicht. Die Herumstehenden nahmen erst nach und nach seine Gegenwart wahr, und das wilde Gekreische ebbte langsam ab. Bald konnte Andrew das Schnaufen und Keuchen der kämpfenden Weiber unterscheiden. Plötzlich blickte die eine, die auf den Beinen der Unterlegenen kniete, auf. Sie gewahrte Andrew, in ihrem Blick war etwas wie Furcht zu lesen. Dann klopfte sie ihrer Genossin auf die Schulter.

»He, Peg, guck mal.«

Die Angeredete blickte auf. Ihre Miene veränderte sich blitzschnell, zahnlos grinste sie Andrew an und vollführte eine großartige Geste, die einen Gruß darstellen sollte. Ihr rauhes

Cockney-Englisch übertönte das nur allmählich ersterbende Getöse.

»He, das ist mir mal ein hübsches Offizierchen, das uns da besuchen kommt. Na, meine Lieben, denn mal raus mit'n Tee.«

Ein Sturzbach grellen Geflüster quittierte die Bemerkung. Andrew fühlte, wie ihm das Blut in die Wangen schoß.

»Ruhe!« stieß er hervor. »Was soll das Theater?«

Auch das letzte Geflüster war jetzt erstorben. Er wußte genau, daß er keine Antwort bekommen würde. Die Menge war ein einziger Blick geworden, sie zog sichtlich Mut aus ihrer Überzahl. Er glaubte das Rascheln ihrer Lumpen zu hören, wenn sie sich bewegten, sah die dreckigen rissigen Hände, die an diesen »Gewändern« zupften, die kaum ihre Blöße bedeckten. Unter der Maske von Schorf und Schmutz waren alle Gesichter gleich. Die Augen hatten alle den gleichen Blick, verschlagen und wachsam. Andrew ließ kein Auge von ihnen. Ganz allmählich gaben die drei in der Mitte, die immer noch auf ihrem Opfer knieten, langsam nach. Die Unterlegene richtete sich auf, setzte sich und stützte den Kopf in die Hände.

»Ihr kennt ja wohl die Strafe für Schlägereien«, sagte er zu den vier Schuldigen. Er wendete sich der einen zu, in der er die Rädelsführerin vermutete.

»Bist du nicht schon einmal dafür bestraft worden? Wird allmählich höchste Zeit, daß du endlich parieren lernst.«

Sie antwortete nur mit einem frechen Grinsen: »Tja, mein Süßer! So'n oller Köter wie ich kriegt keine neuen Kunststückchen mehr intus.«

Zorn wallte in ihm auf. Während sich die Gefangenen in einem wüsten Gelächter ergingen, wandte er sich an den Sergeanten:

»Schreiben Sie die Namen auf für Mr. Harding!«

»Ja, Sir.«

Es wurde still bei seinen Worten, und ihre Haltung änderte sich mit einem Schlage. Eben noch unverschämt und ausgelassen, schienen sie nun feindselig und mißlaunig. Wären sie nicht machtlos oder entdeckten sie auch nur die Spur von Sympathie für ihre Lage bei ihm, würden sie ihm das Leben auf der Georgette zur Hölle machen. Wann und wo er sich auch blicken ließe, es wäre für diese Leute das Signal zur Aufsässigkeit. Er räusperte sich und sagte bestimmt:

»Ist eine Sara Dane unter euch?«

Keine Antwort.

»Sara Dane«, wiederholte er, »gibt es die hier?«

Das Opfer der Kampfwütigen richtete sich plötzlich auf und reckte den Kopf. »Ich bin Sara Dane.« Sie erhob sich mühsam und versuchte, durch die Mauer aus Fetzen und Leibern zu Andrew vorzudringen. Dabei stolperte sie über eine am Boden Kauernde. Das löste eine Flut von wilden Flüchen aus, schlimmer, als er sie je von Matrosen vernommen hatte. Aber völlig unempfindlich gegen die Beschimpfungen bewegte sich die Frau auf ihn zu. Sie war gut gewachsen und mußte sich bücken, um nicht an die niedrige Balkendecke zu stoßen.

»Du bist Sara Dane?«

»Ja, die bin ich.«

In dem Dämmerlicht hatte er sie nicht genau sehen können. Jetzt erkannte er sie an der Stimme wieder. Es war die gleiche, die sich zum Schutz des Kindes erhoben hatte, als die Sträflinge nach der Totenfeier wieder nach unten in ihre Verliese geschickt worden waren. Es war die Stimme, die ihn verwirrt und nachdenklich gemacht. Er sah die Frau scharf an:

»Was hast du mit diesem Aufruhr zu tun? Zur Strafe dafür, daß du Unruhe stiftest, gehörtest du ausgepeitscht!«

»Unruhe stiften?!« Sie strich sich das lose Haar aus der Stirn und sah ihn voll an. »Nennen Sie es Unruhe stiften, wenn ich meine Habe verteidige? Darf sich denn dieses Gesindel an meiner Habe vergreifen?«

»Was wollten sie dir wegnehmen?«

»Das da.« Sie reckte den Arm hoch und schwenkte dicht vor seinen Augen ein schmutziges Taschentuch, das zu einem kleinen Bündel verknotet war.

»Meine Ration!«

Andrew blickte in die mürrischen Gesichter und wünschte sich so schnell wie möglich hinaus aus diesem Loch. Aug in Aug stand er jetzt mit dem großen Hunger, den die Gefangenen litten, der ihn in der Tiefe seiner Gedanken schon oft verfolgt hatte. Die Häftlinge lebten in der Hauptsache von spärlichem Pökelfleisch und wurmigem Schiffszwieback. Er wußte von Brooks, der ja täglich hier unten war, daß die Rationen nicht zum Leben und Sterben reichten, und daß man beständig Skorbut befürchten mußte. Weder er noch der Kapitän, geschweige denn die Ost-Indien-Kompanie, schien etwas dagegen ausrichten zu können. Sie bekamen ihre feste Frachttaxe, und die reichte nicht aus. Obgleich Brooks alles tat, was in seinen

Kräften stand, gab es doch dauernd Tote unter den Gefangenen. Andrew hatte von anderen Transporten gehört, wo die Sträflinge die Toten tagelang versteckt hielten, nur um die überzähligen Rationen zu bekommen. Und wie eh und je unter der Zuchtrute des Hungers, erhoben sich auch hier die Gewalttätigen und nahmen, was sie nur kriegen konnten.

»Ist das wahr?« fragte Andrew.

»Natürlich«, sie warf den Kopf zurück, eine Geste, die seltsam mädchenhaft wirkte und so gar nicht zu ihrer Erscheinung paßte. »Was glauben Sie denn, warum ich . . .«

Er fiel ihr ins Wort: »Rede nicht soviel! Das laß nur meine Sorge sein!« Zu den anderen sagte er: »Noch ein einziges Mal so etwas, und ihr werdet alle miteinander bestraft, alle, verstanden?«

Als er mit Sara den Raum verlassen wollte, und der Wärter weit die Tür aufstieß, um sie vorbeizulassen, drang noch einmal der rauhe Cockney-Dialekt von vorhin an sein Ohr:

»Denn laß es dir man gutgehen, Süße. Sei nett und sag den Herrn da oben, hier wären noch mehr von der Sorte.«

Andrew blieb stehen und blickte sie zornig an:

»Noch ein Wort, und du kommst zehn Tage nicht an die Luft.«

Krachend warf der Wärter die Tür zu. Das erstickte Gelächter verfolgte Sara und Andrew noch ein ganzes Stück. Er bedeutete der Frau, sich zu beeilen. Als sie an Deck waren, drehte er sich um. Er wollte sie im Tageslicht sehen. Sie schwankte ein wenig, als wären die milde Luft und das Sonnenlicht zuviel für ihre geschwächten Sinne. Sie schwankte. Andrew wollte sie stützen, aber da hatte sie sich schon wieder gefangen. Mit einem Ausdruck der Erleichterung und Würde sah sie sich um. Seine Lippen kräuselten sich zu einem Lächeln. Der Ausdruck der Überlegenheit, den sie sich gab, bereitete ihm Vergnügen. Einen Augenblick lang musterte sie das Deck wie eine Dame, die man an Bord gebeten hatte. Als sie jedoch seine Augen auf sich ruhen fühlte, fiel diese Haltung von ihr ab. Sie wandte sich ihm zu. Und da sah er, daß sie viel jünger war, als er vermutet hatte. Sie war schlank und hielt sich sehr gerade. Gesicht und Hals zeigten keine Fältchen. Das Haar, das sich aus dem Knoten gelockert hatte, fiel ihr lang auf die Schultern. Die Fetzen ihres Kleides wirkten auf einmal gar nicht mehr so abstoßend, sie bewegte sich mit einer Anmut, die der Armut nicht achtet. Jetzt hob sie die Augen zu ihm auf. Grünblaue Augen wie das Meer, dachte er. Sie sahen ihn fragend und abschätzend zugleich an.

»Ein kühler Wind, Leutnant«, sagte sie gelassen.

Er sah sie an und schaute schnell wieder fort. Da gewahrte er den begleitenden Sergeanten.

»Ich brauche Sie nicht mehr, Sergeant.«

»Gut, Sir.«

Andrews Augen folgten dem Mann. Dann wanderten sie wieder zu ihr zurück.

»Kühl?«

Im gleichen Augenblick ärgerte er sich schon. Er war wütend über sich selbst, weil er ihr geantwortet hatte. Schließlich war es pure Dreistigkeit von ihr, ihn anzureden. Er hätte sie sofort zurechtweisen müssen. Aber der feste Blick ihrer grünen Augen hatte ihn wohl verwirrt.

»Vielleicht spüren Sie es nicht«, sagte sie, »aber wenn man dort unten haust . . .«

»Ich sagte doch, du sollst schweigen«, sagte er kurz, »oder prallt eigentlich alles an dir ab?«

Er drehte sich um und bedeutete ihr mit der Hand, ihm zu den Kabinen der Passagiere zu folgen. Sie holte ihn mit ein paar schnellen Schritten ein und sah ihn an.

»Warum darf ich nicht mit Ihnen sprechen, Leutnant? Was steht dem entgegen, es kann uns doch niemand hören! Es ist lange her, daß ich mit jemand sprechen konnte, der auch nur richtiges Englisch beherrschte, geschweige denn . . .«

Wieder blieb er stehen und warf ihr einen ärgerlichen Blick zu:

»Deine Schuld, wenn du dort unten mit solchen Leuten hausen mußt. Man schickt niemand ohne Grund nach Botany Bay.«

»Aber ich . . .«

Er schüttelte abweisend den Kopf:

»Willst du denn gar nicht begreifen? Ich bin nicht hier, um dein Gerede anzuhören. Zum letzten Mal, sei endlich still!«

»Ja, Sir.« Sie deutete einen Knicks an. Als sie den Kopf neigte, meinte er, sie lächeln zu sehen. Aber sie folgte ihm jetzt demutsvoll, und er hörte, wie ihr Rock über die Deckplanken strich.

Sara Dane war vor achtzehn Jahren in London in der Dachkammer eines Mietshauses in der Villiers Street geboren worden. Jedenfalls behauptete es ihr Vater. Er hatte jedoch so viele Wohnungen fluchtartig verlassen müssen, weil er die Miete nicht zahlen konnte, daß sie sich oft fragte, ob er überhaupt noch wußte, wo sie auf die Welt gekommen war.

Sie hatte ihren Vater, Sebastian Dane, geliebt, blind und innig, einen großen, breitschultrigen Mann mit glattem schwarzem Haar, den die Natur mit vielen äußeren Gaben bedacht hatte. Wie oft kam es ihr in den Sinn, daß sein schmales dunkles Gesicht, war es auch von Ausschweifung und Krankheit gezeichnet, viel schöner sei als jedes andere, das sie kannte. Zu Zeiten, wenn er nüchtern oder nur leicht angetrunken war, konnte er von einer Heiterkeit sein, die ihn unwiderstehlich machte und seine Wirtinnen vergessen ließ, daß er ihnen noch die Miete schuldete. Mit seiner Tochter verband ihn eine treue Kameradschaft. Nur wenn er schwer betrunken war, hatte Sara Angst vor ihm. Dann konnte er tagelang über seinem Rum sitzen, kaum noch fähig, sich vom Stuhl zu erheben. Aber das kam selten vor, meist war er ein fröhlicher Zecher.

Er war der Sohn eines Landpfarrers aus dem westlichen England. Seine Bemerkungen über das Leben in der Pfarrei des waldreichen Heimattales sagten seiner Tochter nicht viel, sie hatte es nie kennengelernt. Sebastian, zynisch wie er sein konnte, zögerte nicht einen Moment, Kapital aus der Tatsache zu schlagen, daß sein Vater Sproß eines Baronets war, wenn auch nur vierter Sproß. Er lieh auf seinen guten Namen Geld, obwohl er wußte, daß nicht die geringste Hoffnung bestand, daß sein Vater oder Großvater je für die Schulden, die er machte, aufkommen würden. Seit seinen Oxforder Tagen hatte er seine Heimat nur ein einziges Mal wiedergesehen, damals als er die Seinen besuchte, ausgestattet zwar mit einem glänzenden Zeugnis, aber ohne einen Pfennig Geld in der Tasche. Da er ganz offensichtlich nicht zum Geistlichen taugte, hatte er durch Beziehungen einen Posten als Sekretär eines hohen Funktionärs der Tory-Partei bekommen. Aber er zeigte sich nachlässig, und da er damals schon zuviel trank, geriet er in die Fänge von Spielern und Geldverleihern. Ein Jahr lang hielt ihn sein Brotherr. Als er jedoch konstatieren mußte, daß die brillanten

Geistesgaben die Fehler seines Sekretärs nicht wettmachten, entließ er ihn, nicht ohne Bedauern, wie Sebastian Sara zu sagen pflegte.

Dann suchte sich Sebastian Dane einen Sekretärposten bei einem ältlichen Edelmann, der ihn für drei Jahre auf eine Kontinent-Reise mitnahm. Der alte Herr war von Sebastian entzückt, immer wieder bezauberte ihn dessen Kultur und dies Air eines Weltmannes und übersah daher viele seiner Fehler. Aber Sebastian spielte auch, und zwar allzu oft mit dem Gelde Seiner Lordschaft, und so sah er sich eines Tages allein auf dem Wege nach London, ausgestattet nur mit einem Monatssalär und ausgezeichneten französischen und italienischen Sprachkenntnissen.

Wenige Monate darauf schrieb er seinem Vater, er habe geheiratet, eine Künstlerin! Das war ein neuer Beweis für die Familie, daß er als verlorener Sohn zu betrachten sei. Wie konnte man sich nur mit einer solchen Frau einlassen. Voller Ingrimm kam sein Vater nach London, fand die beiden auch richtig in ihrer Wohnung, wo er eine Philippika vom Stapel ließ, die all sein Entsetzen, seine Bestürzung über diesen, wie er es nannte, tragischen und unheilvollen Schritt kategorisch zum Ausdruck brachte. Die junge Frau schonte er nicht.

»Es ist ein Skandal, Sebastian!« rief er aus, empört über das Ansinnen, eine solche Schwiegertochter anerkennen zu sollen. »Sie ist eine Schlampe, ein Weibsbild ohne . . ., ohne Bildung und Erziehung!« Die peinliche Szene dauerte Stunden, und zum Schluß bot der Vater Sebastian an, mit ihm nach Somerset zurückzugehen. Die junge Frau müsse natürlich bleiben, wo sie hingehöre.

Sebastians Antwort war kurz. Er wies darauf hin, daß seine Frau ein Kind erwarte und bald die Bühne verlassen müsse. Außerdem könne selbst sein Vater nicht von ihm verlangen, daß er die Frau in einer solchen Lage im Stich lasse. »Und überdies«, schloß er fast sanft, »finde ich wenig Geschmack am Landleben.«

Damit war die Verbindung zu seiner Familie für immer abgebrochen.

Sara konnte sich schwach an ihre Mutter erinnern. Sie soll eine große, vollbusige Frau von kühner Schönheit gewesen sein. Der Vater erzählte immer, sie sei an einem Fieber gestorben, aber ganz getraut hatte sie dieser Geschichte nie. Wahrscheinlicher war, daß sich ihre Mutter mit einem ihrer Kumpanen aus den Wirtshäusern oder irgendeinem Kollegen vom Theater auf und davon gemacht hatte. Sie konnte die Bühne auch nach der Heirat nicht missen.

In Saras Kindheit wechselte Sebastian ohne Erfolg von einer Lehrerstellung in die andere. Gelegentlich schrieb er Artikel für Magazine, bis auch das aufhörte, weil er versucht hatte, mit seinen Schriften eine Reform des Parlaments durchzusetzen. Sie lebten von der Hand in den Mund, zogen von einer Behausung in die andere. Manchmal genossen sie für kurze Zeit alle Bequemlichkeit und konnten sich sogar einen gewissen Luxus leisten, dann wieder hatten sie nicht einmal das Geld für eine Mahlzeit. Sara erschien diese Art von Abwechslung durchaus normal, denn sie kannte nichts anderes. Sie wußte bald, wo man am billigsten einkaufen konnte, und lernte es, um den Pfennig zu feilschen. Ihrem Vater stand sie in der Geschicklichkeit, Gläubigern zu entwischen, nicht nach. Sie lebten wie die Nomaden, und das Täglichste wurde bei ihnen zum Abenteuer. Tauschten sie dann ihre Erlebnisse aus, bewunderten sie einander. Sie waren nur glücklich, wenn sie beisammen sein konnten. Sebastian behandelte sie ganz wie eine erwachsene Frau. Man kannte sie beide in jedem Kaffeehaus und in jeder Schenke zwischen Fleet Street und Strand.

Als sie elf Jahre alt war, nahm sie eine Stellung in einem vornehmen Modesalon an. Sebastian hatte es nicht zu verhindern vermocht. Er war damals schon gewöhnt, sich völlig ihren Entscheidungen zu fügen. Er sprach zwar gelegentlich vage von anderen Plänen, er habe etwas ganz anderes mit ihr vor, aber sie überhörte es geflissentlich und gab sich mit Leib und Seele ihrer neuen, erfahrungsreichen Tätigkeit hin. Es gehörte zu ihren Pflichten, kleine Botschaften und Pakete in die Häuser der Großen zu tragen, denn sie war aufgeweckt und konnte lesen und schreiben. Manchmal durfte sie sogar ein wenig bleiben und bei der Anprobe zuschauen. Dann nahm sie voller Begier den Gesellschaftsklatsch in sich auf, der die wohlriechenden Gemächer erfüllte, alle diese aufregenden Geschichten von Bällen, Gesellschaften und Skandalen, und vor allem die delikaten Histörchen vom Hofe Georgs des Dritten. So bekam sie Einblick in eine ganz neue Welt. Mit neidischen Fingern streichelte sie die schweren Sammetportieren, die weichen Teppiche. Hohe geschliffene Spiegel warfen ihr Bild zurück, das sie nach und nach und voller Entzückung zu entdecken begann. Sie erlebte die Spannung bei den Vorbereitungen, die einem festlichen Diner oder einem großen Empfang vorausgingen. Und hin und wieder wartete sie mit der Menge draußen vor den Toren, um die Auffahrt der Gäste mitzuerleben.

Bald war sie der erklärte Liebling der Damen, die in dem Modesalon kauften. Sie war hübsch und erwies sich als geschickt und liebenswürdig. Sie wurde verwöhnt und wäre sicherlich verdorben worden, wenn Sara nicht ein gesunder Menschenverstand geleitet hätte. Obgleich sie noch ein Kind war, schenkte man ihr abgelegten Putz, ein Halstuch etwa oder auch eine Spitze. Sara verkaufte solche Dinge entweder sofort oder legte sie weg. Eine innere Stimme sagte ihr, sich lieber nicht damit zu schmücken, eben wegen der Damen. Die Damen ermutigten Sara, in ihrer altklugen und drolligen Weise französisch zu plaudern. Auch das hatte sie von Sebastian gelernt. Ja, Sara genoß in jeder Beziehung mehr Beachtung, als einem kleinen Lehrmädchen zukam. Die Meisterin mißgönnte ihr diese bevorzugte Stellung, die sie schließlich einzig und allein ihrer gewinnenden Art zu verdanken hatte. Aber man behielt sie wegen der Launen der zahlungskräftigen Damen.

Das ging ein Jahr lang, bis Sebastian, um dem Schuldgefängnis zu entgehen, die erste beste Kutsche nehmen mußte. Sara nahm er natürlich mit. Der Zufall führte sie nach Rye. Noch ehe sie sich häuslich niederließen, streute Sara das Gerücht aus, sie seien wegen der schwachen Gesundheit des Vaters hierhergekommen. Es war nicht schwer für Sebastian, als Lehrer unterzukommen. Er brauchte nur den Namen seines Großvaters und den seines früheren Brotherrn, des Tory, zu nennen. Auch Sara bekam die neue Umgebung ausgezeichnet. Sie richtete sich sozusagen behaglich in diesem ruhigen Leben ein, glücklich, des ewigen Kampfes ums Geld enthoben zu sein. Freimütig und entschlossen äußerte sie ihre Meinung, es sei nun an der Zeit, daß Sebastian seine Gewohnheiten aufgebe und sie nicht immer wieder dem Zufall preisgegeben wären. Diese Art achtbarer Bürgerlichkeit erschien ihr plötzlich als ein ersehnenswerter Zustand, und also beschloß sie, daß Sebastian fortan »achtbar« zu sein habe.

»So, du willst mich also bekehren, mein Herz«, sagte er ruhig und spielte mit ihrem Haar. »Warten wir ab.«

Er machte auch einige ernsthafte Anstrengungen und betrug sich so, daß Sara Hoffnung schöpfte. Sie gaben ihr Absteigequartier auf und bezogen ein kleines Häuschen. Und da sie dort allein lebten, gelang es ihr, vor den Leuten zu verheimlichen,

daß der Vater trank. Es bestand eine stillschweigende Übereinkunft zwischen ihnen, alles zu vermeiden, was ihrem Ansehen
im Orte schaden könnte. Sie erfand eine Geschichte von einem
seltenen periodischen Fieber, das ihn hin und wieder heimsu-
che. Und sie tischte dieses Märchen so überzeugend auf, daß es
jeder glaubte. Sie erlebte die Genugtuung, daß man sich um
ihren Vater wegen seiner unbestreitbar großen Fähigkeiten als
Lehrer riß.

Als sie schon ein Jahr lang in Rye lebten, wurde Sebastian von
Reverend Thomas Barwell engagiert, der in Bramfield als Päch-
ter einer Pfarrerspfründe lebte und amtierte. Sebastian wurde
Lehrer der beiden Vikarssöhne Richard und William. Jeden Tag
wanderte er die zwei Meilen nach Bramfield, und Sara begleitete ihn. Er hatte den Posten nur unter der Bedingung angenommen, daß sie an einigen Schulstunden teilnehmen dürfe.
Die übrige Zeit sollte Sara dann Mrs. Barwell zur Hand gehen.
Allein diese praktische Lösung hatte Sebastian bewogen, den
Posten anzunehmen. Auf keinen Fall wollte er Sara tagsüber
allein in Rye lassen. Außerdem wollte er sie in die alten Sprachen und in die Künste der Mathematik einführen, alles für
eine Frau wertlose Kenntnisse, wie alle einmütig versicherten.
Aber Sebastian war anderer Meinung. Für ihn war Bildung der
einzige Besitz, den er seiner Tochter hinterlassen konnte.
Mr. Barwell war mit Sebastians Bedingungen einverstanden,
denn er schätzte ihn als Lehrer und kannte seinen vorzüglichen
Ruf in Rye. Dazu kam noch, daß es für ihn billiger war,
Sebastian zu engagieren, als einen Hauslehrer ganz ins Haus zu
nehmen.

So wanderte also die spindeldürre Gestalt mit seiner Tochter
täglich quer durch die Marschen über die Deichstraße, die in
Drehungen und Windungen den Wasserläufen folgte. Sara
liebte diese windgesättigte Einsamkeit und liebte den Anblick
der Schafe auf den satten grünen Weiden. Im Winter fegten die
Meerwinde übers Land, und wenn sie Regen brachten, legte
wohl Sebastian den Arm um ihre Schulter, um ihr Schutz zu
bieten.

Bei Nacht wandelte sich das Gesicht der Gegend, sie wurde
unheimlich und unwirtlich, gemieden von Dörflern und Bauern. Keiner störte sie auf ihrem Heimweg. Höchstens ein paar
Schmuggler, die im Schutze der Finsternis von der See her mit
ihren lumpenumwickelten Rudern leise die Böschung herauf-
kletterten, tauchten auf und verschwanden wieder. Über das

Dreimarschenland verstreut, duckten sich überall Bauernhöfe und übelbeleumundete Schenken, bei deren Anblick ein ehrlicher Mann seinem Pferd schleunigst die Sporen gab.

Sebastian und Sara verließen Bramfield daher meist noch bei Tageslicht und eilten auf der Landstraße heimwärts, jedesmal von neuem dankbar, wenn sie die Brücke überquert hatten, wo die Rother nach Rye-Hill abbog. Das letzte Stück durch die holperigen Gassen der kleinen Stadt dünkte sie dann wie ein Spaziergang.

Das Leben in Bramfield war recht kurzweilig. Sara war zwei Jahre jünger als Richard und ein Jahr älter als dessen Bruder. Das Leben in London hatte ihr jede Schüchternheit genommen, und so ging es in den gemeinsamen Unterrichtsstunden froh und freimütig zu. Außerhalb des Schulzimmers jedoch war es für Sara nicht so einfach. Die Hausfrau mißbilligte die Abmachung, die Sara in ihren Haushalt geführt hatte, und suchte die Kameradschaft der Lehrerstochter mit den beiden Pfarrerssöhnen zu stören. Sara und ihr Vater nahmen ihr Mittagsmahl allein ein, was ihnen nur recht war. Mrs. Barwell befleißigte sich nämlich einer sehr kühlen und kurzen Art, die Speisen aufzutischen. Sebastian und Sara hatten auch zu verschwinden, wenn Gäste kamen, während die beiden Knaben vom Unterricht weg in den Salon geholt wurden. Manchmal waren sie Zeuge der An- und Abfahrt von Sir Geoffrey Watson, des Herrn von Bramfield, der in seinem schweren Landauer vorgefahren kam. Sooft dessen Tochter Alison, ein dunkelhaariges Kind mit einem süßen Gesichtchen, ihn begleitete, pflegte Sara aus dem Fenster der Schulstube zu lugen, ein wenig neidisch auf die kostbare Kleidung und besonders auf den Pelzmuff, der die Hände so schön warm hielt.

Im Frühling und Sommer konnte es manchmal geschehen, daß Richard die beiden ein Stück nach Rye begleitete. Dann waren sie lustig und ausgelassen und genossen die Stunden innigen Beisammenseins, das in Bramfield einfach unmöglich war.

Die Marschen prangten in üppigem Grün. Das hohe Riedgras schwankte im Wind. Sebastian lehrte Sara die Namen der Vögel, die im Gesträuch sangen, und im Frühling machten sie gemeinsam die Nester aus. Manchmal wanderten sie bis an die Küste. Sebastian wies dann über den Kanal und erzählte Geschichten aus den berühmten Küstenstädten der Normandie und der Bretagne, Geschichten voll von Abenteuern und Romantik. In solchen Augenblicken klang sein Lachen frisch und klar, und er schien nicht älter als Richard zu sein. Wenn ihn der Übermut packte, löste er Saras lange Haarflechten. Ihr Haar flatterte dann frei im Wind, und er nahm es und zauste es, bis sie mit einem Anflug von Unwillen den Kopf zurückwarf. Alle drei lachten über das tolle Spiel. Richards Lachen jedoch klang in solchen Augenblicken nicht ganz so frei, etwas Geheimnisvolles schwang darin mit. Sara aber war glücklich in der Gesellschaft der beiden, die sie wirklich von Herzen liebte. Sie war glücklich, denn sie fühlte, daß auch Richard ihr zugetan war.

An Saras sechzehntem Geburtstag, einem Abend im Spätsommer, schenkte Sebastian Richard seinen Siegelring. Sie saßen zusammen am Strand und lauschten den schrillen Schreien der Möwen, die über ihren Köpfen segelten. Sebastian blickte schweigsam vor sich hin. Er drehte gedankenverloren den goldenen Ring an seinem Finger. Plötzlich wandte er sich an seinen Schüler:

»Gib deine Hand her, Richard«, sagte er, ergriff die Linke des Jungen und steckte ihm den Ring an den Finger.

»Sir . . .?«

»Ich weiß, eigentlich hat Sara ein Recht darauf«, und er lächelte seiner Tochter gedankenvoll zu. »Aber schließlich ist es ein Männerring, der für sie höchstens einen ideellen Wert hat. Ich hab' schon immer vorgehabt, ihn mir eines Tages selbst vom Finger zu nehmen, denn ich möchte nicht, daß ihn ein Fremder abstreift, wenn ich einmal tot bin.«

Die Schultern unter seinem feierlichen schwarzen Rock bebten, und er starrte aufs Meer hinaus.

»Wie lange wird es dauern, und du gehst von Bramfield fort und trittst in die Armee ein, Richard«, setzte er nach einer Weile fort, »dann wird alles anders ein. Gewiß, wir bleiben Freunde, wir drei, jedoch – es ist nicht mehr dasselbe. Aber was soll ich lange reden, ich möchte, daß du den Ring nimmst. Er soll dich immer an diese Stunde erinnern.«

Sara war Richard dankbar, daß er sich nicht lange sträubte, das Geschenk anzunehmen.

In sich versunken schaute er auf seine Hand nieder, die ihn wie eine neue, ungewohnte anmutete. Schließlich sagte er, ohne den Kopf zu heben:

»Solange ich lebe, werde ich an diesen Abend denken – an euch.« Dann hob er langsam die Augen und wandte sich an Sara:

»Da er eigentlich dir gehört – erlaubst du, daß ich ihn trage?«

Sie fühlte den neuen Ton in seiner Stimme. Er sprach zu ihr, als wäre sie eine Frau und nicht mehr die Gefährtin seiner Schulzeit.

Ohne ihn anzusehen, antwortete sie artig, denn sie fühlte die scharfen Augen des Vaters auf sich ruhen.

»Es freut mich, daß du ihn trägst.«

Sie sprang auf und sagte zu Sebastian:

»Es ist schon spät, wir müssen gehen.«

Sie wußte in diesem Augenblick nicht, warum sie plötzlich so sprach, es lag wirklich kein Grund vor, zur Eile zu mahnen. Sie nahmen Abschied voneinander, als gälte es eine lange Reise. Richard kehrte nach Bramfield zurück, und Sebastian und Sara machten sich auf den Heimweg nach Rye. Als sie noch einmal zurückschaute, sah sie Richard schnell auf dem Deichweg dahinschreiten.

Es war, als hätte eine unerklärliche Warnung Sebastian dazu getrieben, gerade an diesem Abend Richard den Ring zu schenken. Denn es war ihr letzter gemeinsamer Abend am Strand gewesen. Zwei Tage später, Sebastian hatte es wieder einmal fertiggebracht, Sara zu entwischen, wurde Sebastian, vielleicht unschuldig, in einer Seemannsschenke in einen Streit verwikkelt. Man fand ihn am nächsten Morgen mit einer gräßlichen Kopfwunde sterbend in einer Seitengasse. Wie ein Lauffeuer verbreitete sich die Nachricht im Städtchen, und Saras so sorgsam aufgebaute Scheinwelt stürzte zusammen. Alle möglichen Leute erschienen mit Rechnungen und Schuldscheinen, und Sebastians kleine Borgereien und Lügen kamen heraus. Jetzt lag sein unstetes Leben offen zutage, und der Klatsch gab keinen Pardon. Nur wenige ihrer Bekannten zeigten Mitleid und Trauer. Die meisten hatten für sie, die Tochter eines ganz gewöhnlichen Diebes, wie sie sagten, nur offene Verachtung. Ja, diese ehrbaren Bürger waren geradezu erbittert, daß man nicht auch noch Sara brandmarken konnte.

Sebastian erhielt ein Armenbegräbnis. Sara konnte die Angehörigen des Vaters nicht benachrichtigen, da sie deren Anschrift nicht kannte. Stolz und Treue hätten es auch so nicht zugelassen. Sie duldete es lieber, daß die Leute in Rye und auch die Barwells in Bramfield ihre Abstammung, derer sie sich gerühmt hatten, nun auch in Zweifel zogen und als ein Hirngespinst bezeichneten.

Nach dem Begräbnis suchte sie sich Klarheit über ihre Lage zu verschaffen. Geld war keins da. Der Erlös aus der geringen Habe mußte für die Schulden bleiben. Sie bezweifelte, daß sie für sich so viel erübrigen könnte, um die Postkutsche nach London zu bezahlen. Was hätte sie auch in London anfangen sollen? Wieder in einem Modesalon arbeiten, oder vielleicht als kleines Küchenmädchen unter die Fuchtel irgendeines dickwanstigen Koches kommen? Nur zu gut hatte sich ihr das Bild jener Welt ins Gedächtnis gegraben, das sie vor Rye kennengelernt hatte. Aber was sollte sie tun – ohne Geld, ohne Freunde und ohne Beziehungen!

Angst beschlich sie. Da faßte sie sich ein Herz und beschloß, sich an den Mann zu wenden, der ihr noch am ehesten helfen konnte.

Sie zog ihr schönstes Kleid an. Sebastian hatte es ihr gekauft in einem Anflug von Größenwahn. Wahrscheinlich war es noch nicht einmal bezahlt. Voller Bedauern stellte sie fest, daß ihr schäbiger Mantel all die Pracht verhüllte. Es waren gut drei Meilen bis zur Pförtnersloge von Sir Geoffrey Watsons Landhaus und noch eine Meile bis zum Herrenhaus. Aber sie empfand die Länge des Weges nicht, denn sie überlegte, was sie Sir Watson sagen wollte. Im Herrenhaus ließ man sie über eine Stunde in der Halle warten, ehe sie in das Arbeitszimmer gerufen wurde.

Obgleich es draußen reichlich warm war, saß der stämmige Baronet vor einem offenen Feuer, einen Haufen von Papieren um sich ausgebreitet. Er sah sie kurz an und bedeutete ihr, sich auf einem niedrigen Schemel niederzulassen.

»Setzen Sie sich, Miß, setzen Sie sich!«

Sie gehorchte. Sie fühlte ihre Wangen von der Kaminglut sich röten. Sir Geoffrey faltete die Hände über seinem Bauch. Sara erkannte an dieser Geste, daß er das Gespräch zu leiten gedachte, obwohl sie um die Unterredung ersucht hatte. Also wartete sie, daß er zu sprechen begann.

»Ich hörte in Bramfield von deinem Vater. Nehme an, du hast kein Geld mehr?«

Sie nickte. Leugnen zu müssen, was doch ganz Rye wußte, damit brauchte sie sich wenigstens nicht mehr zu quälen.

»Mein Vater war oft krank, Sir Geoffrey, es war nicht leicht für ihn, Geld zu sparen.«

Der Baronet lachte laut auf:

»Ja, ja, die Trunksucht. Ein Teufel, der mit dem Geld davonläuft.« Er streckte seinen bandagierten Fuß aus. »Sieh' hier, wenn mich die Gicht am Bein hat, dann weiß ich auch wovon!«

Er sah ihre verschlossene Miene, und sein Ton wurde sanfter. »Nimm es dir nicht so zu Herzen, Kind.« Er nickte schwerfällig. »Du hast deinen Vater geliebt, das ist nur recht und gut. Kindern, die ihre Eltern achten, kann man trauen. Meine Tochter Alison, du kennst sie doch, ja? Sie ist auch so ein Kind, wahrhaftig, sie ist ein gutes Kind.«

Er richtete sich im Lehnstuhl auf, wobei die Papiere von seinen Knien zu Boden rutschten.

»Du mußt nun also irgendwie Geld verdienen, wie? Von der Luft kann man nicht gut leben.«

»Nun genug, kleines Fräulein. Genug der Gunstbeweise für heute.«

Sie sah ihn voll an.

»Darum komme ich zu Ihnen, Sir.«

»So . . . Und wie denkst du dir das?«

Sara faltete ganz fest die Hände unter ihrem Mantel.

»Ich möchte Sie um eine große Gefälligkeit bitten, Sir Geoffrey.«

Er runzelte die Brauen:

»Eine Gefälligkeit, was für eine Gefälligkeit?«

»Ich möchte Sie bitten, mich ihrer Frau Schwester, Lady Linton, zu empfehlen. Vielleicht kann sie mich in ihrem Londoner Haus anstellen, wenn sie aus Indien zurückkehrt.«

Sir Geoffrey holte tief Luft und fixierte sein Gegenüber scharf.

»Was, zum Kuckuck, weißt du von Lady Linton und ihrem Londoner Haus?«

»Ich war in einem Modesalon angestellt, als ich noch in London wohnte. Ich habe Lady Linton einmal bei einer Anprobe gesehen, und später durfte ich das Kleid in ihrem Haus abliefern.«

»So wirklich? Und da glaubst du also, genug über Lady Linton zu wissen?« Als sie nicht antwortete, fuhr er fort: »Will verdammt sein, wenn ich eine Ahnung hätte, welche Pläne Lady Linton bezüglich ihrer Etablierung in London hegt. Ihr Gatte ist in Indien gestorben, und über ihre jetzigen Absichten hat sie noch nichts verlauten lassen. Ihr Londoner Haus stand in den vergangenen fünf Jahren leer.«

Sara entgegnete nachdrücklich und eifrig:

»Aber, Sir Geoffrey, ich glaube nicht, daß Lady Linton schon alle freien Stellen wieder besetzt hat. Lady Linton muß in London ein großes Haus führen. Ihre Gastlichkeit war berühmt . . .« Sie sah bittend zu ihm auf: »Ich könnte mich wirklich nützlich machen, ich bin geschickt mit der Nadel und kann auch das Haushaltsbuch führen, ich könnte ihre Briefe schreiben und . . .«

Er winkte ab.

»Du scheinst ja eine Perle zu sein, kleines Fräulein«, lachte er dröhnend. »Nun, ich meine, Lady Linton wird dich gebrauchen können. Ich werde ein Wort für dich einlegen.«

»Oh, herzlichen Dank, Sir.«

»Moment mal, Lady Linton wird erst nach Weihnachten zurückerwartet. Was willst du solange anfangen?«

»Irgend etwas«, meinte sie leichthin. »Könnte ich nicht für Sie arbeiten, Sir?«

Er räkelte sich im Sessel:

»Hab' noch nie ein weibliches Wesen getroffen, das so genau weiß, was es will. Würdest wohl am liebsten meinen ganzen Besitz verwalten, wie?« sagte er gutgelaunt. »Nein, nein, unmöglich, hab' schon genügend Leute, die vor lauter Müßiggang umkommen.«

Sara spürte, daß sie einen Fehler gemacht hatte. Ihr fiel ein, daß Alison und sie gleichaltrig waren, und Sir Geoffrey mochte befürchten, daß ihre gemeinsame Freundschaft zu Richard Barwell auch ein Band zwischen seiner Tochter und Sara knüpfen könnte. Und er war nicht der Mann, eine Freundschaft zu dulden zwischen seiner Tochter und jemandem, der einen so zweifelhaften Ruf genoß. Hier war sie nicht willkommen, das war klar.

»Du mußt nach Bramfield«, verkündete Sir Geoffrey plötzlich.

»Nach Bramfield?« wiederholte sie erstaunt. »Als Dienerin etwa?«

»Natürlich«, sagte er und musterte sie verwundert. »Was hast du gegen Bramfield einzuwenden? Ich denke, du warst dort im Dienst?«

»Nicht als Dienstbote!«

»Sachte, sachte, mein Kind, keinen falschen Stolz jetzt. Du mußt nehmen, was sich dir bietet.«

Sie erkannte, daß es keinen anderen Ausweg gab. Entweder sie tat, was er verlangte, oder sie verlor seine Fürsprache. Sie bemühte sich um ein Lächeln, während sie in ihrem Herzen mit dem Schicksal haderte, das sie als Dienstboten nach Bramfield zurückführte. Voll hielt sie den Blick ihrer schrägen grünen Augen auf ihn gerichtet, als sie in wohlgesetzten Worten ihre Dankbarkeit bekundete. Er war entzückt von ihr und eitel Wohlwollen.

»Du wirst sehen, es wird dir gefallen bei Lady Linton. Sie ist sehr nachsichtig, wenn man sie zufriedenstellt, und ich bin sicher, du wirst es schaffen.«

Dann verabschiedete er sie mit einem Winken der Hand.

Sie erhob sich und machte einen tiefen Knicks. Als sie das Zimmer verlassen wollte, hielt er sie noch einmal zurück.

»Es tut mir leid, mein Kind, daß du durch deines Vaters Tod in diese Lage gekommen bist. Aber du wirst deinen Weg gehen, das sehe ich. Du gehörst nicht zu denen, die eine Chance auslassen.«

Bevor sie den Landsitz verließ, erhielt sie noch auf Weisung von Sir Geoffrey eine reichliche Mahlzeit, und der Kutscher mußte sie im Wagen nach Rye zurückbringen. Während der ganzen Fahrt kostete sie voller Genugtuung aus, was sie erreicht hatte. Sie rief sich Lady Lintons großes Ansehen ins Gedächtnis zurück. Sie war bekannt für ihre Großzügigkeit und galt als eine warmherzige, impulsive Natur. In den Modesalons hatte man viel über ihren Reichtum gesprochen, der es ihr erlaubte, verschwenderisch zu sein und ein großes Haus zu führen.

O ja, Sara wußte, wenn Lady Linton sie anstellte, dann hatte sie es gut. Und wenn Sara ihr Köpfchen gebrauchte, konnte sie viel aus einer solchenPosition machen.

Innerhalb einer Woche war Sebastians Habe verkauft, ihre letzten paar Habseligkeiten gepackt und der Dienst in Bramfield angetreten. Es war in den ersten Herbsttagen gewesen. Richard hatte gerade seine Einberufung zur Armee erhalten. Etwas befangen in der neuen Uniform verabschiedete er sich wohl ein wenig förmlich in der Diele der Pfarrei von ihr. Erinnerte sie sich dieser letzten Begegnung, wurde ihr ganz elend zumute. Es war nichts geblieben von dem idyllischen Sommerabend am Strand als Sebastians Ring an Richards linker Hand, mußte sie denken.

Sir Geoffrey hatte sie zwar gezwungen, nach Bramfield zurückzukehren, aber sein so offen bekundetes Interesse trug in keiner Weise dazu bei, ihre Lage in der Pfarrei zu verbessern. Das Schulzimmer und die Bibliothek waren für sie verschlossen. Die Dienstboten im Hause nutzten Saras Lage weidlich aus und übertrugen ihr die niedrigsten Arbeiten. Sie wußten genau, daß Sara machtlos war. Sie schlief in einer ungeheizten Dachkammer zusammen mit der Köchin und noch einer Magd. Dieses Nie-allein-sein-Können traf sie an der empfindlichsten Stelle. Sie haßte den rauhen ungehobelten Dialekt und die ordinäre Unterhaltung der Mägde, die sich zu wahren Tyrannen ausbildeten, denn sie brauchten sich ja auch nur ein Beispiel an Mrs. Barwell zu nehmen. Sara war unglücklich und kam sich in Bramfield wie eine Gefangene vor. Nur Richards Versprechen, Weihnachten nach Hause zu kommen, hielt sie in all den schweren Wochen aufrecht.

Als er dann endlich kam, war er völlig verändert. Er benahm sich steif und abweisend, er wußte nicht recht, wie er ihr in der veränderten Lage begegnen sollte. Um Unannehmlichkeiten mit den Eltern zu vermeiden, mied er sie einfach. Seltsam, sie konnte ihn sogar verstehen und verzieh ihm, denn auch sie fand sich nicht zurecht in der neuen Lage. Richard wich ihr auf Schritt und Tritt aus, und sie ertappte sich dabei, daß sie es ihm gleichtat.

Den heftigsten Schlag aber empfing sie ausgerechnet am Heiligen Abend, den man würdig, wie es sich für ein Pfarrhaus geziemte, verbrachte. Es ging so würdig zu, daß sie sich nach der Fröhlichkeit und Ausgelassenheit der mit Sebastian verlebten Weihnachtsfeste sehnte. Nell, eine der Mägde des Hauses Barwell, erhob sich nach dem reichlich genossenen Mahl nur widerwillig, als es draußen läutete. Wenige Augenblicke später kam sie zurück und brummte, krampfhaft ein Gähnen unterdrückend: »Der Pfarrer muß ja mächtig in Gunst stehen, wenn Sir Geoffrey und Miß Alison es sich nicht nehmen lassen, ihre Aufwartung zum Fest zu machen. Heut bleibt doch wohl jeder zu Hause, wenn er nicht einen ganz besonderen Grund hat, auszugehen.«

Die Köchin richtete sich mühsam auf und stocherte im Feuer. »Bald gibts Hochzeit, will ich meinen. Miß Alison hat ein Auge auf unseren jungen Herrn geworfen, das sieht doch jeder. Und der Herr Pfarrer wird nur zu gerne seinen Segen geben bei *der* Aussicht auf Geoffreys Geld.«

Nell rümpfte die Nase und räkelte sich im Stuhl.

»Na ja, 'n Mädchen, das den jungen Herrn nimmt, braucht auch viel Geld . . . Außer seinem hübschen Gesicht hat er ja nix. Wenn er auch so gute Manieren hat und eine Lauf-

bahn vor sich, der ist nicht der Mann, allein weiterzu-
kommen.«

Sara verkroch sich tief in ihren Stuhl und hoffte inständig, das
trübe Kerzenlicht und das flackernde Herdfeuer würde die Röte
auf ihren Wangen nicht verraten. Sie saß ganz still, hörte die
schweren Atemzüge der Köchin und wiederholte sich zum
hundertstenmal, was sie soeben über Richard und Alison vernommen hatte. Der Gedanke, Richard könnte Alison heiraten,
quälte sie, als hätte sich plötzlich ein dunkler Abgrund vor ihr
aufgetan.

Sie wollte allein sein. Sie brauchte Zeit, um mit allem fertig zu
werden, aber noch ging es nicht, sie mußte bleiben und das
Geschwätz der Mägde anhören, bis endlich der schwere Atem
der Köchin in Schnarchen überging und sie sich leise erheben
und zur Tür hinausschleichen konnte.

Nein, jetzt in die Schlafkammer zu gehen, war sinnlos, dort
wäre sie nicht lange allein geblieben, aber es war empfindlich
kalt, und so entschloß sie sich, das Schulzimmer aufzusuchen.
Zwar war es ihr verboten; im Augenblick war es die sicherste
Zuflucht. Sie zögerte noch einmal kurz, dann versuchte sie es.
Die Tür war nicht verschlossen.

Sie tastete sich vorwärts, ihre Hände griffen lang vertraute
Gegenstände, sie fand die Kerze auf dem Kaminsims und zündete sie an. Die einsame Flamme warf ihr kleines Licht in die
Ecken und enthüllte den Raum, in dem vor noch nicht langer
Zeit Sebastian geherrscht hatte. Ihre Augen ruhten auf der
blankgeputzten Tafel, auf den Regalen mit den zerfetzten Büchern, auf dem dicken lateinischen Wörterbuch. Sie ging zum
Katheder, setzte sich und atmete erinnerungstrunken den Duft
von Tinte und Kreide. Sie rieb sich die Hände, denn es war auch
hier empfindlich kalt. Wie dumm von mir, sagte sie zu sich,
ausgerechnet hierher zu gehen. Hier lebten die Erinnerungen
an Sebastian, Richard und William am stärksten.

Die Zugluft spielte mit der Kerze, und die Schatten malten
Zerrbilder an die Wand. Wie ehedem sah sie sich in einer der
Bänke sitzen, und Sebastian, Richard und William waren bei
ihr. So stark war die Einbildung, daß alles Geschwätz von der
bevorstehenden Heirat Richards verhallte und sie einfach nicht
glauben konnte, daß Sebastian tot war und Richard seit Monaten in der Armee.

Tief in Gedanken versunken, hörte sie nicht, daß die Tür
geöffnet wurde. Erst ein Räuspern ließ sie aufhorchen, sie

drehte sich rasch um und sah Richard im Türrahmen stehen.

»Ich sah Licht«, sagte er, »und wunderte mich . . .«

Sie erhob sich halb, ließ sich jedoch gleich wieder zurückfallen. Sebastians Pult unter ihren Fingern zu spüren, gab ihr Sicherheit. Sie erinnerte sich, wie sehr ihr Vater Unterwürfigkeit verabscheut hatte, und mit einem Anflug von Trotz sagte sie:

»Ich weiß wohl, daß ich hier nichts zu suchen habe, aber . . .«

Statt einer Antwort schloß Richard die Tür und kam näher.

»Mußt du denn so mit mir sprechen, Sara?« fragte er ruhig.

»Hat sich wirklich alles verändert? Wir sind doch Freunde.«

Sie warf den Kopf zurück:

»Nicht nur dein Rock, Richard, alles hat sich verändert.«

Er kam auf sie zu. Sie wartete gespannt. Da beugte er sich nieder und faßte sie unterm Kinn.

»Du bist groß geworden in diesen Monaten, kleine Sara, du hast dich auch verändert.«

Die Berührung seiner Hand machte sie wanken.

»O Richard«, sagte sie, und ihre Stimme klang weinerlich, »warum ist alles so anders? Könnten wir doch zurück, hierher . . .« Sie wies auf die leeren Pulte, den tintenbekleckten Fußboden.

»Was ist los, Sara, bist du denn nicht glücklich?« fragte er freundlich.

Sie fand keine Antwort.

»Es tut mir leid, daß Bramfield dich unglücklich macht.«

Seine Finger lösten sich und spielten mit ihrem Haar, genauso, wie Sebastian es immer getan hatte.

»Ich will nicht, daß du unglücklich bist.«

»Ach, was kümmert es dich«, sagte sie um einen Ton schärfer als sie beabsichtigt hatte.

»Natürlich kümmert es mich etwas.« Er richtete sich auf, seine Hand fiel herab.

»Es dauert nicht mehr lange, Sara, nur noch ein paar Monate. Lady Linton kommt bald. Noch ein Vierteljahr, und du bist in London.«

Sie sah ihn nicht an:

»In London werde ich genauso allein sein wie hier, nicht wahr, Richard?«

»Allein, Sara?« Er lachte gekünstelt. »Du bist ein Närrlein, Sara. Lady Linton führt ein großes Haus, da gibt es keine

Langeweile. Du wirst Bramfield bald vergessen.«

Er dämpfte seine Stimme zu einem Flüstern:

»Und, Sara, ich werde auch da sein.«

Ihr Kopf schnellte hoch. Die Kerze flackerte.

»Du? Wieso?«

Er lächelte.

»Nun, nicht gerade in London, aber doch in der Nähe. Ich werde dich besuchen können.«

Er lächelte, und dieses Lächeln schlug eine neue Brücke zu der Kameradschaft von einst, die das alte Schulzimmer gestiftet hatte. Sie schaute in sein hübsches weiches Gesicht, auf das dichte lockige Schwarzhaar und den steifen Kragen, der seinem Kopf eine so würdige Haltung verlieh. Seine Erscheinung und seine guten Manieren machten es ihm wohl allzu leicht, wenn er etwas erreichen wollte, sprach eine innere Stimme in ihr. War er auch nur der Sohn eines kleinen Landpfarrers, ohne Geld und Einfluß, war es ihm doch jetzt schon gelungen, die Gunst seiner Vorgesetzten zu gewinnen. Auch Sir Geoffrey Watson war ihm gewogen. Das selbstzufriedene Lächeln, das er oft an sich hatte, bildete sich manchmal allzu leicht um seinen vollen Mund. Sie hatte ihm ihre Hände entgegenstrecken wollen, vorhin, jetzt versagten ihre Arme den Dienst. Da flackerte die Kerze auf, war ein unruhiges Licht und malte Schatten auf sein Gesicht. Die Vision eines freundlich lächelnden Lakaien schoß ihr durch den Kopf, das Bild eines Menschen, dem Einfluß und Reichtum immer imponieren konnten.

»Warum siehst du mich so an, Sara?« fragte er. »Freust du dich nicht auf unser Wiedersehen in London?«

»In London . . .? Ach so. Ja, natürlich, Richard.«

»Warum machst du dann ein solches Gesicht?« Er lachte, und seine gute Laune kehrte zurück. »Bedenke, Sara, endlich einmal all die Theater besuchen, die Schauspiele sehen, von denen ich immer geträumt habe, hier in diesem Zimmer, wenn ich über den langen Zahlenreihen saß. Woran denkst denn du, wenn du von London hörst?«

Seine schülerhafte Begeisterung machte sie lächeln.

»London ist nicht so neu für mich, wie du denkst, Richard. Du vergißt, daß ich dort geboren bin.«

»Ja, das hätte ich beinahe vergessen.«

Er verschränkte die Hände hinter dem Rücken und trat einen Schritt weg von ihr: »Ach ja, da hätte ich beinahe vergessen, daß du ganz anders gelebt hast, bevor du zu uns kamst. Du hattest das Stadtleben schon kennengelernt. Jetzt kommt es mir fast wie Selbstsucht vor, daß man dich hier festhält. Eigentlich bist du aus einer anderen Welt. Und doch, sind wir auch verschieden, denn ich bin außer dem bißchen Militär nie fort gewesen, du gehörst für mich hierher und sonst nirgendwohin. Als ich fort war und an Bramfield dachte, dachte ich immer nur an dich. Sah ich das Licht der Marschen und die Spiegel der Teiche, sah ich immer nur dein Haar. Ich sah immer und überall nur dich. Jetzt weiß ich, hatte ich Heimweh, dann war es Heimweh nach dir!« Jäh änderte sich der Ton seiner Stimme: »Ich bin wohl jetzt sehr albern?«

Sie schüttelte den Kopf.

»Immer wieder mußte ich an unsere gemeinsamen Abende am Strand denken. Weißt du noch, Sara?« Er wartete keine Antwort ab. »Natürlich weißt du es noch, keiner von uns wird es je vergessen können.«

Und er beugte sich nieder und küßte sie sanft auf den Mund.

»Für all das Schöne, daß ich nur dir verdanke, Sara«, sprach er leise.

Sie ergriff seine Hand.

»Oh, Richard, wirst du auch immer daran denken?«

»Immer«, flüsterte er und küßte sie noch einmal.

Zum erstenmal in ihrem Leben wurde sie so geküßt, und es erschreckte sie, daß sie sich so rasch dem unbekannten Gefühl hingab. Sie fühlte seine Arme fest um ihren Leib geschlungen, spürte ihre Finger in seinem dichten Nackenhaar. Ihre Körper drängten zueinander, und es war, als flammte plötzlich jene Leidenschaft auf, die sie in ihrer auf einmal weit zurückliegenden Jugend füreinander hegten. Sara spürte, wie sich ihr Verhältnis zu Richard für immer wandelte. Und sie erwiderte seinen Kuß und wußte genau, nur das hatte sie von ihm gewollt, nur darum war ihre unbestimmte Sehnsucht gekreist, als sie auf seine Heimkehr wartete. Deutlich erkannte sie, daß dieses heiße Gefühl Liebe war, jene Liebe und Sehnsucht, die sie sich bis zu diesem Augenblick einzugestehen nicht gewagt hatte. Mit jeder Fiber ihres Leibes gab sie sich diesem erfüllenden Gefühl hin.

Nur ganz allmählich lockerte sich die Umarmung. Richard löste seine Lippen von ihrem Mund, preßte sie auf ihre Lider, ihre Stirn und vergrub schließlich sein Gesicht in ihrem Haar.

»Liebste«, flüsterte er, »süße, geliebte Sara!«

Sie fühlte seinen Atem auf ihren Wangen. Er lehnte sich

schwer gegen sie. Irgend etwas in seiner Haltung flößte ihr plötzlich Furcht ein. Der Verdacht stieg in ihr auf, er fühle sich nicht aus Liebe und Leidenschaft zu ihr hingezogen, sondern weil er Schutz und Halt bei ihr suchte.

»Sara«, stöhnte er, und es klang fast wie ein Hilfeschrei. Sie empfand ihn wie einen kalten Windstoß ans Ohr, der zur Vorsicht mahnte.

Sie machte sich von ihm frei, trat ein paar Schritte zurück und preßte die Hand gegen die Ohren, als wollte sie den beängstigenden Klang seiner Stimme auf diese Weise loswerden.

»Nein, Richard«, sagte sie heiser, »du wirst mich verlassen und Alison heiraten!«

Sein Gesicht verfärbte sich. Etwas wie Angst stieg in ihm auf, er sah plötzlich einem verängstigten Kinde ähnlich.

»Alison heiraten? Wie kommst du darauf?« Er fuhr sich verwirrt durchs Haar. »Bist du verrückt geworden, Sara?«

»Man spricht davon. Und zwar so, als wäre es eine längst beschlossene Sache.«

Er umklammerte ihren Arm.

»Wer spricht davon? Was redest du da überhaupt?«

»Die Köchin und Nell, sie sagen, es sei so gut wie sicher.«

Er sah sie streng an: »Du hast dich anscheinend wirklich verändert, Sara. Seit wann gibst du etwas auf Dienstbotenklatsch? Warum fragst du nicht mich, warum glaubst du solchen Leuten?«

»Was sollte ich denn glauben?« entgegnete sie, elend vor Kummer. »Wann hätte ich dich fragen sollen? Du hast es mir nicht leichtgemacht. Hab ich dich jemals allein gesehen?«

Er wurde rot. »Ich weiß. Und ich schäme mich. Aber glaub bitte nicht, ich hätte nicht mit dir sprechen wollen.«

Wieder nahm er sie in die Arme, und es war eine gütige und weiche Bewegung, als er ihr Haar streichelte. Sie fühlte sich geborgen wie in der sonnigen Marsch an Sebastians Arm. Da stiegen ihr die Tränen in die Augen. Wie gern hätte sie den Kopf an seine Schulter gebettet und sich das ganze Elend der verflossenen Monate von der Seele geweint. Aber durfte sie das?

»Liebe Sara«, sagte er, »ich denke nur an dich, glaub mir. Denk du nicht mehr an Alison, das ist Klatsch und Tratsch, pure Einbildung der Leute. Ich schwöre dir, ich habe nie auch nur die geringsten Andeutungen gemacht, daß ich sie heiraten wollte.«

Er nahm ihr Gesicht in beide Hände. »Ich heirate dich und keine andere.«

Sie fühlte sich plötzlich wie steif in seinen Armen und stieß hervor:

»Du kannst mich nicht heiraten, eine Magd.«

Er schüttelte sie heftig.

»Eine Magd? Du bist die Tochter meines großen und einzigen Freundes. Ist denn das nichts? Ja willst du mich denn überhaupt heiraten?«

»Natürlich, aber Wollen und Können ist zweierlei.« Ihre Finger glitten sanft über das weiche Tuch seiner Uniform.

»Ich will dich haben, Sara, und das ist das Entscheidende! Sobald ich befördert bin, können wir heiraten. Kommt es zum Krieg mit Frankreich, dann geht es sowieso schnell. Versprichst du mir, zu warten?«

»Warten . . .?« Ihre Augen bekamen ein warmes Leuchten. Sie lächelte: »Ja, Richard, ich will warten. Und«, fügte sie schnell hinzu, »wir werden es schon schaffen, wir zwei.«

Sie barg ihr Gesicht an seiner Schulter, und ein Gefühl von Seligkeit und Freude erfüllte sie. Jetzt gab es wieder eine Zukunft für sie, zwar noch unsicher und verschlossen, aber es lag nun immerhin an ihnen, was sie daraus machten. Wenn sie zusammenhielten, würde es ihnen schon gelingen.

Er streichelte wieder ihr Haar und flüsterte ihr ins Ohr:

»Du wirst einen Weg finden, ja, Sara? Du bist geschickter in solchen Dingen als ich.«

Sie erschrak. Er appellierte an ihre Stärke. Aber würde es ihr gelingen, einen Ausweg aus der jetzigen Lage zu ersinnen? Da erkannte sie, daß sie kämpfen mußte. Entweder sie fand und ebnete den gemeinsamen Lebensweg, oder sie verlor Richard. Er würde ihr genommen werden, einfach weil er zu schwach war, die Hindernisse zu beseitigen, die man künstlich errichten würde, sobald man von ihren Heiratsabsichten erfuhr. Sie war stärker und zäher als Richard, und sie wollte kämpfen. Wie sehr er doch Sebastian ähnelte, ging es ihr durch den Sinn, genau wie er brauchte er ihre Liebe und Kraft.

»Ja, ich will einen Ausweg finden, Richard«, sagte sie fest. »Wir werden es schon schaffen.«

Er nahm sie in die Arme und küßte sie. Und wieder war es erregend, wie seine Lippen ihren Mund suchten, wie sie sich im Kuß erfüllten. Keiner hatte je ähnliches erfahren. Als sie die Umarmung lösten, waren ihre Wangen flammendes Rot. Sekundenlang mieden sich ihre Augen, als schämten sie sich der jäh emporlodernden Leidenschaft. Sara, der es nicht in den Sinn wollte, daß ein so beglückendes Gefühl Grund zur Reue sein sollte, hob schließlich den Kopf. Richards Augen ruhten auf ihr. Auch aus ihnen sprach keine Reue. Er lächelte.

In einer plötzlichen Gefühlsaufwallung zog er Sebastians Ring vom Finger, ergriff Saras Hand und streifte ihn ihr über.

»Trag ihn, Sara«, rief er, »trag ihn, bis wir uns in London wiedersehen. Ich werde ihn zurückfordern.«

»Es ist dein Ring, Richard . . .«

Sein Blick war voller Zärtlichkeit und Besitzerstolz. »Versprich mir dennoch, ihn zu tragen, bis ich komme und ihn zurückfordere.«

Sie nickte langsam.

Er lächelte und küßte sie zart und flüchtig. Dann ging Richard. Die Tür fiel ins Schloß, und die Zugluft ließ die Kerze aufflakkern. Schatten tanzten auf dem Boden, verzerrten Bänke und Katheder. Sara verharrte bewegungslos und hielt die Hand mit Sebastians Ring gegen den Mund gepreßt, den Richard geküßt hatte.

In Bramfield fand sich keine Gelegenheit mehr, ein Wort allein mit Richard zu wechseln. Sie trafen sich zwar hin und wieder auf der Treppe oder in der Halle, aber das geheime, verbindende Lächeln mußte das ersehnte Gespräch ersetzen. In der Küche wurde ja weiter darüber geklatscht, wieviel Zeit Richard außer Haus verbrachte, und Nell und die Köchin faselten dauernd von Sir Geoffreys Wagen, der den Pfarrerssohn nachts nach Hause fuhr, aber seit Sara den sorgsam unterm Bettzeug versteckt gehaltenen Ring von Richard hatte, fühlte sie sich sicher. Seine Besuche bei den Watsons kümmerten sie wenig. Wenn sie die Trägheit und Abwechslungsarmut des Pfarrhauslebens bedachte, verstand sie nur zu gut, daß er sich nach dem leichteren und behaglicheren Leben im Hause des Baronets sehnte. Jedesmal, wenn Richard auf dem Deich ihren Blicken entschwand, entschuldigte sie ihn vor sich, voller Nachsicht und Liebe, wenn sie sich auch eingestehen mußte, daß es ihr lieber gewesen wäre, wenn er das Herrenhaus nicht so oft aufgesucht hätte. Sie fragte sich denn auch, ob Alison von seinem Charme so eingenommen war, daß sie blind wurde für seine Fehler.

Endlich wurde es Frühling in Romney. Laue Winde wehten vom Meer herüber, die Wiesen grünten, das Ried, ja sogar die

Wasserpflanzen zeigten einen zarten grünen Schimmer. Die Schwarzdornhecken und Weiden endlich legten blaßgrüne Gewänder an.

Sara wartete jetzt täglich darauf, nach London abberufen zu werden, und sooft Sir Geoffrey ins Pfarrhaus kam, lungerte sie in der Halle herum. Sir Geoffrey tat jedoch nicht dergleichen. Sie fürchtete schon, daß er nie mehr ein Wort darüber verlauten lassen werde und daß ihr Plan ins Wasser gefallen war, als er sie eines Tages – sie wollte gerade eilfertig die Tür für ihn öffnen – anhielt:

»He, kleines Fräulein«, sagte er und stützte sich fester auf den eleganten, mit einem Silberknopf verzierten Stock. »Nun wirst du also bald in London sein.«

Ihre Augen weiteten sich: »Sie haben Nachricht, Sir Geoffrey?«

»Ja, Lady Linton ist vor sechs Tagen in Portsmouth gelandet. Drei Wochen wird sie wohl auf ihrem Gut in Decon zubringen, aber dann will sie ihr Londoner Haus eröffnen. Sie gibt mir noch Nachricht, wann du kommen sollst.«

Sara machte einen tiefen Knicks: »Ich danke Ihnen, Sir Geoffrey.«

Er setzte sich schwerfällig in Gang, machte aber noch einmal kehrt und betrachtete sie wohlgefällig: »Freust dich wohl auf London, was?«

Sara warf einen Blick auf die unheildrohende Gestalt des Pfarrers. »Ja, Sir, aber ich war auch gern im Pfarrhaus, der Herr Pfarrer und Mrs. Barwell waren sehr gütig zu mir.«

»Ich weiß, ich weiß«, antwortete er, »aber bei Lady Linton wird es kurzweiliger sein.« Er kicherte, wobei sein fülliger Leib ordentlich bebte. »Ich sage immer zu unserem Pfarrer, solche jungen Dinger lieben die Abwechslung. Nun, wo Lady Linton ist, da gibt es keine Langeweile, soviel ist gewiß.«

Er verschnaufte und sah Sara prüfend an. »Aber mit diesen Kleidern da . . . Unmöglich . . . Lady Linton selber kleidet sich erstklassig, und sie duldet nur jemanden um sich, der etwas auf sein Äußeres gibt. Hier . . .«, er fingerte an seiner Börse und holte drei Guineen hervor, »nimm das, und kauf dir was Hübsches zum Anziehen. Mrs. Barwell wird dir sagen, was du brauchst.«

Sie errötete und stammelte Dankesworte, die er mit einer wohlwollenden Geste zurückwies.

46

Mr. Barwell starrte auf das Geld. Sara wußte genau, daß sie es ihm würde abliefern müssen, sobald Sir Geoffrey fort war.

»Meine Tochter ist schon ganz versessen darauf, Lady Linton zu besuchen«, fuhr Sir Geoffrey fort. »Einkaufen will sie vor allem, versteht sich. Die Läden in London haben es dem Jungfräulein anscheinend besonders angetan. Da wirst du sie also bald wieder zu sehen bekommen.«

Sara antwortete pflichtschuldigst: »Es wird mir ein großes Vergnügen sein, Sir, ein bekanntes Gesicht unter all den fremden zu entdecken.«

Er kicherte wieder. »Na, daran wird es nicht fehlen, mein Kind, Richard, der junge Herr, daran zweifle ich keinen Augenblick, wird bald ständiger Gast bei Lady Linton sein.«

Sara spürte, wie ihr das Blut in die Wangen schoß. Aber gottlob beachtete sie niemand mehr. Der Pfarrer hatte seine Hand auf Sir Geoffreys Arm gelegt und sagte mit einem leisen Kopfschütteln:

»Ist diese Bemerkung nicht etwas voreilig, Sir Geoffrey? Noch ist nichts abgemacht.«

»Unsinn, Pfarrer, Unsinn, es ist so gut wie perfekt. Wenn Richard das nächstemal heimkommt, geht alles in Ordnung. Ich werde selbst mit ihm sprechen. Da gibt es keinen Zweifel, Richard wird nichts dagegen haben und Alison auch nicht.«

»Ja, das ist wahr, Sir Geoffrey, und es gibt für mich keine größere Freude als diese Verbindung zwischen Richard und Alison, Ihrer reizenden kleinen Tochter. Aber bedenken Sie, der Klatsch . . .«

Zu Tode erschrocken hatte Sara gelauscht. Um sie herum begann sich alles zu drehen, als ihr die Bedeutung der Worte klar wurde. Das konnte doch nicht wahr sein! Aber jetzt nur keine Schwäche zeigen. Sie durfte sich auf keinen Fall verraten. Die Muskeln ihres Körpers spannten sich. Da wandte sich der Baronet auch schon an sie: »Ich möchte wetten, das Fräulein hier ist keine Klatschbase. Die kann den Mund halten, aber wie dem auch sei, die Neuigkeit ist sowieso bald herum. Ich möchte jedenfalls, daß die beiden noch im Sommer heiraten. Na, wir werden ja sehen.«

Ohne Sara weiter zu beachten, drehte er sich um und schritt die Stufen hinab. Auf dem Vorplatz wartete der Knecht des Pfarrers mit dem Pferd des Baronets.

Sara stand wie festgebannt und horchte:

»Sieht nach Regen aus«, sagte Sir Geoffrey, »und ich muß noch zwei Besuche machen. Ärgerlich, der Kutscher liegt seit drei Tagen mit Fieber im Bett und ich hab' keinen, der mich fahren könnte. Bin allmählich wirklich zu alt, so lange im Sattel zu sitzen.« Seine Worte gingen in Ächzen und Stöhnen über, als er sich mit Hilfe des Pfarrers und des Knechtes mühsam in den Sattel schwang. Als Sara die Männer so beschäftigt sah, eilte sie zur Hintertreppe und suchte Zuflucht in der Dachkammer. Sie warf sich auf ihr Bett, überwältigt von Elend und Kummer. Ein Weinkrampf schüttelte sie, bebend vor Zorn und Enttäuschung.

»Richard«, schluchzte sie, »o Richard, was ist uns geschehen?«

Der Tag ging zur Neige. Dämmerlicht breitete sich über die Marsch. Richard war für sie verloren, sie wußte genau, daß sie ihn nicht mehr halten konnte. Sie war machtlos gegen ein Schicksal, das alles gegen sie gesetzt hatte. Wenn sie auch nicht glaubte, daß er genau über die Pläne der Väter im Bilde war, so war sie sich doch im klaren darüber, daß er dem Druck den sowohl seine Eltern als auch Sir Geoffrey auf ihn ausüben würden, nicht widerstehen konnte. Sie wußten ihn zu nehmen, und das war nicht schwer, denn er gehörte nicht zu jenen, die gegen Wohlstand und einträgliche Beziehungen gefeit waren. Er war ein unbegüterter und unbekannter Pfarrerssohn, dem sich hier der Halt und die Verbindung einer mächtigen Familie boten. Er würde nicht widerstehen, die Verlockungen waren zu groß, und Alison mit ihrem süßen Gesichtchen und liebevollen Wesen war eine Frau, wie sie sich ein Mann nicht besser wünschen konnte. Nein, es gab keinen Ausweg mehr zu suchen, es war vorbei. Gewiß, Richard würde die Entscheidung nicht leichtfallen, aber der Gewissenskampf würde nicht lange währen. Er würde die lange Wartezeit bedenken und sich den Kampf gegen die Vorurteile der Familie vor Augen führen, alles Dinge, die eine Verehelichung mit Sara letzten Endes doch sehr fraglich erscheinen ließen. Lieber den Spatz in der Hand, als die Taube auf dem Dach, das war schon immer seine Devise gewesen. Sie kannte seine Schwächen ja längst und hatte sie ihm immer wieder nachgesehen. Jetzt freilich schalt sie sich eine Närrin. Sie sah Richard und die gemeinsame Zukunft kritischer. Die Bilder wurden scharf und klar, und taten sie auch weh, wußte sie jetzt immerhin Bescheid. Sie sah Richard in dem Londoner Haus Besuche machen, Besuche, die Alison galten und nicht ihr! Sie sah ganz deutlich die Vorbereitungen zur Hochzeit, bei denen sie als Dienerin eine Rolle spielen durfte, und erlebte die Hochzeit selbst, bei der sie nicht mehr als ein Zaungast war. Ihr armer Kopf malte ihr qualvoll alle die Szenen aus, die unvermeidlich und so schmerzlich sein würden.

Da hörte sie plötzlich Nells Stimme auf der Treppe. »Sara, Sara, bist du da? Madame sucht dich schon 'ne ganze Stunde.«

Sara erhob sich rasch und rief:

»Ich komme!«

Nells ordinäre Stimme wirkte bei ihr diesmal wie ein Funke in einem Pulverfaß. Sebastians unbeugsamer Stolz wurde in ihr lebendig, sie würde sich alle die Erniedrigungen, die ihr bis zur Hochzeit Richards mit Alison noch bevorstanden, nicht gefallen lassen. Der Gedanke an Flucht blitzte in ihr auf. Im ersten Augenblick erschrak sie. Als sie den Plan jedoch überdacht hatte, wurde sie kühn. Warum eigentlich nicht, sagte sie sich. Sie würde nicht mitansehen müssen, wie Richard den Verlokkungen erlag und Alison ihr den Geliebten für immer nahm. Sie verrannte sich in diese Idee, und plötzlich gab es für sie kein Zurück mehr. Sie sprang vom Bett auf und wühlte unter der Matratze, bis sie Sebastians Ring fand. Sie hatte ihn nicht mehr in den Händen gehabt seit dem Weihnachtsabend, an dem sie ihn von Richard erhielt. Da sie ihn in der Hand hielt, wurde sie von einer neuen Zorneswoge erfüllt. Ihre Wangen brannten, und Tränen stürzten ihr aus den Augen. Gewaltsam löste sie den Blick von dem Ring und knüpfte ihn zusammen mit den Goldmünzen, die Sir Geoffrey ihr geschenkt hatte, in ein Taschentuch.

Bevor sie die Dachkammer verließ, zog sie noch ihre schweren Stiefel an und hängte sich einen Mantel um die Schultern. Sie kam ungesehen durch die Gänge und über die Treppe. Es war geradezu sträflich einfach, aus dem Pfarrhaus zu verschwinden, ging es ihr durch den Kopf. Wie ein Schatten huschte sie an der Küchentür vorbei. Der schwere Duft der Speisen schlug ihr entgegen und folgte ihr auf den letzten Metern durch die Diele. Sie schloß die Haustür hinter sich und eilte die niedrige Mauer entlang, die den Pfarrgarten gegen den Kirchhof abgrenzte. Der Tag ging in die Nacht über, das scheidende Licht trieb mit der hereinbrechenden Dunkelheit sein geisterhaftes Wesen, und Sara konnte ihrer Furcht nicht Herr werden, als sie an den Grabsteinen und dem dunklen wuchtigen Quadrat der Kirche vorbei dem Deichweg zustrebte, einsam und verlassen.

Ihre größte Sorge war, sich nicht zu verlaufen und nach Rye zu geraten, wo sie jeder kannte. Sie schlug die Richtung nach Appledorn ein. Kein leichter Entschluß für sie, denn der Ort war ihr fremd. Ihre Wanderungen mit Sebastian und Richard hatten nie in diese Gegend geführt. Hinter ihr schnitt das Licht aus dem Pfarrhaus einen schmalen Streifen in die Dunkelheit. Sie schaute noch einmal zurück. Nein, sie fühlte keine Reue. Allmählich wich auch die alles erfüllende Bitterkeit einem Gefühl der Erleichterung. Daß niemand sie an ihrer Flucht hinderte und daß sie morgen schon weit weg von Bramfield sein würde, machte sie fast froh. Entschlossen stapfte sie vorwärts. Anfangs machte ihr der scharfe Wind nicht viel aus, aber dann empfand sie die beißende Kälte als unangenehm und zog den Mantel über. Nacht und Einsamkeit machten ihr wenig aus, hier draußen fürchtete sie sich nicht wie vorhin auf dem Friedhof, die Landstraße kam ihr wie ihr eigenes Reich vor. Die Marsch gehörte ja zu ihr. Sebastian, Richard und sie hatten sie einst für sich entdeckt.

Sie hatte schon drei Meilen zurückgelegt, als es plötzlich zu regnen begann. Es goß in Strömen, und der Wind peitschte ihr die Tropfen so heftig ins Gesicht, daß sie kaum Luft holen konnte. Sie zog den Kopf ein. Ihre Entschlossenheit litt unter dem strömenden Regen. Ernüchtert stellte sie fest, daß die Lichter von Bramfield weit hinter ihr lagen, in dem finsteren und unbekannten Land vor ihr aber kein einziges Zeichen auf eine menschliche Behausung hindeute. Schauergeschichten aus dem Marschland beherrschten ihre Phantasie, gaukelten ihr schreckliche Bilder von Gespenstern vor, vom Wollschmuggel nach Frankreich, von Schenken, ja sogar von Kirchenmännern, die angeblich keine unwesentliche Rolle bei den Schmuggeleien spielten. Gerüchte gingen um von Morden, die begangen worden waren, weil die Schmuggler einander die Gewinne neideten. Sie fühlte sich verfolgt. Der Regen trommelte stärker, Angst beschlich sie. Wind und Wetter schutzlos preisgegeben, wankte sie vorwärts. Die Nacht ohne Obdach in der Marsch zubringen zu müssen, machte sie immer mutloser. Hätte sie doch lieber den Morgen in Bramfield abgewartet! Jetzt war es zu spät. Sie konnte nicht mehr zurück, der Weg ins Pfarrhaus war für sie versperrt. Und nach London? Sie wußte nicht mehr aus und ein, ihr Herz war in Aufruhr, ihr Blut in Wallung und doch wurden die Beine immer müder, ihre Schritte immer langsamer. Sara hatte seit Mittag nichts mehr gegessen.

Sara Dane ging durch die Nacht. Zwei weitere Meilen hatten ihre Beine zurückgelegt, während ihr Geist vorauseilte, suchte, vermutete, Böses ahnte. Sie mußte sich dem Wirtshaus »Zum Engel« nähern, einer verrufenen Schenke, die etwa eine Meile vor ihr an einer Straßenkreuzung lag. Eine der Mägde im Pfarrhaus hatte von ihr erzählt und schaurige Geschichten von Schmuggel, Diebstahl und Messerstechereien zu berichten gewußt. Sollte sie weitergehen, sollte sie sich einem Hause nähern, das unheimlicher war als ein Turm, in dem es spukte. Sie fürchtete sich und wünschte sehnlich, die Schenke weit hinter sich zu haben. Sie setzte sich das Wirtshaus gleichsam zum Markstein. War sie erst glücklich vorbei, wollte sie nach einer Scheune oder einem Stall ausschauen, um darin den Morgen abzuwarten.

Der Wind flaute langsam ab, es hörte auf zu regnen. Da vernahm sie hinter sich auf der Landstraße Pferdegetrappel und Räderrollen. Wie angewurzelt blieb sie stehen. Der Wagen mußte schon ganz nahe sein, Wind und Regen hatten sie die Geräusche überhören lassen. Voller Entsetzen dachte sie daran, daß ihr der Pfarrer vielleicht einen Nachbarn nachgeschickt hatte, als man ihre Flucht entdeckte. Aber sie verwarf diesen Gedanken sofort wieder, denn in Bramfield würde sich um diese Zeit kaum einer hinausgewagt haben. Pferd und Wagen mitten in der Nacht in der Marsch!? Furchterregend schon der Gedanke. In dieser Gegend war es auch unter gesitteten Christenmenschen üblich, nicht nach solchen dunklen Ereignissen zu fragen. Und wurde man unfreiwilliger Zeuge einer der nächtlichen Unternehmungen, tat man besser, alles gleich wieder zu vergessen. Ein unbedachtes Wort, und es kostete einem das Leben. Sie schaute verzweifelt nach einer Deckung aus. Die Landstraße war kahl und baumlos. Die Finsternis war jetzt ihr einziger Schutz. Auf der einen Seite der Landstraße zog sich der Deich. Die Straße überqueren und über Stock und Stein in die Nacht hineinlaufen, dazu war es zu spät. Das schwankende Wagenlicht war schon zu nahe. Sie eilte auf den Deich zu und preßte sich eng an die schräge Böschung. Sie grub die Finger in den Grasboden und betete inständig, der kalte Regen möchte die Wachsamkeit des Kutschers betäubt haben. Das Gesicht fest an die Erde gepreßt, war es ihr, als würden die Pferdehufe direkt unter ihr den Boden schlagen. Sie stand wahre Todesängste aus. Jetzt mußte das Pferd auf gleicher Höhe mit ihr sein, Himmel, sie fühlte förmlich, wie ihr Körper vom Licht der Wagenlaterne erfaßt wurde. Sie wartete auf einen Ausruf des Fahrers, aber nichts geschah! Jetzt war auch der Wagen genau neben ihr . . . Und . . .? Vorüber! Die Finsternis schlug wieder über ihr zusammen, die Gefahr schien gebannt. Sie blieb regungslos liegen und gab sich dem Gefühl der Erleichterung hin. Ein dankbarer Seufzer entrang sich ihrer Brust. Wie frohlockte sie, als sie die Entfernung zwischen sich und dem Wagen wachsen sah. Schließlich hob sie langsam den Kopf, um dem verschwindenden Licht nachzuschauen – und blickte geradewegs in ein anderes Licht. Entsetzt starrte sie auf die Hand mit der Laterne, und ihr Blick erfaßte die dunkle Gestalt eines Mannes.

Sie stieß einen unterdrückten Schrei aus und wich erschrocken zurück. Er kam ganz langsam näher, umspannte plötzlich mit einem harten Griff ihren Arm und maß sie mit scharfem Blick. Die Lampe hielt er ihr dabei dicht vors Gesicht.

»Laßt mich los, loslassen sage ich!« schrie sie und versuchte sich loszureißen. Aber die Finger des Mannes umklammerten eisern ihr Handgelenk.

»Sieh einer an, wen haben wir denn da?« sagte er fast sanft. Plötzlich brüllte er ins Dunkel hinein: »Warte, Daniel!«

Sara war nicht imstande, auf der schrägen Böschung Fuß zu fassen. Sie wollte sich wehren, aber er zerrte sie mit auf die Landstraße. Er stellte die Laterne ab, packte Sara und warf sie mühelos über seine Schulter.

»Laßt mich runter, hört Ihr, Ihr sollt mich runterlassen!« Sie schrie, obwohl sie genau wußte, daß keiner sie hörte. Sie stieß ihm die geballten Fäuste in den Rücken, aber er tat, als spürte er es nicht einmal. Ruhig nahm er die Lampe wieder auf und lief dem Wagen nach. Sara blieb bald der Atem weg, vor Angst und Schrecken brachte sie keinen Laut mehr hervor. Alles umsonst, aus der Umklammerung dieser starken Arme war nicht freizukommen. Der Mann war bärenstark. Als er sie endlich neben dem Kutscher wieder auf festen Boden stellte, taumelte sie.

»Sieh mal, Daniel«, sagte er, und seine Stimme klang immer noch so eigenartig sanft, »sieh mal, was ich gefunden habe. Es lohnt eben doch, mit der Laterne hinterherzuziehen. Weißt nie, ob du nicht das Glück hast, noch was aufzulesen.«

Sara stieß einen entrüsteten Schrei aus, als der Kutscher, der mit einem Satz vom Bock gesprungen war, sie um die Schulter faßte.

»Rührt mich nicht an!«

Sie holte zu einem Faustschlag aus, traf seinen Magen, aber er machte nur einen Schritt zur Seite und begann schallend zu lachen. Er hielt ihr die Laterne vors Gesicht. »Donnerwetter, ist das ein Mädchen, eine richtige kleine Schönheit! Mensch, Harry, sieht mir so aus, als hätten wir da einen seltenen Fang gemacht!«

Er dämpfte die Stimme: »Nur . . ., was machen wir mit ihr?«

»Wette«, knurrte der andere, »Leutchen, die sich bei Nacht und Nebel in dieser Gegend verstecken, sind ziemlich vogelfrei. Werden schon noch erfahren, was mit ihr los ist. Jetzt fahren wir besser!«

Ohne weitere Umstände schwang er die völlig versteinerte Sara leicht und mühelos auf die Wagenbrücke hinauf. Sie war darauf gefaßt, auf blanke Bretter aufzuprallen, aber sie fiel auf etwas Weiches, auf ein in Segeltuch gewickeltes Etwas.

»Los, Daniel!«

Sie fuhren an. Sara richtete sich auf und machte einen letzten verzweifelten Versuch, über den Wagenrand zu springen. »Ihr könnt mich nicht behandeln, wie . . .«

Ein harter Stoß ließ sie zurücktaumeln. Sie schlug mit dem Kopf gegen die Holzplanke. Sara war einer Ohnmacht nahe.

»Wenn du nicht bald ruhig bist, kriegst du 'nen Sack übern Kopf, verstanden?«

Der jüngere der beiden Männer blieb zurück, er nahm seinen Platz hinter dem Wagen wieder ein. Sara lag erschöpft und still auf dem Segeltuchbündel, bar allen Kampfgeistes. Sie hüllte sich fest in ihren Mantel und barg ihr Gesicht vor dem peitschenden Regen. Wind und Regen hatten sich wieder erhoben. Was blieb ihr anderes übrig, als sich in das Unvermeidliche zu fügen. Was wog schon ihr bißchen Kraft gegen die Bärenkräfte des jungen Riesen, der hinter dem Wagen hertrollte?

Immer wieder kämpfte sie mit den Tränen, die ihr Wut und Angst in die Augen trieben. Sie war schon ganz steif vor Kälte, aber sie rührte sich nicht, solange der Wagen über die Landstraße schaukelte. Endlich rollten die Räder auf härterem Grund und schließlich über Pflastersteine. Dann stand das geheimnisvolle Gefährt. Sie richtete sich auf und sah sich um.

Sie waren auf einem Hof. Wuchtige Steinmauern ragten in die Nacht. Sara vermochte nur schwach die Umrisse eines Gebäudes zu erkennen. Nirgends ein beleuchtetes Fenster. Harry, so hieß der Jüngere, kam angeschlendert und hielt die Laterne hoch über den Kopf. Er hämmerte gegen die Tür.

»He, aufmachen!« rief er.

Bald darauf wurde die Tür geöffnet. Eine stämmige Frauensperson, die mit einer Hand eine Kerze abschirmte, erschien im Türrahmen. Saras suchende Blicke glitten von ihr zu dem im Winde scheußlich knarrenden Wirtshausschild. Sara entzifferte mühsam die verwitterten Buchstaben: »Zum Engel«!

»Hier, Mutter«, sagte der junge Mann, »hab' dir was mitgebracht, ein ganz besonderes Paket. Komm, sieh es dir an. Was hält'ste davon?«

Er hob Sara vom Wagen und schob sie vor sich her. Das Weib starrte die Ankommende argwöhnisch an. Sie hielt Sara, die in der Dunkelheit über die Stufe stolperte und hinzufallen drohte, am Arm fest. Sara geriet jedoch in helle Wut. Eine solche Behandlung! Wild schlug sie die Hand des Weibsbildes zurück.

»Laßt mich in Ruhe, alle beide, ich werde euch anzeigen.«

Das Weib hörte jedoch kaum hin.

»Wer ist das?« fragte sie, »wen habt ihr da mitgebracht?«

Ihre Stimme klang genauso ordinär wie die von Nell in Bramfield. Er lachte: »Genau was ich sage, ein Paket, am Wege gefunden, am Deich, wenn du's genau wissen willst. Dachte, Mädchen sollten nicht so spät bei Nacht draußen sein. Da nahm ich sie einfach mit.«

Das Weib wich einen Schritt zurück, Unruhe zeichnete sich auf ihrem fleischigen Gesicht ab: »Bringst sie einfach hierher . . . zum ›Engel‹!?«

Etwas wie Ungeduld schwang in der Stimme des jungen Mannes mit, als er antwortete: »Warum nicht? Ist 'ne nette Gesellschaft zum Abendbrot.«

»Du bist verrückt, völlig betrunken«, keifte die Frau.

Er zwängte seine mächtige Gestalt an Sara vorbei in den Gang und betrat die Schenke. Die Laterne knallte er auf einen Tisch. Dann wandte er sich wütend der Frau zu:

»Halt gefälligst den Mund. Ich hab' dich nicht nach deiner Meinung gefragt.«

Er drohte mit der Faust, und die Frau wich an die Wand zurück. Im letzten Augenblick entging sie einem Schlag, den er, allerdings ohne rechte Kraft, gegen ihren Kopf führte. Er ließ erst ein paar Flüche vom Stapel, bevor er etwas ruhiger fortsetzte:

»Jetzt aber dalli, du faule Schlampe, los, Abendbrot für zwei!
Das Mädel muß gefüttert werden. Sieht ja schon aus wie ein
halbverhungertes Kätzchen.«
Sie zog sich vorsichtig zurück und wollte gerade durch die
Tür schlüpfen, da ließ seine Stimme sie noch einmal ver-
harren:
»*Ich* bestimme, wer in den ›Engel‹ kommt und wer draußen zu
bleiben hat, verstanden!«
Sie verschwand hinter einer Tür, die zu einem langen Flur
führte. Der junge Bär wandte sich noch im selben Augenblick
an Daniel, der sich neben Sara aufgepflanzt hatte. Seine
Stimme klang jetzt nicht mehr so böse:
»Sieh nach dem Wagen, Daniel, und wehe, wenn du das Pferd
nicht so abreibst, wie ich es dir beigebracht habe. Dann gibt's
morgen keine Unze heiles Fleisch auf deinem Rücken. Gute
Nacht«, schloß er sanfter, »sieh zu, daß du was zu essen kriegst,
wenn du fertig bist.«
Daniel ging langsam hinaus und schloß die Tür hinter sich.
Sara hatte längst begriffen, daß Fluchtgedanken sinnlos waren.
Irgendwelche Einwände wären auf taube Ohren gestoßen! Sie
wartete also ab und blieb ruhig stehen, wo sie stand. Harry
machte sich an dem großen Steinherd zu schaffen. Er stieß
einige Kloben ins Feuer, nahm einen sechsarmigen Leuchter
und entzündete die Kerzen an den züngelnden Herdflammen.
Dann verteilte er noch einige einzelne Kerzen sorgfältig im
Raum. Sie beobachtete ihn scharf. Seine Bewegungen waren
geschmeidig. Er war groß, und seine breiten Schultern drohten
den abgenützten Rock zu sprengen. Sein blondes Kraushaar
war regennaß und glitzerte. Immer wieder hob er die Hand, um
die Tropfen von der Stirn zu wischen. Dieser Riese von Mann,
der trotz seiner Jugend Herr der Schenke ›Zum Engel‹ war,
verwirrte sie. Gemächlich beendete er seine Vorbereitungen
und stieß mit dem Fuß einen Holzkloben tiefer ins Feuer. Dann
wendete er sich Sara zu:
»Nun wollen wir uns die Dame mal näher ansehen, die sich in
einer solchen Nacht in der Marsch verstecken muß.«
Er packte sie und drehte sie herum, so daß Feuerschein und
Kerzenlicht voll auf sie fielen. Er zog ihr die Kapuze vom Kopf
und fingerte an ihrem Mantel herum, um den Verschluß zu
lösen. Dann zog er ihn ihr aus und ließ ihn achtlos zu Boden
gleiten. Dabei sprach er kein Wort, musterte sie nur schweigend vom Kopf bis zum Fuß. Aus seiner Miene vermochte sie

nichts herauszulesen. Da umfaßte er plötzlich ihre Schultern. Sie drehte und wand sich. Vergeblich. Er hielt sie mühelos, als wäre sie ein Kind.

Nach einer Weile ließ er sie frei. Ein leichter Stoß beförderte sie auf eine Bank in der Nähe des Feuers. Er blieb stehen. Auch jetzt sprach er kein Wort, starrte sie immer nur an. In diesem Augenblick erschien die Frau wieder, die er als »Mutter« angesprochen hatte. Sie trug ein mit Schüsseln und einem großen Krug beladenes Tablett. Nachdem sie für zwei Personen gedeckt hatte, verschwand sie wortlos.

Er ließ sich nieder und winkte Sara, Platz zu nehmen. Sie zögerte. Da brüllte er los:

»Verdammt noch mal, soll ich dich vielleicht im Stehen füttern? Los jetzt, setz dich.«

Ganz verschüchtert setzte sie sich nieder, die hungrigen Augen auf das reichliche Mahl gerichtet. Er schob ihr eine dampfende Schüssel, Brot und die Kanne mit dem Bier hin. Sie griff zu, insgeheim befürchtend, er könnte wieder einen seiner seltsamen Späße treiben und die Speisen gleich wieder zurückziehen.

Das Essen war gut und reichlich, sie hatte mehr auf dem Teller, als sie es seit Sebastians Tod gewöhnt war. Sie aß und trank nach Herzenslust. War das ein Unterschied, die schmale Kost in Bramfield und das Essen hier.

Der Appetit ihres Begleiters war gewaltig. So sehr er auch mit Kauen beschäftigt war, er ließ kein Auge von ihr.

»Iß auf, Mädel«, befahl er und deutete mit einem Hühnerschlegel auf ihren Teller. »Sieht aus, als ob du tagelang nichts gegessen hättest. Mach Rest damit, und wenn du mehr willst, brauch' ich nur zu rufen.«

Sara ließ sich nicht nötigen. Sie aß und aß, und wenn sie nicht hinsah zu ihrem seltsamen Gastgeber, konnte sie fast vergessen, wo sie sich befand. Sooft sie jedoch verstohlen einen Blick auf ihn warf, beschlich sie wieder die alte Angst. Die Gerüchte, die über die Schenke ›Zum Engel‹ im Umlauf waren, kamen ihr wieder voll und ganz zu Bewußtsein, und sie erschrak vor dem leeren Schankraum, der doch zu dieser Stunde hätte voller Gäste sein müssen, und vor den blinden Fenstern, die ebensowenig einladend waren wie alles in diesem Hause. Sie dachte daran, wie vorsichtig die beiden Männer auf der Landstraße gewesen waren, an Harrys Wache hinter dem Wagen. Vollends schauderte sie, wenn sie seine wuchtige Gestalt und das grobknochige Gesicht betrachtete und sich erinnerte, wie dienstfertig die Frau und Daniel gesprungen waren, seine Befehle auszuführen.

Er hörte auf zu essen und stieß die Schüssel zur Seite. Dann lehnte er sich zurück, schaukelte auf dem Stuhle hin und her, spielte mit dem Messer und tat im übrigen recht uninteressiert. Sara ließ er jedoch nicht aus den Augen.

Nach einer Weile sagte er: »Wie heißt du.«

»Was geht Euch das an?« Sie zog die Brauen hoch.

Ihr Ton beeindruckte ihn nicht im geringsten.

»Nun, ich muß schließlich wissen, wie ich dich nennen soll.«

»Mary«, sagte sie langsam.«

»Mary – und weiter?«

»Mary Bates.«

»Schön, Mary Bates also, woll'n uns nicht lange darum haben. Warum aber hattest du dich zu verstecken versucht?«

Sein spöttischer Ton trieb ihr das Blut in die Wangen.

»Konnte ich wissen, wer kam. Die Marsch ist bei Nacht nicht gerade sicher.«

»Ach, bist du aber gescheit, Mary Bates! Gut, daß ich es weiß.«

Er wiegte den Kopf und tat übertrieben ernst.

»Ich frage mich nur, was will so ein kluges Ding nachts allein in der Marsch? Vernünftigerweise liegt man zu dieser Zeit im Bett.«

Zögernd begann sie mit der Geschichte, die sie sich während des Essens ausgedacht hatte.

»Ich war auf dem Weg nach Appledorn, ich hab' eine Tante dort, sie ist krank und hat nach mir geschickt . . .«

»Nach Appledorn, sagst du?« Seine Stimme klang unheilverkündend. »So spät am Abend?«

»Ich kam von Rye und hatte mich verlaufen, ich war noch nie in dieser Gegend.«

»Von Rye? Wo wohnst du denn da?«

»Ich bin im Dienst – bei Mrs. Linton.«

»Mrs. Linton – Mrs. Linton – nie von ihr gehört!«

Plötzlich hieb er auf den Tisch, sprang auf und beugte sich vor:

»Ein ganzer Sack voll Lügen – und Mary Bates heißt du auch nicht.« So schnell der Zorn ihn übermannt hatte, so rasch verflog er auch wieder. Ein finsteres Lächeln spielte jedoch weiter um seinen Mund.

»Weil ich schließlich einen Namen für dich haben muß, bis du geruhst, mir den richtigen zu nennen, werde ich dich Liza taufen . . . Ja – Liza – das gefällt mir. Na, freut dich dein hübscher neuer Name?«

»Ich heiße Mary«, sagte sie zögernd.

Mit unglaublicher Schnelligkeit war er um den Tisch herum und zerrte sie hoch.

»Belüg mich nicht«, schrie er und schüttelte sie. Sara hämmerte mit den Fäusten seine Brust, erreichte jedoch nicht mehr, als daß er sie nur noch fester packte. Sie kannte sich selber nimmer vor Wut – und Furcht.

»Rohling«, keuchte sie, »laßt mich in Ruhe.« Und mit zusammengebissenen Zähnen: »Ich hoffe, man hängt Euch dafür.«

Wieder erntete sie ein schallendes Lachen! Sie wußte sich keinen Rat mehr, und schon krümmten sich ihre Finger, um ihm das Gesicht zu zerkratzen. Aber es kam nicht dazu. Ein plötzliches, so ganz und gar anderes Aufblitzen seiner Augen hieß sie innehalten. Da hatte er sich auch schon gebückt, küßte sie und zog sie ganz eng an sich.

Seine Riesenkräfte überkamen sie wie ein Sturzbach. Sekundenlang war sie wie betäubt. Sie spürte seine suchenden Hände auf ihrem Körper, aber, seltsam, diese Hände waren nicht roh. Sein Kuß war bezwingend, und sie, die bisher nur Richards Küsse kannte, fühlte sofort, dies hier war die Entschlossenheit eines Mannes, der es gewohnt war, einer jeden Frau seinen Willen aufzuzwingen. Ihr Kopf wurde schwer, sie fühlte sich wie betäubt. Da blitzte ein Gedanke in ihr auf. Ganz plötzlich gab sie nach, lockerte den wehrenden Griff und duldete es, daß er sie fester an sich preßte. Weit lehnte sie den Kopf zurück, um seinen Kuß zu empfangen. Als er sich über sie beugte, tasteten ihre Hände nach seinem Schopf. Mit einer weichen Bewegung, die er wohl für eine Liebkosung hielt, grub sie die Finger in die blonden Locken. Dann zerrte und riß sie mit aller Kraft. Er stieß einen Wutschrei aus und schleuderte sie von sich. Sie taumelte und prallte gegen die Lehne der Fensterbank. In dieser Stellung verharrend, beobachtete sie, wie er sich bebend und mit schmerzverzerrtem Gesicht immer wieder mit der zerkratzten Linken durchs Haar fuhr.

Er kam auf sie zu:

»Bei Gott, ich werde dir schon noch beibringen . . .«

Er zerrte am Ärmel ihres Kleides, der Ärmel zerriß, und ihre Schulter und ihr Arm waren entblößt. Seine Nägel bohrten sich in das nackte Fleisch. Dann riß er sie hoch, stellte sie mit geradezu abgezirkelten Bewegungen vor sich hin, hob bedächtig den Arm – und schlug ihr mit dem Handrücken quer übers Gesicht.

Sie schrie auf, ihre Arme hingen auf einmal schlaff herab, sie taumelte. Er hielt sie jedoch fest, schüttelte sie und holte zu einem zweiten Schlag aus. Mit letzter Kraft versuchte sie sich seiner Linken zu entwinden. Er griff wieder mit beiden Händen zu. Dann machte er einen Schritt rückwärts, um besser zum Schlag ausholen zu können.

Dieser kurze Augenblick hatte ihr genügt. Sie hatte seinen Gürtel ergriffen, hatte sich daran festgeklammert und ihm das Knie mit aller Gewalt in den Magen gestoßen. Das Ganze war das Werk einer Sekunde gewesen. Er stöhnte, seine Hände lösten sich und fielen von ihren Schultern.

Saras Atem ging schmerzhaft und keuchend. Sie wußte genau, daß sie sich einen schlechten Dienst erwiesen hatte, denn ihr Stoß vermochte nicht mehr, als ihm für Sekunden den Atem zu nehmen. Wie ein Wurm gekrümmt stand er da, hielt sich den Magen und rang nach Luft. Sie wartete gespannt auf seine nächste Bewegung.

Aber noch geschah nichts. Man hörte nur sein lautes Keuchen bei dem Versuch, sich wieder aufzurichten. Sara verharrte regungslos und erwartete einen Schlag mit der Faust. Aber das Gegenteil trat ein. Staunend beobachtete sie, wie sich das Jungengrinsen, das er manchmal an sich hatte, auf seinem Gesicht ausbreitete. Schließlich lachte er aus vollem Halse.

»Mein Gott, du hast aber Mut. Kommt mir so vor, als hätte ich einer Wildkatze Obdach gegeben.«

Er ließ sich auf einen Stuhl fallen und bedeutete ihr, sich auf die Ofenbank zu setzen.

»Eine Wildkatze mit gelben Haaren, nicht zu glauben! Das hätt' ich von dir nicht gedacht, Lizakind, bei Gott nicht.«

Er holte einigemal tief Luft.

»Du gefällst mir, Liza«, sagte er wie umgewandelt. »Mit furchtsamen Weibern kann ich nichts anfangen, Närrinnen allesamt. Aber du bist keine Närrin, nicht wahr, meine Schöne?«

Sara gab keine Antwort. Die Reaktion auf die vielen verzweifelten Anstrengungen machten sich jetzt bemerkbar, sie verachtete sich, weil sie es ihn merken ließ, aber sie vermochte sich nicht mehr länger zu beherrschen. Ihr ganzer Körper zitterte und bebte. Wie in sich verkrochen hockte sie im Fenstereck. Was er jetzt auch vorhaben mochte, sie würde es geschehen lassen müssen. Sie hatte nicht mehr die Kraft, auch nur den geringsten Widerstand zu leisten.

Haßerfüllt blickte sie in die blaßblauen Augen mit den blonden Locken darüber. Ihr Gesicht schmerzte von dem Backenstreich, und ohne erst hinsehen zu müssen, fühlte sie, daß seine Nägel ihr die Schulter blutig gerissen hatten. Sie haßte ihn, weil er sie gequält und weil er ihr die unwürdige Rauferei zugemutet hatte. Und dennoch mußte sie, irgendwie angezogen, immer nur auf diese Hände starren, die ihr solche Beleidigungen zugefügt hatten. Jetzt ließ er sie lässig von der Armlehne seines Stuhles hängen.

»Du willst also nach Appledorn, Liza. Muß morgen oder übermorgen auch hin. Du kommst mit, ich fahre dich hin. Bis dahin bleibst du hier im ›Engel‹.«

Sie richtete sich auf: »Ich mag aber nicht bleiben«, rief sie, »Ihr könnt mich nicht zwingen.«

»Nicht? Ach nein!« Er schnitt eine Grimasse, als hätten ihn ihre Worte tief verletzt. »Du wirst dich in meiner Gesellschaft bestimmt nicht langweilen, das verspreche ich dir. Was willst du, Lizakind, einen Besseren als mich kann eine Frau mit Schneid doch gar nicht bekommen. Du wirst dich nicht einsam fühlen, solange Harry Turner in deiner Nähe ist.«

Verängstigt und doch irgendwie ruhigeren Herzens hörte sie ihm zu.

»Ich kann auch mit etwas Bücherweisheit aufwarten«, fuhr er fort. »Ich habe einige Bücher da, die nach deinem Geschmack sein dürften. Auch einige Schulbücher sind darunter. Steht dir alles zur Verfügung, wenn du Abwechslung suchst. Der Bücherschrank ist oben.«

Er lachte gezwungen, als er Erstaunen auf ihren Zügen las:

»Ach, du denkst wohl an die da«, sagte er und wies mit dem Daumen in Richtung Flur und Küche. »Ja, sie ist meine Mutter, aber mein Vater, der ist ein anderer Mensch. Der ist ein nobler Herr, und doch nicht zu stolz, seinen Sohn hin und wieder zu besuchen.«

Seine Züge verhärteten sich, und er hieb die geballte Faust auf den Tisch.

»Bei Gott, Liza, auf mich kann er aber auch stolzer sein als auf die Söhne, die er mit seiner vornehmeren Frau Gemahlin hat. Ich hab' mehr Bildung und kaufmännischen Verstand, kann ich dir sagen, als diese Narren je haben werden, so hochwohlgeboren sie auch sind, alle drei. Die haben nicht ein Viertel von dem erreicht, was ich schon geschafft habe, und ich werde einmal reicher sein als die drei zusammen, das kannst du mir glauben.«

Er verfiel in düsteres Schweigen, kaute mürrisch an seiner Unterlippe und starrte auf die Spitze seines Stiefels, den er weit von sich gestreckt hielt. Der Anblick schien ihm sichtlich Spaß zu machen, denn als er den Kopf wieder hob und seine Augen Sara suchten, blickten sie nicht mehr finster. Er sprach fast sanft:

»Der Hausherr dieser Schenke ist bereit, zu jeder Tages- und Nachtzeit allen, die an seine Tür klopfen, und zwar auch jenen, die sich in einem Graben verstecken müssen, Hilfe zu gewähren.« Er stieß den Stiefelabsatz hart auf den Boden, seine Stimme klang jedoch nicht böse, als er sagte:

»Du hast mich belogen, Liza, jedes Wort war Lüge. Ich will nun endlich die volle Wahrheit wissen. Wer bist du, und woher kommst du?«

Sie antwortete nicht.

Er beugte sich vor und sprach eindringlich:

»Also, antworte! Hörst du nicht, du sollst antworten!«

Saras Rücken straffte sich, steif und ablehnend saß sie da. Sie hätte sich gleich denken können, daß er ihre so ungeschickt ersonnene Geschichte nicht glauben würde. Nun würde er sie so lange mit Fragen quälen, bis er die Wahrheit erfuhr. Aber diese Wahrheit mußte ihre Lage verschlimmern. Kannte er sie, hatte er sie in der Hand und konnte mit ihr nach Gutdünken verfahren. Bedenkenlos würde dieser Mensch sie in der Schenke festhalten. Wer suchte schon eine Frau an einem solchen gemiedenen Ort? Der Mann vor ihr schien klüger zu sein als die Kumpane seiner Umgebung. Er war offenbar das Haupt einer Schmugglerbande, die das Wirtshaus als Lager und Treffpunkt benutzte. Der fanatische Glanz seiner Augen zeugte davon, daß er bar aller Barmherzigkeit war. Er würde sie genauso ausnützen wie seine Mutter und Daniel. Der Gedanke, was ihr in diesem Haus noch alles bevorstand, machte sie schaudern.

»Antworte«, schrie er wieder und hob ungeduldig die Faust. Seine übermäßigen Kräfte waren anscheinend eine ständige Versuchung für ihn.

Langsam, denn sie war sich noch gar nicht im klaren darüber, was sie ihm erzählen sollte, begann sie: »Ich . . .«

Da wandte er sich plötzlich von ihr ab und blickte mit einem Ausdruck gespannter Aufmerksamkeit zur Tür. Trotz des Windes hatte er Hufschlag auf dem Kopfsteinpflaster des Hofplatzes vernommen. Im gleichen Augenblick war er auch schon auf den Füßen und blies alle Kerzen bis auf eine aus. Sara beobachtete ihn scheu. Massig und fest stand er auf den gespreizten Beinen und starrte erwartungsvoll auf die Tür.

Fäuste hämmerten an die Tür, und eine Männerstimme rief: »Aufmachen!«

Harry rührte sich nicht. Er sagte kein Wort, sein Mienenspiel jedoch war Sprache genug. Er machte einen Schritt vorwärts, blieb unsicher stehen. Seine Mutter kam angeschlurft und sah ihn fragend an. Ihre Kerze war das zweite Licht in dem düsteren Schankraum.

Wieder hämmerte es gebieterisch:

»Aufmachen, mein Pferd lahmt, ich brauche Unterkunft.«

Und nach einer Weile wieder:

»Aufmachen, aufmachen!«

Saras Augen wanderten verzweifelt zwischen Harry und der Tür hin und her. Wer immer auch klopfen mochte, mit diesem Mann hier hatte er nichts zu schaffen. Es mußte jemand sein, der die Schenke entweder nicht kannte, oder in verzweifelter Lage Obdach für die Nacht suchte. Ihr Gehirn arbeitete fieberhaft. Sollte sie es riskieren, sollte sie die Tür aufreißen und sich an den dort draußen um Hilfe wenden . . .? Von Harry hatte sie kein Mitleid zu erwarten, das war klar. Ihre schmerzende Wange und das immer noch währende Brennen von seinen Händen auf ihrem Leib sagten ihr nur zu deutlich, daß es ihr mit diesem Fremden dort draußen nicht schlimmer ergehen konnte.

Sie sprang auf, entschlüpfte Harry, der sie festhalten wollte, und stürzte auf die Tür zu. Das Schloß gab sofort nach, und sie stolperte hinaus in Regen und Wind, schwankte und stieß gegen eine hohe Männergestalt.

»Guter Gott, was soll das?!« rief der Fremde, fing sie mit beiden Händen auf und hielt sie fest. In wessen Armen sie lag, konnte Sara in der Finsternis nicht erkennen. Er tastete sich vorwärts und führte sie in die Schenke zurück.

Harry schlug wütend die Tür zu. Das wild aufflackernde Kerzenlicht beruhigte sich, und Sara blickte in das maßlos erstaunte Gesicht von Sir Geoffrey Watson!

Sara wurde angeklagt, Sir Geoffrey drei Guineen gestohlen zu haben sowie einen goldenen Ring, der Richard Barwell gehörte. Bei der nächsten vierteljährlichen Gerichtssitzung wurde sie verhört, überführt und zu sieben Jahren Deportation verurteilt.

Später wurde es ihr klar, daß sie sich mit etwas Demut und einer reumütigen Haltung hätte retten können, wenn sie nur so vernünftig gewesen wäre, Sir Geoffrey kniefällig um Verzeihung zu bitten, ja selbst, wenn sie ihm nur den wahren Grund zu ihrer Flucht gestanden hätte. Sicherlich würde er sie dann nicht angezeigt haben. Aber sie hatte es nicht über sich gebracht, von ihrer Liebe zu Richard zu sprechen, lieber ließ sie seine zornigen Reden über sich ergehen, daß sie ein undankbares Wesen sei, und wie sehr er sich in ihr getäuscht habe.

Während der Verhandlung hatte sie auch Harry Turners Geschichte anzuhören, wie er sie gefunden habe, eine Fremde, die versuchte, Lebensmittel aus seiner Küche zu stehlen. Bei seinem Ruf hätte er leicht als Angeklagter hier stehen können, aber da gegen ihn alle Beweise fehlten, galt er nach außen als der harmlose Schankwirt, der durchaus als Zeuge gegen Sara Dane aussagen konnte. Ihre Anwesenheit in der Schenke ›Zum Engel‹ genügte, sie zu überführen.

Sir Geoffreys Zeugnis war durch nichts zu entkräften. Er sagte aus, daß er ihr das Geld gab, damit sie sich ausstaffieren könne für ihren Dienst bei seiner Schwester, und daß sie bei ihrer Flucht aus Bramfield die Goldstücke und Richard Barwells Ring, in ihr Taschentuch geknüpft, mitgenommen habe. Gegen den ersten Punkt der Anklage hatte Sara nichts Vernünftiges vorzubringen gewußt, und was den Ring betraf, zog sie es vor, zu schweigen. Sie brachte es einfach nicht über sich, vor den mißbilligenden Blicken bei Gericht auszusagen, daß Richard ihr den Ring als Unterpfand gegeben habe. Sie hätte es nicht ertragen, wenn sie die Köpfe geschüttelt und geflüstert hätten, daß sie eine Magd und die Tochter eines Mannes war, dessen Name in Rye durch die Gosse geschleift worden war und die nur danach trachtete, den Sohn des Pfarrherrn zu ehelichen. Der Urteilsspruch konnte nicht anders ausfallen.

»Nach Recht und Gesetz beschließt der hohe Gerichtshof, sie über das Meer zu schicken, nach einem Ort, den Seine Majestät in Ihrer Weisheit nach Beratung mit dem Staatsrat zu bestimmen geruhte.«

Die Leute in Rye hielten nicht mit ihrer Meinung zurück, Sara könne von Glück reden, daß sie dem Galgen entronnen war.

Während sie in dem stinkenden, von einer Fieberepedemie heimgesuchten Loch von einem Gefängnis auf den Transport nach Botany Bay wartete, hatte Sara Zeit genug, über das Geschehene nachzudenken. Manchmal fragte sie sich, wie sie hatte nur so verrückt sein können, dem unbestimmten Gefühl des verletzten Stolzes nachzugeben und sich vor Gericht nicht geschickter zu zeigen. Sie schmähte sich selbst, weil sie Sir Geoffreys drei Guineen als ihr Eigentum angesehen hatte, mit dem sie machen konnte, was sie wollte. Sie verwarf den Gedanken, sich an Richard zu wenden. Er war nicht bei der Gerichtsverhandlung gewesen, und außerdem ließ sich jetzt nichts mehr an dem Urteil ändern. In ihrer Verwirrung und ihrem Zorn fühlte sie nur den einen Wunsch, Richard nie, nie mehr wiedersehen zu müssen.

Gleich nach ihrer Verurteilung wurde sie aus dem Gefängnis in Rye nach Newgate übergeführt, wo sie auf den Abtransport nach Woolwich zu warten hatte. Die Lektionen dieser neuen Welt brachte man ihr schnell und brutal bei. Schwächlinge und Narren hatten kaum eine Chance, zu überleben, und sie begriff, daß nur sie allein wichtig war unter all den Frauen. Wenn sie durchhalten wollte, mußte sie genau so grausam und gefühllos sein wie die anderen. Und überleben wollte sie um jeden Preis. Sie nahm alle Kraft zusammen und vermied nach Möglichkeit alle unnützen Reibereien.

Als sie ins Gefängnis eingeliefert wurde, stand ihr nur der schmale Erlös aus dem Verkauf ihrer paar Habseligkeiten, die sie aus Bramfield hatte mitnehmen dürfen, zur Verfügung. Ihre kleine Barschaft schmolz schnell zusammen, und schon in Newgate war sie, was ihren Lebensunterhalt betraf, auf die Gnade der Wärter angewiesen. Der Hunger machte sie schier toll, und doch brachte sie es fertig, nicht den leichtesten Weg zu gehen, der Geld einbrachte – der Prostitution.

Die Wärter duldeten, ja sie ermutigten die Gefangenen geradezu zu diesem Geschäft, das auch für sie eine gute Einnahmequelle war. Sara sah jedoch, welche Folgen das hatte, an welchen Krankheiten die Frauen starben, oder wie sie verrückt wurden, und entschied sich für den Hunger.

Als sie schon einen Monat in Newgate war, gelang es ihr, sich Charlotte Barker, einer Fälscherin in mittleren Jahren, die drei Jahre Gefängnis hatte, anzuschließen. Charlotte lebte auf großem Fuße, bezahlte die Wärter großzügig und bekam die besten Speisen in die Zelle geliefert. Jeden Tag empfing sie ihre Besucher. Sie hatte reichlich Garderobe mitgebracht und benützte ihr eigenes Geschirr. Sara ging ihr mit kleinen Diensten zur Hand, schrieb Briefe für sie, wusch ihre Kleider und besserte sie aus. Dafür erhielt sie ausreichend zu essen und hin und wieder kleine Geldgeschenke. Charlotte duldete nicht, daß einer der nach der neuesten Mode gekleideten Herren, die sie besuchten, mit Sara in Berührung kam. Und Sara war froh darum. Wenn sie nur satt zu essen bekam, ansonsten wollte sie in Ruhe gelassen sein.

Fünf Monate nach ihrer Verurteilung erhielt sie von Richard einen Brief. Er kam aus Hampshire, wo Richards Regiment stand, und war Monate alt. Richard hatte ihn geschrieben, als er von ihrer Verhaftung hörte. Er war noch an das Gefängnis in Rye adressiert. Ihr Name auf dem Umschlag war fast unleserlich von all den schmierigen Händen, durch die er gegangen war. Es war überhaupt ein Wunder, daß er sein Ziel in Newgate erreicht hatte. Die Geldscheine, von denen Richard sprach, fehlten, soviel war sicher.

Richards Brief war ein einziger Notschrei. Er war über ihre Verhaftung bestürzt und bat sie, ihm zu schreiben, wie er ihr helfen könne. Mit keinem Wort jedoch berührte er die Frage, ob sie schuldig oder unschuldig sei. Sara spürte, daß er sie für schuldig hielt, und daß er sich diesen Brief, in dem er ihr seine Hilfe anbot, mehr oder weniger abgerungen hatte. Gewiß, es war ein vornehmer und gütiger Brief, der Brief eines Freundes, aber nicht der eines Liebenden!

Sorgfältig faltete sie das verschmierte Blatt wieder zusammen. Sie wandte sich an Charlotte Barker mit der Bitte, Charlotte solle Richard nach Hampshire schreiben, daß Sara Dane schon auf dem Wege nach Botany Bay sei.

Ein seltsames Gefühl der Ruhe überkam sie, als der Brief geschrieben und abgeschickt war. Von da an versuchte sie, Richard zu vergessen. Fast gelang es ihr. Sie war auch zu sehr damit beschäftigt, sich zu behaupten, am Leben zu bleiben. Die Welt Richards verblaßte allmählich, und nur noch ganz selten träumte sie von Bramfield, den Deichwegen, dem Wind und den Schreien der Möwen am Strand. Die grausame Gegenwart der Haft tötete langsam die Vergangenheit ab, und manchmal zweifelte Sara daran, jemals Männer wie ihren Vater oder Richard gekannt zu haben.

Mitte Dezember wurde sie mit den anderen Frauen in Wool-
wich auf der Georgette eingeschifft. Als das Schiff mit voller
Ladung und vollzähliger Mannschaft Anfang Februar die
Themse hinabglitt, war Saras Barschaft bereits erschöpft.
Schier endlos schienen die Wochen in der ewigen Finsternis des
Artilleriedecks, und nur wenn das Wetter schön war, wurden
sie für eine knappe Viertelstunde an Deck geführt. An Bord
herrschte strenge Disziplin, die jeglichen Umgang der Mannschaft mit den weiblichen Gefangenen, wie er auf anderen
Transporten durchaus üblich war, ausschloß. Die Nahrung,
wenn auch unzureichend, wurde redlich verteilt. Dennoch sah
es so aus, als bekämen die Stärkeren immer etwas mehr, als
ihnen zukam. Auch hier galt das bittere Gesetz aller Gefängnisse, und die Schwachen hatten darunter zu leiden.

Kapitel 5

Vom ersten Augenblick an, da Andrew Maclay in dem Frauen-
quartier auftauchte und sie aufrief, wußte Sara, was geschehen
würde. Gleich nach dem Begräbnis von Mrs. Ryders Dienerin
war in dem Gefangenenquartier die Vermutung aufgetaucht,
eine der Sträflingsfrauen würde den verwaisten Platz auszufül-
len haben. Mrs. Ryder kannten alle vom Sehen, und der bis zu
ihnen vordringende Schiffsklatsch hatte zu berichten gewußt,
daß sie oft krank war. Sie hatten die beiden lebhaften Kinder
beobachtet, und es war klar, daß es einer ganz anderen Natur
bedurfte, sie in Schach zu halten.
Ein Unglück, dachte Sara, daß der Zweite Offizier gerade während der Rauferei gekommen war. Kein sehr guter Eindruck,
den sie da auf Maclay gemacht hatte. Wie mußte die Szene sich
balgender und kratzender Weiber auf ihn gewirkt haben, und
wie gewöhnlich und verroht mußte sie ihm vorgekommen sein
mit ihrem dreckigen Bündel. Als sie jetzt nebeneinander auf die
Deckkajüten zuschritten, sah sie ihn prüfend an. Wahrscheinlich wird er Mrs. Ryder eine schlechte Auskunft über mich
geben, dachte sie. Aber das hat nichts zu sagen. Bestimmt hatte
es seinen besonderen Grund, weshalb man gerade sie herausge-
sucht hatte. Falls man ihr die Chance geben sollte, Mrs. Ryders
Dienerin zu werden, wollte sie sich ihr Glück nicht verscherzen,

indem sie es an Demut und Anstand fehlen ließ. Falls Mrs. Ryder ein demütiges und sanftes Mädchen zu sehen wünschte, gut, dann würde sie es eben sein. Sara nestelte in ihrem Haar und steckte verstohlen ein paar Strähnen fest. Sie blickte traurig an ihrem schmutzigen und zerrissenen Rock herunter und hoffte inständig, Mrs. Ryder würde ihr diese Aufmachung nachsehen. Was immer auch geschehen mochte, sie war jedenfalls entschlossen, ihre Chance zu wahren.

Sie betraten den schmalen, zu den Kabinen führenden Gang. In einer plötzlichen Gefühlsaufwallung, wie sie sie seit Richards Brief nie mehr empfunden hatte, preßte Sara die Hände zusammen.

Andrew Maclay blieb vor einer der Kabinentüren stehen.

»Warte hier«, sagte er über die Schulter und klopfte an.

»Herein«, rief Mrs. Ryder. Sie lag in ihrer Koje und lächelte Andrew entgegen. Die Kabine war gegen das aus der Stückpforte einfallende Licht abgeschirmt. Julia Ryder war nicht viel älter als fünfunddreißig und immer noch sehr hübsch. Eine zierliche, dunkelhaarige Frau, die von der endlosen Reise und der Seekrankheit sehr mitgenommen aussah. Sie trug einen weiten gelbseidenen Morgenrock.

Andrews Augen leuchteten auf bei ihrem Anblick. Er fand, daß Julia Ryder wirklich eine vornehme Erscheinung war, eine Frau, mit der es sich gewiß angenehm plaudern ließ. Er fühlte sich in ihren Bann gezogen.

»Guten Tag, Madame«, sagte er mit einer Verbeugung, »ich hoffe, es geht Ihnen besser!«

»Danke, Mr. Maclay, etwas.«

Sie sah ihn fragend an.

»Ihr Gemahl sprach heute mittag mit dem Kapitän, daß Sie eine neue Dienerin brauchen. Ich bringe Ihnen die Gefangene Sara Dane.«

Mrs. Ryder richtete sich halb auf.

»Ausgezeichnet, Mr. Maclay. Auf diese gute Botschaft hatte ich kaum mehr zu hoffen gewagt. Es war ja ziemlich unwahrscheinlich, daß sie an Bord ist.«

Er war ein wenig verwirrt.

»Hoffentlich genügt sie Ihren Ansprüchen, Madame. Sie ist seit geraumer Zeit Gefangene. Vielleicht ist sie – nicht so ganz die Geeignete.«

Sie lächelte und neigte den Kopf auf die Seite:

»Ist sie so schlimm, Mr. Maclay?«

Er überlegte einen Augenblick, ehe er antwortete:

»Sie ist ein Sträfling, Madame. Mehr weiß ich auch nicht über sie.«

»Ja, ja, aber schließlich ist sie geübt in den Pflichten einer Magd. Und wenn ich das ganze Schiff durchkämmte, fände ich auch nur . . .«

Sie beendete ihren Satz nicht, und sie sah ihm in die Augen:

»Ich weiß, was ich von Sara Dane zu erwarten habe. Vielleicht ist sie ungebildet und rüde, vielleicht sogar sittenlos. Aber ich brauche so dringend jemanden für Ellen und Charles. Ich muß nehmen, was sich mir bietet.«

Er überlegte, ob er ihr sagen sollte, daß Sara Dane ganz anders war. Aber er kam nicht dazu, Julia Ryder sprach bereits weiter:

»Wartet sie? Dann lassen Sie sie bitte hereinkommen, Mr. Maclay.«

Er öffnete die Tür und winkte seinem Schützling.

Sara stand mit niedergeschlagenen Augen vor den musternden Blicken der beiden. Andrew sah, wie Mrs. Ryder die Brauen hochzog. Es wurde ihm klar, daß die Frau des Gutsbesitzers zum erstenmal in ihrem Leben einem solchen Geschöpf von Angesicht zu Angesicht gegenüberstand.

»Guten Tag«, sagte sie schwach.

Sara machte nur einen tiefen Knicks, Grußwort fand sie keines.

Mrs. Ryders hilfloser Blick wanderte zu Andrew, glitt wieder zurück.

»Du bist also Sara Dane«, sagte sie endlich.

»Ja, Madame.«

»Mrs. Templeton schrieb mir, daß du wahrscheinlich an Bord seiest. Sie sagt, du habest Erfahrungen als Dienerin. Stimmt das?«

»Ja, Madame.«

»Hast du schon mal Kinder in Obhut gehabt?«

»Nein, Madame.«

»Hm . . .« Mrs. Ryder überlegte.

»Kannst du nähen?«

»Ja, Madame.«

»Lesen kannst du wohl nicht?«

»Doch, Madame.«

»So, du kannst lesen?« Mrs. Ryder war sichtlich beruhigt.

»Kannst du vielleicht auch schreiben?«

Saras Stolz schien verletzt. Sie richtete sich auf.

»Natürlich kann ich schreiben«, sagte sie kurz.

»Wirklich?!« Mrs. Ryders Blick ruhte plötzlich kalt auf der Frau vor ihr. Andrew fühlte sich nicht wohl bei dem Frage- und Antwortspiel. Hier waren zwei starke Persönlichkeiten aufeinandergestoßen. Er sah, daß sich Sara nicht mehr länger unterwürfig zeigen würde, ihre Augen blickten frei und offen, ihr Mund bekam einen Zug von Entschlossenheit.

»Du interessierst mich«, sagte die Ältere ruhig. »Was für Talente hast du denn sonst noch?«

Ohne jede Scheu antwortete Sara:

»Ich spreche und lese Französisch und Lateinisch, auch ein wenig Italienisch. In der Mathematik bin ich ebenfalls bewandert.«

Julia Ryders Ausdruck änderte sich.

So ein kleines Weibsbild, mußte Andrew denken. Er bewunderte die Gefangene. Welchen Mut sie hatte! Wahrhaftig, sie gehörte nicht zu denen, die ihr Licht unter den Scheffel stellten. Ihm wurde immer klarer, daß die Ryders einen Schatz gefunden hatten, wo sie ihn nie vermutet hätten.

Wieder ergriff Mrs. Ryder das Wort.

»Wie alt bist du, Sara?«

»Achtzehn, Madame.«

»Erst achtzehn. Für welches Vergehen bist du bestraft worden?«

In die aufrechte Gestalt kam eine gewisse Unruhe. Saras Augen wanderten von der Frau auf dem Ruhebett zu dem jungen Offizier. Andrew las Not und Elend in ihnen. Dann schauten sie fort.

»Komm, Kind«, drängte Mrs. Ryder, »sag schon, warum?«

Saras Augen erhoben sich wieder.

»Wegen Diebstahl«, sagte sie.

Andrew rief sich das Gespräch ins Gedächtnis zurück, das beim Mittagstisch geführt worden war. Von abtrünnigen Predigern, von Wilderern und kleinen Dieben war gesprochen worden, die die Gerichtshöfe und Gefängnisse bevölkerten. Er hatte diese armen Menschen verteidigt, hatte sich für sie eingesetzt und wenig für sie gewonnen. Er hatte eine Masse dabei gesehen, ein Heer Anonymer, die zu verteidigen ebenso schwer wie leicht war. Jetzt aber, da eine Einzelne auftauchte, eine Frau wie diese, die eine gewisse Erziehung und Bildung genossen und sich sogar ihren Stolz bewahrt hatte, die Mut bewies und einen Sinn für Humor, jetzt war auf einmal alles ganz anders. Es ging ihm nahe, und innerhalb von wenigen Minuten war es zu seiner ureigensten Angelegenheit geworden. Er war bestürzt und fühlte sich unglücklich. Jäh wandte er sich an Mrs. Ryder:

»Madame, falls«, er wies auf Sara Dane, »diese Frau Ihnen genügt . . ., Kapitän Marschall hat Anweisung gegeben, daß sie nicht mehr in ihr Quartier zurück muß. Darf ich dem Kapitän jetzt melden?«

»Ja, bitte, Mr. Maclay, ich glaube, Sara wird meinen Ansprüchen genügen.« Sie lächelte den Offizier an, als sie sagte: »Übermitteln Sie bitte Kapitän Marschall meinen Dank.«

Er verbeugte sich:

»Ihr Diener, Madame.«

Kapitel 6

Die beiden in der Offiziersmesse schauten von ihren Papieren auf, als Andrew die Tür aufriß. Brooks prüfte gerade eine Liste über die Vorräte an Medikamenten und begrüßte die Unterbrechung. Harding, der dabei war, eine Seite des Logbuches durchzusehen, zog leicht erstaunt die Brauen hoch, als er Andrew so zwischen Tür und Angel sah.

»Was ist los?« sagte er.

Die Türklinke in der Hand, schaute Andrew von einem zum anderen.

»Haben Sie sie gesehen?« fragte er dann Brooks.

»Sie?«

Andrew sagte voller Ungeduld: »Das Mädchen, Sara Dane!«

Brooks lächelte leicht:

»Ja, gestern. Ein schmutziges kleines Ding, könnte mir aber vorstellen, daß mehr in ihr steckt als in den anderen.«

»Gestern!« echote Andrew. »Heut müßten Sie sie sehen!«

Nach dem Vorbild Brooks setzte auch Harding ein Lächeln auf.

»Nehme an, sie hat allen Schmutz abgewaschen, und eine verwirrende Schönheit ist zum Vorschein gekommen!«

Andrew knallte die Tür ins Schloß:

»Ja, wenn ich überhaupt was von Frauen verstehe. Sie ist schön, so schön, daß bald das ganze Schiff davon reden wird.«

»Der Dreck ist wirklich ab?« Brooks Ton klang immer noch spöttisch.

»Ja, der ist weg«, antwortete Andrew, »sie hat ihre Haare gewaschen, und«, schloß er kleinlaut, weil ihre Mienen nur zu deutlich Belustigung ausdrückten, »es ist blond, fast weiß.«

Harding blickte zu Brooks:

»Da wird man ja wohl bald gegen die Anordnungen des Kapitäns Sturm laufen, wenn eine solche Schönheit losgelassen ist!«

»Na, und wenn erst Wilder sie zu sehen bekommt«, meinte Brooks. »Der arme Kerl stirbt sowieso schon vor Langeweile.«

»Ja, wenn der nur eine kleine Chance hat, dann . . .« Harding war nachdenklich geworden.

Andrew trat an den Tisch heran und schaute zerstreut auf die umherliegenden Papiere. Ohne jeden Grund sah er plötzlich finster drein: »Sie ist außerordentlich intelligent«, sagte er ruhig, »glaub' nicht, das Wilder das liebt!«

Keiner antwortete.

Er schaute auf. Auf jede Gefahr hin, es mußte heraus aus ihm:

»Mein Gott, was hat sie bloß hier zu suchen, auf einem Sträflingsschiff!«

Wieder antwortete keiner. Nach einer Weile schüttelte Brooks den Kopf und zuckte mit den Schultern. Harding schwieg beharrlich. Andrew überließ die beiden ihren Papieren. Er nahm seinen eigenen Bericht vor und setzte sich an den Tisch. Lange starrte er auf den Federkiel, bevor er ihn in die Tinte tauchte. Seine Gedanken waren bei dem Mädchen, das er soeben mit den Ryderskindern an Deck gesehen hatte. Er sah ihr Gesicht, sah ihr goldenes Haar in der Sonne glänzen. Wie ein Narr mußte er ihr vorgekommen sein, als er sie angaffte! Sie trug ein blaues Baumwollkleid, das von Martha Barrett stammen mochte, und einen breiten roten Shawl um die Schultern. Eine solche Verwandlung, sie war ihm unfaßlich! Sie hatte in seiner Miene gelesen und ihn wohl zwei Sekunden lang fest angeschaut und gelächelt. Er sah ihre Augen vor sich, diese unbestimmbare Farbe, mehr grün als blau. Ihr Anblick hatte ihn richtig aus der Fassung gebracht, und er stand immer noch im Bann ihrer Erscheinung, genau wie damals, als er den Klang ihrer Stimme nicht vergessen konnte.

Er blickte zu Harding und Brooks hinüber, aber die waren völlig in ihre Arbeit vertieft und hatten Sara Dane vergessen. Er tauchte den Federkiel noch einmal in die Tinte, beugte den Kopf über seine Arbeit und versuchte angestrengt, sich zu konzentrieren.

Sara verstand es wirklich, auf ihre Gegenwart an Bord der Georgette aufmerksam zu machen, überlegte Andrew. Beim erstenmal bereits, als er sie mit den Ryderskindern an ihrem Platz auf Deck gesehen hatte, war es ihm so vorgekommen, als wäre sie schon immer dort gewesen. Diese Wandlung von einer Gefangenen in eine Vertraute und Dienerin wäre wohl in dieser Weise für jede andere Frau unmöglich gewesen.

Andrew beobachtete sie während der langen eintönigen Wochen auf der Reise nach Cape genau, und es nötigte ihm alle Bewunderung ab, wie sie es schaffte. Ihre Methoden waren mehr klug als zart. Sie war viel zu schlau, als daß sie sich zur Zielscheibe von Neid und Mißfallen gemacht hätte. Tag für Tag saß sie an Deck, die Schulbücher offen auf dem Schoß. Ihre Blicke schweiften nie länger als eine Sekunde von den Kindern ab. Gesellte sich einer der Offiziere zu der Gruppe, um mit Ellen und Charles zu plaudern, ließ auch Sara sich gern zu einem kleinen Schwatz herbei. Sie wartete jedoch stets, bis das Wort an sie gerichtet wurde.

Das Dumme war nur, und ihm ging es genauso, dachte Andrew, daß keiner von ihnen richtig wußte, wie er mit ihr umgehen sollte. Es war bekannt, daß sie wegen Diebstahls bestraft worden war. Aber sie hatte so viel Liebreiz und unleugbare Schönheit, daß man es von einem Mann, dem die Gesellschaft von Frauen fehlte, nicht erwarten konnte, daß er nicht bei ihr stehen blieb und mit ihr und den Kindern plauderte. Es wäre wirklich zuviel verlangt gewesen, nicht ihrer Gestalt mit den Augen zu folgen. So beschwichtigten sie alle ihr Gewissen, und schließlich tat jeder so, als hätte er vergessen, daß sie in Lumpen gehüllt aus dem Sträflingsquartier gekommen war.

Sie hatte sich wieder einmal in ihrer Nische eingerichtet, als der Kapitän eines Morgens bei der kleinen Gruppe stehenblieb und sich nach dem Fortschritt der Studien erkundigte. Der gerade den Sonnenstand messende Andrew sah, daß Sara ruhig und ohne eine Spur von Unterwürfigkeit antwortete. Koketterie oder Servilität wären auch nicht am Platz gewesen. Kluges Mädchen, dachte er anerkennend. Er wußte, daß der Kapitän es sich schnell zur Gewohnheit machen würde, auf seinem täglichen Rundgang ein Weilchen dem Unterricht zuzuhören, den Fleiß der Kinder zu loben und Sara zuzuschauen, wie sie geschickt und zierlich mit ihrer Näharbeit hantierte, die Mrs. Ryder ihr gab.

Am meisten machte Andrew Saras Fröhlichkeit erstaunt. Immer wieder brachte sie Ellen und Charles zum Lachen. Die Kinder liebten sie, denn sie war unermüdlich darin, ihnen durch Unterricht und Spiel die langen Bordtage zu verkürzen, die einander in entsetzlicher Eintönigkeit folgten.

Er bewunderte ihre Haltung und ihre Klugheit, die jede unfreundliche Erinnerung an ihre Haft so rasch zunichte gemacht und ihr so bald einen anerkannten Platz innerhalb der Ryderschen Familie verschafft hatte. Es war klar, sie erwartete weder von jemandem Mitleid, noch wünschte sie welches. Wie er sie so tagtäglich beobachtete, spürte er, daß seine Hochachtung für sie wuchs. Die Art, wie sie das Beste aus ihrer Lage zu machen wußte, war einfach bewundernswert.

Kapitel 7

Die winzige Kabine war erfüllt vom Laut raschelnder Seide und vom Duft schweren Parfüms. Sara half Julia Ryder beim Auskleiden.

Julia war müde und sprach wenig. Sara paßte sich dieser Stimmung an, sie legte schweigend die Unterwäsche zusammen und schaffte Ordnung. Das blaßblaue Kleid, das Julia Ryder beim Abendessen bei Kapitän Marschall angehabt hatte, lag über das Bett gebreitet. Sara nahm es auf und strich behutsam über den feinen Stoff. Das Rascheln der Seide in ihren Händen brachte ihr die Londoner Tage in Erinnerung. Damals hatte sie täglich Gewänder von noch größerer Erlesenheit vor Augen gehabt. Sie vernahm wieder den Klatsch der Modehäuser, sah die gelangweilten Gesichter unter den federgeschmückten Hüten, sah juwelenberingte Hände, die in weiche Handschuhe schlüpften. Sie schreckte auf. Ja, für einen Augenblick hatte sie das Knistern der Seide in ihrem Arm in eine versunkene Welt zurückgebracht.

Sie blickte zu Julia Ryder hinüber, die vor dem schmalen Spiegel saß und Toilette für die Nacht machte. Ihr dunkles welliges Haar glänzte im schwingenden Licht der Laterne. Das Bild, das sie bot, gefiel Sara, die Sinn für Schönheit hatte, ausnehmend gut. Und dann, solange Julia Ryder zugegen war, schien diese vollgestopfte Kabine nicht gar in so schreiendem Gegensatz zu den Londoner Salons. Julia trug jetzt einen losen Morgenrock aus primelfarbenem Brokat. Ihr Nachtgewand war mit Spitzen besetzt, die mit dem Weiß ihrer Schultern und Brust wetteiferten.

Sara bemerkte, wie sich Julia vorbeugte, einen prüfenden Blick in den Spiegel warf und nach der Haarbürste auf dem kleinen Toilettentisch griff.

»Lassen Sie das mich tun, Madame«, sagte Sara und nahm ihr die Bürste aus der Hand.

Sie stellte sich hinter Julias Stuhl auf, bürstete das lange Haar und erfreute sich an dem Anblick des schimmernden Straffens und Lösens und Kräuselns unter ihren sanften Strichen. Sie bürstete schweigend, und Julia schloß die Augen. Es dauerte nicht lange und Saras Aufmerksamkeit richtete sich auf den Toilettentisch. Der Rahmen des Spiegels bestand aus feiner verschnörkelter Silberarbeit, auf einem Spitzendeckchen standen die kristallene Parfümfläschchen und andere Schönheitsutensilien. Saras Augen wanderten langsam von einer Köstlichkeit zur anderen. Ihre Hände bürsteten mechanisch weiter.

Da fiel Julias Stimme sanft in die Stille:

»Du liebst schöne Dinge, nicht wahr, Sara?«

Sara hob den Blick zum Spiegel und traf auf Julias Augen. Zögernd antwortete sie:

»Ich sollte lieber nicht zugeben, wie gern ich solche Dinge habe.«

»Warum nicht?«

»Sie wissen doch, Madame, daß ich wegen Diebstahls deportiert werde. Wenn ich zugebe, daß ich das hier bewundere, könnten Sie glauben, daß ich es stehlen möchte.«

Julia runzelte die Stirn, und ein strenger Ausdruck trat in ihre Züge. Sie ließ Sara nicht aus den Augen. Schließlich sagte sie:

»Sara, ich habe dich nur einmal gefragt, warum du auf dieses Schiff gekommen bist. Ich habe nicht die Absicht, dich zu verhören. Wenn du es mir aber erzählen willst, gut, ich bin bereit, dich anzuhören. Die Entscheidung jedoch liegt einzig und allein bei dir, ich möchte mich nicht in dein Inneres drängen.«

Noch für keine andere Frau in ihrem Leben hatte Sara eine solche Hochachtung empfunden wie für Julia Ryder. Sie hatte für sie gearbeitet, sie in kranken Tagen gepflegt und ihr geholfen, wenn sie das Rollen und Stampfen des Schiffes kaum mehr zu ertragen vermochte. In diesen gemeinsamen Wochen hatte sie, so glaubte sie wenïgstens, Julia genau kennengelernt. Sie glaubte, sich auf ihre Meinung über Julia Ryder verlassen zu können und machte gar nicht erst den Versuch, auf Julias Bemerkung einzugehen. Statt dessen hob sie den Kopf und blickte wieder in den Spiegel:

»Sind Sie mit mir zufrieden, Madame?«

»Ja, Sara, sehr!«

Sara nickte und sprach langsam weiter:

»Und Mr. Ryder, ist er auch zufrieden?«

»Ja.«

»Und Sie finden, daß ich auch mit den Kindern gut auskomme, Madame? Ich meine, daß sie mich gern haben?«

»Ja, du kannst besser mit ihnen umgehen, als alle vor dir. Sie gehorchen dir gern, weil sie dich mögen.«

Sara fuhr ruhig fort:

»Und der Kapitän, hat er irgend etwas an meinem Benehmen auszusetzen? Er hat bisher nichts dagegen gehabt, daß seine Offiziere mit mir sprechen, er selbst spricht auch mit mir.«

Wieder runzelte Julia die Stirn, sie war verwirrt.

»Ja, Sara, ich höre nur Lob und viel Gutes über dich, von jedem. Aber warum . . . .?«

»Warum?« wiederholte Sara gezogen und machte eine Pause, damit die Worte ihre Wirkung auf die andere nicht verfehlten:

»Weil ich gerne möchte, daß Sie es zugeben, Madame. Ich wollte es von Ihnen hören, damit ich ganz sicher bin und nicht befürchten muß, Sie könnten denken, daß ich etwas stehlen würde, wenn ich Ihr Eigentum so oft bewundere.«

Bei diesen Worten drehte sich Julia auf dem Stuhl herum, so daß sie Sara vor sich hatte.

»Ich glaube, es ist besser, wir hören mit diesem Duell auf, Sara«, sagte sie. »Seien wir doch offen zueinander.«

Saras Hand, die immer noch die Bürste hielt, fiel herab.

»Ich habe dich sehr sorgfältig beobachtet, Sara«, sprach Julia weiter. »Du bist ehrgeizig und stolz, aber du hast auch einen gesunden Menschenverstand. Der Tod meiner Dienerin Barrett war dein Glück, du hast die Gelegenheit, die sich dir bot, beim Schopf ergriffen, und ich kann mir nicht vorstellen, daß du sie dir unbedingt verscherzen willst. Wir kommen in ein neues Land«, fuhr sie langsamer fort, »das Leben dort wird schwer und fremd sein, und es kann sich für dich nur noch schwerer gestalten, wenn du nicht gewillt bist, mir gegenüber so fair zu sein, wie ich es dir gegenüber bin. Ich bin nicht blind, glaub mir, ich kenne deine guten Eigenschaften, und ich kenne sie vielleicht besser als du. Nur vergiß eines nicht: Wenn wir erst in New South Wales sind, wirst du meine Hilfe brauchen, genau so, wie ich jetzt die deine.« Nachdenklich klopfte sie mit den Fingerspitzen auf die Tischplatte: »Solange du bei uns bist, Sara, will ich gern vergessen, daß du verurteilt worden bist, ja, ich will noch mehr tun, ich will vergessen, daß du je eine andere Stellung innegehabt hast als die hier bei uns. Aber wenn ich dir Vertrauen schenke, mußt auch du endlich aufhören, mir zu mißtrauen.«

Sara war überrascht, daß die andere ihre Absichten so klar durchschaut hatte, aber dieses Gefühl machte schnell einer tiefen Genugtuung Platz. Sie hatte bestätigt bekommen, was sie wissen wollte. Jetzt endlich hatte sie die Stellung, auf die sie seit Wochen mit aller Sorgfalt hinarbeitete. Das gab ihr eine Sicherheit für die Zukunft. Sie schlug die Augen nieder:

»Ich glaube, wir verstehen uns, nicht wahr, Madame?«

»Ich glaube schon«, antwortete Julia.

Kapitel 8

In ihrer engen, neben der Kombüse gelegenen und ständig dunsterfüllten Kajüte kämpfte Sara mit einer nägelbeschlagenen Seekiste, die Martha Barrett gehört hatte. Unter dem niedrigen Bett verstaut, ließ sich die Kiste trotz heftigen Zerrens und Ziehens nur ein paar Millimeter verrücken. Sara mußte häufig innehalten, um Luft zu holen und um sich ein wenig zu strecken. Die Kabine, die man ihr gleich damals, als Maclay sie aus dem Sträflingsquartier herausgeholt hatte, als Quartier zuwies, hatte kein Bullauge, und die Luft war stickig. Der Raum enthielt ein Bett, an dessen Fußende sich drei Weidenkörbe türmten, die die Kleider von Julia und den Kindern enthielten. Sonst gab es nur noch einen kleinen Waschtisch, auf dem Marthas wenige, jetzt von Sara benutzten Toilettengegenstände aufgebaut waren. An einem Türhaken hingen ein

Mantel und ein Kleid, ähnlich dem, das sie jetzt trug. Die Anstrengung, die Kiste auf den Platz zwischen Bett und Waschtisch zu zerren, trieb ihr den Schweiß aus den Poren. Sie fuhr sich mit dem Handrücken über die Stirn und machte die Tür auf, damit wenigstens aus dem Gang ein Lüftchen in das enge stickige Gelaß dringen konnte. Neben der Kiste befand sich ein weiter Weidenkorb, der Marthas Habe enthielt. Diesen Korb hatte Sara schon zur Genüge durchforscht, es waren Sachen darin, die Martha während ihres langen Dienstes bei den Ryders angesammelt hatte. In der verschlossenen Kiste jedoch sollten sich Marthas wenige Schätze befinden, fast nie getragene Kleider und andere Dinge, die sie kaum benutzte und eigentlich mehr aus Freude am Besitz in ihrer Kiste aufbewahrte. Heute morgen hatte Mrs. Ryder Sara den Schlüssel ausgehändigt und ihr gesagt, daß sie sich alles, was ihr gefallen würde, nehmen dürfte. Jetzt, in der Mittagsstunde, hatte sie etwas Zeit für sich, und so versuchte sie nun, die Kiste hervorzuholen, um den Inhalt in Augenschein zu nehmen. Sie zog fest an den Griffen. Endlich kam das Möbel unter dem Bett zum Vorschein. Martha hatte das Schloß immer liebevoll geölt, der Schlüssel ließ sich leicht drehen. Sara entfernte vorsichtig die obenauf liegenden Papierbogen. Dabei leistete sie der Toten innerlich Abbitte, denn es waren fremde Hände, die da treulich gehegtes Gut berührten.

Sie lüftete den Deckel einer weißen Schatulle und entrollte ein Stück säuberlich aufgewickeltes Band. Dann fielen ihr einige Spitzen in die Hände und schließlich kamen ein paar gestickte Handschuhe zum Vorschein. Sie legte alles beiseite und richtete ihre ganze Aufmerksamkeit auf einen dunkelblauen Mantel. Er hatte einen kleinen Pelzkragen, der ihm einen Hauch von Luxus verlieh, an dem Kleidungsstück eines Dienstboten ein seltsamer Schmuck. Sara drückte ihn an die Wange. Da fiel ihr Blick auf ein Gebilde aus blauem Musselin. Sie legte den Mantel zusammen und beschäftigte sich eifrig mit dem neuen Fund. Das Kleid, eine wahre Stoffwoge, war alt und ein wenig aus der Mode gekommen. Sie hielt es sich an und überlegte, daß es Marthas bestes Stück gewesen sein mußte, das sie wahrscheinlich nur bei ganz großen Gelegenheiten trug. Daß es altmodisch war, machte Sara wenig aus. Es war gut erhalten und wirklich entzückend. Sie betrachtete liebevoll den weichen Faltenwurf des Rockes und entschied, es einmal anzuprobieren.

Bevor sie sich auszog, versuchte sie die Tür zu schließen. Aber die Kiste war im Wege. Weil es jedoch so schwer war, das Ding wieder unters Bett zu schieben, sollte die Tür lieber offen bleiben. Es war jedoch unwahrscheinlich, daß zu dieser Stunde irgend jemand den abgelegenen Gang benützen würde. Alle waren bei Tisch. Sara blickte noch einmal nachdenklich vom Kleid weg zur Tür und entschloß sich, es zu wagen. Sie schlüpfte schnell aus ihrem Baumwollkleid und streifte das blaue Musselingewand über den Kopf. Martha, von der sie wußte, daß sie ungefähr so groß wie sie war, mußte viel breiter gebaut gewesen sein. Das Kleid war ihr viel zu weit. Die Taille saß zu tief, und der Halsausschnitt, für eine üppigere Gestalt geschneidert, stand vorne weit ab und fiel ihr von den Schultern. Sie müßte es ändern, überlegte sie, denn es könnte sich wohl eine Gelegenheit, es zu tragen, geben. Natürlich, es war eigentlich zu elegant für eine Bedienstete, aber wenn sich die angeblich so gesetzte und ältliche Martha keine Skrupel gemacht hatte, warum sollte dann sie, Sara, welche haben!

Sie suchte zwischen den anderen Sachen, ob sich nicht ein Stück fand, womit sie das Musselingewand schmücken konnte, und entdeckte einen langen Shawl aus feinster schwarzer Spitze. Echte Chantilly! Sie kannte das Muster, hatte sie doch oft genug solche geschmuggelte Spitzen auf den Schultern der reichen Frauen von Rye gesehen. Sie prüfte mit kritischen Augen. Der Shawl war makellos und wunderschön. Sie legte ihn über Kopf und Schulter. Dann betrachtete sie sich in dem kleinen Handspiegel.

Nur eine schwache Laterne erhellte den auch tagsüber dunklen Raum, so daß sie ihr Spiegelbild kaum zu erkennen vermochte. Ihr Auge gewöhnte sich nur langsam an das Zwielicht. Sie dachte, daß so ihre Mutter ausgesehen haben müsse. Das Gesicht im Spiegel gefiel ihr nicht schlecht. Ihr schimmerndes Goldhaar und die bloßen Schultern strahlten durch die schwarze Spitze hindurch. Voller Staunen betrachtete sie ihr Bild und fand, daß es ein angenehmes Gefühl war, an seinem eigenen Aussehen Vergnügen zu finden.

Da vernahm sie von der Tür her einen Laut, der sie blitzschnell herumfahren ließ. Wilder stand hinter ihr.

Ihre Blicke kreuzten sich. Sara schürzte die Lippen und wartete. Er würde schon etwas sagen. Vorläufig sah es jedoch noch nicht so aus. Er lehnte nachlässig am Türpfosten, und ein unangenehmes dünnes Lächeln huschte über sein hübsches Gesicht.

Als er endlich sprach, klangen seine Worte wie eine Beleidigung. Er legte den Kopf schief, und seine Augen wanderten dreist über ihre Gestalt.

»Sehr hübsch, meine Liebe, wirklich reizend!« sagte er.

Sie beherrschte sich, in ihrer Miene verriet nichts den aufsteigenden Zorn. Sie würde sich keine Blöße geben, darauf konnte er sich verlassen. Lehnte er betont nachlässig am Türpfosten, lehnte sie sich eben gegen den Waschtisch.

Sein Blick streifte die offene Kiste.

»Was ist los, Sara, du packst doch nicht etwa? Willst du uns verlassen. So eine Schande!«

Er sah sie fragend an, gab seine nachlässige Haltung auf und kam näher. Die Art, wie er den Deckel der Kiste zuknallte und sie unter das Bett stieß, zeugte von Verdrossenheit. Er zog die Tür hinter sich zu.

»Mr. Wilder«, sagte sie scharf, »bitte öffnen Sie sofort wieder die Tür!«

Er sah sie nur belustigt an.

»Bitte öffnen Sie sofort wieder die Tür«, äffte er nach. »Nein, Mr. Wilder hat nicht die Absicht, die Tür zu öffnen.« Er kam auf sie zu, seine Hand schoß vor und umklammerte ihren Arm. Ihre Gesichter berührten sich fast. »Und jetzt, was willst du dagegen machen?«

Sie stieß ihn mit der Faust gegen die Brust und versuchte ihn wegzudrängen. Aber ihre Anstrengungen belustigten ihn nur.

»Sei vernünftig, Sara, wenn du Krach machst, sage ich jedem, der kommt, du hättest mich eingeladen. Das macht keinen sehr guten Eindruck, auch dann nicht, wenn man die Unschuldsmiene aufzusetzen versteht wie du.«

»Wenn Sie nicht . . .« Ihre Stimme klang leiser und nicht mehr ganz so sicher. »Wenn Sie nicht sofort gehen . . .«

Er schloß ihr den Mund mit einem Kuß und preßte sie an sich, so daß sie sich nicht mehr rühren konnte. Weindunst, der Geruch von Achselschweiß und Haarpomade umfingen sie, machten sie benommen. Angst beschlich sie. Was sollte sie tun? Voller Kraft und fieberhaftem Verlangen küßte er sie wieder und wieder, seine Lippen heischten die Antwort, die sie nicht geben wollte. Er lockerte ein wenig die Umarmung und versuchte, sie aufs Bett zu stoßen. Sie schloß die Augen und klammerte sich an seine Schultern, so daß er sie nicht zurückbiegen konnte. Nur ein Gedanke beherrschte sie: nicht nachgeben, um keinen Preis. Er würde sie ohne Mitleid und Schonung behandeln, würde sie als Geliebte ausnutzen, solange es ihm Spaß machte, und sie dann einfach verlassen.

Er schüttelte sie heftig, um ihren Griff zu lockern, aber sie ließ nicht nach. Der Weindunst machte sie jedoch immer mehr benommen, sie war einer Ohnmacht nahe. Sie öffnete für eine Sekunde die Augen und sah die Schweißperlen auf seiner Stirn und Oberlippe. Auch ihre Stirn war feucht. Endlich lockerte er seinen Griff und ließ die Arme sinken. Sie hing immer noch an seinen Schultern, die Finger verkrampft. Es war wirklich närrisch, erst wie wild gegen ihn anzukämpfen, und jetzt, da er sie endlich losgelassen hatte, an ihm zu hängen. Er faßte nach ihren Handgelenken und löste mit einem einzigen Griff ihre Hände von seinen Schultern.

Er trat zurück und musterte sie von oben bis unten. Sein Blick suchte die Formen unter dem leichten Musselingewand. Plötzlich veränderte sich der Ausdruck seines Gesichtes. Seine Stimme klang heiser, als er sagte:

»Mit meinem Erscheinen hattest du wohl nicht gerechnet? Hast dich für einen anderen geschmückt, was? Ja, Sara, für einen anderen hast du dich so fein gemacht . . .« Er trat ganz nahe an sie heran: »Wenn du es nicht sagst, schlage ich dich. Ich werde . . .« Er rüttelte sie wild: »Für Roberts, los, sag', oder Maclay? Oder etwa für einen der gefangenen Bastarde?«

Wieder rüttelte er sie. Sie schlug gegen die harte Bettkante. Ihre Stimme erstarb fast.

»Wenn Sie nicht sofort gehen . . .«

»Gehen?« Er ließ die Arme sinken. »Ich denke nicht daran.«

Klang seine Stimme auch wütend, war es doch nur noch Trotz, was aus seinen Augen sprach. Er legte die Hände auf ihre Schultern. Mit einem Finger streichelte er zärtlich das bloße Fleisch.

»Warum sträubst du dich, was hast du gegen mich, Sara?« Die Hand glitt über ihre Kehle, und sein Finger spielte in ihrer Halsgrube.

»Ich könnte dir das Leben so angenehm machen. Ich werde dir Geld geben, damit du dir etwas zu essen kaufen kannst, wenn du in Sydney bist. Ich werde dir in Cape schöne Kleider kaufen, Seide und . . . Sara, hörst du nicht . . .? Hör doch zu!«

Seine Augen forschten fast ängstlich in ihrer Miene.

»Sara«, er sprach jetzt ganz weich, »du magst mich doch, ja?«

Statt einer Antwort wich sie zurück, um seiner streichelnden Hand zu entgehen.

»Wenn Sie eine Dirne suchen, Mr. Wilder, dort unten finden Sie genug von der Sorte. Sie suchen am falschen Ort!«

Ein Zucken ging durch seine Hand, als wollte er sie schlagen.

»Du eingebildete kleine Närrin«, stieß er hervor. »Redest daher wie die reine Unschuld. Närrin, Närrin! Glaub ja nicht, daß du uns täuschen kannst. Wir kennen deinesgleichen. In Port Jackson wirst du kein Glück mehr damit haben. Wirst schon sehen, wie schnell du dich umstellst. Da heißt es, entweder Tugend ... und Verhungern, oder ...«

Er holte tief Luft und wischte den Schweiß von seiner Stirn.

»Falls du es vergessen haben solltest, ich kann dir sagen, Sara, was dich in Sydney erwartet. Die Soldaten werden dich nicht übersehen, und da du ein hübsches Lärvchen und einen schönen Körper hast, wird irgendein Offizier dich zu seiner Geliebten machen. Du wirst dich nicht weigern, nicht mit deiner Tugend prahlen, das wird dir der Hunger schon austreiben. Ein Geschäft, meine Liebe. Deine Schönheit gegen Brot und Fleisch ...«

Sie sah ihn unter halbgeschlossenen Lidern an:

»Sie haben eine ganz falsche Vorstellung von mir, Mr. Wilder«, keuchte sie. »Ich bin nicht feil. Ich werde auch in der Kolonie Mrs. Ryders Dienerin bleiben.«

»Dienerin«, höhnte er, »wie kommst du denn darauf?«

»Weil Mrs. Ryder es mir gesagt hat«, trumpfte sie auf.

»So ...? Sieh einer an, wie sie dir vertraut.«

»Ich gebe ihr keinen Grund zu Mißtrauen, und ich werde ihr auch in Zukunft keinen geben.« Ihr Atem ging schwer, sie mußte an sich halten, wenn sie nicht schreien wollte. »Gehen Sie endlich!«

Wieder breitete sich das ungute Grinsen über sein Gesicht.

»Gehen, gehen, warum sollte ich!« Er sprang auf sie zu und umschlang sie. Seine Lippen waren plötzlich überall, in ihrem Haar, auf ihren Lidern, ihrem Mund. Sie suchten gierig nach Antwort. Sie spürte seinen Mund auf dem Hals und auf den Schultern, von denen das Kleid herabgeglitten war. Auch seine schweißfeuchten Hände waren überall. Da zerriß der mürbe Musselin. Alle Beherrschung verließ sie. Vor ihren Augen bildeten sich rote Ringe, maßlose Wut erfaßte sie. Alle Vorsicht war dahin. Gleichgültig jetzt, ob der Mann, der sie mit so gierigen Händen betastete, der Kapitän oder der Letzte der

Mannschaft war, sie wollte freikommen, freikommen um jeden Preis. Sie machte eine rasche Wendung und hob die Hand zu seinem Gesicht. Sie schlug die Nägel in die schweißtriefende Haut und fuhr kratzend das Gesicht entlang. Sekundenlang verharrten beide regungslos. Sara starrte auf die drei langen Kratzer auf seiner Wange. Aus dem mittleren, dem tiefsten, sickerte schon Blut. Langsam führte er die Hand an seine Wange. Seine Finger spürten die Nässe, er betrachtete sie forschend und schimpfte los:

»Du Hure, woher hast du diese Tricks . . .? Aus einem Bordell? Ich möchte dir die Knochen im Leibe brechen.«

Er schlug zu. Der zweite Schlag traf ihre Brust. Sie streckte die Hand gegen das Schott aus und brach in die Knie, fast besinnungslos vor Schmerz. In dem Nebel vor ihren Augen schien Wilders Gestalt drohend zu schwanken. Er beugte sich über sie:

»Ich verzichte . . . Du Hexe. Bleib, wo du bist, es steht dir gut zu Gesicht, dieses keusche, enge Gelaß.«

Er drehte sich auf dem Absatz herum und verließ die Kajüte. Die Tür krachte ins Schloß. Dröhnend hallte es durch den Gang.

Kapitel 9

Die eintönigen Stunden der zweiten Wache hatten Andrew schläfrig gemacht. Er hatte gerade an Roberts übergeben und schickte sich an, nach unten zu steigen. Die Nacht war dunkel und still. Eine sanfte Brise wehte, und ruhig zog die Georgette ihre Bahn in der glatten See. Das Schiff schlief, die Stille war tief. Die beiden Laternen am Achterdeck strahlten nur schwaches Licht aus und beleuchteten kaum die beiden Steuermänner an ihrem Rad. Als Andrew kurz vor ihnen abbog, um die Treppe hinabzusteigen, sah er in der Dunkelheit eine Zigarre glimmen und erkannte die Umrisse einer Gestalt, die an der Reling lehnte. Andrew zögerte einen Moment, ehe er näher trat:

»Brooks, sind Sie es?«

»Ja, will noch etwas Luft schnappen.«

Andrew konnte Brooks Gesicht nicht erkennen, aber seine

Stimme klang müde und bitter. »Da unten, das ist die Hölle. Eine Geburt . . . eine Strafgefangene bekam ein Kind. Ich habe die ganze Nacht bei ihr zugebracht.«

»Und wie geht es ihr?« fragte Andrew.

»Der Mutter geht es gut, das Kind ist tot. Totgeboren.« Brooks lehnte sich gegen die Reling und zog an der Zigarre. »Hätte auch nicht leben können, denn Kinder, die auf solchen Transporten geboren werden, überstehen fast nie die Reise. Sie sind von Geburt an zu Krankheit und ewigem Hunger verdammt. Die Mutter da unten kennt nicht einmal den Vater.«

Andrew starrte aufs Meer hinaus. Er war wie empfindungslos, spürte weder Müdigkeit noch das Bedrückende der Nacht. Plötzlich fragte er in die Stille hinein: »Wie geht es dem Armen, den man gestern ausgepeitscht hat?«

»Schlecht, aber er ist stark, er wird es wahrscheinlich überstehen.«

Die Szene der gestrigen Auspeitschung stand immer noch vor Andrews Augen. Die Gefangenen schienen wirklich ein teuflisches Talent dafür zu besitzen, sich in solch folgenschwere Händel zu verstricken. War ihr Los denn nicht schon schwer genug? Die Strafe war die Folge eines brutalen Angriffes gewesen, den ein Welscher gegen einen Straßenräuber von fast zwergenhafter Gestalt gerichtet hatte. Als Waffe hatte ihm eine verrostete Schere gedient. Und warum war dieser Streit ausgebrochen? Nur wegen der nichtigen Frage, mit wie vielen Kanonen die Georgette bestückt sei. Es gehörte wirklich nicht viel dazu, diese Gemüter zu erhitzen, überlegte Andrew. Den Welschen hatte man an den Mast gebunden und vor versammelter Mannschaft ausgepeitscht. Die neunschwänzige Katze war über seinen Rücken getanzt, bis er eine einzige blutige Masse war. Der kleine Straßenräuber, geschwächt vom Blutverlust aus den Wunden, die die Schere ihm beigebracht hatte, konnte in diesem Zustande nicht bestraft werden.

»Und der andere, wird er es überstehen?« fragte Andrew.

»Ja, er macht gute Fortschritte. Aber für den Rest der Reise werden beide in Ketten gelegt.«

Andrew meinte langsam und finster:

»Ich kann mich an diese Auspeitschungen einfach nicht gewöhnen. In der Marine hab' ich es zwar oft genug gesehen und müßte eigentlich abgehärtet sein. Aber dies hier . . . Es macht mich ganz elend. Mir tun diese Sträflinge so leid! Was sollen sie auch anderes tun, als Streit anfangen?«

»Sie haben seit kurzem sehr viel Mitleid mit den Sträflingen, Maclay«, murmelte Brooks.

Andrew wandte sich ihm zu:

»Wie meinen Sie das?«

»Nun, es geht mich nichts an, aber mich beunruhigt der Gedanke, Sie könnten Ärger bekommen.«

Andrew entgegnete förmlich:

»Wieso?«

»Ich denke an dies Mädchen, an Sara Dane«, antwortete Brooks gelassen. »Sie wissen doch, wie auf so einem Schiff geklatscht wird. Sie sind viel mit ihr zusammen, das wollen Sie doch nicht leugnen?«

»Ich liebe sie«, entgegnete Andrew kurz.

»Sie lieben sie?!« Brooks war sichtlich bestürzt. »Sie wissen nichts von ihr, so gut wie nichts.«

Andrew zuckte hilflos die Achseln:

»Ja, was wissen wir schon von ihr, außer daß sie schön ist, liebreizend und tapfer.«

»Schön, das ist sie, nun gut«, erwiderte Brooks sinnend, »liebreizend und mutig auch, aber, Gott im Himmel, Maclay, man liebt ja schließlich keinen Sträfling, nur weil er ein hübsches Lärvchen hat.«

»Das ist richtig, aber ich liebe sie eben«, sagte Andrew. »Ich bin wie behext von ihr, sie geht mir nicht aus dem Sinn. Der Gedanke an sie peinigt mich.«

Brooks hatte sich Andrew zugewandt:

»Das kann doch nicht Ihr Ernst ein!«

»Ich will verdammt sein, wenn ich nicht die Wahrheit sage.«

»Haben Sie mit ihr darüber gesprochen?«

Sekundenlang zögerte Andrew. Dann antwortete er: »Das ist ja das Unglück. Nein.« Düster fuhr er fort: »Sie wissen, wie sie ist, sie gibt mir keine Chance, es ihr zu sagen. Sie behandelt alle gleich, sei es nun Brooks oder Wilder oder Sie. Für jeden hat sie ein Lächeln, aber das ist auch alles.«

»Ja, die weiß genau, was sie will. Sie gibt dem Kapitän keinen Grund, ihr Betragen zu rügen. Sie ist ein schlaues Ding, das können Sie mir glauben.«

»Ja, ja«, sagte Andrew ungeduldig, »aber was soll ich machen, ich liebe sie.«

»Das ist eine verdammte Geschichte, Maclay«, sagte Brooks nach einer langen Pause. »Ich weiß nicht, was ich Ihnen raten soll. Der Kapitän wird kaum ein Auge zudrücken, wenn sie mit ihr anbandeln.«

»Anbandeln! Ich will nicht mit ihr anbandeln, ich will sie heiraten!«

»Seien Sie kein Narr, Maclay, wie wollen Sie sie heiraten? So einfach geht das nicht. Vergessen Sie nicht, daß sie sich in Port Jackson trennen müssen.«

Andrew entgegnete ruhig:

»Ich habe meine Pläne.«

»Pläne? Das müssen ja tolle Pläne sein, wenn Sie in dem Fall klarkommen wollen. Sie ist Sträfling, Sie wissen nichts über sie, nicht woher sie kommt, ja nicht einmal, warum sie verurteilt worden ist.«

»Stimmt«, sagte Andrew, »aber ich werde es herausfinden.«

»Da müßten Sie sie schon selbst fragen. Aus den Papieren erfahren Sie nichts.«

Der Arzt warf den Stummel seiner Zigarre ins Wasser.

»Mir ist es Ernst, Brooks. Sagen die Papiere nichts, werde ich sie eben fragen. Ich bin überzeugt, daß ich alles erfahren werde. Und dann werden wir ja sehen, ob ich sie lieben darf oder nicht.«

Brooks seufzte:

»Hoffentlich erleben Sie keine Enttäuschung, mehr kann ich dazu nicht sagen. Aber jetzt gehen wir wohl besser, ich bin todmüde.«

Andrew begleitete ihn bis zur Treppe. Im Gehen schaute er auf und suchte gedankenverloren einen Stern in dem nachtschwarzen Himmel.

Die Georgette glitt friedlich dahin, als gäbe es auf ihr keine Ängste und Probleme.

Schon am folgenden Abend sah Andrew Sara, als sie gerade aus dem Zwischendeck ans Oberdeck steigen wollte. Er machte ein paar eilige Schritte, um sie anzuhalten. Sie war überrascht, als sie ihn kommen sah, und schaute ihn fragend an.

»Ich wollte Sie sprechen«, sagte er.

Sie antwortete nicht, sondern warf nur einen kurzen Blick hinter sich. Der Gang, den Andrew entlanggekommen war, führte ihn in die Offiziersquartiere. Sie waren einander kaum begegnet, und schon kamen zwei Männer und betrachteten sie mit neugierigen Blicken.

»Kommen Sie«, sagte Andrew, ging auf die Leiter zu und

bedeutete ihr, ihm zu folgen. Als er Sara im Schatten eines Beibootes fragte, weshalb sie auf der Georgette sei, maß sie ihn aus den Augenwinkeln. Ohne Umschweife fragte er nach dem Grund ihrer Verurteilung. Das hatte sie erwartet! Sie zuckte hochmütig die Achseln, lachte leise und antwortete:

»Oh, ich lief aus einem Pfarrhaus fort und hatte dummerweise drei Guineen nicht zurückgegeben, von denen mein Brotherr behauptete, daß sie ihm gehörten.«

Gereizt packte er sie bei den Schultern und schüttelte sie:

»Spielen Sie nicht mit mir, Madame, das ist nicht die ganze Geschichte.«

»Gut, Sie sollen sie hören«, rief sie aufgebracht, »aber wenn Sie Ihnen nicht gefällt, dann denken Sie bitte daran, daß ich sie Ihnen nicht erzählen wollte.«

Seine Hand ruhte sanft auf ihrer Schulter, als sie zu erzählen begann. Sie erzählte ihm alles, von ihrem Leben in London, von Rye und Bramfield. Nichts ließ sie aus, weder die zweifelhafte Vergangenheit ihrer Mutter noch Sebastians Familie. Andrew hörte von Sir Geoffrey Watson und Lady Linton. Nur von ihrer Liebe zu Richard Barwell konnte und wollte sie nicht sprechen.

»Als ich schließlich zu Lady Linton sollte, beschloß ich, daß ich nun lange genug in einer Familie gelebt hatte, in der ich nur als die Tochter eines Trunkenboldes und schäbigen Schuldenmachers galt.« Und ein wenig reumütig schloß sie: »Der einzige Fehler war, daß ich Sir Geoffreys Geld mitgenommen hatte. Das konnte ich später nicht rechtfertigen.«

Als sie geendet hatte, drückte er sanft ihre Schultern und lachte, daß es weit übers Deck hallte.

»O du kleine Törin, Sara, du kleine Närrin. Sich vorzustellen, daß du dich für den Preis von ein oder zwei Kleidern nach Botany Bay schicken läßt! Oh, wenn ich daran denke, daß ich schlaflose Nächte verbracht habe, weil du dich eine Diebin genannt hast! Du bist ein kleiner Borger, Sara, genau wie dein Vater.«

Er schmunzelte breit.

»Das sind wirklich die besten Neuigkeiten, die ich in meinem ganzen Leben erfahren habe.« Er beugte sich vor und küßte sie auf den Mund. »Das als Erinnerung bis zum nächstenmal, Sara.«

Dann wandte er sich schnell ab und schlenderte über Deck auf die Treppe zu. Sie lauschte seinen Schritten. Als er hinunterstieg, hörte sie ihn leise vor sich hinpfeifen.

Sie blieb noch eine Weile im Schatten des Beibootes stehen. Unten harrten noch mancherlei Aufgaben ihrer Erledigung. Mochten sie warten! Sie schloß die Augen und sah Andrew Maclays Gesicht vor sich. So froh war es und so ernst, so begeistert, wie das eines kleinen Jungen. Aber in die Erkenntnis, daß Andrew Maclay sie liebte, mischten sich Zweifel. Was konnte schon dabei herauskommen! Wieder nur ein Angebot, wie sie es schon von Wilder kannte. Und weil Andrews Liebe und Zuneigung so zurückhaltend waren, würde sie noch stärker gegen die Versuchung, ihm nachzugeben, anzukämpfen haben. Wie sollte eine solche Beziehung enden? Mit einem Lebewohl in Port Jackson. Und der Preis dafür wäre der Verlust von Mrs. Ryders Vertrauen. Der Gedanke quälte sie. Hier war ein Mann, über den sie Richard Barwell vergessen konnte. Andrew besaß die Macht, ihre Liebe zu gewinnen, und die Zartheit, sie sich zu erhalten. Neben ihm würde Richards Bild verblassen. Da sagte ihr eine innere Stimme, daß sie Andrew schon zu lieben begonnen hatte. Sie war verzweifelt. Was sollte aus ihrer Liebe werden? Eines Tages würde die Georgette wieder aus Port Jackson auslaufen, und sie mußte zurückbleiben. Nur eine Närrin verliebte sich unter solchen Umständen! Deshalb beschloß Sara, daß es das beste war, sich Andrew Maclay trotz seines bezwingenden Charmes und seiner zärtlichen Blicke aus dem Kopf zu schlagen. Er würde ihr am Ende weh tun wie Richard Barwell.

Kapitel 10

James Ryder sog tief die Luft ein. Er war froh, daß diese endlose Tour von Rio de Janeiro nach Cape nun bald zu Ende war. Schon vor zwei Stunden war aus dem Ausguck der Ruf: »Land in Sicht« erklungen. Sie hatten guten Wind, und mit jeder Minute war die afrikanische Küste deutlicher zu sehen. Ryder stützte die Hände auf die Reling und beobachtete den fernen Küstenstreifen. Julia würde sich freuen, dachte er. Sie war des endlosen Meeres und des stampfenden und rollenden Schiffes überdrüssig und sehnte sich nach Table Bay. Als er an sie und ihre Geduld während der langen Reise dachte, erfüllte ihn tiefe

Bewunderung. Sie ist eine wundervolle Frau, sann er, reist mit ihrem Mann und ihren beiden Kindern um die halbe Welt, obwohl sie am Ende kaum dafür entschädigt wird. Noch nach so vielen Ehejahren empfand Ryder eine tiefe Liebe zu seiner Frau. Sie hielt ihn immer noch mehr als er zugeben wollte in Unruhe.

Es war jetzt schon mehr als drei Jahre her, daß ihre Söhne – Zwillinge – ertrunken waren, als damals das Fischerboot vor der Küste in Essex unterging. Julia trauerte stumm. Sie vermochte den Schlag nicht zu verwinden. Wie ein Schatten lebte sie in einer Welt, der sie keine Anteilnahme mehr entgegenbrachte. Ihr Gemahl versuchte verzweifelt, sie aufzumuntern. Schließlich erbat er ihr Einverständnis zur Aufgabe des Gutes. Er wollte sich in West- oder Mittelengland neu ansiedeln. Aber sie weigerte sich. In England wollte sie nur wohnen, wo das Rauschen der Nordsee in ihren Ohren klang.

Schließlich brachte er vorsichtig die Sprache auf die Kolonie in New South Wales. Und, o Wunder! sie begrüßte die Idee, sich dort anzusiedeln. Sie hatte zwar nur nebelhafte Vorstellungen von diesem Land, dessen Bewohner Sträflinge und Verbrecher waren, aber gleich nachdem sie ernsthaft den Plan erwogen hatten, zeigte sie sich unerschrocken gegenüber aller Unbill, die es verhieß, gegen seine Einsamkeit und Maßlosigkeit. Sie war so begeistert, daß ihm keine Wahl mehr blieb, als den Plan auszuführen, mit dem er anfangs nur gespielt hatte. Sie bestand sogar darauf, ihn nach London zu einer Unterredung mit Staatssekretär Dundas zu begleiten. Von dort gingen sie zu Sir Joseph Banks, dem Botaniker, der mit Cook in Botany Bay gelandet war. Von ihm erhofften sie authentische Berichte. Banks beschrieb den neuen Kontinent als ein Land voller Verheißungen. Auf dem Heimweg nach Essex schwiegen sie, jeder versponnen in die hundert Geschichten, die sie über die neue Siedlung erfahren hatten. Falls sie sich entschlössen, nach New South Wales auszuwandern, so hatte man überall bindend versprochen, würde man ihnen genügend freies Land zur Verfügung stellen und Strafgefangene als Arbeiter. Aber auch die Hindernisse waren beträchtlich. Berichte von Hochwasser und Hungersnöten ermutigten nicht gerade die Auswanderer, so daß sich erst wenige Familien entschlossen hatten, es zu riskieren. Die Berichte, die nach England kamen, sprachen davon, daß sie eine Wildnis vorgefunden hatten und täglich dem Hungertode ins Auge sehen müßten. Ryders Begeisterung hätte leicht einen Dämpfer bekommen können. Aber er war ein Mann mit Phantasie und einem guten Schuß Abenteurerblut in den Adern. Natürlich war er nicht blind für die Gefahren, die einen freien Siedler in den Kolonien erwarteten. Er verhehlte seine Bedenken Julia nicht, und es blieb ihr bis zum letzten Augenblick überlassen, nein zu sagen. Aber sie hatte sich nun einmal entschlossen, und nichts konnte sie mehr umstimmen. Als sie ihr Gut in Essex verließen, warf sie kaum einen Blick zurück. Seine Augen glitten über die geblähten Segel zum Himmel hinauf. Er lächelte zufrieden. Ja, dachte er noch einmal, sie ist eine wundervolle Frau, verdammt, das ist sie. Er schritt auf dem schmalen Deck hin und her. Nach ungefähr fünf Minuten hielt er inne und betrachtete seine beiden Kinder. Sie saßen im Schutz der Reling, und Sara war bei ihnen. Der Gedanke bewegte ihn, welches Los die Kinder wohl in der neuen Heimat erwartete. Falls aus noch unerschlossenen Quellen Reichtum fließen würde, dann kam er eines Tages ihnen zugute. Sie würden, der Heimat entfremdet, in einem einsamen Land aufwachsen. Aber sie würden auch hineinwachsen in dieses Land und die Nutznießer seiner kommenden Blüte werden. Was jedoch würde aus solchen wie Sara Dane, überlegte er und betrachtete das Mädchen lange. Sie würde zu denen gehören, die als Sträflinge die Kolonie bevölkerten und die schweren Arbeiten zu verrichten hatten. Er schüttelte bedächtig den Kopf. Es war nutzlos, ergründen zu wollen, was sich hinter ihren seltsamen Augen verbarg. Nicht einmal Julia, vielleicht nicht einmal Andrew Maclay wußten genau, warum sie überhaupt auf der Georgette war. Nur eins war klar, nämlich, daß sie nicht zur Klasse derer zählte, die man für gewöhnlich auf Sträflingsschiffen suchte. Aber wer sie auch sein mochte, er war dankbar, sie und ihre vielen Gaben gefunden zu haben. Sie war Pflegerin und Lehrerin in einer Person, Dienerin und Gefährtin für seine Frau. Wirklich eine unerwartete Kombination. Er sah, wie sie den Kopf in den Nacken warf und über etwas, das Charles gesagt hatte, lachte. Die Sonne fiel voll auf ihr Gesicht und auf ihren Hals, dort, wo ihr Kleid offenstand. Das Bild jugendlicher Schönheit hielt seinen gedankenverlorenen Blick eine Weile gefangen. Dann kehrte er sich ab und nahm seine Wanderung wieder auf. Abermals verhielt er den Schritt. Andrew Maclay, frei von der Wache, kam vom Achterdeck.

»Guten Tag«, grüßte Ryder, »willkommener Anblick, nicht wahr!«

Er wies mit einer Neigung des Kopfes in Richtung der Küste.

»Ja, wahrhaftig, Sir«, antwortete Andrew und sog die Frische des jungen Tages ein. »Kann mir vorstellen, daß Mrs. Ryder froh sein wird, endlich wieder festen Boden unter die Füße zu bekommen. Sie wird es dort zwar nicht so vergnüglich finden wie in Rio, aber schließlich ist es doch eine Erholung vom Schiff.«

»Ich glaube kaum, daß meine Frau irgendwelche Fröhlichkeiten vermißt. Denke eher, ihr Jüngeren seid die Leidtragenden.«

Andrew antwortete nicht, sondern richtete seine Augen auf Sara. Ryder hatte spöttisch gesprochen, aber nur, um eine aufwallende Unruhe zu verbergen. Nur zu deutlich sah man, daß Maclay sich zu Sara hingezogen fühlte. Das war Nahrung für den Schiffsklatsch, da man seit Rio sowieso keine Ablenkung gehabt hatte. Gewiß, er konnte diese Neigung nur zu gut verstehen, und doch irritierte es Ryder, daß sie sich immer nur trafen, wo ein Dutzend Augen sie sehen konnten. Vielleicht war es Absicht, dieses huldigende zarte Werben vor aller Augen. Wirkte Sara auch nicht so, war und blieb sie doch ein Sträfling, und Maclay war schließlich Offizier einer Kompanie, die gleich nach der Marine kam. Die ganze Situation war unerquicklich. Gewiß, auf jedem anderen Schiff hätte man es ihm gestattet, Sara zu seiner Geliebten zu machen, und damit wäre die Angelegenheit erledigt gewesen. Sara würde dann um ein wenig reicher in Port Jackson zurückbleiben, wenn die Georgette eines Tages wieder auslief. Ryder wurde jedoch das Gefühl nicht los, daß Andrew so etwas gar nicht beabsichtigte.

Ernst studierte der Ältere den Gefährten. In dem grellen Sonnenlicht schienen Andrews Augen von tiefem Blau. War er auch noch jung, waren seine Züge doch markant ausgeprägt, die Gesichtshaut straff und wettergebräunt. Er hatte einen festen Mund und ein wohlgeformtes, starkes Kinn. Sein Dialekt, jede seiner Bewegungen verrieten die schottische Abstammung. Die Gegensätze in Maclays Charakter faszinierten Ryder. Er wußte, daß Maclay die Nächte beim Kartenspiel verbrachte, sooft er nur einen Partner fand. Und er hatte unwahrscheinliches Glück im Spiel. Aber ebensooft konnte man aus Kapitän Marschalls Mund das Lob vernehmen, Maclay nähme es peinlich genau mit seinen Pflichten. Er schien zu den Leuten zu gehören, die kaum Schlaf brauchen, ein Seemann mit den starken Nerven des geborenen Spielers.

Andrew, unruhig geworden durch das Schweigen, raffte sich zu einer Frage auf: »Wollen Sie in Cape Vieh einnehmen, Sir?«

Ryder mußte sich auf die Frage erst einstellen.

»Ja, ich habe vor, so viel Vieh zu kaufen, wie ich nur unterbringen kann. Ich hörte, man zahlt in der Kolonie Überpreise dafür.«

Andrew nickte. »Auch die Offiziere wollen alle in Cape Vieh kaufen, um es dann in Sydney teuer abzugeben.«

»Und Sie, wollen Sie sich auch an diesem Wagnis beteiligen.«

»Ich, o ja, das wird ein einträgliches Geschäft.« Andrew lachte. »Eine solche Gelegenheit lasse ich nicht entgehen.«

»Man sagt, einer mit Viehbestand kommt in der Kolonie besser zurecht«, meinte Ryder. »Ich für meinen Teil bin auch der Meinung, nicht erst auf eine unsichere Ernte zu warten. Ich brauche Kühe, Schweine und so viel Schafe wie möglich.«

Andrew überlegte eine Weile, ehe er sagte:

»Ich hätte gern mit Ihnen über die Kolonie gesprochen, Sir.« Er zögerte abermals, um dann schnell hinzuzufügen: »Was ist Ihre ehrliche Meinung über die Chancen, die man dort hat?«

Ryder schaute seinen Begleiter sehr ernst an.

»Nun, man wird nicht auf Rosen gebettet sein. Wer nach New South Wales geht, den erwartet ein Glücksspiel. Alles scheint dort gegen uns zu sein, sogar die Jahreszeiten laufen dort andersherum. Man muß sich auf Hunger und Hochwasser gefaßt machen und auf eine verdammt harte Arbeit bei leeren Mägen.« Seine Stimme wurde voller und seine Augen leuchteten begeistert auf. Er schlug mit der Faust in die flache Hand. »Aber, das sage ich Ihnen, Maclay, es ist ein Königreich für Siedler. Menschenskind, bedenken Sie, jungfräulicher Boden, auf dem noch kein Vieh geweidet hat, in den noch nie ein Samenkorn gesenkt wurde! Mir kann niemand weismachen, daß er keine reiche Ernte tragen wird, wenn man ihn nur richtig behandelt.«

»Aber die Leute dort sterben Hungers?«

»Jawohl, sie verhungern, aber doch nur, weil die Kolonie in den Händen von ehemaligen Kapitänen und Sträflingen ist. Was wissen denn Seeleute vom Ackerbau! Jeder freie Siedler ist eine Hoffnung für die Wohlfahrt des Landes. Glauben Sie mir, Maclay, freie Männer, die etwas vom Ackerbau verstehen, die können dort vorwärtskommen. Schickt nur genügend Bauern ins Land, dann möcht ich mal sehen, wer dort noch hungert!«

»Sie scheinen ein unbegrenztes Vertrauen in diesen Kontinent zu setzen«, meinte Andrew.

»Ja, ich glaube daran. Bei Gott, ich habe Vertrauen!« Ryder beugte sich vor und tippte auf Andrews Rockaufschläge. »Je mehr Siedler kommen, je weiter werden sie sich ausbreiten, nach Süden und Norden werden sie ziehen, Maclay, und endlich auch in das vielgelästerte Hinterland.«

»Mit einer weiteren Ausbreitung jenseits der Niederlassung, damit kann man doch wohl kaum rechnen.«

Ryder seufzte. Er mußte an Brooks Erzählungen denken, in denen es von den Geheimnissen und Gefahren, die in dem unerschlossenen Kontinent lauerten, nur so wimmelte. Es war sicher viel Seemannsgarn dabei gewesen, das sich zwischen einigen Gläsern Wein so leicht spinnen ließ. Mit seinen Kenntnissen aus erster Hand verstand es Brooks vortrefflich, seine Geschichten auszumalen, ohne befürchten zu müssen, auf Widerspruch zu stoßen. Er war skeptisch, was die Ausbreitung betraf, und hatte darauf hingewiesen, daß gleich hinter dem Küstenstrich eine Bergkette von rauchblauen unbezwingbaren Gipfeln sich hinzog. Er hatte zu berichten gewußt, daß Gouverneur Phillip immer wieder versucht hatte, einen Weg durch das Gebirge zu finden, aber alle Expeditionen seien unverrichteter Dinge zurückgekehrt. Brooks glaubte nicht daran, daß man das Gebirge überwinden könne, und meinte, daß die Niederlassung auf einen schmalen Raum beschränkt bleiben müsse.

»Ach, Sie denken an die blauen Berge«, kam es endlich aus Ryders Mund. »Ich gebe zu, sie sind eine Schranke. Aber auch sie vermögen nicht die Expansion aufzuhalten. Freie Menschen schaffen sich ihren Lebensraum, genau wie in Amerika und Kanada. Allerdings, wenn die Siedlung eine einzige Strafanstalt bleibt, dann wird sie stagnieren. Freie Menschen jedoch vermögen ein Land zu erschließen.« Ryder übersah Andrews zweifelnde Miene und fuhr fort: »Anfangs werden es nur wenige sein. Sie werden es schwer haben, merken Sie sich das, Maclay, ja, die reine Hölle erwartet sie. Sie werden völlig auf sich gestellt sein, ganz allein werden sie mit allem fertig werden müssen, und ihre Frauen werden zu leiden haben. Aber, Mann Gottes, welcher Lohn winkt ihnen auch!« Er lächelte plötzlich etwas bitter und blinzelte in die Sonne. »Sind aber erst einmal Wohlstand und Reichtum im Lande, dann werden schon die Postenjäger kommen, die Vögel, die sich da immer nur mästen.« Ryders Lächeln verlöschte, seine Worte verhallten. Die Unterhaltung war zu Ende.

Als Andrew in die Kajüte ging, wälzte er in seinem Kopf zum hundertstenmal einen Plan, der für ihn und Sara die Zukunft bedeuten konnte.

Kapitel 11

Sogar in dem grellen Sonnenlicht machte das Tafelgebirge einen finsteren Eindruck, türmte sich drohend über die ordentliche holländische Siedlung und drängte einengend gegen die Bucht vor. Sara und Andrew, die zusammen an der Reling standen, hatten jedoch kein Auge für das großartige Bild. In den drei Wochen, da die Georgette hier vor Anker lag, war es zu etwas Alltäglichem geworden. Etwas anderes erregte ihre Aufmerksamkeit, zog magisch ihre Blicke an. Ein Beiboot entlud tief unter ihnen die lärmende, plumpe Fracht von Schweinen, Rindern und Schafen. Die heiße Luft war von Blöken und Brüllen, Grunzen und Quieken erfüllt. In einem anderen Boot trug aus sicherer Entfernung der Holländer, der sich zur Belieferung der Georgette verpflichtet hatte, schreiend und fluchend sein Scherflein zu dem ohrenbetäubenden Krach bei. Das Getöse schwoll immer noch mehr an, beißender Geruch verbreitete sich, und doch nahm die wilde Lebendigkeit der Szene die beiden gefangen. Mit einem vergnügten Auflachen sah Sara Andrew an, als ein Mann, der ein Ferkel unglücklich zu fassen bekam, das Gleichgewicht verlor und kopfüber ins Wasser fiel, das Ferkel wie einen Schatz fest im Arm. Aller Augen wandten sich dem Tohuwabohu zu. Wie verrückt kämpfte der Arme mit dem nassen Element. Der Händler, der einen Augenblick lang das Schauspiel wütend und verächtlich beobachtet hatte, schritt zur Tat. Schnell ruderte er sein Boot heran, ergriff das Ferkel und brachte es in Sicherheit. Um den Mann kümmerte er sich vorerst nicht, sondern untersuchte das Tier, ob es nicht Schaden genommen hatte. Es handelte sich schließlich um sein Gut, solange es nicht auf dem Schiff und übergeben war. Dann erst bedeutete er lakonisch seinem Diener, ein Ruder auszustrecken und den erschöpften Mann aus dem Wasser zu ziehen. Die Verladung ging weiter.

»Ob sie bis zum Einbruch der Dunkelheit fertig werden?« fragte Sara.

»Na, wenn nötig, machen die bei Laternenlicht weiter«, antwortete Andrew. »Wenn der Wind anhält, wird der Kapitän ihn ausnutzen wollen und morgen früh unter Segel gehen.«

Seine Worte erinnerten Sara daran, daß am nächsten Tag die Reise fortgesetzt werden sollte. Seit den Morgenstunden schon lag eine gewisse Unruhe über dem Schiff. Die Offiziere hatten ihre letzten Einkäufe und Tauschgeschäfte in der Stadt und auf den im Hafen liegenden Schiffen erledigt. Auch die Aufträge des Kapitäns waren ausgeführt. Der Großteil des Viehs war schon an Bord, die Wasserfässer waren gereinigt und frisch gefüllt.

Niemand schien die bevorstehende Ausfahrt zu bedauern, am wenigsten die Sträflinge, die während der Liegezeit im Hafen noch strenger als sonst bewacht wurden, dachte Sara. Die Offiziere liebten Städte wie diese nicht, denn sie entbehrten so vollständig des Geheimnisses und heidnischen Zaubers der Hafenstädte des fernen Ostens. Die felsige, dürre Landschaft rief in ihnen keine Erinnerung an die Heimat wach. Einsamkeit, überall angsteinflößende Einsamkeit. Die graugrüne Vegetation war ihnen fremd, wo sie auch gehen mochten, überall beschlich sie das unangenehme Gefühl, auf verlassenem Posten zu stehen. Sara überlegte, ob es wohl dieses Gefühl der Einsamkeit und Verlorenheit gewesen war, die Timothy Brown, ein Mitglied der Mannschaft, in der vergangenen Nacht ins Wasser getrieben hatte. Niemand wußte genau, ob der Betrunkene mit Absicht über Bord ging oder ob ein unglücklicher Zufall an seinem Tod schuld war. Man hatte sofort ein Beiboot zu Wasser gelassen. Aber die See gab ihr Opfer nicht mehr her. Als das Unglück auch im Artilleriedeck bekannt wurde, waren die Weiber kaum zu bändigen. Sie keiften und kreischten, beschuldigten alle und alles und behaupteten, Brown sei lieber ins Wasser gegangen, als die Schrecken der Reise noch länger mitmachen zu müssen. Fünf der Weiber, die aufsässigsten, lagen seit heute morgen in Ketten.

Wieder wurden Saras Gedanken durch den Lärm von unten gestört. Sie stellte sich auf die Zehenspitzen, um besser sehen zu können. Zwei der Matrosen mußten in Streit geraten sein. Weil sie jedoch nicht hören konnte, worum es ging, verlor sich ihr Interesse wieder.

Plötzlich legte Andrew die Hand auf Saras Arm. Er wies auf das Viehzeug. »Ich habe auch meinen Teil dabei, Sara.«

»Ich habe mir schon gedacht, daß du Vieh kaufen würdest. Du wirst es sicherlich in Port Jackson mit Gewinn losschlagen wollen.« Er schüttelte den Kopf, aber sie sah es nicht, weil sie immer noch dem Verladen zusah.

»Ich will es nicht verkaufen. Ich behalte es. Ich werde mir in New South Wales Land anweisen lassen und dort siedeln.«

Sara richtete sich auf. Sie drehte sich herum und sah ihn erstaunt an: »Siedeln . . .? Du? Ein Seemann?«

»Ich war nicht immer Seemann, schließlich bin ich bei einem Schotten großgeworden, der als bester Farmer in seinem Bezirk galt. Und Dinge, die einem wie das Evangelium täglich gepredigt werden, vergißt man nicht.«

Sie schüttelte den Kopf: »Aber das Schiff verlassen und Farmer werden . . .? Warum?«

»Weil ich in New South Wales bleiben will und dich heiraten möchte.«

Sie wich einen Schritt zurück, ihr Mund stand halb offen.

»Andrew«, sagte sie schwach, »bist du verrückt geworden?«

»Und ob«, erwiderte er. »Du hast mich ganz toll gemacht, kleine Hexe. Ich kann nachts nicht mehr schlafen vor lauter Sehnsucht, und Wache halte ich wie ein Betrunkener und Narr. Die reine Hölle, kann ich dir sagen. Sara, willst du mir versprechen, mich zu heiraten und mir meine Ruhe wiedergeben?«

»Dich heiraten . . . Oh, Andrew!«

Seine Finger trommelten ungeduldig auf der Reling.

»Erzähl mir ja nicht, du wüßtest nicht schon längst, daß ich dich liebe. Das ganze Schiff weiß es bereits.«

»Daß du mich liebst . . . Vielleicht . . . Aber hast du vergessen, daß ich ein Sträfling bin?«

»Nein, ich habe es nicht vergessen. Aber das läßt sich ändern. Wenn ich um die Erlaubnis einkomme, dich heiraten zu dürfen, sehe ich keine Schwierigkeit. In diesem Fall wirst du von Gouverneur Phillip begnadigt. Er hat die Vollmacht dazu. Tut er es nicht, gut, dann heirate ich dich trotzdem und zwinge ihn einfach, dich mir als Haushälterin zuzuteilen, bis deine Strafzeit abgelaufen ist.«

Ihre Augen glitten von ihm weg auf den glitzernden Wasserstreifen. Langsam sagte sie:

»Es kann unmöglich so leicht gehen, wie du es hinstellst.«

»Ganz leicht und einfach. Wir müssen unsere Chance nur wahrnehmen, etwas wagen, was vor uns noch keiner gewagt hat. Ich heirate dich, Sara, ich mache dich frei!«

Sie gab keine Antwort. Beide schwiegen lange.

»Einverstanden?« fragte er endlich.

Wieder schüttelte sie den Kopf.

»Aber . . ., ich weiß ja gar nicht . . . wie?!« Verwirrung und Hoffnung sprachen aus ihr.

»Ich sage dir doch, wir heiraten, und alles ist in Ordnung. Wir müssen nur fest entschlossen sein, dann kommt alles ins rechte Lot. Und sind wir erst verheiratet, meistern wir die anderen Schwierigkeiten schon gemeinsam.«

Sie sah ihn voll an und sprach erregt:

»Aber die Schwierigkeiten werden kommen, *weil* wir verheiratet sind. Siehst du denn das nicht? Stell dir doch unsere Zukunft einmal vor, Andrew, mit einem ehemaligen Sträfling verheiratet! . . . Und dann die Kinder . . .« Ihre Stimme erlosch. »Lieber«, sagte sie sanft, »sei vernünftig. Es kann nicht gut gehen.«

Er ereiferte sich: »Sara, wir kommen in ein ganz neues Land, in eine neue Welt! Wir werden einen Weg finden. Mit dem Herkömmlichen wird sich brechen lassen. Wir werden uns schon behaupten. Du darfst nicht die Gesetze der englischen Gesellschaft als Maßstab nehmen. Die gibt es dort nicht oder doch nur sehr wenige. In diesem neuen Land sind es wir, die Gesetze machen. Schau doch auf Amerika. In New South Wales wird es ähnlich sein.«

Er redete sich in Begeisterung, sein Gesicht glühte vor Eifer.

»Es ist ein Abenteuer, Sara, ein Wagnis, das Herz und Kopf verlangt. Ach, bist du erst bei mir, gibt es nichts, was ich nicht vermöchte. Nichts. Oder hast du Angst, ich könnte mich als Niete erweisen? Ich habe etwas Geld bei der Ost-Indien-Kompanie, ich hebe es ab, es genügt für den Anfang. Kein Vermögen, aber immerhin, für den Start wird es reichen.« Er machte eine Pause und blickte über den Hafen hin.

»Also, was ist, Sara, willst du es mit mir versuchen? Vielleicht erwarten uns am Ende Reichtum und Wohlstand, und unsere Kinder werden eine Zukunft haben. Spürst du nicht die Verlockungen des neuen Landes und des neuen Lebens? Alles was ich habe und was ich gewinne, werden wir teilen. Ich kann dir nicht viel bieten. Ich bin ein einfacher Mann, ein Seemann, ein Farmer, vielleicht auch so etwas wie ein Spieler . . . Genügt dir das, willst du mich haben?«

Sie hatte sich wieder gefangen, und doch klangen ihre Worte erregt:

»Ginge es nur um ein Jahr oder meinetwegen auch um zwei, ich sagte ja. Aber eine Ehe währt ein ganzes Leben. Was ist, wenn sich dein Abenteurerblut erst ein wenig abgekühlt hat, wenn du soviel Land, wie du nur haben kannst, bebaut und auch sonst alles erreicht hast, wovon du jetzt träumst? Wirst du mich dann noch haben wollen, wirst du dann nicht sagen, daß ich in deine herrliche Welt nicht passe? Schön, sollte mich Gouverneur Phillip wirklich begnadigen, ich bin gestempelt fürs ganze Leben. Ich bin und bleibe ein Sträfling. Wenn du dein Glück machen willst, darfst du dich nicht mit mir belasten.«

Er lächelte. Welche Freude bereiteten ihm ihre Worte, von welcher Rücksichtnahme und Selbstverleugnung sprachen sie doch.

»Mein Liebling, Sara«, erwiderte er, »ja, ich will sie mit mir herumschleppen, deine Vergangenheit – und deine Zukunft. Beides. Ich werde dich zu der meistbeneidetsten Exgefangenen der Welt machen. Du sollst glücklich sein, eine wahre Königin in deinem Heim, auf daß jede Frau wünscht, sie wäre ein ehemaliger Sträfling.«

Sara errötete. »Du machst dich lustig über mich, Andrew.«

»Süße Sara, ich mache mich nicht lustig, ich erzähle dir bloß, wie dumm du bist. Lockt dich der Gedanke nicht, daß ich dir alles, was du seit der Flucht aus diesem Pfarrhaus verloren hast, zurückgeben kann? Sogar die Achtung . . .«

Sie unterbrach ihn leise: »Ich möchte lieber eine Gefangene bleiben, als daß du vielleicht in zehn Jahren bereust, mich geheiratet zu haben.«

»Geliebte«, sagte er weich, »schenke mir diese zehn Jahre und laß mich dir zeigen, was ich daraus mache. Willst du?«

»Ich . . . Ich weiß nicht.«

Er wurde zornig: »Hab' ich nicht ein Recht auf eine deutlichere Antwort?!«

»Andrew«, sie zögerte wieder, »warte bis Botany Bay. Überleg es dir noch einmal. Wir fahren ja noch eine ganze Zeit. Vielleicht verliert dann der Gedanke, eine Gefangene zur Ehefrau zu bekommen, seinen Reiz.«

Sie drehte sich schnell um und wollte ihn verlassen. Er ergriff jedoch ihre Hand, beugte sich darüber und führte sie an seine Lippen.

»Bis Botany Bay ist es noch weit«, flüsterte er. »Aber noch bevor wir die Hälfte der Reise hinter uns haben, werde ich dich zu meiner Überzeugung bekehrt haben.«

Dann ließ er sie gehen und sah ihr nach, wie sie aufrecht, schwingenden Schrittes über das Deck den Kabinen zustrebte. Seine Züge waren gespannt, Begeisterung und Leidenschaftlichkeit erfüllten ihn. Das Gebrüll der Tiere und die Flüche der Männer schwollen immer mehr an, wurden lästig. Er straffte sich und machte kehrt, den neugierigen Blicken zweier Männer begegnend, die Zeugen der Szene gewesen waren.

Sara hatte Andrew verlassen und war in Mrs. Ryders Kabine geeilt. Julia erkannte am Öffnen der Kabinentür, daß Sara aufgeregt war.

»Was ist los, Sara?« fragte sie.

Sara antwortete nicht gleich. Sie schloß erst die Tür, lehnte sich mit dem Rücken gegen die Wand. Ihr Atem ging schnell, ob vor Freude oder vor Ärger vermochte Julia nicht zu sagen.

»Andrew Maclay will mich heiraten«, stieß Sara endlich hervor.

Julia holte tief Luft. Also doch, dachte sie, jetzt ist es soweit. Was ich schon lange erwartet hatte, ist eingetroffen.

»Und was hast du dazu gesagt?« fragte sie ruhig.

Sara hob den Kopf.

»Ich habe ihm geraten, es sich bis Botany Bay noch einmal zu überlegen. Dann wird er besser wissen, ob er einen Sträfling zur Frau nehmen will oder nicht.«

»Und wenn er seine Meinung ändert?« fragte Julia.

Sara zuckte nur mit der Schulter. »Dann wird er eben weitersegeln. Bleibt er aber dabei, dann mustert er halt ab und wird Farmer.«

Julia beobachtete Sara scharf. Sie mochte es nicht, daß Sara bei einer so wichtigen Sache gleichgültig tat.

»Sara, du solltest mir nichts vormachen und dir selber auch nicht«, rief sie aus. »Du willst es doch so. Darauf hattest du es doch all die Zeit abgesehen. Du denkst gar nicht daran, ihn ziehen zu lassen . . . Aber warum in Gottes Namen gibst du ihm keine klare Antwort?«

Sara trat einen Schritt näher. Ihr Trotz war verflogen. Ihr Blick ging plötzlich unsicher, ihre Miene drückte Zweifel aus. »Ich – ich werde ihn ziehen lassen, wenn er es sich anders überlegt, ich werde ihn nicht halten, wenn er anderen Sinnes wird.«

»Er wird es sich nicht anders überlegen«, sagte Julia. »Er liebt dich, das sieht doch jeder. Wenn er dich bittet, seine Frau zu werden, dann meint er es ehrlich.«

Sara ereiferte sich erneut:

»Aber diese Heirat ist nun einmal unmöglich! Ich bin ein Sträfling! Er scheint sich gar nicht im klaren darüber zu sein, was das bedeutet. Er macht sich selbst etwas vor und redet große Töne von eigenen Gesetzen, die er der Kolonie aufzwingen will. Er glaubt, daß man mich anerkennen wird, und er ist davon überzeugt, mir meine Ehrbarkeit zurückgeben zu können.« Voller Leidenschaft brach es aus Sara heraus.

Julia wandte sich ab. Sie ließ sich vor dem Frisiertisch nieder und legte die Hände in den Schoß. Die Situation barg Zündstoff genug, konnte alle möglichen Verwicklungen bringen, und eine vorsichtige Frau müßte davor zurückschrecken, sich da einzumischen. Aber Julia entdeckte nach all diesen langen Ehejahren mit einem Mal, daß sie ja eigentlich gar keine vorsichtige Frau war. Sie dachte an die beiden jungen Menschen, sie dachte an Andrew Maclay, der ein vernünftiger Mann war, und sie dachte an Sara, die es mit Andrews Mut und Klugheit wohl aufnehmen konnte. Wenn sie nun diese Heirat begünstigte? Wenn sie ihr Vertrauen zu Sara offen bekundete und ihr so Achtung verschaffte? Dann würde es Gouverneur Phillip sicherlich leichter fallen, Sara zu begnadigen. Gewiß, es konnte gefährlich sein, in das Leben zweier Menschen einzugreifen. Sie hatten ihre Sache letztlich doch allein auszufechten. Aber der Gedanke begeisterte sie. Sie sah in dieser Heirat ein Abenteuer, kühn und verwegen, und das verfehlte nicht seine Wirkung auf sie. Sie beugte sich vor und verstellte den Spiegel, damit sie Sara sehen konnte. Ja, sie werden ein schönes Paar abgeben, eine Zierde für die neue Welt, entschied sie bei sich.

Kapitel 12

Die Georgette hatte die Spitze von Van-Diemans-Land umschifft, dessen Berge kühn und kahl aus dem südlichen Ozean wuchsen, und folgte an die siebenhundert Meilen der Küste des neuen Kontinentes, der als Terra Australia auf den früheren Schiffahrtskarten verzeichnet stand. Es war jene Küste, die

Cook einst angelaufen hatte, ein von Klippen und Buchten umgebenes Land.

Am 1. Oktober 1792 sichtete der Ausguck bei Sonnenuntergang das mächtige Vorgebirge, eine Meile vor der Hafeneinfahrt von Port Jackson. Die Georgette drehte bei und wartete auf den Morgen, ehe sie die Durchfahrt durch die schmale Fahrtrinne wagte.

Alle an Bord, ob Mannschaft, Gefangene oder die vier Passagiere, hatten eine schlimme Zeit hinter sich, aber jetzt hatten sie es überstanden und wollten sie vergessen. Gleich nachdem sie von Cape ausgelaufen waren, hatten sie fast ständig schlechtes Wetter gehabt. Die Georgette hatte Kurs auf Süden genommen, nahe am Polarkreis vorbei, um sich dann scharf nach Osten zu wenden und die Vorgebirge des Van-Diemans-Landes zu umschiffen. Nur wenige waren der Seekrankheit entgangen, und alle hatten entsetzlich gefroren. Sie litten erbärmlich unter der Unbill des südlichen Winters. Die Vorräte an Frischkost waren viel zu schnell zur Neige gegangen, die Folge war ein geradezu tödliches Einerlei von Salzfleisch. Das Vieh an Bord war in übler Verfassung, mehrere der Tiere waren eingegangen. Wale und Riesenalbatrosse hatten sie gesehen. Sie umkreisten das Schiff, verschwanden und tauchten wieder auf. Das Eigentum der Passagiere und der Mannschaft war ständig durchnäßt von den Sturzseen, und gegen das ewige Gefluche und die dauernden Streitereien und Raufereien in dem Sträflingsquartier hatte man kaum noch aufkommen können. Unter den Offizieren nahm die Trunksucht bedenklich zu, auch in den Offizierskajüten war ständiges Streiten und Zanken wegen Kleinigkeiten an der Tagesordnung. Sie spielten lustlos und träge und bezichtigten einander der Falschspielerei. Je länger man unterwegs war, um so schlimmer wurde es. Die Lebensmittel und Wasservorräte gingen zur Neige. Und doch hielt das Schiff den vorgeschriebenen Kurs. Durch unbekannte Meere ging's, immer mit der unsichtbaren Fracht der Angst und Verlassenheit. Ja, die Angst war es, die Wetter und Unwetter ihrer Gemüter bestimmte, keiner sprach zwar davon, aber es zeigte sich in ihrem zügellosen Trinken und ihren dummen grundlosen Zänkereien.

Zwei Vorfälle dieser Reise sollten ihnen für immer im Gedächtnis bleiben. Die Georgette war seit zwei Wochen wieder auf See, als das erste Gerücht von einer geplanten Meuterei der Sträflinge das Schiff erzittern ließ. Ein Ire, der zu lebenslänglicher Haft verurteilte Patrick Reilly, brachte die Kunde. Er machte Roberts die Mitteilung, als er wegen Ungehorsam zur Bestrafung vorgeführt wurde. Reillys Warnung brachte Verwirrung aufs Schiff. Wer vermochte sich denn wirklich ein Bild davon zu machen, was in den Köpfen der Gefangenen vorging, von der Verzweiflung und Wut und der tollen Verwegenheit, welche die Sträflinge aus ihrer Not und ihrem Elend kelterten! Eine gründliche Durchsuchung nach Waffen förderte nicht mehr zutage als ein paar Messer. Dennoch lastete die Beklemmung auf allen und wollte nicht weichen. Wenn die Vernunft den Offizieren auch sagte, daß diese Männer, geschwächt bis ins Mark, mit Krankheit und Skorbut behaftet, im Falle einer Meuterei wenig ausrichten konnten, so steckte die Angst doch in aller Knochen. Jeder fragte sich insgeheim, ob er wohl gerade auf Wache sein würde, wenn es losging, ob er als erster den Stoß eines Messers zu spüren bekam. Natürlich war es ihnen klar, daß ein Aufstand an Bord nur ein kurzes Leben haben konnte, aber was nützten solche Erkenntnisse schon. Entspannung brachten sie nicht. Jeder glaubte, gerade er sei dazu bestimmt, sterben zu müssen als erster und einziger Blutzeuge. Schon eine Woche vor dem Ausbruch der Meuterei war jeder auf dem Schiff wie besessen von dem Gefühl des nahenden Unheils. Als die Nerven aller bis zum Zerreißen gespannt waren und die leiseste Bewegung, die nicht ganz in das gewohnte Gleichmaß paßte, genügte, eine Panik auszulösen, geschah es! Einer der Sträflinge hatte die Ruhr, litt unter Alpträumen und stöhnte im Schlaf. Ein schmerzhafter Anfall ließ ihn aufschreien, der Schrei zerriß die Stille, und die überreizten Wärter, die darin das Zeichen zur Meuterei sahen, feuerten sinnlos in das Dunkel des Sträflingsquartiers hinein. Schauriges Gebrüll und ein wildes Durcheinander hoben an, dirigiert von den knatternden Flinten. Bevor die Wärter zur Vernunft kamen, hatten sie schon vier der Männer niedergestreckt. Drei starben noch am gleichen Morgen, der vierte quälte sich einen Tag länger. Sie wurden in Segeltuch eingenäht und über Bord geworfen. Wenn je auf der Georgette eine Meuterei geplant gewesen war, so wurde sie mit diesen Unglücklichen formlos begraben. Aus Gründen der Disziplin bestrafte man auch die Wärter, wenn auch die anderen fühlten, daß in den beiden nur ihrer aller Angst und Gereiztheit zum Ausbruch gekommen war. Als dann zum erstenmal die Berggipfel des Van-Diemans-Landes auftauchten, hielten schon wieder andere Gedanken die

Sinne der Mannschaft und der Passagiere gefangen. Wieder nahm die Georgette nördlichen Kurs, laue Winde wehten, und manchmal brannte sogar die Frühjahrssonne heiß auf das Schiff. Aufmerksam beobachtete man den Küstenstrich, aber er enthüllte nichts als tiefe, in das Land einschneidende Buchten und eine Vegetation von einem grauen, undefinierbaren Grün. Wer diese Küste zum erstenmal sah, und das waren alle außer Brooks, hielt mit seinem Urteil zurück. Der Kapitän und seine Offiziere begrüßten das Land erleichtert, denn nun würden sie bald die zweifelhafte Fracht loswerden und sich wieder einer gemäßeren Aufgabe zuwenden können. Nach China und Indien sollte es gehen.

Kapitel 13

In der Offiziersmesse schob Andrew die Karten zusammen und lehnte sich im Stuhl zurück. Sein Blick streifte kurz die drei Spielpartner Harding, Brooks und Wilder.

»Ja, meine Herren, Zeit, daß ich aufhöre. Muß auf die Wache in einer Viertelstunde.«

Keiner erwiderte ein Wort.

Wilder räkelte sich und unterdrückte mühsam ein Gähnen. Harding sog an einem Zigarrenstummel. Ein schwaches Lächeln spielte um Andrews Mund, während er sie beobachtete.

»Ihr seid mir wirklich eine muntere Bande«, meinte er, ohne dabei den Blick an einen einzelnen zu richten. »Will mir denn keiner Glück wünschen? Schließlich ist es meine letzte Wache auf der Georgette – der Abschied von der Ost-Indien-Kompanie.«

Immer noch hatte sich keiner dazu ein Wort zu sagen getraut, und das Schweigen wurde allmählich bedrückend. Sie wichen seinen Blicken aus, als er sie der Reihe nach ansah.

»Na, ich sehe schon, Sie ziehen es vor, zu schweigen, wenn nach Ihrer Meinung ein Mann dabei ist, sein Leben zu ruinieren.«

Er zuckte mit der Schulter. »Vielleicht haben Sie recht. Aber ein Narr hört eben nicht auf den Rat der Weisen.« Dann beugte er sich über die Spielrechnung. Wieder sprach keiner ein Wort, während er rechnete. Endlich richtete er sich auf und schob das Papier Harding zu. Der Erste Offizier warf mit ergebener Miene einen Blick auf die Endsumme. Seine Lippen bewegten sich, als er die Zahlenkolonnen überprüfte. Dann nickte er langsam und schob das Papier zu Brooks weiter.

»Ihre Glückssträhne reißt nicht ab, Maclay«, sagte er lässig. »Fürchte, das Spiel bringt mich beträchtlich in Ihre Schuld.«

Brooks enthielt sich jeder Meinungsäußerung und schob das Papier Wilder zu. Der nahm es gelangweilt auf, als er jedoch die Endsumme sah, verdüsterte sich seine Miene.

»Unmöglich, so viel schulde ich Ihnen nie im Leben, Maclay!«

»Es stammt nicht nur aus diesem Spiel«, antwortete Andrew, »vergessen Sie bitte nicht, Sie haben dauernd Pech gehabt seit Cape. Das hier ist die Endabrechnung.«

»Sie glauben doch nicht etwa, ich kann das begleichen, ehe wir Port Jackson wieder verlassen!«

»Natürlich nicht!« Andrews Blick schweifte von Wilder zu den anderen. »Ihre Gesellschaft und das Spiel war mir ein Vergnügen, meine Herren, aber jetzt ist es endgültig Schluß damit. In den nächsten Tagen verlasse ich das Schiff und bleibe in New South Wales. Sie alle setzen die Reise fort. Wer weiß, ob wir uns je wiedersehen werden.«

Wilder entgegnete: »Verdammt, Andrew, Sie wissen genau, daß ich so viel auf einmal unmöglich bezahlen kann. Mein Geld steckt in der Fracht, die ich in Port Jackson verkaufen will.«

Andrew verzog keine Miene, er schnippte mit den Karten und tat, als sähe er niemanden. Er spürte, sie warteten gespannt auf seine Antwort, aber er hatte es nicht eilig, mit Wilder ins reine zu kommen. Er ließ ihm noch ein wenig Zeit, die Lage zu überdenken und auf einen Ausweg zu sinnen. Andrew bemerkte Hardings Ungeduld und Stirnrunzeln. Er hörte langsam auf, mit den Karten zu spielen und wandte sich an Wilder:

»Ein Teil Ihrer Ladung besteht doch aus Vieh, nicht wahr? Wenn ich mich recht erinnere, sind es drei Kühe und acht Schweine.«

»Ja«, sagte Wilder.

»Gut, dann nehme ich eben das Vieh in Zahlung.«

»Das könnte Ihnen so passen«, antwortete Wilder rasch. »Das geht nicht. Ich kann von der Kommission weit mehr erzielen, als meine Schulden ausmachen.«

Andrew zuckte die Schultern. »Ihr Risiko, Wilder. Außerdem könnte es ja ebensogut sein, daß Sie weniger bekommen.« Er nahm ein frisches Blatt und stellte flink einige Berechnungen an. Dann schob er es über den Tisch Wilder zu.

»Hier, der Stand der Preise vom vorigen Jahr. Wenn wir diese zugrunde legen, reicht es gerade für Ihre Schulden.«

Wilder starrte stumm auf die Zahlenreihe. Harding hatte sich vorgebeugt und beobachtete die Mienen der beiden Jüngeren. Andrew bemerkte trocken: »So, wie es jetzt steht, gewinnen Sie bei dem Handel, Wilder. Müssen wir aber morgen in Port Jackson feststellen, daß die Preise für Vieh gesunken sind, dann zahlen Sie drauf.« Jäh schlug er mit der Faust auf den Tisch. »Wollen Sie es darauf ankommen lassen? Ich warne Sie. Wenn ich jetzt vom Tisch aufstehe, erwarte ich volle Rückzahlung Ihrer Schulden, und wenn Ihre ganze für den Osten bestimmte Fracht draufgeht.«

Wilder wurde rot vor Wut: »Sie handeln nicht wie ein Gentleman, Maclay.«

»Ich werde meine Geschäfte in der Kolonie kaum als Gentleman betreiben können«, antwortete Andrew scharf. »Ist Ihnen noch nie aufgegangen, wie selten Gentlemen Geld zu machen verstehen!?«

Er preßte den Daumen auf die Karten.

»Also, nehmen Sie das Angebot an . . .? Oder . . ., ich muß auf Wache.«

Wilder blickte auf Harding und auf Brooks, aber aus deren Zügen ließ sich keine Unterstützung herauslesen. »Schön«, brummte er, »ich nehme an.«

»Das wäre also erledigt.« Andrew erlaubte sich ein schwaches Lächeln und griff noch einmal nach einem Stück Papier. »Vielleicht sind Sie so liebenswürdig und unterzeichnen diese Überschreibung.«

Er beugte sich über das Blatt und schrieb.

Wilder verzog verächtlich den Mund. »Ich sehe, Sie verschwenden keine Zeit!«

»Nein«, sagte Andrew, ohne aufzublicken, »eben um keine Zeit zu vergeuden, habe ich ja den Entschluß gefaßt, mich in New South Wales niederzulassen.«

Wilder antwortete nicht. Nur das Kratzen des Federkiels war zu hören. Da räusperte sich Harding bedächtig und setzte zum Sprechen an:

»Nehmen Sie auch mein Vieh in Zahlung, Maclay?«

Andrew hob nur kurz den Kopf: »Natürlich, Sir.«

Brooks stieß den Stuhl zurück und umklammerte mit beiden Händen den Tisch. »Mir scheint, ich bin der einzige, der seine Schulden noch in bar bezahlen kann . . . Sie werden Ihr Geld haben, Maclay, bevor Sie das Schiff verlassen.«

Andrew nickte. »Danke, Brooks.«

Brooks zögerte noch einen Augenblick, dann sagte er: »Nur einmal in meinem Leben habe ich einen getroffen, der so teuflisches Glück beim Kartenspiel hatte wie Sie. Der gewann ein Vermögen und soff sich zu Tode. Ich hoffe zuversichtlich, Andrew Maclay, das erste möge Ihnen gelingen, das zweite nicht.«

Andrew ließ den Federkiel sinken und starrte Brooks an. Plötzlich streckte Brooks die Hand aus, die Andrew schnell ergriff: »Viel Glück, Maclay, ich bin älter als Sie und schon zu alt, als daß ich es Ihnen gleichtun könnte. Aber ich beneide Sie um Ihren Mut.«

Die Übereignungen waren unterschrieben, und Andrew trat die Wache an. Wilder, Harding und Brooks blieben zurück und sahen einander an. Brooks setzte sich wieder und trommelte auf dem Tisch. Wilder überflog noch einmal Andrews Zahlenreihen.

»Schön«, sagte er bitter, »wirklich ein vorteilhafter Handel für ihn.«

Harding räkelte sich faul. »Weiß nicht, ob Sie recht haben. Wir wissen doch alle nicht, was für Preise Vieh zur Zeit in Sydney erzielt. Es ist auch für ihn ein Glücksspiel. Er kann ebensogut dabei verlieren.«

»Ich finde es schäbig von ihm«, entgegnete Wilder, »es war die reinste Erpressung.«

Brooks zuckte nur mit den Schultern: »Wieso, es ist sein gutes Recht, die Spielgewinne einzutreiben, bevor er das Schiff verläßt. Schließlich ist Vieh in der Kolonie für ihn mehr wert als Bargeld.«

»Sie haben leicht reden. Sie haben nicht so viel verloren!«

Verdrießlich zerknüllte Wilder das Papier mit der Abrechnung: »Ich wette, sie stachelt ihn auf.«

»Wer?«

»Na, dieses Weibsbild . . . Sara Dane. Ich kenne diese Sorte, schärfer als Affen und immer auf ihren Vorteil bedacht.«

Brooks kicherte nur: »Nun, dann geben die beiden ein vortreffliches Paar ab, solche Verbindungen garantieren Reichtum.«

»Dafür wird die schon sorgen, verlassen Sie sich drauf«, sagte Wilder und glättete das Papier, um es schließlich übellaunig in kleine Fetzen zu reißen. »Die bekommt immer, was sie will, ob nun durch reine Gier oder, wenn es angebracht scheint, durch Zimperlichkeit, ist schon egal. Wie hat sie es denn mit Maclay geschafft? Möchte gerne wissen, welches Märchen sie ihm aufgetischt hat, um ihn glauben zu machen, daß sie keine Diebin ist.«

Harding, dessen Zunge schwer war von all dem Madeira, den er im Laufe des Abends getrunken hatte, vollführte eine vage Geste zur Tür hin und antwortete:

»Mir tut Maclay leid, er ruiniert sein Leben mit der Heirat. Wenn sich diese Idee, Farmer zu werden, als Fehlschlag erweist, und das ist sehr leicht möglich, kann er dann, frage ich Sie, mit einem ehemaligen Sträfling als Frau wieder zu Hause aufkreuzen? Nein . . . Und sollte er Erfolg haben, kann er sich doch nie mehr an seinesgleichen anschließen, mit *der* an der Seite nicht.«

Brooks gähnte und erhob sich. »Ich will kein Prophet sein, aber ich glaube, mit Maclay und dem Mädchen werden wir noch alle unser blaues Wunder erleben, das heißt, wenn wir je wieder von ihnen hören.«

Wilder ersparte sich die Antwort, indem er mit einer einzigen wütenden Bewegung die Papierfetzen vom Tisch fegte.

Kapitel 14

Zur gleichen Stunde, als Andrew in der Offiziersmesse saß und Vieh gegen Spielschulden einhandelte, lag Sara noch wach in ihrer Kabine.

Ein Gefühl der Unruhe beschlich sie, das Blut in ihren Adern schien zu stocken. Die Schiffslaute drangen an ihr Ohr, das Zerren und Knarren der Planken, der eintönige Singsang des Windes in der Takelage, das Schlurfen von Schritten über ihrem Kopf. Sie lauschte, und plötzlich wußte sie, daß das melancholische Lied des Windes an ihrer Verstörtheit schuld war. Er blies von der noch unbekannten Küste her, die sich schon morgen in ein Land verwandeln würde, das sie einsperrte, Gefängnis vielleicht für den Rest ihres Lebens.

Der einzige Hoffnungsstrahl war und blieb ihre Heirat mit Andrew. Seit seinem Antrag in Cape hatte der Gedanke an eine gemeinsame Zukunft ihr ganzes Sinnen und Trachten erfüllt. Es war ihm gelungen, ihre letzten Zweifel zu zerstreuen, ja er duldete nicht einmal, daß sie überhaupt irgendwelche Bedenken laut werden ließ. Alle an Bord wußten, daß sie heiraten wollten, sobald die Kolonie erreicht war. Einige billigten es, keiner aber nahm es ganz ohne kritischen Kommentar hin. Sara und Andrew mußten ihre Meinungen unbeeinflußt lassen und sich mit den zum Teil böswilligen Äußerungen abfinden.

Sie hatte keine Angst, Andrew und sie könnten nicht zusammenpassen. Stunde um Stunde hatten sie damit verbracht, Zukunftspläne zu schmieden, sie hatten es sich ausgemalt, wie es sein würde, wenn sie erst einmal in der neuen Welt waren. Und Sara hatte feststellen können, was die Kühnheit seiner Träume betraf, darin stand sie ihm in nichts nach, alles was er wagen wollte, das würde auch sie wagen.

Ihre Unruhe wuchs, voller Ungeduld erwartete sie den kommenden Tag. Eine lange niedergehaltene Erregung ergriff sie. Sie preßte die Hände unter dem Laken zusammen. O ja, sie wollte Andrew eine gute Frau sein, richtig stolz sollte er auf sie sein können! Und Kinder würde sie haben, die zu Ansehen und Reichtum gelangen würden in der neuen Kolonie. Hatte er ihr nicht Land und eigene Diener versprochen, damit sie ihr Verlangen nach Achtung und Anerkennung stillen konnte? Und eine Ahnung überkam sie, und sie wurde zuversichtlich, eines Tages ihr Leben mit Anmut und Würde führen zu können. Sie würde es schon schaffen, die Jahre der herablassenden Gönnerschaft, die sie über sich ergehen lassen mußte, auszulöschen. Als sie endlich einschlief, war ihr Schlaf schwer und traumerfüllt.

Zweites Buch

Kapitel 1

Am folgenden Morgen manövrierte man das Schiff zwischen den Klippen, die den Hafeneingang blockierten, in den Hafen hinein. Die Georgette war in Sydney Cove vor Anker gegangen. Heiß brannte die Sonne vom Himmel herab, und das Meer flimmerte. Die dankerfüllten Menschen an Bord ließen die Augen über die Uferlandschaft schweifen, über die hohen Bäume, die ihre graugrünen Äste über die bizarr geformten Buchten und Ufereinschnitte streckten – ein Bild ruhiger und doch so erregender fremdartiger Schönheit.

Die Siedlung hingegen war bar jeglichen Reizes. Von Sträflingen waren gleich an der Küste elende Lehmbaracken und Hütten errichtet worden, auf die das ungefüge, auf einem Hügel stehende weißgekalkte Regierungsgebäude herabschaute. Nur wenige Ziegelsteinhäuser unterbrachen die Einförmigkeit der Lehmhütten, aber die strengen, geraden Mauern erhöhten nur noch den niederschmetternden Eindruck. Eine Kaserne, ein Spital, ein öffentliches Lagerhaus und eine Brücke über den Strom, das war alles, was Seiner Majestät neueste Siedlung aufzuweisen hatte.

Hier und da entdeckte das Auge kleine Fleckchen, die so etwas wie Gärten sein sollten. Aber die meisten waren nicht mehr als schüchterne Versuche. Man sah ihnen an, daß jemand sich mit halbem Herzen bemühte, das Land zu bebauen. Der Boden war karg. Die Dürre vernichtete die Ernte, und der Regen ertränkte sie. Die Bevölkerung schrie nach Nahrung, aber die sonnengedörrte Erde gab nicht einmal ein Viertel der benötigten Menge her. Mageres Vieh graste auf dürren Weiden.

Port Jackson erwies sich als elender Ort. Andrew Maclay war im ersten Augenblick entsetzt. Die Siedlung starrte vor Schmutz und Armut, und die Bewohner hausten in schäbigen Hütten. Die Bedrohung, in Ketten gelegt oder ausgepeitscht zu werden, hing ständig über ihnen. Nur ein Gesetz herrschte hier: Hunger und Strafe. Rasend vor Hunger stahlen die Sträflinge einander ihre schmalen Rationen, und Einbrüche in die

Lebensmittelmagazine waren an der Tagesordnung, obgleich in dieser Hungerkolonie ein Nahrungsmitteldieb mit dem Tode bestraft wurde. Fast alle waren krank und schwach und eine leichte Beute für den lauernden Tod. Manche flohen in äußerster Verzweiflung in die dichten, unwegsamen Wälder. Aber wenn sie nicht umkamen, trieben Hunger und Erschöpfung sie bald wieder in die Stadt zurück. Sie klagten untereinander darüber, daß nur der schwarze Wilde, dem dieses unfruchtbare Land gehörte, unter den starren Gummibäumen und dem dicht wuchernden Laubwerk der Wälder zu leben vermöge.

Der metallische Klang, wenn jemand in Ketten gelegt wurde, verfolgte Andrew, wo er ging und stand. Er haßte den Anblick der Frauen, verhärmter Jammergestalten, die ihm hoffnungsvoll nachstarrten. Sie verkauften sich für ein Stück Brot, und im Staub und Schmutz ihrer Hütten wimmelte es von unehelichen Kindern. Trotz der Hungerrationen waren diese Kinder kräftiger und gesünder als ihre Altersgenossen in England; und hübscher – fand Andrew. Schon der Gedanke, daß er sich im Schatten dieser verkommenen Hütten niederlassen sollte, entmutigte ihn. Eine Woche, nachdem die Georgette Anker geworfen hatte, nahm er sich mit James Ryder ein Boot und ruderte flußaufwärts zur zweiten Siedlung der Kolonie am Parramatta. Sie fanden eine wachsende Stadt vor. Das Land war fruchtbarer als um Sydney. Die ganze Gegend machte einen lieblicheren und freundlicheren Eindruck und mutete fast wie eine englische Parklandschaft an.

Andrew faßte wieder Mut und begann Pläne zu schmieden. Aufmerksam lauschte er Ryders kluger, sorgfältiger Beurteilung der Siedlung. Sie war ein natürlicher Markt- und Handelsplatz für drei in der Nähe gelegene dünnbesiedelte Dörfer, Toongabbie, Prospect und Ponds, war von Sydney nur sechzehn Meilen entfernt und bequem mit dem Ruderboot zu erreichen. Auch die Landstraße wurde mit jedem Jahr weiter ausgebaut. Ryder und Andrew hatten Gelegenheit, am Markttag den regen Tauschhandel zwischen Offizieren, Soldaten, Siedlern und Sträflingen zu beobachten. Getauscht wurden die wenigen Erzeugnisse des Landes, Fische, Getreide, Vieh und Kleidung. Es ging sehr lebhaft zu. Ein Gehilfe der Regierung verzeichnete alles, was zum Verkauf oder Tausch angeboten wurde. Etwas von Dauer ging von dieser neuen Stadt aus, und Ryder verschwendete keine Zeit mit der genauen Musterung der Umgebung. Mit dem Blick des erfahrenen Farmers prüfte er den fetten Boden am Flußufer, und er konnte es kaum erwarten, nach Sydney zu kommen, um sich ein Stück Land verschreiben zu lassen.

Andrew hörte jedoch von Offizieren und Siedlern – die Siedler waren fast alle entlassene Sträflinge, die ihre kleinen Farmen bewirtschafteten –, daß es einen zweiten, viel größeren Fluß gebe, der im Gebirge östlich entspränge, dann eine Biegung nach Nordosten mache und bei Broken Bay münde, einem Ankerplatz acht Meilen oberhalb von Port Jackson. Gouverneur Phillip in höchst eigener Person habe dieses Land entdeckt und es nach Lord Hawkesbury benannt. Er habe es für freie Siedler bestimmt, die, wie er hoffte, eines Tages aus England kommen würden. Der Boden dort sei noch fruchtbarer. Der große Fluß ließ Andrew keine Ruhe mehr, und der Gedanke daran brannte wie Fieber in ihm.

Teilnahmslos hörte er Ryder zu, der die genaue Lage seines Landes bestimmte, wie weit es vom Fluß und wie nah es an der Landstraße zu liegen habe, auf der seine Erzeugnisse entweder nach Parramatta oder Sydney gebracht werden sollten. Die Tage verstrichen, aber Andrew konnte sich nicht entschließen, hier zu siedeln. Ryder, der wohl spürte, daß Andrew etwas beunruhigte, drang in ihn, sich auszusprechen. Die beiden Männer waren sich in diesen Tagen immer näher gekommen. Die Schwierigkeiten, all das Neue und Fremde, dem sie sich gegenübersahen, hatten sie verbunden. Andrew hörte sich plötzlich in heller Begeisterung zu Ryder sprechen. Er wolle zu dem anderen Fluß reisen und sich die üppige Flußebene, überschwemmt vom Schlamm, den der Fluß aus dem Gebirge mitbrachte, ansehen. Dort wolle er sich niederlassen, wenn es nur irgend ging.

Ryder, der aufmerksam zugehört hatte, schüttelte bedenklich den Kopf:

»Vielleicht ist es möglich, Andrew, aber man sagt, das Land zwischen hier und dem Fluß sei völlig unwegsam. Wenn du dort also wirklich siedeln willst, mußt du erst einmal einen Pfad schlagen, damit du nicht von aller Versorgung abgeschnitten bist.« Eine vielsagende Gebärde beendete seinen Satz.

Andrew widersprach: »Ja, aber wenn doch der Boden . . .«

Ryder nickte nur. Insgeheim mußte er lächeln. So ist das bei den jungen Leuten, dachte er, das unbekannte Land erscheint ihnen reicher, der ferne Fluß breiter und das unbekannte Los verheißungsvoller. Er dachte an seine eigene Wahl, sein Stück

Land nahe bei dem freundlichen Fluß, an die sanften Fluren, die leicht zu roden sein würden, und er war heilfroh, daß ihn der Traum von Hawkesbury nicht auch im Bann hielt.

Ryder kehrte mit dem Boot nach Sydney zurück. Andrew blieb in Parramatta. Er suchte fieberhaft ein paar Leute für eine Reise nach Hawkesbury zusammen. Er fand unvermutet Hilfe in einem jungen Mann namens Berry, einem Subalternoffizier, der offen zugab, daß er vor Langeweile fast umkomme und es ihn schon lange jucke, das unbekannte Land zu erforschen, ein Plan, den er bislang nie habe verwirklichen können. Er gehörte zu dem New South Wales-Korps, das in England eigens für die neue Kolonie zusammengestellt worden war. Er hatte Freunde unter den Beamten, die Andrews Plan Sympathie entgegenbrachten und sich sogar bereitfanden, die Expedition auszurüsten. Endlich brachen sie auf, Andrew, Berry, drei Sträflinge, mit einem Eingeborenen als Führer und Proviant für zehn Tage. Das Land war wild und exotisch. Unter der Glut der Sonne hatten sich die Blätter der Gummibäume feuerrot verfärbt, was der Landschaft ein phantastisches Aussehen verlieh. Gelbe und weiße Blüten mischten ihren Duft mit dem feinen, kaum wahrnehmbaren der Bäume. Der Zauber wurde noch verstärkt durch das Gefühl, in eine neue, unbekannte Welt vorzudringen. Sie folgten dem Führer auf Pfaden, die nur er mit seinen scharfen Augen zu erkennen vermochte. Die Schönheit der Landschaft atmete nicht eine Spur Lieblichkeit und zeigte nichts Entgegenkommendes für Menschen und Pflanzen, die nicht hierhergehörten. Lauter hohe Eukalyptusbäume mit in der Sonne hellglänzender Rinde. Andrew und seine Begleiter kamen nur sehr schwer vorwärts, aber der Zauber des seltsamen Landes zwang sie, nicht aufzugeben.

Unter dem Donnern eines der plötzlich hereinbrechenden tropischen Gewitter erreichten sie Richmond Hill, den äußersten von Gouverneur Phillip erforschten Punkt. Beim ersten Donnergrollen hatte sich der Wilde auf den Boden gekauert, das in einem Haarwald verborgene Gesicht fest zwischen die Knie gepreßt, und versucht, seiner panischen Angst Herr zu werden. Ein dichter Regenvorhang schloß die kleine Gruppe auf dem Hügel ein. Grellzuckende Blitze enthüllten sekundenlang die grau-braunen Fluten des Flusses zu ihren Füßen. Wie alles in den Tropen, währte das Unwetter nicht lange. So schnell es anhob, so schnell war es vorbei. Bald brannte wieder die Sonne hernieder.

Die Bergkette im Westen schien viel näher gerückt. Aus den Tälern stieg feiner Nebel, und die Bäume, erfrischt vom Regen, strömten einen noch stärkeren Duft aus. Tiefe Stille lag über der Landschaft. Der Schwarze erhob sich endlich aus seiner kauernden Stellung und führte die Gruppe den Abhang hinab zu einem freien Platz, auf dem sie ihr Lager aufschlugen.

Andrew schlenderte zwischen den tropfenden Bäumen umher und ließ seinen Blick über die weite Ebene schweifen, die sich nach Südosten erstreckte. Davon wollte er Sara erzählen, von dem freundlichen, fruchtbaren Landstrich, den dichte Wälder umsäumten, von dem breiten Fluß, der in Windungen und Biegungen von den Bergen kam. Er entdeckte manchen Platz, auf dem er im Geist schon sein Haus stehen sah. Auf einem erhöhten Plateau würde er es errichten, damit es verschont bliebe von dem über die Ufer tretenden Fluß. War das Land erst einmal gerodet, gab es eine üppigere Weide ab, als er je gesehen hatte. Er blieb stehen, öffnete die Hand und betrachtete einen Klumpen Erde, den er am Ufer aufgehoben hatte. Solche Erde versprach ein Getreide, das sich unter dem Gewicht seiner Ähren zu Boden neigen würde. Andrew hob den Kopf, und vor seinem inneren Auge erschienen eingezäunte Felder, wogend unter schnittreifem Korn. Noch war das Tal still und unberührt, voller Geheimnisse und vielleicht auch voller Gefahren, und doch wußte er, daß Sara, wenn er ihr von diesem Land erzählte, sich für das grüne, unbekannte Tal entscheiden würde und nicht für die vorbereiteten Äcker im Parramattagebiet.

Drei Wochen später kam Andrew nach Sydney zurück und fand die Ryders in vollem Aufbruch nach ihrer neuen Heimat. Sie waren damit beschäftigt, ihre Habe in die Boote nach Parramatta zu verladen. Sie wollten vorläufig eine Hütte auf ihrem eigenen Grund und Boden vor den Toren der Stadt beziehen. Andrew spürte sofort, daß Julia ihre anfängliche Enttäuschung beim Anblick der unfreundlichen Siedlung überwunden hatte und mit der ihr eigenen Ruhe und Bestimmtheit entschlossen war, das Beste aus dem zu machen, was das Land ihr zu bieten hatte. Sie betrug sich so, als hätte sie ihr Leben lang nichts anderes gekannt, als Salzfleisch für die Ihren zu kochen.

Aber Sara hatte sich noch viel stärker verändert. Als künftige Frau eines freien Siedlers hatte sie neues Selbstvertrauen gewonnen. Sie strömte kraftvolles Leben aus, wie er es noch nie zuvor gespürt hatte. Schnell und leicht hatte sie sich den neuen

Verhältnissen angepaßt, Andrew wußte ihre starke Persönlichkeit ganz im richtigen Element. Als sie ihm zum Willkommen ein Lächeln bot, erfüllte heiße Sehnsucht sein Herz. Er küßte sie, als hätte ihre Trennung nicht Wochen, sondern Jahre gedauert. Sie erwiderte seinen Kuß herzlich, dann aber löste sie sich von ihm, um seinen Bericht zu hören. Er erzählte ihr von dem grünen Tal und dem breiten, sich durch die Ebene windenden Fluß, von der guten Erde und den Bäumen.

Aufmerksam und ohne ihn mit einem Wort zu unterbrechen, hörte sie zu. Als er geendet hatte, sagte sie:

»Dort also möchtest du siedeln, Andrew?«

»Ja, mein Liebling, nur dort!« erwiderte er begeistert. »Warte nur, bis du es gesehen hast.« Er lachte erregt. »Ein Boden ist das, Sara, fett und fruchtbar – und mein Boden! Ich kann mir mein Land aussuchen, noch ehe es ein anderer zu Gesicht bekommen hat.«

Plötzlich wurde er ernst und frage besorgt:

»Glaubst du, daß du es ertragen wirst? Du bist dort ganz allein.« Prüfend blickte er sie an, aber er sah in ihren Augen keine Spur von Furcht, nicht die leiseste Angst vor der Einsamkeit, die sie dort erwartete. Ihre Ruhe gab ihm Sicherheit.

»Aber wenn nun Gouverneur Phillip dort noch keine Siedler haben will?« fragte sie mit aufsteigender Besorgnis, »wenn er dir kein Land gibt?«

Er nahm sie in die Arme und küßte die kleine Falte zwischen ihren Brauen fort.

»Phillip hat einen ganzen Kontinent zu verschenken«, flüsterte er, »auf ein Stückchen am Hawkesbury kommt es ihm gar nicht an, das spürt er nicht einmal.«

»Siehst du ihn bald?«

»Morgen, wenn er Zeit für mich hat.« Er drückte sie noch inniger an sich. »Zwei Dinge erbitte ich von Phillip, Land am Ufer des Hawkesbury und Begnadigung für meine Frau. Und dann werde ich allen zeigen, was man aus einem Leben in New South Wales machen kann!« Er redete unbekümmert, angeregt durch Saras Nähe. Sekundenlang drohte ihn der Wunsch zu übermannen, sie zu besitzen. Mit geschlossenen Augen hielt er sie umfangen. Plötzlich, als wäre seine Erregung auf sie übergegangen, warf sie ihre Arme um seinen Hals.

»Geh bald, Andrew«, flüsterte sie. »Und wenn Phillip sich weigert?«

»Das wird er nicht! Sei unbesorgt.«

Sie sah ihn voll an, und zwischen ihren Brauen stand wieder die kleine, steile Falte.

»Andrew«, sagte sie beschwörend, »versprich, daß du mich so bald wie möglich heiratest, nicht erst, wenn unser Haus steht. Ich geh mit dir, wohin du willst, ich werde . . .«

»Sara, Geliebte«, flüsterte er und schloß ihren Mund mit einem Kuß. »Ich werde nicht bis morgen warten. Noch heute nachmittag versuche ich, den Gouverneur zu erreichen.«

Andrew hatte gegenüber Seiner Exzellenz Gouverneur Phillip Platz genommen. Mit einem Gefühl scheuer Ehrfurcht betrachtete er den Mann, der die Kolonie durch die ersten fünf Jahre gesteuert hatte, Jahre, die einen Mann erledigen konnten. Der Gouverneur hatte wenig Gewinnendes, er war nur mittelgroß, aus seinem Gesicht mit der kränklich gelben Haut sprang die scharfe Adlernase zu scharf hervor. Mittlerweile war es in der Siedlung kein Geheimnis mehr, daß er wegen Krankheit um seinen Abschied gebeten hatte und wahrscheinlich schon mit der zur Zeit im Hafen liegenden Atlantic nach England zurückkehren würde.

Nicht mit einem Wort ermutigte er Andrew in seinem Entschluß, sich am Hawkesbury niederzulassen.

»Ich weiß, Mr. Maclay, der Boden ist ausgezeichnet, aber in einer so entlegenen Siedlung können Sie in keiner Weise auf die Hilfe und den Schutz der Regierung zählen. Sie sind ganz auf sich gestellt und haben nicht einmal eine Straße, die sie mit Parramatta verbindet. Denken Sie an die Gefahren, die Ihnen durch Überschwemmungen drohen, oder auch von den gewiß feindlich gesinnten Eingeborenen. Und erst im Winter! Sie werden keine Möglichkeit haben, Lebensmittel und was Sie sonst noch brauchen, zu bekommen.«

»Ich unterschätze die Schwierigkeiten keineswegs, Exzellenz, aber ich glaube, daß ich damit fertig werde.«

Gedankenvoll betrachtete Phillip die vor ihm ausgebreitete Karte.

»Glauben Sie mir, Mr. Maclay, ich begrüße es sehr, wenn jemand dort siedeln will, es ist das beste Land in der ganzen Kolonie. Aber die Gefahr liegt darin, daß Sie allein sind. Ja, wenn sich noch andere dazu entschlössen!«

Seine Einsprüche kamen jedoch nur aus halbem Herzen. Als Andrew auf seinem Vorhaben bestand, gab er rasch nach. Nachdem einmal die Entscheidung gefallen war, kam er auch mit keinem Wort mehr auf seine Bedenken zurück. Im Gegenteil, jetzt fühlte er sich aller Verantwortung enthoben und gab ›seiner Freude Ausdruck, daß der Anfang mit der Besiedlung jenes Landstrichs gemacht sei, den er von vornherein freien Männern vorbehalten hatte. Großzügig bot er Andrew jede Hilfe. Die Intendantur sei zwar knapp mit allem und jedem, aber mit Phillips Sondergenehmigung in der Tasche bekomme Andrew alles, was gerade zu haben sei. Auf dem Papier nahm sich die Order auch recht hübsch aus – eine großzügige Landschenkung, Sträflinge als Arbeiter, landwirtschaftliche Geräte, Saatgut –, aber Andrew kannte die Verhältnisse schon zu gut und wußte genau, daß er von Glück sagen konnte, wenn die Intendantur in der Lage war, auch nur einige der Überschreibungen zu erfüllen. Er steckte die unterzeichneten Papiere mit einem Gefühl ein, als hätte er Geld bekommen, von dem er nicht genau wußte, ob es noch Kaufkraft hatte.

Der Gouverneur legte die Karten über das Hawkesburygebiet beiseite, faltete die schmalen, trockenen Hände und sah Andrew scharf an. Mit schneidender Stimme setzte er ihn davon in Kenntnis, daß er seinem Nachfolger eine Anweisung hinterlassen habe, Sara Dane sei am Tage ihrer Heirat mit Andrew Maclay zu begnadigen.

Nicht eine Spur von Wärme war in seiner Stimme, als er hinzufügte:

»Ich bin von Seiner Majestät bevollmächtigt, Gnade vor Recht ergehen zu lassen, Mr. Maclay. In diesem Fall mache ich von meinem Recht Gebrauch, und zwar auf Grund von Mrs. Ryders Zeugnis und unter der Voraussetzung, daß Sara Dane in Zukunft unter ihrer Obhut steht.«

»Ich danke Ihnen, Sir.«

Andrew hätte gern herzlicher gesprochen, aber der Ton des Gouverneurs ermutigte ihn nicht dazu. Er verhehlte sein Mißfallen an der Heirat nicht. Da er aber die Anweisung hatte, für die Siedler zu sorgen, blieb ihm in diesem Falle nichts anderes übrig als die Heiratserlaubnis zu erteilen. Er gab also wohl oder übel seine Zustimmung.

Andrew beendete die Unterredung, ohne auf ein Zeichen des Gouverneurs zu warten. Auf der Veranda des weißgekalkten Regierungsgebäudes hielt er inne und fragte sich, ob er zurückgehen solle, um dem Gouverneur Saras Fall deutlicher auseinanderzusetzen. Aber er hatte den Eindruck, daß das bei Gouverneur Phillip nur Zeitverschwendung und vergebliche Liebesmüh sei. Er setzte seinen Hut auf und trat langsam hinaus in den Sonnenschein. Sein Gesicht rötete sich vor Zorn und Groll.

Kapitel 2

Nach langer, qualvoller Reise erreichte Andrew sein Land am Hawkesbury. Er stellte am Flußufer ein paar Zelte auf, um darin seine Leute unterzubringen, zwanzig ihm zugewiesene Sträflinge, zwei Aufseher und vier ehemalige Sträflinge, die er für geringen Lohn, Nahrung und eine tägliche Rumration in Dienst gestellt hatte. Andrew ging gleich daran, das als Acker vorgesehene Waldland und den Platz, auf dem er sein Haus errichten wollte, zu roden. Unermüdlich klangen die Axtschläge, und ein Baum nach dem anderen fiel. Aber Andrew ging es nie schnell genug, seine Ungeduld war nicht zufriedenzustellen.

Schon in Parramatta hatten sie über seine Ungeduld die Köpfe geschüttelt und ihm dringend geraten, erst noch andere Siedler abzuwarten. Aber er hörte nicht auf ihre Ratschläge. Er war den ganzen Tag in Bewegung, um wenigstens einige von den Zuteilungen, die so großspurig auf dem Papier standen, einzutreiben. Er hatte alle Hände voll damit zu tun, zwei Aufseher zu finden und ein paar freie Arbeiter. Bevor er mit Sack und Pack nach seinem neuen Besitztum aufgebrochen war, hatte er erst noch den Ryders und Sara bei ihrer Übersiedlung von Sydney nach Parramatta geholfen. Sein Vieh wurde mit in James Stall untergebracht, gleich neben der Hütte, die sie bezogen hatten, bis ihr Haus fertig sein würde.

Andrew mühte sich den ganzen Tag ab, und doch ging es mit der Beschaffung der Geräte nur sehr langsam vorwärts. Es war ein erbitterter Kampf mit ewigen Rückschlägen. Die Kolonie war knapp mit allem und jedem. Schuhe und Kleidung für die Sträflinge, Kochgeschirr, Jagdwaffen, Zimmermannswerkzeuge, Äxte und Spaten, es war kaum etwas zu haben. Er mußte endloses Feilschen bei jedem Kauf und Tausch über sich ergehen lassen und kochte vor Wut über jede neue Verzögerung, die ihn immer noch länger in Parramatta festhielt.

Auf den Rat seines Freundes Berry suchte er einen ehemaligen

Sträfling auf dessen kleiner Farm bei Toongabbie auf, der drei Äxte gegen zwei Gallonen Rum eintauschte. Und von einem anderen Siedler bei Prospect bekam er sogar fünf Äxte für nur eine Gallone. Er hatte keine Ahnung, woher die Äxte stammten, aber das kümmerte ihn wenig. Berry bewies eine selbstlose Hilfsbereitschaft. Er besorgte sogar einen gelernten Zimmermann, dem die Strafe erlassen worden war, und der sich für eine tägliche Rumration zur Arbeit bereit fand. Hier, in einem Land, das überhaupt keine Handwerker zu haben schien, einen Zimmermann aufzutreiben, das war wirklich ein großes Glück, sagte sich Andrew. Deshalb überwachte er den Mann auch scharf und sah im Geist schon das Haus für Sara, das der zahnlose, mürrische Alte bauen sollte. Aus lauter Angst, es könnte ihm jemand mit einem besseren Angebot in die Quere kommen, ließ er den Alten Stillschweigen schwören und erhöhte seine Rumration.

Immer wieder spornte er sich zu noch größerer Eile an, wenn es galt, etwas zu erwischen. Er mußte schnell und rücksichtslos vorgehen, wenn er bekommen wollte, was er brauchte. Der Gedanke an Sara trieb ihn rastlos vorwärts und zwang ihn zu Entschlüssen, die ihm noch vor drei Monaten als unmöglich erschienen wären. Es war, als ob sich seine Spielernatur über Nacht gewandelt hätte und ihre Lust fände am Tausch- und Kaufgeschäft. Er mußte so manches Mal lächeln bei dem Gedanken, wie rasch er sich in einen geriebenen Geschäftsmann verwandelt hatte.

Endlich war es soweit. Proviant und Geräte waren beisammen, die nervenzerrüttenden Wochen der Vorbereitung vorüber und der letzte Besuch bei Ryders vor der Tür. Er wollte Sara, die er nur ungern zurückließ, Lebewohl sagen. Er konnte seine Ungeduld kaum noch zügeln. Am 1. Dezember brach er nach Hawkesbury auf. Wie von einem Dämon besessen, arbeitete er tagaus, tagein in der glühenden Hitze. Bei Tagesanbruch stand er mit den Sträflingen auf, und noch spät hockte er wachend am Lagerfeuer und schmiedete Pläne, während die anderen schliefen.

Sie kamen mit dem Roden nur sehr langsam voran. Das Land fügte sich nur widerstrebend, und nur ganz allmählich ließ es sich, das bisher nichts gekannt hatte als den lautlosen Schritt seiner Schwarzen, einen Morgen nach dem anderen abringen. Gelegentlich schoß Andrew ein Känguruh oder einen Dingo als willkommene Abwechslung im ewigen Einerlei der Salzfleischkost. Er mußte die Stunde nutzen, denn er hatte schon bei anderen Siedlungen gesehen, wie schnell sich das Land dem Vordringen des weißen Mannes wieder verschließen konnte.

Die Tage vergingen in ständigem Gleichmaß. Noch in seinen Träumen hörte Andrew das donnernde Stürzen der grauen Gummibäume und sah die fassungslosen Gesichter der Eingeborenen, die er untertags oft beobachtete, wie sie stocksteif und wie festgenagelt am Saum der Rodung standen und neugierig starrten. Sie zeigten sich nicht feindlich, aber sie kamen auch nie näher als bis zum äußeren Rande der Lichtung. Der Weiße und der Schwarze mieden jede Berührung. Andrew hatte strenge Order gegeben, die Wilden nicht zu beachten und sie auf keinen Fall zu behelligen.

Nicht immer blieb Andrew mit seinen Gedanken beim nächtlichen Lagerfeuer allein. Er fand den Gefährten seiner Nachtwachen in einem seiner Aufseher, einem Mann namens Jeremy Hogan, einem Iren, der wegen verräterischer Umtriebe gegen das Mutterland deportiert worden war. Er war noch jung, sechsundzwanzig Jahre, und ein Hüne von Gestalt. In seinen tiefblauen Augen blitzte immer ein Lachen, das selbst die Deportation nicht auszulöschen vermocht hatte.

Mit Jeremys politischen Reden konnte Andrew nichts anfangen, sie amüsierten ihn nur. Aber er war entzückt, einen solchen Gefährten gefunden zu haben. Mit leisen Gesprächen vertrieben sie sich die Zeit in den dunklen Nächten, und wie ein Chor von Stimmen begleitete der Fluß ihre Gespräche. Andrew konnte über die Herkunft des Mannes nichts in Erfahrung bringen, aber er sah, daß er es mit einem Mann von Erziehung und Rasse zu tun hatte. Er dankte dem Geschick, das ihm Jeremy Hogan zugeführt, und genoß die Gespräche in der nächtlichen Stille des Lagerfeuers. Freimütig erzählte er ihm seine Träume, die er für das Land, um das sie sich beide abmühten, hegte.

Die Sträflinge erhielten jeden Tag die ihnen zustehende Rumration. Solange sie darauf bauen konnten, schufteten die Männer, bis sie umfielen. Und der Entzug dieser Ration war die schlimmste Strafe, die sie treffen konnte, ärger als Auspeitschen oder jede andere Züchtigung. Gebannt und widerwillig zugleich sah Andrew, wie sie nach dem Sprit gierten, dem einzigen, was Vergessen schenkte. Hände und Blicke zeugten von ihrer Sucht, und Andrew sagte sich, daß er dank des Alkohols, den er von Bord der Georgette mitgebracht hatte, mehr erreicht habe, als mit Hilfe von Vergünstigungen, die man den Siedlern gewährte.

Nur mit Rum konnte er die Männer bei der Arbeit halten. Nur mit Rum würde es ihm gelingen, ein Haus, in dem Sara leben konnte, zu schaffen. Er prüfte seine Vorräte und mußte feststellen, daß sie bedenklich zur Neige gingen.

Es galt also einen Weg zu finden, die leeren Fässer wieder aufzufüllen.

Zunächst sah er keine Möglichkeit. Aber als sich durch Kartenspiel eine Gelegenheit bot, nicht nur Rum, sondern alle lebensnotwendigen Güter zu bekommen, ergriff er sie beim Schopf. Er riskierte sogar das investierte Kapital, sein Land am Hawkesbury, und damit seine Hoffnung, Sara bald heiraten zu können. Sein ganzes Hab und Gut setzte er aufs Spiel. Aber er spielte mit kühlem Kopf, und nicht für eine Sekunde verließ ihn der Gedanke, was auf dem Spiele stand. Manchmal verlor er, aber meistens gewann er!

Die Offiziere des New South Wales-Korps waren seine Kumpane. Seit Gouverneur Phillips Rücktritt hatte das Korps die Führung der Kolonie in den Händen.

Francis Grose, der neue Gouverneur, kam selbst aus dem Offizierskorps und erwies sich als gefügiges Werkzeug in den Händen seiner Kameraden, von denen sich ein jeder wie ein kleiner Despot gebärdete. Die bürgerlichen Gerichtshöfe in Sydney und Parramatta waren kurzerhand aufgelöst worden, statt dessen übte ein Militärgericht aus sechs Offizieren und einem Verteidiger eine harte Justiz, ganz gleich ob gegen die eigenen Soldaten, gegen Sträflinge oder gegen die wenigen freien Bürger. Die Kolonie wurde plötzlich durch eine kleine Offiziersclique regiert, und Andrew bahnte sich mit dem Kartenspiel einen Weg in ihre Mitte.

Sie nahmen ihn als ihresgleichen auf, weil er noch vor kurzem der Ost-Indien-Kompagnie angehört hatte. Und wenn sie auch zuerst verächtlich über seine Absicht, einen Sträfling heiraten zu wollen, gelästert hatten, so gewann er doch rasch ihre Achtung über einem vollen Glas und beim Kartenspiel! Er fand die kleine, sich langweilende Gruppe jederzeit zu einem Spiel bereit um fünf Gallonen Rum, gegen einen Bezugsschein für eine Bratpfanne oder irgend etwas anderes. Als er sich in ihrer Mitte eine sichere Stellung erobert hatte, machte er häufig Besuche in Sydney und Parramatta, mit dem einzigen Ziel, ein Spiel zu machen, wo immer es sich ergab. »Der Teufel selbst mischt ihm die Karten!« murrten seine Kumpane entmutigt, spielten aber weiterhin mit ihm, in der stillen Hoffnung, daß das Glück sich wenden würde. Verlor er wirklich einmal, so zahlte er ohne eine Miene zu verziehen und kam am nächsten Abend wieder.

Er spielte mit einem ganz bestimmten Ziel, und es dauerte geraume Zeit, ehe er es erreichte. Trotz seiner wachsenden Ungeduld wartete er ab, bis die Spielschulden seiner Partner beträchtlich angewachsen waren, dann schlug er ihnen vor, er wolle die Schulden streichen, wenn sie ihn in ihr Handelsmonopol aufnähmen. Die Methoden dieser Gesellschaft waren denkbar einfach. Mit Erlaubnis des Gouverneurs durfte sie in England ihre Kapitalien zusammentragen. Damit kaufte sie die Fracht der amerikanischen Schiffe auf, die seit kurzem regelmäßig Port Jackson anliefen. Die Gesellschaft hatte sich außerdem die Genehmigung verschafft, die Schiffe zu chartern, die dann zwischen Cape und dem Osten nur für ihren eigenen Handel fuhren. Seitdem kam kein einziges Geschäft in der Kolonie mehr zustande, das nicht für das eine oder andere Mitglied der Gesellschaft Gewinn abwarf. Der Tauschwert für Rum war am größten, und ein Strom dieses Getränkes ergoß sich in die neue Kolonie. Andrew erwarb sich durch seine Geschicklichkeit am Kartentisch das Recht, an dem Rummonopol teilzuhaben. Allmählich gewann er unter den Offizieren an Boden, und schließlich mußte ihn auch der arrogante, schwarzhaarige John Macarthur, Haupt des Monopols und der ehrgeizigste und tüchtigste Mann in der Kolonie, anerkennen. Wie alle anderen tauschte Andrew Rum gegen Arbeitskräfte, Rum gegen Stiefel, Rum gegen Holz. Auf dem unwegsamen Pfad schaffte er seine eingetauschten Güter nach Hawkesbury, und die Last schien ihm leicht. Dann arbeitete er ein paar Wochen lang für zwei beim Roden seines Landes. Ging sein Vorrat zur Neige, machte er sich wieder auf nach Sydney und Parramatta.

Während der Herbst- und Wintermonate wuchsen die Mauern des Hauses langsam aber stetig. Nach und nach rang Andrew auch dem Wald die Felder für seine Saat und die Weiden für sein Vieh ab, und Ende Mai konnte er endlich sagen, daß das Haus noch vor Juli zum Einzug bereit sein würde.

Natürlich war es nur ein kleines Haus mit vier Zimmern, einer kleinen Küche, wenigen Möbeln und weißgekalkten Wänden. Sara, die gar nicht genug über das Haus hören konnte, bat ihn bei seinem nächsten Besuch inständig, schon jetzt mit ihm nach Hawkesbury gehen zu dürfen. Andrew, der an die ihn erwartende Einsamkeit und Stille dachte, gab nach. Er sah ihr in die brennenden Augen und spürte, daß er es nicht länger ertragen konnte, sie nicht bei sich zu haben.

Kapitel 3

An einem lichten, kalten Junimorgen wurden sie im Hause der Ryders getraut. In der Nacht hatte es gefroren, und noch als Sara das Wohnzimmer zur Trauung betrat, hatte die Sonne die glitzernden Eisblumen nicht ganz von den Fenstern zu verscheuchen vermocht. Der durchdringende Duft von Eukalyptuszweigen, die Julia zur Ausschmückung verwendet hatte, strömte ihr entgegen. James hielt ihr die Tür offen, und seine behandschuhte Rechte streckte sich ihr entgegen. Sie nahm sie, verhielt aber ihren Schritt, weil sie die Bewegung spürte, die ihr Eintritt verursacht hatte. Als sie jedoch die kleine Gruppe erblickte, die sie erwartete, beruhigte sie sich. Sara trug ein Gewand aus weißer Seide, das aus China stammte und mit Rum bezahlt worden war, ihre gestickten Pantöffelchen kamen direkt aus Kalkutta. Sie hielt sich sehr gerade, äußerlich ganz ruhig, wenn auch ihr Blick Beistand heischend Andrews Augen suchte. Niemand hatte ihr kurzes Zögern bemerkt. Nun schritt sie langsam vorwärts und machte ihren Knicks vor dem Gouverneur.

Julia wohnte als einzige Frau der Feier bei. Als Gäste waren außer Hochwürden Johnson und den Ryders nur Andrews Spielkumpane aus dem New South Wales-Korps zugegen; John Berry und drei weitere Offiziere aus der Kaserne vervollständigten die Gesellschaft. John Macarthur, der von Grose mit allen öffentlichen Ämtern betraut worden war, hatte wider Erwarten die Einladung angenommen. Grose, der von Sydney zu einer Inspektionsreise unterwegs war, war mit ihm gekommen. Aber die drei in der Stadt zählenden Frauen fehlten bei der Hochzeit. Die Frau des Geistlichen und Macarthurs Gemahlin hatten unter fadenscheinigen Gründen abgesagt, und Mrs. Patterson, die Frau des Kommandeurs, hatte sich auch entschuldigen lassen. Sara hatte auch nichts anderes erwartet.

Sie wußte nur zu gut, was die sogenannte Gesellschaft von ihr hielt, aber die Meinung dieser Spießer kümmerte sie nicht. Stolz trug sie den Kopf inmitten all der Rotröcke.

Die Trauungszeremonie währte nicht lange. Johnson, der weder für Sara noch für Andrew eine besondere Vorliebe hatte, vergeudete kein unnützes Wort an eine Pflicht, die er kraft seines Amtes zu erfüllen hatte, und verlas die Worte der Zeremonie steif und unbeteiligt. Noch ehe es Mittag schlug, war die Feier zu Ende, und nach einem fröhlichen Mahl rüsteten Andrew und Sara zum Aufbruch, gemeinsam mit Jeremy Hogan und dem Aufseher Trigg, den Andrew mitgebracht hatte, um beim Verladen der Fracht nach Hawkesbury Hilfe zu haben. Der gebratene Wildhund und das Känguruhfleisch hatten ausgezeichnet geschmeckt, der Wein aus Cape war reichlich geflossen und hatte die Zungen gelöst. Und als Sara jetzt das seidene Brautkleid gegen ein neues Reitgewand vertauschte, drangen wahre Lachsalven aus dem engen, spärlich möblierten Wohnzimmer. Sie konnte sich lebhaft vorstellen, wie die Männer die seltsame Hochzeitsfeier, bei der sie zu Gast gewesen waren, kolportieren würden. Aber sie lächelte nur belustigt.

Der Gouverneur führte die kleine Gruppe an, die jetzt auf die Veranda hinaustrat, um den Aufbruch nicht zu verpassen. Sara verbeugte sich zum letzten Mal tief vor Gouverneur Grose. Sie war ihm von Herzen dankbar, daß er gekommen war. Aus welchem Anlaß auch immer er die Einladung angenommen haben mochte, seine Gegenwart hatte der Feier das Siegel der Ordnung aufgedrückt. Wenn sie dem schwachen, schwankenden Charakter dieses Mannes auch nicht viel Sympathien entgegenbringen konnte, so wußte sie doch, daß sie dem Gouverneur für sein Erscheinen ihr Leben lang dankbar sein würde.

Von Julia hatte sich Sara allein verabschiedet. Julia hatte sie zärtlich geküßt:

»Schreib' bald, Sara. Jedesmal, wenn Andrew nach Parramatta kommt, erwarte ich einen Brief von dir, hörst du?!«

Sara konnte nur nicken. Die Worte blieben ihr im Halse stecken. Wie sollte sie auch Julia für die vergangenen, gemeinsam verlebten Monate und für die Arbeit und Mühe, die das Hochzeitsfrühstück gekostet hatte, gebührend danken. Seit den Tagen auf der Georgette waren sich die beiden Frauen sehr nahegekommen. Saras leidenschaftlicher Natur hatte der Einfluß von Julias außergewöhnlichem Gleichmut sehr gut getan und manches Mal ihr Ungestüm gezügelt. Sie hatte viel von ihr gelernt und hatte ihr viel zu danken. Die beiden Frauen fühlten ihre tiefe Verbundenheit. Ihre gegenseitige Zuneigung war um so größer, als sie nach außen hin kaum in Erscheinung trat, und sie hatten die untrügliche Gewißheit, daß ihre Freundschaft alle Stürme überstehen würde. Plötzlich schlang Sara die Arme fest um Julia und drückte sie innig an sich: »Wie soll ich dir danken für das, was du mir warst und bist!? Noch nie in meinem Leben habe ich eine Frau geliebt, aber dich – dich liebe ich.«

Dann löste sie ihre Umarmung: »Nun aber genug!« sagte sie kurz und wischte sich schnell die Tränen aus den Augen. »Ich werde den Rotröcken da draußen doch kein solches Schauspiel bereiten.« Damit trat sie leichtfüßig auf die Veranda hinaus. Julia folgte ihr und lächelte leise über Saras Worte. Ja, Sara hatte noch nie eine Frau geliebt, und es fiel ihr nicht leicht, das zu gestehen. Bisher waren Männer ihre ganze Welt gewesen, und sie hatte sie geschickt zu nehmen gewußt. Aber so erwachsen sie auch schien, in manchen Zügen war sie doch noch ein rechtes Kind. In den letzten Monaten hatte sie allerdings viel gelernt, mehr vielleicht, als ihr im Augenblick bewußt war.

Die Hochzeitsgäste harrten auf der Veranda aus, bis sie die kleine Gruppe auf der Landstraße, die aus Parramatta hinausführte, aus den Augen verloren hatten. Als Julia ins Haus zurückgehen wollte, vernahm sie unter Andrews Gästen die Worte:

»Hätte nie geglaubt, daß er den Mut aufbrächte, sie schließlich doch zu heiraten. Aber nun ist es mal passiert. Wirklich eine noble Geste, alle Achtung! Na, wir wollen nur hoffen, daß der arme Kerl keine Zeit zur Reue findet.«

Kapitel 4

Als es zu dämmern begann, waren sie noch gut sieben Meilen von Hawkesbury entfernt. Andrew befahl seinen Leuten, das Lager gleich neben dem Pfad aufzuschlagen. Er stieg vom Pferd und half auch Sara aus dem Sattel. Steif fiel sie in seine Arme. Die langen Stunden im Sattel hatten ihr, da sie keine geübte Reiterin war, stark zugesetzt. Jeremy Hogan breitete eine

Decke aus, sie taumelte darauf zu und setzte sich wortlos. Die Dämmerung währte nicht lange, und rasch brach die Winternacht herein. In diesen Breiten zögert das Tageslicht nicht, ehe es scheidet. Ein eisiger Wind strich durch die Baumkronen und fuhr beißend über Saras Wangen. Die ersten Sterne leuchteten auf, die hellstrahlenden Sterne der südlichen Hemisphäre. Sara zitterte vor Kälte und kroch näher ans Feuer heran, das Jeremy unterhielt. Versonnen in die Flammen schauend, lauschte sie den gedämpften Stimmen der Männer.

Zum Abendessen, das aus kaltem Fleisch und Brot bestand, entkorkte Andrew eine Flasche Wein, die Ryder ihm zum Abschied geschenkt hatte. Es war ein seltsames Hochzeitsmahl. Der Wein im Glas erwärmte sich langsam in ihren Händen, und um sie breitete sich das Schweigen des Busches. Die Sterne funkelten, die Baumstämme schimmerten geisterhaft und bleich. Etwas Düsteres und Unheimliches lag über der Landschaft, unberührt und fremd dehnte sich der Busch. Gleich nach dem Mahl trollte sich Trigg mit seiner Decke. Es war verabredet, daß Jeremy ihn um zwei Uhr zur Wachablösung wecken würde. Als der Aufseher sich zurückgezogen hatte, breitete sich zwischen den Dreien am Feuer die Vertrautheit aus, die Andrew und Jeremy so gut aus ihren Nachtwachen am Ufer des Hawkesbury kannten. Saras Müdigkeit war verflogen. Der Wein und der kalte Wind hatten sie hellwach gemacht. Als jetzt die beiden Männer sich zu unterhalten begannen, beobachtete sie Jeremy aufmerksam und versuchte von seinem Benehmen auf ihr zukünftiges, gegenseitiges Verhältnis zu schließen.

Sie konnte sich ungefähr denken, was sie erwartete, die glattzüngige und kaum verhohlene Verachtung eines Mannes aus gutem Hause gegen eine Frau, die erst gestern ihre Begnadigung erhalten hatte. Aber sie spürte auch, daß er sich vor ihr wohl in acht nehmen würde. Er war kein Dummkopf und schien sich jedenfalls für den Augenblick damit abgefunden zu haben, ihr Diener zu sein. Und in der kurzen Stunde des nächtlichen Gesprächs der beiden Männer, dem sie stillschweigend zuhörte, wurde ihr klar, daß Jeremy mit seiner Klugheit und Eigenwilligkeit einen gewissen Einfluß auf Andrew gewonnen hatte. Sie fühlte sich aus der Kameradschaft der beiden ausgeschlossen. Das verletzte und kränkte sie, obwohl sie von Andrew wußte, wieviel ihm der Freund wert war. Sie wollte die Freundschaft auch nicht stören, sie wünschte nur aus ganzer

Seele, sie teilen zu dürfen.

Forschend blickte sie Jeremy an und faßte den Entschluß, alles daranzusetzen, ihn sich ihr aus freien Stücken ergeben zu machen, nur um ihretwillen, und nicht weil Andrew es befahl. Als ob er ihre Gedanken läse, schaute Jeremy Sara an und richtete das Wort an sie:

»Haben Sie sich schon für einen Namen für den neuen Besitz entschieden, Mrs. Maclay?« Es schien ihn zu belustigen, ihr diesen Titel zu geben.

»Mein Mann«, erwiderte sie und betonte die Worte absichtlich, »möchte es Kintyre nennen. Das ist ein schottischer Name.«

»Kintyre«, er ließ die Silben kostend über die Zunge rollen, »das klingt nicht so weich wie der Name, den die Eingeborenen für diesen Platz haben.« Er zuckte die Achseln und meinte leichthin: »Jedenfalls läßt er sich buchstabieren, was man von den lautmalerischen Namen der Eingeborenen nicht gerade behaupten kann.«

Er schaute in die Flammen: »Sie sind also die ersten Siedler am Hawkesbury. Aber Sie werden nicht lange allein bleiben. Bald werden andere folgen, und übers Jahr, nein, in ein paar Monaten, werden sie sich neben Ihnen ansiedeln. Ein Mann bleibt nicht lange allein, wenn er ein Land bebaut, wie Sie es haben. Aber ich möchte bezweifeln, daß die anderen einen ebensolchen Start haben werden.« Er lachte plötzlich auf: »Und das haben Sie nicht zuletzt dem Rum zu verdanken.«

Andrew stimmte ohne jede Verlegenheit in das Gelächter ein. »Ja, wenn der Rum nicht wäre! Und die Offiziere, die Exzellenz Grose an der Nase herumführen. Warum sollte ich mir nicht meinen Anteil an den Gewinnen sichern. Wer nicht zu ihnen gehört, hat in dieser Kolonie keine Chance, voranzukommen. Als Freunde sind sie zwar nicht immer zuverlässig, aber das ist noch lange kein Grund, sie sich zu Feinden zu machen.«

Jeremy sah ihn von der Seite an: »Hört, hört, der vorsichtige Schotte! Ihnen winkt das Glück, mein Freund.« Er hob sein Glas: »Einen Toast auf Mr. Maclay«, und als ob er sich gerade an Saras Gegenwart erinnere, fügte er rasch hinzu: »und auf die Herrin von Kintyre.«

Feierlich leerten sie die Gläser, und die Sterne leuchteten dazu.

Sara erwachte kurz vor Tagesanbruch. Die Sterne verblaßten langsam. Der Zeltvorhang war zurückgeschoben, und sie konnte direkt in den Himmel schauen, der jetzt nicht mehr tiefschwarz, sondern grau war. Tiefe Stille hüllte Busch und Lager. Der Wind schien sich gelegt zu haben. Sie rührte sich leicht in Andrews Armen. Er fühlte ihre Bewegung, und ohne die Augen zu öffnen, drehte er sich zu ihr und zog sie enger an sich. Sie lagen unter einer Känguruhfelldecke, die sie vor der Kälte des anbrechenden Tages schützte. Eine wohlige Müdigkeit hielt sie umfangen.

In dem fahlen Licht konnte Sara erkennen, daß Andrew die Augen geöffnet hatte. Seine Stimme klang schläfrig.

»Schon so früh wach?«

Sie lächelte. »Ja. Ich möchte wach sein, kannst du verstehen, daß ich gern hier liege, wach neben dir?«

»Närrchen«, murmelte er. »Du wirst dich bald eines Besseren besinnen.« Ihr Kopf ruhte auf seinem Arm. Er suchte unter der Pelzdecke nach ihrer Hand, zog sie hervor und küßte jede Fingerspitze.

»Oh, meine Geliebte«, sagte er zärtlich. »Wie du mich gequält und tollgemacht hast, ein ganzes Jahr lang! Ich kann es immer noch nicht fassen, daß du nun wirklich bei mir bist und mein Mia-mia teilst?«

Der Ausdruck »Mia-mia« gehörte zum Wortschatz der Eingeborenen. Sara sprach das Wort nach, ein wenig ängstlich. Andrew hatte es so weich ausgesprochen.

»So nennen die Schwarzen ihre Hütten. Sie bedecken den Boden ihrer Mia-mias mit Känguruhfellen, und das ist dann ihr Brautbett, genau wie unseres hier.«

Sie suchte seinen Mund. »Wir haben das schönste Brautbett der Welt, Liebling, wir könnten uns kein schöneres wünschen.«

Nach kurzem Schweigen sagte Andrew: »Was ich kaum zu träumen gewagt habe, besitze ich nun – ich kann die Sterne verlöschen sehen, liege warm unter weichen Fellen, lausche dem Wind, und in meinen Armen halte ich dich, Sara, eine Frau, die nicht unterwürfig, aber mir treu ergeben ist, eine Frau, die meine Liebe erwidert, als hätte sie immer gewußt, wie schön es sein würde.«

»Ich habe es gewußt, Andrew, immer«, flüsterte sie, »die ganze Zeit.« Sie schwieg einen Augenblick und fuhr dann fort: »Ich werde keine bequeme Frau für dich sein. Ich möchte dich ganz mit Leib und Seele.« Ihre Worte klangen heiß an sein Ohr: »Du, ich stelle große Ansprüche, du mußt mir alles sein, Mann, Geliebter, Vater und Bruder, alles, alles!«

Seinen Mund an ihrem Ohr, flüsterte er: »Alles, was du willst, Sara! Mehr begehre ich nicht, als immer so neben dir liegen zu dürfen und dich in meinen Armen zu halten.« Dann küßte er sie leidenschaftlich. »O Sara, Geliebte, du!«

Als Jeremy erwachte, war das Lagerfeuer schon erloschen, der Tag aber noch nicht erwacht. Er öffnete die Augen und streckte sich unter seinem warmen, weichen Känguruhfell. Er war noch schlaftrunken, und nur allmählich fand er in die Wirklichkeit zurück und erinnerte sich, wo er war und warum er hier lag. Er drehte sich auf die Seite und schaute zum Zelt hinüber, in dem Andrew mit seiner jungen Frau lag. Er sah den offenen Vorhang und fragte sich, ob die beiden schon wach seien. Sicher flüsterten sie miteinander in der vertrauten Art der Liebenden und sagten einander zärtliche Worte, die nur für sie beide bestimmt waren. Für einen kurzen Moment empfand er mit ihnen ihr Glück. Er spürte ein Verlangen in sich aufsteigen, auch einmal wieder eine Frau neben sich zu haben, deren Lippen sich seinem Mund bereitwillig boten. Verzweifelt wünschte er, nur einmal wieder das Gesicht in duftendem Frauenhaar verbergen zu dürfen und ihren sanften Atemzügen zu lauschen, wenn sie in seinen Armen schlief. Er machte gar keinen Versuch, seine Gedanken zu lenken, sondern überließ sich den Bildern, die aus der Vergangenheit aufstiegen: Irischer Himmel und Seen, die das Land mit silbernem Glanz und purpurnem Glast übergossen, edle Pferde, schöne Frauen, Politik. Ja, damit hatte er gespielt, ein gefahrvolles Spiel, das die Lust an der Gefahr nur noch reizvoller machte. Die Namen all der Schönen tauchten in der Erinnerung des schwarzhaarigen Mannes auf, der jetzt allein einem kühlen Morgen entgegenwachte. Pferde- und Frauennamen, ein lieblicher Traum vermischte sich seltsam. »Larry . . . Black Fern . . . Geraldine . . . Rosalie . . .«, er flüsterte die Namen vor sich hin und stöhnte leise vor Verlangen.

Mit der aufgehenden Sonne begann das schrille, tolle Gelächter der Korkaburras durch den Busch zu gellen. Gourgourgahgah nannten sie die Wilden. Eines der Tiere saß hoch oben im Geäst eines nahen Baumes, Kopf und Schnabel hoben sich scharf gegen den Himmel ab. Das spöttische Gelächter zerstörte Jeremys Traum. Nein, er war nicht in Irland. Er hatte noch zwölf Jahre in diesem Lande abzubüßen, und er rief sich ins Gedächtnis zurück, daß er Diener war, nicht mehr. Der Diener eines Herrn, der über ihn zu bestimmen hatte, über seinen Leib und ebensogut über seine Seele. Träume von schönen Frauen waren nicht für ihn. Es galt einfach, das Gefühl der Verlassenheit zu ertragen, hier in dem Lager am Busch, das der beißende Geruch der Gummibäume und des Holzfeuers einhüllte, das die ganze Nacht gebrannt hatte. Er mußte hier liegen bleiben und auch die Vertraulichkeit im Zelt und den Gedanken an die goldhaarige Frau ertragen, die Andrew Maclay gestern geheiratet hatte, und die nun in seinen Armen lag, warm und geborgen unter der Pelzdecke, die Frau, die noch vor zwei Tagen ein Sträfling gewesen war!

Kapitel 5

Das Haus stand auf einem sanft ansteigenden Hügel mit dem Blick zum Fluß. Es war Mittag, als Sara es zum ersten Male sah. Die Wintersonne glitzerte auf dem weißen Verputz und den blanken, noch gardinenlosen Fenstern. Andrew hatte ein paar Bäume stehen gelassen und auf dem gerodeten Abhang einen Obstgarten angelegt. Das Haus war dauerhaft gebaut. Jeder einzelne Stein hatte aus den Steinbrüchen um Sydney herangekarrt werden müssen. Weder wilder Wein noch sonst ein grünes Gewächs milderten das harte Weiß der ungefügen Mauern, grell stachen sie gegen die graugrüne Baumkulisse ab.

Sara fühlte sich seltsam ergriffen. Ein Haus, es sollte ihr Heimat sein. Eine ganze Weile schaute sie es an, in tiefes Schweigen versunken. Ja, so hatte sie es sich vorgestellt nach Andrews Erzählungen, gedrungen, einstöckig nur, häßlich und roh, da es noch nicht ganz fertig war, mit einer offenen Veranda, zu der drei oder vier unbehauene Stufen führten. Aber es war das erste Haus, das sich über dem Hawkesbury erhob, dem breiten Fluß, der bisher nur die primitiven Mia-mias der Eingeborenen gesehen hatte. Die Schlichtheit des Hauses fügte sich seltsam gut in die Landschaft. Mit einem Gefühl von Stolz und Besitzerfreude blickten sie den Abhang hinab. In dem Augenblick, da ihre Augen auf das Haus fielen, war es ihr Eigentum geworden, das sie liebte und mit aller Macht und Stärke zu verteidigen bereit war.

Wortlos und ohne den Blick vom Haus zu lösen, gab sie dem

neben ihr stehenden Andrew einen Wink. Er verstand sie sofort und wandte sich an den hinter ihm wartenden Jeremy:
»Los, Hogan, melden Sie Annie, daß wir da sind. Mrs. Maclay möchte heißes Wasser haben, damit sie sich erfrischen kann.«
Jeremy nickte und gab seinem Pferd die Sporen. Trigg schloß sich ihm an. Die aufschlagenden Pferdehufe zerrissen die Mittagsruhe des Busches.

Andrew stieg vom Pferd und half Sara aus dem Sattel. Ganz steif vom langen Reiten stand sie auf dem unebenen Boden und ließ ihre Augen über die Landschaft wandern. Sie nahmen die große Fläche gerodeten Landes in sich auf, glitten zum Fluß hinab, umfaßten die Hütten der Sträflingsarbeiter im Schatten des Hauses und verweilten auf den eingefriedeten Viehweiden. Die tiefen Narben in dem unberührten Wald muteten noch ganz frisch an. Ganze Flurstücke hatte der weiße Eindringling dem Schwarzen als Felder für seine Saat und als Weiden für sein Vieh entrissen. Bei diesem Anblick wurde ihr erst richtig bewußt, daß sie in eine völlige Wildnis eingebrochen waren und noch nicht einmal eine richtige Straße sie mit der eigentlichen Siedlung verband.
Nun, das war eine Tatsache, der man ins Auge schauen mußte. Sie aber sah das Land mit Andrews Augen, fruchtbares Land, das nur darauf wartete, in Besitz genommen zu werden, Brachland, dessen Ruhe bisher nur durch gelegentliche Jagden der Eingeborenen gestört worden war, gewandter, kühner Burschen, die auf der Fährte des Känguruhs lautlos durch den Busch schlichen. Ein Trieb in ihr, gezüchtet in ihrer Kindheit in den Londoner Mietskasernen, lehnte sich gegen jede Verschwendung guten Bodens auf. Sie hatte manches gelernt von den ökonomisch denkenden, dickköpfig und kaltblütig handelnden Marschbauern, wenn es galt, den Wert des Bodens abzuschätzen. Sie hatte ihren Wohlstand gesehen, der auf fetten Weiden für die Schafe begründet war und durch Schmuggel vergrößert wurde. Der Anblick des breiten Stromes und des freien Landes jenseits der gerodeten Lichtung ließ ihren Ehrgeiz jäh aufflammen. Sie preßte vor Aufregung die Hände zusammen und spürte, daß sie unter ihren Handschuhen feucht waren. Vor Erregung konnte sie kaum atmen. In England bedeutete Land Wohlstand. Und hier bekam man es sogar geschenkt! Der Reichtum lag offen vor ihren Augen. So

weit die Blicke reichten, verhieß das grüne, fruchtbare Land Wohlhabenheit, vorausgesetzt, daß es zur rechten Zeit regnete – nicht zu viel und nicht zu wenig –, daß der Fluß ihre Saat nicht in Überschwemmungen ertränkte und keine Feuersbrünste im Busch ihre Ernte vernichteten. Das Spiel um den hohen Einsatz riß sie mit. Sie wandte sich zu Andrew, und ihre Hand krallte sich Antwort heischend in seinen Arm. Und aus seinen Augen blühten ihr der gleiche Stolz und die gleiche Begierde entgegen.

»Das hier ist nur der Anfang, Sara«, sagte er bebend vor Aufregung. »In ein paar Jahren baue ich dir ein schöneres Haus! Ich habe es schon im Kopf, groß und weiß mit einer Terrasse und einem Säulengang zum Fluß hin, oh, ich sehe es schon stehen . . .«

Sie unterbrach ihn rasch: »Ich brauche keinen griechischen Tempel im Wald, Andrew, wenn wir Geld übrig haben, stecken wir es in neuen Grund. Das Haus kann bleiben wie es ist, mir gefällt es.«

Er lachte zärtlich und legte ihr die Hände auf die Schultern. Sein mageres, herbes Gesicht spiegelte ihre Begeisterung und Leidenschaft wider, als wären sie ganz auf ihn übergegangen. In diesem Augenblick spürten sie, daß sie eines Sinnes waren, ihre Einheit war vollkommen. Seine Züge spannten sich, sein Griff wurde fester:

»Du bist genau so besessen wie ich, du kleine Hexe«, stieß er zwischen den Zähnen hervor. »Du hättest ein Mann werden müssen, Sara, es regt dich auf, das unbebaute Land zu sehen, nicht wahr?! Du hast genau wie ich den Blick dafür, was für eine einmalige Gelegenheit hier einem Mann mit Verstand und Lust am Schaffen geboten ist.« Seine Hände streichelten sanft ihre Arme: »Aber mir ist es schon lieber, daß du eine Frau bist, du könntest dich nicht so im Zaum halten wie ich. Du würdest dich sicherlich nicht aus dem Rumschmuggel heraushalten oder aus all den fragwürdigen Geschäften, die diese korrupte Bande ausheckt. Ja, mein Süßes, du wärest bald der größte Rumschmuggler von allen.«

»Wahrscheinlich«, gab sie zu. »Aber ich werde Mittel und Wege finden, dir zu helfen und dich zu unterstützen, Andrew. Wenn ich erst ohne Angst im Sattel dieses elenden Pferdes sitze, werde ich dir drei Aufseher ersetzen, du wirst schon sehen. Ich werde jeden Fußbreit unseres Landes kennen und jede Ähre, die auf unseren Äckern wächst.«

»Bleib, wie du bist, Sara, etwas Besseres kann ich mir gar nicht wünschen«, entgegnete er heiser.

Jeremy und Trigg ritten unterdessen auf den Hof hinter dem Haus. Der Hund, den Andrew von einem seiner letzten Besuche in Sydney mitgebracht hatte, bellte, als er sie hörte, und umsprang sie stürmisch vor lauter Wiedersehensfreude. Und aus dem Geflügelhof, der im Schatten eines riesigen Mimosenbaumes lag, tönte ihnen das Gegacker des Federviehs entgegen.

Jeremy stieg ab. Aus dem Küchenanbau, der mit dem Haupthaus durch einen kurzen, überdachten Gang verbunden war, kam eine Frau gelaufen. Sie war klein und verhutzelt und trug das unkleidsame Gewand der Sträflinge. Ihr Gesicht glühte von der Hitze des Herdfeuers. Sie trat auf die beiden Männer zu, wobei sie sich die Hände am Rock abwischte, eine Angewohnheit, die Jeremy oft an ihr beobachtet hatte. Diesmal allerdings tat sie es noch gründlicher als gewöhnlich. Jeremy, der damit beschäftigt war, die Satteltaschen zu entleeren, warf über die Schulter einen Blick auf Annie Stockes: runde braune Augen, eine Knopfnase, eine niedrige Stirn, die jetzt furchtsam gerunzelt war.

»Sie kommen«, rief er ihr kurz zu. »Alles fertig?«

Etwas wie Trotz blitzte in ihren Augen: »Natürlich, hab' mich nicht umsonst halb zu Tode geschuftet die ganze Zeit, um alles in Ordnung zu kriegen. Hab' Ente zu Mittag, und wenn sie nicht zu fix machen, ist alles auf dem Tisch, noch ehe sie fertig sind.«

Jeremy nickte nur. »Sieh zu, daß du den Wein nicht allzusehr schüttelst, nimm dich zusammen.«

Annies dürre, kleine Gestalt straffte sich:

»Ich?!« Das Wort war ein beleidigter Hauch. »Ich?! Hab' ich nicht mein Lebtag lang in Weinschenken bedient, den noblen Herrschaften bei Tisch aufgewartet? Jawohl, für Lord Delham hab' ich gearbeitet, Sie tun ja gerade, als ob ich nicht mit einer Flasche Wein umgehen könnte.«

Trigg grinste sie an: »Und ob du damit umgehen kannst! Hab' dich ja oft genug total betrunken gesehen, Annie! Weißt du noch, wie du das letztemal zum Herrn gebetet hast, wie noch nie in deinem Leben, dich endlich zu erlösen von diesem verfluchten Land?«

Annie warf den Kopf in den Nacken. Sie kam zögernd auf

Jeremy zu und wischte sich schon wieder die Hände am Rock.

»Wie ist sie?« fragte sie.

»Sie?«

»Die Herrin, meine ich.«

Jeremy richtete sich auf und sah sie an. Unter seinem festen Blick drehte und wand sie sich und trat einen kleinen Schritt zurück. Er stieß hervor: »Du bist dazu da, Mrs. Maclay zu dienen, so gut du es vermagst, nicht aber, um dumme Fragen zu stellen.«

Annie machte auf dem Absatz kehrt und hoppelte wie ein aufgescheuchtes Kaninchen in die Küche zurück. Jeremy sah ihr nach und war nicht schnell genug, um Triggs rüden Ausruf zu unterbinden: »'ne seltene Schönheit ist deine neue Herrin, die weiß, was sie will. Wette, die fackelt nicht lange, nimm dich also in acht, Annie.« Triggs lautes Lachen dröhnte über den Hof. Jeremy wurde ganz elend davon.

Ein wenig später, sie hatten gerade in der Vorratskammer die aus Parramatta mitgebrachten Sachen verstaut, kam Trigg noch einmal auf Andrews Frau zu sprechen. Er stemmte die Fäuste in die Seiten und schaute zu der Eukalyptusreihe hinüber, die das gerodete Land begrenzte. »Wird nicht leicht für sie werden, dafür verbürg ich mich«, sagte er halb zu sich selbst.

»Ob begnadigt oder nicht, ich jedenfalls beneide sie nicht. Und wenn sie so tun will, als sei sie was Besseres als wir, wer wird es ihr schon glauben.« Jeremy war um eine Antwort verlegen. Er wußte nur zu gut, daß Trigg bloß in Worte gefaßt hatte, was jeder Sträflingsarbeiter auf Kintyre dachte, worüber man in jedem Haus und jeder Hütte der Kolonie klatschte und an jedem Schanktisch Witze machte. Ja, dachte er, Andrew Maclay hat einen Leidensweg vor sich, und zwar allein wegen der Ehrbarkeit seiner Frau. Barsch bedeutete er Trigg, endlich zu schweigen.

»Hört, sie kommen. Ich gehe vors Haus und nehme ihnen die Pferde ab.« Er eilte um das Haus herum, und als er sie erblickte, bemerkte er, daß Andrew Saras Hut trug. Er sah die Sonne auf ihrem Haar, und in diesem Augenblick spürte er etwas wie Haß gegen sie in sich aufsteigen. Ja, er haßte die herrliche Gestalt, die durch das schwarze Gewand noch betont wurde, haßte die leichte Anmaßung und den Ausdruck der Überlegenheit. Schon der eine Tag ihrer Ehe schien sie verwandelt zu haben. Sie hatte neues Selbstvertrauen und eine gewisse Ungezwungenheit gewonnen, sie fühlte sich Andrews sicher und war wie ein Kind, das über ein Geschenk jubelt. Er schaute prüfend in die Gesichter der beiden, als sie dicht vor ihm standen, und bemerkte darin etwas ganz Neues, das noch nicht zu erkennen gewesen war, als er sie zuletzt gesehen hatte. Sie waren voller Leben und verbunden durch eine Leidenschaft, die nicht allein aus ihrer körperlichen Vereinigung herrührte, das spürte er genau. Eine Art unbarmherziger Begierde strahlte von ihnen aus, als griffen sie nach allem und jedem, was ihnen gerade vor die Augen kam. Aber welches auch immer ihre Gedanken und Empfindungen sein mochten, sie gehörten nur ihnen allein!

Er verbarg sich ein wenig hinter dem Kopf von Saras Pferd, damit er sie ganz aus der Nähe betrachten konnte. Wenn sie wenigstens vulgär wäre oder roh, dann könnte er sie verachten oder übersehen. Aber er fühlte nur zu deutlich, sie war eine Frau, die man nicht übersehen konnte. Sie war klug und hatte eine schnelle Auffassungsgabe, und sie würde es keinem geraten haben, sie übersehen zu wollen. Er dachte an Andrews Geständnisse über dieses unbekannte Mädchen während der nächtlichen Gespräche am Lagerfeuer, und jetzt verstand er, warum Andrew sie liebte. In den grünen Augen lag ein seltsamer Zauber, und ihr Lächeln strahlte zugleich Liebreiz und Kraft aus. Auf den Spieler in Andrew, der keine leichten Gewinne liebte und der mit einer zahmen Frau nichts anfangen könnte, mußte sie stark wirken. Er wußte, daß Sara nicht leicht zu gewinnen gewesen war, daß sie sich wohl nie einem Mann sanftmütig unterwerfen würde. Er zürnte ihr, weil sie sich so rar gemacht hatte, und hegte den Verdacht, daß sie alles, was sie bisher erreicht hatte, sehr klug geplant habe und nun triumphiere. Wie ein Blitz durchzuckte ihn der Gedanke, ob er vielleicht eifersüchtig auf sie sei.

Er wartete darauf, daß Andrew abstieg und Sara vom Pferde half. Er spürte ihren Blick auf sich:

»Willkommen zu Hause, Ma'am«, sagte er.

»Danke«, erwiderte sie ohne mit der Wimper zu zucken. Er fühlte, wie es ihm heiß in die Wangen schoß bei dem Gedanken, daß sie ihn begönnern konnte, wenn es ihr Spaß machte. Ihr Blick ließ ihn los. Sie wandte sich Andrew zu, lächelte ihn an, und Jeremy spürte, er war vergessen.

In den ersten zwei Jahren, die ihrer Heirat folgten, beobachtete Sara, wie sich das Hawkesbury-Tal allmählich mit Siedlern füllte. Jedes Schiff, das die Kolonie anlief, hatte Familien freier Siedler an Bord. Die Strafen so mancher Sträflinge waren entweder abgelaufen oder erlassen worden, und auch sie kamen zum Hawkesbury und erwarben ein Stück Land. 1795 lebten bereits 400 Menschen längs des Flusses, und ihre Farmen erstreckten sich dreißig Meilen weit an beiden Ufern.

Man hatte eine gute Straße gebaut, die Hawkesbury mit Parramatta verband, und Kintyre hatte sich in diesen beiden Jahren zur blühendsten Farm des ganzen Gebietes entwickelt. In der Hauptsache verdankte es diesen Aufstieg der Tatsache, daß sich Andrew in der Monopolgesellschaft nun endgültig durchgesetzt hatte. Aber nicht weniger kam ihm zustatten, daß er seine Farm weit genug vom Ufer entfernt angelegt hatte, so daß die über die Ufer tretenden Fluten, die gefahrvollen Überschwemmungen, seine Äcker nicht verwüsten konnten. Arbeiter waren wohlfeil zu bekommen, denn viele der ehemaligen Sträflingssiedler, denen das Geld fehlte und die von der Landwirtschaft keine Ahnung hatten, gaben schon nach kurzer Zeit auf, sich mit dem Land abzumühen, und waren heilfroh, sich als Arbeiter verdingen zu können. Immer mehr Weideland wurde dem Busch abgerungen, und Andrew war regelmäßiger Gast auf den Viehmärkten in Parramatta. Nach gut einem Jahr konnte man die Herden auf Kintyre nicht mehr mit einem Blick überschauen. In den fetten Flußniederungen beugten sich die Ähren unter ihrer Last und versprachen eine reiche Ernte, wenn es nur glückte, sie einzubringen, bevor mit dem Herbstregen der Fluß stieg. Wohl war es nur ein bescheidener Reichtum, dessen sich Andrews Farm rühmen konnte. Die Nebengebäude und Stallungen bestanden immer noch aus roh zusammengezimmerten Mauern, und die Einfriedung war noch nicht ganz fertig. Aber die Preise, die er dank der Begünstigungen durch das Monopol erzielte, ließen den Gewinn stetig anwachsen. Nach den zwei Jahren war er über den Berg, und die Angst vor einem Fehlschlag brauchte ihn nicht mehr zu beunruhigen.

Im Laufe der Zeit wurde das Haus durch einen rechtwinkelig angebauten Flügel zum Haupthaus um drei Zimmer vergrößert. Von der langen, breiten Veranda konnte man die Flußbiegung nach beiden Richtungen überschauen. Wilder Wein kletterte an den Mauern empor, rankte sich um die Veranda und verhüllte und verschönte die ungefügen Wände der Gebäude. Vor dem Haus war ein kleiner Garten angelegt worden, und den Abhang zierten schlanke Obstbäume. Zur Zeit ihrer kurzen Blüte verliehen sie der Umgebung die zarte flüchtige Schönheit eines englischen Frühlings – ein reizvoller Kontrast zu dem ewigen Grün der Landschaft! Das Gebäude machte nicht mehr den Eindruck, etwas zufällig entstanden zu sein. Von seiner Höhe aus beherrschte es ein gutes Stück der Landstraße und gab so allen Vorüberziehenden Kunde von der Macht Maclays.

Sara genoß den tiefen Frieden dieser Jahre, den glücklichsten ihres Lebens! Es hatte eine gewisse Zeit gedauert, ehe sie sich an die neue Freiheit und Sicherheit gewöhnt hatte und mit dem Gedanken vertraut war, daß sie ihre Wünsche nicht länger zu umschreiben oder zu verbergen brauchte. Nur ganz allmählich ging ihr in Fleisch und Blut über, daß sie auf Kintyre Herrin war, die Herrin Annie Stokes und der beiden anderen Frauen, die ihr im Hause zur Hand gingen. Die Arbeiter auf Kintyre, die freien und die Sträflinge, tippten grüßend an ihre Mützen, wenn sie vorbeischritt, und sie mußte sich richtig beherrschen, ihre Genugtuung und Freude darüber nicht zu zeigen. Die Fenster hatten längst Gardinen bekommen, auf dem Fußboden lagen Teppiche, und den Wohnraum zierten sogar einige Silbergeräte, die Andrew erst kürzlich von einem Neuankömmling gekauft hatte. Sie waren zwar nicht sehr wertvoll, trotzdem waren sie Saras ganzes Entzücken, und sie konnte es nicht lassen, wenn sie vorbeiging, rasch mit dem Schürzenzipfel darüber zu wischen. Die Böden glänzten vom Bohnerwachs, und das warme Licht der Lampe verlieh sogar den schlichten Möbeln eine gewisse Schönheit.

Kaum war sie in Kintyre ein wenig heimisch geworden, stürzte sie sich förmlich in die neue Aufgabe, die Farm zu leiten. Sie führte die Bücher nach den knappen Unterlagen, die Andrew ihr gab. Sie lernte rasch, und schon nach kurzer Zeit ging es ihr schnell und leicht von der Hand, so daß Andrew, dem ihr Eifer große Freude bereitete, ihr nach und nach die gesamte Buchhaltung überließ. Aber es genügte ihr nicht, ihre Kenntnisse über Landwirtschaft aus nüchternen Zahlen und Berechnungen zu schöpfen. Jeden Tag begleitete sie Andrew zu Pferd auf seinen Inspektionsrunden, begutachtete und überwachte mit ihm die

Arbeiten an der Einhegung und an den tiefen Gräben, die wegen der gefährlichen Regengüsse unerläßlich waren. Sie wußte bald, wie das Vieh am besten gedieh, und lernte die am häufigsten auftretenden Krankheiten kennen, alles Dinge, denen sie nur flüchtige Aufmerksamkeit geschenkt hatte, als sie damals den Gesprächen der Bauern in der Romney Marsch lauschte. Mit der Zeit wurde die Bearbeitung und Nutzung des Landes ebensosehr ihr Anliegen wie die Führung des Haushalts. Gespannt hörte sie zu, wenn Andrew und Jeremy über Viehzucht und Ernte sprachen, und schon nach kurzer Zeit munkelte man am Hawkesbury, daß Andrew Maclay eine Frau geheiratet habe, die genauso gerissen und geschäftstüchtig war wie er.

Die Welt jenseits des Flusses kannte sie nur noch aus Andrews Geschichten, die er von seinen Ausflügen nach Sydney und Parramatta mitbrachte, und aus den vielen Briefen, die sie von Julia erhielt. Auch James kam gut voran und hatte seine Freude an dem neuen Leben. Julia schrieb, ihr Haus sei nun eingerichtet und der Garten angelegt. James Ryder war über den Berg wie jeder hart arbeitende Farmer, der entweder mit einem gewissen Kapital angefangen hatte oder zum Handelsring gehörte. Dank der unwahrscheinlichen Vergünstigungen, die sich die Offiziere des New South Wales-Korps, ohne die Einsprüche eines Gouverneurs befürchten zu müssen, zu verschaffen wußten, floß das Geld schnell in die Taschen. War ein Mann einmal von den Offizieren anerkannt, konnte ihm eigentlich nichts mehr fehlschlagen. Boden gab es genug, Rum war billig, Sträflingsarbeiter standen zur Verfügung, so viel man nur wollte, und dazu kam das Recht, Fracht aufzukaufen, die jedes Schiff feilbot, das Port Jackson anlief.

Sara spürte wenig Lust, nach Sydney oder Parramatta zu fahren. Dort gab es auch jetzt noch nicht mehr zu sehen als die verfallenen Hütten und die wenigen Häuser, die schon bei ihrer Ankunft dort gestanden hatten, und außer Julia kannte sie niemanden, den sie gern einmal besucht hätte. Einige Offiziere hatten zwar ihre Frauen aus England nachkommen lassen, aber es war nicht sehr wahrscheinlich, daß sie in diesen Kreis aufgenommen würde. Das war ihr aber auch gleichgültig. Kintyre und ihre Arbeit füllten sie ganz aus und ließen keinen Wunsch offen. Die wenigen Frauen am Hawkesbury waren die Ehefrauen kleiner Siedler, viele sogar ehemalige Sträflinge, die einen Sträfling geheiratet hatten. Sie wußte wohl, sie wurde wegen ihres Wohlstandes und ihres Lebens auf Kintyre beneidet, und sie machte sich nicht gerade beliebter dadurch, daß man sie so oft auf ihrem eigenen Pferd auf der Landstraße vorbeireiten sah. Neidische Augen unter schäbigen Kappen schielten ihr nach, wenn sie vorüberritt. Nein, in der Kolonie war kein Platz für sie, weder zwischen den schuftenden, neidischen Weibern, noch zwischen den Offiziersgattinnen, die hochnäsig über sie hinwegsahen. Sie mußte sich mit ihrer Einsamkeit auf Kintyre abfinden.

Als sie spürte, daß sie ein Kind erwartete, dachte sie sofort an Julia und daran, ob man sie wohl zu Hause entbehren und sie nach Kintyre kommen könne, um ihr bei der Geburt beizustehen. Aber die Erinnerung an ihr früheres Dienstverhältnis zu Julia war noch frisch in Sara, so daß sie ihre Bitte immer wieder hinausschob. Noch ehe sie sich zu einem Brief durchgerungen hatte, kam jedoch Andrew mit der Botschaft aus Parramatta, daß Julia darum gebeten habe, zwei Wochen, bevor das Baby erwartet werde, kommen zu dürfen. Als die Zeit der Niederkunft sich näherte, mußte Julia ihre Reise um eine Woche hinausschieben, da ihr Sohn Charles mit leichtem Fieber zu Bett lag, und als sie endlich in Kintyre ankam, empfing sie die Nachricht, daß Sara am Tage zuvor, innerhalb von nur vier Stunden, von einem Sohn entbunden worden war. Der Arzt, Dr. D'Arcy Wentworth, der mit Julia von Parramatta heraufgekommen war, ärgerte sich, daß er die ganze beschwerliche Reise umsonst gemacht hatte. Er schien der Meinung zu sein, daß eine feine Frau ihr erstes Kind nicht so leicht und mühelos zur Welt bringen dürfe.

Das Baby wurde David getauft. Die Frauen hatten wieder etwas zu lästern, weil Sara nach ihrer Meinung nicht einmal eine schickliche Zeit verstreichen ließ, ehe sie sich nach der Geburt wieder zu Pferde zeigte. Sie konnten ja nicht ahnen, wie der Anblick ihres ersten Kindes Saras und Andrews Ehrgeiz erneut anstachelte. Davids Geburt hatte die beiden Gatten noch inniger miteinander verbunden. Ihre Arbeit auf Kintyre hatte durch den künftigen Erben eine neue Bedeutung gewonnen. Sie bekamen nie Besuch und lebten so schlicht und einfach, daß man in Sydney und Parramatta nur geringschätzig den Kopf über sie geschüttelt hätte. Aber sie waren es zufrieden. Die Pflugschar gewann ihnen jedes Jahr neues, fruchtbares Land, und aus England trafen immer bessere Geräte ein. Mit der Zeit erhielt Kintyre das ordentliche, gepflegte Aussehen eines typisch schottischen Gutes.

Nur Jeremy Hogan bereitete in diesen Jahren Sara manche unglückliche Stunde. Eine versteckte Feindschaft schwelte zwischen ihnen, die an dem Tage begonnen hatte, an dem Andrew sie als seine Frau nach Hawkesbury heimgeführt hatte. Jeremy gab sich wenig Mühe, seine Überzeugung, daß Andrew viel zu schade für Sara sei, vor ihr zu verbergen. In seinen Augen war sie eine ganz gewöhnliche Frau mit einer hübschen Larve, die Andrew leider Gottes anziehend fand. Offenen Streit vermieden sie sorgfältig, weil sie beide genau wußten, daß sie bei Andrew kein Verständnis dafür finden würden. Sie begegneten einander mit eiskalter Höflichkeit, das war aber auch alles. Und falls Andrew einmal nicht zugegen war, konnten sie sich kaum soweit beherrschen, daß sie einander nicht Grobheiten an den Kopf warfen. Über alles und jedes waren sie verschiedener Meinung. Jeremy war selbst ein vortrefflicher Landwirt, und er ließ ganz offen durchblicken, daß er wohl imstande sei, gemeinsam mit Andrew und Trigg und ohne Saras Hilfe die Farm zu bewirtschaften. Sie sagte zu Andrew nie ein Wort darüber, sondern verdoppelte nur ihren Eifer, so viel sie konnte von ihm zu lernen, und hütete sich, Jeremy auch nur einmal zu bemühen.

Sie glaubte, über die Ursache von Jeremys Feindschaft genau Bescheid zu wissen. In seiner Erinnerung trug er die Bilder lieblicher, irischer Frauen, gütiger Geschöpfe, mit sanften Stimmen, ihren Männern untertan. Frauen, deren Gedanken nicht weiter reichten als bis zu ihrem Lieblingspferd, ihren Kindern und der Mode, Geschöpfe, denen es nie in den Sinn kommen würde, eine Zahlenreihe zu addieren. Und nur solche Frauen zählten eben für Jeremy, nicht aber eine, die wie eine Zigeunerin die Röcke durch den Schlamm schleifen ließ, nur um sich nach dem Wachstum auf den Äckern und im Garten umzusehen, und zu allem Überfluß sich selbst als Herrin des Gutes bezeichnete, die als stolze Gattin eines Mannes auftrat, den er hoch achtete. In Sara konnte er wahrhaftig nicht eine Spur der schutzsuchenden Hilflosigkeit entdecken, die in seinen Augen der Schmuck einer echten Frau war. Und wenn er es auch mit keinem Wort aussprach, so nahm er ihr einfach übel, daß sie anders war. Groll brannte in seinem Innern, und es blieb ihm nur die eine Möglichkeit, sich Luft zu verschaffen, nämlich Sara zu ignorieren, wenn er mit Andrew fachsimpelte. Er wollte sie auf diese Weise auf ihren Platz verweisen und ihr klarmachen, daß sie sich zu bescheiden habe. Und sie hatte keine Macht, es ihm zu wehren. Kintyre brauchte ihn. Er arbeitete für das Gut, als ob es sein eigen wäre. Sie hätte sogar Beleidigungen vom ihm hingenommen, wenn es je darauf angekommen wäre, ihn auf Kintyre zu halten. Oft träumte sie davon, welch wunderbare Erleichterung es ihr verschaffen würde, nur einmal die Peitsche gegen Jeremy zu erheben und ihn mit einem kurzen Hieb zu treffen, wenn er mit einem etwas unverschämten Blick den Kopf hob, sooft sie über die Felder ritt, die er gerade beaufsichtigte.

Sie träumte auch davon, welche Genugtuung es ihr bereiten würde, Jeremy davon zu überzeugen, daß eine praktische, unsentimentale Frau Andrew in diesem Lande mehr nützte, als eine von seinen sanftäugigen Schönen. Mit Gewalt mußte sie sich von solchen Gedanken befreien, und dann lachte sie wohl über ihre Torheit. Vielleicht hätte Jeremy seine Meinung geändert, wenn sie ihm immer wieder bewiesen hätte, daß er im Unrecht war, aber dieser Weg lag ihr ganz und gar nicht.

Kapitel 6

In diesen Jahren, in denen es keine Kontrolle durch eine Regierung gab, konnten die Offiziere des Korps durch den Rumhandel den Grundstock zu ansehnlichen Vermögen legen. Sara, die ihr Treiben von Kintyre aus beobachtete, fand bald heraus, aus welchem Holz diese Männer geschnitzt waren. Ihr Ehrgeiz, in dem neuen Kontinent die Oberschicht zu bilden, zeigte sich unverhüllt, und um dieses Ziel zu erreichen, wendeten sie die klassischen Methoden aller Habgierigen an, nämlich innerhalb kurzer Zeit alles an sich zu raffen, was nur zu bekommen war. Sie überließen es getrost der Zukunft, sich um Feinheit und Bildung für ihre neue Gesellschaftsschicht zu kümmern. Andrew, wenn er auch keinen roten Rock trug und keine Offiziersgagen erhielt, war kaum anders als sie.

Als die Botschaft, daß Louis der Sechzehnte von Frankreich hingerichtet worden war und daß England im Verein mit Deutschland, Österreich, Spanien und Piemont der Französischen Republik den Krieg erklärt habe, die Kolonie erreichte, war sie schon ein Jahr alt. All die Ereignisse in der alten Welt, die sie hinter sich gelassen hatten, erschienen den Menschen in New South Wales so fremd und seltsam, als hörten sie aus weiter Ferne einen schwachen Glockenton. Sie waren viel zu sehr mit ihren eigenen Angelegenheiten beschäftigt, die Wirren in Europa machten ihnen keine Kopfzerbrechen.

Im Vorfrühling des Jahres 1795, nach einer Woche endloser Regengüsse, trat der Hawkesbury über die Ufer. Das Land einiger Farmer, die sich nahe am Ufer niedergelassen hatten, stand unter Wasser, ein Mann war ertrunken. Drei Tage lang lag der Wasserstand fünfundzwanzig Fuß über dem normalen Wasserspiegel, dann sanken die braunen, wirbelnden Fluten langsam. Zurück blieben gewaltige Schlammassen, eine große Zahl toten, aufgedunsenen Viehs, das bereits anfing, entsetzlich zu riechen. Die Farmer kehrten zu ihren schlammbedeckten, schwer mitgenommenen Behausungen und ihren verwüsteten Feldern zurück, und voller Ingrimm berechneten sie ihre Verluste an Vieh, das entweder ertrunken war oder sich verlaufen hatte. Sie wägten die Verluste und Schäden ab, die ihnen in jedem Frühjahr und Sommer durch Überschwemmung drohen mochten, und besprachen gemeinsam ihre Aussichten. Von welcher Seite sie die Sache auch betrachteten, es sah schlecht aus für sie. Einige beschlossen, trotzdem weiterzumachen. Sie sagten sich, der Gewinn aus einer guten Ernte wiege einen oder zwei Rückschläge voll auf. Andere aber verloren wegen der erlittenen Verluste den Mut und verkauften ihren Besitz.

Kintyre hatte von dem Unheil kaum etwas zu spüren bekommen. Gleich als er bemerkte, daß der Fluß stieg, hatte Andrew sein Vieh auf höhergelegene Weiden in der Nähe seines Hauses getrieben. So hatte er, als das Wasser fiel, keinen Viehverlust zu verbuchen, und nur ein einziges Kornfeld war verwüstet worden. Er konnte sogar Kapital aus der Überschwemmung schlagen. Die Panik war unter den Siedlern ausgebrochen, und als der große Auszug begann, konnte er die kleine, an sein Besitztum angrenzende Farm erwerben und außerdem noch neunzig Felder, die sich ungefähr eine Meile längs des Flusses erstreckten. Er stellte neue Sträflinge ein und fand auch einen neuen Aufseher für das erweiterte Gebiet.

Jeremy bekam die lohnende Aufgabe, das neue Land ebenso ertragreich zu machen, wie die alten Felder von Kintyre.

Im Frühling lief die Reliance in Sydney Cove ein. Sie hatte den lange erwarteten Gouverneur John Hunter an Bord. Unter den Offizieren des New South Wales-Korps waren Gerüchte im

Umlauf, daß seine Dienstorder einen Paragraphen enthalte, der ihn beauftrage, jeglichen Rumhandel zu unterbinden.

Am 11. September trat das Korps in Galauniform zur Parade an, bei der ein Bevollmächtigter des Gouverneurs die Botschaft verlas, daß König und Parlament auf der anderen Seite der Erdkugel entschlossen seien, mit aller Strenge gegen den Rumhandel anzukämpfen.

Kapitel 8

»Jeremy, glauben Sie, daß diese Rechnungen . . .?«

Sara brach mitten im Satz ab und legte die Feder nieder, denn der Lärm eines galoppierenden Pferdes unterbrach jäh die mittägliche Stille. Jeremy hob den Blick von den Büchern, die zwischen ihnen ausgebreitet lagen. Vom Fuße des Hügels konnten sie den Hufschlag eines jagenden Pferdes hören, das mit Peitsche und Sporen angetrieben wurde. Sekundenlang schauten sie sich fragend an. Dann sprang Jeremy auf: »Irgendeine Botschaft«, rief er aus. Er riß die Tür von Andrews Büro auf. »So reitet kein Mensch zum bloßen Vergnügen.«

»Warten Sie, ich komme mit.«

Sie folgte ihm. Als sie zur Haustür lief, die wegen des Sonnenscheins offenstand, überfiel sie eine seltsame Furcht. Noch nie war ein Reiter in so wildem Galopp zu ihrer Veranda heraufgejagt, nicht einmal, wenn ein lang erwartetes Schiff angekommen war, das Briefe aus England brachte. Ihre Gedanken flogen zu Andrew, der vor zwei Tagen nach Sydney aufgebrochen war, um sich die neuen Verordnungen des Gouverneurs anzuhören. Sie sah ihn in Gedanken schon krank oder verletzt, und die Hufschläge gellten ihr in den Ohren. Der Reiter mußte gleich die Anhöhe erreicht haben. Sie raffte ihre Röcke und hastete den Torweg hinab.

Jeremy war mit ein paar Sätzen an ihr vorbei und rannte die Treppe hinunter, damit er das Pferd beim Zügel nehmen konnte. Der Kies stob unter den Hufen auf, als das Pferd mit einem scharfen Ruck zum Stehen kam. Sara erkannte sofort den kastanienbraunen Hengst, den ihr Nachbar, Charles Denver aus England mitgebracht hatte. Der Mann, der ihn ritt, war sein Aufseher Evans. Sie blieb auf der Treppe stehen:

»Was ist los?«

Evans war völlig außer sich und rang nach Luft. Er blickte kurz zu Sara auf, während Jeremy sich mühte, das Pferd zu beruhigen.

Dann beugte er sich vor und stieß heiser und fassungslos hervor:

»Die Sträflinge sind ausgebrochen, Mrs. Maclay.«

Saras Stimme klang genauso heiser wie Evans:

»Was reden Sie da? Welche Sträflinge?«

»Unsere, sie haben Mr. Denver ermordet.«

Sie klammerte sich haltsuchend an den Verandapfosten. Ihr wurde schwach in den Knien, und sie fühlte Übelkeit in sich aufsteigen. Sekundenlang konnte sie nur daran denken, wie nah die beiden Farmen beieinander lagen. Ein Ausbruch! Sie preßte die Hände zusammen. Das war schlimmer als Überschwemmung, schlimmer als die Scharmützel mit den Eingeborenen, schlimmer als alles, was der Busch an Schrecken und Gefahren bergen konnte. Sie spürte verzweifelt, wie dringend sie jetzt Andrew brauchte. Charles Denver war ermordet worden, vielleicht drohte ihnen hier dieselbe Gefahr, und sie und Jeremy standen ihr hier allein gegenüber. Sie überlegte noch einen Augenblick, dann zwang sie sich, ruhig die Stufen hinabzusteigen, und stellte sich neben Jeremy, der das Pferd noch immer am Zügel hielt.

»Was ist geschehen, erzählen Sie genau!«

Evans holte tief Luft, und sie sah, daß sein dünnes Haar auf der Stirn schweißverklebt glänzte. Sein Rock war durchweicht, und mit Schrecken entdeckte sie Blutspuren auf seinen Händen. Das Blut war eingetrocknet und bildete eine Kruste auf seinen Fingernägeln.

»Ich war gerade dabei, die Rinder von Sam Murphey zurückzutreiben«, keuchte er nach Luft ringend. »Als ich in die Nähe unseres Hauses kam, merkte ich sofort, daß irgend etwas nicht stimmte. Sah irgendwie anders aus, aber ich konnte nicht rauskriegen, was eigentlich nicht stimmte. Konnte auch nicht mehr lange überlegen, irgendein Kerl fing an, auf mich zu schießen. Ich ritt zum Fluß runter, aus der Schußweite, und da fand ich ihn.«

»Ihn«, fragte Jeremy kurz, »Mr. Denver?«

Evans nickte: »Ja, Mr. Denver, den Schädel eingeschlagen mit 'ner Spitzhacke – am Hinterkopf.«

»Guter Gott«, entfuhr es Jeremy.

Saras Blick glitt wieder über die blutverkrusteten Hände. Sie mußte sie einfach anstarren, gebannt und doch widerwillig.

»Er war natürlich tot«, war alles was sie herausbrachte.

»Tot, ja. Als ich morgens los ging, beaufsichtigte er die Ausbesserungsarbeit am Damm. Er muß ihnen wohl den Rücken zugekehrt haben. O'Brien, unser anderer Aufseher, war bei ihm. Gott weiß, was mit dem passiert ist. Wahrscheinlich ist er ihr Anführer. Sie haben alle Lebensmittel und Waffen geplündert und sind dann wohl im Boot übern Fluß.«

»Was ist mit den Frauen?« warf Jeremy ein.

»Wir hatten zwei«, antwortete Evans, »weiß nicht, was aus denen geworden ist, wahrscheinlich sind sie mit.«

»Und wie viele Männer?« fragte Sara.

»Zehn, Ma'am, und O'Brien, wenn er noch lebt.«

Sie fuhr sich mit der Zunge über die trockenen Lippen.

»Wieviel Gewehre?«

»Mr. Denver hatte vier . . .«

»Vier«, wiederholte sie. Ihre Augen forschten in seinem müden, verzerrten Gesicht:

»Und Sie sind sofort hierher geritten?«

»Ja, Ma'am, gleich nachdem ich ihn gefunden hatte.«

»Haben sie gesehen, daß Sie diesen Weg genommen haben?«

»Das müssen sie wohl, aber die denken wahrscheinlich, ich sei zum Lager, um die Soldaten zu holen.«

»Ja, richtig«, sagte sie, »das werden sie glauben.«

Jeremy legte los: »Verdammt noch mal, die haben sich die richtige Zeit ausgesucht! Möchte schwören, es sind nicht mehr als ein oder zwei Männer in ganz Hawkesbury, alle sind nach Sydney oder Parramatta, damit sie bei der Parade vor dem Gouverneur nicht fehlen.«

Was er da sagte, traf Sara zutiefst. Starr vor Schreck hielt sie sich sekundenlang am Zügel fest, weil sie befürchtete, in Ohnmacht zu fallen. Die Durchtriebenheit der Sträflinge versetzte sie in helle Wut. Sie hatten wahrhaftig ihre Stunde gut gewählt. Alle in diesem Bezirk stationierten Soldaten, die sonst die Eingeborenen niederzuhalten hatten, waren abberufen worden, und darauf hatten sie nur gewartet, um sich zu Mord und Plünderung zu erheben. Sie schaute Jeremy an und erkannte, daß er dasselbe dachte und empfand wie sie. Ernst und angstvoll waren auch seine Augen.

Dann wandte sie sich wieder an Evans. »Reiten Sie schnell nach Parramatta, um Hilfe zu holen. Es ist kaum anzunehmen, daß alle Soldaten nach Sydney beordert sind. Sagen Sie ihnen, sie sollen sich unbedingt Pferde beschaffen, sonst dauert es mindestens zwei Tage, bis sie hier sind.«

Evans wiegte zweifelnd den Kopf: »Es sind zwanzig Meilen, Ma'am, und ich muß bei jeder Farm anhalten, um die Leute zu warnen. Bis der Mond herauskommt, kriege ich das Pferd nicht in Trab. Weiß nicht, wann ich in der Stadt ankomme.«

Sara stampfte ungeduldig mit dem Fuß auf und sagte scharf: »Verdammt, begreifen Sie denn nicht, daß Sie so schnell wie möglich Hilfe holen müssen. Sie müssen uns sofort Truppen schicken, drei Soldaten mit je einer Flinte genügen nicht, um mit einer Bande von Mördern fertig zu werden. Sagen Sie, sie müßten soviel Waffen mitbringen, wie sie nur bekommen können. Wir werden sie brauchen.« Sie ließ den Zügel fahren.

»Los, Mann, rasch, reiten Sie, so schnell Sie nur können.«

Aber Jeremy hielt das Pferd fest: »Sie gehen mit, Mrs. Maclay.«

Sie sah ihn wütend an: »Gehen, warum? Ich bleibe hier.«

»Sie müssen mindestens bis zu Murphey mitgehen, dort wird die Bande nicht so schnell hinkommen.«

Ihre Stimme bebte vor Zorn: »Ich bleibe hier, wohin ich gehöre. Kein Sträfling soll mein Haus plündern können, weil ich weggelaufen bin und es dieser Horde überlassen habe. Ich kann mit einem Gewehr umgehen, und ich werde auch einen Mann erschießen können, wenn man mich dazu zwingt, genau so wie alle anderen auch.«

Jeremys Brust hob und senkte sich. »Das Baby?« fragte er.

»David bleibt natürlich auch hier«, entgegnete sie kurz. »Im Augenblick ist er hier genau so sicher wie an jedem anderen Ort am Hawkesbury. Wir wissen ja gar nicht, welchen Weg sie nehmen. Sie können ebensogut Kintyre umgehen, um die Soldaten von ihrer Fährte abzulenken. Vielleicht machen sie sich gleich über den Fluß davon, und dann sehen und hören wir nichts mehr von ihnen. Gehe ich aber mit David fort, treffe ich sie womöglich auf der Landstraße. Es ist also einerlei, ob ich gehe oder bleibe.«

Jeremy wollte sich immer noch nicht zufrieden geben und sagte laut: »Ich trage schließlich die Verantwortung.«

»Seit wann tragen Sie die Verantwortung?« entgegnete Sara hitzig.

»Wenn Ihr Gemahl nicht da ist . . .«

»Diesmal befehle ich«, unterbrach sie ihn, »und das betrifft auch Sie, Evans, gehen Sie also endlich.«

Damit trat sie vom Pferd zurück. Jeremy zögerte immer noch. Halsstarrig hielt er die Zügel fest und lauerte, ob sie nicht doch nachgeben würde. Kalt erwiderte sie seine Blicke und überlegte, ob er es wirklich wagen würde, ihr noch länger Trotz zu bieten! Endlich schaute er in das verstörte Gesicht des Mannes auf dem Pferd, und mit einer Bewegung, die seinen Grimm ausdrückte, ließ er die Zügel fahren. Evans stieß dem Pferd den Absatz in die Weichen. Es machte auf der Stelle kehrt, kleine Erdbrocken flogen unter seinen Hufen auf, und schon sprengte es wieder den Abhang hinunter.

Sara und Jeremy nahmen sich nicht die Zeit, den Reiter mit den Augen zu verfolgen, bis er verschwunden war. Sie wandten sich einander zu.

Noch immer flackerte Zorn in den Augen der beiden, aber er verflog rasch vor dem Wissen, daß sie gemeinsam einer Gefahr zu begegnen hatten, die ihnen und der Farm plötzlich drohte.

Der galoppierende Hufschlag verklang in der Ferne, und damit schien ihnen das Band, das sie mit der Welt des Friedens und der Sicherheit verknüpft hatte, zerrissen. Ihre Blicke trafen einander. Beide hatten den Ernst ihrer Lage erkannt. Sara warf den Kopf in den Nacken und bedeutete ihm, mit ihr ins Haus zu kommen. Oben auf der Treppe blickte sie noch einmal zurück und erschrak. Bleich vor Entsetzen krallte sie ihre Hand in Jeremys Arm.

»Sehen Sie, sie haben Denvers Haus angezündet.«

Er fuhr herum. Sie schauten in die Richtung, in der die Nachbarfarm lag. Eine schwache Rauchwolke schwebte über den Bäumen. Es schien nur ein grauer Schleier zu sein, aber sie waren ja fast zwei Meilen von der Farm entfernt. An jedem anderen Tag hätten sie es für rauchendes Holz gehalten, das man auf dem neugerodeten Land verbrannte, und es wohl gar nicht beachtet. Aber heute, das wußten sie beide, bedeutete der Rauch, daß entweder das Haus oder die Stallungen brannten.

Beide stammelten nur ein einziges Wort:

»Rasch!«

Sekundenlang blickte Sara Jeremy nach, der in langen Sätzen den Hügel hinabeilte, wo die Mehrzahl der Sträflinge unter Trigg arbeitete. Wenn überhaupt Hoffnung bestand, eine Ausbreitung der Meuterei zu verhüten, dann nur dadurch, daß man die eigenen Sträflinge in ihre Hütten einsperrte, noch ehe sie die Möglichkeit hatten, etwas von dem Ausbruch ihrer Genossen zu erfahren. Das Schlimme war nur, daß nicht alle Sträflinge am selben Ort beschäftigt waren. Zwei arbeiteten im Gemüsegarten, einer im Obstgarten und einer wahrscheinlich in den Stallungen. Jeremy stand ganz allein gegen sie, und Zweifel regten sich in ihr, daß Trigg zu ihnen halten würde, falls der Aufruhr auch hier losbräche. Sie sah Jeremy über das Feld eilen. Die Flinte, die er aus Andrews Gewehrschrank im Büro genommen hatte, hielt er so gut es ging an seiner Seite verborgen. Mit zusammengekniffenen Augen verfolgte sie ihn noch eine Zeitlang und betete inbrünstig, es möge ihm gelingen, mit der Übermacht fertig zu werden.

Dann spannte sie den Hahn der geladenen Pistole, die er ihr zugesteckt hatte, und kehrte ins Haus zurück. Sie ging geradewegs in die Küche. Die Tür war nur angelehnt. Sie stieß sie mit dem Fuß auf und stand den drei Frauen gegenüber.

Bei ihrem plötzlichen Eintritt hoben sie den Blick. Der Ausdruck ihrer Gesichter wechselte von Überraschung und Erstaunen zu Bestürzung und Furcht, als sie die Pistole gewahrten. Die Jüngste von den dreien stammelte heiser und rauh in irischem Dialekt:

»Gott sei mir gnädig, was ist das?«

Die Kartoffel, die sie schälen wollte, fiel ihr aus der Hand, und sie sprang auf. Annie zog langsam die Hände aus dem Teig und wischte sie umständlich an ihrer Schürze ab. Die dritte, ein plumpes Geschöpf mit dem stumpfen Blick der Geistesschwachen, brummte unverständliche Worte. Sara stand in geziemender Entfernung, und mit festem Griff umspannte sie die Pistole. Sie hatte Angst und zitterte bei dem Gedanken, die anderen könnten ihre Furcht bemerken.

»Keine von euch spricht ein Wort, verstanden!«

Sie rührten sich nicht.

Sara beobachtete sie genau und erwartete jeden Augenblick, daß das junge irische Mädchen auf sie zuspringen und ihr die Pistole entreißen würde. Nur wenn es ihr gelänge, alle drei einzuschließen, noch bevor sie den Schock überwunden hatten und Zeit zum Überlegen fanden, konnte sie hoffen, sie unter Kontrolle zu behalten. Sie wies mit der Pistole auf die kleine Vorratskammer neben der Küche. Eigentlich war es nicht mehr als ein großer Schrank mit einem vergitterten Fenster in der Türe:

»Da hinein mit euch«, stieß sie hervor.

Alle drei blickten zu der Speisekammer und wieder auf Sara, aber keine rührte sich vom Fleck.

Sara warf jeder einzelnen einen wütenden Blick zu.

»Könnt ihr nicht hören, was ich gesagt habe! Ihr sollt da hineingehen.« Annie rang die Hände und schluchzte leise vor sich hin. Sara nahm keine Notiz davon, denn das irische Mädchen machte ihr Angst. Sie beobachtete sie scharf. Aufsteigender Trotz zeigte sich auf dem schmalen, blassen Gesicht, die blauen Augen senkten sich, als ob sie in Gedanken eine Verbindung suche zwischen der hastigen Ankunft des Reiters, seinem Fortreiten und dem unvermuteten Erscheinen der Herrin mit der Pistole in der Hand. Sara überlegte, daß die Frau sicherlich klug genug war, die Zusammenhänge zu ahnen, und vielleicht schon herausgefunden hatte, daß die Aufregung etwas mit den Sträflingen zu tun haben mußte.

Wieder wies sie stumm auf die Tür. Aber die andere blickte sie nur frech an, sie wollte wohl Zeit gewinnen.

Herausfordernd fragte sie:

»Warum?«

Bebend vor Zorn schrie Sara sie an: »Frag nicht, tu, was ich dir sage.«

»Aber man darf doch wohl noch erfahren . . .«

»Schweig und scher dich da hinein! Los, sonst mach ich dir Beine.«

Die Irin rührte sich noch immer nicht. Sie schaute von der kriecherischen Annie zu ihrer anderen Gefährtin, die wie festgenagelt auf ihrem Platz stand und Sara verstört anstarrte.

Sara spürte, daß die Aufsässige schnell überlegte, auf wen sie zählen konnte, wenn sie einen Angriff wagte, und sagte sich, daß sie nicht riskieren könne, der anderen auch nur noch eine Sekunde Zeit zu lassen.

»Möchtest wohl gern einen Schuß ins Bein haben, was, Mary?« sagte sie ruhig und richtete ihren Blick fest auf das trotzige Gesicht. »Ich zähle bis drei, bist du dann immer noch nicht in der Speisekammer, schieße ich.« Sie hob die Pistole und richtete sie auf Mary. »Ich habe nicht umsonst schießen gelernt.«

Die Irin bewegte sich ein wenig, immer noch unentschlossen.

»Eins . . ., zwei . . .«

Annie jammerte laut los, ihr Heulen irritierte die anderen anscheinend. Sie zuckte noch einmal trotzig mit den Schultern, dann drehte sie sich um und ging den anderen voran in die Vorratskammer.

Sara folgte ihnen zur Tür. Sie mußte ein paarmal krampfhaft schlucken vor Erleichterung. Sie griff nach ihrem Schlüsselbund, wobei sie die Gefangenen, die jetzt an der Wand lehnten, genau im Auge behielt. Ihr Blick glitt von einer zur anderen. Da war Mary, voll verstockter Wut, Annie, mit verstörter kriecherischer Miene, und die dritte mit fassungslos starrenden, weit aufgerissenen Augen in dem blöden Gesicht. Sie begegnete den Blicken der drei Frauen kaltblütig. Sie wußte wohl, wie gefährlich sie werden konnten. Eine einzige unachtsame Sekunde, ein einziges Zeichen von Schwäche, und sie würden sich auf sie stürzen wie Hyänen. Hätten sie nur die geringste Chance, in den Busch zu entkommen, würden sie genau wie Denvers Sträflinge das Haus plündern und dann so schnell wie möglich verschwinden.

»Merkt euch gut«, sagte Sara und steckte den Schlüssel ins Schloß, »sollte es einer von euch einfallen, fliehen zu wollen, dann werde ich dafür sorgen, daß sie mit einer Auspeitschung bestraft wird, die keine Unze Haut auf ihrem Rücken übrigläßt. Merkt euch das gut, ich meine es ernst.«

Damit schlug sie die Tür zu und schloß ab.

Sie schürzte ihre Röcke und eilte über den langen Flur in Davids Kinderzimmer. Während des Laufens dachte sie daran, daß die Speisekammer kein sehr sicheres Gefängnis war. Für drei kräftige, entschlossene Weiber müßte es ein leichtes sein, auszubrechen. Sie hoffte, daß ihre Drohung sie in Schach halten würde, aber sie war sich dessen nicht ganz sicher.

David lag wach in seinem Bettchen. Er krähte vergnügt und spielte mit seinen Daumen. Sie ergriff einen Schal, schlug ihn darin ein, wobei sie alle Mühe hatte, seine Händchen niederzuhalten, die mit ihrem Haar spielen wollten.

»Sei brav, David, mein Kleiner«, sagte sie zärtlich. »Sei schön brav, hörst du! Ich laß' dich nicht dieser Rotte von Rohlingen.« Er krähte nur noch lauter vor Vergnügen, und seine kleine Faust schloß sich fest um eine ihrer Locken. Als sie mit ihm über den Korridor lief, fing er an, immer kräftiger daran zu ziehen, begeistert von dem neuen Spielzeug. Tränen traten ihr in die Augen. Das Zerren tat ihr weh, und sie fühlte sich elend vor Angst. Aber sie hatte keine Zeit, anzuhalten und David zu wehren. Die Pistole fest in der einen Hand, mit der anderen das schwere Kind festhaltend, rannte sie zur hinteren Haustüre.

Als sie durch die Küche kam, hörte sie aus der Vorratskammer ein schwaches Poltern. Mit dem Kind im Arm, das sie sehr behinderte, war es jedoch sinnlos, die Ursache des Geräusches zu untersuchen. Und wenn sie die Frauen wirklich bei einem Fluchtversuch ertappte, sie konnte ja nicht mit erhobener Pistole vor ihnen stehen bleiben, bis Jeremy oder ein anderer ihr zu Hilfe kam. Sie hielt sich also nicht länger in der Küche auf, sondern ging durch die Hintertür hinaus und zu den Stallungen. Dort war es ruhig und dämmerig. Sie holte tief Luft. Der Geruch von Heu und Pferden strömte ihr entgegen, ein vertrauter, friedlicher Duft, der in gar keiner Verbindung stand zu der Welt, die plötzlich aus den Fugen schien. Der schwere Geruch machte sie müde. Es verlangte sie nach Ruhe und danach, von ihrem Plan abzulassen. Das weiche Heu lockte sie und versprach ihr Sicherheit. Der Heuschober wäre wirklich ein gutes Versteck. Sie nahm David auf den anderen Arm und blickte um sich. In diesem Augenblick rührte sich Andrews Araberhengst Fury, den er unlängst von dem Eigentümer eines Handelsschiffes gekauft hatte. Er wieherte leise und wendete den Kopf nach ihr. Diese Bewegung ließ Sara aufhorchen. Die Pferde waren ihr kostbarster Besitz. Alle drei, die da so ruhig in ihren Boxen standen, und das vierte, auf dem Andrew nach Sydney unterwegs war, verkörperten Andrews Erfolg in diesen drei Jahren Kolonialarbeit, bedeuteten Ansehen unter den Kolonisten. Sie wollte sich nicht nachsagen lassen, daß sie einfach zugesehen hatte, wie eine Rotte zu allem entschlossener Männer ihr kostbarstes Gut in den Busch trieb, um es zu schlachten, falls ihnen die geplünderten Lebensmittel ausgehen sollten. Stolz erfüllte ob dieser herrlichen Tiere ihre Brust. Es wäre schrecklich gewesen, wenn man sie ihr entrissen hätte.

»Nein, o nein, meine Lieblinge«, flüsterte sie.

»Sie sollen euch nicht bekommen, nicht solange ich da bin.«

Sie drehte sich rasch um, zog ein Bündel Heu aus der Futterkrippe und legte David darauf nieder. Er mißtraute der neuen Lage, fühlte sich denkbar unwohl zwischen dem kitzelnden Heu. Sein Gesicht verzog sich unmißverständlich, und schon schrie er.

Sara schaute bestürzt auf das Kind. »Nicht weinen, David, mein guter Junge, bitte, bitte, schrei jetzt nicht.«

Verzweifelt sah sie sich um und ergriff zwei lange Strohhalme, die sie ihm in die Händchen steckte. Erstaunt betrachtete er das neue Spielzeug und steckte es zum Probieren in den Mund. Der

Geschmack schien ihm zuzusagen, denn er gab sich eifrig dem Kauen hin. Sie überließ ihn sich selbst und machte sich ohne weiteres Wort daran, den Pferden die Zügel anzulegen. Der Hengst fügte sich zutraulich ihrer Hand und rührte sich nicht. Das zweite Pferd, es war ihr eigenes, hinderte sie, weil es dauernd ihr Gesicht und ihren Hals beschnuppern wollte und in den Falten ihres Kleides nach einer Wurzel suchte, die sie sonst immer bei sich hatte. Sie sprach zärtlich auf das Tier ein und bemühte sich krampfhaft, ihre Hände ruhig zu halten. Während sie fieberhaft arbeitete, rasten ihre Gedanken. Was ging wohl indessen draußen vor sich? Vielleicht waren die Sträflinge von Denvers Farm schon da, vielleicht hatten die Weiber bereits die Tür der Speisekammer erbrochen, und was geschah mit Jeremy, der ganz allein bei den Sträflingen war? Mit steifen, ungelenken Fingern hantierte sie an den Gurten. Das dritte Pferd, ein rötlichbrauner Wallach, der ihre Unruhe spürte, tänzelte erregt, und es kostete sie viel Zeit, ihm das Zaumzeug anzulegen.

»Nein, mein Lieber, so nicht«, sagte sie scharf, »nun mach mal nicht mehr Ärger, als du wert bist.«

Dann überlegte sie, was sie mit David machen sollte. Sie nahm den Schal weg, auf dem er lag, ohne sich viel darum zu kümmern, daß er das nackte Stroh nicht sehr behaglich fand. Sie faltete das breite Tuch zu einer Schlinge und knüpfte es sich über die Schulter. Dann nahm sie David auf, setzte ihn hinein, stützte ihn mit der freien Hand und ergriff mit der rechten die Zügel. Dem Jungen gefiel diese neue Lage gar nicht, und er stimmte ein durchdringendes Protestgeheul an. Sie warf ihm einen wütenden Blick zu:

»Läßt sich nicht ändern, mein Junge, mußt dich schon daran gewöhnen.«

Sein verbittertes, grollendes Gnomengesichtchen verzog sich unheilverkündend.

»Bitte, lieg still, David«, sagte sie verzweifelt, »nun sei doch endlich still.«

Sein zorniges Geschrei zerriß die mittägliche Stille.

Sara zuckte ergeben die Schultern. Sie wußte nicht mehr, wie sie ihn noch beruhigen sollte. Der Hengst und ihr eigenes Pferd Goldie folgten ihr willig, als sie die Zügel nahm. Der Wallach jedoch war sichtlich verstört durch das Kindergeschrei. Er bockte und weigerte sich verängstigt, mitzukommen. Ihr Atem ging schnell, und sie fragte sich, was sie noch tun könne. Sie hatte schon zwei Pferde am Zügel und David auf dem Rücken und konnte nicht noch einmal in den Stall zurück, um ihn herauszuholen. Sie durfte aber auch keine Zeit mehr verlieren. So ließ sie also die Stalltür offenstehen und vertraute darauf, daß er doch noch folgen würde.

So gut es eben ging, stemmte sie David gegen die Hüfte und zog mit den vor Aufregung schweißfeuchten Händen an den Zügeln. Zehn Minuten würde sie mindestens brauchen, um die Grenze des eingehegten Landes zu erreichen, rechnete sie. Der Saum des Busches war dicht und undurchdringlich, er verhieß Sicherheit. Dort würde keine Menschenseele die Pferde entdecken, es sei denn, man stolperte zufällig über sie. Wenn es ihr gelang, die Pferde an einer geschickten Stelle anzupflocken, waren sie vor jedem Zugriff sicher. Sicher? . . . Voller Zweifel wiederholte sie dieses Wort. Noch stand ihr eine lange Nacht bevor, ehe sie wieder an Sicherheit denken konnte, Sicherheit für ihr Kind, das Haus, die Stallungen, und vor allem Sicherheit für sie als Frau. Die dünne Rauchwolke dort über den Bäumen hatte ihr ins Gedächtnis zurückgerufen, was ihr unter Umständen bevorstand.

Als sie den Hof überquerte, wobei sie zerrend und reißend die Pferde zur Eile antrieb, hörte sie von der Stalltür her Geklapper. Sie blickte zurück und bemerkte den jungen Wallach. Er tänzelte nervös auf der Stelle. Als er seine Stallgenossen entdeckte, setzte er sich in Trab und folgte ihnen nach. Saras Mundwinkel entspannten sich, ein dünnes Lächeln breitete sich einen Augenblick über ihr Gesicht. Dann faßte sie wieder den Saum des Busches ins Auge.

Sara verhielt im Flur zur Küche und blickte sich vorsichtig um. Alles war noch genau wie vorhin, als sie gegangen war, die Pferde in Sicherheit zu bringen. Annies Kochlöffel lag auf dem Boden in einer Lache geronnenen Fettes. Die späte Nachmittagssonne malte Saras Schatten lang und schmal auf den Estrich. Ihre Handgelenke schmerzten, als sie die schwere Pistole in Gürtelhöhe hob. Dann ging sie hinein.

David wurde unruhig. Er fühlte sich zu Hause und fühlte sich doch nicht zu Hause. Sein Kummer wurde immer größer. Er strampelte wild in seinen aus dem Schal geknüpften Sitz und erhob ein halb wütendes, halb hungriges Geschrei. Sara erfaßte ihn mit der Linken und versuchte, seine Schreie an ihrer Brust zu ersticken. Die Schlinge, in der sie ihn auf dem Gang mit den

Pferden über die Felder getragen hatte, schnitt ihr ins Fleisch. Seine umherrudernden Ärmchen trafen sie überall, und mit jedem seiner Versuche, sich freizustrampeln, bohrte sich der Knoten tiefer. Der Schmerz wurde unerträglich. Mühsam bezwang sie sich. Sie hätte vor lauter Ermüdung und Verdruß weinen können. Plötzlich hielt sie inne. Davids Schreien hatte heftiges Gejammer in der Speisekammer ausgelöst. Das Klopfen und Rufen nahm kein Ende, wurde immer durchdringender. Sara zog David noch enger an sich, richtete den Blick fest auf die Tür und hob die Pistole. Da erkannte sie Annies Stimme: »Machen Sie auf Ma-am, aufmachen, um Gottes willen, machen Sie doch auf, die anderen sind weg.«

Sara gab keine Antwort. Argwöhnisch kniff sie die Augen zusammen, bewegte sich langsam auf den großen Küchentisch zu und setzte erst einmal David ab. Jetzt konnte sie sich freier bewegen. Sie faßte die Pistole fester.

»Oh Ma-am, Ma-am, um Gottes Barmherzigkeit willen, lassen Sie mich raus.« Die Stimme war von Furcht und Verzweiflung erfüllt, es war das einsame, verlorene Wimmern einer Frau in verzweifelter Lage. In den verflossenen zwei Jahren hatte Sara Gelegenheit gehabt, Annie Stokes genau kennenzulernen. Sie konnte zwar eine Ränkeschmiedin sein, aber eine Schauspielerin, das war sie nun ganz gewiß nicht. Sara fühlte, daß sie die Wahrheit sprach. Sie legte die Pistole auf den Tisch und suchte nach dem Schlüssel zur Vorratskammer. Dann öffnete sie. Annie taumelte heraus.

»Sie sind weg«, keuchte sie. »Durchs Fenster.«

Sara sagte kein Wort, sondern starrte nur regungslos in die Vorratskammer. Die gerissene junge Irin hatte also doch die Situation erkannt und ihre Chance wahrgenommen. Hatte sie auch nicht genau wissen können, was eigentlich los war, so hatte sie es doch darauf ankommen lassen, ihren Rücken bei einer Auspeitschung zu riskieren, nur wegen der kleinen Chance, in die Obhut der Ausbrecher zu gelangen und mit ihnen in den Busch zu entweichen. Die andere, Mary, sklavisch ergeben und viel zu dumm, um zu erfassen, was vor sich ging, hatte natürlich mitgemacht. Gemeinsam hatten sie leere Melassefässer aufgestapelt und so eine Plattform unter dem Fenster gebildet. Mit vereinten Kräften zerschlugen sie dann die Holzvergitterung mit einem Faß.

Wenn Sara an die rohe Kraft in den Armen dieser unbeholfenen, einfältigen Kreaturen dachte, konnte sie es sich gut vorstellen, daß sie nur kurze Zeit gebraucht hatten, um zu entfliehen.

Die Mauer unter dem Fenster war schlimm zugerichtet, und überall auf dem Boden lagen Holzsplitter herum. Sie wandte sich stumm ab und ließ die Schultern hängen. Annie rang die Hände.

»Ich wollte nicht mit, Ma-am«, jammerte sie. »Sie sagten, ich wär verrückt, aber ich wollte einfach nicht, Mrs. Maclay . . . Ma-am, ich wollte wirklich nicht weg von Ihnen . . . Jetzt . . .«

Sara nickte mechanisch: »Ja, ja, Annie. Schon gut . . . Ich weiß.«

Annie hatte noch mehr zu berichten, eine wahre Sturzflut von Auskünften, Erläuterungen und nachdrücklichen Beteuerungen ihrer Ergebenheit ergoß sich über Sara. Sie hörte nur halb zu, griff nur hin und wieder ein Wort auf, das ihr wichtig erschien. Nach und nach erfuhr sie den wahren Verlauf der Geschehnisse. Annie schwatzte drauflos, berichtete ihr, wie sie von der überstürzten Ankunft des Aufsehers Evans Wind bekommen hatten und daß sie sich auf sein aufgeregtes Benehmen und auf die komische Rauchwolke über den Bäumen ihren eigenen Vers gemacht hätten. Später habe sich Mary auf ein Faß gestellt und durch einen Spalt im Gitter gesehen, daß plötzlich drei mit Gewehren und Äxten bewaffnete Sträflinge, die sie nicht kannte, auftauchten, um gleich darauf hinter dem Haus zu verschwinden. Sie hätten gar nicht erst den Versuch gemacht, hereinzukommen, sondern seien gleich auf die Nebengebäude zugegangen. In diesem Moment, so berichtete Annie, habe die Irische ihrer Gefährtin befohlen, ihr zu helfen, das Gitter auszubrechen.

Sara unterbrach Annies Redeschwall: »Drei Sträflinge, sagst du? Und bewaffnet?«

»Ma-am . . .«

In fieberhafter Hast zog Sara sich die Schlinge über den Kopf. Das immer noch schreiende Kind legte sie Annie in die Arme.

»Hier«, keuchte sie, »nimm ihn, gib ihm etwas zu essen. Und sieh zu, daß du ihn beruhigst.«

Annie, die sich unvermutet in ihrem Bericht unterbrochen sah, blickte verwundert auf Sara. Ein ängstlicher Seufzer entrang sich ihrer Brust, als sie Sara aus der Küche stürmen sah.

Sara öffnete den Gewehrschrank in Andrews Büro und entnahm ihm eine Flinte. Sie lud, wie er es sie gelehrt hatte. Jetzt war sie dankbar für all die Übungsstunden, auf denen Andrew bestanden hatte und in denen er ihr in weiser Voraussicht die notwendigen Griffe beigebracht hatte. Sie zählte auch genau die Patronen, bevor sie sich anschickte, in die Küche zurückzukehren. Vor Andrews Schreibtisch zögerte sie und überlegte einen Augenblick, ehe sie die oberste Schublade aufzog. Ihre Hände suchten zwischen den Federkielen und Kerzen und schlossen sich über dem kleinen, geschnitzten Dolch, den sie so manches Mal als Brieföffner benutzt hatte. Eine prächtige italienische Arbeit, die Klinge von ungeheurer Schärfe. Während sie ihn an sich nahm, eilten ihre Gedanken voraus und stellten sich vor, was wohl geschehen würde, wenn die Sträflinge versuchten, Kintyre zu plündern. Ganz deutlich sah sie wieder Evans blutverschmierte Hände vor sich und Denvers eingeschlagenen Schädel.

Mitten in ihre düsteren Gedanken hinein fielen die ersten Schüsse, vier an der Zahl.

Für eine Sekunde legte sie die Flinte auf den Tisch und barg den Dolch in ihrer Bluse. Die Kühle des scharfen Stahles auf ihrer Brust beruhigte sie etwas. Dann nahm sie die Flinte wieder auf und begab sich in die Küche.

Annie, das Schießen hören und einen Schrei ausstoßen, war eins. Sara begann zu laufen. Sie hatte die Küche gerade erreicht, als erneut ein Schuß krachte. Annie drehte sich zu Sara herum, ihre Augen waren ein einziger Hilfeschrei.

»Aus und vorbei mit uns, Ma-am, wir sind erledigt.« Aufschluchzend wies sie zum Fenster. »Da kommt Trigg, verwundet, glaub' ich, und immer noch keine Spur von Hogan.«

Sara war mit einem Satz hinter ihr und schaute durch das zerbrochene Gitterfenster. Panische Angst ergriff nun auch sie, ihr wurde übel. Das Gefühl, für David und Annie die Verantwortung zu tragen, lähmte sie fast, denn sie war sich dessen bewußt, daß sie die beiden nie und nimmer erfolgreich zu schützen vermochte, falls die Sträflinge das Haus angreifen würden. Nur um sich selbst zu beruhigen, nahm sie die Flinte und legte sie auf dem Fenstersims an. Sollte die Bande wirklich kommen, konnten zwei Flinten sie auch nicht lange in Schach halten. Sie hoffte nur, daß Annie die Gefahr nicht in ihrem vollen Umfange erkannte. Die Nebengebäude befanden sich etwa dreihundert Meter vom Herrenhaus entfernt und bildeten ein nach einer Seite offenes Viereck. Zwei Hütten waren den Sträflingsarbeitern als Schlafraum zugeteilt, ein kleineres Gelaß gehörte Jeremy und Trigg. Zwei der Vorratsschuppen bargen Lebensmittel für die Sträflinge und die Geräte, und die langgestreckte Hütte war den Hilfsarbeitern vorbehalten, die Andrew jeweils zur Zeit der Aussaat und der Ernte einstellte, oder wenn es galt, schnell ein neues Stück Land zu roden. Er hatte die Nebengebäude damals in gebührendem Abstand vom Haupthaus errichtet, weil er die Sträflinge nicht zu nahe haben wollte. Gewiß, er brauchte sie für Kintyre, aber er wußte es immer zu umgehen, in nähere Berührung mit ihnen zu kommen. Sara wünschte in diesem Augenblick, die Entfernung wäre doppelt so groß.

Sie strengte ihre Augen an, um in dem schwindenden Tageslicht über den Küchenhof zu sehen. Zwischen Stall und Scheune erkannte sie die Gestalt von Trigg. Er lehnte an der Stallmauer. Es sah aus, als wäre er außer Atem und fühle sich nicht gut. Den rechten Arm hielt er eng an sich gepreßt. Der Kopf lag im Nacken, als ringe der Mann nach Luft. Keine Minute lang gönnte er sich die Rast im Schatten der Mauer. Dann senkte er den Kopf, warf einen schnellen Blick zurück und rannte quer über den Hof auf die Küche zu. Sara sprach sich Mut zu, denn gleich mußten die Verfolger auftauchen. Aber keiner ließ sich blicken. Verwundet und unbewaffnet, war Trigg für die Sträflinge im Augenblick ungefährlich. Sara ließ das Gewehr sinken, stand aber immer noch am Fenster, als Trigg schon die Küchentreppe hinaufstolperte und schwer atmend im Türrahmen stehen blieb.
Er war kalkweiß, sein rechter Arm war von der Schulter bis zum Handgelenk blutüberströmt.
Er hatte keinen Rock mehr und das Blut tropfte schon von seinen Fingern. Den Kopf hielt er gesenkt, sein Atem ging röchelnd. Er war völlig erschöpft, der Lauf von den Sträflingshütten zum Herrenhaus schien ihn um die letzte Kraft gebracht zu haben. Annie ließ wieder ihr schreckliches Geheul hören. Auf Saras Wink hin setzte sie David, der sich mittlerweile beruhigt hatte, auf den Tisch, und beeilte sich, Trigg zu helfen. Regungslos sah Sara den beiden zu. Annie hatte ihre Zuverlässigkeit ja nun wohl bewiesen, aber Trigg . . . Noch mißtraute sie ihm. Möglich, daß er als Beschützer zu den beiden Frauen gekommen war. Er konnte aber auch den Schutz des Hauses gesucht haben, weil er verwundet war. Sie wollte ihm jedenfalls nicht voreilig vertrauen. Da schob Trigg Annie beiseite und

drehte sich zu Sara herum.

»Hogan und ich hatten unsere fast alle zusammen, wollten sie gerade in die Hütten einsperren, da kamen diese Teufel, Ma-am«, keuchte er. »Hatten keine Chance, kamen von hinten, um den Stall herum und schossen . . . Ungefähr zehn, Ma-am, und vier davon mit Gewehren. Unsere waren nicht zu halten, als sie spitzkriegten, was los war. Mir verpaßten sie einen in den Arm. Da bin ich gelaufen, sonst hätten sich mich umgelegt.«

Er sank in sich zusammen, hustete und fuhr mit ersterbender Stimme fort: »Mary und Bessie sind mit ihnen, hab' sie schreien gehört. Wußte, Sie und David und Annie sind hier ganz allein.« Er wollte sich aufrichten, umsonst: »Zu nichts zu gebrauchen, fürcht' ich, aber ein Gewehr werd' ich ja wohl noch halten können.«

Sara nickte ihm zu. Ihre Zunge fuhr über die trockenen Lippen. Wie sie sich doch in Trigg getäuscht hatte, sie mochte ihm kaum in die Augen schauen.

»Und Hogan?« fragte sie leise.

»Ihn hat's auch erwischt, im Rücken, zweimal sogar. Glaub' kaum, daß er noch lebt.«

Kapitel 9

Ihnen blieb nichts übrig als zu warten. In der nächsten Stunde rührte Sara sich nicht vom Fenster, die Flinte immer im Anschlag. In ohnmächtiger Wut mußte sie der Plünderung der Vorratsschuppen zusehen. Und dann geschah, was sie die ganze Zeit befürchtet hatte. Die erste bleiche Flamme züngelte aus dem Scheunendach. Gegen Abend war ein steifer Wind aufgekommen, der das Feuer von Dach zu Dach trieb, so schnell, daß ihr Herz vor Schreck fast stehenblieb. Bald waren die Nebengebäude ein einziges Flammenmeer. Der Wind trug die Funken und die trunkenen Stimmen der Sträflinge auf das Herrenhaus zu. Der Rum – auch eine Beute – hatte sie vollends toll gemacht und verlieh ihnen einen verzweifelten Mut. Sie wußten, daß ihnen nur der Busch blieb und die felsigen, unbekannten Berge dahinter. Sie schrien und fluchten, Trunkenheit und Siegesjubel mischten sich zu abscheulichem Lärm. Ihre Gestalten zeichneten sich gegen die brennenden Gebäude ab. Sara beobachtete, wie sie sich taumelnd davon machten, schwankend unter dem Gewicht der geplünderten Beute auf den Schultern. Sie machten nicht den Versuch, sich dem Herrenhaus zu nähern. Sara vermutete, daß sie die leeren Ställe entdeckt hatten und annahmen, die Maclays seien fortgeritten und hätten Kintyre seinem Schicksal überlassen. Was sollten sie auch noch plündern, konnten sie doch so schon kaum ihre Beute schleppen. Trotzdem wartete Sara noch eine Weile in geheimer Furcht, daß die Waffen und die Munition im Herrenhaus die Sträflinge noch einmal anlocken könnten. Aber sie verscheuchte alle Befürchtungen, indem sie sich sagte, daß sie sich wohl kaum damit aufhalten würden, denn die Zeit saß ihnen auf den Fersen. Sie hatten genug Lebensmittel und würden nun verschwinden. Außerdem rechneten sie gewiß mit der Ankunft der Truppen.

Und dann konnte Sara endlich feststellen, daß die Bande zum Fluß aufbrach, wo sie an dem kleinen Landungssteg die beiden Boote flottmachte. Zu dieser Stunde waren die Nebengebäude von Kintyre bereits verloren.

Sara ballte die Fäuste. Maßlose Wut beherrschte sie, sie zitterte und bebte. Sie fühlte sich elend, und die Tränen standen ihr in den Augen, als sie zusehen mußte, wie das Dach eines der Gebäude zusammenstürzte. Ein gewaltiger Krach, und die Funken stoben in alle Windrichtungen.

Oh, sie wußte, warum die Leute das getan hatten, und keiner konnte es besser wissen als sie, der einstige Sträfling. Nein, ihr brauchte niemand zu sagen, warum diese Menschen kostbare Zeit verschwendeten, die Gebäude in Brand zu stecken. Das war ihre Rache gegen die Herren, gegen ihre Kerkermeister. Sie hatten nichts vergessen, nicht die elende Verfrachtung auf den Gefangenenschiffen, die Peitsche nicht und nicht die Ketten, und diese Erinnerungen trieben sie zu sinnloser Zerstörung. Sie hatten es einander zugeschrien, bevor sie sich aufmachten in den pfadlosen Urwald, törichten Glaubens, sie fänden einen Weg über diese Mauer blauer Berge. Sie meinten, irgendwo überleben zu können. Jeder von ihnen konnte sich eigentlich an seinen fünf Fingern abzählen, daß die Chance gleich Null war, aber dieses Wissen schien sie nur zu noch verzweifelterer Entschlossenheit anzutreiben. Oh, Sara konnte es ihnen nachfühlen, sie hatte das gleiche empfunden, die gleiche Wut, die gleiche Bitterkeit, sie wußte um den Herd, der nur eines einzigen Funkens, eines einzigen Hitzkopfes bedurfte, um einen Aufruhr zu entfesseln.

Als es so aussah, daß auch die letzten Sträflinge sich zu den Booten aufgemacht hatten und die Feuer allmählich niedergebrannt waren, weckte Sara Trigg und Annie, die ihrer Müdigkeit und Erschöpfung erlegen und eingeschlafen waren. David schlummerte sanft in seinem Korb unter dem Tisch. Sie störte ihn nicht. Sie legte Trigg einen neuen Verband an und machte ihm für seinen Arm eine Schlinge aus einem Leinentuchfetzen. Er litt immer noch arge Schmerzen. Trotzdem begleitete er Sara über den Hof, wenn er auch über die Stufen stolperte und schier nicht weiter konnte. Sara übergab die Lampe, die sie getragen hatte, Annie, und stützte Trigg auf der unverletzten Seite. In der Rechten trug sie die Flinte. Von den Brandherden her schlug ihnen heißer Wind entgegen. Ihre Gesichter, von Asche und Ruß verschmutzt, glühten. Der Geruch gerösteten Salzfleisches lag in der Luft.

Sie fanden Jeremy inmitten des Gevierts, mit dem Gesicht auf dem Boden. Annie half Sara, ihn auf den Rücken zu legen. Er schien ohne Leben und gab keinen Ton von sich, als die beiden Frauen ihn herumdrehten. Sein Rock war an der Schulter voller Blut. Auch sein Haar war blutverschmiert, und auf der einen Gesichtshälfte rann ein dünner Blutfaden. Sara nahm sich nicht die Zeit, die Wunden genau zu untersuchen. Aus diesem Gesicht schien jedes Leben entwichen. Sie öffnete Jeremys Hemd und beugte sich über sein Herz. Nach wenigen Augenblicken hob sie den Kopf und sagte zu den beiden, die sich ängstlich zu ihr gebeugt hatten:

»Er lebt, wir müssen ihm helfen.«

Dann schaute sie auf Trigg: »Glauben Sie, daß Sie die Lampe und das Gewehr tragen können?«

Er nickte.

Zu Annie gewandt, sagte sie: »Gib mir deine Schürze. Wir wollen wenigstens seinen Kopf verbinden, ehe wir versuchen, ihn ins Haus zu bekommen. Wir müssen ihn retten.«

Kapitel 10

Sara warf noch einen letzten Blick auf die schlafenden Gestalten im Wohnzimmer, ehe sie die Laterne vom Tisch nahm. Lautlos bewegte sie sich vorwärts. Annie saß auf dem Fußboden, den Rücken gegen die Wand gelehnt. Ihr Mund stand offen im Schlaf. Mit jedem Atemzug gab es einen kleinen zischenden Laut. David schlief ruhig neben ihr im Korb. Jeremy und Trigg lagen an der gegenüberliegenden Wand. Trigg schlief den tiefen, ruhigen Schlaf des völlig Erschöpften. Jeremy erlangte nur selten wieder das Bewußtsein, die übrige Zeit wälzte er sich im Fieber hin und her. Im Laufe der Nacht hatte er einige Male um Wasser gebeten. Dann waren seine Augen über ihr Gesicht geglitten in den wenigen klaren Momenten, ehe er wieder in die tiefe Bewußtlosigkeit zurücksank. Sara blieb vor ihm stehen und beleuchtete mit der Lampe seinen Kopf. Die Verletzung war nicht so schlimm, wie sie zuerst befürchtet hatte. Eine Kugel hatte seinen Schädel gestreift, die zweite stak noch in seiner Schulter. Er hatte ziemlich viel Blut verloren. Als hätte er Schmerzen, drehte er im Schlaf den Kopf fort. Sara senkte die Lampe. Nein, Jeremy würde nicht sterben, sagte sie zu sich, nicht wenn rechtzeitig ein Arzt kam, die Kugel zu entfernen. Nervös fuhr ihre Zungenspitze über die trockenen Lippen. Ob aber ein Arzt unter den ersten Soldaten sein würde, die am Hawkesbury ankamen?

Dann öffnete sie leise die Tür und trat auf den Gang hinaus. Für diese Nacht sollte es ihr letzter Rundgang sein. In knapp einer Stunde brach der neue Tag an. Dann konnte sie Annie und Trigg wecken, die sie in der Wache ablösen würden. Mit vor Müdigkeit matten Augen kontrollierte sie die mit Holzläden verschlossenen Fenster. Sie ging zuerst ins Speisezimmer. Auf der Schwelle zögerte sie. Die Lampe warf lange Schatten. Sie brauchte nichts weiter zu tun, als die drei Fenster des Raumes, alle drei an der gegenüberliegenden Wand, zu überprüfen. Aber ein ängstliches Gefühl beschlich sie, jeder Schritt wurde zu einer Anstrengung. Sie kam kaum mehr vorwärts.

Dann wandte sie sich zur Küche. Kein Laut hatte die Ruhe des Hauses während der ganzen langen Nacht gestört. Sie hatte gewacht mit dem Gewehr auf dem Schoß. Viel zu ängstlich war sie gewesen, um auch nur für einen Augenblick einzuschlafen. Sie hatte auf jedes verdächtige Geräusch gelauscht, ob nicht doch vielleicht jemand einzubrechen versuchte. Mit der Zeit aber, als es Stunde um Stunde still blieb, war sie ruhiger geworden und fühlte sich etwas sicherer. Die Stille war lähmend, und die Müdigkeit saß ihr in allen Gliedern. Trotzdem waren ihre Nerven zum Zerreißen gespannt und wehrten dem

Schlaf. Jedesmal war es ihr von neuem eine Erleichterung gewesen, wenn Jeremy um Wasser bat, oder Trigg aufwachte, weil der Verband sich verschoben hatte und gerichtet werden mußte.

Sie schritt den Korridor entlang und öffnete vorsichtig die Küchentür. Die Laterne hielt sie ganz tief. Mit einem Blick überflog sie die Fensterläden und hoffte, daß der Lichtschein sie ihr fest verschlossen zeigen würde. Sie blieb stehen, und ihre Gedanken schweiften ab zu den geflüchteten Sträflingen auf dem anderen Flußufer. Wo sie wohl ihr Lager aufgeschlagen haben mochten, um ihren dumpfen Rausch auszuschlafen, überlegte sie. Vielleicht würden sie bei Tagesanbruch die Farmen auf der anderen Flußseite brandschatzen, oder aber sie würden so rasch wie möglich aus dem Bannkreis des besiedelten Landstreifens zu entkommen suchen. Was würden sie nun wirklich tun? Hundertmal in dieser Nacht hatte sie sich die Frage schon gestellt. Aber es gab keine Antwort. Sie seufzte und lehnte sich müde gegen den Türrahmen.

»Wenn es doch bloß erst Tag wäre«, flüsterte sie. Wie ein Echo kam es aus der Finsternis: »Wenn doch die Truppen kämen!« Während sie diese Worte vor sich hin sprach, fühlte sie einen Lufthauch über ihre Wange streichen. Eiskalt griff es ihr ans Herz. Blitzschnell überlegte sie. Luftzug? In einem verschlossenen Raum?! Sie reckte den Kopf und beugte sich vor. Die letzte Müdigkeit fiel von ihr ab. Ihre Nerven waren zum Zerreißen gespannt. Es mußte etwas geschehen. Sie hob die Lampe und versuchte, das Dunkel zu durchdringen. Die Tür zur Speisekammer stand offen. Durch das vergitterte Fenster, das die Weiber zertrümmert hatten, strich der Wind. Sie kniff die Augen zusammen. Furcht und Entsetzen beschlichen sie. Sie versuchte sich verzweifelt zu erinnern, ob sie vielleicht selbst die Tür offengelassen hatte auf ihrer letzten Runde. Vielleicht – nein, gewiß nicht, es konnte nicht sein. Sie wußte es nicht. Angst und Argwohn beschlichen sie. Sie spürte es genau, irgend etwas stimmte nicht. Zurückgehen und Trigg wecken? Nein, das konnte gefährlich werden. Sie durfte sich keine Blöße geben. Sie mußte sofort handeln. Vorsichtig stellte sie die Lampe auf den Boden. Dann hob sie das Gewehr und ging auf die Speisekammer zu. Schwer lag das Gewehr in ihren Händen. Um wieviel leichter und handlicher wäre die Pistole gewesen, die sie neben ihrem Stuhl im Wohnzimmer liegengelassen hatte. »Närrin«, schalt sie sich selbst und ein leiser bestürzter

Laut entfuhr ihren Lippen. Sie konnte nicht in die Vorratskammer hineinsehen, die halboffene Tür versperrte die Sicht. Die Dielen unter ihren Füßen knackten. Der Laut erschreckte sie. Sie biß sich auf die Lippen, um die aufsteigenden Tränen zu ersticken. Die Lampe warf ihren Schatten lang vor sie her. Sie sah ihn und verhielt den Schritt. Sie lauschte. Aber als alles still blieb, hob sie vorsichtig den Fuß. Bevor sie noch einen Schritt tun konnte, stürzte plötzlich hinter der Tür die Gestalt eines Mannes hervor. Sie riß das Gewehr hoch und wich zurück. Es war ein baumlanger Kerl, der sich mit der Schnelligkeit eines Falken bewegte. Seine Hand schoß vor und stieß den Gewehrlauf zur Seite, bevor sie überhaupt zur Besinnung kommen konnte. Ihr Finger krümmte sich, der Schuß krachte, aber die Kugel blieb im Lauf stecken.

Der Kerl war von hünenhafter Gestalt. Er bückte sich, um ihr ins Gesicht zu sehen. Sie wollte einen Schritt zurückweichen, aber er umspannte ihr Handgelenk und drehte es ihr langsam herum. Sie stöhnte dumpf vor Schmerz, ihre Finger lösten sich langsam vom Griff des Gewehrs. Er hätte es ihr auch ebensogut aus der Hand schlagen können, aber er zog es offensichtlich vor, ihr die Waffe auf diese grausame Weise zu nehmen. Seine Augen funkelten im Dunkel des Raumes. Gleich mußte sie das Gewehr fallen lassen. Jetzt polterte es auf den Boden. Sie öffnete den Mund und wollte nach Trigg rufen, aber seine grobe, nach Schweiß und Rum riechende Hand preßte sich auf ihr Gesicht. Wie toll kratzte sie und grub ihre Fingernägel in seine Handgelenke, aber er umfing sie und hielt ihre beiden Arme fest.

»Kein Ton, oder ich brech dir das Genick, verstanden?«

Die schwere Faust fuhr hoch und umspannte ihren Hals. Voller Grauen starrte Sara ihn an. Seine rohe Stimme ließ auf einen Bauern schließen, deutete auch der Londoner Dialekt darauf hin, daß er in der Stadt gewohnt hatte. Der Kerl war betrunken. Der seinem Munde entströmende Alkoholdunst drehte ihr förmlich den Magen um, als er sich über sie beugte. Sein schweißiges Gesicht glänzte, seine Augen stierten blutunterlaufen. Er schwankte, als er sie jetzt vor sich hielt.

»Wieviel Männer sind hier? Zwei?«

Sie gab keine Antwort. Seine Hand preßte sich noch um eine Spur fester um ihren Hals.

»Wag es ja nicht, mich zu täuschen. Ich hab' sie gesehen. Sie sind beide verwundet. Vielleicht schon tot.«

Er stieß mit dem Fuß gegen die Flinte: »Wo ist die Munition.«

Wieder antwortete sie nicht, wies nur mit dem Kopf nach hinten auf die Tür zum Flur.

»Noch Lebensmittel da?«

»Dort.« Sie deutete auf die Etagere an der Küchenwand.

Er grunzte zufrieden.

»Haben mich einfach zurückgelassen, verfluchte Bande . . . Bin hingeschlagen, jawoll, und die Saukerle nahmen mein Gewehr, und mich ließen sie am Ufer liegen.« Er kicherte, und seine Augen glänzten irr, als er sie schüttelte. »Aber so schnell bin ich nicht kleinzukriegen . . . Und jetzt hab' ich sogar mehr, als sie alle zusammen. Eine Flinte und was zu essen, und teilen brauch' ich auch mit keinem. Haha, und dich, dich hab' ich auch endlich gekriegt.«

Ihre Augen weiteten sich vor Schreck. Sein verschwitztes, stoppeliges Gesicht verzog sich zu einem häßlichen Grinsen.

»Kennst du mich noch, du? Hast wohl zu lange die feine Dame gespielt, um dich noch an deine alten Kumpane von der Georgette zu erinnern, was?«

Sie machte sich ganz steif, schnellte plötzlich vor und versuchte noch einmal, seinem Griff zu entkommen.

»Ha, gefällt dir wohl nicht die neue Lage, was?« Er wippte auf den Absätzen. »Oh, ich hab' dich beobachtet. Seit einem Jahr bin ich schon hier. Aber ich weiß noch gut, wie es war, als du Lumpen auf dem Leib hattest und keine Schuhe an den Füßen. Jetzt rümpfst du die Nase über uns, über unseren Geruch, über unsre Hadern. Ja, so ist es und nicht anders. Wir dürfen schuften, damit du dich in Seide hüllen kannst und immer mehr Gold in die Tasche deines feinen Mannes fließt. Wirklich fein hast du es auf der Georgette eingefädelt, das muß man dir lassen. Hast deinen Weg gemacht in das Bett dieses Narren, wir konnten ja ruhig da unten verrotten. Meinst du, ich hab' das vergessen? Immer, immer, sooft ich dich nur sehe, muß ich daran denken, oh, und wie qualvoll hab' ich es mir gewünscht, diese beiden Hände um deinen weißen Hals zu legen und alles Leben aus dir zu pressen, du, du Dirne . . .«

»Wer bist du?« Die Worte waren kaum zu verstehen, so sehr preßte er ihr die Luft ab.

»Nee, Sie können sich natürlich nicht erinnern, Mrs. Maclay. Aber vielleicht fällt es dir ein, wenn du an den denkst, dem sie zweimal die Haut vom Rücken geprügelt haben, damals auf der

Reise. Ich bin Johnny, Johnny der Schönschreiber nannten sie mich in London. War ein stadtbekannter Bürger, damals, bevor sie mir die 14 Jahre aufbrummten. Früher, ja da hätte ich die Unterschrift selbst des Gouverneurs fälschen können, und zwar so gut, daß er es selbst nicht gemerkt hätte. Aber das ist vorbei, seit ich zwei Finger verlor, damals beim Holzfällen für euer verdammtes Feuer. Fast wäre meine ganze Hand draufgegangen. Hat sich vielleicht Mrs. Maclay darum gekümmert? Nicht den kleinen Finger hat sie gerührt, mich zu verbinden. Nix! Die große Dame wird sich fein hüten, den Fuß in eine Sträflingshütte zu setzen. Aber laß es dir gesagt sein, ein für allemal«, stieß er hervor, und sein ekelerregendes Gesicht kam ihr immer näher. »Du wirst es doch nie los, wie lange du auch hier in der Kolonie leben wirst, wie sehr du auch bemüht bist, die Georgette zu vergessen, es wird dir nicht glücken. Jeder Sträfling weiß, wer du bist, und jeder, der neu kommt, erfährt deine Geschichte. Immer wird irgendeiner da sein, um dich zur Strecke zu bringen, so wie ich jetzt, verstehste! Nee, nee. Vergessen, das gibt es für dich nie und nimmer.«

Er schüttelte sie grob.

»Mir kann das ja jetzt alles egal sein, ich bin frei und brauche deinen Anblick nicht mehr zu ertragen oder deine Befehle entgegenzunehmen, oder gar zuzusehen, wie du die Röcke raffst, damit sie nur ja nicht mit einem von uns in Berührung kommen. Nichts, nichts mehr von alledem, hörst du? Ich verschwinde, gehe über den Fluß, da findet mich keiner. Ich lege auch keinen Wert darauf, jemals wieder eine weiße Frau zu Gesicht zu bekommen, mir genügen die schwarzen.« Er spie aus. »Die Pferde«, murmelte er, »wo sind sie?«

»Ich weiß es nicht.«

»Lüg nicht, du Hure. Drei müssen noch da sein. Irgend jemand hat sie aus dem Stall gelassen, ehe wir ihn anzündeten. Los, wo hast du sie versteckt?«

»Ich weiß nichts von den Pferden.«

Er schlug ihr ins Gesicht.

»Los, du verdammte Hure, raus mit der Sprache.«

»Ich weiß nicht!« keuchte sie.

Wieder rüttelte er sie, und seine Augen blickten irr. »Ich bring' dich schon noch zum Reden, du Dreckfink.« Ein zweiter, wütender Schlag traf ihr Gesicht. Sie taumelte zurück. Fast wäre sie dem Griff des Betrunkenen entkommen.

Plötzlich änderte sich der Ausdruck seines schweißtriefenden

Gesichtes. Der Schlag in ihr Gesicht hatte eine tierische Gier in ihm geweckt. Er lachte rauh und betrachtete aufmerksam seine Hand, als wäre er ganz überrascht, welche eigentümliche Macht sie auf einmal hatte.

»So, nun werden wir sehen, wer dich berühren darf und wer nicht. Bist schon nicht zu schade für 'nen Sträfling, nee, nee, Sara Dane! Wenn er Lust auf dich hat, dann . . . Hure, schau mich nicht so an, warst ja heilfroh, als du auf der Georgette zugreifen konntest. Hast genommen, was sich dir bot. Nun, ich werd' dich nicht erst fragen.«

Seine Hand fuhr hoch und riß ihr Bluse und Mieder bis zur Taille auf. Er grinste niederträchtig. Dann lockerte er etwas den Griff, um sie zu küssen . . . Mit einem Ruck stieß Sara seine Hand fort und griff suchend in das zerrissene Kleid. Aber sie war nicht schnell genug, den kleinen italienischen Dolch zu fassen. Klirrend fiel er zu Boden und stieß gegen das Gewehr. Der Mann blickte nieder. Diese Sekunde genügte Sara, sich rasch zu bücken und noch vor ihm den Dolch zu ergreifen. Den Dolch in der Rechten, duckte sie sich und beobachtete den Sträfling, der jetzt zum Angriff vorging. Toll vor Begierde stürzte er auf sie zu und schlug ihr abermals ins Gesicht. Der Schlag warf sie zu Boden. Sie blieb liegen. Sekundenlang starrte er auf sie nieder. Dann sackte der Betrunkene in die Knie, suchte schwankend mit einer Hand Halt auf dem Boden und rutschte langsam auf Sara zu.

Sie ließ ihn ganz dicht herankommen. Dann drehte sie sich wie der Blitz um und rollte auf die linke Seite, wobei sie den Dolch fest umklammert hielt. Er mußte sehen, was sie vorhatte, aber die Begierde benahm ihm die Sinne. Sein Blick war verschleiert, als er vorstürzte, die Hand mit dem Dolche zu fassen und den halb entblößten Leib zu umschlingen. Da stieß sie zu. Die Klinge bohrte sich in seine Kehle, drang bis zum Heft in seinen starken Hals. Er verdrehte die Augen, aber noch hatte sein Körper Kraft. Er griff sich an die Kehle, packte Saras Handgelenk und riß Hand und Dolch zurück. Ein breiter Blutstrahl ergoß sich über Sara, tränkte Bluse und Mieder. Der im Schmerz aufgerissene Mund, in dem das letzte Röcheln erstorben war, füllte sich mit rotem Schaum. Ein Zucken ging durch den schweren Körper, ein letztes Aufbäumen – und ein Toter brach schwer auf Sara nieder. Grauen packte sie, sie stemmte beide Hände gegen den toten Leib und wälzte ihn zur Seite. Sara erhob sich mühsam, wankte, taumelte. Ihr Blick fiel auf den leblosen Körper. Warum . . .? Warum hatte gerade sie ihm zum Schicksal werden müssen? Sie rang die Hände. Da lag der Unglückliche, das Gesicht nach oben gewandt, die Augen aufgerissen. Neben der klaffenden Kehle lag der Dolch. Der kostbare Silbergriff schimmerte in dem schwachen Licht. Sara zitterte am ganzen Körper. Ihr Atem ging keuchend. Sie griff sich an die Brust und griff ins Blut. Blutfeucht der Hals und der Busen, naß die herabhängenden Kleidfetzen. Sie wagte nicht hinzusehen. Mechanisch betasteten die Hände den Körper. Ihr Gesicht brannte noch von den Streichen, die er ihr gegeben. Sie streckte die Arme, sah die blutigen Hände. Ihren Körper, das Kleid – sie wagte immer noch nicht, an sich herabzuschauen. Ihr war sterbenselend zumute. Übelkeit und Angst beschlichen sie. Da hörte sie stolpernde Schritte im Flur, hörte sie näherkommen.

Sie hob den Kopf, war aber viel zu erschöpft, um sich Gedanken darüber zu machen, wer es sein könnte. Sie starrte vor sich hin. Im Türrahmen tauchte Jeremy auf. Ein Seufzer der Erleichterung entrang sich ihrer Brust. Im spärlichen Licht der Laterne konnte sie erkennen, daß ihm wohl noch der Schweiß auf Stirn und Oberlippe stand, daß seine Augen aber den Fieberglanz verloren hatten. Seine Hände suchten Halt am Türpfosten.

»Sara«, sagte er. Er hatte sie beim Vornamen genannt.

»Jeremy!« – Sie wankte auf ihn zu.

Kapitel 11

Jeremy beobachtete Sara über den Tisch hinweg, wie sie ihm und sich noch einen Weinbrand einschenkte. Sie waren allein. Ihre Hände zitterten so stark, daß die kostbare Flüssigkeit überlief und am Glas hinunterrann. Die Lampe stand immer noch auf dem Boden und warf den Schatten des Tisches an die Decke. Saras Züge wurden vom Schatten verzerrt. Das Haar hing ihr offen und zerzaust über den Rücken. Das Blut auf ihrem zerrissenen Mieder, auf Brust und Händen war eingetrocknet. Sie führte das Glas zum Mund und biß hinein, um das Zittern ihrer Lippen zu unterdrücken. Dann nahm sie es fest in beide Hände und setzte es vorsichtig auf.

»Mehr gibt es nicht zu berichten«, sagte sie matt und schaute zur Seite. »Nun kennen Sie die ganze Geschichte, die bald in der Kolonie herum sein wird.« Sie stützte den Kopf in die Hände: »Oh, ich höre sie schon alle: Mrs. Maclay, als ehemaliger Sträfling den Umgang mit Messern gewöhnt, tötet einen ihrer eigenen Leute! Oder, was noch schlimmer ist: tötet einen ihrer Genossen von der Georgette.«

Ihr Kopf wurde immer schwerer, sie beugte sich weit über den Tisch und stöhnte:

»Oh, Jeremy, welch ein Fressen für die Klatschmäuler! Nun hab' ich doch noch all ihre Erwartungen übertroffen, ich, die echte Schankwirtsschlampe. Ja, so hat er mich genannt . . . Eine Hure!«

»Sara!« Jeremy beugte sich vor, so jäh, daß ihm schwindelig wurde vor Schmerzen.

Sie sah ihn unsicher an. »Aber was kümmert das Sie schon? Sie haben sicher auch nie etwas anderes von mir erwartet. Wenn Sie es nur wagten, Sie würden mich genauso eine Dirne schimpfen.«

Mit beiden Händen umklammerte er die Tischkante. Er wollte sich aufrichten. Vergeblich. Der Tisch zitterte, als er sagte: »Wenn ich nur könnte, Sara, ich käme um den Tisch und rüttelte Sie dafür durch.«

Sie zog die Brauen hoch: »Wollen Sie etwa leugnen, daß ich in Ihren Augen nie etwas anderes war? Nie, seit dem ersten Tag meiner Heirat! Und daß Sie Andrew für verrückt halten, weil er mich genommen hat, leugnen Sie das etwa auch?«

Dumpfe Stille herrschte im Raum. Nach einer Weile antwortete er:

»Nein, ich leugne es nicht, ich habe es mal geglaubt, aber ich habe meine Meinung geändert.« Jeremys Blick haftete auf den Ringen, welche die nassen Gläser auf die Tischplatte gezeichnet hatten. »Und nicht erst in den letzten Stunden habe ich meine Meinung geändert, nicht wegen dem, was geschehen ist, wenn ich auch genau weiß, daß ich nur Ihnen mein Leben zu verdanken habe, keiner von den beiden anderen hätte mich geholt.«

Seine Finger fuhren durch den vergossenen Alkohol und zeichneten Spuren auf den Tisch. »Nein, damit hat das nichts zu tun. Es ist etwas anderes. Kein Mann, der seine fünf Sinne beisammen hat, kann etwas anderes tun, als Sie bewundern . . .«

Sie räusperte sich und machte eine halb zustimmende, halb unwillige Bewegung.

Er sah zu ihr auf und fuhr mit bebender Stimme fort:

»Ich war eifersüchtig auf Sie, Sara. Andrew liebte Sie, und da . . . Ach, ein Mann, der immer die Gesellschaft von Frauen entbehren muß, dem bleibt nichts anderes übrig, als eine Frau entweder zu lieben oder sie zu hassen. Und Sie waren mir so nah und doch so fern. Ich begehrte Sie, wollte es aber nicht wahrhaben, nicht einmal vor mir selbst. Gott verzeihe mir, aber ist es nicht nur zu verständlich?! Sie sind so schön und so reizend, daß jeder Mann wünschen muß, Sie zu besitzen. Und dann, vergessen Sie nicht, Andrew und ich waren Freunde, ehe Sie kamen. Es verwirrte mich am Anfang, daß Sie wirklich so waren, wie er Sie voll Stolz geschildert hatte . . . So voller Kraft, so ruhig und so klug. Nie hörte man auch nur ein Wort der Klage aus Ihrem Munde über das gewiß nicht immer leichte Leben auf Kintyre. Nie erwähnten Sie Ihre Einsamkeit. Ich habe miterlebt, wie Sie Ihr erstes Kind ganz allein, ohne jeden weiblichen Beistand, zur Welt gebracht haben. Nicht eine Spur von Furcht, die Sie doch sicherlich gefühlt haben müssen, haben Sie gezeigt. Ich habe genau beobachtet, wie Sie immer bereit waren, jeder neuen Anforderung Andrews gerecht zu werden. Ich habe gesehen, wie er an Ihrer Seite über sich hinauswuchs. Damals, als er von der Georgette ging, war er nichts als ein kleiner Spieler. Was er jetzt ist, das haben zu einem großen Teil Sie aus ihm gemacht.«

Sie rührte sich nicht, nur ihre Augen suchten in seinem Mienenspiel zu lesen.

Nach einer Pause fuhr er fort: »Und obgleich ich all dies täglich vor Augen hatte, war ich doch ein wenig enttäuscht, daß Sie sich nicht als Schlampe erwiesen, wie ich erwartet hatte. Wenn Sie die Wahrheit hören wollen, Sara, ja, ich war enttäuscht, daß Sie nicht in meine offenen Arme fielen!« Er lehnte sich zurück und nahm die Hände vom Tisch. »Aber meine Eifersucht ist ein für allemal vorbei, seit ich Sie dort drinnen sah«, er deutete in die Richtung zur Küche, »das brachte mir endgültig und deutlich zum Bewußtsein, daß ich alles, was Sie seit gestern nachmittag vollbracht haben, niemals einer Frau zugetraut hätte. Was immer in Zukunft Sie auch tun und lassen werden, auf mich können Sie bauen.«

Er lehnte sich im Stuhl zurück und schloß die Augen. Seine Hand fuhr tastend über Schulter und Verband. »Von nun an, Sara«, er hielt inne und öffnete die Augen, »von nun an bin ich Ihr Sklave. Sie können mit mir machen, was Sie wollen. Warum? Ja, Sie sollen es wissen. Weil ich Sie liebe und begehre, und weil ich nie im Leben glaube, daß Andrew Sie tiefer lieben kann als ich.« Seine Stimme klang rauh, seine Lippen waren trocken: »Ich werde dieses Gespräch aus meinem Gedächtnis löschen. Ich werde handeln, als habe es nie stattgefunden . . . Weil Sie zu Andrew gehören . . . Ja, Sie sind sein . . . Aber ich will Ihnen dienen mit allen meinen Kräften mein Leben lang.«

Sie gab keine Antwort, sondern nickte bloß. Dann ließ sie den Kopf auf die verschränkten Arme fallen. Jeremy schien es, als bebten ihre Schultern. Ob sie weinte? Der milde Lampenschein beleuchtete ihr wirres Haar, die entblößten, leise zitternden Schultern, die blutgeröteten Oberarme. Sie machte den Eindruck eines verschreckten Kindes. Er betrachtete sie, und es verlangte ihn danach, ihr beruhigend die Hand auf den Arm zu legen. Aber sie rührte sich nicht. Bedurfte sie seiner? Er war sich nicht einmal sicher, ob sie sich überhaupt noch seiner Gegenwart bewußt war.

Lange Zeit saßen sie einander schweigend gegenüber. Es war Tag geworden, und das Licht fiel durch die Ritzen der Fensterläden ein. Wohl eine halbe Stunde rührte sich Sara nicht. Ihr Kopf lag in ihren Armen vergraben. Ihre Haut glich sanftgetöntem Stein. Ein Laut ließ sie beide hochfahren.

Sara streckte sich und hob lauschend den Kopf. Dann erhob sie sich und ging mit steifen Knien zum Fenster. »Die Soldaten«, sagte sie und schob die Fensterläden zurück. Das Pferdegetrappel war jetzt deutlicher zu hören.

»Leutnant Grey mit sechs Mann.«

Langsam drehte sie sich zu ihm herum und sah ihn an. Ihr Gesicht war müde und verfallen:

»Wissen Sie auch, daß Andrew die Geschichte in allen Versionen zu hören bekommen wird, bevor ich sie ihm erzählen kann?« Sie rang die Hände. »Und was sie daraus machen werden, o Jeremy . . . Ein toter Kerl in der Küche, und Mrs. Maclay hat sich nicht gescheut, ihm das Blut abzuwischen.«

Dann lachte sie. Es klang schrill und hysterisch.

Am Morgen des nächsten Tages kehrte Andrew zurück. Sara lag noch wach. Sie lauschte auf die Hufschläge, die trocken und hart die Stille zerbrachen. Sie setzte sich auf. Vor der Veranda ging ein Posten.

Das Pferd nahm im vollen Galopp den Hügel. Dann hörte sie Andrews Stimme, die ungeduldig auf den Anruf des Postens antwortete. Seine schweren Stiefel knarrten über die Dielen. Sara entzündete eine Kerze und wartete ängstlich.

Er öffnete die Schlafzimmertür und blieb für einen Augenblick stehen. Seine Augen suchten in ihrem Gesicht zu lesen. Dann stieß er die Tür mit dem Fuß zu und stürzte auf sie zu. Sie fühlte seine Arme um ihre Schultern, er barg das Gesicht an ihrer Brust.

»Sara, o Sara . . .« Seine Stimme klang erstickt, und doch hörte sie Erleichterung heraus. Er zitterte am ganzen Körper. Aus seinen Kleidern stieg Pferdegeruch auf.

Er hob den Kopf. »Sofort als ich es hörte, bin ich losgeritten, ohne Pause, von Sydney bis hier. Sara, du bist doch nicht etwa verletzt?«

Sie schüttelte den Kopf: »Nein, nur todmüde, aber ich kann nicht schlafen.«

»Diese Schweinebande«, knirschte er. »Ist dir auch keiner zu nahe gekommen?«

»Nein, Andrew, sie haben die Nebengebäude niedergebrannt und geplündert . . . Das ist alles.«

»Und David?«

Sie lächelte leise. »David geht es gut. Er hat fast die ganze Zeit über geschlafen.« Der milde Ausdruck in ihren Augen wich erneut dem Entsetzen: »O Andrew, es war so schrecklich. Ich – ich muß dir so viel erzählen.«

Seine Hände umspannten ihre Arme. »Nein, jetzt nicht, Sara . . . Jeder kennt die Geschichte, in welcher Form auch . . . Du wirst sie mir erzählen, sobald du erst wieder fähig bist darüber zu sprechen.«

Sie schloß die Augen. Andrew küßte zart ihre Lider. »Geliebte«, flüsterte er, »zuerst hieß es, du seiest verletzt und dann sogar – tot. Erst in Parramatta erfuhr ich endgültig, daß du noch lebst.« Wieder barg er den Kopf an ihrer Brust und umklammerte sie wie besessen: »Gott im Himmel, wenn sie dich getötet hätten . . .«

Er sah ihr in die Augen: »Wenn ich dich nicht hätte, ich könnte nicht mehr leben.«

Sie hob die Hand und strich ihm das Haar aus der schweißfeuchten Stirn.

»Nie wieder soll so etwas vorkommen, bei Gott, nein. Nie mehr werde ich solchem Gesindel vertrauen, ich Narr. Aber das ist vorbei. Und es soll mir gleich sein, wenn ich zum verhaßtesten Mann in der ganzen Kolonie werde. Kein Sträfling hat von mir künftig noch Gutes zu erwarten. Von jetzt ab werde ich ihre Körperkräfte ausnutzen und mich den Teufel um ihre Seelen kümmern. Falls von denen wirklich einer eine Seele hat, so soll sie mich nicht scheren.«

Er löste seine Umarmung. Sara fiel in die Kissen zurück. Mit scharfem Ton hatte er gesprochen und ganz das Bild eines zornigen, leidenschaftlichen Mannes geboten, dem man sich zu widersetzen gewagt hatte. Sara spürte, daß er ein für allemal geschworen hatte, mit den Sträflingen in Zukunft anders zu verfahren. Andrew war noch nie sehr geduldig gewesen, jetzt aber würde er nie mehr auch nur die geringste Anstrengung machen, Geduld zu üben oder gar Gnade walten zu lassen.

Er erhob sich und trat einen Schritt vom Bett zurück. Zögernd meinte er: »Du brauchst sicherlich Ruhe, mein Liebling, ich gehe wohl lieber.«

Er wandte sich zum Gehen. Sie streckte ihm die Hand entgegen: »Aber, wolltest du mir nicht noch etwas anderes erzählen, das nichts mit den Sträflingen zu tun hat?«

Er zuckte leicht die Achseln: »Nein, nichts, das nicht Zeit hätte, bis du ausgeschlafen hast.«

Sie lächelte. »So müde bin ich nicht, die Neugierde ließe mich ja doch nicht schlafen.« Sie legte den Kopf zur Seite: »Komm, Andrew, erzähl es mir.«

Ein Lächeln erhellte seine Züge, alle Müdigkeit wich aus seinen Zügen. Mit einem Satz erreichte er ihr Bett und streckte sich neben ihr aus. Er lag auf dem Rücken und schaute zur Decke empor. »Du bist ein Prachtmädchen, Sara, ohne dich wäre ich verloren.« Er nahm zärtlich ihre Hand und schloß die Augen. »Ich möchte in Sydney bauen«, sagte er.

Sie setzte sich auf und beugte sich über ihn. Nun schlossen sich ihre Finger um seine Hand.

»Andrew, du willst Kintyre aufgeben?«

Er öffnete die Augen. »Nein, Kintyre behalten wir natürlich . . . Im Gegenteil, es soll sich noch vergrößern, genau so, wie wir es geplant haben. Wenn auch diese Bande viel vernichtet hat, Kintyre soll und wird die reichste Farm am ganzen Hawkesbury bleiben.« Wieder glitt ein breites Lächeln über sein Gesicht und ließ es wie das eines großen Jungen erscheinen. Er zog sie zu sich herab. Ihre Lippen berührten fast seinen Mund. »Kintyre ist aber nur ein Teil von dem, was ich erreichen will«, sagte er eifrig. »Sara, in Sydney rührt sich was. Die Welt da draußen fängt an, die Existenz dieser Stadt zur Kenntnis zu nehmen. Die reichen Handelsmöglichkeiten führen immer mehr Schiffe in den Hafen. Ja, ich bin fest davon überzeugt, die Kolonie geht einer Blütezeit entgegen, und Sydney ist ihr Hafen. Wenn man ihn erst richtig erschließt, braucht man Kaufhäuser und Speicher und Ladeplätze. Und da will ich dabeisein, will mir Land nehmen, damit ich mit dem Wachstum Schritt halten kann. Vielleicht beschaffe ich mir auch irgendein Schiff und lasse es auf eigene Rechnung mit Ladung die Ostroute befahren. Ich weiß, es ist ein gewagtes Spiel, aber mit dir zur Seite!«

Sie rückte ein wenig von ihm ab und blickte in sein Gesicht, das vor Ehrgeiz brannte und die Begeisterung eines jungen Mannes ausstrahlte. Die tiefe Stille von Kintyre, die sie so sehr liebte, hüllte sie ein. Im Geist sah sie schon, was sie dafür eintauschen würde: den Lärm und den Schmutz der häßlichen, kleinen Stadt, die sich in der Port Jackson Bay ausbreitete. Andrew erbat von ihr, daß sie in eine Welt zurückkehren solle, von der sie sich freigemacht hatte, eine Welt, in der Frauen und Vorurteile herrschten. Aber der Handelsmann lag ihm eben im Blut. Was er von ihr forderte, bedeutete Alleinsein und Einsamkeit während seiner langen Schiffsreisen. Kintyre würde nur noch ein Zufluchtsort sein, den man hin und wieder aufsuchte, eine Heimstätte, nach der man sich sehnte zwischen den bedrückend unschönen Häusern von Sydney. Ihr Blick wanderte zum Fenster. Der Friede des Hawkesbury-Tales war an diesem klaren Frühlingsmorgen tief und köstlich, und es fiel ihr nicht leicht zu begreifen, daß Andrew von ihr verlangte, das Leben auf Kintyre aufzugeben. Sie sah Andrew wieder an. Sanft strichen ihre Finger ihm über Nacken und Stirn und fuhren ihm liebkosend durch das feuchte Haar: »Geliebter«, sagte sie weich, »erzähl' mir genau, was du vorhast.«

Drittes Buch

Kapitel 1

Andrews Haus, das Ende Februar des Jahres 1800 fertig wurde, konnte man beinahe einen herrschaftlichen Wohnsitz nennen. Zwar mangelte ihm noch jene Großartigkeit, die Andrew sich eigentlich gewünscht hatte, aber es war wohlproportioniert und geräumig, mit großen schattigen Veranden, die auf den Hafen schauten. Er hatte es hoch über der Woolloomooloo-Bucht errichtet. Lärm und Staub der Hafenstadt mit den zahllosen Pferde- und Ochsengespannen und dem Strom rohen, ungezügelten Lebens, das sie beherrschte, konnten nicht bis zu seinem Hause dringen.

In den fünf Jahren, die seit Andrews Entscheidung, Hawkesbury zu verlassen, vergangen waren, hatte sich die Kolonie sehr verändert. Zwölf Jahre waren seit der Gründung ins Land gegangen, und sie hatte allmählich den Anschein von Beständigkeit gewonnen, wenngleich die Kolonialbehörde sich nur allmählich bereit fand, in ihr etwas anderes als eine Sträflingssiedlung zu sehen. Sie wuchs stetig, freie Siedler strömten ins Land. Kleinere Expeditionen, die meistens aus dem Bedürfnis nach neuem Land unternommen wurden, stießen längs des Flusses immer weiter vor und erschlossen das Hinterland. Noch mußten sie sich vor dem gewaltigen Bergmassiv geschlagen geben, aber Gouverneur Hunter tat alles, um Forschungen längs der Küste zu unterstützen. Matthew Flinders, ein junger Leutnant, hatte zusammen mit seinem Freund, dem Schiffsarzt George Bass, eine Entdeckungsfahrt durch eine Meeresstraße, die Bass früher einmal ein Stück weit erforscht hatte, gemacht und Van-Diemans-Land umschifft, um zu beweisen, daß es nicht mit dem Festland zusammenhing. Beide waren fast noch Knaben, und der südliche Ozean mußte seine Geheimnisse ihrer jugendlichen Abenteuerlust preisgeben.

Das Verwaltungssystem der Kolonie hatte sich jedoch seit Gouverneur Groses Zeit kaum geändert. Immer noch konnte sich die herrschende Clique des New South Wales-Korps mit dem Gewinn aus illegalem Rumverkauf und Handel die Taschen füllen, während die übrigen schwer um ihre Existenz ringen mußten. Dieser militärischen Diktatur war zwar nach außen hin mit der Ankunft Gouverneur Hunters ein Ziel gesetzt, aber in Wahrheit änderte sich nichts. Alles blieb beim alten, nur wurde nicht mehr ganz so offen und lärmend gehandelt. Der Gouverneur wurde mit spöttischer Nachsicht behandelt und mußte ihrem Treiben machtlos zusehen. Sie behielten ihr Monopol, die Ladungen der den Hafen anlaufenden Schiffe zu verkaufen, und wie eh und je destillierten sie Rum und vertrieben ihn illegal. Und wenn auch kaum noch im Namen der Regierung Landwirtschaft betrieben wurde, so forderten und bekamen die Offiziere dennoch Phantasiepreise für Getreide, ohne das die Kolonie nicht lebensfähig war. Hunter hatte sich hoffnungslos in dem Netz der Intrigen verstrickt, die in den drei Jahren, da die Kolonie ohne verantwortlichen Gouverneur gewesen war, gesponnen worden waren. Er war nicht der Mann, es mit Menschen aufzunehmen, die die Habsucht noch gerissener machte als sie gewöhnlich waren, und die Kontrolle über die Truppen mangelte ihm völlig. Die Soldaten gehorchten nur ihren Offizieren, die, wie es ihnen gerade paßte, die Befehle, die der Gouverneur erließ, vorwegnahmen, vereitelten oder einfach ignorierten. Es war von Anfang an ein ungleicher Kampf gewesen, und Hunter wußte nur zu gut, daß bald ein Stadium erreicht war, in dem ihm nichts anderes übrig blieb, als seine Niederlage offen zuzugeben. Und was erwartete ihn dann? Seine Rückberufung nach London . . . und die Hoffnung auf eine Pension.

Andrew Maclay hatte als Teilhaber an dem Gewinn in diesen ertragreichen Jahren seine Schäfchen ins trockene gebracht. Wie alle anderen Mitglieder des Handelsringes hatte er hübsche Summen eingesteckt. Kintyre war stetig gewachsen und galt noch immer als die blühendste Farm am Hawkesbury. Sein Traum, ein Warenhaus in Sydney zu besitzen, hatte sich erfüllt. Es war nicht leicht gewesen, aber nun stand es als Wahrzeichen seines Sieges, und auf der anderen Seite der Bucht war schon ein Lagerschuppen im Bau. Zudem war er eingetragener Eigentümer der Schaluppe Die Distel, die regelmäßig nach Osten segelte. Immer noch war er in aller Munde, als ein Mann, dem das Glück im Kartenspiel lachte, wie die Kolonie es noch nie erlebt hatte.

Aber damit hatte er keineswegs sein Haus über der Woolloomooloo-Bucht erbauen können. Um die Mittel dafür aufzubringen, hatte er die Kolonie verlassen und nach Osten segeln müssen. Und sogar nach London hatte es ihn verschlagen.

Als Andrew in jenem denkwürdigen Jahr 1795 verlauten ließ, daß er in Sydney Handel treiben wollte, wurde er mit neugierigen, aber auch spöttischen und boshaften Blicken angesehen. Er bekam ein Grundstück an einer lauten lärmenden Straßenkreuzung, dicht am Kai. Nicht gerade der Platz, so klatschte man in der Stadt, den ein Gentleman für seine Frau und seine Familie wählen würde, aber schließlich war die Frau ja nur ein ehemaliger Sträfling! In der Kolonie hatte man für Sara immer noch nur ein halb belustigtes, halb verächtliches Achselzucken. Aber dann mußte Sydney es erleben, daß das Geschäftshaus mit einer Wohnung im Obergeschoß innerhalb von sieben Monaten fertig wurde und Sara mit Sack und Pack auf einem Wagen aus Kintyre eintraf. Die oberen Fenster schauten auf den Hafen und zu dem Regierungsgebäude auf dem gegenüberliegenden Hügel. Die ungepflasterte Straße vor dem Haus war, je nach dem Wetter, in eine einzige Staubwolke gehüllt oder eine große Schlammpfütze, und, ob Tag oder Nacht, immer lärmte die rohe und kampfeslustige Bevölkerung Sidneys durch die Straße.

Als Sara eingetroffen war, abgespannt von der Reise und der Umwälzung ihres Lebens, hatte sie beim Anblick der belebten Straße einen Augenblick voller Bedauern an den Frieden gedacht, den sie mit Kintyre verlassen hatte. Dann aber hatte sie sich eifrig und tatkräftig der neuen Aufgabe zugewandt, in den kahlen Mauern ein Heim zu schaffen.

Bei der Eröffnung des Kaufhauses erschien sie nur kurz, und auch dann ließ sie sich nur selten sehen. Zwei Monate später wurde ihr zweiter Sohn geboren, den sie Duncan nannten. Und kaum war nach Meinung der Kolonie das Wochenbett vorüber, gab Mrs. Maclay dem Klatsch der gehässigen Stadtbewohner neue Nahrung. Man stelle sich vor, sie überließ David und das Baby einfach der Obhut Annie Stokes und erschien täglich im Warenhaus, die Kunden zu bedienen. Und zu ihrem Leidwesen mußten sie feststellen, daß das Kaufhaus förmlich von Männern überquoll, wenn Sara im Laden war. Die meisten dieser Männer mußte man sogar als Herren bezeichnen. Sara saß an einem schmalen Tisch und nahm die Bestellungen entgegen, besprach mit den Kunden die Möglichkeit, fehlende Waren schnell und sicher zu beschaffen, lächelte und plauderte mit ihnen und hatte bei all dem noch ein wachsames Auge auf die

jungen Gehilfen, die frisch aus England gekommen waren und
jetzt umherschwirrten und redlich schwitzten, nur um ihr zu
gefallen. Die Frauen sagten sich, Mr. Maclay müsse wohl
knapp bei Kasse sein, wenn seine junge Frau es nötig habe, die
Kunden zu bedienen. Ihre Männer zogen es vor, zu schweigen,
und blieben bei der ihnen liebgewordenen Gewohnheit, Maclays Kaufhaus häufig aufzusuchen.

Die Schaluppe Die Distel war immer noch Andrews größtes
geschäftliches Abenteuer. Er hatte sie gekauft, als sie nach einer
wahren Alptraumreise vom Kap her in den Hafen eingelaufen
war, die Takelage zerfetzt und überall leck. Nicht, daß ihr
Eigentümer ein Dummkopf gewesen wäre, aber er hatte einfach keine Lust, mit einem Schiff, das einem buchstäblich unter
den Füßen zerbrach, noch einmal eine Reise zu riskieren. Lieber verkaufte er es billig an Andrew, froh, dieser Last ledig zu
sein. Andrew, der auf eine gute Ernte in Kintyre hoffte, lieh
sich das Geld und ließ die Schaluppe überholen. In dem bunten
Völkergemisch im Hafen Sydneys fand er zwei Männer, die
sich als ehemalige Schiffsbauer ausgaben. Er nahm sie zur
Beaufsichtigung der ungelernten Arbeiter in Dienst, und die
Renovierung der Distel konnte beginnen. Das Material war
knapp, und da die Zeit drängte, verbrachte Andrew manchen
Nachmittag mit den Zimmerleuten bei der Arbeit am Schiffs-
rumpf. Im Spätsommer war die Distel endlich wieder see-
tüchtig.

Die Ernte erwies sich als ertragreich, Geld floß in Andrews
Taschen. Mit einem Gefühl der Erleichterung zahlte er sein
Darlehen zurück. Aus der seltsam gemischten Gesellschaft von
Seeleuten, die sich im Hafen herumtrieben, wählte Andrew die
Mannschaft für die Distel aus, und er fand auch einen flinken,
drahtigen Yankee-Kapitän, der gerade ohne Schiff war. Als die
Distel klar zum Segeln war, wurde plötzlich der Bootsmann
krank, und nach einer einstündigen, ernsten Unterredung mit
Sara, nahm Andrew seinen Platz ein. Mit der Flut lief die Distel
nach Kalkutta aus, und Sydney hatte das Vergnügen zu beobachten, wie Andrews Frau versuchte, mit dem Handelshaus
und der Hawkesbury-Farm fertig zu werden. Es bedeutete
ihnen ein reizvolles Spiel und einen amüsanten Zeitvertreib,
sie sich abmühen zu sehen. Das Warenhaus füllte sich mit
Männern, die herausfinden wollten, was sie wohl nun beginnen würde.

Und Sara machte noch bessere Geschäfte, als selbst Andrew für möglich gehalten hätte. Bald wurde sie – mit Jeremy Hogan an der Seite – ein vertrauter Anblick auf der Straße zwischen Sydney und Hawkesbury. Genau wie bei Andrews Anwesenheit ging in Kintyre alles seinen geregelten Gang. Sara nahm sogar Andrews Platz in dem Handelsring ein, wenn ein Schiff mit Ladung zum Verkauf im Hafen einlief. Zuerst nahm man ihre Gegenwart neugierig und ein wenig belustigt in Kauf, aber bald mußte Sydney erkennen, daß sie, was Geschäftstüchtigkeit betraf, Andrew in nichts nachstand, und daß man sie bei einem Handel nicht übers Ohr hauen konnte. Nicht eine Frau in der Kolonie könne sich mit ihr messen, hieß es bald überall. Aber Sara schien sich aus der öffentlichen Meinung herzlich wenig zu machen. Solange die Geschäfte sie in Atem hielten, die Viehherden auf Kintyre sich vermehrten und die Saat auf den Feldern gedieh, schienen ihr die Einsamkeit und der Staub, der während der Sommerzeit in ihre Wohnung drang, erträglich.

Sara wußte genau, daß die Klatschmäuler in der Kolonie nur darauf warteten, sie mit Jeremy ins Gerede bringen zu können. Die Freundschaft, die sie seit dem Ausbruch der Sträflinge verband, zeigten sie daher in der Öffentlichkeit nicht, und nie sah man Jeremy länger als nötig mit ihr zusammen.

In der Öffentlichkeit war er nicht mehr als Mr. Maclays Aufseher. Er war fast immer auf der Farm und kam nur nach Sydney, wenn Sara ihn ersuchte, ihr bei einem Verkauf beizustehen oder sie zu einer kurzen Erholung heim nach Kintyre zu holen. So wurde jeder Klatsch von vornherein unterbunden. Aber Sara und Jeremy wurden weiterhin scharf beobachtet.

Da Andrew günstigen Wind gehabt hatte, kam er mit der Distel Monate früher, als man ihn erwartet hatte, zurück. Er löschte eine Ladung, die alle Herrlichkeiten des Ostens enthielt: Kupferpfannen, köstliche Seide, Sandelholz, Porzellan, Kaschmirwolle und vieles mehr. Kein Wunder, daß die Menschen, die sich nach Glanz und neuen, reizvollen Dingen sehnten, in Massen herbeiströmten, um zu schauen, und wer es sich leisten konnte, kaufte. Noch nie zuvor war das Kaufhaus so überlaufen gewesen, nie waren die Regale so voller Ware. Jeremy war zur Unterstützung von Kintyre herübergekommen, und als er zur Farm zurückkehrte, begleiteten ihn Andrew, Sara und die Kinder.

Andrew erholte sich zwei Wochen lang im Frieden von Kintyre. Er ging mit Jeremy die Rechnungsbücher durch und zählte seine Herden. Dabei stellte er einen bemerkenswerten Güteunterschied zwischen der Wolle seiner Schafe und der vier Merinoschafe fest, die Sara dank ihrer Überredungskunst von Macarthur erworben hatte. Es war längst bekannt, daß Macarthur Versuche mit Wolle machte. Nicht umsonst galt er als bester Farmer der Kolonie. Er vertraute unerschütterlich auf die Zukunft der Merinoschafe. Andrew überlegte daher nicht lange, daß es sich lohne, denselben Weg zu beschreiten und ebenfalls Merinoschafe zu züchten.

Die kurze Erholung auf Kintyre schien Andrew neue Kräfte verliehen zu haben. Da er nun selbst erlebt hatte, was eine Fracht auf eigene Rechnung an Gewinn abwarf, konnte er der Versuchung, das Abenteuer zu wiederholen, nicht lange widerstehen. Kaum war er in Sydney zurück, ging er mit Eifer daran, die Distel auszubessern, und es währte keine zwei Monate, da segelte er abermals ostwärts. Vom Wohnzimmerfenster verfolgte Sara, wie die Schaluppe aus dem Hafen segelte, und ihre Augen begleiteten sie, bis sie am Horizont verschwand.

Niemals erfuhr die Kolonie alle Einzelheiten von Andrew Maclays zweiter Reise. Der Kapitän eines amerikanischen Schiffes brachte Sara noch Briefe aus Kalkutta. Sie erzählte keiner Menschenseele, welche Nachrichten sie enthielten, sondern sagte nur, daß ihr Mann vorhabe, nach London zu reisen.

Aber der Kapitän hatte eine ganz hübsche Geschichte auf Lager, eine Geschichte, die, wie er sich ausdrückte, die Runde in Kalkutta gemacht hatte, ein echtes Seemannsgarn, wie es sonst nur ein Seemann in müßiger Stunde spinnt. Nach einem überstandenen Sturm vor der Küste von Bengalen, so erzählte er, sei die Distel auf ein mit wertvoller Fracht beladenes Kauffahrteischiff aus Bristol gestoßen, das hoffnungslos gegen die Felsen getrieben sei. Es sei ein Stückchen echter Seemannskunst gewesen, eine wahre Glanzleistung, an das havarierte Schiff heranzukommen und es in den Hafen zu bringen. Und in Kalkutta sei man einstimmig der Meinung, daß Andrew Maclay das Bergungsgeld redlich verdient habe. So erzählte der Kapitän. Aber ob es die ganze Geschichte war, wußte niemand. Neunzehn Monate waren ins Land gegangen, seit die Distel von Port Jackson aus Segel gesetzt hatte, da segelte eines Tages eine Schaluppe in die Bucht von Sydney und warf direkt unter Saras Fenstern Anker. Sie trug wohl den Namen Distel, glich aber in nichts dem verbeulten Kahn, mit dem Andrew abgesegelt war.

In weniger als einer Stunde breitete sich die Kunde in der ganzen Stadt aus, daß Andrew Maclay zurückgekehrt war. Neugierige und nachdenkliche Blicke folgten ihm, als er an Land kam, folgten seinem Weg entlang der staubigen Straße und begleiteten ihn bis zu seinem Haus. Aber kein Mensch war Zeuge des Wiedersehens zwischen Sara und Andrew. Sie hatten sich in dieser ersten Stunde wohl viel zu sagen. Andrew ließ verlauten, daß er die neue Distel in London gekauft habe. Kein Wort mehr. Nicht über den Kaufherrn aus Bristol, noch über das Bergungsgeld! Aber daß er um neues Land nachsuchte und mit dem Bau eines neuen Hauses in der Woolloomooloo-Bucht begann, konnte nicht lange ein Geheimnis bleiben. Das Haus wurde zu einem großartigen Besitz mit Park und Ställen, wie ihn Sydney noch nie gesehen hatte.

Drei Wochen verstrichen, und wieder segelte die Distel gen Osten, immer noch unter dem Kommando des Yankee-Kapitäns. Diesmal blieb Andrew daheim. In Sydney munkelte man, daß Sara ihr drittes Kind erwarte.

Das Kind, wieder ein Sohn, wurde Sebastian genannt. Er kam noch in der alten Wohnung über dem Laden zur Welt; einige Wochen bevor das neue Haus fertig wurde.

Jetzt waren fast alle fest davon überzeugt, daß an der Geschichte mit dem Bergungsgeld etwas Wahres sei, woher stammte denn sonst all das Geld für die Verbesserungen auf dem Gut am Hawkesbury oder die Summe für das neue Gut bei Toongabbie, das Andrew soeben erworben hatte. Und die Möbel und seidenen Tapeten, die er aus England mitgebracht hatte, womit waren denn die bezahlt? Ja, Andrew gab Summen aus, über die ein kleiner Schiffseigner oder Kaufmann wohl kaum verfügen konnte. In den letzten Sommertagen des Jahres 1800 verließ Sara diese Straße, in der sie länger als vier Jahre gewohnt hatte, und die eine einzige Staubwolke war, und zog mit ihren drei Kindern in das neue Heim, das Andrew endgültig Glenbar getauft hatte. Das Volk sah zu und grinste hämisch bei dem Gedanken, daß nun wirklich und wahrhaftig ein ehemaliger Sträfling sich unterstand, ein Haus führen zu wollen, was ja wohl nur einer Dame von Geblüt zukam.

Im Spätsommer des Jahres 1800 kam ein Schiff in den Hafen, das die Nachricht brachte, Napoleon sei nach Frankreich zurückgekehrt. Er habe seine Armee in Ägypten verlassen, sei nach Paris geeilt, habe das Direktorium mattgesetzt und sich zum Konsul ausrufen lassen. Das Volk habe ihn mit frenetischem Jubel empfangen. Auch in Sydney debattierte man über Neuigkeiten, etwas gelangweilt zwar, aber man tat es. Man sagte sich, daß man vor fünf Jahren noch nicht einmal den Namen Napoleon gekannt habe. Man wußte, daß in diesen fünf Jahren Nelsons Aufstieg und ein neuer Sieg der Flotte bei St. Vincent- und Campertown verzeichnet worden war. In der gleichen Zeit hatte jedoch der englische Stolz und die Sicherheit des Landes auch einen empfindlichen Schlag erlitten, und zwar durch die Meuterei der Flotte oben im Norden und durch die Erhebung Irlands gegen das englische Mutterland im Jahre 1798.

Der Krieg in Europa zeitigte für die Kolonie drei ganz bestimmte Wirkungen. Das Kolonialsekretariat hatte weder Zeit noch Lust, den wachsenden Anforderungen nachzukommen. Mit dem Niederringen des irischen Aufstandes war das Land mit einer wahren Flut von politischen Sträflingen überschwemmt worden, deren jakobinische Ansichten und die besondere Art von Galgenhumor sie außerordentlich unwillkommen machten.

Aber das größere Übel, vom Standpunkt des Gouverneurs aus gesehen, war, daß er, solange der Krieg in Europa währte, nicht mit neuen Offizieren rechnen konnte, die begeistert waren, im New South Wales-Korps dienen zu dürfen und sich nicht aus Machthunger am Rumhandel beteiligen würden.

Kapitel 2

Jeremy zog nachdenklich die Stirn in Falten. Er hielt ein Weinglas in der Hand und sah sich im Zimmer um. In wenigen Tagen würde es der Salon in Maclays neuem Haus sein. Jetzt allerdings war es ungemütlich, da Wände und Fenster noch kahl waren und halb ausgepackte Kisten in wirrem Durcheinander umherstanden.

Mitten im Zimmer, an einem mit Kostbarkeiten aus China beladenen Tisch, standen Sara und Andrew und waren damit beschäftigt, eine kalte, gebratene Ente zu zerlegen. Ihre Gesichter trugen einen ruhelosen Ausdruck zur Schau, die beiden zeigten nicht eine Spur von Müdigkeit, obgleich sie doch seit Tagesanbruch auf den Beinen waren. Das Licht der Lampe, das die Falten in Andrews braungebranntem Gesicht schärfer hervortreten ließ und den warmen Glanz von Saras Haar vertiefte, ließ das Leuchten ihrer Augen und das Lächeln auf ihren Gesichtern noch strahlender erscheinen. Sara trug ein schlichtes Baumwollkleid, dessen Farben die Sommersonne gebleicht hatte, und Andrew seinen alten Rock, in dem er seinerzeit mit den Zimmerleuten auf der Distel gearbeitet hatte. Ihre Haltung zeigte Selbstvertrauen, und jede ihrer Bewegungen zeugte von jugendlicher Begeisterung. Jeremy hörte ihrer abgerissenen Unterhaltung zu.

»Und den Garten wollen wir diesmal gleich richtig anlegen.«

»Ja.« Sara hielt inne und legte ein Stück Fleisch auf seinen Teller. »Ja, aber nicht zu großartig, sonst paßt er nicht in die Landschaft.« Sie seufzte. »So schön wie der Garten in Kintyre wird er bestimmt nicht werden.«

Andrew warf Jeremy einen kurzen Blick zu:

»Hast du das gehört, Jeremy? Da baue ich meiner Frau das schönste Haus in der ganzen Kolonie, und in der ersten Nacht in diesem Haus fällt ihr nichts Besseres ein, als dem Garten in Kintyre nachzutrauern!«

Sara trat mit der Platte zu Jeremy.

»Wenn dieses Haus so viel Glück birgt wie das Herrenhaus von Kintyre, dann will ich zufrieden sein.«

Jeremy lächelte: »Das Haus in Kintyre werden Sie wohl immer lieben, es war so etwas wie Ihre erste Liebe, nicht wahr, Sara!«

Sie schürzte ein wenig die Lippen: »Vielleicht, Jeremy!«

Sie schoben ein paar Kisten zusammen, ließen sich darauf nieder und nahmen ihr Mahl ein. Ein breites, offenstehendes Fenster mit Aussicht auf die Bucht ließ den warmen Nachtwind des Spätsommers ein. Die Bäume regten sich leise, kein Laut im Haus störte die tiefe Stille. Die Arbeiter waren gegen Abend gegangen, und die Kinder schliefen schon in den behelfsmäßig aufgeschlagenen Betten in ihrem Zimmer über der Halle. Auch Annie hatte sich schon niedergelegt. Der Mond überflutete den Hafen mit seinem Licht, und über die Lampe hinweg konnte Jeremy den blassen Silberstreif auf dem Flußboden vor der langen Fensterreihe sehen.

Sara hob plötzlich den Kopf, schaute um sich und fing Jeremys Blick auf:

»Es ist so still hier und nirgends ein Licht. Man könnte fast glauben, wir wären in Kintyre.«

Andrew legte das Messer weg: »Warum sprichst du bloß dauernd von Kintyre? Das klingt ja, als gehörte es uns nicht mehr. Du weißt genau, daß du hin kannst so oft du Lust hast.«

In seiner Stimme schwang Ungeduld mit. Aber er beruhigte sich sofort wieder, als Sara sich ihm zuwandte und ihn zärtlich anblickte. Er griff nach ihrer Hand und streichelte sie. Jeremy fühlte Bitterkeit in sich aufsteigen. Konnten sie nicht warten, bis sie allein waren? Sie taten so, als gehöre er zu ihrem Glück. Sie hatten wohl vergessen, daß auch er ein Mann war, und konnten sich nicht vorstellen, daß er halb wahnsinnig wurde vor Verlangen, wenn er Sara lächeln sah, wie sie im Augenblick lächelte. In den Jahren seit der Meuterei auf Kintyre hatte sich ihre Bindung zu einer Freundschaft vertieft, die keiner Worte bedurfte. Für die Kolonie blieb er zwar Mr. Maclays Aufseher, und sobald Fremde zugegen waren, spielte er auch diese Rolle, aber wenn sie allein waren, so fühlten sie sich als Verschworene, die für das gleiche Ziel arbeiteten und kämpften. Dennoch quälte es ihn, Zeuge ihres ehelichen Glückes und der Gefühle sein zu müssen, die so deutlich in ihren Mienen zu lesen waren. Wenn man die beiden so miteinander sah, mußte man zu allem hin noch neidlos zugestehen, daß ihnen die harten Jahre ihrer Ehe und die drei Kinder kaum anzusehen waren.

Ungeduldig bückte er sich und nahm sein Weinglas vom Boden auf. Und plötzlich hörte er sich Worte sprechen, die er noch im selben Augenblick bereute, da sie ihm entschlüpften, weil sie seine vergeblichen Hoffnungen verrieten und den Schmerz, den es ihm bereitete, das Glück der beiden anderen mitansehen zu müssen.

»Erinnern Sie sich . . .«, stieß er hervor, um dann jäh abzubrechen.

Sie sahen ihn fragend an. Er preßte die Lippen zusammen und schluckte ein paarmal heftig.

»Ja?« frage Andrew.

»Erinnern Sie sich«, fuhr Jeremy langsam fort, »damals bei Ihrer Hochzeit brachte ich einen Toast auf die Herrin von Kintyre aus!«

Andrew überkam eine weiche Stimmung. Die Erinnerung an jene Nacht ließ seine Augen zärtlich aufleuchten. Minutenlang schwiegen sie, und sie gedachten des stillen Busches und des kalten Windes und sahen, wie in jener Nacht die Sterne leuchteten, hell und klar.

»Und ob ich mich erinnere«, flüsterte Andrew. »Das ist nun

schon bald sieben Jahre her.« Er sah seine Frau an. »Reiche Jahre für uns beide, wer hätte das damals geahnt!« Aber dann zuckte er leicht mit den Schultern. »Gleichviel, die sieben Jahre sind nur ein Anfang. Noch bleibt uns alles zu tun!«

Weich entgegnete Sara: »Wirst du denn nie zufrieden sein, Andrew?«

»Zufrieden?« Er lachte. »Nein. Nur Narren geben sich zufrieden. Soll ich vielleicht im Lehnstuhl sitzen und mich von dem Treiben da draußen einlullen lassen!« Er erhob sich.

Jeremy sah auf einmal die tiefen Falten um seine Augen, viel zu viele für seine Jahre. Die Augen blickten ein wenig müde und waren von einem matten Blau, als hätte sie die Sonne auf seinen langen Reisen auf dem Meer gebleicht.

»Ich will reich werden«, fuhr Andrew fort. »Nicht, was man hier unter Reichtum versteht, will ich haben. Nein, Reichtum, wie die Welt ihn kennt, Reichtum, den selbst London anerkennen muß.«

Andrew schritt erregt im Zimmer auf und ab, die Hände auf dem Rücken verschränkt. Die Lampe beleuchtete seinen fleckigen Rock, die zerknitterte, schmutzigweiße Hemdbrust und das wirre Haar, und doch, wieviel eindrucksvoller wirkte er jetzt, als trüge er jetzt Seide und Brokat und die Silberschnallenschuhe, die er aus London mitgebracht hatte. Da stand er, die Beine gespreizt, als hätte er Schiffsplanken unter sich. Mit einer schnellen Bewegung drehte er sich Sara zu:

»Eines Tages, Sara, bring ich dich nach London. Alles, was dein Herz begehrt, sollst du haben! Eines Tages . . .« Er lächelte breit: »Aber solange werden wir uns hier einrichten und Lärm und Schmutz in Kauf nehmen müssen.« Eine weit ausholende Bewegung seiner Hand umfaßte Bucht, Hafenstadt und das dahinter liegende Land. Begeistert fuhr er fort: »Land werde ich erwerben, immer mehr Land. Und Schiffe. Dieses Haus hier werde ich herrlich ausstatten. Es muß noch viel schöner werden! Paßt auf, ich zeige es euch.«

Er nahm ein Fischermesser, das er zum Öffnen der Kisten benützt hatte, hockte sich vor eine Kiste, rückte die Lampe näher und fing an, mit der Messerspitze tiefe Linien in den Deckel zu ritzen. Das harte Holz gab nicht leicht nach, und er fluchte leise vor sich hin. Sara und Jeremy sahen, wie allmählich der Grundriß des Hauses, so wie es jetzt war, unter dem Messer entstand.

»Seht«, sagte Andrew, deutete mit dem Messer auf die Zeichnung und drehte sich zu ihnen herum. Da horchte er auf, brach mitten im Satz ab und blickte zur Tür. Die Klinke wurde leise heruntergedrückt. Dann war es wieder ganz still. Auch Sara und Jeremy blickten zur Tür. Andrew richtete sich langsam auf, das Messer noch in der Hand, und schritt ruhig auf die Tür zu. Mit einem Ruck öffnete er – und vor ihm stand sein ältester Sohn, barfuß, das Nachthemd schleifte auf dem Boden. Er hielt die Hand ausgestreckt, als wollte er nach der Türklinke greifen.

»Papa!« stammelte er erschrocken.

»David!« Andrew schaute auf den Knaben hinab: »Laddie, was ist los?«

David trat zögernd über die Schwelle. Er blickte auf seine Mutter: »Ich bin aufgewacht. Ich habe euch gehört.«

Sara nahm ihn auf den Arm. Zufrieden kuschelte er sich an sie, lehnte den Kopf an ihre Schulter und blickte mit großen Augen im Zimmer umher. Er sah seinen Vater und Jeremy an und drehte sich dann eifrig zu Sara.

»Darf ich hierbleiben, Mama?«

Über seinen Kopf weg lächelte Sara zu Andrew hinüber: »Laß ihn ein Weilchen bleiben. In ein paar Tagen haben sie sich an das neue Haus und die Stille gewöhnt.«

Andrew nickte und hockte sich wieder vor seine Kiste. Sara, mit David auf dem Schoß, setzte sich neben ihn. Sie hüllte David fest in das Nachthemd, das Annie ihm genäht hatte, aber sofort kamen seine Füße wieder zum Vorschein, weil er vor Aufregung, bei den Erwachsenen sein zu dürfen, nicht stillsitzen konnte. Sara hielt ihn ganz dicht an sich gepreßt und legte ihre Hand auf seine Beine. Er griff danach, blickte aber dabei voller Verwunderung auf das Messer in der Hand seines Vaters.

Andrew hatte sich wieder seinem Plan zugewandt. Er grub noch ein paar Linien in das Holz. »Seht, dort kommt der neue Flügel hin. Nach Nordwesten, damit wir auch nachmittags Sonne haben.«

»Noch ein Flügel? Wofür denn?« fragte Sara.

»Dort wird der große Salon sein und die anderen Räume, die wir noch brauchen, und hier auf diese Seite wollen wir ein Gewächshaus bauen.«

»Ein Gewächshaus!?« Sara war verblüfft. Sie warf Jeremy einen Blick zu.

»Ja, warum nicht? Die Pflanzenwelt dieses Landes verdient viel mehr Aufmerksamkeit, als man ihr schenkt. Denk nur an all die

Orchideen. Wir werden uns einen Gärtner aus England kommen lassen. Und einen Rasen, terrassenförmig zum Meer abfallend, legen wir später auch an.«

Sara verbarg das Gesicht in Davids Haar: »Das klingt alles so großartig für eine kleine Stadt wie Sydney.«

Andrew lachte: »Sidney bleibt nicht immer klein. Jedenfalls, für meinen neuen Flügel kommen die Teppiche aus Persien, die Leuchter aus Venedig, darauf könnt ihr euch verlassen.«

Saras Augen funkelten plötzlich: »Und wann wird das sein?«

Er zuckte die Achseln: »Wenn der Handel einen solchen Aufschwung nimmt, daß ich meine Pläne verwirklichen kann. Wenn die Bevölkerung weiter anwächst und so unseren Handel fördert. Ich brauche zwei, nein, drei Schiffe.« Er winkte plötzlich ab: »Aber das ist Zukunftsmusik, und für den Augenblick ist das Haus, wie es jetzt ist, ja ganz hübsch.« Er öffnete weit die Arme, als wolle er den ganzen Raum umfassen. »Der neue Flügel des Hauses soll mehr ein Aushängeschild sein, wißt ihr! Es soll das sichtbare Zeichen dafür sein, daß wir Land am Hawkesbury haben, Schiffe im Hafen und Warenhäuser, die Frachten zu verkaufen. Noch zehn oder fünfzehn Jahre wie die vergangenen sieben, dann gibt es nichts, was ich nicht vermöchte.«

Während der letzten Sätze hatte er fest auf seine Frau und seinen Sohn geblickt.

Jeremy nippte gedankenvoll an seinem Wein. Er spürte das Selbstvertrauen in Andrews Worten, und er ahnte, daß sich seine Träume alle erfüllen würden. Auch er glaubte allmählich fest daran, daß das unwahrscheinliche Glück Andrews sein Leben lang treu bleiben würde, und daß er seine Ideen von Gewächshäusern und weiten Gärten in dem Land, das sich bisher noch nicht einmal selbst ernähren konnte, einst verwirklichen würde. Ja, er würde auch seinen neuen Flügel bekommen, und, wie er sich sehnlich wünschte, seine Größe und Macht damit zur Schau stellen können. Er war ein Abenteurer, ein Kaufmann, ein Spieler. Aber er kannte auch die Tücken und Härten aller Geschäfte und war zu klug, als daß er es hätte genug sein lassen, schöne Dinge nur ihrer Schönheit willen anzuhäufen. Nein, all die schönen Dinge sollten nur Zeugnis ablegen für ganz andere Güter: Land, Schiffe, Kaufhäuser, Warenspeicher. Ihm sollte es gleichsam als Erholung dienen, unter Einsatz seines Lebens all jene Dinge zu beschaffen, die das Leben erst ermöglichten.

Ein feines Lächeln umspielte Jeremys Lippen, als er das Wort ergriff:
»Wieder ein Toast. Diesmal auf Andrew Maclays Haus!«
Er hob den dreien sein Glas entgegen.

Kapitel 3

Unter der niedrigen Balkendecke im Hauptraum des Maclay-schen Warenhauses mischten sich die Düfte von Sandelholz, Gewürzen, Kerzen und Kaffeebohnen. Andrew nahm für sich in Anspruch, daß er in der Lage sei, jeden Bedarf der Siedler zu decken. Und die weiten Kaufhallen, bis zur Decke mit Waren vollgestopft, die die Distel einführte, gaben ihm recht. An den Wänden entlang standen bauchige Melassefässer, Mehlkästen und Zucker- und Reissäcke. Große runde Käselaibe lagen unter weißen Tüchern, von der Decke baumelten Speckseiten. In den Regalen und Borden türmten sich Ballen von Kattun und Musselin, auch einige Ballen Seide fanden sich dazwischen. Viele Fächer waren bis oben hin voll von Schuhen und Bibermützen. Gleich neben dem Eingang befand sich ein großes Gestell mit einer reichen Auswahl von Spazierstöcken und Reitpeitschen. Das Licht, das durch die offene Tür hereinflutete, fing sich in dem seidigen Glanz des feinen Holzes einer Gitarre. Mit einem Büschel bunter Bänder hatte Sara sie an einem Haken befestigt. Fröhlich baumelte sie hin und her, ein Beweis dafür, daß Andrew nicht nur kühne Behauptungen aufstellte, sondern daß er auch ernst machte.

An einem Aprilmorgen, ungefähr zwei Monate nachdem sie mit ihrer Familie nach Glenbar übersiedelt war, saß Sara an einem Tisch in einer der Fensternischen des Kaufhauses über den Rechnungsbüchern. Die Aprilsonne fiel über ihre Schultern auf die offen vor ihr liegenden Bücher. Über ihr hing ein Käfig, in dem ein grüner Papagei saß und ungereimte französische Brocken vor sich hin plapperte. Vor einem Jahr etwa hatte ihn ein dunkelhäutiger Matrose auf dem Arm ins Kaufhaus gebracht. David, der gerade seiner Mutter im Laden einen Besuch abstattete, hatte ihn sofort entdeckt und voller Entzücken mit ihm gespielt. Sara hatte ihn dann gegen eine unverhältnismäßig große Menge Tabak eingetauscht. Seitdem schaute er aus seinem Käfig auf das Leben und Treiben im Kaufhaus nieder. Er fühlte sich sichtlich wohl in dieser Atmosphäre von geordnetem Durcheinander. Damals hatte er einen anderen Namen gehabt, aber die Kinder bestanden darauf, ihn Old Boney zu rufen, so daß sich bald niemand mehr an seinen früheren Namen erinnern konnte.

Sara ließ sich von seinem Gekreisch nicht stören. Sie rechnete eine lange Zahlenreihe zusammen. Dann blickte sie auf und winkte einen der drei jungen Männer, die unter ihrer Aufsicht den Laden führten, zu sich heran:

»Mr. Clapmore.«

»Ma-am?«

»Wenn heute nachmittag der Eingeborene mit dem Fisch kommt, schicken Sie ihn bitte sofort in die Wohnung. Und denken Sie daran, ihm nur halb soviel Tabak zu geben, als er verlangt. Das letzte Mal hat er viel zuviel für den Fisch bekommen.«

»Sehr wohl, Mrs. Maclay.«

Sara kehrte zu ihren Zahlenreihen zurück und reckte sich wohlig in der warmen Sonne, die durch das offene Fenster schien. Der Tag war herrlich. Wie in jedem Jahr beglückte auch jetzt eine Reihe strahlender Herbsttage das Land und entschädigte es für die sengende Sommerglut. Die Luft war mild wie im Frühling, und wenn sich Wind regte, brachte er den Duft des nahen Busches und des Meeres mit. Mechanisch rechnete Sara die lange Zahlenreihe zusammen. Ihre Gedanken waren anderswo, sie sah Kintyre im Herbst vor sich, die mittägliche Stille des Busches und das Strömen des breiten Flusses. Der Federkiel ruhte auf dem Papier. Dann seufzte sie tief, gab sich einen Ruck und rechnete die Spalte noch einmal. Augenblicklich befand sich nur ein Kunde im Laden. Sie kannte den Farmer von Castle Hill vom Sehen. Er wählte gerade sehr sorgfältig einen bedruckten Kattun für seine Frau aus. Mittägliche Stille breitete sich in den Straßen aus. In einer dunklen Ecke des Ladens tickte laut eine Uhr, und Boney pickte unlustig in seinen Körnern herum.

Als ein Schatten im Flur auftauchte, blickte Sara auf und erhob sich lächelnd, um Major Foveaux vom New South Wales-Korps zu begrüßen.

»Guten Morgen, Major.«

Er verbeugte sich: »Guten Morgen, Mrs. Maclay.« Er wartete, bis Boneys Willkommensgeschrei aufgehört hatte: »Ich hatte

186

gehofft, Sie noch hier zu finden.«

»Kann ich Ihnen irgendwie behilflich sein?«

»O ja, Verehrteste, das können Sie wahrhaftig. Ich suche nämlich ein Geschenk.« Schwerfällig drehte er sich um. »Ich dachte an einen Schal. Ja, ein Schal wäre vielleicht das richtige.«

»Sicherlich«, sagte Sara und trat an ein Regal. »Ich habe hier einen aus China. Er ist entzückend.«

Sie griff nach einem Kasten und wandte sich zu ihm. »Es freut mich ganz besonders, daß Sie danach fragen, Major. Es war meine stille Hoffnung, daß jemand mit Geschmack und Kultur ihn kaufen würde, jemand, der so etwas Schönes zu würdigen weiß.«

»Hm . . . Danke für das Kompliment!«

Sie stellte den Kasten auf den Tisch, öffnete ihn und breitete die bestickte Seide vor ihm aus, ließ geschickt die Sonne darauf spielen und gab ihm Zeit, den Stoff zu prüfen und zu betasten. Es war, als hätte er ein Stück der Herrlichkeiten des Ostens in seiner Hand. Eine Zeitlang schwiegen sie beide, und während Foveaux überlegte, ob er den Schal nehmen solle, fragte Sara:

»Was gibt es denn für Neuigkeiten von der Speedy, Herr Major?«

Sie meinte das Schiff, das an diesem Morgen im Hafen Anker geworfen hatte. Immer wieder erregte die Ankunft eines Schiffes das Interesse der ganzen Kolonie. Alle waren gespannt auf die Passagiere, die Ladung, die Briefe aus der Heimat und die Neuigkeiten vom Kriegsschauplatz. Und waren auch Post und Depeschen noch an Bord, so war doch ihr Inhalt schon in ganz Sydney bekannt, und der Klatsch lief auf vollen Touren.

»Neuigkeiten, Mrs. Maclay?« Foveaux schaute auf. Seinen Mund umspielte ein Lächeln, das man wohl als boshaft bezeichnen mußte. »Keine Neuigkeiten, die wir nicht schon längst erwartet hätten. Aber die Art, wie sie uns jetzt serviert werden, ist doch etwas plötzlich. Unter den Passagieren der Speedy befindet sich nämlich Philip Gidley King. Er war damals unter Gouverneur Phillip Leutnant und Kommandeur von Norfolk, Sie erinnern sich sicherlich. Und es ist bereits bekannt, daß die Depeschen, die Mr. King heute morgen im Regierungsgebäude abgegeben hat, seine Ernennung zum Gouverneur enthalten. Unterzeichnet sind sie vom Herzog von Portland.«

Sara zog die Brauen hoch, sagte aber nichts.

»Hunter hat Order, mit dem erstbesten Schiff nach England zurückzukehren.«

Sara warf einen zur Vorsicht mahnenden Blick über die Schulter. Eine kleine Gruppe Männer betrat gerade den Laden. Leise sagte sie:

»Dann weiß man also drüben, was hier gespielt wird? Das Kolonialsekretariat hat erfahren, daß Hunter seine Instruktionen nicht erfüllen konnte?«

»Anscheinend!« Auch Foveaux dämpfte die Stimme. Sie waren beide genau im Bilde über ihren Anteil an den Machenschaften, die Hunter zum Scheitern gebracht hatten. Auch sie gehörten ja zu dem Kreis der Geldgierigen, den Hunter nicht zu durchbrechen vermocht hatte.

»Also ein neuer Versuch, die Kontrolle zu verschärfen«, stellte Sara fest, ohne sonderlich beeindruckt zu sein.

»Ganz gewiß, aber sie werden bald merken, daß mehr dazu gehört als ein neuer Gouverneur. Kein Gouverneur auf der ganzen Welt soll uns hindern können, Handel zu treiben, wie es uns beliebt. Und wer trägt denn das Risiko? Wir allein. Wir schaffen die Lebensmittel für die Kolonie, und mit unserem Geld führen wir die wenigen Waren ein, die das Leben einigermaßen erträglich gestalten. Dieser Schal gehört auch dazu.« Er nahm ihn auf, und die Seide bewegte sich in dem leisen Luftzug. »Darf ich fragen, was er kostet, Mrs. Maclay?«

Sara nannte mit einem freundlichen Lächeln die Summe.

Er zog die Brauen hoch, der hauchdünne Schal glitt ihm aus der Hand.

»Das ist ein schönes Stück Geld, Ma-am!«

Sie lächelte vielsagend: »Es kostete meinen Mann auch ein schönes Stück Geld, ihn herzubringen, Herr Major. Schauen Sie«, sie ließ die Seide durch ihre Finger gleiten, »nicht eine Spur hinterließ das Meerwasser. Nur sehr wenige dieser Kostbarkeiten kommen völlig unbeschädigt hier an. Da ist es kein Wunder, daß die Preise für die paar hübschen Dinge, die heil davonkommen, hoch sind.« Sie blickte ihn fest an. Dann legte sie sich mit der grazilen Anmut einer exotischen Schönen den Schal um die Schultern:

»Ja, wirklich, Ma-am. Aber seine jetzige Trägerin betont auch seine Schönheit mehr als erlaubt sein sollte.«

Sara nahm das Kompliment mit einem Lächeln, aber völlig ungerührt entgegen. Sie hatte in diesen vier Jahren gelernt, blitzschnell den geschäftlichen Wert eines solchen Komplimentes einzuschätzen. Zögernd ließ sie den Schal von den Schultern gleiten.

»Eigentlich fällt es mir schwer, mich davon zu trennen. Eine Frau verliert leicht ihr Herz an so hübsche Dinge.« Sie seufzte leise: »Darf ich ihn für Sie einpacken lassen, Herr Major?«

»Hm . . .« Er gab sich geschlagen. »Ja, bitte!«

»Ich bin sicher, er wird . . .«

Sara hielt inne. Major Foveaux hatte mit keinem Wort die Dame erwähnt, für die der Schal bestimmt war. Und sie hatte schon lange gelernt, daß man bei Geschäften Privatangelegenheiten der Kunden besser nicht erwähnte. »Ich bin sicher, Sie werden den Kauf nicht bereuen«, beendete sie daher ihren Satz.

»Hoffentlich nicht, Mrs. Maclay«, antwortete er und sah mit leisem Unbehagen zu, wie sie den Schal Mr. Clapmore zum Einpacken übergab. »Hat mich weit mehr gekostet als ich ausgeben wollte.«

Sara wandte sich ihm wieder zu. »Darf ich Ihnen noch etwas zeigen, Herr Major? Ich habe da ein paar Bänder und ganz entzückende Spitzen.«

»Nein«, entgegnete er hastig. »Nein, nichts dergleichen. Aber ich hab' da noch eine Proviantliste.« Er suchte in seiner Tasche und brachte einen gefalteten Zettel zum Vorschein. »Mein Hausverwalter sagt mir, der Bestand gehe zur Neige. Völliger Blödsinn, ich habe doch von der letzten Ladung so viel gekauft, daß man eine ganze Armee damit hätte füttern können. Es ist mir unerklärlich, wie das schon alles wieder verbraucht sein soll. Die Sträflinge im Haus bringen aber auch alles durch, sicherlich haben sie die Vorräte gestohlen und in Rum umgesetzt. Aber was soll ich machen? Natürlich könnte ich sie fortjagen und es mit anderen versuchen, aber wahrscheinlich sind die dann nur noch schlimmer.«

Unterdessen hatte Sara ihm die Liste abgenommen und war ganz überrascht über die Mengen, die er notiert hatte.

»Das ist ein großer Auftrag, Herr Major. Der Tee kostet sechs Shilling das Pfund und der Zucker vier.«

Er runzelte die Stirn: »So viel?«

Ruhig erwiderte sie seinen Blick. »Aber, Herr Major, die Preise sind Ihnen doch genau bekannt. Schließlich kaufen Sie sich doch regelmäßig Ihren Anteil an den Ladungen und setzen die Preise für den Verkauf mit fest. Und daß mein Mann diese

Preise nicht unterbieten darf, wissen Sie genau so gut wie ich.«

Foveaux zuckte nur mit den Schultern.

»Ich bin leider in der unangenehmen Lage, auf die Sachen im Augenblick angewiesen zu sein, ganz gleich, was sie kosten. Ich kann meinen Gästen nicht gleich am Anfang die schlechten Seiten der Kolonie zeigen. Sie erkennen sie noch früh genug, nicht wahr, Mrs. Maclay.« Er lachte voll und tief, als hätte er etwas sehr Lustiges gesagt.

Sara lachte gekünstelt und ließ sich an ihrem Pult nieder.

»Sie haben Freunde unter den Passagieren der Speedy, Herr Major?«

»Freunde ist zuviel gesagt, Verehrteste, ich hab Captain Barwell vor ein paar Jahren in London flüchtig kennengelernt. Er schrieb mir von seiner Absicht, hierher zu kommen, und natürlich war ich entzückt, ihm und seiner Frau meine Gastfreundschaft anbieten zu dürfen, bis sie sich hier eingerichtet haben. Barwell ist bei den Kämpfen in Holland verwundet worden und taugt wohl nicht mehr zum aktiven Dienst. Deshalb hat er sich in unser Korps versetzen lassen.«

Sara rührte sich nicht. Schweigend schaute sie zu ihm auf. Ihr Herz drohte stillzustehen. Wohl lag die Sonne noch auf ihrem Rücken, aber beim Klang des Namens, der da von Foveaux' Lippen kam, fror es sie plötzlich. Furcht, ja Panik überfiel sie. Sie preßte die Hand mit der Liste fest auf den Tisch, um das Zittern zu unterdrücken.

»Barwell«, wiederholte sie tonlos, »sagten Sie Barwell?«

»Ja, ganz recht. Richard Barwell. Kennen Sie ihn vielleicht?«

Verzweifelt suchte sie nach einer Ausflucht. Wo waren die Beherrschung und die Vorsicht, die sie in den verflossenen Jahren gelernt hatte? Sie waren plötzlich von ihr abgefallen. Ihr kam es so vor, als steckten zwei Frauen in ihr. Die eine, streng geschult in Selbstbeherrschung und Zucht, wußte ihre Zunge zu hüten, benahm sich stets korrekt, nur um den Klatschsüchtigen keine Nahrung zu geben. Diese eine hatte den Namen Richard Barwell tief in ihrem Herzen vergraben. Die andere war das ungestüme Mädchen von einst, das wegen seiner Liebe zu Richard Barwell aus dem Pfarrhaus von Bramfield geflohen war.

Und diese andere Sara wurde plötzlich übermächtig in ihr. Unbesonnen brach sie das lange Schweigen und gab zu, Richard Barwell gekannt zu haben. Sara fühlte, daß sie nun nicht mehr anders konnte, sie durfte Foveaux nicht gehen lassen, sie mußte die ganze Wahrheit erfahren.

»Barwell . . . Aus Kent?« fragte sie.

»Ja, ich glaube, sie stammen beide aus Kent. Sie ist die Tochter von Sir Geoffrey Watson, falls Sie ihn kennen.«

»Ich kannte die Familie einst«, war alles, was sie herausbrachte.

»Ach so . . .«

Der Major enthielt sich jeder weiteren Äußerung.

Es galt in der Kolonie als ungeschriebenes Gesetz, daß niemals über die Vergangenheit gesprochen oder eine diesbezügliche Frage gestellt werden durfte. Dieses Gesetz gewann von Jahr zu Jahr an Bedeutung, da die Zahl der Sträflinge, deren Strafzeit abgelaufen war und die also die Berechtigung hatten, sich freie Männer zu nennen, ständig wuchs. Mochten sie auch hinter dem Rücken eines Menschen über seine Vergangenheit klatschen, niemals durfte in seiner Gegenwart darüber gesprochen werden. Und dieses Verbot galt ganz besonders für Mrs. Maclay. Sie war schließlich die Frau des erfolgreichsten freien Siedlers, wenn sie auch von den Frauen ihrer Gesellschaftsklasse immer noch nicht anerkannt wurde. Es konnte ja sehr peinlich für sie werden, wenn da plötzlich ihre Vergangenheit in Gestalt Richard Barwells und seiner Frau vor ihr auftauchte. Das lange Schweigen sagte Foveaux deutlich genug, daß Fragen, wie und wann sie Richard Barwell und seine Frau kennengelernt habe, höchst unwillkommen sein konnten. Sara hob den Blick von dem Papier in ihrer Hand und sah Foveaux an.

»Ich wäre Ihnen sehr verbunden, Herr Major, wenn Sie unsere Unterhaltung gegenüber Captain Barwell mit keinem Wort erwähnten.« Oh, sie spürte es wohl, auch diese Bitte um seine Diskretion sprach die Sara von früher aus, das törichte, kleine Mädchen. Aber die vorsichtige, kluge Frau in ihr war machtlos dagegen.

»Natürlich, Ma-am. Ganz wie Sie wünschen.«

Sara beantwortete seine Verbeugung mit einem leichten Neigen des Kopfes.

Bis heute hatte sie in Foveaux immer nur einen ziemlich langweiligen, freundlichen Narren gesehen. Aber als sie ihn jetzt anblickte, sah sie Güte in seinen Augen und eine gewisse Verlegenheit. Vielleicht würde er doch nicht darüber sprechen, daß sie Richard Barwell kannte. Sie wünschte nur, er würde nun endlich gehen, anstatt mit diesem Ausdruck hilflosen

Staunens vor ihr zu stehen.

»Können Sie die Vorräte bald schicken lassen, Mrs. Maclay?« fragte er.

»Sofort, Herr Major.«

Dann verbeugte er sich und verließ den Laden mit den raschen Schritten eines Mannes, der froh war, einer peinlichen Situation zu entkommen.

Lange Zeit blieb Sara reglos an ihrem Pult sitzen, die Liste achtlos in der Hand haltend. Sie dachte nicht darüber nach, warum Richard Barwell wohl gekommen sei oder wie lange er bleiben werde. Dazu hatte sie später immer noch Zeit. Nur ein Gedanke beherrschte sie: er kam ungebeten und war unerwünscht. Er tauchte hier auf, und sie hatte geglaubt, daß sie ihn nie und nimmer sehen würde. In der warmen Sonne sitzend, um sich herum die gewohnte Geschäftigkeit des Ladens, mit dem Papagei über ihrem Kopf, der sich an die Stäbe seines Käfigs krallte, begann Sara, ihre Gefühle für Richard Barwell seit dem Tage, da sie Andrew geheiratet hatte, zu erforschen. Dabei entdeckte sie, daß sie in den ersten Wochen ihrer Heirat sehr oft an Richard gedacht hatte, voller Kummer und Schmerz. Dann war er langsam aus ihren Gedanken verschwunden, da Andrew immer mehr ihrer Wünsche erfüllte. Und dann waren die Kinder gekommen. Aber das Bild Richards in ihrem Herzen war etwas Eigenes, Unberührtes, das nichts mit ihrem Leben hier zu tun hatte. Es hatte auch zu keiner Zeit teilgehabt an ihrem Leben hier, es würde dieses neue Leben auch nie ernsthaft stören können. Ja, sie hatte ihn einst geliebt, und sie war der Meinung gewesen, diese Liebe sei längst erloschen. Es nahm ihr das Selbstvertrauen, dessen sie sich immer so sicher gewähnt hatte. Sich auch nur vorzustellen, daß sie womöglich diesmal, wenn er wieder vor ihr stände, nicht so leicht seine Liebe von sich weisen könnte, machte sie verzweifelt. Und voller Entsetzen und Bestürzung mußte sie sich eingestehen, daß sie, was Richard betraf, ihrer nicht sicher war. Schließlich ergriffen ihre eiskalten Finger die Liste:

»Mr. Clapmore!«

Er kam gelaufen. »Ja, Ma-am?« – Er stutzte. Bestürzt fuhr er fort: »Ma-am, ist Ihnen nicht gut? Sie sehen aus . . .«

»Es ist nichts«, unterbrach sie ihn scharf. »Bitte, erledigen Sie diesen Auftrag, und schicken Sie die Sachen sofort zu Major Foveaux.«

Er nahm die Liste und wollte sich entfernen.

»Und, Mr. Clapmore . . .« Sie sprach wieder freundlich und bedauerte ihren scharfen Ton von vorhin.
»Ma-am?«
»Bitte, rufen Sie einen Wagen, ich möchte nach Hause.«

Kapitel 4

Bennet stellte die Weinkaraffe neben Andrew, verharrte einige Minuten in respektvoller Haltung und verließ dann das Zimmer. Charles Bennet war Andrews neueste Errungenschaft, ein Luxus, den er sich leistete, und es machte ihm Vergnügen, damit zu renommieren. Es war ihm wohl bekannt, und auch ganz Sydney wußte es, daß Bennet früher bei einem Herzog im Dienst gestanden hatte und wegen heimlicher Trunksucht entlassen worden war. Aber was zählte das schon neben der Tatsache, daß er es verstand, bei Tisch geräuschlos zu bedienen, ohne das Geklapper, das eine Unterhaltung sehr stören konnte. Andrew hatte ihn zwar im Verdacht, daß er im Hause Seiner Gnaden höchstens Zweiter Lakai gewesen war, aber er verstand es eben, ein Mahl mit großer Würde zu servieren. Immerhin hatte man sich in der Kolonie um ihn gerissen.
An diesem Abend jedoch hatte Andrew keinen Blick für die Aufmerksamkeiten seines Dieners. Kaum hatte sich die Tür hinter ihm geschlossen, stand Andrew auf, nahm Glas und Karaffe und ging zu Sara, die am anderen Tischende saß. Er füllte die Gläser, zog einen Stuhl heran und setzte sich.
»Was ist los, mein Liebling?« Ängstlich forschend blickte er sie an. »Du bist bleich wie ein Gespenst. Den ganzen Abend schon, seit ich nach Hause gekommen bin.«
Erleichtert, aber auch ein wenig furchtsam, blickte sie ihn an. Wie gut er sie kannte.
»Lieber Andrew, man kann dich wirklich nicht täuschen. Den ganzen Tag warte ich schon darauf, mit dir sprechen zu können.«
Sie spürte, wie er sich bemühte, seine Besorgnis nicht zu zeigen.
»Ja? Und worüber?«
»Über . . .« Sie zögerte, ihr Blick senkte sich auf das Glas.
»Sara?«

Sie nahm all ihren Mut zusammen und schaute ihm fest in die Augen.

»Andrew, weißt du noch, was ich dir von den Barwells erzählt habe, von der Familie, in der mein Vater Lehrer war, ehe er starb? Erinnerst du dich, sie hatten einen Sohn, mit dem zusammen ich unterrichtet wurde, Richard Barwell.«

Seine Hand umschloß fest ihre Finger.

»Natürlich erinnere ich mich. Was ist mit ihm?«

Sara versuchte, das Glas an die Lippen zu führen, mußte es aber gleich wieder niedersetzen, so stark zitterte ihre Hand.

Langsam sagte sie: »Ich habe heute gehört, daß Richard Barwell mit seiner Frau in Sydney angekommen ist.«

»Mein Gott, er ist hier? Warum?«

»Ich weiß nicht. Oh, Andrew«, sagte sie unglücklich, »ich weiß auch nur, was Major Foveaux erzählt hat. Er ist mit dem neuen Gouverneur auf der Speedy gekommen und will hier ins Korps eintreten.«

»Und seine Frau?«

Ihre Lippen wurden ganz schmal: »Genau, wie ich erwartet habe. Er hat Sir Geoffrey Watsons Tochter Alison geheiratet.«

»Watson? Ist das nicht . . .«

»Ja, ganz recht, der mich damals beschuldigte, sein Geld gestohlen zu haben«, beendete sie seinen Satz. »Der mich in jener Nacht in der Schenke ›Zum Engel‹ in der Marsch fand.«

Sie legte ihre freie Hand auf die seine.

»Was soll ich nur tun«, flüsterte sie. »Was soll ich tun?«

Zerstreut blickte er auf ihre Hand und zeichnete mit einem Finger die fein durchschimmernden Adern nach. Einen Augenblick erschreckte sie der Gedanke, er könne sie schelten, weil sie Richards plötzliches Auftauchen so tragisch nahm. Sie konnte Andrew doch nicht gestehen, daß sie Richard einstmals liebte und Angst vor ihren Gefühlen hatte, falls sie ihn wiedersehen sollte. Andrew würde so etwas nicht verstehen können. Und er würde kaum eine Entschuldigung dafür finden. Die Sara, die ihr erstes leidenschaftliches Gefühl Sebastian und Richard Barwell geschenkt hatte, kannte er ja nicht. Sie durfte nicht erwarten, daß er die Nachsicht, die er immer und überall ihrer Vergangenheit gegenüber übte, auch noch auf die kindlichen Launen einer Sara ausdehnen würde, die ihm völlig fremd geblieben war. Er hob den Kopf. Sie forschte in seinen Zügen. Und langsam trat in seine Augen der eigenartige, abwesende

Blick, den er immer hatte, wenn er blitzschnell kombinierte, so schnell, daß sie ihm kaum zu folgen vermochte. Dann sah er sie an mit dem wachsam mißtrauischen Blick eines Mannes, der seinen Besitz bedroht sieht. Es war ihr Glück, um das er sich sorgte. Er würde mit allen Mitteln versuchen, Richard daran zu hindern, auch nur ein Wort aus ihrer Vergangenheit laut werden zu lassen. Der Ausdruck seiner Augen erschreckte und beruhigte sie zugleich, zeigte er ihr doch, daß sich Andrew keineswegs geschlagen gab wie sie. Sie hatte, da sie keine Möglichkeit sah, den Barwells auszuweichen, erst gar nicht begonnen, Pläne zu schmieden. Andrew war nicht auf Kosten anderer in seine jetzige Machtstellung gelangt und hatte dabei nicht die ihm zweifellos innewohnende Rücksichtslosigkeit entdeckt und noch mehr entwickelt. Seine Augen weiteten sich und glitzerten gefährlich. Die Linien um seinen Mund gruben sich schärfer ein. Dabei hörte er nicht auf, ihre Hand mit den Fingerspitzen zu streicheln.

»Hast du Angst, mein Liebling?« fragte er.

»Ja . . .«, entgegnete sie leise. »Ich habe Angst, wie noch nie in meinem Leben. Sie können mir so viel antun, sie können dir und den Kindern schaden. Alles, was du hier aufgebaut hast, können sie durch ihr Gerede vernichten.«

»Sie werden nicht reden!« Andrew schlug mit der Faust auf den Tisch. »Da habe ich auch noch ein Wörtchen mitzureden. Hab' nicht umsonst überall in der Kolonie meine Hände im Spiel. Mr. Barwell tut also gut daran, rasch zu begreifen, daß du weder ein ehemaliger Dienstbote in der Pfarrei noch ein freigelassener Sträfling bist.«

»Andrew«, hauchte sie, »was hast du vor.«

»Das weiß ich noch nicht genau. Zuerst muß ich einmal herausfinden, warum er eigentlich gekommen ist, damit wird es auch eine besondere Bewandnis haben. Und das werden wir ja bald wissen!«

Sie nickte langsam.

»Ich schaffe es schon, jeder Mann hat seine Achillesferse«, fuhr Andrew fort. »Ich glaube, die besten Auskünfte erhalte ich direkt an der Quelle. Wohnt er nicht bei Foveaux?«

»Ja.«

»Nun, dann . . .« Er erhob sich und stieß achtlos den Stuhl beiseite. »Mir scheint, ich habe mit Major Foveaux unaufschiebbare Geschäfte zu besprechen.«

»Andrew!« Sie hielt ihn am Arm fest. »Ich habe Angst. Die

Barwells könnten meine ganze Vergangenheit erzählen, wenn es ihnen Spaß macht. Und dann bekommt die Kolonie endlich zu hören, worauf sie schon seit Jahren sehr gespannt wartet.«

Er beugte sich zu ihr nieder und küßte sie fest auf den Mund. »Niemand wird dir weh tun, solange es in meiner Macht steht, das zu verhindern. Also Kopf hoch, mein Mädchen.«

Damit eilte er hinaus und ließ sie allein am Tisch zurück. Sie starrte vor sich hin. Das Glas stand noch immer unberührt neben ihr. Wohl hatte er ihr die Furcht vor dem Gerede genommen, aber die Angst vor ihrer alten Liebe zu Richard saß wie ein Gespenst neben ihr. Und dieses Gespenst würde erst weichen, wenn Andrew zurück war.

Trotz des Regens, der gegen die Scheiben schlug, hörte Sara Andrews behutsame Schritte auf der Treppe. Sie setzte sich im Bett auf und wartete. Vorsichtig drückte Andrew die Klinke nieder und trat leise ein. Die Kerze neben ihrem Bett flackerte heftig im Luftzug. Er schloß die Tür und kam an ihr Bett.

»Warum schläfst du nicht, Sara? Du hättest nicht warten sollen. Es ist schon sehr spät.«

Sie beugte sich vor und griff nach seiner Hand.

»Ich konnte nicht schlafen. Erzähl, wie war es?«

Er setzte sich auf die Bettkante. Feuchte Tropfen schimmerten in seinem Haar, als wäre er lange Zeit im Regen gestanden. In dem Kerzenlicht stach sein sonnengebräuntes, verwittertes Gesicht noch mehr als sonst von der blütenweißen Hemdbrust ab.

»Bessere Nachrichten, als ich zu hoffen wagte«, sagte er. »Ich ließ Foveaux einen kleinen Vorteil in einem Viehhandel. Wir leerten eine Flasche Madeira, und er wurde gesprächig. Er weiß inzwischen mehr über die Barwells, als er dir heute morgen erzählen konnte.« Er vergrub seine Hand in der Steppdecke, in einer kleinen Mulde zwischen Sara und sich. Dann blickte er sie an und fuhr fort: »Unter der Post, die die Speedy brachte, war auch ein Brief von einem Freunde Foveaux', der in Barwells Regiment gestanden hat. Durch ihn hat auch Foveaux die Barwells damals in London kennengelernt. Sieht aus, als hätten sie schon seit geraumer Zeit Geldsorgen. Es ging ihnen gut, solange Sir Geoffrey lebte, das Geld für sie verwaltete und sie großzügig unterstützte. Aber beide Barwells scheinen extravaganten Neigungen zu frönen, und da war es natürlich nicht einfach für sie, ihre Ausgaben plötzlich einschränken zu müssen, als der alte Herr von heute auf morgen alles flüssige Vermögen verlor.«

»Verlor, wieso?«

»Nun, er hatte Gelder in Schiffen stecken. Zwei davon brachten die Franzosen im Kanal auf, und eins verlor er im Karibischen Meer. Das Gut ist natürlich ein Erblehen. Als er starb, blieb Alison also nicht mehr viel flüssiges Vermögen.«

»Und dann?« drängte Sara.

»Dann lebten Captain und Mrs. Barwell von dem bißchen, das noch da war, bis auch das zur Neige ging.« Andrew sprach gemächlich, als genösse er richtig seine Geschichte. »Barwell merkte rasch, daß die verwöhnte Dame mit einer kleinen Offiziersgage nicht viel anfangen konnte, und auch für die Neigungen, die er im Laufe der Jahre entwickelt hatte, reichte sie nirgends hin. Wie Foveaux Freund dann weiter berichtete, haben sie beide ein Jahr lang bei Alisons Tante, einer Lady Linton gelebt. Anscheinend hatte diese alte Dame an Barwell einen Narren gefressen. Sie machte ihn richtig zu ihrem Schoßkind. Aber da sie nicht nur eine Dame von Welt ist, sondern auch einen ganz gesunden Menschenverstand besitzt, fand sie rasch heraus, daß Barwell auch nicht einen Finger rührte und sich ganz auf ihre Unterstützung verließ. Foveaux sagt, sie sei eine sehr tüchtige Geschäftsfrau. Und so ging es ihr auch nicht mehr aus dem Kopf, als sie hörte, daß man hier im New South Wales-Korps sein Geld von der Armee beziehe und darüber hinaus offensichtlich noch ein großes Vermögen erwerben könne. Foveaux ist der Überzeugung, daß sie die beiden hergeschickt hat, damit zu lernen, mit Geld umzugehen, bevor sie stirbt und ihnen ihr ansehnliches Vermögen hinterläßt.«

»Dann bleiben sie also endgültig hier und wollen hier siedeln?«

Andrew nickte. »Es sieht so aus.«

»Haben sie Kinder?« Sara konnte eine gewisse Schärfe nicht unterdrücken, als sie die Frage stellte.

»Nein, noch nicht. Foveaux meint, Mrs. Barwell sei sehr zart. Vielleicht, daß das hiesige Klima ihre Gesundheit kräftigt.«

»Treibhauspflanzen gedeihen nicht in dieser Hitze«, erwiderte sie.

Andrew lächelte ein wenig unsicher. »Gewann aus Foveaux' Reden eher den Eindruck, daß sie ein sehr lebhaftes Geschöpf mit wachem Verstand ist. Weißt du, eine von der Art Frauen, die mehr Kraft und Energie verschwenden, als sie sich eigentlich leisten können.«

»Dann hat sie sich wohl verändert«, entgegnete Sara kurz.

»Oder Richard hat sie gewandelt.« Sie zuckte mit den Schultern, ihre Mundwinkel zogen sich verächtlich herab.

»Immerhin wissen wir nun genau Bescheid. Jetzt müssen wir also abwarten und sehen, was sich weiter tut.«

Andrew beugte sich über sie und drückte ihre Hand.

»Wir haben keine Zeit zum Warten, Sara«, sagte er. »Ich habe schon Schritte eingeleitet.«

Sie hielt den Atem an: »Wie meinst du das?«

»Ganz einfach, mein Herz, ich habe Foveaux gebeten, mich den Barwells vorzustellen.«

»Andrew!«

Sein Blick verdüsterte sich, und seine Stimme klang ärgerlich.

»Ich sagte dir doch schon, daß ich nicht die geringste Lust habe, mich von Männern wie Richard Barwell einschüchtern zu lassen. Ich denke nicht daran, zuzusehen und abzuwarten, was er unternehmen wird. Ich mußte wissen, wie er sich zu dir stellt.«

»Und?« stieß Sara erregt hervor.

»Nun, Foveaux bat ihn aus dem Salon zu uns herein. Seine Frau hatte sich schon zur Ruhe begeben. Er kam sofort. Dann sprachen wir von dir, und er sagte, daß er Foveaux schon gefragt habe, ob er wisse, was aus dir geworden sei.«

»Was aus mir geworden sei?« wiederholte sie. »Sagte er es wirklich mit diesen Worten?«

Andrew schüttelte ungeduldig ihre Hand. »Wie sollte er denn sonst sagen? Nach allem, was er gehört hatte, konntest du ja auch in Newgate gestorben sein.«

»Ja, das stimmt, ich konnte in Newgate gestorben sein.« Sie zuckte ärgerlich die Achseln. »Aber weiter! Ich will alles wissen.«

»Alles? Bitte. Ich habe ihn mit seiner Frau für Mittwoch zum Dinner gebeten. Und er hat die Einladung angenommen, mit Freuden sogar.«

Sie fiel in die Kissen zurück und starrte ihn ungläubig an. »Du hast sie zu uns eingeladen, Andrew, das ist doch nicht dein Ernst!«

Er ließ ihre Hand los und ergriff sie bei den Schultern.

»Und warum nicht? Siehst du denn immer noch nicht ein, wie

wichtig es für ihn ist, mit seiner Frau zu uns kommen zu dürfen. Er möchte ganz einfach seine freundliche Gesinnung beweisen, wenn du es ihm nur gestattest.«

»O Andrew«, widersprach sie, »Richard und Alison hier?! Und so bald! Ich fürchte, dem bin ich nicht gewachsen, jedenfalls jetzt noch nicht.«

»Eines Tages muß es ja doch sein«, entgegnete er scharf. »Immer noch besser, du begegnest ihnen hier in deinem eigenen Heim, wo du die Situation beherrschst. Und überlege doch, sie sind gute Bekannte des neuen Gouverneurs, sie waren mit ihm auf demselben Schiff. Ihre Freundschaft kann wichtig sein, Sara!«

»Aber Alison wird rasch erfahren, daß mich die Offiziersfrauen nie besuchen oder einladen. Sicherlich weiß sie es schon. Sie wird einmal kommen und dann nie wieder.«

»Nun, das werden sie wahrscheinlich längst von unserem Freund Foveaux erfahren haben. Dennoch haben sie meine Einladung angenommen. Aber, was wichtiger ist, Sara«, fuhr er fort, »ich werde bald einen Weg finden, der die Barwells zwingt, unsere Freundschaft in Anspruch zu nehmen.«

Sie schlug die Augen nieder, regte sich nicht und überdachte das, was er gesagt hatte.

Er hatte sie für Mittwoch eingeladen. Heute war Montag. Zwei Tage also, sich damit vertraut zu machen, Richard zu begegnen, mit ihm zu sprechen . . . Zwei Tage, um zu lernen, ihre Gefühle zu beherrschen, so daß der scharfblickende Andrew nicht mißtrauisch wurde. Und dann das Unangenehmste von allem: Alison gegenüberstehen zu müssen, dem dünnen, schwarzhaarigen Mädchen, das sie hin und wieder in der Diele von Bramfield gesehen hatte. Genügten denn zwei Tage? Verzweifelt suchte sie nach einer Ausflucht, dieses Wiedersehen hinauszuschieben. Aber sie fand keine. Sie öffnete die Augen und fand Andrews Blick voll auf ihr Gesicht gerichtet. Dankbar spürte sie den Druck seiner Hände auf ihren Schultern.

»Ich werde morgen früh Julia Ryder eine Einladung schicken«, sagte sie. »Falls sie und James am Mittwoch kommen können . . .« Diesem Gedanken nachhängend, ließ sie ihren Satz unbeendet.

Julia machte es sich im Sessel des besten Gästezimmers auf Glenbar bequem und öffnete ihren Mantel. Aufmerksam schaute sie sich um. Sie prüfte alles sehr kritisch, dann nickte sie zustimmend: »Wirklich hübsch, Sara«, sagte sie. »Ihr habt das Haus ganz entzückend eingerichtet. Andrew ist schon ein staunenswerter Bursche. Das Haus paßt wirklich zu ihm. Bist du nun zufrieden? Bist du glücklich?«

Sara deutete aus dem Fenster, wo die Gärten schon in der Dämmerung verschwanden. Sie lachte leise und griff nach Julias Hut.

»Du kanntest ja unsere Wohnung über dem Laden und wirst verstehen, wie dankbar wir für den ruhigen, friedlichen Platz hier sind.«

»Nun, ich an deiner Stelle würde die Zeit über dem Kaufhaus nicht bereuen, meine Liebe«, erwiderte Julia und streckte ihre Füße auf einen Schemel aus. »Junge Menschen sollten nicht gleich von Anfang an alle Bequemlichkeiten haben. Es bleibt ihnen dann nichts zu wünschen übrig, das tut nie gut. Ihr habt doch aus dem Kaufhaus einen ganz hübschen Gewinn gezogen, und du hast viel gelernt dabei.« Sie musterte Sara prüfend: »Und soweit ich sehen kann, hat es dir nicht geschadet, oder?«

»Nein. Ich bereue es ja auch nicht«, sagte Sara und setzte sich auf die Bettkante. »Aber ich bin doch froh, daß wir diese Zeit nun hinter uns haben. Ich gehe noch jeden Morgen ins Geschäft, und sogar gern, aber es ist doch schön, den stillen Platz hier zu haben, wenn man mittags zum Essen heimkommt.«

Während sie miteinander plauderten, konnte Sara die Veränderung in Julias Erscheinung seit Weihnachten, da sie sie zum letztenmal gesehen hatte, in sich aufnehmen.

Damals war Andrew mit Sara und den Kindern für vier Tage in Parramatta gewesen, gleichsam als Abschiedsbesuch bei Ellen und Charles, die mit dem nächsten Schiff nach England sollten. Ellen kam in ein Pensionat für junge Damen nach Bath. Charles, der nicht wie sein Vater Neigung zur Landwirtschaft, dafür aber eine um so leidenschaftlichere Bewunderung für Lord Nelson zeigte, wollte in die Marine eintreten.

Seit Weihnachten war Julias Gesicht sehr schmal und hohlwangig geworden. Sie war sehr blaß und machte einen müden, erschöpften Eindruck. Der Tribut, den hier der lange heiße Sommer einer alternden Frau abverlangte. Auch ihre Bewegungen waren langsamer geworden. Nur der ruhige, bestimmte Klang ihrer Stimme schien unverändert. Ihr Haar durchzogen feine Silberfäden.

Julia unterbrach Saras Gedanken:

»Was ist eigentlich los, Sara? Ich mußte sicher diesen langen Weg nicht nur machen, um Lebensweisheiten anzuhören. Heraus mit der Sprache! Dein Brief sagte nicht viel. Da hab' ich einfach gepackt, im guten Glauben . . .« Sie machte eine ungeduldige Bewegung: »Ich hoffe jedenfalls, deine Bitte, ich solle ein Abendkleid mitbringen, bedeutet, daß ein Fest stattfindet. Ich dürste nach Zerstreuung.«

»Geliebte Julia«, sagte Sara, »du bist immer die gleiche. Möchte bloß wissen, wie oft ich schon zu dir gekommen bin, um dir mein Herz auszuschütten. Weißt du noch, das erste Mal auf der Georgette?«

»Und ob, und mein Rat war doch wirklich gut damals, Madam?!« Julia zog die Stirn in Falten: »Also, was hast du diesmal auf dem Herzen?«

Sara holte tief Luft. »Diesmal ist es nicht so einfach, Julia. Ich muß dir etwas beichten, was bisher nur ich – und Richard Barwell wissen.«

»Barwell? Habe ich diesen Namen nicht schon einmal gehört? Ist das nicht ein Passagier der Speedy? Er hat doch die Tochter eines Baronets zur Frau, nicht wahr?«

»Wie rasch so etwas herumkommt!« Sara mußte unwillkürlich lachen. »Ja, ganz recht, Alison ist die Tochter eines Baronets. Stell dir vor, Julia, eine echte Lady, endlich eine Frau, mit der die Kolonie Staat machen kann. Sie ist sogar die Nichte einer Gräfin! Oh, wie sie sich darum reißen werden, sie einzuladen! Ihre Kleider und Manieren wird man geflissentlich nachahmen, denn trotz aller Neureichen mangelt es in der Kolonie immer noch an richtigen Damen, nicht wahr?«

Julia überhörte den scharfen Ton dieser Bemerkung. Etwas ärgerlich entgegnete sie: »Genug, Sara! Komm zur Sache.«

Sara rückte bis an das Kopfende des Bettes und fing an zu erzählen. Die Dämmerung warf Schatten in dem geräumigen Zimmer, und leichter Nebel zog vom Meer her durch die Fenster. Sara hielt ihre Augen fest auf Julia gerichtet, deren Antlitz vom Kaminfeuer mit warmem Licht überstrahlt wurde.

Wie leicht war es doch, sich bei einer solchen Frau auszusprechen! Sie war älter und klüger als sie, ein Mensch, dem man die Geschichte von dem trinklustigen Sebastian Dane in Rye und vom Pfarrhaus in Bramfield getrost anvertrauen konnte. Nun bekannte sie auch den wahren Grund, weshalb sie damals in der frostigen Frühlingsnacht in die Marsch hinaus geflohen war: »Wir liebten einander, das weiß ich genau, wenn wir auch damals noch Kinder waren. Aber alles stand gegen uns, und das war einfach zu viel für Richard gewesen. Ich verachtete ihn wegen seiner Schwäche. Das hätte ich nicht tun sollen! Denn schließlich hatte ich nichts zu verlieren, er aber alles!«

»Weiß Andrew davon«, fragte Julia. »Kennt er deine Gefühle für Richard Barwell?«

»Nein, er weiß nur, daß ich eine Zeitlang im Pfarrhaus gearbeitet habe. Aber von meiner Liebe zu Richard habe ich ihm nie auch nur ein Sterbenswörtchen gestanden. Warum auch?! Als ich Andrew heiratete, glaubte ich fest, Richard Barwell sei für immer aus meinem Leben verschwunden. Er war tot für mich.«

Nach einer kurzen Pause meinte Julia trocken: »Und jetzt lebt er, ist hier, und Andrew hat eine Einladung erzwungen.«

»Ja«, antwortete Sara kleinlaut. »Du kennst doch Andrew. Immer muß er den ersten Schritt tun. Natürlich hätte sich über kurz oder lang diese Begegnung nicht vermeiden lassen. Aber jetzt ist es einfach zu früh für mich! Denk doch, Julia, morgen abend schon! Ich mache mich bestimmt unmöglich . . . Oder Andrew bemerkt, daß . . .«

»Unsinn«, entgegnete Julia. »Von allen Menschen, die ich kenne, kannst du mir am wenigsten weismachen, daß du dich nicht zusammennehmen kannst, wenn du mußt und willst. Solange du hier bist, hast du dich so benommen, daß niemand auch nur den geringsten Grund fand, über dich zu reden. Richard Barwell kann doch nicht im Ernst deine Gemütsruhe stören! Nach all den Jahren!«

Sara wich Julias Blick aus.

»Weiß ich denn, was er tun wird? Schließlich habe ich mich schon einmal wegen Richard zum Narren gemacht. Wer steht denn dafür, daß es mir nicht ein zweites Mal passiert? Wenn ich auch all seine Fehler und Schwächen kenne, zu gut kenne, ich liebe ihn immer noch. Wenn es nun genau so wird wie damals?«

»Sara, Sara! Es wird nicht genauso sein, es sei denn, du willst es. Oder Richard. Du mußt einfach vergessen, daß Richard je etwas anderes für dich war als der Schüler deines Vaters. Mache dir keine Hoffnungen auf etwas, das du nie bekommen wirst. Und, Sara« – Julias Stimme klang hart –, »denk daran, um deinen Mann beneiden dich viele Frauen in der Kolonie!«

Sara erhob sich, ergriff den Wachsstock und beugte sich über das Feuer, um ihn zu entzünden. Sorgfältig trug sie ihn quer durch das Zimmer zu dem Kerzenleuchter auf dem Kaminsims und sah zu, wie die Dochte der Kerzen Feuer fingen. Dann blies sie die Flamme in ihrer Hand aus, der Rauch stieg ihr beißend in die Nase. In plötzlicher Verzweiflung stützte sie die Ellbogen auf den Kaminsims und legte den Kopf in die Hände.

»O wäre er doch nie gekommen, Julia!« flüsterte sie und starrte ins Feuer. »Warum, sag, warum mußte er kommen?«

Kapitel 6

Bei dem ersten Knirschen der Wagenräder draußen vor der Auffahrt erhob sich Andrew schnell, und auch Sara, die ihn die ganze Zeit beobachtet hatte, stand langsam auf. Julia und ihr Gemahl, die gespannter waren, als sie es sich eingestehen mochten, verrieten gleichfalls Unruhe. James spielte mit seiner Taschenuhr, verglich die Zeit mit der kleinen französischen Uhr auf dem Kaminsims und ließ den Deckel auf- und zuschnappen. Sie hörten Bennets eilige Schritte in der Halle. Leises Stimmengewirr wurde vernehmbar, und dann hörten sie die Schritte des Dieners sich dem Salon nähern. Die Flügeltür sprang auf, und mit einer Geste, die eher nach London gepaßt hätte als in diese rauhe Koloniestadt, meldete er: »Captain und Mrs. Barwell.«

Sara machte einen kleinen Schritt vorwärts. So sehr sie versuchte, sich zu bezwingen, ihr erster Blick galt Richard. Da stand er also in der funkelnagelneuen Uniform des New South Wales-Korps, ein Lächeln auf den Lippen und in den Augen eine Frage.

Als sie ihn das letzte Mal gesehen hatte, es war damals, als er nach seinen Weihnachtsferien Abschied nahm, stand er unglücklich in der Diele von Bramfield. Jetzt war eine leichte lässige Eleganz um ihn, die sie an ihm noch nicht kannte. Sein

Gesicht war schmaler geworden und noch hübscher, als sie es in Erinnerung hatte. Ja, da war noch die blasse Narbe, nicht stärker als ein Baumwollfaden, die über seine Stirn lief und sich im Haar verlor, das an den Schläfen graumeliert war. Mit einem Blick wurde sie gewahr, daß er das ein wenig überhebliche Selbstbewußtsein eines Mannes hatte, den Frauengunst verwöhnte. Sie vermutete, daß es ihm dank dieser Frauengunst gelungen war, in der großen eleganten Welt, von der er in seiner eintönigen Jugend in der Romney-Marsch geträumt hatte, Aufnahme zu finden. Und doch war es ihr ein leichtes, trotz der Veränderung den Richard Barwell wieder zu entdekken, den sie einst gekannt hatte. Da stand er und lächelte sie an mit einem knabenhaften Lächeln, und seine Augen baten um Vergebung und flehten erneut um ihre Gunst. Gleichzeitig aber, sie spürte es wohl, war er fest überzeugt, daß sie ihm ja doch nicht widerstehen konnte.

Dann glitt ihr Blick zu Alison. Auch Alison lächelte. Ein nichtssagendes, einstudiertes Lächeln. Sie trug ein wunderschönes Kleid aus eisvogelblauem Atlas, das ihre weiße Haut und ihr dunkles Haar hervorhob. Neben Richards hoher Gestalt wirkte sie unglaublich zart. Ihre schmale Hand ruhte voller Besitzerstolz auf seinem Arm. Ihre Erscheinung verfehlte ihre Wirkung auf Sara nicht, sie war nicht eigentlich schön, aber sie hatte wunderschöne Augen und schwarze Brauen, die wie mit einem Pinsel in ihre Stirn gezeichnet waren. Sie war schlank und hielt sich sehr gerade. Und wie um Richard, war auch um sie der Hauch der großen Welt.

Sara beendete ihre Betrachtungen. Mit dem Gefühl, daß sie schon zu lange gezögert hatte, eilte sie auf die beiden zu und bemühte sich um ein freundliches, einladendes Lächeln.

»Guten Abend, Mrs. Barwell«, sagte sie und reichte Richards Frau die Hand. Alison antwortete mit ruhiger, kühler Stimme. Dann streckte Sara Richard ihre Hand entgegen.

Er nahm sie, verbeugte sich und schien gar nicht zu merken, daß er sie zu lange festhielt.

»Meine liebe Sara, wie ich mich freue, dich wiederzusehen!«

Er sah die feine Röte, die ihr bei diesen Worten in die Wangen stieg. Nein, er hatte sie nicht treffen oder gar ärgern wollen, aber wie er sie und ihren Stolz kannte, würde er sie in einer solchen Situation immer verletzt haben, was immer er auch gesagt hätte. Er musterte sie genau. Die Jahre in dem harten Klima von New South Wales hatten ihre Spuren hinterlassen.

Ihre Haut war dunkler geworden, und die Sonne schien ihr Haar gebleicht zu haben, es schimmerte fast weiß im Kerzenlicht. Dennoch mußte sie als schön bezeichnet werden, schöner, als es das Gesicht des Mädchens von Bramfield einst verhieß. Er hatte ganz vergessen, wie groß sie war. Auch die Art, wie sie einen unbeirrbar anschauen konnte, mußte er erst wieder entdecken. Ihr Gewand hatte die Farbe blasser Jade, und die reiche Goldstickerei an dem knappen Mieder sagte ihm, daß es aus dem Osten kam. Begierig nahm er jede Einzelheit ihrer Erscheinung in sich auf – er wollte sich ein Bild machen von dieser Frau, deren Schicksal schon legendär war, ein Teil der Geschichte der Kolonie. Die öffentliche Meinung nannte sie ehrgeizig, hart und habsüchtig, aber nirgends hatte er sagen hören, daß sie nicht eine vorzügliche Frau und Mutter sei, die von ihren Kindern vergöttert wurde. Er wußte schon, daß sie während der Reisen ihres Mannes auf der Distel sowohl die Farm als auch das Kaufhaus mit Erfolg geleitet hatte. Und er hatte auch schon erfahren, daß sie während einer Meuterei am Hawkesbury mit einer Bande von Sträflingen fertig wurde, und einen, der sie bedrängte, mit einem Dolch tötete. Er mußte sie bewundern, wenn er an die junge, leidenschaftliche Sara aus der Marsch dachte, die nun als Herrin des reichsten Hauses in der ganzen Kolonie vor ihm stand. Klatschmäuler verbreiteten zwar, sie habe das alles mit Hilfe eines Gemahls erreicht, der noch härter und ehrgeiziger sei als sie selbst. Aber besagte das schon viel in einer Kolonie?

Merkwürdig, solche Geschichten über ein Mädchen zu hören, das einst so froh und glücklich an einem Sommerabend mit ihm auf den Deichen der Romney-Marsch entlanggeschlendert war. Ja, sie war seltsam. Seit seiner Heirat hatte Richard in vielen großen Häusern Londons verkehrt und vor den Augen so mancher schönen und vornehmen Frau Gnade gefunden. Er war wie kaum einer beliebt gewesen, ja er war bewundert worden, und doch mußte er sich sagen, daß ihn in all den Jahren keine Frau so angesehen hatte, wie diese hier. Er mußte sich aber auch gestehen, daß es noch keine Frau fertigbrachte, ihn so aus der Fassung zu bringen, wie Sara jetzt.

Sie befreite ihre Hand aus der seinen.

»Ich freue mich auch, dich zu sehen, Richard.«

Dann wandte sie sich ab, um Alison ihren Gemahl vorzustellen.

Noch immer hatte es Sara beruhigt, an dem in einen Rahmen gespannten Gobelin zu arbeiten. An diesem Abend jedoch vermochte sie kaum die Nadel zu halten, so sehr zitterten ihre Finger. Das schier endlose Mahl war vorüber. Ein Blick auf die französische Uhr sagte ihr, daß Andrew mit den Männern ungewöhnlich lang über dem Portwein saß.

Julia und Alison hatten ihr gegenüber Platz genommen und machten Konversation. Sie unterhielten sich über all die Neuigkeiten, die in London Tagesgespräch gewesen waren, als die Barwells die Stadt verließen. Sara wurde gewahr, daß sie zwar gelegentlich eine Bemerkung fallen ließ, im übrigen kaum an dem Gespräch teilnahm. Ihre Gedanken weilten bei Richard. Die Stunde beim Mahl war schlimmer für sie gewesen, als sie befürchtet hatte. Ein fortwährendes verzweifeltes Ringen um Selbstbeherrschung, ständiges Bekämpfen eines Gefühls, das sie mit einer Macht überfiel, wie sie es noch nie erlebte. Während der ganzen Zeit hatte Richard erzählt und gelacht, sie alle unterhalten und mit Witzen und Anekdoten erheitert, die er leicht und gewandt vorzutragen wußte. Und wie er dasaß, das Weinglas langsam in der Hand drehte und lächelnd die Unterhaltung lenkte! Sie hatte ihn einfach ansehen müssen. Sie war sich wie ein unerfahrenes junges Ding vorgekommen, nach dem er einfach die Hand ausstreckte, um es an sich zu ziehen! Was nützte es ihr schon, daß sie sich immer und immer wieder vorsagte, Richard sei ein Schwächling, er spiele bloß mit dem Leben und warte nur darauf, daß ihm die besten Dinge in den Schoß fielen, daß er Andrew bei weitem nicht das Wasser reichen konnte, wenn er auch im Augenblick ihre ganze Aufmerksamkeit zu fesseln verstand wie einst in Bramfield. Ach, sie war immer noch das kleine Mädchen, das mit ihm an einem herrlichen Frühlingstag die Marschdeiche erkundete. Sie war immer noch ganz bezaubert von ihm, ihm willfährig und nur zu bereit, seinen Wünschen nachzugeben. Sie war wie eine Motte, die ins Licht fliegt, obwohl sie weiß, daß es sie verbrennen wird. Und das Licht leuchtete und lockte vor ihren Augen.

Sie mußte verrückt gewesen sein, als sie sich in all diesen Jahren einzureden versuchte, sie könnte Richard einfach aus ihrem Gedächtnis streichen. Wohl gehörten Andrew ihr Herz und ihre ganze Ergebenheit und Treue, aber ihr Innerstes und Geheimstes gehörte auf ewig Richard. Und jetzt war er gekommen, sein Recht zu fordern, als hätte es nie eine Trennung gegeben. Sie schämte sich und hatte Angst, ja sie war wütend auf ihn, weil er ihre Schwäche erkannte. Er tat unbefangen, er sprühte vor guter Laune und gab sich leichtsinniger, als er in Wirklichkeit war, eine verbindlich lächelnde Maske, hinter der Richard sein Wissen um ihre innere Verfassung verbarg, nämlich, daß sie wieder die nachgiebige Törin, die eifrige Sara war, die lächelte, weil er es wünschte, und die mit ihm traurig war, wenn er es zu sein beliebte: »Oh, verwünscht sollst du sein, Richard«, flüsterte sie in sich hinein, »und doch liebe ich dich noch immer!«

In Gedanken versunken stichelte sie an ihrem Gobelin herum und hörte nur halb den beiden Frauen zu, die sich angeregt zu unterhalten schienen. Gottlob war Julia da. Sara war der reiferen Freundin für ihre Gegenwart von Herzen dankbar. Julia beherrschte die Lage vollkommen. Sie führte das Gespräch so, daß Saras Schweigen nicht auffiel. Sie half Sara, die schreckliche Zeit bis zur Rückkehr Andrews zu überbrücken, der ihr dann schon beistehen würde. Ihre Augen brannten von heimlichen Tränen. Sie hätte gerne laut geweint aus Zorn und Verzweiflung über die unerwartete Wendung, die die Sache genommen hatte. Der Gedanke, daß noch vor vier Tagen Richard für sie nicht existiert hatte, daß er nicht mehr als eine halbvergessene Erinnerung gewesen war, machte sie ganz elend. Was sollte werden?

So sehr sie auch mit sich und ihren düsteren Gedanken beschäftigt war, bemerkte sie doch sofort, daß Alison sich erhoben hatte und auf sie zukam. Sie wollte sich Saras Arbeit anschauen, Sara zeigte sie ihr widerstrebend.

Richards Frau neigte den Kopf und schaute eine ganze Weile auf den Stickrahmen.

»Oh, wie entzückend, Mrs. Maclay«, meinte sie schließlich. »Und wie schnell Ihnen die Arbeit von der Hand geht.«

Diese Phrase steigerte Saras Mißstimmung nur noch. Aber sie beherrschte sich und zwang sich zu einem Lächeln.

»Ja, ich habe immer sehr schnell gearbeitet. Sie wissen sicherlich noch, daß ich seinerzeit in einem Londoner Modenhaus beschäftigt war.«

Alison wandte sich ab. Die Seide ihres Gewandes knisterte bei der jähen Bewegung, und Sara vermeinte, einen Anflug von Ärger auf ihrem Gesicht wahrgenommen zu haben. Alison schritt durch das Zimmer und blieb vor dem Klavier stehen. Sara warf Julia einen fragenden Blick zu. Julia zog die Brauen hoch und schüttelte den Kopf. Sara wandte sich freundlich an Alison:

»Können wir Sie nicht dazu überreden, uns etwas vorzuspielen, Mrs. Barwell? Haben Sie etwas von Beethoven in Ihrem Repertoire? Alle, die in die Kolonie kommen, reden so viel von ihm, und es tut mir so leid, daß wir nie etwas von ihm zu hören bekommen.«

»Beethoven kennt man als großen Bewunderer Napoleons«, erwiderte Alison streng. »Ich halte es nicht gerade für patriotisch, das Werk solcher Leute zu popularisieren.«

»Natürlich, ganz wie Sie meinen«, sagte Sara freundlich. Sie war entschlossen, sich nicht aus der Ruhe bringen zu lassen. Alison ließ sich am Klavier nieder. Sie wählte ein Stück von Mozart. Sie spielte leicht und mit sichtlichem Vergnügen. Sara, die Richards Frau aufmerksam beobachtete, fragte sich, wie Alison ihre Zeit hier verbringen wollte. Es gab ja kaum Bücher, und gute Musik war ebenfalls selten, weil in diesem Land die Menschen viel zu sehr damit beschäftigt waren, Geld zu machen. Sie hatten keine Zeit für das Schöngeistige. Sicher würde sich Alison ein Klavier wünschen. Richard aber mußte bald herausfinden, daß es eine kostspielige und riskante Sache war, ein Klavier von England kommen zu lassen. Wie leicht konnte es auf der Reise zu Bruch gehen. Jedoch ein Blick in dieses zarte, dabei so entschlossene Gesicht sagte Sara, daß es nicht lange dauern würde, und ein Piano war auf dem Weg. Ja, Alison war zweifellos eine entschlossene kleine Person. Sara beobachtete die sich im Rhythmus der Musik leicht wiegende Gestalt. Richards Frau war offensichtlich intelligent. Solange ihr Mann neben ihr war, gab sie sich ganz anders. Während des Mahles war sie heiter gewesen, manchmal sogar richtig unterhaltend, und sehr selbstsicher.

Jetzt merkte man ihr nur zu deutlich an, daß sie sich in der fremden Gesellschaft gar nicht wohl fühlte. Sie war abweisend und kritisch und wirkte noch zerbrechlicher als vorher, ein Gemälde in Blau, eine zarte, kindliche Gestalt ohne jede körperliche Kraft. Andrew hatte erzählt, daß Alison während der ganzen Reise entsetzlich unter Seekrankheit gelitten habe, und Sara frage sich, wie diese überschlanke, blasse Frau die langen heißen Sommermonate in der Kolonie ertragen sollte. Die Musik war zu Ende, und Alison nahm betont langsam die Finger von den Tasten.

»Entzückend«, sagte Sara. »Ich danke Ihnen, Mrs. Barwell.

Mozart ist wirklich zauberhaft, wenngleich ich Bach vorziehe.«

Alison nickte abwesend und suchte unter den Noten nach einer Bachschen Fuge. Ihre Stimme drang kaum bis zum anderen Ende des Zimmers, als sie von den Notenheften aufblickte und fragte:

»Sie spielen doch sicherlich auch, Mrs. Maclay?«

»Leider nicht«, entgegnete Sara leichthin und drehte den Stickrahmen herum, um sich die Rückseite ihrer Handarbeit zu beschauen.

»Ich habe kein Talent dazu. Es geht mir damit wie mit meinen Kindern. Wir haben lauter Söhne, ich habe einfach kein Talent, es zu einer Tochter zu bringen.«

Sie wählte sorgfältig einen neuen Seidenfaden aus ihrem Nähkorb.

»Wenn ich recht verstanden habe, sind Sie und Richard bisher noch ohne Kinder?«

Alisons Lippen wurden schmal. Sie schüttelte den Kopf. Der eisvogelblaue Atlas raschelte, Alison schien zu zittern. Steif erhob sie sich vom Klavier. Und wie sie nun langsam durch den Raum schritt, war sie vom Scheitel bis zur Sohle ganz Sir Geoffreys Tochter. Ihre Haltung zeugte von Selbstbewußtsein und machte deutlich, wie erhaben sie sich über die Sticheleien einer ehemaligen Dienstmagd, eines Sträflings, fühlte. Sie schenkte Sara ihr reizendstes Lächeln, ließ sich neben ihr nieder und tat, als hätte sie ihre Frage nicht gehört. Sara dachte an die Bemerkung, die sie zu Julia gemacht hatte, daß nämlich die Kolonie an echten Damen Mangel leide. Nun, hier war endlich eine, die jeder Lage gewachsen war. Julia war peinlich berührt und versuchte, dem Gespräch eine andere Wendung zu geben.

»Ich fürchte, Sie werden es hier nach dem Leben in London sehr langweilig finden, Mrs. Barwell. Es gibt so wenig gesellschaftlichen Verkehr hier und kaum eine Abwechslung.«

Alison zog die Brauen hoch. »Ach, das macht nichts, Mrs. Ryder, ich werde mich bestimmt nicht langweilen. Mein Mann will ja eine Farm erwerben, und das wird mir sicherlich große Freude machen.«

Sara hielt in ihrer Arbeit inne und legte die Stickerei beiseite. Sie sah Alison an und fühlte ganz gegen ihren Willen so etwas wie Mitleid in sich aufsteigen. In ihrem ganzen Leben hatte dieses verwöhnte Geschöpf sicherlich noch niemals etwas ande-

res getan, als sich höchstens für eine Gesellschaft zurechtge-
macht. Sie kam aus einer Welt, in der es nur unbeschwerte
Fröhlichkeit und Geselligkeit gab. Diese Frau konnte nicht
ahnen, was sie hier erwartete. Ob sie sich auch nur die geringste
Vorstellung davon machte, wie das Land hinter Sydney aussah? Was es hieß, mit mürrischen und widerspenstigen Sträflingen umgehen zu müssen und in den Augen der Männer, die
auf ihrem Grundstück zu roden hatten, nur Neid und Haß zu
begegnen? Hatte sie eine Ahnung davon, daß die Eingeborenen
sich hin und wieder zu Mord und Plünderung erhoben, daß
Hochwasser die Ernten bedrohten und häufig Feuersbrünste in
dem dürren Busch wüteten? Kannte sie den Busch, den gefährlichen heimtückischen Feind? Sie sprach von einer Farm, als sei
sie in Kent oder Sussex und als sei Rye ganz in der Nähe,
behaglich und vertraut. Ja, sie sah dem neuen Leben mit dem
Vertrauen und der Unwissenheit eines Menschen entgegen,
der von den Härten des Koloniallebens nur beiläufig einmal
etwas gehört hatte. Sie hatte durchblicken lassen, daß sie
hoffte, sich bei der Arbeit auf der Farm nicht zu langweilen.
Aber der Gedanke, daß diese Arbeit gefahrvoll sein könne,
schien ihr überhaupt nicht zu kommen.
Die Worte, die Sara nun an sie richtete, galten nicht Richards
Frau, sondern der gänzlich Unerfahrenen, die zahllosen
Schwierigkeiten gegenüberstehen würde.
»Ich hoffe doch, Sie werden mir gestatten, Ihnen ein wenig zu
helfen, wenn Sie erst soweit sind. Andrew und ich sind mit dem
Gebiet und der Farmarbeit dort vertraut. Wir haben ja seit
unserer Heirat nichts anderes getan. Schließlich waren wir die
ersten Siedler am Hawkesbury, und ich weiß besser als mancher Mann hier in der Kolonie, wie man eine Farm bewirtschaftet.«
Alisons Miene verdüsterte sich. Sie hatte schon den Mund
geöffnet, um etwas zu entgegnen, als sie plötzlich innehielt und
zur Tür blickte, die Andrew lärmend aufstieß. Sie erhob sich
halb, als sie ihren Mann gewahrte.
Sara sah auf den ersten Blick, daß nicht nur gesellschaftliches
Geplauder die Männer so lange beim Portwein festgehalten
hatte. Sie bemerkte in Andrews Gesicht jenen Ausdruck, der
ihm eigen war, wenn ihn irgend etwas in besonders gute Laune
versetzte. James Ryder blickte ernst und unverbindlich. Und
was war mit Richard? Aus seiner Miene konnte sie nicht recht
klug werden. Sein Gesicht war gerötet, die Augen glänzten

und irrten befangen im Zimmer umher. Er sah aus wie einer, der sich auf etwas eingelassen hatte, was er im Grunde genommen fürchtete.

Die kleine französische Uhr hatte schon fünfmal die volle Stunde geschlagen, aber Maclays Gäste machten keinerlei Anstalten, aufzubrechen. Sara hatte den Eindruck, daß Alison gerne gegangen wäre, aber sie wartete geduldig auf einen Wink ihres Gemahls. Kühler Nebel drang von der See her durch die geschlossenen Fenster, aber ein lebhaftes Feuer brannte im Kamin, und die goldseidenen Vorhänge widerstrahlten einen warmen Glanz.

Richard und Alison gingen zum Klavier, und zu Alisons Begleitung gab Richard einige der allzu gefühlsbetonten Balladen zum besten, die in den Londoner Salons die Runde machten. Sein Unbehagen hatte er überwunden und damit seine Ungezwungenheit wiedergewonnen. Er sang mit einem hübschen, nicht sehr vollen Bariton, den er offensichtlich schon häufig mit großem Erfolg hatte hören lassen. Sara beobachtete ihn und lauschte. Sie konnte sich gut vorstellen, daß er einer so extravaganten und geistreichen Frau, wie es Lady Linton ja sein sollte, ausnehmend gut gefallen haben mußte. Ja, er paßte ausgezeichnet zu Lady Linton und in die Londoner Gesellschaft. Richard mit seiner interessanten Narbe, die er wie eine Tapferkeitsauszeichnung trug. Richard, den der Ruf umgab, einer der Gewandtesten mit dem Rapier zu sein und ein unvergleichlicher Reiter dazu. Richard mit seiner Gabe, Frauen zu bezaubern, und zwar jede Frau, wenn er es wollte. Ja, solche Kavaliere zogen die Londoner Gastgeberinnen nur zu gern in ihren Kreis. Aber Sara hatte zu viel Sinn für Humor, als daß sie nicht hätte leise in sich hineinlachen können über das Bild, das er dort vor den goldseidenen Vorhängen bot. Nein, solche Gaben wie seine waren in diesem Land nicht zu verwerten.

Seit der Rückkehr der Männer in den Salon hatte Sara sich sichtlich beruhigt, sie war wieder Herrin ihrer selbst. Sie hatte schnell herausgefunden, wie das Verhältnis zwischen Alison und Richard wirklich war. Mit der Rückkehr ihres Mannes hatte Alison eine fröhliche Laune ergriffen. Sie saß nicht einen Augenblick still und drehte und wendete sich. Der Ausdruck ihres Gesichts wechselte ständig, sie lachte und scherzte. Und alles nur, um Richards Aufmerksamkeit auf sich zu lenken.

Wie genügsam sie doch war! Ein Lächeln, einen Blick, mehr erwartete sie nicht von ihm. Sara ärgerte sich, daß er seiner

Frau nur ein so gleichgültiges und zerstreutes Lächeln schenkte. Er behandelte sie, als wäre sie ein Kind, dessen Wünsche man leicht und schnell befriedigen konnte. Sara rief sich das Gesicht des kleinen Mädchens ins Gedächtnis zurück, das all die Jahre so fleißig Besuche in Bramfield gemacht hatte, und verglich es mit dem blassen, entschlossenen Gesicht, das sich jetzt lachend Richard zuwandte, als er sein recht gewagtes Liedchen beendete. Schon damals hatte Alison ihn geliebt mit der leidenschaftlichen, bedingungslosen Liebe eines Kindes, und ihr Vater hatte ihn ihr mit den Verlockungen einer Welt, nach der es ihn so sehnlich verlangt hatte, eingefangen. Noch immer fühlte sich Alison Richards nicht sicher, und es war, als befürchte sie jeden Augenblick, ihn zu verlieren.

Sobald sie sich von Richard unbeobachtet fühlte, zeigte ihr Gesicht einen ganz anderen Ausdruck, einen unsicheren Zug, der ihm wohl für gewöhnlich eigen war. Der Atlas ihres Kleides wurde dann zum Gefieder eines ängstlich flatternden Vogels. Alison ist krank, krank und erschöpft, durchzuckte es Sara. All ihr Gerede von der Freude an einer eigenen Farm sollte nur ihre Verwirrung über dieses neue Leben verbergen, in das Richard sie geführt hatte. Sie wagte einfach nicht, mit ihrem Geplauder und Gelächter innezuhalten, weil er dann vielleicht entdecken könnte, daß ihre zarte, rosige Haut sich allzu straff über den Knochen spannte, und daß sich die Falten um ihren Mund immer tiefer gruben. Sara erschrak, als ihr plötzlich bewußt wurde, daß Alison einfach Angst hatte, Richard könne ihrer überdrüssig werden.

Sie sah, wie Alisons Finger flüchtig über die Tasten glitten, und hörte ihre lachende Stimme: »Bitte Richard, mein Lied! Willst du?«

»Aber gern, meine Liebe.«

Dann drehte er sich um, und während Alisons Vorspiel erklang, blickte er auf Sara.

»Trink mir zu mit deinen Augen . . .«

Es versetzte Sara einen schweren Stoß, daß Richard sie ansang. Sie wurde plötzlich eiskalt. Das konnte sich auch nur Richard einfallen lassen! Für eine andere ein Lied singen, das seiner Frau gehörte, ohne sich auch nur im geringsten zu überlegen, was er tat! Alle Augen waren seinem Blick gefolgt. Ihre Wangen brannten vor Scham, Zorn und dem Schuldgefühl ob ihrer unfreiwilligen Liebe.

Sara ließ die Haarbürste sinken und lauschte auf die letzten

Worte, die zwischen ihrem Mann und James Ryder noch auf dem Treppenabsatz gewechselt wurden. Dann kam Andrew geräuschvoll in das von Kerzen erhellte Schlafzimmer. Sein Haar war zerzaust, um ihn waren dieser gewisse Siegerstolz und die gehobene Stimmung, die er nach erfolgreichen Unternehmungen zur Schau zu tragen pflegte.

Er kam rasch auf sie zu und machte Platz für den Kerzenhalter in seiner Hand auf dem etwas in Unordnung geratenen Toilettentisch. Dann beugte er sich nieder und küßte Sara auf die Stirn. Sie spürte seine freudige Erregung, der feste Griff seiner Hände auf ihren Schultern sagte ihr, daß er sich seiner Sache sicher wähnte. Er lachte:

»Ein erfolgreicher Abend, mein Liebling!«

Sie vermied seinen Blick: »Erfolgreich . . . ? Ich . . ., meinst du wirklich, daß es ein Erfolg war?«

»Natürlich, sie sind doch gekommen, ist das etwa nichts? Sie haben sich nicht etwa in letzter Minute mit einer Migräne der Dame herausgeredet. Wenn ich ganz ehrlich sein soll, das hatte ich eigentlich erwartet. Und über das Mahl konnte sich wahrlich keiner beklagen. Üppiger bekommen sie es an keinem Tisch in der Kolonie. Ja, und erst die Weinchen . . . Solche gute Tropfen, wie heute abend bei uns, können ihnen auch in London nur wenige kredenzen.« Er machte eine wegwerfende Handbewegung. »Aber selbst, wenn das Essen schlecht und die Weine ungenießbar gewesen wären, auch das hätte nichts ausgemacht, glaub' ich.«

Sie schaute zu ihm auf und sagte langsam: »Andrew, was soll das heißen!«

Er lächelte nur, allzu mutwillig und verschmitzt für Sara, deren Seelenruhe durchaus noch nicht wiederhergestellt war.

»Wir haben sie geschlagen, oder soll ich besser sagen, gekapert. Richard Barwell hat sich in meine Hand begeben mit aller ihm zu Gebote stehenden Schicklichkeit. Ich hab' ihm das Geld gegeben, um die gerade zum Verkauf stehende Hydersche Farm zu erwerben, sogar ein Haus in Sydney kann er sich davon bauen.«

Sie sprang auf.

»Du hast was?«

Sie winkte ab, als er zu einer Antwort ansetzen wollte, und schritt erregt zwischen Bett und Toilettentisch auf und ab. Für eine Weile hörte man nur das Knistern ihres Gewandes und das leise Knacken im Kamin. Dann drehte sie sich zu ihm, und mit unterdrückter Stimme, um nur ja nicht ihren Ärger laut werden zu lassen, sagte sie:

»Bist du verrückt geworden, Andrew? Ihm Geld zu leihen! Mein Gott! Was meinst du wohl, was die beiden veranlaßt hat, zu uns zu kommen? Ich kann es dir sagen: weil sie alle beide es in ihrem ganzen Leben noch nicht fertig gebracht haben, auch nur einen Pfennig zu halten! Lady Linton hatte es einfach satt, sie auf seidenen Kissen zu verwöhnen. Sie haben immer verschwenderisch gelebt. Was glaubst du wohl, hat das Kleid, das Alison heut abend trug, gekostet? Und macht Richard etwa den Eindruck, als hätte er auch nur eine Spur wirtschaftlichen Sinn?« Ihre Hände vollführten eine weite, verächtliche Geste. »Soviel ist sicher, denen Geld leihen, heißt, es zum Fenster hinauszuwerfen!« Wieder schritt sie erregt auf und ab. »Kannst du dir Richard vielleicht als Farmer vorstellen?«

Sie kehrte ihm jetzt den Rücken zu. Das Haar hing ihr lose über die Schultern.

»Nein, es ist hoffnungslos. Er mag ja ein guter Reiter sein und ein mutiger Soldat, aber ich wette meinen Kopf, er kann eine Hacke nicht von einer Schippe unterscheiden!«

»Nun ja, er wird eben einen tüchtigen Verwalter einstellen, der die Farm bewirtschaftet.«

»Einen Verwalter . . .?« Sara fuhr herum: »Grundgütiger! Da gedenkt das elegante Paar wahrscheinlich sich in Sydney einen guten Tag zu machen, im Vertrauen auf das Geld, das die Farm einbringt, einbringen soll! Wissen die denn, was es heißt, eine Farm aufzuziehen? Haben die eine Ahnung, wie wir in Kintyre angefangen haben!? Nun, deinem Geld kannst du getrost Adieu sagen. Ist es erst einmal in Richards freigebigen Händen, dann hast du es zum letzten Male gesehen!«

Nach diesem Ausbruch blieb es eine Zeitlang still. Schließlich sagte Andrew: »Komm einmal her, Sara!«

Sie kam nur widerstrebend, gehorchte aber, weil er so ruhig und überlegen sprach. Er schaute in ihr vor Zorn gerötetes Gesicht, er sah den harten Zug um ihren Mund und das stürmische Heben und Senken ihrer Brust unter dem Nachtgewand.

»Hör mal zu, Sara«, sagte er. Nur für einen Augenblick hob sie den Blick. Er vermeinte, einen feuchten Tränenglanz in ihren Augen zu sehen. »Denkst du denn gar nicht daran, was dieses Geld, das ich Barwell leihe, für uns bedeutet?«

»Ich weiß genau, was es für uns bedeutet«, erwiderte sie.

»Wenn Richard endlich die Augen aufgehen werden, daß er nicht der Mann ist, eine Farm nutzbringend zu bewirtschaften, dann wirst du endlich einsehen, daß du unser gutes Geld einfach zum Fenster hinausgeworfen hast. Und bilde dir bloß nicht auch nur eine Sekunde lang ein, wenn das Haus in Sydney erst einmal steht, daß du sie dann dort wieder herausbekommst. Leute ihres Schlages vermögen sanft in ihren Kissen zu ruhen mit einer Meute von Gläubigern direkt unter ihren Fenstern! So etwas wie Scham treibt sie bestimmt nicht fort, sie werden nicht eher gehen, bis sie nicht etwas Besseres gefunden haben. Ich kenne diese Sorte nur zu genau! Hast du denn vergessen, daß mein Vater dem Schuldturm nur um Stunden entging!«

»Ja, ja, du hast natürlich recht, Sara«, entgegnete er geduldig.

»Aber denkst du denn nur an das Geld?«

»Woran denn sonst?« fragte sie.

Er lachte: »Mein Kind, du hast kein Herz. Kein Wunder, daß man mir erzählte, du habest dich um die Geschäfte gekümmert, damals als ich fort war, kalt wie ein Eisberg.«

»Andrew, hör auf, mich zu necken. Sag mir lieber, warum du es getan hast!«

»Nun, ich habe dir Alison Barwells Freundschaft erkauft. Ich habe dir eine Vergangenheit verschafft und eine hochgeborene Freundin.« Er sprach zu ihr so gütig, als gälte es, einem seiner Kinder eine schwierige Situation zu erklären. »Und was das bedeutet, weißt du doch hoffentlich? Es genügt, daß Alison Barwell dich nur einmal in aller Öffentlichkeit Sara nennt, und all diese erbärmlichen Frauenzimmer hier kriechen vor dir.«

Sie ließ die Arme sinken. Er sah sie an. Der letzte Blutstropfen war aus ihren Wangen gewichen. Bleich und bedrückt stand sie vor ihm. Er schaute auf ihren blassen, verschlossenen Mund, und für einen Augenblick bekam er es mit der Angst zu tun:

»Hab' ich etwas verkehrt gemacht, mein Liebling? Soll ich denn nicht wünschen, dich endlich in einer Stellung zu sehen, die dir längst gebührt? Eine Frau darf nicht so leben, wie du es all die Jahre mußtest – ausgeschlossen aus dem Kreis der anderen Frauen!«

»Ich brauche die anderen Frauen nicht«, verteidigte sie sich. Ihr war auf einmal elend zumute. »Ich will nichts mit ihnen zu schaffen haben.«

»Schön, aber unsere Kinder wachsen heran, und sie werden es zu spüren bekommen, daß du aus der Gesellschaft ausgeschlossen bist, Sara.«

Sie senkte den Kopf. Als sie ihn wieder hob, rollten Tränen über ihre bleichen Wangen.

»Aber Alison«, flüsterte sie, »die wird es niemals tun. Sie mag mich nicht . . .«

Er ließ ihren Einwand nicht gelten.

»Alison tut alles, was ihr Mann will. Sie will ihm um jeden Preis gefallen, und da wird ihr nichts zu schwer. Und sie brauchen Geld, brauchen es dringend, falls sie ihr Leben hier im alten Stil fortsetzen wollen. Alison ist genau wie alle verliebten Frauen, die ihres Mannes nicht sicher sind. Sie stürbe lieber, als daß Richard sie in einem Kleid sähe, das ihn nicht blendete. Eine Frau, so tief in ihre Liebe verstrickt, und noch dazu voller Angst . . ., nein, da gibt es nichts, was sie nicht täte.«

»Du hast das gemerkt?«

»Na, wer das nicht sieht, muß blind und ein Narr sein«, entgegnete er kurz. »Mit einem Blick wurde mir klar, daß darin meine größte Chance liegt! Mit Richard selbst hätte ich leichtes Spiel. Denn so weltklug er sich gibt, ist er doch leichtgläubig und eigennützig, Alison aber ist anders. Es gibt Dinge, die man nicht kaufen kann, und ich hatte schon Angst, dazu gehörte auch ihre Mitwirkung an meinem Plan. Aber eine Frau, die so liebt, wird überaus verletzlich. Sie war von vornherein verloren. Nie könnte sie den Gedanken ertragen, anders zu leben und sich zu geben als das süße, kostbare Geschöpf, das Richard geheiratet hat. Sie braucht Dienerschaft und all den gewohnten Luxus um sich. Kannst du dir vorstellen, daß sie ihre Lilienhaut der Sonne aussetzen würde oder in den heißen Tagen auch nur einen Schritt vor die Tür tun? Nein. Nicht, solange es noch einen Weg gibt, es zu vermeiden! – Glaub mir, Sara«, fuhr er fort und hob sanft ihr Kinn, »Alison liebt ihren Mann verzweifelt. Und deswegen kann bei ihr keine Rede von Stolz sein, sie ist wehrlos, preisgegeben . . . Sie tut, was Richard will, das weiß ich genau.«

Er nahm sie in die Arme und wiegte sie sanft. Ein leises Schluchzen ließ sie erzittern. Er küßte sie zart auf die Stirn und flüsterte:

»Wenn du nur glücklich wirst, mein Herz, dann soll es mich nicht kümmern, ob die anderen leiden.«

Das sanfte Licht des Herbstnachmittages verlöschte langsam über dem Hafen. Die bewaldeten Streifen der Vorgebirge schienen zurückzugleiten, zu verschmelzen mit dem Gebirgsmassiv, das sich am Horizont erhob. Die Schatten, welche die braunen Felsen auf der Westseite der Bucht warfen, wurden immer länger und ließen das Wasser zäh und ölig erscheinen. Jenseits der Maclayschen Bucht konnte man sehen, wie peitschender Wind die Oberfläche des Meeres verdunkelte. Dort draußen war der herbstliche Pazifik von einem kalten, tiefen Blau. Von ihrem Boot aus machte Sara zwei Punkte in der Ferne als Eingeborenennachen aus, die Kurs auf die Siedlung hielten. Sie beobachtete sie eine Zeitlang, wobei sie Duncan am Gürtel festhielt, damit er nicht aufspringen und das Boot zum Kentern bringen konnte. Ihr Blick verlor sich langsam in die Ferne, sie träumte vor sich hin, bis sie ein plötzlicher Freudenschrei in die Wirklichkeit zurückrief: »Mama, schau, noch einer.« An seinem Angelhaken zappelte ein kleiner Fisch. Er vergewisserte sich mit einem kurzen Seitenblick, ob die Mutter den Fang auch bemerkte und bewunderte. Dann zog er die Angelschnur ein mit einer Bewegung, die genau so nachlässig anmuten sollte, wie Teds, des Bootsmannes. Er warf den Fisch zu seinem nachmittägigen Fang – drei Fische, die schon auf den Bootsplanken lagen.

Sara lächelte heiter: »Das gibt ja ein richtiges Frühstück, mein Kleiner, ein Frühstück für dich und Duncan.«

Duncan, den sie immer noch am Gürtel festhielt, drehte den Kopf herum und sah sie an. Er hatte tiefblaue Augen, kühner noch als Andrews, und so jung er auch war, zeugten sie doch schon von kritischer Wachsamkeit und Überlegenheit.

»Wird Sebastian auch welche fangen, Mama?«

Sie schüttelte den Kopf: »Nein, Sebastian ist noch zu klein.«

Ducan überlegte: »Wie lange dauert es denn noch, bis Sebastian groß ist?«

»Oh, genau so lange, wie es bei dir gedauert hat«, antwortete sie. Er fuhr sich mit der stark nach Fisch riechenden Hand durch das feine Haar und kehrte sich, anscheinend zufrieden mit der Antwort, wieder ab.

»Ted!«

Der Bootsmann warf seiner Herrin über die Schulter einen Blick zu.

»Ma'am?«

»Ich glaub', wir kehren besser um, es wird kalt, der Wind hat sich gedreht.«

Ted tippte nur an seine verbeulte Mütze und zog sofort seine Angel aus dem Wasser. Dann holte er auch Davids Angelrute ein und achtete genau darauf, daß die vier Fische des Knaben fein säuberlich von seinem Fang getrennt blieben. Dabei gratulierte er David mit rauher, gutmütiger Stimme zu seinem Erfolg.

Ted O'Malley war nach dem Aufstand in Irland 1798 in die Kolonie gekommen. Er war ein Fischer aus Cork und von solch stillem Wesen, daß Sara sich oft fragen mußte, was ihn bewogen haben mochte, sich den Rebellen anzuschließen. Er hatte einmal verlauten lassen, daß er selbst zwei Söhne habe. Und es machte sie oft traurig, wenn sie beobachtete, wie ergeben er David und Duncan behandelte.

Mit weit ausholenden Ruderschlägen trieb er das Boot dem Strand der Maclayschen Bucht entgegen. Steil stiegen die Wälder vom Ufer auf, und etwas weiter entfernt schimmerte durch die Bäume hindurch das Dach von Glenbar. Bei seinem Anblick fühlte sie sich geborgen, und ein Gefühl der Sicherheit und Beständigkeit überkam sie, wie sie es schon zuvor bei einigen der neu gebauten Häuser Sydneys empfunden hatte. Das Land auf dieser Seite der Bucht war steil und felsig, unbrauchbar für eine Bestellung und völlig ungeeignet, hier auf künstlich geschaffenen Terrassen Getreide anzubauen, ein Lieblingsplan Andrews, von dem Sara jedoch nicht sehr viel hielt. Es war dicht bewaldet, und der Strand selber war nicht mehr als ein schmaler Streifen gelben Sandes vor der Felsenkulisse.

David, der am Heck des Bootes saß, wies plötzlich nach vorn.

»Schau, Mama, dort steht jemand am Ufer, ein Herr!«

Sara, die Duncan immer noch festhielt, drehte sich herum und blickte zum Ufer. Zuerst konnte sie in der Wand der weißlichen Eukalyptusbäume und Felsen nichts erkennen. Aber dann entdeckte sie ihn nahe bei den zum Hause führenden Stufen. Er saß lässig und mit ans Kinn gezogenen Knien an einen flachköpfigen Findlingsblock gelehnt. Während sie ihn beobachtete, hob er die Arme und winkte. Zögernd erwiderte ihre Hand seinen Gruß.

»Wer ist das, Mama?«

»Ich glaube, Mr. Barwell, David.«

David betrachtete aufmerksam die Gestalt am Ufer. »Ist das der Herr, der gestern abend zum Essen bei uns war, der im Kriege verwundet worden ist?«

Sara nickte zerstreut.

»Ob er uns von den Schlachten erzählt, was meinst du, Mama?«

»Sicherlich, David. Bestimmt wird er es einmal tun, wenn du ihn höflich darum bittest. Aber nicht heute. Er ist erst seit ein paar Tagen hier, und wahrscheinlich ist es ihm schon lästig, dauernd von allen Leuten nach den Schlachten und Kämpfen gefragt zu werden.«

»Hat er gegen Napoleon gekämpft, Mama?«

»Nein, als Captain Barwell verwundet wurde, hatte Napoleon noch nicht den Befehl über die Truppen. Damals kannte man ihn noch kaum.«

»Oh!« Davids Interesse erlosch sofort. Er schaute auf die Fische zu seinen Füßen und verglich seine Beute mit Teds Fang. Und als das Boot schließlich auf den Sand auflief, hatte er bei sich entschieden, daß er eine anständige Nachmittagsarbeit geleistet hatte.

Richard erwartete sie am Ufer. Fröhlich lächelte er Sara und den Knaben entgegen und wandte sich Ted zu, um ihm zu helfen, das Boot an Land zu ziehen.

»Ich bin zu einem kleinen Schwatz gekommen«, sagte er und hob Duncan aus dem Boot, um ihn auf den trockenen Sand abzusetzen. »Ich hörte, daß ihr alle zum Fischen hinausgefahren seid, und da bin ich eben zum Strand hinuntergegangen. Ich sitze schon eine Stunde lang dort drüben auf dem Felsen. Es erinnerte mich an unsere gemeinsame Jugend, dich dort im Boot zu beobachten.«

»Oh, ich bin häufig nachmittags mit dem Boot draußen«, kam eine etwas lahme Antwort, »meine Kinder . . .«

Er schaute ihre beiden Söhne an, lächelte und streckte die Hand aus:

»Ich freue mich sehr, euch kennenzulernen, David und Duncan. Eure Mutter und ich sind alte Bekannte, noch aus der Zeit vor New South Wales.« Er blickte über David hinweg zu Sara, als er hinzufügte: »Ja, wirklich, ich kenne eure Mutter schon sehr lange.«

»Wir haben auch noch ein Baby«, verkündete Duncan stolz.

»Aber es schläft fast immer, und sprechen kann es auch noch nicht.«

»Ja, das ist Sebastian«, murmelte Sara eine Art Erklärung. »Er ist fast schwarz, der Jüngste, ganz anders als diese beiden hier. Weißt du, er ähnelt meinem Vater, der Name Sebastian paßt also gut zu ihm.«

»Wie glücklich das deinen Vater gemacht hätte, Sara, besonders wenn Sebastian sich so entwickelt wie diese beiden hier. Weißt du noch, wie dein Vater . . .« Richard brach mitten im Wort ab und zuckte die Achseln: »Ach, das ist nun schon so lange her!«

Sein Blick schweifte ab, wanderte wieder zu den Knaben und fand schließlich zu Sara zurück.

»Du möchtest jetzt sicherlich nach Hause?«

Sie zögerte. Richard gab ihr also noch eine Chance, ihm zu entkommen. Sie fühlte jedoch, daß er inständig hoffte, sie werde sein Angebot nicht annehmen. Sie legte die Hand auf Davids Schulter. »Nimm Duncan und geht mit Ted heim. Wenn du ihn bittest, macht er euch noch die Fische zum Frühstück. Du darfst ihm dabei zuschauen.«

David lächelte ihr zum Abschied zu, und auch Richard schenkte er ein zaghaftes Lächeln. Dann nahm er seinen Bruder bei der Hand und stolzierte zu Ted, der die beiden schon erwartete, den Fischsack auf der Schulter, die Angelrute in der einen und die Blechbüchse mit den Ködern in der anderen Hand. Er bedeutete ihnen, ihm zu folgen. Zu Sara und Richard gewendet tippte er grüßend an den Mützenrand und machte sich auf den Weg. Sara und Richard sahen gedankenverloren der hageren, gebückten Gestalt nach, die wie beschützend über die Kinder ragte.

»Nun, junger Herr, wenn wieder so'n schöner Tag ist . . .«, hörten sie ihn noch sagen.

Die drei Neptunsjünger zogen auf der windigen, abschüssigen Straße zwischen den Bäumen hin. Die Knabenstimmen waren immer noch klar zu vernehmen. Duncans helles Organ übertönte die Stimme seines Bruders, und auch Teds tiefer, weicher Dialekt ging darin unter. Dann verschwanden sie zwischen den Stämmen und kamen schließlich außer Hörweite. Plötzlich war es ganz still in der kleinen Bucht geworden. Der Ort hatte etwas Schwermütiges an sich, alles Leben schien daraus entschwunden. Die Sonne neigte sich dem Horizont zu, und auf dem Meer zeigten sich lange, dunkle Schatten. Der Wind, der über Saras

Wangen strich, war kalt. Richard wendete sich Sara zu. »Vielleicht war es nicht recht, dich hier abzufangen, aber ich konnte einfach nicht anders.«

Sie sah ihn nicht an. Ihr Blick glitt über die Bucht zu dem bereits im Abenddunkel liegenden felsigen Ufer auf der anderen Seite.

»Nein, es war nicht recht, und es war unklug.« Sie sah ihn zögernd an. »Du mußt noch viel lernen über die Gepflogenheiten hierzulande. Die Stadt ist ein Dorf, und der Klatsch liegt hier immer auf der Lauer. Ted wird schweigen, er ist mir ergeben, aber die Dienerschaft . . .« Er berührte sie leicht am Arm. Sie schwieg sofort.

»Das ist doch nicht Sara, die so spricht. Wie sehr du dich verändert hast! Woher all die Vorsicht und Klugheit! Weißt du noch, wie du über die Korrektheit meiner Mutter gespottet hast? Ich fühlte mich beschämt und trotzte und lehnte mich dagegen auf. Dein Vater würde seinen Ohren nicht trauen, wenn er dich hörte.«

»Trotz gegen das Herkömmliche können sich nur wenige leisten«, entgegnete sie kurz. »Ich kann es nicht!«

Er zuckte mit der Schulter: »Mag sein, aber der Klatsch wird wohl noch vor der Begegnung zweier alter Freunde haltmachen.«

Er nahm ihren Arm und schob sie sanft gegen den Felsen, auf dem er gesessen hatte.

»Bitte, setz dich, ich werde dich nicht lange aufhalten. Nachher begleite ich dich nach Hause, und wir bringen den Klatsch um das Vergnügen, aus einer Mücke einen Elefanten zu machen.«

Das geringschätzige Lächeln, mit dem er seine Worte zu begleiten wußte, entwaffnete Sara. Sie ließ sich neben ihm auf dem Felsen nieder, wobei sie betont sorgfältig den schlichten, vom Salzwasser ganz steifen Rock um sich breitete. Glättend fuhr sie sich durch die zerzausten Haare.

Es war so still in der Bucht, daß sie unwillkürlich ihre Stimmen dämpften. Nur das leise Plätschern der Wellen war zu hören und hin und wieder ein sanftes Rascheln in den Baumkronen. Sie fühlten sich beide befangen. Das erwartungsvolle Schweigen lastete auf ihren Gemütern. Da legte er sanft seine Hand über die ihre.

»Ich mußte dich sehen, Sara«, sagte er schlicht. Weil sie jedoch nichts erwiderte, fuhr er fort: »Gestern abend . . ., es war

einfach unerträglich. Nicht einmal angeschaut hast du mich. Du saßest bei Tisch, schöner als jede Frau, die ich in der Zwischenzeit gesehen hab' – du warst so unnahbar, Sara!«
Fester umspannte seine Hand ihre Finger.

»Jetzt endlich gleichst du wieder dem jungen Mädchen meiner Jugendzeit, bist wieder meine Sara, Sara Dane . . .« Sie fühlte plötzlich seine Hände auf ihren Schultern. Er drehte sie zu sich herum.

»Ich wurde ganz verrückt vor Freude, als ich dich vorhin in dem Boot entdeckte.« Seine Augen glitten über ihr zerzaustes Haar: »Ach, es verlangte mich so sehr danach, zu dir zu laufen und das zu tun, was Sebastian so sehr liebte. Weißt du noch, wie er immer mit deinem Haar spielte und es offen flattern ließ? Es wehte im Wind, und du tatest dann, als ob du zornig seiest. Ja, das wollte ich noch einmal erleben. Ich wollte die Sara von einst zum Leben erwecken.« Er forschte in ihren Zügen, war anscheinend ein wenig verwirrt.

»Aber deine Kinder machten das Bild unwirklich«, fuhr er ruhiger fort. »Sie verdarben mir meinen Traum. Sie machten es nur zu deutlich, daß du das Mädchen, an das ich denke, weit hinter dir zurückgelassen hast.«
Jäh befreite sie sich aus seinem Griff, rückte von ihm ab und schlug die Hände vors Gesicht.

»Richard, ich bitte dich, sprich nicht mehr davon. Du hättest nicht kommen sollen. Ich habe nicht die Kraft, dich fortzuschicken.«

»Mich fortschicken? Warum solltest du mich fortschicken? Nach all den Jahren der Sehnsucht haben wir doch wohl das Recht, miteinander zu sprechen, und zwar so freimütig, wie wir wollen, und nicht, wie es uns die Konvention vorschreibt.«
Ihre Züge verhärteten sich, und es klang schneidend, als sie sagte:

»Rede bloß nicht von unserer Vergangenheit, Richard, als ob sie dir etwas bedeutete. Du willst doch nicht im Ernst behaupten, daß du auch nur einen Gedanken an mich verschwendet hast, seit ich aus Bramfield fortging.«

»Sara, ich muß dir einfach widersprechen. Du weißt ja gar nicht, wie sehr du all mein Denken und Trachten beherrscht hast. In all diesen Jahren, das kannst du mir glauben, hat mir der Gedanke an dich immer sehr, sehr viel bedeutet.«
Eine Weile blieb es still zwischen ihnen. Dann fuhr er fort:

»Du glaubst, deine Verurteilung hätte mich nicht gekümmert?

Oh, Sara, sofort als ich davon erfuhr, habe ich dir geschrieben. Erst Monate später bekam ich aus Newgate Antwort von einer gewissen Charlotte Barker. Sie schrieb, du seiest schon auf dem Wege nach Botany Bay. Was sollte ich denn tun? Für mich warst du verloren! Ich war jung und unerfahren und heiratete Alison in der festen Hoffnung, dich vergessen zu können.« Seine Stimme klang plötzlich hart und gepreßt: »Aber ich konnte dich nicht vergessen. Wie ein Geist standest du zwischen mir und allem, was mir Freude und Zufriedenheit hätte geben können. Du gingst mir nicht aus dem Sinn, du warst eine stete Pein für mich. Wenn ich noch frei gewesen wäre, bei Gott, ich hätte mich aufgemacht und dich gesucht. Aber dafür war es zu spät. Ich ging in den Krieg nach Holland, mit dem Gedanken, wenn ich stürbe, wäre ich endlich erlöst von den Selbstanklagen, die ich mir wegen dir machte. Ich dachte immer, es gäbe keine Seele, die mich noch ans Diesseits fesselte, an ein Dasein, das nur materielle Genüsse zu kennen scheint. Eines Tages aber entdeckte ich, daß du meine Seele bist.«

In dem scheidenden Tageslicht beugte er sich zu ihr nieder, bis ihre Gesichter einander ganz nahe waren.

»Ich schrieb Briefe über Briefe an dich, die ich nie absenden konnte. Ich fahndete nach dir, ich versuchte, Nachrichten über dich zu erlangen. Ich suchte und suchte. Ich lungerte im Hafen herum, sobald ein Schiff aus New South Wales in der Themse Anker warf, immer in der stillen Hoffnung, eine Spur von dir zu entdecken. Und endlich führte mir das Glück Admiral Phillip in den Weg, von dem ich erfuhr, du habest einen Offizier von der Ost-Indien-Kompanie geheiratet, und daß er selbst noch den Auftrag für deine Begnadigung erteilt habe. Und dann schmeichelte ich mich bei Sir Joseph Banks ein. Ich kann gar nicht all die Gastmähler zählen und die Gesellschaften, die ich über mich ergehen ließ, nur um Gelegenheit zu haben, mit einem der Gäste, der gerade aus der Kolonie heimgekehrt war, zu sprechen. Oft war es umsonst, aber so ganz allmählich konnte ich mir doch ein Bild machen von deinem Leben hier. Ich hörte von eurer Farm am Hawkesbury, erfuhr von deinen beiden ersten Söhnen. Ich ließ mir berichten, was für ein Mensch dein Mann ist. Und als er in London auftauchte, hätte ich mich ums Haar mit ihm bekannt gemacht. Er kam zu einem Empfang bei Sir Joseph Banks, alle Kolonisten finden ja irgendwann einmal den Weg zu ihm. Man sagte von Andrew Maclay, er habe vermutlich sein Glück bei einer Bergung gemacht, und daß er jetzt dabei sei, ein Handelsschiff auszurüsten. Ich wollte schon darum bitten, ihm vorgestellt zu werden, weil ich von ihm etwas über dich erfahren wollte. Aber ich brachte es dann doch nicht fertig, mich ihm zu nähern. Ich war eifersüchtig, Sara, eifersüchtig auf alles, was dieser Mann besaß. Und es war mir eine große Erleichterung, als die Distel endlich aus Greenwich auslief, und er aus meiner Nähe verschwand. Meine Ehe ging unterdessen in die Brüche. Ich hatte sie in dem Glauben begonnen, dich vergessen zu können. Ach, welch einem Selbstbetrug bin ich erlegen! Ich war nicht glücklich mit Alison, wenngleich ich wußte, daß sie mich aufrichtig liebte. Ich hatte sie sehr gern, ja, aber du hast mich für jede andere Frau ein für allemal verdorben, Sara. Nun, Alison und ich hatten genügend Zerstreuungen, um unsere Enttäuschung zu verbergen. Das änderte sich aber, als Sir Geoffrey sein Vermögen verlor. Er war ein gebrochener Mann, er verwand diesen Schlag nicht und starb bald darauf. Das Gut, ein Erblehen, ging natürlich auf Alisons Brüder über. Lady Linton kannte unsere finanzielle Lage und bot uns ein Heim, das wir auch froh und dankbar annahmen. Sie vergöttert Alison. Mich nahm sie wie einen Sohn auf – wenn sie auch manchmal sarkastisch lachte und mich eine Niete nannte. Ja, sie verschwendete wirklich ihr Geld an uns, war auch soviel wie sicher, daß Alison ihre Erbin sein würde. Und dennoch, sie war keine Närrin, nein, bei Gott, das ist Lady Linton nicht. Ich merkte, daß sie mich beobachtete. Sie wußte immer ganz genau, was ich tat, ja sie konnte förmlich meine Gedanken lesen. Und es dauerte auch nicht lange, da hatte sie es heraus, daß mit mir irgend etwas nicht stimmte, daß mich irgend etwas zum Spiel trieb. Tatsächlich spielte ich mit Einsätzen, die ich mir gar nicht leisten konnte. Sie wußte auch, wie tollkühn ich ritt, als scherte ich mich einen Deut darum, ob ich mir das Genick brach. Ja, ich blieb schließlich ganze Nächte fort – aber es waren nicht immer die Frauen, mit denen ich mir die Zeit vertrieb. Oft fand ich mich bei Tagesanbruch in irgendeiner Schenke wieder, betrunken und irres Zeug stammelnd von Botany Bay. Meine Liebe zu dir wühlte in all diesen Jahren wie eine tödliche Krankheit in mir. Es war die Leidenschaft, von der ich so oft die anderen sprechen hörte, an die ich aber nie geglaubt hatte. Ich war besessen von dir – du ließest mich nicht zur Ruhe kommen. Lady Linton ahnte etwas, wenn sie auch nie der Wahrheit auf die Spur kam. Ich war derjenige, der zuerst die Sprache auf New South Wales brachte. Ich redete Lady

Linton jedoch ein, die Idee stamme von ihr. Dann besprach sie den Plan mit Alison und überzeugte sie, daß ich in der Kolonie mein Glück machen könnte. Ich sollte eine Farm erwerben, sozusagen zu meiner eigenen Rettung. Und als der Plan erst einmal gefaßt war, zeigte sich Lady Linton unnachgiebig. Sie arrangierte meine Versetzung ins Korps, beglich meine Schulden, die nicht gerade gering waren, und schickte uns auf die Reise mit so wenig Geld, daß wir kaum die Kosten begleichen konnten. Eine drastische Kur – Übung für den zukünftigen Erben, wie sie es nannte. Das arme Herz, sie wünschte wohl am allerwenigsten, daß wir gingen.«

Sara erzitterte und beugte sich unwillkürlich vor, ihr Gesicht an seiner Schulter zu bergen.

»Oh, Richard, was hast du dir denn nur erhofft von deinem Kommen?«

»Dich zu sehen – das habe ich mir erhofft. Ich will dort leben, wo ich dich hin und wieder sehen kann und deinen Namen laut aussprechen darf. Nichts ist mir geglückt, seit du von mir gegangen bist, aber ich glaube daran, doch noch etwas aus meinem Leben machen zu können, wenn ich nur dort sein darf, wo du meinen Bemühungen zusiehst. Was ich auch unternehme, es geschieht nur für dich, Sara. Und ich habe das Geld von deinem Mann genommen, weil es mich an dich bindet, und weil es mir die Möglichkeit gibt, mehr zu leisten, als nur mein Leben mit der Offiziersgage zu fristen.«

Er streichelte ihre Wange, strich ihr das Haar aus der Schläfe und berührte zärtlich die weiche Haut ihrer Stirn.

»Du besitzt die Zaubermacht einer Hexe, Sara. Zehn Jahre lang habe ich dagegen angekämpft, aber nun kann ich nicht mehr. Ich hatte vergessen wollen und hatte das Vergessen nicht zuletzt bei Frauen gesucht. Mit vielen habe ich geflirtet, einige machte ich zu meinen Geliebten – aber immer stand dein Bild vor meinen Augen, und es war mir, als wäre ich dir untreu, wenn ich eine andere in den Armen hielt. Oh, wie die Leute über mich lachen würden, wenn sie das alles wüßten, das heißt, wenn sie es überhaupt glauben würden.«

Langsam wandte sie ihm ihr Gesicht zu:

»Sie brauchen es auch nicht zu glauben, Richard, sie werden es nämlich nie erfahren. Ich bin für dich verloren, deine Sara ist tot.«

»O nein, nicht mehr verloren«, flüsterte er, »ich kann dich wieder sehen, kann mit dir sprechen. Jetzt werde ich endlich

Frieden finden, denn ich habe dich wiedergefunden.«

»Aber Andrew . . .«, hob Sara an.

»Meinst du, ich kümmere mich um Andrew?« unterbrach er sie scharf. »Er wird nichts merken, er wird nie dahinterkommen, das verspreche ich dir.«

Sie schüttelte heftig den Kopf:

»Ich liebe Andrew!«

»Einst liebtest du mich!«

»Einst, ja, aber damals war ich ein Kind. Du mußt doch sehen, Richard, was Andrew und ich hier aufgebaut haben. Wir sind so fest und innig miteinander verbunden, daß uns niemand und nichts trennen kann. Wie ich ihn brauche, so kann auch er nicht ohne mich sein.«

»Ja«, entgegnete er, »Andrew liebst du, weil er dein Ebenbild ist. Deinen Ehrgeiz, deine Träume findest du in ihm wieder. Ich weiß wohl, nur ein Mann wie Andrew Maclay kann mit deinem Feuerkopf, deiner Kraft wetteifern. Nur er konnte all das für dich erreichen, was du jetzt besitzt.« Wieder beugte er sich zu ihr: »Nein, ich bin nicht wie Andrew. Ich kann dir nicht die Sterne vom Himmel holen. Aber ich bin deine erste Liebe. Mein Anspruch ist alt und er ist stark – denn ich brauche dich.«

»Nein, Richard«, ihre Worte klangen gepreßt und angsterfüllt, »du hast kein Anrecht auf mich, ich schulde dir nichts. Ich liebe Andrew, und ich sage dir, er . . .«

»Ich brauche dich«, wiederholte er.

»Andrew braucht mich auch.«

»Du kannst uns beide lieben. Ich will dich nicht zu meiner Geliebten machen, und ich nehme Andrew nichts. Du sollst und darfst auch weiterhin ihm alles sein, was du ihm bisher warst. Ich für meinen Teil begehre dich ja nur so, wie du in Bramfield warst, und diese Sara hat er nie gekannt.«

»Ich dulde es nicht, daß du einfach kommst und alles zerstörst, was ich geschaffen habe«, flüsterte sie. »Du willst meinen Seelenfrieden stören, du willst mein ganzes Leben vernichten! Ich liebe Andrew, und keiner soll ihn zum Narren halten dürfen.«

Er zog sie an sich und redete stürmisch auf sie ein:

»Sara, o Sara, willst du leugnen, daß du mich liebst? Sag, daß du mich liebst, bitte, sag es wenigstens einmal. Wenn ich es weiß, dann, bei Gott, lasse ich dich in Frieden.«

Ihre Arme schlossen sich um seinen Hals: »Gott verzeih

mir . . .« flüsterte sie, »ja, ich liebe dich noch immer.«

Er stand auf, zog sie behutsam hoch und nahm sie in seine Arme. Dann beugte er sich über ihr Gesicht. Damals im Schulzimmer von Bramfield hatte er sie zum letzten Mal geküßt. Jetzt küßte er sie in einer verschwiegenen Bucht, er küßte sie mit der Leidenschaft und Sehnsucht vieler, vieler Jahre. Ihre Lippen, dieser warme, süße Frauenmund, öffnete sich. Er spürte vage, daß sie ihm wehren wollte und sich doch seinem Kuß hingab. Mit diesem Kuß schien all sein Elend und seine Einsamkeit von ihm zu gleiten. Die Jahre zählten nicht mehr, nur noch diese tolle Freude, das süße Entzücken in seinem Herzen. »Sara, o Sara, nun hab' ich dich wieder.«

Kapitel 8

In dem Raum über dem Laden, der früher, als die Maclays noch hier wohnten, als Wohnzimmer gedient hatte, hockte Sara auf den Knien vor einem niedrigen Regal, in dem sich Stoffballen türmten. Sie flüsterte Zahlen vor sich hin, die sie in einem Notizblock eintrug, der auf ihren Knien lag.

»Kattun, dunkelblau, 8 Ballen. Kattun, geblümt, 5 Ballen.« Sie runzelte die Stirn und fügte der letzten Eintragung hinzu: »Leichte Wasserflecke. – Feines schwarzes Tuch . . .«

Während sie schrieb, hörte sie Schritte auf der Treppe. Sie hielt inne, denn es waren nicht die leichtfüßigen Tritte eines ihrer Angestellten aus dem Kaufhaus. Die Liste in der Hand, blickte sie erwartungsvoll zur Tür.

Es klopfte, und Jeremy Hogan trat ein. Er begrüßte sie nicht wie gewöhnlich mit einem Lachen. Er trat näher. Sie sah, daß er ganz durchnäßt war. Die Schulterpartie seines Überziehers war förmlich durchweicht, und von der Krempe seines Hutes, den er in der Hand hielt, tropfte es. Seine Schuhe waren schlammbespritzt.

»Jeremy!« Sara sprang auf, Jeremys unerwarteter Besuch freute sie, ein warmes Lächeln erhellte ihre Züge. »Wie ich mich freue, Jeremy, kommst du direkt aus Kintyre? Was gibt's Neues.«

»Andrew hat mich hergebeten«, entgegnete er kurz. »Geschäfte in Parramatta. Aus unerfindlichen Gründen gefällt es ihm plötzlich, meiner Eitelkeit zu schmeicheln und so zu tun, als baue er auf mein Urteil. Zum Schluß kauft er ja doch nur, was er will, genau wie immer.«

Sie legte ihre Hand auf seine Schulter.

»Du bist ja durch und durch naß und sicher auch sehr hungrig. Warst du schon bei mir zu Hause?«

»Ja«, sagte er achselzuckend, »aber ich erhielt den Bescheid, der Herr sei nicht da. Verbummelt wohl irgendwo den Nachmittag und macht uns weis, er sei in Geschäften unterwegs – und die Herrin mache Inventur. Annie Stokes ließ übrigens ziemlich deutlich durchblicken, daß eine wirkliche Dame zu dieser Tageszeit sich wohlgesittet zu Hause in ihrem Salon aufhält.«

Sara lachte: »Ja, ja, ich habe immer noch nicht gelernt, eine feine Dame zu sein, der Annie aufwarten könnte. Und sie sehnt sich so danach, die Gute. Wenn ich lange genug lebe, glückt es vielleicht noch.«

Jeremy warf seinen Hut auf eine Schachtel, drehte sich zu ihr herum und schaute sie an. Jetzt erst erkannte sie, daß er zornig war.

»Du wirst lange genug leben, falls dir der Klatsch nicht demnächst das Blut aussaugt, Sara!«

Sie machte einen Schritt zurück und runzelte die Stirne: »Jeremy, was soll das? Was redest du da?!«

Linkisch steckte er die Hände in die Taschen. »Manchmal kümmere ich mich ganz gern um den Klatsch, auch so eine irische Gewohnheit, und außerdem war ich monatelang draußen am Hawkesbury, da wird man neugierig. Dort sind Neuigkeiten abgestanden. Als ich jetzt in die Stadt kam . . .«

»O Jeremy – weiter, weiter«, fiel sie ihm ins Wort.

»Nun, ich hatte zwei Wege zu machen, als ich Glenbar verließ. Zuerst einmal mußte ich mein Pferd bei Joe Maguir einstellen, und dann ging ich auf einen Sprung zu Costello, nur so auf ein Bier und einen Happen Käse. Überall die gleiche Geschichte . . .«

»Was für eine Geschichte. Mein Gott, sprich doch schon!«

Er blickte ihr fest in die Augen. »Sie wurde wie zufällig serviert, die Geschichte, aber die Absicht lag klar auf der Hand. Ob ich schon gehört hätte, daß der berühmte Freund von Mr. Maclays Frau mit dem neuen Gouverneur auf der Speedy angekommen sei, und ob es nicht fein sei, daß Mrs. Maclay nun wieder ihren Freund hier habe, noch dazu einen so vornehmen.« Jeremy verstand es vorzüglich, Pat Costello nachzuahmen, der immer so tat, als gälte seine ganze Aufmerksamkeit dem Krug Bier, den er gerade abzapfte. »Ja, meine liebe Sara, und an dieser Stelle kam noch eine kleine Ablenkung, nämlich die Geschichte von Sir Geoffrey Watson und seiner gräflichen Schwester. Captain Barwells Rolle darin war nicht gerade sehr rühmlich. Dann kam mein Plauderer wieder auf sein Hauptthema. Und was hatte er zu sagen: Ist es nicht großartig, daß Mrs. Maclay so einen guten Jugendfreund in der Nähe hat, der ihr die Zeit vertreiben wird; na ja, sie werden sich ja auch viel zu erzählen haben; Mrs. Barwell ist allerdings erst einmal zum offiziellen Dinner in Glenbar gewesen; aber der Captain, nun ja, das ist ja auch etwas anderes; ist nicht schon der Pfad zur Haustür ganz ausgetreten von seinen häufigen Besuchen; warten Sie mal, in der vorigen Woche war er viermal oben, und in dieser Woche, in dieser Woche erst zweimal; oh, natürlich haben alle Verständnis dafür, daß die zarte Mrs. Barwell nicht so oft den ermüdenden Weg nach Glenbar hinauf machen kann.«

Er brach ab, seine Stimme verlor den weinerlichen Ton von Pat Costello und nahm einen ernsten Ton an: »Ich kann dir sagen, Sara, es wurde mir ganz schlecht, dieses Gewäsch anhören zu müssen.« Mit langen, wütenden Schritten ging er quer durch das Zimmer, kam wieder zurück und blieb vor ihr stehen. »Und es machte mich ganz elend, als ich in diesem schlanken, hübschen Offizier, den ich vor deiner Haustür traf, diesen Captain Barwell erkannte.«

Sara war totenblaß geworden, ihre Augen, die in diesem Augenblick harten, grünen Steinen glichen, blitzten in jähem Zorn auf. Sie trat dicht zu ihm heran, hob die Hand und schlug ihm ins Gesicht. Er rührte sich nicht, sondern starrte sie ungläubig an. Die Spur ihrer Hand zeichnete sich deutlich auf seiner Wange ab: »Lügen«, sagte sie, »nichts als Klatsch, dieses ewige Gerede, wie kannst du nur darauf hören?!«

»Das läßt sich kaum vermeiden«, antwortete er und befühlte prüfend seine Wange. »Ganz Sydney hört schon darauf.«

»Nicht ein wahres Wort ist daran«, sagte sie und kehrte ihm den Rücken zu. »Und du weißt am besten, wie gern sie über mich klatschen. Sie hängen mir etwas an, wo sie nur können.«

»Ja, das weiß ich nur zu gut, Sara, aber diesmal gibst du ihnen Anlaß dazu.«

»Aber ich sage dir doch, nicht ein wahres Wort, alles Lüge«, entgegnete sie hitzig. »Alle diese Klatschmäuler, die mich nur zum Gespött machen wollen, ich könnte ihnen . . .«

»Nein, Sara«, sein Mund bekam einen bitteren Zug, »nicht die Klatschmäuler, Richard Barwell macht dich zum Gespött.«

»Jeremy!« Brüsk kehrte sie sich von ihm ab.

Lange Zeit schwiegen sie beide. Er sah, wie sich ihr Busen unter den heftigen Atemzügen hob und senkte. Schließlich sagte er mit einer geradezu unheimlichen Ruhe: »Das eine sage ich dir, meine liebe Mrs. Maclay, ich werde nicht eine Sekunde zögern, dir den hübschen Hals umzudrehen, wenn du mit diesem Unsinn nicht aufhörst.« Er zog die Brauen hoch, und seine Stimme bekam einen ironischen Unterton: »Alles nur Gerede, und nicht ein Körnchen Wahrheit, was?«

Dieser Ton ließ sie aufhorchen. Sekundenlang sah sie ihn nur schweigend an, dann sagte sie:

»Richard Barwell kommt in unser Haus, weil er Rat braucht für sein Vorhaben hier.« Sie hob die Stimme: »Und ich kann ihm immerhin raten, Jeremy. Mehr bedeuten seine Besuche nicht, das kannst du mir glauben. Aber wenn der Klatsch unbedingt etwas anderes dahinter suchen muß, was soll ich dagegen machen?«

»Was du dagegen machen sollst!« entfuhr es ihm. »Sag ihm, er soll sich zum Teufel scheren! Oder soll ich es ihm sagen?«

Sie blickte ihn entsetzt an. Sie hatte plötzlich das Gefühl, als hätte sie die Ohrfeige bekommen. Verwirrt strich sie sich über die Stirn.

»Nun, ist mein Vorschlag so unmöglich?« frage er.

Langsam schüttelte sie den Kopf.

»Also, worauf wartest du noch? Er ist oben. Bei dir in Glenbar.«

Sie rührte sich nicht, ihre Miene drückte Trotz und Angst zugleich aus.

»Sara, hör zu«, er senkte die Stimme und sprach jetzt ganz sanft. Er forderte nicht mehr, er bat nur noch: »Alle reden über Barwells häufige Besuche bei dir – lange kann auch Andrew nicht mehr blind und taub dagegen bleiben.«

Ihre Lippen bebten. Sie preßte die Hände gegeneinander, um ihr Zittern zu verbergen.

»Jeremy, kommst du mit mir nach Hause? Ich hole nur eben meinen Mantel.«

»Was hast du vor, Sara?«

»Was ich vorhabe? Wieso . . .?« Sie hielt inne, sie fuhr sich mit der Zunge über die Lippen. »Falls er noch da sein sollte, werde ich ihm sagen . . ., werde ich ihm genau das sagen, was du mir soeben befohlen hast.«

Als Sara den Salon betrat, fiel ihr Blick auf Richard, der vor dem Feuer stand. Den einen Fuß hatte er lässig auf einem Fußbänkchen stehen. Er drehte sich langsam um. Seine Gestalt straffte sich. Sie schloß die Tür und lehnte sich mit dem Rücken dagegen. Draußen regnete es in Strömen, die Tropfen trommelten hohl auf das Verandadach. Der noch unfertige Rasen vor den Fenstern war ein einziger Sumpf, in den die Regentropfen abertausend kleine Löcher schlugen. Am Ende des Gartens, dort, wo er sich gegen die Waldkulisse senkte, hatte sich wohl ein Dutzend kleiner Regenbäche ihren Weg gegraben. Die Eukalyptusbäume verloren bei dieser Beleuchtung ihr sonst so helles Grün.

All das empfand Sara als zur Situation passend. Sie fand, daß sich das Wetter ganz und gar Richards Haltung und dem ungewohnten Ernst in seinen Zügen angepaßt hatte. Er kam auf sie zu und streckte ihr die Hand entgegen. Sie nahm sie, und ließ sich von ihm in die Mitte des Raumes führen. Mit sanften Fingern löste er die Haken ihres Umhanges, nahm ihn ihr von den Schultern und legte ihn über einen Stuhl. Seine Hand umklammerte ihre Finger.

»Du bist ja ganz kalt, Sara, dein Haar ist ja tropfnaß. Du siehst aus wie ein junges Mädchen! Weißt du noch . . .«

Sie schüttelte den Kopf: »Bitte, sei still, Richard. Sprich nicht weiter. Hier ist weder die Zeit noch der Ort, daran zu denken, wie es früher einmal war . . .«, – sie entzog ihm ihre Hände –, » . . .und meine Hände zu halten und zu träumen von einer Vergangenheit, in der du das durftest. Das ist lange vorbei.«

»Sara!?« Betroffen sah er sie an. »In den kurzen Augenblicken, die wir für uns haben, da können wir uns doch wenigstens einbilden . . .«

»Einbilden? Was soll das, wir wissen doch beide, daß diese Einbildung ein Ende haben muß.«

»So, muß sie das?« fragte er.

Ohne Zögern erwiderte sie: »Es ist zu Ende, Richard. So etwas währt nie lange. Ich hätte es bedenken sollen. Aber diesmal haben sie den Traum zerstört, noch ehe er begann.«

»Sie!?«

Sie nickte. »Die neugierigen Blicke und die geschwätzigen Zungen. Ich hab' dich gewarnt, Sydney ist nur ein Dorf, und immer und überall verfolgen sie mich. Es ist ja auch so einfach, zu zählen, wie oft du hier zu uns heraufkommst, und dann noch zu übertreiben. Ja, man redet über uns, und bald wird Andrew den Klatsch hören – und Alison.«

Argwöhnisch kniff er die Augen zusammen: »Mit wem warst du zusammen, Sara, wer hat dir das in den Kopf gesetzt?«

Nein, es fiel Sara nicht leicht, Jeremys Rat zu befolgen und Richard fortzuschicken. Sie zuckte nur leicht die Achseln, als bedürfe es keiner weiteren Erklärung:

»Das ist doch ganz gleich, es wäre mir schon längst selbst zu Ohren gekommen, wenn ich nicht plötzlich taub dagegen gewesen wäre.«

»Sara, bitte, ich will es wissen, wer war es?«

»Nun, wenn du es unbedingt wissen willst, Jeremy Hogan war gerade bei mir.«

»Jeremy Hogan? Wer ist dieser Jeremy Hogan, daß er sich so etwas herausnehmen darf?«

Sie hob die Hand, um ihn zu beschwichtigen. »Sei still, Richard, beruhige dich, du hast nicht Alison vor dir, die du nach Belieben anschreien kannst, und die sogar noch gerührt ist, wenn du sie überhaupt ansprichst.«

Er verzog den Mund: »Ich will wissen, wer dieser Jeremy Hogan ist!«

»Gut«, sagte sie geduldig, »Jeremy Hogan ist ein politischer Sträfling.«

»Ein Sträfling?!«

»Du magst ihn ruhig einen Sträfling nennen, für mich und Andrew ist er ein Freund, ein Bruder. Und außerdem unser Verwalter auf Kintyre. Bisher habe ich ihm vertrauen können, und wenn er kommt und sagt, man redet über uns, dann glaube ich ihm aufs Wort.«

Er starrte sie an wie ein zorniges Kind: »Ihr seid ja wohl manchmal nicht ganz gescheit, Andrew nicht und du schon gar nicht. Dieser Hogan, also irgend so ein verdammter Sträfling, den ihr streichelt und den ihr verwöhnt, so daß er sich wie der liebe Gott vorkommt, auf den hörst du also!? Du sagst, alles zwischen uns müsse ein Ende haben, nur weil so ein unverschämter Emporkömmling das verlangt!«

Sara mußte hart mit sich kämpfen. Wie gern hätte sie diese finstere Stirn mit weichen Händen geglättet, alle Angst aus seinen Augen fortgeküßt und ihm gestanden, daß sie ihre Worte nicht ernst nehmen solle. Aber sie dachte an Jeremy und stellte sich voller Furcht die Szene vor, die Jeremy Richard machen werde, falls sie ihm bekennen mußte, daß sie seine Weisung nicht befolgt hatte.

Sie wich ein wenig von Richard zurück: »Zwischen uns muß alles zu Ende sein«, wiederholte sie kalt. »Im Grunde genommen ist gar nichts geschehen, das eines Endes bedürfte. Schön, ich habe dich einmal geküßt, das war Tollheit, ich gebe es zu. Und in den letzten Wochen hast du mich immer häufiger besucht als klug war. Etwas anderes gibt es zwischen uns nicht, nicht so viel.« Und sie schnalzte mit den Fingern.

Seine Miene verdüsterte sich, war voller Unglauben und Enttäuschung.

»Sara, du hast gesagt, daß du mich liebst, damals am Strand hast du es mir doch gestanden.«

Flammende Röte stieg in ihre Wangen. »Ja, aber ich sagte, ich liebe auch Andrew.«

»Aber ich war deine erste Liebe.«

»Schon. Als ich jedoch Andrew zu lieben begann, war ich alt genug, um zu wissen, was Liebe bedeutet.«

Triumphierend rief er aus: »Siehst du, du mußt es selber zugeben, daß ich der erste war, du kannst es nicht leugnen, daß du mich immer noch liebst.«

Sie sah ihn lange an, schaute in sein hübsches, gebräuntes Gesicht, das jetzt vor Eigensinn und Leidenschaft glühte. Plötzlich aber ward sie zornig auf Richard wie noch nie zuvor. Wie wenig er sich doch geändert hat, mußte sie denken, er ist immer noch eigensinnig wie ein Kind, er wird nie lernen, daß er mit Zorn und Eifer nicht alles erreichen kann. Und wenn je die Möglichkeit bestand, daß er sich änderte, Lady Linton und Alison hatten ihn gründlich verdorben mit ihrer ewigen Nachsicht und Schonung. Da stand er, die Züge vor Ärger verzerrt, weil sie es wagte, sich ihm zu widersetzen.

»Nein, ich leugne es auch gar nicht, Richard«, sagte sie fest, »warum auch. Aber du mußt ein für allemal begreifen, was Andrew und ich aus unserem Leben gemacht haben, das hat Bestand, und du wirst es nicht zerstören können.« Sie warf den Kopf in den Nacken. »Und ich sage dir jetzt, und es ist mir ernst damit, ohne Alison möchte ich dich hier nicht mehr sehen.« Aus Angst, doch noch weich werden zu können, hielt sie sich betont gerade. »Ein einziger Kuß, Richard, mehr war es nicht – und versuch nicht, mehr daraus zu machen.«

Er steckte die Hände in die Taschen und sah sie leicht spöttisch an:

»Ist es wirklich zu viel verlangt, daß ich dich gern besuchen möchte? Nein, ich erwarte ja gar keine solche Köstlichkeiten wie deine Küsse, wenn du schon so geizig damit bist. Ganz wie ein ungezogener Spaniel bitte ich nur um ein Fleckchen in deinem Salon, und daß ich hier hin und wieder ein Stündchen allein mit dir verplaudern darf. Aber nein, du hörst lieber eben auf die Reden eines gemeinen Sträflings, daß man über uns klatsche und weist mir die Tür, anmaßend wie eine Herzogin.«

Sara wurde bleich, aber sie fürchtete nun nicht mehr, schwach zu werden. Sie richtete sich kerzengerade auf, so daß ihre Augen fast in gleicher Höhe seinen Blick trafen:

»Bitte, Richard, merk dir das: erstens, in meiner Gegenwart darf kein Mensch Jeremy Hogan einen gemeinen Sträfling nennen, und zweitens, wenn ich auch keine Herzogin bin, so bin ich immerhin die Herrin dieses Hauses. Und jetzt bitte ich dich, mich sofort zu verlassen. Und versprich mir, nicht mehr allein hierher zu kommen.«

Richard gab sich plötzlich sehr förmlich. In seinen Zügen stritten jedoch Zorn und Enttäuschung miteinander, und seine Augen blickten flehend wie die eines Kindes. Er sah sie eine ganze Weile wortlos an, ehe er sagte:

»Ich bin nicht Andrew, und nie kann ich es ihm gleichtun, ich kann dir kein Vermögen erwerben oder dir die Welt zu Füßen legen, aber ich brauche dich, Sara, brauche dich notwendiger als er«, er hielt inne, ehe er fortfuhr, »und was noch wichtiger ist – auch du brauchst mich! Aber du hast einen schnellen Entschluß gefaßt, möge er dich nie reuen.«

Er drehte sich langsam um, trat an eines der großen Fenster und öffnete es weit. Feuchte Luft strömte ins Zimmer. Eine Weile starrte er in den Garten hinaus, die Hand im Vorhang vergraben. Unaufhörlich fiel der Regen, ein leichter Wind trieb ihn über die Veranda und ließ ihn gegen die Scheiben trommeln. Der Hafen war von einem feinen Dunst überlagert. Richard trat einen Schritt vor. Der schrägfallende Regen traf sein Gesicht. Sara erschauderte, der Regen und Richards unbewegliche Gestalt waren wie ein Zauberbann, es sah aus, als wären sie beide magisch aneinandergekettet. Er hatte wirklich eine seltsame Macht über sie, wenn allein seine Gegenwart genügte, sie elend und verzweifelt zu machen.

»Richard, o Richard«, flüsterte sie in sich hinein, aber kein Ton drang über ihre Lippen. Er rührte sich nicht. Wind und Regen raschelten in den Baumkronen. Der Garten lag verödet und einsam. Schließlich kehrte er sich ihr wieder zu.

»Nein, Sara, dies ist nicht das Ende, wir werden uns noch häufig sehen, dafür hat Andrew gesorgt mit seinem großzügigen Angebot. Und ich hoffe, ich sage es dir ganz ehrlich, daß du leiden mußt, so wie ich gelitten habe in der Vergangenheit. Ja, ich wünsche von ganzem Herzen, daß auch du wenigstens etwas von diesen Qualen, die ich Jahre hindurch ausgestanden habe, zu spüren bekommst.« Er verbeugte sich leicht: »Wir haben noch viel Zeit vor uns, du und ich!« Dann entfernte er sich über die Veranda und schwang sich über die Brüstung.

Wenige Minuten darauf, der Klang von Hufschlägen auf der Straße hatte ihn aufhorchen lassen, erhob sich Jeremy Hogan von seinem Platz im Speisezimmer, wo er gerade bei der von Annie Stokes servierten Mahlzeit saß. Er öffnete eine der Fenstertüren und trat auf die Veranda hinaus. Sara, die Richard nachsah, zog sich rasch in den Salon zurück. Er beugte sich über die Brüstung, um noch einen letzten Blick auf den Reiter zu werfen, auf die prächtige Uniform, die sich gegen die düsteren Bäume abhob. Sein schwarzes Pferd, ein edler Vollblüter, glänzte im Regen.

»Schön«, schimpfte Jeremy vor sich hin, »wenn du auch reiten kannst, als wären Pferd und Reiter eins. Aber, Captain Barwell, ich würde dir keine Träne nachweinen, hörte ich, du seiest gestürzt und habest dir das Genick gebrochen!«

Kapitel 9

An einem Abend, es war drei Wochen nach der Ankunft der Barwells in New South Wales, stand Andrew an einem der hohen Fenster in Major Foveaux' Salon und musterte kritisch die Gesellschaft.

Bis zu diesem Zeitpunkt waren etwa acht Paare erschienen. Vor dem Hause jedoch konnte man deutlich das Knarren der Wagen vernehmen und die mürrischen Stimmen der Kutscher, welche die störrischen Pferde in der Reihe zu halten versuchten und darauf warteten, vorfahren zu können. Ja, dachte er, sie werden alle kommen, sogar aus Parramatta werden sie herbeieilen. Keiner wird fehlen. Keiner wird fehlen, vor allem keine der Frauen der Kolonie würde es sich verzeihen, die Gelegenheit verpaßt zu haben, mit Alison Barwell zusammenzutreffen. Außerdem wußte jeder schon, daß auch King, der neue Gouverneur, sein Erscheinen zugesagt hatte.

Quer über den Raum hin verbeugte sich Andrew vor Macarthurs Gemahlin, die am Kamin stand. Seine Aufmerksamkeit galt jedoch der kleinen Gruppe gleich neben dem Eingang. Alison, in einem zauberhaften Gewand, stand neben Richard. Sieht verteufelt gut aus, der Bursche, dachte Andrew, eine wunderbare Ergänzung zu Alisons zarter Vornehmheit. Foveaux scharwenzelte um sie herum und winkte immer wieder einen der Diener heran, die sich mit ihren Tabletts zwischen den noch kleinen Grüppchen der frühzeitig Erschienenen bewegten. Rechts von Alison, ein klein wenig hinter ihr, stand Sara. Stolz ruhten Andrews Augen auf seiner Frau. Wie schlank sie doch wirkte in ihrem rosafarbenen Seidenkleid, wie aufrecht und beherrscht sie dastand. Nur die leichte Röte in ihren Wangen und das unablässige Spiel ihrer behandschuhten Hände mit dem Fächer verrieten, daß sie nervös war.

Die Halle summte von Stimmengewirr. Foveaux entfernte sich von der Gruppe bei der Tür, um neue Gäste zu begrüßen. Eine Gesellschaft von sechs Gästen kam gerade durch die breite Tür. Foveaux stellte Alison vor, dann Richard. Als die Neuangekommenen schon weitergehen wollten, drehte sich Alison zu Sara herum und stellte sie mit einem charmanten Lächeln vor. Schon vorhin, als die ersten Gäste erschienen waren, hatte Andrew Alison einmal freundlich sagen hören: »Sie kennen sicherlich meine Freundin, Mrs. Maclay . . .«

Einige Frauen hatten abweisende Mienen aufgesetzt. Mit hochgezogenen Brauen hatten sie sich nur zu einem steifen Kopfnicken herbeigelassen. Einige, sie waren wohl durch diese Geste Alisons etwas unsicher geworden, wagten ein schüchternes, etwas ängstliches Lächeln. Alle aber zogen sich rasch zurück, um in einer entfernten Ecke Saras unerwartetes Auftauchen mit Alison Barwell als Freundin durchzuhecheln. Aus den Gesichtern der Männer konnte Andrew fast ausnahmslos Bewunderung lesen, es war ihnen offensichtlich ein Vergnügen, Sara Maclay endlich einmal nicht nur über den Ladentisch hinweg sehen und sprechen zu dürfen.

Inzwischen waren auch James und Julia Ryder erschienen. Der große Saal füllte sich rasch. Der Raum war bald so voll, daß Andrew nicht mehr die kleine Zeremonie, die sich dort am Eingang immer wieder von neuem abspielte, beobachten konnte. Er ging durch den Salon, begrüßte hier und da einen Bekannten, blieb aber nirgends stehen und ließ sich in keine Unterhaltung ein, damit ihm ja nichts von dem allgemeinen Gang der Unterhaltung verlorenging.

Da drang die Stimme einer Frau, die als Lästerzunge bekannt war, an sein Ohr: ». . . möchte bloß wissen, wieso diese Person von einer Sara Maclay mit Mrs. Barwell befreundet ist? Es ist einfach ein Skandal, sie mit anständigen Leuten zusammen einzuladen . . .«

Eine freundliche Männerstimme antwortete: »Aber beide Barwells sagen doch, daß sie Mrs. Maclay schon aus ihrer Kindheit her kennen . . .«

Andrew lächelte in sich hinein und schritt weiter. Wieder hielt er inne, um die Worte einer jungen Frau, die erst kürzlich aus England gekommen war, zu vernehmen:

»Was meinen Sie, wird man Mrs. Maclay jetzt überall empfangen?« Ihr Lächeln drückte Verwirrung aus. »Ich möchte sie gerne kennenlernen, obgleich ich mich eigentlich etwas vor ihr fürchte. Nun, warten wir erst einmal ab, wie Mrs. King sich zu ihr stellen wird . . .«

Und einen jungen Leutnant hörte er bewundernd zu einem Kameraden sagen: »Sie soll einen geflüchteten Sträfling getötet haben, tolles Stückchen, was?!«

Andrew näherte sich langsam der kleinen Gruppe am Eingang, allerdings ohne die Absicht, sich ihr zuzugesellen. Alison ist wirklich eine vollendete Schauspielerin, dachte er, oder Richard hat sie streng ins Gebet genommen. Immer wieder wandte sie sich Sara zu, zog sie ins Gespräch, schlug ihr vertraulich mit dem Fächer auf den Arm, lächelte ihr zu und lauschte höflich Saras Antworten. Sie sahen wirklich wie zwei alte Freundinnen aus, die sehr vertraut miteinander waren. Alison hielt Sara immer in der Nähe und zwang so jeden sich nähernden Gast, sie in die Unterhaltung mit einzubeziehen. Und all das geschah mit ungezwungener Liebenswürdigkeit und der Artigkeit gesellschaftlicher Formen, und nicht ein einziges Mal ließ Alison in irgendeiner Weise durchblicken, sie wisse sehr wohl, daß alle die Frauen, die jetzt mit zusammengekniffenen Lippen mit Sara sprachen, sich bisher geweigert hatten, Andrew Maclays Frau – einen ehemaligen Sträfling – anzuerkennen.

Das Schauspiel, das Alison an diesem Abend bot, prägte sich Andrew in seinen sämtlichen Phasen unauslöschlich ein. Alisons bezaubernde Lebhaftigkeit ließ nicht einen Moment nach, ihre Haltung blieb untadelig. Er lächelte stillvergnügt vor sich hin: Sie war eben eine Lady, und eine Lady konnte sich gar nicht anders benehmen, als ihre Herkunft es von ihr verlangte, selbst wenn ihre ganze Welt sich auf den Kopf stellte. Denn so mußte es ja wohl heute Alison zumute sein.

Plötzlich verstummte das Stimmengewirr. Nicht, daß die Ankunft des neuen Gouverneurs und seiner Gemahlin laut verkündet worden wäre, nur ein Raunen, das von Mund zu Mund gegangen war, hatte den hohen Gast angekündigt. Man reckte die Hälse und drehte die Köpfe, die Blicke aller richteten sich auf den Eingang.

Philip Gidley King und Josepha Ann, seine schwarzhaarige Gemahlin, traten ein. Es entsprach zwar nicht ganz den gesellschaftlichen Gepflogenheiten, ihn wie den eigentlichen Gouverneur zu begrüßen, da er noch nicht offiziell bestätigt war, aber man tat es dennoch. Hinter dem Gouverneur und seiner Gemahlin schritt Captain Abbott mit seiner Frau, dessen Gastfreundschaft das Gouverneurspaar genoß.

Andrew beobachtete aufmerksam die Zeremonie des Verbeugens und Knicksens. Man wußte, daß Alison bei Josepha Ann in hoher Gunst stand. King schenkte ihr ein warmes Lächeln. Alison ließ sich noch den Abbotts vorstellen, und dann zog sie mit einer anmutigen Handbewegung Sara näher zu sich heran. Im Saal wurde es totenstill. Eine Dame, die nicht über die Köpfe der Herren hinwegzuschauen vermochte, stellte sich gar auf die Zehenspitzen und verlor beinahe das Gleichgewicht. Man hörte deutlich ihren erstickten Schreckenslaut.

Alisons klare Stimme drang in aller Ohren:

»Sir, darf ich Ihnen meine liebe Freundin, Mrs. Maclay, vorstellen? Wir kennen uns schon sehr lange, eigentlich schon seit unserer Kindheit.« King verbeugte sich: »Ich schätze mich glücklich, Sie kennenzulernen, Madame. Freunde unserer entzückenden Mrs. Barwell sind natürlich auch unsere Freunde . . .«

Unter halbgeschlossenen Lidern konnte Andrew sehen, wie Sara einen tiefen Knicks machte und in der rosaroten Seidenwolke versank.

Es war ihm natürlich völlig klar, daß King längst über Saras Vergangenheit unterrichtet war. Die Kolonie war viel zu klein, als daß der neue Gouverneur nicht sehr bald Kenntnis von den häuslichen und finanziellen Verhältnissen der bedeutenderen Bürger erlangt hätte. Sie wurde ihm sicher förmlich aufgedrängt. Andrew sagte sich auch, daß King ganz genau darüber im Bilde war, welchen Einfluß der Ehemann dieses einstigen Sträflings überall hatte, daß er Macht und Geld besaß und ein gewichtiges Wort im Handelsring mitsprach. Kings Hauptanliegen war, diesen Ring zu sprengen, sei es durch friedliche Überredung oder durch offene Gewalt. Wie sich die Dinge auch entwickeln würden, es konnte nicht schaden, Freunde unter den Männern zu gewinnen, die es kleinzubekommen galt.

Also zog es der neue Gouverneur vor, Andrew Maclays schlanker junger Frau wohlwollend zuzulächeln, zumal sie ihm von einer Dame so untadeligen Rufes vorgestellt wurde. Und Josepha Ann, in treuer Ergebenheit, beeilte sich, seinem Beispiel zu folgen.

Kapitel 10

Seit dem Empfang bei Foveaux waren zwei volle Monate verstrichen, und Richard hatte sich nicht mehr allein in Glenbar blicken lassen. Er machte seine Besuche mit Alison. Oft saß er allein mit Andrew zusammen und besprach mit ihm Angelegenheiten, welche die in der Zwischenzeit in seine Hand übergegangene Hyde-Farm betrafen.

Bei all diesen Besuchen kam er Sara nie nahe. In seinen Augen konnte sie kalte Ablehnung lesen, und sie glaubte allmählich daran, daß er niemals mehr allein zu ihr kommen würde. Eines Nachmittags jedoch kam Annie ins Kinderzimmer gestürzt und meldete, Captain Barwell warte im Salon. Sara eilte sofort hinunter und fand ihn lässig gegen den Kamin gelehnt. Seine schmalen Finger spielten mit den Fransen des Klingelzuges. Er lächelte, als sie den Raum betrat. Als sein Lächeln jedoch unerwidert blieb, runzelte er die Stirn und stieß die Kordel beiseite.

»Kein Grund, mich so anzuschauen, Sara«, sagte er. »Ich will wieder kommen dürfen, so oft ich möchte. Nein, nicht so oft ich möchte . . ., wenn ich fühle, daß ich dich einfach sehen muß, sei es auch nur für Minuten. Oder ich stelle irgend etwas Verrücktes an.«

Er stieß ungeduldig mit dem Absatz seines glänzenden Schuhs gegen das Kamingitter. »Keine Angst, meine Liebe, ich komme nicht so häufig, daß es deinem Ruf und deiner Ehre schaden könnte.«

Sie stand hinter einem der großen, gobelinbezogenen Sessel. Mit beiden Händen hielt sie sich an dem verschnörkelten Schnitzwerk fest: »Ich kann es nicht verhindern«, sagte sie ruhig.

Er sah sie kopfschüttelnd an: »Nein, das kannst du allerdings nicht, machte wohl einen schlechten Eindruck, nicht wahr, wenn du dich weigertest, mich zu empfangen. Schließlich, wie sollte Alison ihre Besuche fortsetzen, wenn ihr Mann nicht gern gesehen ist? Hast du schon einmal daran gedacht, Sara?«

Sie brauchte über seine Worte nicht nachzudenken, sie wußte sofort, was er meinte. Andrews Haltung nämlich, falls es zu einem Bruch zwischen ihr und Richard käme. Und dann Alisons Verdächtigungen, der Klatsch der Dienerschaft, der sich in Windeseile in der Stadt ausbreiten würde! Richard hatte seinen Zweck erreicht, und er zeigte es auch ziemlich unverhüllt.

Im Laufe des Winters tauchte er nun alle vierzehn Tage oder drei Wochen zu einer nachmittäglichen Plauderei in Saras Salon auf. Anfangs fühlten sie sich beide etwas unbehaglich. Sara war böse und mürrisch, und Richard fühlte genau, daß er nicht sehr willkommen war. Ihre Unterhaltung bestand deshalb nur aus abgehackten Sätzen. Aber allmählich gewann ihre alte Vertrautheit die Oberhand, beide legten ihre Befangenheit ab. Sara hatte bald einsehen müssen, daß sie sich auf die Dauer unmöglich so betont höflich mit ihm zanken konnte, sie gab also nach und machte dem Wortgeplänkel empfindlicher Kinder ein Ende. Für Richard war es eine Erholung, freimütig über seine die Hyde-Farm betreffenden Pläne sprechen zu können. Er verbrachte allwöchentlich einige Tage dort. Nachher berichtete er ihr eifrig über die Fortschritte. Das Haus stand bereits, er baute gerade die Ställe und wollte im Augenblick Vieh in Sydney kaufen. Sara schüttelte sorgenvoll den Kopf. Nein, Richard war kein Farmer. Er stürzte sich in die neue Aufgabe mit der Unbekümmertheit eines Unerfahrenen. All ihre Ratschläge schlug er in den Wind. Die Farm gehöre ihm, kehrte er immer wieder heraus, sooft sie versuchte, ihn von diesem oder jenem Plan abzubringen. Sie gehöre nur ihm, ihm allein, und die Tatsache, daß Andrew ihm das Geld geliehen hatte, gebe noch keinem das Recht, ihm bei der Bewirtschaftung dreinzureden. Wenn er in dieser Stimmung war, zog Sara es vor, die

Achseln zu zucken und um des lieben Friedens willen zu schweigen.

In diesen Monaten mehrten sich die Zeichen, daß die Frauen in der Kolonie willens waren, Alison Barwells Beispiel zu folgen. Nicht, daß sie etwa sofort in Glenbar ihren Besuch gemacht hätten, aber sie grüßten Sara immerhin auf der Straße und gaben es auf, sie im Kaufhaus einfach zu übersehen.

Im Laufe des Winters wurde es Sara immer klarer, daß Alison einen gewissen Verdacht hegte, was die Beziehung ihres Mannes zu jener Frau betraf, die sie auf Weisung ihres Gemahls Freundin nennen mußte. Sie kam zwar häufig nach Glenbar und lud auch Sara öfters zu sich in ihr Haus an der Straße nach Parramatta ein, das sie von einem nach England heimkehrenden Offizier gekauft hatten, aber es geschah, als gehorche sie einem Befehl, als läge ihr absolut nichts an Sara, sondern einzig und allein daran, ihrem Mann gefällig zu sein. Die beiden Frauen wurden nie und nimmer vertraut miteinander. Alison gehörte allerdings nicht zu denen, die sich leicht anderen anschlossen. Richard war ihre ganze Welt, und andere Menschen existierten für sie nur in ihrer Beziehung zu ihm. So schien sie auch Andrew Maclay nur als den Spender des luxuriösen Lebens, auf das Richard nach ihrer Meinung selbstverständlich Anspruch erheben konnte, zu betrachten, als mittelbaren Spender der Pferde, der köstlichen Weine und vor allem der Kleider, die für sie sehr wichtig waren, damit Richards Blick auch weiterhin mit Bewunderung auf ihr ruhte. Andrew hatte auch das Geld für die Farm vorgestreckt, die ihnen eines Tages, so glaubte sie wenigstens, einen Luxus gestatten würde, der nicht mehr geliehen war. Sie glaubte blind an Richards Fähigkeiten. Für sie war es klar, daß Richard die Farm mit Hilfe eines Verwalters zu leiten verstand und nebenher seinen Pflichten als Offizier genügen würde. Gab es in New South Wales denn nicht viele Männer, die Gleiches leisteten? Und hatten sie nicht Erfolg, kamen sie nicht zu bescheidenem Wohlstand? Alison übersah jedoch, daß Richard kein Farmer war und daß er es nie und nimmer mit der Schlauheit, Rücksichtslosigkeit und dem kalten Ehrgeiz der anderen aufnehmen konnte. So lebten er und seine Frau in schönen Zukunftsträumen. Es mußte ja endlich einmal soweit sein, die Hyde-Farm mußte ihnen einen bequemen Wohlstand bringen.

Für Alison bedeutete der noch zu gewinnende Reichtum auch noch etwas anderes, nämlich nicht mehr diese regelmäßigen

Besuche in Glenbar machen zu müssen, wenn sie dort nicht mehr verschuldet sein würden. Solange war es allerdings ganz bequem, ja es war geradezu eine glückliche Fügung, daß sie Geld schöpfen konnten, soviel sie nur brauchten, aus einem Quell, den Andrew nie versiegen ließ. Luxus war kostspielig, stellte Alison bedauernd fest, und sie schuldeten den Maclays bereits eine horrende Summe. Aber Alison beruhigte sich damit, daß sie, wenn sie Erfolg haben wollten, jetzt zugreifen müßten. Und einen anderen Weg gab es ja leider nicht.

So hielten Alison und Sara während des ganzen Winters die Fassade ihrer Scheinfreundschaft aufrecht. Die Offiziersgattinnen ließen sich endlich herbei, Mrs. Maclay einen Gruß zuzunicken, wenn ihre Wagen einander zufällig in den staubigen Straßen von Sydney begegneten. Es war allmählich zu einer stehenden Redensart zwischen den Damen geworden: Natürlich, Sara Maclays Fall ist eine Ausnahme, sie hat nichts mit den anderen Sträflingen gemein. Der eine oder andere Ehemann regte an, seine Frau möge doch einmal Mrs. Maclay zum Tee bitten. Es war ein offenes Geheimnis, daß sie auf ihren Mann einen großen Einfluß hatte, und es gab mehr als einen Mann in der Kolonie, der an Andrew Maclays Wohlwollen interessiert war.

Während dieser Zeit, der Winter war inzwischen einem blassen, warmen Frühling gewichen, setzte Richard seine Besuche auf Glenbar fort. Er erzählte Sara von seinen Plänen, lauschte ihren Ermutigungen und überhörte ihre Ratschläge. War Andrew zugegen, blieb er nur kurze Zeit, war er aber mit Sara allein, machte er es sich am Kamin bequem und plauderte und schwatzte. Dann kam er auch regelmäßig auf die Vertraulichkeit ihrer Spaziergänge in der Romney-Marsch zu sprechen, und regelmäßig verließ er nachher Glenbar in einem übermütigen Ritt mit dem Ausdruck eines Mannes, dem ein Stein vom Herzen gefallen war. Manchmal ritt er nicht gleich heim oder in die Kaserne, sondern lenkte sein Pferd auf die Straße, die zur Südspitze führte. Eines Tages erzählte Ted O'Malley, der ihn auf der Straße nach einem solchen Besuch in Glenbar getroffen hatte, davon Annie. Die hinterbrachte Sara sofort, daß Captain Barwell im wilden Galopp vorübergesprengt sei und dabei aus voller Kehle ein Soldatenlied gesungen habe. Sein Gesichtsausdruck sei dabei so seltsam verwegen gewesen.

Sara stieß einen hörbaren Seufzer der Erleichterung aus, als der abgelegene Weiler von Castle Hill am Ende der Landstraße auftauchte. Jetzt hatte sie nicht mehr weit zu fahren, tröstete sie sich selbst. Nur noch drei Meilen. Jenseits der kleinen, öden Siedlung wand sich ein Weg von einigen hundert Metern zu einem verfallenen Haus, das in der Gegend als Priests Farm bekannt war. Joseph Priest war schon vor Monaten gestorben, und seit nunmehr sechs Wochen gehörte der vernachlässigte, heruntergewirtschaftete Besitz den Maclays. Falls Andrew recht behielt, würde es keine zwei Jahre dauern, und auch dieses Gut stand ebenso glänzend da und das Land war ebenso ertragreich, wie das für ihre Farmen Toongabbie und Kintyre geradezu als selbstverständlich galt. Andrews Ehrgeiz kannte keine Ruh und Rast und wuchs mit seinen Aufgaben.

Er und Jeremy waren schon seit einiger Zeit auf der neuen Farm, sie wohnten in dem ungastlichen Haus, dessen Dach zu allem hin noch leck war, allein mit einem ehemaligen Sträflingsarbeiter, der als einziger von den zwölf Leuten zurückblieb, die einst die Farm bewirtschafteten. Ein Stapel leerer Rumfässer, der hinten im Hof aufgebaut war, gab hinlänglich Zeugnis, warum die Farm nicht gedieh. Die Lage der Farm war durchaus vielversprechend. Nach ein paar Wochen harter, gemeinsamer Arbeit konnte man sie getrost Jeremy überlassen. Andrew würde nach Sydney zurückkehren und Jeremy die Leitung von Priests Anwesen in den schweren Anfangsjahren überlassen. Es würde schon eine gute Zeit brauchen, die Farm wieder hochzubringen. Inzwischen wollte Andrews ungeduldige Natur ein Dutzend anderer Pläne verwirklichen.

All dies hatte ihr Andrew in zwei hastig hingekritzelten Briefen mitgeteilt. Nach seiner Beschreibung konnte Sara sich die Farm gut vorstellen – selbst die scheußliche Verwahrlosung inmitten einer üppigen Flora, die wilden Frühlingsblumen und die vereinzelt stehenden, großen, weißen Gummibäume, die den Bach säumten. Sara hatte den zweiten Brief kurzerhand beiseite gelegt und unter einer raschen Eingebung schnell in einen Koffer ein paar alte Kleider gestopft, den Wagen befohlen und ihn mit Lebensmitteln und Kochgeschirr bepackt. Den Laden überließ sie der Obhut des jungen Clapmore. Glenbar versorgte auf das Beste Bennet, und die Kinder waren bei Annie gut versorgt.

Der Besuch auf Priests Farm versprach eine vollkommene Wiederholung der frühen Tage am Hawkesbury zu werden. Wieder einmal würden sie ganz unter sich sein, Andrew, Jeremy und sie. Gemeinsam würden sie beraten und planen, all die Probleme, die sich aus einem heruntergewirtschafteten Gut, einem kranken, verwahrlosten Viehstock und dem Arbeitermangel ergaben, zu lösen trachten. Sie würde für die Männer kochen und zwei lange Wochen die unverbrüchliche Kameradschaft der beiden Männer teilen, die ihr eine Welt aufgebaut hatten. Es war so etwas wie eine Reise in die Vergangenheit, was sie jetzt unternahm. Wohl rechnete sie mit der Möglichkeit, daß es einen Fehlschlag geben könnte. Über Andrews Briefen hatte sie jedoch wieder einmal die seltsame Unruhe und Unzufriedenheit gepackt, die mit jedem Frühling über sie kam. Und mit dieser Flucht aus Glenbar hatte sie dieser Stimmung nachgegeben. Ja, sie sehnte sich nach der Einfachheit der ersten Jahre zurück, diesem schlichten Leben, das für immer vorbei war, wie sie es sich vernünftigerweise sagen mußte. Ob sie recht getan hatte, diesem Impuls nachzugeben, das hing nun einzig und allein von Andrew und Jeremy ab. Wenn sie ihr Kommen so selbstverständlich nahmen, wie es gemeint war, dann wollte sie es als die schönste Bestätigung dafür nehmen, daß der Geist von Abenteuer und Kameradschaft Andrews stetig wachsenden Reichtum überlebt hatte. Und dann würde sie wieder glücklich und zufrieden sein!

David und Duncan hatte sie beruhigt in Glenbar zurücklassen können. Sie wußte sie in einem Kampf vereint, der nun schon über einen Monat währte, nämlich die Übermacht über ihren neuen Lehrer, einen langaufgeschossenen, unordentlichen jungen Iren, zu gewinnen. Der junge Mann besaß zwei Dinge: ein großes Wissen und den gewissen Charme des Schüchternen. Sara hatte ihn vor achtzehn Monaten nur auf einige Briefe hin engagiert.

Im Kinderzimmer fing Sebastian gerade an, auf seinen stämmigen Beinchen die ersten Gehversuche zu machen. Der Haushalt in Glenbar lief wie am Schnürchen unter Bennets Leitung. Und falls nicht gerade unverhofft ein Schiff mit neuer Fracht den Hafen anlief, war sie wohl für die nächsten zwei Wochen im Kaufhaus entbehrlich.

Plötzlich holperte der Wagen in einer tiefen Radspur. Sie

stemmte sich gegen die Rückenlehne. Die so entmutigend aussehenden, weißgekalkten Häuser kamen immer näher. Vor einem der am nächsten liegenden Häuser stand ein Mimosenbaum in voller Blüte – ein gelber Rausch in der herben Himmelsbläue!

Zerstreut schüttelte Sara den Staub von ihren Kleidern und rückte ihren Hut zurecht, wobei sie sich insgeheim eingestand, daß sie sehr klug daran getan habe, nicht in Sydney zu bleiben, während Andrew auf Priests Farm weilte. Richard wurde nämlich gerade wieder aus Parramatte zurückerwartet, wo ihn eine neuntägige Übung festhielt. Sie erinnerte sich gut früherer Gelegenheiten, als ihm Andrews Abwesenheit auch so etwas wie einen Freibrief ausgestellt hatte, in Glenbar aufzutauchen, sooft ihn nur die Lust ankam. Sara seufzte und fuhr sich mit der Hand über die Augen. In dem dürren Garten, in welchem die Mimose flammte, blieb eine Frau neugierig stehen und starrte dem Wagen entgegen. Ein Kind hing an ihrem Rock. Es winkte schüchtern. Sara beugte sich vor und lächelte. Während sie dem kleinen Mädchen zuwinkte, dachte sie daran, daß sie es überdrüssig war, sich dauernd mit Richards Problemen abzuquälen. Sie wünschte sich von ganzem Herzen, wieder einmal mit Andrew und Jeremy allein zu sein in einer Umgebung, wo es einzig und allein darum ging, wie man einen schlechtziehenden Ofen zum Brennen bekam oder wieviel Stück Vieh man auf den vernachlässigten Weiden von Priests Farm in den kommenden Jahren halten konnte.

Mittlerweile war sie bei der bunt zusammengewürfelten Häusergruppe angelangt, die sich Castle-Hill nannte. Die starken Frühlingsregen hatten die Straße zwischen den strohgedeckten, weißgekalkten Häusern in eine einzige Pfütze verwandelt, Pferdehufe und Wagenräder hatten tiefe Furchen gegraben, die heiße Sonne der vergangenen Wochen hatte sie wieder ausgetrocknet, und als jetzt Sara mit ihrem Wagen darüber hinwegrumpelte, lag schon wieder eine Schicht von lockerem Staub über dem lehmschweren Boden. Eine Gänseherde überquerte auf ihrem Marsch zu dem seichten Bach neben der Chaussee in aller Ruhe kurz vor dem Pferd die Straße. Drei Männer und zwei Soldaten, die dienstfrei hatten, lungerten vor Nell Finnigans Hütte herum. Nell war eine stattliche, hübsche Person, ein ehemaliger Sträfling, die im Hause ihres Mannes so etwas wie eine Schenke betrieb. Es war kein Geheimnis, daß sie mit illegalem Rumverkauf ihr Hauptgeschäft machte. Sara warf im

Vorbeifahren einen Blick auf das kleine, aber reinliche Anwesen und fragte sich, wer wohl von all den Herren, die es sich angeblich allein von den Einkünften aus ihren Ländereien um Sydney wohlsein ließen, für Nell Finnigans Nachschub sorgten.

Der Wagen hielt holpernd vor der Schmiede. Sara steckte den Kopf aus dem Fenster und wartete, bis Edward, Andrews häßlicher, grauhaariger Kutscher, vom Bock heruntergeklettert kam.

»Warum halten wir?« fragte sie.

Plump schob der Kutscher die Mütze in den Nacken: »Tscha, Ma'am, dachte, Sie hätten's schon vorhin gemerkt, daß Goldie lahmt. Fürchte, der Herr sieht's nicht gern, wenn ich so mit ihr weitermache. Carson, das ist der Schmied hier, hat vielleicht noch 'n Pferd. Dann können wir Goldie hier lassen.«

Sie nickte. »Frag ihn, aber beeil dich.«

»Jawohl.« Er tippte an seine Mütze und trottete O-beinig auf die Schmiede zu. Bald darauf kam er mit einem Graukopf im Lederschurz zurück. Sie sprachen gemächlich miteinander. Carson rief schließlich über die Schulter einem jungen Mann etwas zu, der gerade aus der Schmiede gelaufen kam. Dann deuteten sie auf den Stall. Grinsend trat Edward wieder zu Sara. Sein zerfurchtes Gesicht glänzte:

»Alles in Ordnung, Ma'am, Carson hat 'n anderes für Goldie. Das Aus- und Anschirren dauert nicht lange.« Er räusperte sich. Sein fürsorglicher Blick ruhte fragend auf Sara. Es war ihr schon früher aufgefallen, daß er immer dann, wenn er sie allein fahren durfte, geradezu rührend um ihre Bequemlichkeit besorgt war. Daß er sich nur ungehobelt auszudrücken wußte, durfte man ihm wirklich nicht übelnehmen.

»Tscha, Ma'am«, meinte er, »die Sonne ist wohl 'n bißchen zu heiß, was? Wenn Sie hier so lange warten müssen – es ist für Carson 'ne Ehre, wenn Sie in seine Schmiede kommen solange. Wenn es Ihnen nicht zu schmutzig ist.«

Sara hatte schon vorher bei sich beschlossen, während des Pferdewechsels nicht in dem stickigen Wagen sitzen zu bleiben. Sie stieg aus und schaute sich die Hütten der Reihe nach an.

»Ich glaub', ich geh' inzwischen zu Nell Finnigan, da bekomm ich einen Schluck Wasser. Ich habe schrecklichen Durst.«

Er sah sie voller Bestürzung an: »Oh, Ma'am, Nell Finnigan . . .«

Sein Ton ließ keinen Zweifel darüber, was er von dieser Person hielt. Sara hatte sich jedoch schon umgedreht, sie raffte ihre Röcke und überquerte die staubige Straße.

»Geh und hilf Carson«, rief sie ihm zu. »Ich denke, zehn Minuten bei Nell Finnigan werden meinem Ruf nicht schaden.«

Sie hörte sein verstörtes Gemurmel noch, als sie schon ein ganzes Stück auf die mit Blumenbeeten umgebene Hütte zugegangen war. Vor dem Wachhaus rekelte sich ein Hund. Er sprang auf und kam auf sie zu. Ein Soldat, der gerade eine Notiz auf ein Brett in der Veranda heftete, musterte sie von oben bis unten und grinste unverschämt. Die Sonne brannte immer noch heißer, jeder Schritt war einem zuviel. Die dürre Siedlung machte ganz den Eindruck, als vermöchte nicht einmal der Frühling sie aus ihrer Teilnahmslosigkeit wachzurütteln. Als sie bei Nell Finnigans Hütte ankam, verschwand gerade eine kleine Gruppe von Trinkern mit ihren Gläsern in dem von Hecken gesäumten Weg zwischen Hütte und Wachhaus. Sie sah den Männern einen Augenblick nach. Ein halbes Dutzend anderer Leute hatte sich noch hinzugesellt, auch zwei oder drei Kinder, die barfuß im Staub schlurfend die Gruppe umsprangen. Sara war neugierig geworden. Sie brauchte nur wenige Schritte in den Heckengang hineinzutun, um Bescheid zu wissen. Es kam ihr etwas nicht ganz geheuer vor. Von ihrem Standplatz aus konnte sie den Hof des Wachhauses überblicken. Ein grauenerregender Anblick bot sich ihr – und kein Geschrei hatte sie gewarnt. Der Mann dort am Pfahl war schon besinnungslos, und nur das Schwirren der neunschwänzigen Katze, das furchtbare Auf und Nieder in der Hand des Züchtigers, das scharfe Zischen, wenn die Riemen das nackte Fleisch trafen, war zu hören. Und jeden einzelnen Streich vermerkte der Singsang eines neben dem Pfahl stehenden Soldaten: »Siebenundvierzig . . .«

Wieder das Schwirren und Zischen.

»Achtundvierzig . . .«

Sie hatte so etwas schon früher gesehen, zu oft sogar, es war eingeätzt in ihr Gedächtnis seit den Tagen auf der Georgette. Die Strafe des Auspeitschens war eine der grausamsten, welche die Gesetze der Kolonie zuließen, sie war nicht schlimmer als in England der Galgen. Ja, man machte es zu einem öffentlichen Schauspiel, das die Behörden förderten. Tatsächlich war es geeignet, auch den abgestumpftesten unter den zuschauenden ehemaligen Sträflingen als Warnung zu dienen.

Das Blut auf dem nackten Oberkörper des Ausgepeitschten schimmerte hell in der Sonne, die Hosen, deren letzte Fetzen dem Gezüchtigten um die Hüften schlotterten, waren blutgetränkt, Blut lief ihm die Oberschenkel hinab, die Waden, und sickerte in den Staub zu seinen Füßen. Plötzlich erstarb das zischende Geräusch. Ein anderer trat auf den Auspeitscher zu, nahm ihm die neunschwänzige Katze ab, schüttelte die vom Schlagen verflochtenen Riemen frei und rückte sich den Griff handgerecht. Dann holte er weit aus – und wieder das Schwirren und wieder das entsetzliche Zischen.

»Einundfünfzig . . .«

Sara preßte sich die Ohren zu, drehte sich um und floh in Nell Finnigans Hütte. Sie entdeckte niemanden in dem dämmrigen Gang. Sie mußte sich einen Augenblick gegen die Wand lehnen. Sie preßte die Hände auf den Mund und keuchte. Schließlich faßte sie sich und tastete sich in dem Halbdunkel vorwärts. Sie trat auf ihren Rocksaum und stolperte gegen eine Tür. Mit einer Hand konnte sie gerade noch die Klinke fassen. Durch den Anprall sprang die Tür auf. Sie mußte sich am Türrahmen festklammern, sonst wäre sie hingestürzt.

Völlig verstört sah Sara noch, daß ein Mann, der auf einer Bank am Fenster saß, aufsprang, auf sie zueilte und sie stützte. Ein dunkles Augenpaar richtete sich auf sie: »Ist Ihnen nicht gut?«

Sara schüttelte den Kopf: »Nein . . .«

Sie fühlte, wie sie zu dem Platz geführt wurde, den der Mann innegehabt hatte. Als sie einen Blick durch Nell Finnigans saubere Fenster hinaus in den Sonnenschein warf, konnte sie es einfach nicht fassen, daß nur ein paar Schritte entfernt ein von unmenschlichen Qualen Bewußtloser am Pfahl hing und ausgepeitscht wurde. Sie stützte die Ellenbogen auf den blankgescheuerten Tisch und vergrub das Gesicht in den Händen. Die Sonne schien warm auf ihren Rücken, und doch vermochte sie das schüttelfrostartige, heftige Zittern, das sie plötzlich befiel, nicht zu unterdrücken.

Gütig legte der Fremde seine Hand auf ihre Schulter und schüttelte sie sanft.

»Bitte, trinken Sie einen Schluck«, sagte er, »es ist Wein. Er zieht einem zwar die Kehle zusammen, aber er ist immer noch besser als nichts.« Er hielt ihr das Glas an die Lippen. Vorhin hatte sie nur seine Augen gesehen, jetzt waren es seine schmalen, braunen Finger, die sie beeindruckten. Zögernd streckte sie die Hand nach dem Wein aus. Das Glas schwankte vor ihren Augen. Ihre Finger berührten seine Hand. Der Wein schmeckte herb und bitter. Sie setzte ab, aber die unnachgiebige Hand hielt es ihr an die Lippen, bis sie das Glas geleert hatte. Dann tupfte die Hand mit einem Taschentuch sanft ihre Lippen ab. Sie ergriff es, knüllte es wie im Schmerz in ihrer Hand zusammen und lehnte sich gegen die Fensterbank.

»Geht es Ihnen etwas besser?«

Jetzt erst sah Sara den Mann genauer an. Er war schlank und sehr groß. Seine Haltung verriet Selbstbewußtsein und gute Herkunft. Die Augen, deren Blick jetzt fragend auf ihr ruhte, waren fast schwarz, und auch das ungepuderte Haar war von einer sehr dunklen Tönung. Sie fragte sich, ob sie ihn eigentlich anziehend fand, und studierte genau das schmale, markante Gesicht. Olivfarbene Haut spannte sich über den hohen Backenknochen. Breite, buschige Brauen beherrschten die Stirn. Der Mund war etwas zu schmal, ein wenig grausam, überlegte sie, er stimmte so gar nicht zu diesen Augen, die jetzt voller Besorgnis auf ihr ruhten.

Er wiederholte seine Frage: »Geht es Ihnen jetzt besser?«

Sie nickte: »Ja, danke, viel besser.« Sie zögerte. »Ich glaube, die Sonne . . .«

»Oder das Auspeitschen«, deutete er an.

»Sie haben es auch gesehen?«

»Das war kaum zu umgehen.« Er hob die Schultern: »Ich kann es Ihnen nachfühlen, Madame, kein geeigneter Anblick für eine Dame.«

Während er sprach, überlegte Sara, wer er sein könnte. Sein Auftreten und seine Art zu sprechen hatten sie neugierig gemacht. Wer er wohl sein konnte, fragte sie sich immer wieder. Die Kolonie war viel zu klein, als daß ein Fremder unbemerkt geblieben wäre, noch dazu eine solche Erscheinung, die sofort zu allerlei Spekulationen über Woher und Wohin Anlaß gab. Sie musterte ihn unauffällig. Mit einem Blick nahm sie den guten Sitz seines Rockes, die elegante Paßform seiner Schuhe und den reinen Glanz des Smaragds an seinem Ringfinger wahr. Sein Englisch war einwandfrei, wenngleich er es mit einem leichten Akzent sprach. Seine Kleidung und sein Benehmen glichen dem aller wohlhabenden Bürger in der Kolonie, und doch hatte er eine sehr persönliche Note. Er brachte etwas Fremdländisches, etwas von der Atmosphäre der eleganten Welt in diese unscheinbare Behausung. Sogar die Art, wie er eben über die Auspeitschung sprach, hatte so etwas wie zynische Überlegenheit erkennen lassen. Sie fühlte genau, daß er solchen Maßnahmen nicht gleichgültig gegenüberstand, nur ließ er durchblicken, daß sie leider unvermeidlich, wenn auch grausam und unerfreulich waren.

Plötzlich wußte es Sara. Das Gespräch fiel ihr ein, das am Tage zuvor ihre beiden Gehilfen geführt hatten und das sie zufällig mitanhörte. Ohne Zweifel war dies der Mann, von dem die Rede gewesen war. Er mußte der Franzose sein, der mit der amerikanischen Schaluppe, die seit zwei Tagen im Hafen lag, angekommen war. Er war anscheinend direkt von Frankreich gekommen. Warum, wußte kein Mensch. Vielleicht gedachte er nur eine Zeitlang in der Kolonie zu bleiben. Selbst das müßige Gespräch zwischen Clapmore und seinem Kollegen hatte etwas von dem Geheimnisvollen durchscheinen lassen, das diesen Fremden umwitterte. Sara überlegte, daß es ihm immerhin geglückt sein mußte, die Hafenbehörde davon zu überzeugen, daß er ein echter Emigrant war, was soviel bedeutete, daß er gegen Bonaparte ist, sonst würde er ganz bestimmt mit der ausfahrenden amerikanischen Schaluppe wieder verschwinden müssen. Clapmores Reden hatte sie entnehmen können, daß sich der Franzose Zeit ließ mit dem Ausschiffen seiner Habe, sein Gepäck sei immer noch an Bord. Im Laufe des Tages hatten ihr zwei Kunden die Geschichte bestätigt. Und nun war er plötzlich hier, so viele Meilen hinter Sydney. Dieser Franzose scheint rasch zu reisen, dachte sie. Seine buschigen, fragend hochgezogenen Brauen brachten ihr in diesem Augenblick zum Bewußtsein, daß sie ihn wie ein plumpes Bauernmädchen anstarre. Durchaus möglich, daß er es als lästige Pflicht empfand, einem so stumpfsinnigen, blöden Geschöpf Anteilnahme erweisen zu müssen.

Da verbeugte er sich leicht: »Madame, gestatten Sie, daß ich Ihnen noch ein Schlückchen einschenke? Er ist zwar ganz abscheulich, dieser Wein, aber man beteuerte mir, daß es die beste Sorte ist, die man im Lande kennt.«

Sara errötete und fühlte sich seltsam befangen. Endlich gewann sie ihre Fassung wieder und antwortete ihm mit einem Anflug von Hochmut:

»Sie sind sehr liebenswürdig, Sir. Ja, ich nehme gern noch einen Schluck . . .«

»Es ist mir eine Ehre und ein Vergnügen, ich werde schnell noch eine Flasche bestellen.« Er ging zur Tür, drehte sich jedoch wieder um, kam zurück und musterte sie über den Tisch hinweg.

Die Sorge um sie war aus seinen Augen gewichen. Er gab sich jetzt nur noch freundlich, seine Miene verriet sogar eine gewisse Belustigung.

»Bevor wir uns zu einem Glase Wein zusammensetzen, darf ich mich vorstellen: Madame – Louis de Bourget.« Er machte eine Pause, seine Augen leuchteten auf, und um seine Mundwinkel zuckte es: »Ich sehe es Ihnen an, Madame, Sie wüßten gern etwas mehr über mich. Stimmt's?« Er lächelte verständnisinnig: »Genügt es Ihnen, zu erfahren, daß ich heut morgen von Bord der Jane Henry gegangen bin und mich nun auf dem Wege zu William Cooper befinde? Unsere Bekanntschaft stammt aus den Wochen, die wir gemeinsam in Kapstadt vor Anker lagen, und ich mache jetzt von seinem Angebot, seine Gastfreundschaft in Anspruch zu nehmen, Gebrauch. Ich versichere Ihnen . . .«

Lächelnd winkte Sara ab: »Ich muß mich entschuldigen, Sir, Sie müssen mich wahrlich für recht ungehobelt halten . . . Aber ein Fremder ist eine solche Seltenheit für uns, daß . . ., ja, daß ich Sie warnen muß, die Neugierde wird sich auf Sie stürzen.« Sie streckte ihm die Hand entgegen. »Ich heiße Sie herzlich willkommen in der Kolonie, Monsieur de Bourget! Ich bin Sara Maclay.« Langsam breitete sich ein warmes Lächeln über seine Züge. Alles Spöttische war wie weggewischt. Fest umschlossen seine Finger ihre Hand. Dann beugte er sich nieder und küßte ihre Fingerspitzen.

Nell Finnigan hatte eine zwar mollige, aber wohlgestaltete Figur. Als sie in der Tür stand und zu Louis de Bourget hinüberschaute, zog sie an ihrem geblümten Baumwollrock, um ihre Gestalt noch besser zur Geltung zu bringen. Sie war eben Zeuge gewesen, wie er Sara Maclay in den Wagen geholfen hatte. Brennende Neugier erfüllte sie, sie hätte gerne gewußt, wer dieser gutaussehende Fremde war und warum Mrs. Maclay so überraschend in ihrer Schankstube auftauchte. Sie warf den Kopf in den Nacken und schüttelte kokett die schwarzen Locken, die unter der blütenweißen Haube hervorkamen.

Betont nachlässig lehnte sie am Türrahmen und fragte zu de Bourget hin: »Wünschen Sie noch Wein, Sir?« Wobei sie geflissentlich die noch dreiviertelvolle Flasche übersah.

Er lehnte sich genau wie vorher Sara gegen die Fensterbank und sah Nell aufmerksam an. Ihm gefiel ihre adrette Erscheinung, das glänzende Haar, die zarte weiße Haut, der das mörderische Klima anscheinend nichts hatte anhaben können. Die Haltung, die sie mit voller Absicht eingenommen hatte, um ihre beträchtlichen Reize so gut wie möglich zur Geltung zu bringen, belustigte ihn. Außerdem hatte de Bourget, was Frauen anbelangte, seinen eigenen Geschmack. Diese hier war ihm zu erblüht, als Typ zu ausgesprochen, wie er das bei sich nannte. Das Zimmer erschien ihm plötzlich eigentümlich leer, seit die goldhaarige Mrs. Maclay gegangen war. Die Frau vor ihm vertat ihre Zeit und ließ umsonst ihre Koketterie spielen. Frauen mit einem Lächeln, das ihre körperlichen Reize geradezu anpries, waren allzu leicht zu behandeln, als daß es ihm dafürgestanden hätte. Er wies auf die noch dreiviertelvolle Flasche.

»Wie Sie sehen, ist noch genügend da. Möchten Sie nicht ein Gläschen mithalten, Mrs. Finnigan?«

Sie zögerte nicht einen Augenblick. »Da sage ich nie nein.«

Sie war um ein ganz besonders süßes Lächeln bemüht und ließ sich auf der anderen Seite des Tisches nieder. Ohne abzuwarten, schenkte sie sich ein Glas ein. Er zuckte zusammen, als sie es mit einem Zug halb leerte. Jetzt schien es ihr wieder einzufallen, weshalb sie eigentlich gekommen war. Ohne Umschweife begann sie:

»Mrs. Maclay will wohl ihrem Mann Gesellschaft leisten?«

De Bourget hob die Brauen und ermunterte sie auf seine Art:

»So, ich muß gestehen, ich weiß es nicht.«

»Ja, Andrew Maclay ist ihr Mann, hat gerade das Anwesen von Priest, zwei Meilen von hier, gekauft«, gab sie bereitwillig Auskunft. »Das ist vielleicht ein geriebener Bursche, wenn's ums Geld geht, sag ich Ihnen. Der hat es verstanden, in diesen acht Jahren – ja, so lange ist er wohl schon hier – reich zu werden. Na, er hat Glück im Spiel gehabt, und Bergungsgeld soll er ja auch bekommen haben, und nicht zu knapp, für ein Schiff in China oder Indien oder weiß Gott wo.« Sie lachte leise, und dieses Lachen machte sie noch hübscher. »Aber mit dem Spiel dürfte es nun wohl aus sein für Mr. Maclay, das können Sie mir glauben.«

»So.«

»Nun ja, schließlich ist er jetzt doch eine wichtige Persönlichkeit, genießt überall Achtung, und dann seine Frau . . . Haben Sie gesehen, wie sie gekleidet ist?! Sie werden es mir nicht glauben, wenn ich Ihnen sage, daß sie als Sträfling hier ankam.«

Er beugte sich vor. Die kecken, glänzenden Augen gegenüber erwiderten seinen Blick. Er spürte den feinen Duft, der aus ihrem Halsausschnitt stieg.

»Ach, Mrs. Maclay war ein Sträfling?«

Nell Finnigan zuckte leicht mit der wohlgerundeten Schulter: »Ja, eine alte Geschichte, hierzulande kennt sie jeder. Nämlich wie sie Andrew Maclay umgarnt hat, noch ehe er einen Fuß in dieses Land setzte, ja, das war . . .«

Sie erzählte, und Louis füllte ihr leeres Glas.

Kapitel 12

Vor zehn Jahren, damals, als Joseph Priest sein Land in Augenschein genommen und mit dem Roden begonnen hatte, mußte er wohl davon geträumt haben, in naher Zukunft wohlhabend zu werden. Unbekümmert um Zeit und Mühe, hatte er vierzig junge Mimosenbäume gepflanzt und sie in regelmäßigen Abständen zwischen die Eukalyptusbäume gesetzt, zwanzig auf jeder Seite der langen, zum Hause führenden Allee. Er war einer der ersten in der Kolonie, der die besondere Schönheit dieser herben, rauhen Landschaft entdeckte, und seine unpraktische Seele reagierte entsprechend. Priest war außerdem dem Trunke ergeben. Jahr um Jahr verschlechterte sich seine Lage. Immer wieder mußte er Arbeiter entlassen, und allmählich verwandelte sich die verheißungsvolle Zukunft in eine Vision der Ruinen. Mit jedem Frühling aber wurden die Mimosenbäume ein wenig größer und schütteten ihren Goldglanz zwischen das satte Grün, und Priest lächelte glückselig bei diesem Anblick. Er war zufrieden, denn er glaubte, hier etwas von ewiger Schönheit geschaffen zu haben, wenn sich schon die Farm als Fehlschlag erwies. Dies hier war sein Werk, das Erhabenste in dieser unberührten Wildnis. Zerstört vom Trunk und bis über die Ohren verschuldet, wartete er nicht einmal das Ende des Winters und die nächste Baumblüte ab und hing sich an dem größten und kräftigsten Mimosenbaum auf.

Jetzt, da Sara zum erstenmal die Allee entlangfuhr, standen die Mimosenbäume in voller Blüte. Es war ihr, als spürte sie etwas von Joseph Priests Geist. Sie begriff plötzlich, was dieser Mann beabsichtigt hatte, was er gemeint hatte, als er diese schönen, empfindlichen Bäume pflanzte. Ja, so etwas ersehnte sie schon lange für Kintyre, aber auf Kintyre, so gut die Farm auch ging und gedieh, hatte man eben nie Zeit und Arbeiter übrig. Joseph Priest nahm sich diese Zeit einfach und dachte nicht an Nutzen. Sie dankte ihm, sie dankte ihm für den Mut, den alle anderen Verrücktheit nannten.

Das Haus war eine einzige Ruine. Das Dach bedurfte dringend der Reparatur. Die verwitterte Veranda senkte sich ebenfalls bedenklich. Das Gewächshaus mußte bald einstürzen. Der Garten war von Unkraut überwuchert, und mit kundigem Blick stellte Sara fest, daß die Bäume mindestens drei Jahre keine Frucht mehr getragen hatten.

Noch bevor der Wagen hielt, sah Sara Jeremy hinter dem Haus auftauchen. Sie erfaßte den Hut, den sie gleich nach Castle Hill abgesetzt und neben sich gelegt hatte, und winkte aufgeregt. Er zögerte eine Sekunde. Dann rannte er auf sie zu. Der Wagen bremste und hielt. Jeremy riß die Tür auf:

»Sara, was bringt denn dich her!? Wie schön, daß du gekommen bist! Warte, bis Andrew . . .«

Sie nahm lachend seine Hand und stieg aus.

»Ob er sich freuen wird, was meinst du, Jeremy? Oder ist eine Frau hier überflüssig?«

Seine Finger schlossen sich fest um ihre Hand.

»Tu nicht so, Sara, du weißt ganz genau, Andrew wird entzückt sein. Nicht im Traum hätten wir es uns einfallen lassen . . .«

Er hielt inne. Ihr Lächeln verklärte sich plötzlich. Sara sah an ihm vorbei. Er drehte sich und sah, daß Andrew über die Veranda gelaufen kam, drei Stufen auf einmal nehmend. Sara ließ Jeremys Hand fahren, als hätten ihre Finger nie darin geruht. Ihre ausgestreckten Arme schlossen sich um Andrews Hals. Selbstvergessen hielten sie einander umschlungen. Nicht einmal das anzügliche Grinsen Edwards, der immer noch auf dem hohen Kutschbock saß, konnte sie stören. Endlich lockerte sich Andrews Griff. Er legte die Hände auf ihre Schultern und schaute sie an. Er strahlte über das ganze Gesicht.

»Wie schön, daß du gekommen bist«, sagte er.

Sie lächelte: »Dachtest du im Ernst, ich würde zu Hause bleiben? Deine Briefe machten mich ganz neidisch. Sich vorzustellen, ihr beide hier, und ich ausgeschlossen von all dem!« Mit einer weitausholenden Handbewegung umfing sie das baufällige Haus, die Ruine von einem Gewächshaus und den verwilderten Garten.

Andrew klopfte ihr auf die Schulter. »Wir haben dich schon vermißt, nicht wahr, Jeremy? Unsere Kocherei ist nämlich der reine Selbstmord.«

Sara zog die Brauen ganz hoch und sprach mit erheuchelter Strenge: »Nun, wenn ihr eine Köchin braucht, in Castle Hill könnt ihr mehr als eine finden, sollt ich meinen.«

Andrew zwinkerte Jeremy zu. »Natürlich, und mehr als eine würde gern das Haus mit so einem hübschen Burschen wie Jeremy teilen, daran zweifle ich nicht.«

Sie lachten alle drei, und Andrew nahm Saras Arm und führte sie die Verandastufen hinan. Jeremy folgte. Er trug ihren verbeulten Hut und hörte den beiden zu.

»Erst mußt du dir das Haus ansehen. Natürlich, es kostet noch viel Arbeit und ein schönes Stück Geld dazu, aber es wird sich lohnen. Die Farm . . .« Er zuckte die Achseln. »Priest hat die letzten Jahre keinen Finger mehr krumm gemacht oder auch nur einen Penny hineingesteckt in den Bau. Aber wir bekommen es schon hin. Denke, in ein paar Jahren können wir die ersten Herden auf den Markt treiben.«

Andrew und Sara gingen ins Haus. Jeremy blieb auf der Veranda zurück. Er hörte ihre Stimmen. Sie klingen aufgeregt vor lauter Begeisterung, dachte er. Nein, es war kein bitteres Gefühl, das ihn dabei überkam, er war nur ein wenig traurig. Er fühlte die Bänder von Saras Hut zwischen seinen Fingern. Er knüpfte und löste sie, sah sie fest unter ihrem Kinn zusammengebunden. Sein Blut geriet in Wallung. Er fragte sich, seit wann er sie eigentlich schon liebte. Seit damals in der Nacht am Busch, als Andrew sie als junge Frau heimführte? Oder seit jener Nacht auf Kintyre, als die Sträflinge den Ausbruch wagten. Oder hatte er Sara schon immer gekannt und geliebt, war sie nicht der Inbegriff all seiner Träume? Er wußte es nicht. Er lehnte sich gegen einen Verandapfosten, und seine Augen wanderten hinauf in die Kronen der blühenden Mimosenbäume.

Andrew stand am Fuße der breiten Treppe Glenbars. Er wandte keinen Blick vom Eingang, und innerhalb von fünf Minuten blickte er nun schon zum zweitenmal auf seine Uhr. Angestrengt horchte er auf die aus dem Schlafzimmer dringenden Stimmen, bis er in einem plötzlichen Entschluß die Stufen hinauflief und rief: »Sara, bist du endlich fertig?«

Die Stimmen verstummten. Das Knistern steifen Brokats und Saras rasche Schritte antworteten ihm. Als sie am Treppenabsatz auftauchte, fiel ihm als erstes ihr Gewand aus blassem Blau und Silber auf. Ein aparter Stoff, er erinnerte sich, ihn ihr aus Indien mitgebracht zu haben. Im Schreiten strich sie die Handschuhe glatt. Ein Lächeln umspielte ihren Mund, als hätte sie gerade etwas Lustiges vernommen. Ihr folgte steif und dürr Annie Stokes in gestärkter Schürze. Sie trug den Umhang ihrer Herrin, und ihre verhutzelte Miene zeigte Stolz und etwas wie grimmige Genugtuung. Bennet öffnete das Tor, als sich Sara näherte. Sie verhielt noch einen Moment auf den Stufen, Annie legte ihr den Umhang um die Schultern, wobei sie den Geruch des Nachttaus einsog. Die Nacht war dunkel, der Mond würde erst später kommen. Die Laternen des wartenden Wagens leuchteten freundlich und warm, eines der Pferde scharrte behutsam auf dem Kies. Bennet verharrte am Wagenschlag, bis Sara und Andrew Platz genommen hatten. Dann gab er Edward, der bereits auf dem Bock thronte, das Zeichen zur Abfahrt.

Edward fuhr los. Vor ihm zeichneten sich die undeutlichen Konturen spärlich beleuchteter Häuser ab. Er straffte sich und rief um des reinen Vergnügens willen laut:

»Zum Regierungsgebäude, Sir? Jawohl.«

»Die Maclays«, wie ein raunendes Echo pflanzte sich dieses Wort durch den weiten Salon des Regierungsgebäudes fort. Die Köpfe fuhren verwirrt und neugierig herum. Die Ankömmlinge wurden aufs Korn genommen. Andrews Verbeugung und Saras Knicks wurden genau registriert. Die scharfen Blicke, die wohl zu unterscheiden wußten zwischen den einzelnen Graden vizeköniglicher Gunst, mußten feststellen, daß sich der Gouverneur äußerst leutselig gab und daß Mrs. King herzlich und wohlwollend lächelte. Ziemlich eilig, damit nämlich die Neugierde nicht gar zu offenbar wurde, wandten sich die Blicke wieder ab. Der Lärm der Unterhaltung schwoll erneut an. Die beiden interessanten Gäste schritten weiter, um sich den Ryders zuzugesellen. Andrew und Sara wußten genau, daß sich die allgemeine Unterhaltung einzig und allein um sie drehte. Immer noch war Saras Stellung in der Gesellschaft umstritten, wenngleich man sie nach den Freundschaftsbeweisen von Alison Barwell nicht mehr übersehen konnte. Wohl oder übel hatte man zudem anerkennen müssen, daß sie die Frau eines Andrew Maclay war, dessen Position eine gewisse Vorsicht gebot. Aber man hatte immer noch abgewartet, wohlweislich, denn man wollte sich vergewissern, ob Sara auch von höchster Seite Anerkennung und Bestätigung empfing. Und an diesem Abend war ihr wirklich und wahrhaftig die Auszeichnung einer Einladung in das Haus des Gouverneurs zuteil geworden.

Nun ja, die Kings waren noch Neulinge in ihrem Amt. Eigentlich hätte man etwas mehr Vorsicht von ihnen erwarten können. Man fragte sich, warum Sara Maclay eigentlich empfangen werde, denn bisher war noch keinem Sträfling diese Auszeichnung zuteil geworden. Prompt hielt auch jemand eine glaubwürdige Erklärung bereit. Man beugte sich also zu seinem Nachbar und flüsterte ihm etwas ins Ohr. Und man wunderte sich auf einmal nicht mehr.

Mrs. King hatte die Idee gehabt – nicht zuletzt, um sich in Sydney beliebt zu machen –, ein Mädchenwaisenhaus für die illegitimen Sprößlinge aus Hunderten von zufälligen Begegnungen zu gründen, für Kinder, die sich auf den Straßen herumtrieben und schon gelernt hatten, mit Bettelei ihr Leben zu fristen, jeder Autorität spottend. Mrs. King wollte diese Kinder sammeln und in einem Heim unterbringen. Dafür brauchte sie natürlich Geld. Der Klatsch verbreitete nun in Mrs. Kings Salon, daß Mrs. Maclay ihre Einladung nur bekommen habe, weil Andrew sage und schreibe tausend Pfund gespendet und weitere Hilfe versprochen hatte.

Neugierige Blicke folgten dem Mann, der sich eine Einladung tausend Pfund kosten lassen konnte.

Das Stimmengewirr wurde lauter, einer versuchte den anderen zu übertönen. Es dauerte nicht lange, und die Ankündigungen neuer Gäste wurden überhört. Auch das Rauschen des Meeres, das bisher wie Musik die Unterhaltung untermalt hatte, verlor sich. In kleinen Grüppchen begab man sich auf die Veranda. Aber nur wenige hatten einen Blick für den aufsteigenden

Mond übrig, der seine silberglänzende Bahn über dem Hafen zog. Nun, es gab andere Nächte, den Mond zu bewundern, überlegte auch Sara. Sie konnte verstehen, daß man es vorzog, die seltene Zusammenkunft zu nutzen, um diverse Geschäfte anzubahnen oder voranzutreiben.

Wohl ein dutzendmal wurde Andrew von Männern aufgehalten. Aber er machte sich immer wieder frei und ging mit Sara am Arm zu der Ecke, wo die Ryders ein behagliches Sofa mit Beschlag belegt hatten. Macarthur trat ihnen in den Weg, sein dunkles Gesicht strahlte und lächelte. Er verbeugte sich vor Sara. Und er lächelte noch freundlicher, als Andrew ihn bat, doch morgen früh einmal in Glenbar vorbeizukommen. Auch Robert Campbell versuchte, Andrew beiseite zu ziehen, gab es aber sofort auf, als er merkte, daß er diesmal kein Glück hatte. Waren diese Männer auch Geschäftspartner, gehörten sie auch zu den Leuten, die in der Kolonie zählten und die Macht in den Händen hielten, wäre er auch zu jeder anderen Zeit zu einer ausgiebigen Unterhaltung bereit gewesen, wenn es sein mußte, die ganze Nacht hindurch, heute wollte er all diesen neugierigen Blicken beweisen, daß er blind für alles andere war, wenn er seine Frau bei sich hatte.

»Sara, meine Liebe, du siehst entzückend aus«, sagte Julia und bot vor aller Augen Sara die Wange zum Kuß. Auch James' Lächeln war aufrichtig. Wie in keiner Lage verließ ihn auch hier sein Sinn für Humor nicht. Er stellte sich lebhaft vor, welche Wirkung es auf diese Gesellschaft haben würde, wenn er ihr plötzlich das Bild jener Sara vor Augen halten könnte, wie Andrew sie damals aus dem finsteren Verlies auf der Georgette herausholte. Welche Wandlung sie durchgemacht hatte. Aber selbst damals war sie eine Schönheit gewesen, sann er vor sich hin, die Lumpen und die äußere Verwahrlosung hatten ihr nichts anhaben können. Er hüstelte plötzlich, um das Kichern, das ihm in der Kehle steckte, zu vertuschen. Julia drehte sich um und warf ihm einen argwöhnischen Blick zu.

»Sara macht uns wirklich alle Ehre, nicht wahr, James?«

»O ja«, erwiderte er. »Es ist weitaus erfreulicher, Sara zu betrachten, die ja auch so etwas wie unsere Tochter ist, als unsere steife, korrekte Ellen.« Er seufzte übertrieben. »Ellen ist ein braves Mädchen, aber so zimperlich, daß man es nicht für möglich halten sollte. Ich habe nie erwartet, daß Julias Tochter, die doch in diesem Lande groß geworden ist, sich zu einer so etepeteten Person entwickeln würde. Aber unsere Tochter

Ellen hat das Kunststück fertiggebracht.«

»In England wird sich das geben«, meinte Sara. »In dieser Zuchtanstalt für Damen in Bath?!«

James zuckte ergeben mit den Schultern. »Fürchte, sie ist zur Zimperlichkeit verurteilt, und mein einziger Sohn weiß nichts Besseres zu tun, als sein Herz an Lord Nelson zu hängen.«

Ein Schatten huschte über Julias Gesicht, aber sie antwortete fest und bestimmt: »Charles kommt zurück, sobald er genug hat vom Seemannsleben. Er wird wiederkommen, weil er dieses Land mehr liebt, als er zugeben will. Und was Ellen anbelangt . . .«

Sara hörte nicht mehr zu. Soeben wurden Captain Barwell und Mrs. Barwell gemeldet. Sie stellte sich hinter James, um ungeniert die Tür beobachten zu können. Alison kam gerade aus einem tiefen Knicks hoch. Sie trug ein schlichtes, weißes Gewand, das ihr das Aussehen einer kostbaren Puppe gab. Mit einem Schlag schienen alle anderen Damen »herausstaffiert«, wenn sich auch keine Frau über den Preis dieses raffiniert schlichten Kleides täuschen ließ. Jetzt bewegte sie sich an Richards Arm durch die Menge. Sara drehte rasch den Kopf zur Seite, weil Richard, wie sie es erwartet hatte, nach ihr Ausschau hielt. Er würde sie noch früh genug entdecken, jetzt wollte sie um keinen Preis auffallen. Sie verschwand fast ganz hinter James' breitem Rücken.

»Mr. William Cooper.«

»Monsieur Louis de Bourget.«

Wieder wandte Sara den Kopf zur Tür. Bei der Ankündigung des zweiten Namens war das Stimmengewirr vernehmlich angeschwollen. Überall reckten sich die Köpfe, manche stellten sich sogar auf die Zehenspitzen, um eine bessere Sicht zu haben.

»De Bourget . . ., de Bourget . . .?«, so flüsterte und raunte es von allen Seiten, als der Franzose seine Verbeugung vor dem Gouverneur und dessen Gemahlin machte. Sara wußte, daß die Neugierde und die spitzen Zungen für diesen Abend ein ergiebigeres Objekt gefunden hatten, als sie es war. Sie spielte nervös mit ihrem Fächer. Ihre schmalen Augen musterten den interessanten Franzosen. Mr. King zog ihn und Cooper in ein längeres Gespräch. Sara fand, daß das gallische Aussehen de Bourgets unter diesem Schwarm typisch englischer Gesichter noch stärker auffiel als damals in der Gaststube von Nell Finnigan. Die Erlesenheit seiner Kleidung war ein weiteres Merkmal, das ihn aus der Menge heraushob. Der dunkelrote Rock und die Goldschnallenschuhe wirkten fast zu elegant in dieser schwerfälligen Gesellschaft. Aber Mrs. Kings Miene zeugte davon, daß ihr die Unterhaltung mit diesem Mann ausgesprochenes Vergnügen bereitete. Sara mußte sich sagen, daß sich der Franzose offenbar ausgezeichnet auf die feine Kunst der Schmeichelei verstand.

Der Fächer in ihrer Hand zitterte leise. Sie wandte sich an Andrew: »Du, das ist er, von dem ich dir erzählt hab', weißt du, der Franzose, den ich bei Nell Finnigan traf.«

Julia sah sie mit hochgezogenen Brauen an: »Wirklich, du hast mit ihm gesprochen? Außer Cooper kann das hier sonst keiner behaupten.«

Sara zuckte die Achseln: »Ja, auf dem Weg zu Priest. Ich schaute auf einen Augenblick bei Nell Finnigan hinein, und de Bourget machte auf seinem Weg zu William Cooper auch gerade dort Rast. Er hat Cooper in Kapstadt kennengelernt.«

James lachte gezwungen: »Da hätte ich es mir ja ersparen können, den ganzen Nachmittag zu verschwenden, nur um Informationen über diesen Herrn zu erlangen. Ich hätte bloß unsere Sara zu fragen brauchen.«

Sara schloß etwas zu heftig ihren Fächer: »Das hätte dir nicht viel genützt. Wir sind erst heute morgen von Priests Farm zurückgekommen. Außerdem weiß ich nicht mehr von ihm als seinen Namen. Er ist Franzose, aber was er hier will . . .?« Sie zuckte mit der Schulter: »Seine Nationalität scheint das einzig Bemerkenswerte an ihm zu sein.«

Andrew lachte dröhnend: »Tu nur nicht so, mein Herz, als ob du als einzige von den Frauen hier kein Auge hättest für sein prachtvolles Kostüm und die Zahl der Ringe an seinen Fingern. Ich für meinen Teil muß gestehen, daß ich völlig hingerissen von seinem Aussehen bin. Es läßt auf Reichtum schließen. Ich finde diesen Fremdling außerordentlich attraktiv.«

James räusperte sich: »Nun gönnt mir schon endlich das Vergnügen, meine Neuigkeiten loszuwerden, die ich sorgfältig aus tausend Kleinigkeiten, die ich hier und dort aufschnappte, zusammengetragen habe. Keine Frau hätte mich an Geschicklichkeit übertreffen können, das versichere ich euch. Aber ich warne euch, meine Quellen sind nicht gerade zuverlässig. Die Geschichte stammt von dem Kapitän der James Henry, auf der er aus Frankreich gekommen ist. Allerdings behauptet der Kapitän, die Geschichte schon in England gehört zu haben.«

Seine Frau schlug ihm mit dem Fächer leicht auf die Finger:
»Um Gottes willen, James, jetzt spannst du uns auf die Folter.
Fang doch endlich an, ich sterbe ja schon vor Neugier.«

»Ja, wenn das so ist . . .«, James Ryder schmunzelte. »Es heißt
also, Monsieur de Bourget sei Verwandter eines gewissen Marquis de L . . . Man nennt den Namen am besten nur im Flüster-
ton, meine liebe Julia, falls es vielleicht doch nicht stimmen
sollte. De Bourget soll zu seinem Haushalt gehört haben. Er
unterstützte den Marquis wohl in der Verwaltung seiner Güter. Unser junger Franzose sei mittellos gewesen, habe jedoch
nichtsdestoweniger einen großen Einfluß auf den Marquis aus-
geübt. Im übrigen soll er aber auch in ganz anderen Vierteln
von Paris wohlbekannt gewesen sein. Ja, er habe sich das
Recht herausgenommen, mit Leuten Umgang zu pflegen, die
nicht aus dem hochgeborenen Kreis um seinen adeligen Cousin stammten. Er habe sozusagen zu beiden Welten gehört,
wie das junge Herren ohne Vermögen öfters zu tun pflegen.
Er wäre ja auch ein Narr gewesen, wenn er aus seinem Einfluß auf den Marquis nicht hin und wieder Kapital geschlagen hätte.«

James unterhielt seine Zuhörer aufs beste. Er fuhr fort:
»Als dann die Revolution ausbrach, zögerte die Familie des
Marquis zu lange. Das Septemberblutbad brach über sie herein,
und trotzdem erklärte der Marquis, er wolle Paris auf keinen
Fall verlassen. Er hatte seinen mittellosen Cousin schon oft im
Verdacht gehabt, Freunde unter den Jakobinern zu haben, und
so bat er ihn jetzt, seine einzige Tochter nach London zu
bringen. De Bourget brachte es auch fertig, sie aus Frankreich
herauszuschmuggeln – nur verschwand mit den beiden auch
der Familienschmuck.«

Julia hielt den Atem an: »Und das Kind? Was ist aus dem
geworden?«

»Das Kind war schon krank, als de Bourget mit ihm Paris
verließ. Ein Jahr später soll es dann in London gestorben sein.
De Bourget soll es bis zu seinem Ende aufopfernd gepflegt
haben.«

»Und der Schmuck . . .?« fragte Andrew.

James hob die Schultern: »Der Schmuck? Was glaubst du
wohl? Die Familie wurde bei dem Blutbad ausgelöscht, und
zwar bis auf den letzten Neffen und Vetter. Das Mädelchen war
die einzige Überlebende. Das Kind und – de Bourget.«

Andrew blickte zweifelnd drein:

»Und wieviel Wahres ist an dieser Geschichte deiner Ansicht nach?«

James Ryder hob fragend die Schulter.

»Ja, das ist es eben. Die Geschichte ist immerhin um die halbe Welt gereist, und sicherlich ist mit jeder Wiederholung etwas daran entstellt worden. Man sagt, de Bourget würde man umsonst danach fragen. Er sage weder ja noch nein dazu. Und mit keinem Wort äußere er politische Sympathien, weder für die Jakobiner noch für die Royalisten. Gewiß ist nur, daß er über beträchtliche Gelder verfügt, und daß er in den letzten fünf Jahren fortwährend auf Reisen gewesen ist. Damals, als der Marquis sein Kind fortschickte, war Frankreich noch ein einziges Chaos. Wer weiß, ob de Bourget nicht ein Sekretär gewesen ist, dem der Marquis zu viel vertraut hat. Und ob er wirklich mit ihm verwandt ist, ist auch noch nicht ausgemacht.«

»Das ist doch wohl kaum möglich«, meinte Andrew zweifelnd. »Unter den zahlreichen Emigranten in London wird doch sicherlich jemand gewesen sein, der ihn und den Marquis kannte. Ein Betrüger konnte doch kaum damit rechnen, unentdeckt zu bleiben.«

»Ja, das sage ich mir auch«, gab James zu. »In den Emigrantenkreisen in London muß die Geschichte bekannt gewesen sein. Aber wie auch die Wahrheit aussehen mag, der Tod des Kindes brachte de Bourget ein großes Vermögen ein. Denn bisher ist noch niemand aufgetaucht, der Anspruch darauf erhöbe.«

»Ist er verheiratet?« fragte Julia.

James nickte: »So einem Vermögen bleibt es nicht lange vergönnt, unverheiratet zu sein. Er heiratete die Tochter eines kleinen Gutsbesitzers in Gloucester. Sie lebten aber nur ein Jahr zusammen. Die Frau kehrte von einem Besuch bei ihrer Familie einfach nicht mehr zurück. Ich glaube sogar, sie haben ein Kind. Eine Tochter.«

»Ich muß wirklich sagen, lieber James, du hast einen anstrengenden Nachmittag hinter dir«, sagte Julia. »Die Auskünfte, die du in diesen paar Stunden gesammelt hast, würden der Kunst von sechs in solchen Dingen erfahrenen Frauen alle Ehre machen.«

»Die Geschichte stammt auch nicht allein vom Kapitän der James Henry. Könnte mir vorstellen, daß auch William Cooper seinen Teil dazu beigetragen hat.«

»Ein Vermögen aus Juwelen . . ., und doch hält seine Frau es nicht länger als ein Jahr bei ihm aus?« überlegte Sara laut. »Da stimmt doch etwas nicht. Vielleicht ist er ihretwegen von England fort, oder weil dort zu leicht jemand Anspruch auf sein Vermögen erheben könnte.«

Andrew berührte ihren Arm: »Wenn du es wagst, mein Herz, kannst du ihn nach Herzenslust ausfragen, Macarthur kommt mit ihm und Cooper direkt auf uns zu.«

Saras Wangen brannten, als sie sich umwandte. Macarthur hatte die Gruppe fast erreicht. Einen Schritt hinter ihm folgten Cooper und de Bourget.

»Mrs. Maclay . . .« Macarthur wies lächelnd auf den Franzosen. »Monsieur de Bourget behauptet, er kenne Sie schon. Er hat sicherlich geträumt.«

Sara warf den Kopf zurück. »O nein, Monsieur de Bourget hat keineswegs geträumt.«

Louis de Bourget trat einen Schritt vor und verbeugte sich.

»Madame, ich bin hier von lauter Fremden umgeben. Ich hoffe, Sie und Ihr Gemahl verzeihen es mir großmütig, daß ich mich auf diese Art in Ihre Gesellschaft dränge.« Er küßte ihr die Hand. Sara fühlte, daß in diesem Augenblick die Augen aller auf ihr ruhten.

Kapitel 14

Manche Eigenschaften Louis de Bourgets kamen gewissen Bedürfnissen Andrews entgegen. Er hatte sie bisher noch nie als Mangel empfunden, aber jetzt mußte er sich sagen, daß er schon immer etwas entbehrt hatte. Anfangs war es nur Neugier gewesen, was ihn zu dem Franzosen hinzog. Dann mußte er sich eingestehen, daß es dessen überlegener Spott war, diese gewisse Gleichgültigkeit gegen alles, was die Welt einem Mann zu bieten hatte. Seine Art, die Machenschaften der Kolonisten bei ihrem Wettlauf nach dem Reichtum zu kritisieren, machten Andrew Vergnügen. So viel er aber auch spottete, er tat es immer unter der Maske höflichen Interesses.

Andrew unterhielt sich oft mit Louis. Er merkte erst jetzt, wie sehr er einen Vertrauten entbehrt hatte, der sich wohlweislich aus diesem ständigen Kampf um Gewinne, Ländereien und sonstige Vorteile fernhielt. De Bourget war nach Sydney zurückgekehrt und lebte in Mr. Coopers Stadthaus. In den zwei

Monaten, die seit dem Empfang beim Gouverneur verflossen waren, war es Andrew immer eine Freude gewesen, über einer Flasche Wein de Bourget von den Neuigkeiten, Gerüchten und Spekulationen zu berichten, um dann de Bourgets trockene und oft so vernichtende Randbemerkungen über das Schauspiel, das die Kolonie dem Unbeteiligten bot, zu hören.

»Wie ich sie verachte«, konnte Andrew dann sagen. »Profit-geier, Landräuber, die ganze Bande.«

»Natürlich verachten Sie die Bagage«, antwortete Louis mit anzüglichem Lächeln. »Kaum einer von denen hat es zu Ihrer Meisterschaft gebracht, und ich begreife gut, daß Sie für diese zweitrangigen Nachläufer einfach nichts übrig haben.«

Andrew mußte über solche Glossen laut lachen. Der gallische Witz hatte etwas Erfrischendes an sich, er entzückte und sta-chelte gleichzeitig auf. »Verdammt, wenn ich nur herausbe-kommen könnte, was Sie hier überhaupt hält«, sagte Andrew, »Sie müssen sich doch hier bei uns Spießbürgern langweilen.«

Louis zuckte die Achseln: »Sie haben recht, Spießbürger sind eine fruchtbare Rasse, ihre Kinder beerben die Welt.« Er gähnte ausgiebig. »Schon der gute William Cooper ist ein überwältigendes und so sehr ermüdendes Beispiel für diese Spezies.«

»Ich möchte bloß wissen, warum man sich eigentlich Ihre Grobheiten gefallen läßt? Wahrscheinlich, weil Ihre Höflich-keit noch beißender ist«, meinte Andrew nun seinerseits spöt-tisch. Er lächelte aber gleich wieder freundlich. »Falls Sie von Cooper genug haben, kommen Sie doch auf ein paar Wochen zu uns nach Kintyre. Wir wollen Weihnachten dort verleben, und wir könnten gemeinsam auf die Jagd gehen.«

Louis Züge belebten sich.

»Ja, bester Freund, das mache ich mit dem größten Ver-gnügen.«

Für eine Weile saß Sara ganz still und betrachtete aufmerksam Louis' Gesicht. Er saß rittlings auf der Verandabrüstung, ge-stiefelt und gespornt. Der Rock, den er anhatte, stammte sicher aus einem Londoner Atelier. Hin und wieder vertrieb er mit einem kurzen Schlag seiner Peitsche die seinen Kopf um-schwirrenden Moskitos. Sein Blick schweifte über die weite Stromstrecke, die Kintyre von seinem Hügel aus beherrschte. Er war ungewöhnlich schweigsam und nachdenklich, als hätte er ganz vergessen, daß ihm seine Rolle solche Augenblicke des Sichgehenlassens kaum gestattete. Ja, etwas wie üble Laune schien von ihm auszugehen. Grübelnd starrte er auf den dunklen Fluß. Über dem Busch lag die gleiche sich verweigernde Fremdheit wie damals, als Sara ihn zum erstenmal sah. Die Wolken ballten sich zu schwärzlichem Purpur, fern von den Bergen tönte der Donner, ein greller Blitz tanzte über den Gipfel und fuhr in die Tiefe. Nur oben auf dem Gebirgskamm lag noch eine schwache Röte als letzter Gruß des scheidenden Tages. Ein neuer Donnerschlag schreckte unten am Fluß die Wildenten auf. Rauschender Flügelschlag, schwarze Punkte am Himmel, und schon hatte die Ferne die Vögel verschluckt.

Louis drehte den Kopf zu Sara herum. Seine Gesichtszüge waren kaum noch zu erkennen.

»Etwa in einer Woche werde ich zum Nepean aufbrechen, um dort eine Zeitlang zu bleiben.«

Sara faltete Sebastians Nachthemdchen zusammen, an dem sie gerade nähte, und antwortete leichthin:

»Und wem werden Sie nächstens die Ehre Ihrer Gesellschaft geben?«

Seine Hand fuhr durch die Luft, als wehre er einen Moskito ab.

»Sara, Sie sind unmöglich. Sie tun ja gerade so, als hätte ich mich hier auf Kintyre nicht wohl gefühlt. Sie wissen ganz genau . . .«

»Ja, ich weiß«, sagte sie mit einem nachsichtigen Lächeln, »ich bin unmöglich. Halten Sie es meiner weiblichen Neugierde zugute. Ich wollte nur gern wissen, wer Sie uns stiehlt.«

»Niemand«, entgegnete er und schüttelte den Kopf, »niemand, es sei denn – der Fluß.«

»Der Fluß? Das kann doch nicht Ihr Ernst sein. Sie wollen doch nicht den ganzen weiten Weg machen, nur um sich den Fluß anzuschauen?«

»Und warum nicht? Ich will so weit hinunter, wie die Siedlungen reichen. Bis zum Nepean.«

»Weshalb?« Saras Stimme klang nicht mehr so unbekümmert. Sie beugte sich vor, damit sie ihn besser sehen konnte.

»Nun, ich dachte, wenn es mir dort gefällt, komme ich vielleicht um ein Stück Land ein.«

Sara stockte fast der Atem. Wie erschöpft lehnte sie sich im Stuhl zurück. Wieder schlug Louis nach den Fliegen. Er tat es völlig gelassen.

»Ich habe mit Andrew schon darüber gesprochen. Er meint, daß man keine Einwände machen würde, falls ich dort siedeln wollte.«

Seine Worte brachten wieder Leben in Sara. Sie richtete sich kerzengerade auf:

»Nein, das natürlich nicht. Aber warum wollen Sie es überhaupt tun, Louis? Was kann Ihnen die Kolonie schon bedeuten? Das Land hier ist für Sie nicht der richtige Hintergrund. Die Leute passen nicht zu Ihnen, ihre Lebensauffassung und ihre Sitten sind Ihnen fremd. Ich kenne kaum einen, der Ihre Sprache beherrscht.«

Er lächelte fein: »Ganz recht, kaum einer spricht sie, aber Sie doch. Leider machen Sie mir nie die Freude, nur weil Sie meinen, daß Ihre Aussprache schlecht ist. Sie sollten sich schämen, Sara, das ist grausam.« Plötzlich verschwand jede Spur von Scherz aus seiner Stimme: »Sie mögen recht haben, es gibt ein Warum und Wieso. Aber all das kümmert mich nicht mehr. Meine Nachbarn gehen mich nichts an, was sie sagen oder denken werden, ist mir vollkommen gleichgültig. England habe ich nie gemocht, und des ewigen Herumreisens bin ich müde. Also, warum sollte ich nicht in der Kolonie bleiben? Wenn es mir hier gar nicht gefallen sollte, kann ich ja wieder aufbrechen und mir einen anderen Platz suchen. Ich habe genug gesehen und erfahren, um zu wissen, daß es im Grunde genommen gleichgültig ist, wo man lebt oder mit wem, vorausgesetzt, daß es nicht gerade ausgesprochene Feinde sind.«

Sara runzelte die Stirn: »Aber Land erwerben, das ist kein Spiel, Louis«, sagte sie streng. »Sie müssen es dann auch bearbeiten, das Land, und das dürfte wohl stimmen, daß Sie alles andere sind als ein Farmer.«

Er lachte leise in die Dunkelheit.

»Nicht mehr und nicht weniger als Ihr Freund Richard Barwell. Was der kann, werd' ich ja wohl auch noch schaffen.

»Das ist nicht das gleiche«, entgegnete Sara hitzig. Sie spürte, daß ihr scharfer Ton sie verriet. Der Spott von Louis de Bourget, seine Fähigkeit, die Lage zu durchschauen und die Dinge beim rechten Namen zu nennen, waren zu fürchten. Sie hoffte inbrünstig, daß er nicht mehr auf Richard zurückkommen würde.

»Sara«, meinte er, »Sie sind so feudal in Ihren Ansichten. Land ist Ihr Gott. Sie kennen nur eins, Ihre Besitzungen wachsen sehen und Ihren Reichtum aus der Zahl Ihrer Äcker ableiten. Sie haben wirklich das Zeug zu einem kleinen Despoten, wenn Sie nur die Möglichkeit hätten.« Plötzlich breitete er die Arme aus: »Aber schauen Sie sich doch um, Land, Land, ungenutztes

Land soweit das Auge reicht. Und doch entsetzt Sie der Gedanke, daß so einer wie ich einen Happen abbekommen könnte, um damit zu spielen. Ob ich mein Land nutzbringend bebauen werde oder einen einzigen Garten daraus mache, wen geht das etwas an? Wer darf es mir verbieten? Wenn ich nun einfach Lust dazu habe, mir ein Haus hoch über dem Strom zu bauen? Und zwar genau so, wie Sie es hier in Kintyre haben! Ein weißes Haus, Sara, ja, das werde ich mir errichten, und sei es auch nur um der Freude willen, es zwischen all diesen eintönigen grünen Bäumen leuchten zu sehen. Und würde ich einmal meines Spielzeuges überdrüssig, warum sollte ich es dann nicht verkaufen und als freier Mann gehen, wohin es mir gefällt? Ja, es ist wahr, das Leben hier entspricht nicht meinen Gewohnheiten – aber wo finde ich schon französische Lebensart außer in Frankreich?«

»Ich habe gehört«, sagte Sara zögernd, »die Emigranten haben in England so etwas wie ein kleines Versailles gegründet. Würden Sie dort nicht glücklich sein können? Oder warum kehren Sie nicht nach Frankreich zurück? Viele haben es getan und sich mit der neuen Ordnung abgefunden. Oder warten Sie immer noch auf die Restauration?«

Verächtlich kam es aus Louis' Mund:

»Nur Narren glauben, daß die Monarchie in ihrer alten Form wiederkehrt. Dieser Emigrantenklüngel ist nichts anderes als eine jämmerliche Schar von Toren, die heimwehkrank hin und wieder nach Dover fahren, um über den Kanal in das verlorene Paradies zu schauen. Und England kann ich nicht ausstehen, ich sagte es schon!«

»Dann bleibt eben nur Frankreich«, flüsterte Sara. »Wenn Sie so geringschätzig von der Hoffnung auf Restauration sprechen, warum gehen Sie dann nicht hin und machen Ihren Frieden mit dem neuen Regime?«

Scharf zeichneten sich die Umrisse seiner Gestalt gegen den geröteten Himmel ab, während sie zu ihm sprach. Sie sah, wie er den Kopf zur Seite wendete. Sein leises, spöttisches Lachen wurde vernehmbar.

»Sara, Sie haben wohl auch auf die Gerüchte gehört?«

»Gerüchte, worüber?«

»Nun, über die dunkle Vergangenheit eines gewissen de Bourget.«

Mit einer knappen Handbewegung erstickte er ihre Erwiderung. »Quälen Sie sich nicht mit Leugnen, ich weiß nur zu gut, was geredet wird. Ich soll ein armer Verwandter des Marquis de L. sein, so heißt es doch, nicht wahr? Und man weist bedeutsam darauf hin, daß ich mein Leben mit Reisen verbringe, und daß mir das Geld dazu anscheinend nicht fehlt. Stimmt alles genau.«

Der Donner grollte unaufhörlich in der Ferne, seine Stimme ging fast darin unter. Und doch hob er nicht die Stimme, als er fortfuhr:

»Sagten die Leute nicht auch, ich hätte es einfach nicht gewagt, in London zu bleiben, aus Angst, es könne doch noch ein Erbe des Marquis auftauchen? Wußten sie nicht auch zu berichten, daß man mich im Kreise der Emigranten nicht gerne sieht, und daß ich deswegen verschwunden bin? Das behauptet man doch, nicht wahr?«

Sie antwortete ruhig:

»Sie sind ziemlich genau im Bilde, Louis.«

»Natürlich. Aber ich sage Ihnen, alle, die über die Zeit damals in Paris ohne jedes wirkliche Wissen reden, sind verantwortungslose Toren. Glauben Sie mir, es war ein einziger Alptraum von Furcht und Entsetzen. Da blieb keine Zeit für andere Dinge. Entscheidungen mußten schnell getroffen werden, immer angesichts des Todes. Ja, sie waren tapfer, diese Vornehmen und Noblen, und dumm waren sie außerdem. Ich habe ihren unglaublichen Stolz immer für Dummheit gehalten, die es ihnen nicht gestattete, erst ein paar von diesen Jakobinern zu erledigen, bevor sie selbst an die Reihe kamen. Mut war die einzige Tugend, über die mein edler Cousin, der Marquis, verfügte. Ihm fehlte jede Findigkeit, jede Phantasie. Was blieb ihm also anderes übrig, als sich an mich zu wenden. Ich hatte in meinem unsicheren Leben gelernt, mich vom Reichtum unabhängig zu machen. Aber ich war auch der einzige, der die Armut aus eigener Erfahrung kannte, der ihre Bitterkeit ausgekostet hatte. Keiner von den Brüdern oder Neffen des Marquis hätte es fertiggebracht, in jenen Septembertagen aus Paris zu entkommen. Nicht einer von ihnen wußte sich mit der Lage abzufinden, sich zu bewegen, jeder hätte sich schon nach der ersten halben Meile seiner Flucht verraten. Alle diese noblen Herren, die ihr Leben lang nichts anderes getan hatten, als Geld ausgeben, konnten unmöglich von heute auf morgen sparsam werden. Nein, der Marquis wußte genau, weshalb er mich wählte, den Anspruchslosen, warum er gerade mich bat, seine Tochter zu retten. Ich kannte die Bauern, wußte, was in ihren

Köpfen vorging und konnte vorausberechnen, wie sie handeln würden. Wir brauchten zwölf Tage, ehe wir zur Küste kamen, und noch einmal zwei Wochen, bis wir ein Boot für die Überfahrt fanden. Kaum war ich in England an Land gegangen, erfuhr ich vom Tode des Marquis.«

»Und das Kind?« fragte Sara ruhig.

»Jeanne lebte nur noch ein Jahr. Drei Söhne und eine Tochter des Marquis waren bereits an der Schwindsucht gestorben.«

»Und sonst gab es keinen Erben?«

»Ja«, er zuckte vielsagend die Achseln, »die Frage hat schon viele beschäftigt. Wer könnte auch mit Sicherheit sagen, daß nicht irgendwo in Frankreich noch jemand lebt, der einen begründeteren Anspruch auf das Erbe hat als ich. Es ist durchaus möglich, daß noch ein Verwandter des Marquis lebt, der nichts von dem Reichtum weiß, den der Marquis mir anvertraut hatte. Aber mir vertraute er seine Tochter an – und schuldet mir deshalb Dankbarkeit. Jeanne starb in einem weichen Bett – und nicht auf der Guillotine. Mögen sich die Rechtsgelehrten auch wegen dieses Falles den Kopf zerbrechen, ich war nun einmal im Besitze der Juwelen, die mein Cousin mir anvertraut hatte. Seine Häuser sind zerstört, die Güter aufgeteilt, aber die Juwelen gab er mir.

Sara schwieg. Sie dachte über seine Worte nach, suchte nach einem Fehler in seinem Bericht, einem strittigen Punkt, wo sie einhaken konnte. Aber sie fand keinen. Vielleicht spricht er die Wahrheit, dachte sie. Es war offensichtlich, daß Louis de Bourget in der vornehmen Welt zu Hause war, sie, die früher einmal für die vornehme Gesellschaft in einem Londoner Modehaus gearbeitet hatte, traute sich in diesem Punkt ein Urteil zu. War er wirklich nur ein gemeiner Betrüger und kein Verwandter des Marquis, seine Lebensart jedenfalls verriet ihn auf keinen Fall. Welcher Mann konnte es sich erlauben, so grob und rücksichtslos zu sein, wie er es sich häufig herausnahm. Wer anders als ein Mann aus vornehmen Kreisen könnte so wie er mit dieser lässigen Selbstverständlichkeit solche Kleider tragen. Dies schmale, olivfarbene Antlitz paßte gut in die Reihe all der aristokratischen Köpfe, die vom Schafott herab dem Mob furchtlos ins Auge geblickt hatten.

»Und meine Ehe«, sprach er leise weiter, pointierte scharf gegen das stetige Donnerrollen, »die ist auch so ein Objekt für Müßiggänger und Spekulanten. Ich habe nichts Schlimmeres getan als viele andere Männer auch, nur daß mein Fehler offen zutage liegt. Sie war so liebreizend, daß all meine Bedenken, wir könnten nicht zueinander passen, einfach überrannt wurden . . . Sie war noch so jung, und ich redete mir ein, sie nach meinen Wünschen formen zu können. Aber ich hatte mich getäuscht. Sie besaß den eisernen Willen und ein unbeugsames Wesen. Bevor sie in jener Saison nach London kam, hatte sie nie etwas anderes gekannt als das Leben in dem riesigen, ungemütlichen Landhaus. Sie sprach nur von Jagden und Pferden, und Jagden gab es im Sommer ja leider nicht. Sie waren ihre ganze Welt, und ich begriff damals noch nicht, daß sie sich auch keine andere wünschte. Nachdem unsere Tochter geboren war, fuhr sie auf Besuch zu ihrer Familie und schrieb mir von dort, daß sie nie mehr zurückkehren würde.«

»Und Sie fügten sich einfach?«

»Wenn ich ehrlich sein soll, Sara, so muß ich bekennen, daß ich schon alles Interesse an ihr verloren hatte, um noch länger zu versuchen, diese stumpfe Seele zu bilden. Als ich ihre wirklich reizende Erscheinung nicht mehr vor Augen hatte, spürte ich deutlich, daß ich sie nicht einmal mehr lieb hatte. Es lockten sie nur Pferde, und mit einer Frau zu leben, die nur Pferde im Kopf hat, das ist mir denn doch zu langweilig. Ich kann mir vorstellen, daß ihre Familie, die unseren Streit in die Öffentlichkeit getragen hat, es als ewige Schande empfindet, aber sie weigerte sich standhaft, zu mir zurückzukehren, falls ich nicht ein Haus in ihrer Nähe erwürbe und mich mit ihrem Lebensinhalt, den Jagden und Pferden, abfände. Ein solcher Vorschlag war für mich natürlich unannehmbar. So lebt sie jetzt immer noch bei ihren Eltern, und wir tauschen gelegentlich einen Brief aus, meistens über geldliche Belange . . .«

»Und das Kind, Ihre Tochter?« warf Sara ein.

»Ich weiß so gut wie nichts über sie. Ihre Mutter hat kein Talent zum Briefeschreiben. Ich könnte mir vorstellen, daß sie früher das Reiten erlernt als das Abc.«

»Es ist alles so traurig«, flüsterte Sara vor sich hin, »alles so vergeudet.«

»Vergeudet, das ist es, unser beider Leben ist nutzlos vertan. Sie war kalt wie ein Eiszapfen. Ihren Egoismus, ihre Habsucht, das hätte ich ihr leicht verzeihen können, nicht aber ihren Mangel an Herzlichkeit. Ich kann nicht mit einer Frau leben, für die ein Ehemann nur eine Last und eine Qual ist . . .«

Mitleid stieg in Sara auf. Nie hätte sie gedacht, daß sie Louis de Bourget einmal bemitleiden würde, diesen selbstsicheren Spötter. In diesem Augenblick erfuhr ihr Gefühl für ihn eine Wandlung. Jetzt sah sie Enttäuschungen und Bitterkeit, wo sie früher nur glänzende Manieren eines amüsanten Plauderers gesehen hatte, der alles gelangweilt aufnahm und wiedergab. Er würde sich schnell wieder hinter diese Fassade zurückziehen, das wußte sie wohl, aber er hatte ihr doch einen Blick gegönnt hinter die glatte, manchmal allzu glatte Oberfläche. Plötzlich stand sie auf und trat auf ihn zu. Über den Bäumen am jenseitigen Ufer wetterleuchtete es, die Blitze erhellten die wohlbestellten Äcker von Kintyre, und Louis' Gestalt tauchte immer wieder in dem zuckenden Schein auf. Er wartete auf ihre Antwort, und ein verlorenes Lächeln saß in seinen Mundwinkeln. Sie reichte ihm die Hand:

»Ich danke Ihnen für alles, was Sie mir erzählt haben. Meine Neugierde hat eine solche Vergeltung eigentlich nicht verdient.«

Er nahm ihre Hand, aber diesmal beugte er sich nicht zum Kuß darüber, sondern drückte sie fest, als wäre es die Hand eines Freundes.

»Vergeltung«, sagte er. »O nein, Sara, aber mir liegt viel daran, was Andrew und Sie von mir denken, die anderen . . .«, er zuckte mit der Schulter, »laß sie reden, wenn es sie freut, aber falls ich wirklich hier im Lande bleibe, möchte ich Sie beide als Freunde haben. Sie sind der belebende Geist dieser Kolonie . . .« Der Donner brach jetzt genau über ihren Köpfen los, und Louis verstummte. Ein jäher Wind erhob sich, und mit tropischer Heftigkeit setzte der Regen ein. Er peitschte ihre Gesichter, noch bevor sie sich von der Brüstung zurückziehen konnten. Louis ergriff flink Saras Nähkorb und folgte ihr in langen Sätzen über die Veranda. Dröhnend schlugen die Tropfen auf den harten, von der Sonne wie gebackenen Boden, und die Blitze erleuchteten mit magischem Licht den Garten. In der Tür hielten Sara und Louis noch einen Augenblick inne, um dem wilden Schauspiel zuzusehen. Sie waren froh, ihm glücklich entronnen zu sein. Dann drehte sich Sara zur Seite, um ihr nasses Haar zu glätten. Sie gingen in die Halle. Er schritt hinter ihr, und in seinen Augen schimmerte eine seltsame Weichheit und Freude.

Es hatte die ganze Nacht geregnet, unablässig trommelten die Tropfen auf das Dach von Kintyre. Gegen Mittag jedoch, als Sara auf der Landstraße nach Parramatta ritt, waren die tiefen Wasserpfützen fast schon wieder ausgetrocknet. Es roch immer noch nach Regen, und die Büsche am Wege und die hohen Eukalyptusbäume zeigten die Frische eines Frühlingsmorgens. Im Vorbeireiten bemerkte sie die geschweiften, sich klar gegen den Himmel abzeichnenden Hälse von wohl einem Dutzend Kookaburras, die hoch oben im Gezweig eines verwitterten Gummibaumes hockten. Sie rührten sich nicht. Erst als sie vorüber war, drehten sie die Köpfe, und im Umkreis von einer Meile widerhallte der Busch von ihrem tollen, wilden Gelächter. So viele Jahre kannte Sara den Klang schon, und doch hatte sie sich nicht daran gewöhnen können. Sie konnte diese Laute einfach nicht als natürlich hinnehmen. Sie war jedesmal von neuem versucht, in das Vogelgelächter mit einzustimmen. So krümmten sich auch diesmal ihre Mundwinkel, sie warf genau wie die Vögel den Kopf zurück und lachte aus vollem Halse, ohne sich auch nur den geringsten Zwang anzutun. Das spottende, ansteckende Vogelgelächter folgte ihr noch eine ganze Weile, ein Klang, fremd und seltsam wie das Land, das solche Geschöpfe hervorbrachte.

Bei der nächsten Biegung würde sie schon über zwei Meilen von Kintyre entfernt sein, überlegte Sara. Sie versuchte, nach dem Stand der Sonne die Zeit zu bestimmen. Sie mußte umkehren. In der Kurve hielt sie ihr Pferd an. Sie runzelte die Stirn, denn sie erkannte in der Ferne zwei Punkte, offenbar zwei Reiter, die sich auf der in der glühenden Mittagssonne glitzernden und flimmernden Chaussee näherten. Sie legte die Hand an die Augen und sah ihnen entgegen. Plötzlich hob sie die Peitsche und winkte aufgeregt.

Die beiden Männer winkten zurück und trieben ihre Pferde zu einem leichten Galopp an. Sie lenkte ihr Pferd in den Schatten eines riesigen blauen Gummibaumes und erwartete die beiden.

»Richard, Jeremy«, rief sie, als die Reiter in Hörweite waren.

Sara überlegte, welcher Zufall ausgerechnet diese beiden zusammengeführt hatte. Beide hegten nicht gerade freundschaftliche Gefühle füreinander. Auch jetzt sah man ihnen an, daß sie

bestimmt nicht freiwillig Seite an Seite von Parramatta herauf-
ritten. Soviel sie wußte, hatte Jeremy wenig Neigung, Priests
Farm zu verlassen. Die Arbeit hielt ihn fest. Sogar Saras Einladung, zum Christfest nach Kintyre zu kommen, hatte er abge-
lehnt. Die beiden mußten einander zufällig auf der Chaussee
getroffen haben. Daß sich Richard Jeremy anschloß, entsprang
wohl nur seinem Bedürfnis nach Gesellschaft.

Die letzten paar Meter spornte Richard sein Pferd an, so daß er
als erster bei Sara ankam. Sein Reitanzug war mit feinem Staub
bedeckt, von seinem Gesicht rann der Schweiß.

Er beugte sich im Sattel vor, ergriff ihre ausgestreckte Rechte
und lächelte voller Freude:

»Sara, wie geht es dir?«

»Danke gut, Richard«, antwortete sie, vielleicht ein wenig
kühler, als sie beabsichtigt hatte. »Und wie geht es dir und
Alison?«

»Ganz gut«, entgegnete er ungeduldig und enttäuscht. Er
drehte sich im Sattel herum und unterdrückte nur mühsam
einen wütenden Ausruf, weil Jeremys Pferd ihn gestreift
hatte.

»Können Sie nicht aufpassen . . .?«

Mehr sagte er nicht, denn Sara reichte Jeremy schon die
Hand.

»Wie schön, daß du dich mal wieder auf Kintyre blicken läßt,
Jeremy«, sagte sie. »Was gibt es Neues? Sicherlich etwas Wichtiges. Ich dachte schon, dich könne nichts von Priests Farm
fortlocken, da du nicht einmal Weihnachten gekommen
bist.«

»Nein, so leicht hätte mich auch nichts bewegen können, die
Farm zu verlassen. Aber die Sache hängt mit dem großen
Macarthur zusammen.« Er schob die Mütze aus der Stirn und
fuhr fort: »Andrew hat ihm wohl vor einiger Zeit einen Dienst
erwiesen, und da hat er mich jetzt freundlich wissen lassen, daß
er entgegen seiner ursprünglichen Absicht bereit sei, einige
Mutterschafe und Widder aus seiner Merinozucht zu verkau-
fen, das heißt, falls Mr. Maclay sie noch haben wolle. Kann mir
nicht helfen, aber ich habe ihn in Verdacht, daß Macarthur von
Andrew dafür noch eine besondere Gegenleistung erwartet. –
Seine Merinoschafe gelten ihm ja beinahe mehr als seine
Kinder.«

Saras Augen leuchteten: »Von der Merinoherde! Wie wird
Andrew sich freuen. Er ist überzeugt, daß Macarthur jetzt

schon bessere Wolle erzielt als die Spanier mit ihren Merinos. Wir haben immer darauf gehofft, einige davon zu bekommen . . .«

Richard unterbrach sie: »Mußt du unbedingt gleich von Schafen und Wolle reden, Sara?«

Er sagte es leichthin, als bereute er schon, ihr seine Ungeduld gezeigt zu haben. Sein Pferd tänzelte zur Seite. Er machte keinen Versuch, es zu halten.

Seine Bemerkung und die Bewegung seines Pferdes machten der Unterhaltung zwischen Sara und Jeremy sehr wirksam ein Ende. Sara wandte sich wieder ihm zu. Sie lachte, obgleich sie ein Zorngefühl in sich aufsteigen fühlte.

»Und warum nicht, Richard? Ich könnte mir denken, daß es für einen Farmer wie dich nichts Interessanteres geben kann als ein Gespräch über Schafe und Wolle.«

Seine Lippen wurden schmal. Achselzuckend entgegnete er: »Ach, solche Versuche überlasse ich gern den Macarthurs und den Maclays – den einzig bedeutenden Persönlichkeiten in der Kolonie. Hyde-Farm stellt bescheidenere Ansprüche, und doch nimmt es mir gerade genug von meiner Zeit. Ich bin zufrieden, wenn ich in zehn Jahren so weit bin, wie es heute die Pioniere sind.« Er fing den Blick auf, den Sara und Jeremy wechselten. »Wollen wir eigentlich den ganzen Nachmittag hier in der prallen Sonne rösten? Reiten wir doch lieber!«

Er wartete nicht erst ab, wendete sein Pferd, trabte los. Sara und Jeremy folgten. Als sie auf gleicher Höhe mit ihm waren, wandte sich Richard wieder an Sara: »Ich hörte, du hast diesen Franzosen auf Kintyre zu Gast.«

»Ja, er hat Weihnachten mit uns verlebt.«

Richard nickte bedeutungsvoll. »Kundschaftet wohl die Möglichkeiten hier in der Kolonie aus, wie? Was hältst du eigentlich von ihm?«

»Andrew und ich, wir haben ihn gern. Du wirst ihn bestimmt auch mögen, wenn du ihn erst näher kennengelernt hast.« Sie sah ihn von der Seite an: »Er spricht nie über Wolle und Schafe.«

»Kunststück«, entgegnete Richard kurz. »Hat ja auch Geld genug, seine Hände von allen Geschäften reinzuhalten. Frage mich nur, ob er sich immer so wenig ums Geldverdienen gekümmert hat – auch vor der Revolution. Man sagt, daß er bis dahin an allem und jedem Mangel gelitten hätte.«

»Ach, die Leute reden viel über Louis de Bourget«, erwiderte

Sara kühl. »Leider erzählen sie nur die halbe Wahrheit. Was sie auszulassen belieben, ist mindestens ebenso wichtig wie die paar Dinge, die gegen ihn sprechen mögen. Wenn sich jemand die Mühe machen würde, er bekäme schnell heraus, daß hinter der glatten Oberfläche noch etwas mehr steckt.«

Sie ritten in eine Kurve. Vor ihnen lag die Gabelung, wo der Weg nach Hyde-Park abzweigte. Sara schaute zu Richard hin-über. Er verzog das Gesicht, und seine Hände, die sonst so sicher und ruhig die Zügel führten, waren verkrampft. Richard, der immer nur mit Geringschätzung auf eine nervöse Hand beim Reiten herabsah, schien seine Unsicherheit überhaupt nicht zu bemerken.

»Mich überzeugt die ganze Geschichte gar nicht«, sagte er. Sein Blick ging starr geradeaus. »Warum kommt er ausgerechnet hierher, ohne Empfehlung, ohne bestimmten Zweck? Frau und Kind läßt er einfach zurück. Das ist verdächtig, glaub mir, Sara, ein anständiger Mann handelt nicht so. Und ist er wirklich so reich, wie man sagt, ja, warum um alles in der Welt bleibt er dann nicht in London, wo er seinen Reichtum genießen kann?!«

»Nun, vielleicht ist London für ihn nicht das Eldorado – wie zum Beispiel für dich, Richard«, erwiderte Sara hitzig. Sie war plötzlich wütend auf sich, weil sie Richard gezeigt hatte, daß ihr der Franzose nicht ganz gleichgültig war. Schnell fügte sie hinzu: »Vermutlich wirst du ein paar Tage auf deinem Gut bleiben, dann kommst du doch sicherlich auch Andrew besu-chen. Ich empfehle dir, sprich mit Louis und bilde dir ein eigenes Urteil. Solange du auf Klatsch baust, läufst du Gefahr, genau so engstirnig zu denken wie alle hier in der Kolonie.«

Er drehte sich so jäh im Sattel herum, daß Saras Pferd plötzlich scheute. Es hätte sie beinah aus dem Sattel geworfen.

»Falls dein Mann mich geschäftlich sprechen will, findet er mich in den nächsten beiden Tagen auf Hyde-Farm. Aber ich will verdammt sein, wenn ich den Fuß nach Kintyre setze, um mich mit dir über diesen Emporkömmling zu unterhalten. Es wird mir ganz elend, wenn ich deine und Andrews Kriecherei vor diesem Überläufer sehe, der früher schlimmer als ein Jako-biner war. Erst das Geld hat ihn plötzlich zum Royalisten gemacht. Meinetwegen, Sara, suche dir deine Freunde, wo du willst, aber verschone mich damit.«

»Genug, Barwell!« Jeremys Stimme klang gepreßt. Er beugte sich vor und ergriff Richards Pferd beim Zügel.

Richard drehte sich wütend um.

»Was zum Teufel fällt Ihnen ein!?«

»Nicht mehr, als daß Mrs. Maclay eine Entschuldigung erwarten kann.«

»Jeremy«, rief Sara bestürzt, »du . . .«

»Eine Entschuldigung? Das ist wohl das letzte, was Mrs. Maclay bekommen wird«, stieß Richard hervor. »Ich nehme nicht ein Wort zurück. Und bei Gott, ich rate Ihnen gut, stecken Sie Ihre Nase nicht in unsere Angelegenheiten. Möchte nur wissen, woher ein so verdammter Sträfling sich das Recht herausnimmt, mir zu befehlen!? Passen Sie auf, daß ich Sie nicht wegen dieser Unverschämtheit vor den Richter zitiere.«

Jeremys Augen flammten vor Zorn: »Sie können mir drohen, so viel Sie wollen, Mr. Barwell, aber wenn Sie Mrs. Maclay beleidigen, beleidigen Sie ihren Gemahl. Und weder er noch ich fürchten Ihren Gerichtshof.«

»Was fällt Ihnen ein, Sie . . .« Richard murmelte ein Schimpfwort, hob seine Peitsche und ließ sie sausend auf Jeremys Hand niederfahren, die immer noch die Zügel des Pferdes hielt. Der andere zuckte zusammen, sein Pferd machte einen Satz und warf ihn fast aus dem Sattel. Er konnte sich gerade noch halten und brachte es sogar fertig, das Pferd wieder in die Gewalt zu bekommen. Noch einmal fuhr die Peitsche über Jeremys Hand, und als er immer noch nicht losließ, schlug Richard Jeremy mit der Peitsche quer übers Gesicht. Zur gleichen Zeit gab er seinem Pferd die Sporen, so daß es vorwärts stob und Jeremy die Zügel fahren lassen mußte. Richard sprengte davon, auf kürzestem Wege der Kreuzung zu, die nach Hyde-Farm führte.

»Verflucht«, murmelte Jeremy voller Wut, »ich schlage diesem . . .« Sein Gesicht war kreidebleich, Blut sickerte aus seinem Mundwinkel. Der Hut war ihm von dem Schlag tief ins Genick gerutscht und gab ihm ein verwegenes Aussehen. Sara erschrak. Sie sah, daß er Richard nachjagen wollte. Im selben Augenblick trat sie ihrem Pferd in die Weichen und schoß vorwärts, genau Jeremy in den Weg. Sie stießen zusammen, fast wären sie aus dem Sattel gefallen. Sara brachte das Kunststück fertig, gerade noch vor dem Graben zum Stehen zu kommen. Jeremys Pferd bäumte sich auf, und er hatte alle Mühe, es zu bändigen. Als er es endlich beruhigt hatte, war Richard ihm schon ein gutes Stück voraus.

»Mein Gott, Jeremy, sei doch kein Narr.«

Voller Angst hatte Sara diese Worte hervorgestoßen. Der

Schrecken saß ihr noch in allen Gliedern, Angst hielt sie gepackt. Zu allem hin machte sie der Gedanke wütend, daß der
Franzose, den beide nicht einmal kannten, die zwei Männer in
eine solche Leidenschaft versetzt hatte. Sie rang nach Luft.

»Du weißt doch wohl, wenn du ihn auch nur anrührst, peitscht
man dich aus oder steckt dich in Eisen. Verlier um Gottes willen
nicht den Kopf. Du bist doch kein Kind. Du solltest inzwischen
gelernt haben, dein Temperament zu zügeln.«

Jeremy brachte sein Pferd neben das ihre. Er sagte beherrscht:

»Es gibt Dinge, Sara, die lernt man nie. Und dann gibt es Dinge,
die man nie vergißt. Wenn ich frei wäre, Sara, dann würde ich
ihn dafür fordern – und töten.«

»Aber du bist nicht frei«, entgegnete sie schroff. »Du wirst
dich doch nicht selber zum Narren machen wollen und ihn
fordern.«

»Egal . . .«

»Du würdest eine hübsche Figur abgeben, Jeremy Hogan«,
warf sie ein, »so hoch am Galgen! Genug des törichten Ge-
schwätzes. Die Heldentaten reichen für heute, die Ehre der
Maclays ist verteidigt. Es wird Zeit, daß wir nach Kintyre
kommen, damit wir dein Gesicht einigermaßen wieder in Ordnung bringen, bevor Andrew es zu sehen bekommt.«

Er ließ langsam die Zügel aus seinen Händen gleiten.

»Du bist wirklich eine herzlose Frau, Sara«, sagte er. »Ich
zweifle allmählich daran, ob du auch nur einen Funken Gefühl
im Leibe hast. Schade, daß du nicht als Mann geboren bist, an
dir hat England wahrlich einen General verloren. Unbesonnen-
heit hätte in deinem kühlen Kopf jedenfalls niemals vernünftige Überlegungen zunichte machen können. Sogar Nelson hat
seinen schwachen Punkt – Lady Hamilton. Aber für dich gäbe
es ein solches Sichgehenlassen nicht. Oh, wenn du dich doch
nur einmal selbst sehen könntest . . .« Jeremy verstummte
und blickte staunend auf Sara. »Was ist los, Sara, du
weinst?«

Außer sich vor Verzweiflung schlug sie die Hände vors Gesicht: »Ja, und ich kann nicht anders. Ich muß einfach weinen . . ., weil . . .«, ihre Stimme klang tränenerstickt, »weil
Richard so ein Narr ist – und du mich zu Tode erschreckt hast.
Weil du dich seinetwegen in Gefahr bringst?! Oh, Jeremy,
begreifst du denn nicht, daß er es gar nicht wert ist?! Da sagt
man immer, ihr Männer könntet kühlen Kopf bewahren, aber

keine vernünftige Frau würde es sich einfallen lassen, sich so
wie du eben zu benehmen.« Sie suchte nach einem Taschentuch, fand es und betupfte sich die Augen. Dann sagte sie brüsk:
»Schau mich nicht so an, du tätest besser daran, zum Fluß
hinunterzugehen und dir die Wunde auswaschen. Sie blutet
nicht schlecht. Das wäre ein Festessen für einen, der zufällig
vorbeiritte und mich hier entdeckte als heulendes Elend, und
daneben Meister Jeremy, dem das Blut schon bis in den Kragen
fließt. Ja, wir geben ohne Zweifel ein hübsches Paar ab.«
Ein leises Lächeln spielte um seinen Mund, und er folgte ihr in
den Busch, der sich zwischen Straße und Fluß erstreckte. Eine
ängstliche und bestürzte Sara, das war wahrlich ein seltenes
Schauspiel. Er blickte auf die sanft geneigten Schultern vor ihm
und war nicht einmal enttäuscht, daß er nur zum Teil die
Ursache ihrer Erregung bildete, daß er sie mit diesem anma-
ßenden Emporkömmling teilen mußte. Seine wilde Wut über
Barwell hatte sich gelegt, war gleichsam ertrunken bei dem
Anblick von Saras Tränen. Er hätte zu gern noch einen Blick in
ihr tränenfeuchtes Gesicht geworfen, jenen Ausdruck des
Selbstmitleids und der Verachtung ihrer eigenen Schwäche
noch einmal gesehen. Sie folgte einem kaum erkennbaren Pfad
hinunter zum Fluß. Sie ließ es nicht zu, daß er vorausschritt,
den Weg durch das Gebüsch zu bahnen, denn sie wollte die
Führung behalten, um ihre Autorität zu bestätigen. Ganz deutlich vernahmen sie das Rauschen des Flusses. Das Ufer war hier
flach, aber die Bäume verbargen es völlig. Erst als sie ganz nahe
waren, sahen sie den mächtigen Fluß. Weit dehnte sich der
Strand, und die Sonne glitzerte auf dem Wasser, daß Sara und
Jeremy im ersten Augenblick ganz geblendet waren. Am jenseitigen Ufer war das Land zum Teil schon urbar gemacht. Eine
kleine Kuhherde graste friedlich auf der langgestreckten, saf-
tiggrünen Uferweide. Ein wenig im Hintergrund erhob sich ein
weißgekalktes Gebäude, das Jeremy als den Besitz von Michael
Macarthy ausmachte, der mit Gouverneur Phillip als Seeoffi-
zier ins Land gekommen war und sich hier angesiedelt hatte.
Der Strom, das Haus, die Herde, das alles bot ein Bild tiefsten
Friedens. Der Regen hatte hier nicht eine Spur hinterlassen.
Jeremy stieg ab und band beide Pferde an einen stämmigen
Strauch. Dann half er Sara aus dem Sattel.
»Gib mir dein Taschentuch«, sagte sie, »meins ist nicht mehr zu
gebrauchen.«
Er reichte es ihr. Sie nahm es wortlos entgegen und kletterte die

sandige Uferböschung hinab. Er sah ihr zu, wie sie sich bückte, das Tuch im Wasser auswrang und wieder zu ihm zurückkam.

»Nun zeig die Wunde her . . .« Ihre Stimme klang jetzt freundlicher. Sie räusperte sich, als müsse sie die Tränen zurückhalten. Während sie das geronnene Blut in seinem Mundwinkel betupfte, schnalzte sie leise mit der Zunge und schüttelte den Kopf.

»Bitte, erzähle Andrew nichts davon, Jeremy!«
Sie stellte sich auf die Zehenspitzen, preßte das Taschentuch gegen seinen Mund und flüsterte begütigend wie zu einem Kind.

Er wandte sich brüsk ab: »Ich und Andrew etwas sagen? Meinst du, ich sei ein Narr, ich . . .«
Sie ließ ihn gewähren. Nach einer Weile fing sie wieder an, mit dem Taschentuch seinen Mund zu betupfen.

»Oh, sei still, Jeremy«, sagte sie, »du weißt genau, wie ich es meine. Ich wollte mich bloß vergewissern. Richard hat sich wie ein Verrückter benommen – vergessen wir es, je eher desto besser.«
Er umspannte ihr Handgelenk und zwang sie, ihre Aufmerksamkeit von der Verletzung abzuwenden und ihn anzusehen.

»Ja, Richard Barwell ist toll, sobald du mit im Spiel bist, Sara. Toll vor Liebe und Wut und Enttäuschung. Er ist eifersüchtig auf Andrew, und zwar nicht nur, weil du zu ihm gehörst, sondern auch auf seine Stellung in der Kolonie und auf alles was er erreicht hat. Mag Richard Barwell in London als amüsanter Gesellschafter in den vornehmen Salons willkommen gewesen sein, ein bewunderter Reiter und Fechter, hier neben Andrew macht er keine so rühmliche Figur. Und Neid kann einen Mann zu vielem treiben – zum Trunk oder zur Geldverschwendung, die er sich nicht leisten kann.« Plötzlich preßte er roh ihr Gelenk: »Wie lange will Andrew diesen Narren eigentlich noch Geld leihen, nur damit er es zum Fenster hinauswerfen kann? Jetzt nach einem halben Jahr könnte Andrew doch wahrhaftig erkennen, daß sich Hyde-Farm niemals bezahlt machen wird – jedenfalls nicht, solange Richard Barwell sie bewirtschaftet.«
Sie befreite ihr Handgelenk aus seinem Griff.

»Andrew wird Richard so lange finanziell unterstützen, wie er es für nützlich erachten wird. Und das scheint mir, wird der Fall sein, solange Richard in der Kolonie bleibt.« Ihre Stimme klang wieder hart, ihre Wangen glühten. »Andrew ist bei weitem der Klügere von den beiden. Und auch wenn er nie auch nur einen Pfennig von seinem Geld wiedersieht, so zieht er doch seinen Nutzen aus dem Ehepaar Barwell.«

»Nutzen? Was für einen Nutzen?«

»Jeremy, du bist doch nicht blind«, entgegnete sie beißend. »Du weißt genau, warum er so handelt, da brauche ich dir wohl keine langen Erklärungen zu geben. Deine Frage, warum Andrew Geld in ein bodenloses Faß wirft, ist wirklich müßig. Meinetwegen geschieht es, tu doch nicht so, als ob du es nicht wüßtest.«

»Schon gut, schon gut, ich tue ja gar nicht so, natürlich weiß ich es. Aber ich hätte nie gedacht, daß Andrew nicht eines Tages damit aufhören würde . . .«

»Andrew ist ehrgeiziger, zäher und unbarmherziger als jeder andere. Er bekommt, was er will und schert sich den Teufel um den Preis. In diesem Fall will er eben Alison Barwells Freundschaft für mich – und dafür zahlt er!«

Ihre Züge hatten sich immer mehr verhärtet, während sie sprach. Jetzt glätteten sie sich wieder. Sie hob ihre Hand. Diesmal berührte sie die Verletzung an seinem Munde nicht mit dem Taschentuch, sondern ihre Finger strichen sanft über den tiefen Riß, der sich bis zum Kinn hinzog.

»Das werde ich ihm nie verzeihen«, sagte sie. »Er ist gefährlicher, als ich vermutet hatte. Er hat keinen Funken Beherrschung, er ist wie ein Kind, ein böses Kind voller Schwäche und Grausamkeit. In all diesen Monaten hat er mich buchstäblich am Gängelbande geführt. Aber, das schwöre ich dir, Jeremy, damit ist es nun endgültig vorbei. In Zukunft werde ich ihn ausnutzen, genau wie Andrew das macht. Was er mir nur bieten kann, werde ich von ihm nehmen, und keinen Deut werde ich mich mehr darum kümmern, was aus ihm wird.« Sie zuckte schwach die Achseln: »Spotte also nicht länger über mein kaltes Herz. Freu dich lieber, weil ich es mit einem Eispanzer umgeben muß, um aus meiner Erinnerung zu tilgen, was Richard mir einst bedeutete.«

Sie wandte sich ab und schwieg. Schließlich setzte sie den Fuß in den Steigbügel, und Jeremy hob sie in den Sattel. Er hielt ihr die Zügel, während sie sich zurechtsetzte, und er hielt sie länger als notwendig gewesen wäre. Ein ganz neuer Ausdruck in ihrem Gesicht machte ihn stutzen und bannte ihn auf seinen Platz.

»Komm näher, Jeremy«, sagte sie.

Jeremy trat ganz dicht an sie heran. Er konnte nicht ahnen, was sie vorhatte. Sie beugte sich nieder und küßte ihn auf die Wange. Er wich zurück, als hätte sie ihn geschlagen.

»Verdammt, laß das sein!«

Das hatte sie nicht erwartet. Flammende Röte übergoß ihre Wangen.

»Ich konnte nicht ahnen, daß es dir so unangenehm ist«, brachte sie mühsam hervor.

Seine Augen waren dunkel vor Zorn.

»Du weißt ganz gut, Sara, daß ich solche Küsse nicht will, nicht von dir, Sara. Bilde dir nicht ein, daß du mit so einem schwesterlichen Kuß auf meine Wange alles einrenken kannst. Entweder ich bekomme solche Küsse von dir, wie ich sie will, oder ich verzichte!«

Er ging, band sein Pferd los und schwang sich wortlos in den Sattel. Jetzt führte Jeremy auf dem Weg zur Landstraße, und Sara folgte dicht hinter ihm.

Wohl eine Meile lang schwiegen sie. Die Hitze wurde immer drückender, schattenlos dehnte sich die Chaussee, die Sonne brannte ihnen auf die Rücken, lästige Fliegen umschwärmten ihre Gesichter und setzten sich den Pferden auf die Flanken. Sie begegneten keiner Menschenseele. Wortlos ritten sie nebeneinander her und wendeten nicht einmal die Köpfe, als sie an der Weggabelung vorüberritten, wo der Weg nach Hyde-Farm abzweigte. Es war, als hätte der Zwischenfall mit Richard niemals stattgefunden, jedenfalls verriet keiner auch nur mit dem geringsten Zeichen, was er dachte. Die heiße, mittägliche Stille über dem Busch war vollkommen.

Endlich kamen sie zur letzten Wegbiegung. Es war jene Kurve, von der aus Sara damals vor Jahren zum ersten Male Kintyre erblickte. Die Erinnerung an jenen Tag stieg in ihnen auf, der ihnen Jeremys Eifersucht auf Andrew geoffenbart hatte. Ohne ein Wort zügelten sie ihre Pferde. Ein aus dem Nichts auftauchender Schatten erinnerte sie daran, wie Kintyre damals ausgesehen hatte. Sie sahen wieder den Hügel vor sich, sahen die Stümpfe der abgeholzten Bäume, die dem Haus hatten weichen müssen, sahen das rohe, weißgekalkte Gebäude, das seine schmucklose Front dem Fluß und Gebirge zukehrte. Ihre Augen entblößten es jetzt für einen Augenblick seines Schmuckes üppiger Weinranken, und auf Sekundenlänge bestand der Obstgarten nur aus ein paar zarten, jungen Bäumchen. Vor ihren Augen erstand noch einmal das rohe, ungefüge Anwesen, ein Markstein, den der weiße Mann in dieses jungfräuliche Land gesetzt hatte.

Das Haus dort oben auf dem Hügel wirkte wie eine Herausforderung, ein kühn errichtetes Wahrzeichen, das den Blick aller Passanten auf sich zog. Wie heiter und freundlich es jetzt hier aussah! Mit den Jahren waren die Bäume gewachsen, und der Obstgarten hatte einen gepflegten Rasen bekommen. Es war noch das alte Kintyre, und doch, wie sehr hatte es sich gewandelt! Es war nicht mehr das sichtbare Zeugnis für Andrews Kampf, dafür, daß er sein Eigentum gegen den Busch, gegen die Eingeborenen, gegen das Klima und die Überschwemmungen zu verteidigen hatte, nein, dieses Anwesen kündete von Bestand und Sicherheit. Man sah Kintyre an, daß es Andrews liebster Besitz war. Denn er hatte hart darum ringen müssen.

Saras Blick wanderte vom Haus zu Jeremy. Es kam ihr gar nicht in den Sinn, ihn etwa zu fragen, was er denke. Sie wußte auch so, daß seine Gedanken um Kintyre kreisten und um die Rolle, die er bei der Schaffung dieses Besitzes gespielt hatte.

»Es hat keinen Sinn, daß ausgerechnet wir zwei uns streiten, Jeremy«, schloß sie ihre Gedanken laut. »Wir drei, du, Andrew und ich, wir sind aufeinander angewiesen, wir brauchen einander so dringend.«

Er nickte nur. Auch ihm war diese Feststellung etwas ganz Selbstverständliches, selbstverständlich wie die Tatsache, daß er sie beide, Sara und Andrew, all die Jahre hindurch, die Kintyre zu dem gemacht hatten, was es heute war, geliebt hatte.

»Ja«, antwortete er schlicht. Was er damit ausdrücken wollte, wußte Sara nur zu gut. Mit einem leichten Schenkeldruck trieb er sein Pferd wieder an. Seite an Seite sprengten sie den Hügel hinan.

Viertes Buch

Kapitel 1

In den folgenden zwei Jahren kam die Kolonie nicht aus dem Staunen über Louis de Bourget heraus. Er führte genau das aus, was er sich vorgenommen hatte. Zu Fuß durchforschte er die Ufer des Nepean und wählte sein Land. Nicht etwa, wie es ein Farmer getan hätte. Er bestimmte mit aller Sorgfalt die Lage des Hauses, nach dem Wert des Bodens fragte er wenig. Dann ließ er wissen, daß er beschlossen habe, sich als Farmer in New South Wales niederzulassen. Wie nicht anders zu erwarten war, gab es skeptische Bemerkungen, die bald zu verärgerten Äußerungen wurden, als man nämlich entdeckte, daß er keine Kosten scheute, seine Farm zu einem ertragreichen Besitz zu machen. Wo immer es gutes Vieh zu kaufen gab, war er da und überbot die Preise. Zwei der besten und erfahrensten Aufseher schnappte er ihren früheren Herren weg.

Noch größer jedoch waren Staunen und Aufregung, als man das im Bau befindliche Haus sah. Louis de Bourget war lange in Amerika gewesen und hatte die Besitzungen der Baumwollpflücker im Süden gesehen. Er beschloß, Haus und Instgebäude ähnlich anzulegen. Und weil er als Franzose eine Vorliebe für regelmäßig angelegte Gärten hegte, machte er aus dem sich sanft neigenden Hügel eine Stufenterrasse. Alle diese schnell die Runde machenden Neuigkeiten quittierte man mit hochgezogenen Brauen. Keiner in der Kolonie hatte weder Geld noch Arbeitskräfte übrig, um sie an solche ausgefallenen Ideen zu verschwenden. Andrew Maclay hatte zwar etwas Ähnliches mit Glenbar im Sinn gehabt, führte aber seine Pläne nie völlig aus, weil das notwendige Material sehr knapp und teuer war.

Louis kümmerte sich nicht um das Stirnrunzeln seiner neuen Mitbürger, er kümmerte sich nicht um den Klatsch, der ihm zu Ohren kam. Er hatte für alles nur ein Achselzucken. Jedes Schiff, das aus England kam, brachte neue Güter, die ein Agent für ihn aufkaufte. Bücher, marmorne Kamine, Seide für Vorhänge, Stühle im Louis-Quinze-Stil. Der Strom der Waren, der sich über die Straße zum Nepean ergoß, erschien endlos. Louis versuchte auch, fremdländische Bäume anzupflanzen. Die meisten gingen jedoch ein. Er baute ein Vogelhaus, in dem er einige Vogelarten des Landes und seltene Vögel aus dem indischen Dschungel und aus Ostindien hielt. Eine Zeitlang spielte er gar mit dem Gedanken, einen See anzulegen. Aber er sagte sich, daß die langen Trockenperioden diesen Plan scheitern lassen würden. Auch sein ausgesprochener Formensinn sprach dagegen, denn der breite Strom vorm Haus und das zerklüftete Massiv der blauen Berge waren zu gewaltig, als daß sich ein künstlich angelegter See in dieses Bild gewaltiger Natur organisch eingefügt hätte. Also ließ er den Plan fallen, allerdings mit leisem Bedauern, denn so mußte er sich die Bestürzung seiner Nachbarn entgehen lassen.

Im Frühling des Jahres 1803 war das Haus fertig. Nur ganz wenige hatten es bisher zu Gesicht bekommen. Die Farmen lagen weit auseinander, und der Zustand der Straßen lud auch nicht gerade zu langen Reisen ein.

So kam es, daß sich um dieses Haus schon wahre Legenden rankten, als es noch im Bau war. Louis hatte unter den führenden Familien der Kolonie viele Freunde gewonnen, die jetzt alle darauf warteten, eine Einladung zu bekommen, um ihn in seinem neuen Heim besuchen zu können. Andrew Maclay mit seiner Familie war der erste, dessen Wagen langsam von der Landstraße zu dem Hügel am Fluß abbog und den Weg bis zur Freitreppe erklomm.

Gleich am Fuße des Hügels hatte sich Sara aus dem Fenster gebeugt, um das Haus sehen zu können. Stolz erhob es sich oben auf dem Hang. Die weißen Mauern glänzten im Sonnenlicht. Der Anblick verschlug ihr fast den Atem. Nein, das war nicht das Haus eines Baumwollpflanzers, von dem Louis gesprochen hatte. Ein solches Haus hatte ihr einst Andrew versprochen, etwas voreilig.

Eine Säulenhalle von zehn weißen, strengen Säulen ohne jede Verzierung bildeten den Eingang. Das Gebäude war langgestreckt und niedrig und ließ über seinem Dach noch den von einer Kette von Eukalyptusbäumen gekrönten Kamm des Hügels sehen. An einem Ende der Säulenhalle führten ein paar Stufen zur Auffahrt. Auf der anderen Seite sah man die eine der drei noch unvollendeten Terrassen, die seitlich in den Abhang gehauen waren.

Sara war in Gedanken versunken und hörte weder Andrews Bemerkungen noch das aufgeregte Geplapper der Kinder. Als der Wagen hielt, kam Louis die Treppe hinabgeeilt und öffnete stürmisch den Wagenschlag. Er begrüßte die Maclays in seinem neuen Heim und half Sara lächelnd aus dem Wagen. Er drehte sich zu Sebastian und nahm ihn auf den Arm, da er noch zu klein war, die hohen Stufen zu erklimmen.

In all dem Wirrwarr – zwei Diener bemühten sich geflissentlich, Louis' Befehlen nachzukommen und die Koffer abzuschnallen, die Kinder schwatzten munter und aufgeregt durcheinander, Andrew tauschte einige freundliche Worte mit Louis – brachte Sara nicht ein Wort heraus. Sie nahm Duncan an die Hand und stieg sehr langsam die steinernen Stufen hinan. Vor der weiten Säulenhalle blieb sie stehen. Die Ebene, der Fluß und die in einen blauen Schleier gehüllten Berge bildeten ein majestätisches Panorama. Vor dem Haus und seitlich davon waren die Bäume gefällt worden, so daß nichts den freien Blick unterbrach. Unten am Flußufer zeigten sich die Gummibäume in ihrem rötlichen Frühlingskleid, und überall im Tal leuchteten die purpurnen, gelben und weißen Blüten seltener Bäume. Ein Bild der Erlesenheit. Sara hielt Andrews Hand fest umschlossen. Jetzt erst wurde ihr klar, daß sie ja die wahre Schönheit dieses rauhen, ihr scheinbar so vertrauten Landes noch gar nicht entdeckt hatte.

Hinter ihr war Louis die Treppe heraufgekommen. Sie wandte sich nicht um, aber sie fühlte, daß er hinter ihr stand und ihrem Blick folgte. Sie gab sich weiter dem Anblick des herrlichen Landschaftspanoramas hin, während die Diener die Koffer ins Haus trugen und Andrew mit Edward sprach.

Endlich sagte sie leise: »Das ist einfach genial, Louis, das Haus, der Garten, der Ausblick, du hast vollbracht, was in der Kolonie außer dir keiner auch nur gewagt hätte.«

Er trat neben sie: »Warum sollte man nicht die Möglichkeiten, die dieses Fleckchen Erde bietet, ausnützen? Hier ist Sonne, viel Raum und eine herrliche Aussicht. Warum also ein Haus bauen mit engen Fenstern, die einem die Sicht nehmen? Der Himmel hier ist nicht milde genug und auch die Hügel sind nicht sanft genug, daß ich es mir hätte gestatten können, ein Haus zu bauen, das in einen stillen Park passen würde. Diese Landschaft ist eine Herausforderung, und ich habe darauf geantwortet.«

»Der Erfolg gibt dir recht, es ist wunderbar hier«, sagte sie freundlich.

Es kam ihr in den Sinn, wie seltsam es doch war, daß erst ein Franzose kommen mußte, ein Fremdling in dieser englischen

Kolonie, um ihnen allen zu zeigen, wie man ein Gebäude mit der Landschaft in Einklang bringt, ja geradezu verschmelzen läßt.

Das Haus schmiegte sich eng an den Hügel, es war, als ruhte es in seinem Schatten. Es glich einer kostbaren Schatulle, und doch waren die zehn weißen Säulen von klassischer Schlichtheit der einzige Schmuck. Seine Vollendung manifestierte sich in den schlichten, würdigen Proportionen.

»Ich habe es Banon getauft«, sagte Louis.

Sie sah ihn an: »Banon?«

Er nickte: »Das ist der Name einer Stadt in Südfrankreich. Ich war einmal im Auftrage des Marquis dort. Ich wohnte in einem Gasthof vor den Toren der Stadt. Es war gerade zur Zeit der Mimosenblüte. Das Haus war noch im Bau, und ich wußte schon, daß es keinen anderen Namen dafür gab als Banon!«

Sara lächelte, ihre Augen strahlten verklärt. »Ich habe noch nie ein so entzückendes Haus gesehen, Louis!«

Er verbeugte sich leicht: »Daß es dir gefällt, ist die schönste Belohnung für mich!«

Diese Worte waren nicht nur eine höfliche Floskel, Sara spürte deutlich seine tiefe Genugtuung. Sein schmales, sonnengebräuntes Gesicht wirkte noch dunkler als gewöhnlich, der angespannte Ausdruck jedoch, der ihm sonst eigen war, war jetzt ganz daraus verschwunden. Er lächelte still vor sich hin. Sie ließ ihren Blick unauffällig über seine Gestalt gleiten, und sie bemerkte, daß er nicht mehr die schweren Ringe trug, und seine Hände sagten ihr, daß er bei der Anlage der Terrassen mit dem Spaten gearbeitet haben mußte. Sie staunte, denn bisher konnte man sich diesen eleganten, liebenswürdigen Weltmann nicht mit einem Spaten in der Hand vorstellen.

Er blickte plötzlich zu Sara und sagte: »Oh, verzeih, Sara, ich lasse dich hier in der Sonne schmachten, und du wirst sicher müde von der Reise sein.«

Er nahm Sebastian an die Hand und ging zur Tür voraus, wo bereits eine wie eine Hausdame gekleidete Frau wartete.

Gegen Abend kam kalter Wind auf, der von den Bergen herüberwehte. In Louis' Salon hörte man jedoch nur seinen Gesang in den Bäumen auf dem Kamm des Hügels. Die züngelnden Flammen im Kamin färbten den Marmor zartrosa und warfen kleine, spielende Lichter gegen die purpurnen Vorhänge. Auf einem Tisch am anderen Ende des Zimmers brannten zwei Kerzen, ein hoher Spiegel in einem Silberrahmen gab ihr Licht doppelt wieder. Sara, Andrew und Louis saßen in den tiefen, an den Kamin gerückten Sesseln. Der Flammenschein spielte auf ihren Gesichtern, manchmal leuchteten sie auf, um gleich darauf in dunkle Schatten zu fallen, ganz wie das Licht wollte. Hin und wieder legte Louis ein Scheit nach, und sobald die Flammen es ergriffen und die Flammen aufloderten, erglänzten Saras Haar und silbernes Gewand in rötlichem Schimmer. Eine ganze Weile hatte sich Sara nicht an der Unterhaltung beteiligt. Ihre Hände ruhten im Schoß, ihre Lider zuckten leise. Sie kämpfte mit dem Schlaf. Der Wind draußen und das Knistern der Flammen klangen gedämpft und untermalten die verhaltenen Stimmen von Andrew und Louis. Sie blickte zu ihrem Gastgeber hinüber. Abends hatte er die nüchterne Kleidung, die er bei ihrer Ankunft getragen hatte, abgelegt. Herausgeputzt saß er da, prächtig und elegant, wie Sydney es von ihm gewohnt war, mit einer brokatenen Jacke und den erlesensten Spitzen. Auch seine Ringe hatte er wieder angelegt. Die Juwelen glitzerten im Schein der Flammen, wenn er das Glas mit Madeira in der Hand drehte. Lässig lehnte er im Sessel, die Füße in den Silberschnallenschuhen ruhten auf einem weichgepolsterten Schemel. Manchmal wandte er sich im Laufe der Unterhaltung an Andrew, aber die meiste Zeit blickte er sinnend in die Flammen.

Sara hing ihren Gedanken nach. Nun waren es beinahe drei Jahre her, seit er auf der Verandabrüstung auf Kintyre gesessen und ihr von diesem Haus hier erzählt hatte. Sie ließ keinen Blick von ihm. Es waren drei gute Jahre gewesen für die Kolonie, und auch Louis gegenüber hatten sie sich freundlich erwiesen. Immer noch regierte King, bei dem Louis im hohen Ansehen stand, wenngleich man spürte, daß Kings Tage gezählt waren. Die meiste Zeit lag er krank und von der Gicht geplagt darnieder. Wenn er auch durchaus geschickt regierte, so vermochte er letzten Endes doch nicht den Anforderungen des Kolonialamtes zu genügen. Er war nicht streng genug. Immer noch war die Macht des Militärs ungebrochen, und keine Maßnahme und Verordnung aus dem Gouvernementshaus konnte ihnen ihre Privilegien entreißen.

War King auch leidend, müßig blieb er nicht. Ihn trieb eine leidenschaftliche Unruhe, die Angelegenheiten der Kolonie zu ordnen, sie nach dem Muster eines typisch englischen Gemeinwesens zu formen. Die Idee, ein Mädchenwaisenhaus zu errichten, hatte seine Frau verwirklicht. Das große Gebäude hütete eine Herde aufsässiger junger Mädchen. Auch die erste Zeitung, die »Sydney Gazette«, war unter seiner Schirmherrschaft ins Leben gerufen worden, und die Erforschung des Landes, zu welcher King unermüdlich ermutigte, machte Fortschritte. War die Barriere der Berge auch noch nicht überwunden, war das Rätsel, was wohl dahinter lag, auch noch nicht gelöst, hatte sich doch das Geheimnis dieses Kontinentes dem geduldigen Forschen Matthew Flinders langsam eröffnet. Auf Geheiß der Admiralität hatte Flinders eine Schaluppe, die Investigator, ausgerüstet, die auf einer Fahrt an den Küsten des Landes entlang Material für genaue Seekarten liefern sollte. Er entledigte sich des Auftrages mit aller Gründlichkeit, er fuhr von West nach Ost, von Nord nach Süd, von Kap Leluwin bis zu den Wessel-Inseln und wies nach, daß New Holland und New South Wales eine einzige große Insel bildeten. Er hatte die ungenaue Gestalt des Landes, das auf alten holländischen Karten als Terra Australis bezeichnet worden war, neu bestimmt und befand sich jetzt mit seinen säuberlich gezeichneten Karten und dem sorgfältig geführten Logbuch auf dem Wege nach England, mit der Hoffnung, daß die allmächtige Admiralität und die Royal Society seinen Vorschlag annehmen würden, der Insel in Zukunft den Namen zu geben, den er insgeheim schon immer für sie gebrauchte: Australia.

Gouverneur King kannte die Größe des Landes, über das er gebot, und die Unermeßlichkeit des Hinterlandes machte ihm nicht wenig Sorge, wenn er sie mit dem besiedelten Areal verglich. Die Farmer drangen stetig vor. Weil die Bergkette sie hemmte, dehnten sie sich immer weiter nach Süden aus, viel weiter, als es King lieb war. Es hätte einer Armee von Verwaltungsbeamten bedurft, das Land und die Farmer ständig unter Aufsicht zu halten, und dieser Verwaltungsapparat war genau das, was King bitter fehlte.

Das New South Wales-Korps, allgemein nur unter dem Namen »Rum-Korps« bekannt, war mehr noch als seine Gicht, eine ewige Quelle der Beunruhigung für ihn. Ob Offiziere oder Mannschaften, sie hatten nichts anderes im Sinn, als ihn unaufhörlich zu kränken, seiner zu spotten und ihn lächerlich zu machen, so daß er vor lauter Ärger und Enttäuschungen am liebsten gegangen wäre. Vom Kolonialamt konnte er keine Unterstützung erwarten, es hatte weder Zeit noch Geld, seine Forderungen zu erfüllen. Macarthur, den er wegen eines Duelles mit dem Leutnant-Gouverneur Colonel Patterson nach England geschickt hatte, wo er sich vor einem Kriegsgericht verantworten sollte, hatte es doch wahrhaftig fertiggebracht, höchsten Ortes Gehör zu finden und freigesprochen zu werden. Die Musterwolle, die er mit seinen Merinoherden erzielte, hatte sogar das Kolonialamt überzeugt. Macarthur erzählte den Herren nämlich, daß die Kolonie, die bisher immer nur um Geld und Unterstützung ersuchte, schon sehr bald so viel Wolle exportieren werde, daß die Webstühle der Wollspinner in Yorkshire davon überfließen sollten. Er hatte für seine Pläne viel Verständnis gefunden, sie wurden außerordentlich beifällig aufgenommen, und so kehrte er keineswegs in Ungnade nach Sydney zurück, sondern im Gegenteil als Sieger mit einer neuen Landbeleihung in der Tasche, und zwar in dem begehrtesten Distrikt der Kolonie, nämlich in Cowpastures, wo die Rinderherden, der Reichtum des Landes, frei herumliefen. King tobte, als er davon hörte. Der Störenfried war also zurückgekommen, und seine Macht hatte sich verzehnfacht.

Der kurze Friede von Amiens war längst gebrochen. England sah sich dem Genie und der gestaltenden Hand eines Napoleon gegenüber. Den Briten stand ein langer Kampf bevor. Als King die immerhin schon sieben Monate alten Botschaften empfing, mußte er sich voller Bitterkeit sagen, daß die Oberhäupter der Regierung in London jetzt noch weniger denn je Geduld und Geld aufbringen würden für ihre so entlegene und unproduktive Kolonie.

Die Kämpfe auf den fernen Schlachtfeldern in Europa beunruhigten hier niemanden. Eine andere Gefahr in allernächster Nähe war es, welche die Gemüter beunruhigte. Seit Gouverneur Hunters Zeiten hatten die irischen Sträflinge auf ihre Anwesenheit und vor allem auf ihre Not in immer unmißverständlicherer Weise hingewiesen. Die Gerüchte von einem geplanten Aufruhr wollten nicht verstummen. Ein Jahr nach

Kings Ankunft hatte man auch tatsächlich ein Komplott aufgedeckt. Panischer Schrecken hatte sich damals der Kolonie bemächtigt, die Nachricht, daß man richtige Piken bei den Aufsässigen fand, fuhr allen in die Knochen. King hatte die Rädelsführer auf die Norfolk-Insel verbannt. Das nahm man ihm jedoch allgemein übel, man war der Meinung, daß er sie hätte hängen sollen. So war die Rebellion zwar unterdrückt worden, aber es schwelte blutrünstig unter der Oberfläche.

Sara fühlte Mitleid mit dem geplagten, eingeschüchterten Gouverneur, den sie schätzengelernt hatte, für den sie sogar eine gewisse Hochachtung hegte. Für sie und Andrew hatten sich seine Regierungsjahre als sehr ersprießlich erwiesen. Und was ihr noch am Herzen gelegen hatte – seitdem sie damals vom Gouverneur empfangen worden war, hatte sich Andrew fast ganz vom Rumhandel zurückgezogen. Sein Wohlstand wuchs, und so konnte er diese Hilfe auch entbehren. Er nahm sie nur noch gelegentlich in Anspruch. Zudem sah er das Ende des lukrativen Rumhandels kommen und gab ihn daher lieber rechtzeitig und von sich aus auf. Außerdem war der Tag nicht mehr fern, an dem das Kolonialamt einen Gouverneur entsenden würde, der Mittel und Wege fand, dem Treiben ein Ende zu setzen. Und dann erging es jenen übel, die bis zum Schluß in dem Geschäft steckten.

Auch für Louis waren es gute Jahre gewesen, spann Sara ihre Gedanken weiter. King war Louis de Bourget gegenüber sehr großzügig bei seinen Landvergebungen gewesen, er hatte sich als ein großmütiger Freund des Franzosen erwiesen. Sicherlich empfand er es als eine wahre Wohltat, in Louis de Bourget endlich einmal einen wohlhabenden Farmer gefunden zu haben, dessen Vermögen, wie er genau wußte, nicht aus illegalem Rumhandel stammte. Louis hatte sich niemals um Geschäfte dieser Art gekümmert, eine Tatsache, die ihn zu einer Seltenheit stempelte innerhalb dieses Kreises skrupelloser Geschäftemacher. Sara fragte sich, ob er damit nicht sogar das bessere Teil erwählt hatte! Er blieb unberührt von all den Machtkämpfen, die der Handel nun einmal mit sich brachte, er genoß die größere Freiheit und zog so seinen Gewinn daraus. Er hatte sich mit Andrew zusammengetan. Die beiden Männer hatten noch zwei weitere Schaluppen erworben, welche die Häfen des Ostens anliefen. Die Schaluppen Trush und Hawk hatten in den verflossenen beiden Jahren nur zweimal Port Jackson angelaufen, aber während dieser Zeit wuchs sein Guthaben in London stetig, und auch Andrew hatte allen Grund, mit seinem Anteil an diesem Geschäft zufrieden zu sein. Neuerdings sprachen sie sogar davon, ein Schiff zu erwerben, das in der Antarktis auf Walfang gehen würde. Andrew beaufsichtigte diese abenteuerlichen Unternehmungen, nicht weil er das Geld hatte, sondern weil er den Schwung und die Triebkraft besaß. Louis behagte diese Regelung sehr, und nur selten hielt er mit seiner Zustimmung zurück, wenn Andrew sich der Höflichkeit halber an ihn wendete. In solchen Fällen reagierte er meistens mit einem Achselzucken und dem Geständnis, daß ihm einfach jeder kaufmännische Sinn abging.

Diese Art Rollenverteilung war ganz nach Andrews Geschmack. Eine Partnerschaft, in der er hätte eine untergeordnete Rolle spielen müssen, wäre über kurz oder lang ein Fiasko geworden.

Die geschäftlichen Beziehungen zwischen Andrew und Richard gestalteten sich nicht so harmonisch. Richard hatte von Anfang an darauf bestanden, alleiniger Herr auf der Hyde-Farm zu sein, und etwaige Anregungen und Ratschläge Andrews, mochte er sie noch so taktvoll vorbringen, lehnte er freundlich, aber bestimmt ab. Er stand immer noch hoch in Schulden bei Andrew, und wenn sich die Farm auch allmählich langsam rentierte, so wuchsen seine Schulden dennoch von Jahr zu Jahr.

Ja, es war erstaunlich, trotz Richards hoffnungsloser Unwissenheit und Unfähigkeit, was die Landwirtschaft anbelangte, blühte die Farm. Ihn hielten zwar die meiste Zeit seine Pflichten als Offizier in Sydney fest, aber sein Verwalter hatte ein besonderes Geschick darin, die Fehler seines Herrn wieder wettzumachen, ohne daß Richard auf den Verdacht kam, er widersetzte sich seinen Anordnungen. Aber der Aufstieg, den die Farm nahm, reizte Richard und Alison nur zu neuer Verschwendung. Ihr Haus in Sydney war der Treffpunkt für fröhliche Gesellschaften. Alisons Kleideraufwand und die Gastlichkeiten überstiegen bei weitem ihr schmales Einkommen und die Gage eines Offiziers. Aber wenn ihnen das Geld ausging, bat Richard Andrew eben wieder einmal um Unterstützung. Alison zeigte der Welt ein heiteres Gesicht, aber Sara ließ sich nicht täuschen. Jedesmal, wenn sie Alison sah, konnte sie feststellen, daß dieses so geschickt hergerichtete Gesicht wieder um eine Spur blasser war. In den Wintermonaten schien Alison nie von einem quälenden Husten frei zu sein, und die glühende

Sommerzeit setzte ihr wahrscheinlich noch schlimmer zu. Dennoch mußte Sara zugeben, daß Alison sich ihren Charme zu erhalten wußte. Lag sie leidend auf dem Ruhebett, versammelte sich dennoch alles, was Rang und Namen hatte, um sie, denn bei ihr konnte man die reizendsten Geschichten hören. In ihrem Salon blühte der Klatsch in einer sehr dezenten Weise, und es fiel kaum jemandem auf, daß manches Gerüchtchen von hier aus seine Runde machte. Ihr Witz war scharf und treffend, und ihr Haus wurde zu einem beliebten Treffpunkt der ledigen Offiziere der Kolonie.

Sara bekam Richard in diesen Jahren selten zu Gesicht. Er versah seinen Dienst mit größerem Eifer, als man das von Offizieren in seinem Rang gewohnt war, und wenn er Zeit hatte, machte er den langen Ritt zu seiner Farm hinaus. Aber Sara hörte auch, daß er immer mehr trinke, und die Macht, Alisons Aufwand Einhalt zu gebieten, schien er auch nicht mehr zu haben. Sara wunderte sich, daß er immer noch Andrew um Geld angehen mochte. Ebensosehr staunte sie allerdings, daß Andrew immer noch nicht müde geworden war, sein gutes Geld vergeudet zu sehen. Aber es war wohl so, daß Andrews Verachtung für die Verschwendungssucht der Barwells nicht so groß war wie sein Wunsch, Sara gnädig in Barwells Haus aufgenommen zu sehen. Die beiden Frauen pflegten auch immer noch Umgang, sie setzten die üblichen Besuche immer noch fort. Solange Sydney diese Visiten gebührend zur Kenntnis nahm, drückte Andrew gern beide Augen zu. Und Richards Schuldkonto wuchs.

Es quälte Sara, daß sie nicht wußte, welche Gefühle Richard jetzt für sie hegte. Seit dem häßlichen Streit auf der Landstraße nach Hawkesbury hatte sie nie mehr allein mit ihm gesprochen. Sein Zorn war damals zwar bald verraucht, und er hatte ihre Einladung nach Kintyre dann doch angenommen, aber man speiste ihn mit dem Bescheid ab, sie sei unpäßlich. In Glenbar geschah ihm dasselbe. War Andrew nicht zugegen, wenn Richard auftauchte, schickte Sara jedesmal Annie mit einer Ausrede zu ihm. Schließlich gab er es auf und kam nur noch, wenn er geschäftlich mit Andrew zu tun hatte, oder in Begleitung von Alison.

Nichts, weder die Ergebenheit zu ihrem Mann noch ihre Abscheu darüber, was Richard Jeremy angetan hatte, konnte je das Gefühl der Bestürzung in ihrem Herzen ersticken, das sein Fernbleiben eines Tages hervorgerufen hatte. Sie mußte es sich eingestehen, daß sie ihn vermißte. Fast hätte sie ihm einen Brief geschrieben, der ihn zu ihr zurückbringen sollte, und nur ihr Stolz und ihre Vernunft hielten sie davon ab. Aber er lebte in ihren Gedanken, ja sie litt an ihm und wünschte, daß Lady Lintons Tod alle beide, Richard und Alison, nach London zurückführte. Und doch stand sie mit jeder Ankunft eines neuen Schiffes Qualen aus, es könnte die eben noch ersehnte Botschaft wirklich bringen.

Nein, der Entschluß, ihn nie mehr allein sehen zu wollen, hatte ihr keinen Frieden, keine Ruhe gebracht. Sie war wie besessen von ihm, befangen in einem Traum, der aus schlechtem Gewissen geboren wird. Ein rascher Blick von ihm, den er mitten in einer Gesellschaft oder anderswo ihr zuwarf, konnte sie betroffen machen. Es trieb sie fast zum Wahnsinn, wenn er im wilden Eifer tolle Pläne schmiedete und überall zum besten gab. Er beabsichtigte zwar nicht, sie jemals auszuführen, er gab sie nur von sich, weil er wußte, daß ihr sein Gerede zugetragen würde. Das also war Richards Rache!

Ihr war, als hätte Richard seit den gemeinsamen Schulstunden in Bramfield eine unbillige Macht über sie – und daß er sie nie aufgeben würde. Der Gedanke quälte sie, und sie schüttelte sich richtig, um ihn loszuwerden.

Der Wind war stärker geworden und stürmte gegen das Haus an. Sie lauschte und fand, daß dieses Geräusch, das ihr bisher so fern und so ausgeschlossen vorgekommen war, plötzlich ganz nah klang. Es fröstelte sie, obwohl das Kaminfeuer wohlige Wärme ausstrahlte. Sie erzitterte leicht. Louis, der sie die ganze Zeit nicht aus den Augen gelassen hatte, sah es. Er beugte sich im Sessel vor: »Sara, meine Liebe, ich halte dich wirklich schon zu lange hier fest. Das ist pure Selbstsucht. Du möchtest sicherlich gern in dein Zimmer gehen?«

Sie lächelte schwach, nickte und erhob sich. Die beiden Männer begleiteten sie zur Tür.

Louis rief dem Diener draußen in der Halle ein Wort zu. Gleich darauf erschien die Frau, die sie am Morgen in der Säulenhalle empfangen hatte. Sie leuchtete Sara mit einer Kerze auf dem Weg zu ihrem Gemach. Madame Belvet war Französin. Sie mochte etwa fünfunddreißig Jahre alt sein. Ihr schmales, etwas herbes Gesicht konnte man als sehr hübsch bezeichnen. Sie war vor etwa drei Monaten aus England gekommen und hatte auf Banon die Stellung einer Hausdame inne. Sie sprach ausgezeichnet Englisch. Man wußte nur über sie, daß sie vor der Revolution bei einer vornehmen französischen Familie in Dienst stand. Sara betrachtete sie voller Neugierde. Wer sie wohl sein mochte, und warum hatte Louis sie aus Frankreich kommen lassen? Eine Vertraute? Oder liebte er sie? Vielleicht war sie vor seiner Heirat seine Geliebte gewesen.

Während sie nebeneinander herschritten, musterte Sara sie unauffällig, und es kam ihr so vor, als drücke die Miene dieser Frau Stolz und ein gewisses Anrecht auf dieses Haus aus. Sara wäre nur zu gern bereit gewesen, ihre Ansicht zu berichtigen.

Als sich die frühe Dämmerung in ihrem Zimmer ausbreitete, erwachte Sara. Es war die Stunde vollkommener Stille. Der Wind hatte sich gelegt, selbst die Vögel schliefen noch. Auch im Haus regte sich kein Laut. Es würde wohl noch eine Stunde dauern, bis die Kuhmägde mit ihrem Tagwerk begannen und das geschäftige Leben in der Küche erwachte.

Neben ihr schlief Andrew ruhig und fest. Seine sanften Atemzüge wirkten friedlich und beruhigend. Langsam streckte sie die Hand aus und berührte leicht seinen Arm. Eine Weile ließ sie die Hand auf seiner Haut. Dann zog sie sie wieder zurück. Seine ruhigen Atemzüge stockten keine Sekunde.

Während sie ruhig neben Andrew lag und die tiefe Stille auf sich wirken ließ, kam ihr plötzlich wieder das Gespräch mit Louis in den Sinn, das sie damals auf der Veranda von Kintyre führten. Es war das einzige Mal, daß er zu ihr von seiner Frau gesprochen hatte. Mit einem Gefühl der Bestürzung rief sie sich seine Worte ins Gedächtnis zurück: »Sie war kalt wie ein Eiszapfen.« Deshalb also war seine Ehe gescheitert, wer diese Kammer seines Herzens öffnen wollte, diese Worte waren der Schlüssel dazu. Wahrscheinlich hatte Louis noch nie in seinem Leben so wie sie jetzt wach gelegen, hatte niemals dieses Gefühl von Vertrautheit und Zärtlichkeit erlebt, das Wissen darum, daß man den anderen behütete und selbst von ihm beschützt wurde. Nein, er konnte diese Sicherheit, die nur eine echte Liebe vermittelte, in seiner Ehe nie kennengelernt haben. Die Frau, die jetzt eigentlich an seiner Seite ruhen sollte, schlief allein im Hause ihres Vaters. Und auch die eigene Tochter war für ihn zu einem Fremdling geworden. Und Banon würde auch weiterhin ohne Herrin sein! Es war schön und großartig und doch so traurig leer. Die Frau, die Banon leitete, war nicht seine Frau. Mit einem Gefühl von Mitleid stellte Sara sich Madame

Balvets schmales leidenschaftliches Gesicht vor, sie sah ihre Augen, die ohne Eigennutz oder gar Bosheit waren, die aber doch über das Haus mit einem Ausdruck grübelnder Besessenheit wachten.

Kapitel 3

Louis' Terrassengarten war zwar noch nicht ganz fertig, aber man konnte jetzt schon die Großartigkeit der Anlage erkennen, die sogar in dem unfertigen Zustand von eigenartiger Schönheit war. Sara hoffte, daß dieser Eindruck erhalten blieb, auch wenn weicher englischer Rasen das harte Gras ersetzen würde. Man hatte ihr einen Stuhl auf die Anhöhe heraufgebracht. Sara nahm ihre Handarbeit auf. Sie waren jetzt schon fünf Tage auf Banon. Andrew und die Knaben hatten sie hinausgeleitet und noch ein wenig mit ihr geplaudert. Jetzt schlenderten sie den Hügel hinab. Ihre Stimmen drangen bis zu ihr herauf, die der Knaben hoch und hell, die von Andrew tief und ruhig. Sie lächelte ihnen nach. Bald würden sie zurückkehren, um mit ihr dem Vogelhaus einen Besuch abzustatten. Dort wurde jeden Morgen ihr Rundgang beendet. Andrew war von der kleinen Vogelwelt genau so bezaubert wie seine Söhne.
Aber Andrew würde wohl nicht mehr lange auf Banon bleiben. Louis hätte sie gerne dazu überredet, sechs Wochen oder wenigstens einen Monat hier zu bleiben, aber Müßiggang war nichts für Andrew. Es gefiel ihm wohl auf Banon, und er genoß Louis' Gesellschaft sehr, genoß das Kartenspiel, das sie oft bis zum frühen Morgen vom Schlaf abhielt. Sara spürte jedoch eine wachsende Unruhe in Andrew. In Louis' müßiger Welt voller Eleganz und Frieden fühlte er sich nicht zu Hause. Er vermißte den Betrieb im Kaufhaus, vermißte seine regelmäßigen Reisen zwischen Parramatta und Sydney, das Handeln und Feilschen um Vieh und Getreide, ja, auch den Klatsch, der nun einmal zum Geschäft gehörte. Er war erst wenige Tage dem ganzen Treiben fern, und doch hatte er am vergangenen Abend bei Tisch sehnsüchtig erwähnt, daß ihn sicherlich Post von seinen Agenten aus London erwarte, und ob nicht vielleicht Fracht zum Verkauf angekommen sei, während er hier auf Banon sitze und nicht mitbieten könne.

Louis hatte nichts darauf erwidert, aber er wußte genauso gut wie Sara, daß das friedvolle Nepean-Tal ihn nicht zu halten vermochte.[1]

Die Landschaft atmete eine Weite und Stille, die das Hawkesbury-Tal niemals gekannt hatte. Der Boden hier war schwerer und fruchtbarer als sonst irgendwo in der Kolonie, und es kostete harte Mühe, das Land urbar zu machen. Wo immer die Siedler vorstießen, Land an den Ufern des Nepean zu erobern, erwartete sie unendliche Einsamkeit. Und es verlangte Standhaftigkeit und Willen, die Stille und die Unermeßlichkeit des Busches zu ertragen. Nur die Eingeborenen, Wilde, die noch kaum mit dem weißen Mann in Berührung gekommen waren, durchstreiften den Busch. Die Straßen waren nichts anderes als unwegsame Pfade, denn die Zivilisation schickte sich eben erst an, den Busch zu erobern.

Sara gab sich nicht den Anschein, von der Handarbeit sehr in Anspruch genommen zu sein. Sie genoß die warme Frühlingssonne, und sie genoß die Gegensätze, die sie hier auf Banon immer wieder von neuem bezauberten. Dieses entzückende, so ganz aus dem Rahmen fallende Haus – in seiner Art gleichsam eine Landmarke in der Wildnis – blickte auf unbekannte, verheißungsvolle Berge. Es wirkte wie eine tollkühne Geste gegenüber der Zukunft des Landes. Voller Bewunderung blickte sie immer wieder zum Haus hinüber, in dessen hohen Fenstern sich das Sonnenlicht flimmernd fing, daß einem die Augen schmerzten.

Plötzlich störte sie ein näher kommender Reiter in ihren Betrachtungen. Sie beugte sich vor und erkannte einen von Louis' Aufsehern, der vor ungefähr drei Tagen nach Sydney geschickt worden war, um Besorgungen zu machen. Der Wind trug die Hufschläge an ihr Ohr, in das Lied der Vögel und das Gesumm der Insekten kam ein neuer Ton. Schon breitete sich ein Hitzeschleier über das Gebirge. Gegen Mittag würde man nicht mehr draußen sitzen können, es würde zu heiß sein. Gedankenverloren beobachtete sie den Reiter, der den Pfad zu den Ställen nahm. Schließlich verlor sie ihn aus den Augen. Ihr Blick wanderte noch einmal zu der Bergkette und dem Flußufer.

Sie nahm wieder ihre Handarbeit auf und stichelte eine halbe Stunde emsig. Da vernahm sie Louis' Stimme von der Säulenhalle her. Im Gespräch mit Madame de Balvet schritt er auf und nieder. Die Stimmen klangen ruhig und ernst. Aus seinem Gebahren konnte Sara ersehen, daß er wohl seiner Hausdame

Weisungen erteilte. Madame de Balvet nickte mehrere Male, machte eine Geste des Abschieds und ging wieder ins Haus zurück. Die Hände auf dem Rücken, durchmaß Louis gemächlichen Schrittes den Säulengang. Bei einer Wendung gewahrte er Sara. Er winkte, und schon eilte er die Stufen hinab und auf sie zu.

Irgend etwas stimmte nicht, seine Miene verriet es ihr sofort. Sie dachte an den soeben heimgekehrten Aufseher, der wahrscheinlich schlechte Post aus Sydney gebracht hatte. Louis schritt in einer Art aus, die man sonst nicht an ihm kannte. Sie verriet deutlich Aufregung und Hast. Er nickte kurz, schob den Nähkorb weg und setzte sich. Ohne weitere Umschweife begann er zu sprechen:

»Neuigkeiten, Sara. Burke hat die Post gebracht, unter anderem auch einige Briefe für Andrew. Ich will schnell nach ihm schicken.«

Sie schüttelte den Kopf: »Das hat Zeit, Louis. Was gibt es Neues für dich?«

»Etwas, das ich noch lange nicht erwartet hätte.« Er sprach bedächtig, alle Lebhaftigkeit war aus seiner Stimme verschwunden. Er schwieg sekundenlang, sein Blick wanderte zu den Bergen, wanderte wieder zurück und war ein wenig verschleiert, als er sie wieder traf.

»Meine Frau ist tot, Sara, ich habe einen Brief von meinem Schwiegervater bekommen, der mir in dürren Worten sagte, daß meine Frau an den Folgen einer Erkältung gestorben ist, die sie sich bei einer Jagd zugezogen hat.«

Seine Worte machten Sara bestürzt, aber sie sah sofort, daß er kein Mitleid dulden würde. Der Tod seiner Frau war eher eine Erleichterung für ihn. Ja, sicherlich war es eine Erleichterung, in die sich, das sah man ihm an, auch eine Spur von Trauer mischte. Es gab gewiß manchen Grund, der Louis Anlaß zu schmerzlichem Bedauern sein mochte. Vielleicht hatte er im stillen doch die Hoffnung gehegt, daß seine Frau eines Tages in die Kolonie kommen würde. Vielleicht hatte er manchmal an seiner Liebe zu dieser kalten Schönheit gelitten. Und ganz sicher hatte er Banon nicht ohne Hoffnung auf einen Erben erbaut.

Falls Louis solche oder ähnliche Gedanken bewegten, er behielt sie auf jeden Fall für sich, mußte sich Sara sagen. Auch aus seinen Zügen konnte sie nichts entnehmen. Er hatte die Botschaft vor kaum einer Stunde erhalten und berichtete sie ihr

sofort. Ihr war klar, daß er es nicht in der Absicht tat, seine
eigenen Gefühle zu erproben. Ob er sich erleichtert fühlte, ob
er es gleichgültig hinnahm oder ob er auch traurig war, das hielt
er gewiß einzig und allein für seine Sache. Sie sagte also nichts,
weil sie fürchtete, jedes Wort könnte sich ungeschickt in seine
Gedanken drängen.

Schließlich sagte er:

»Oh, ich bin richtig zornig, Sara!«

»Zornig?«

»Ja, zornig. Meine Frau ist tot, aber Elizabeth, meine Tochter,
lebt. Und dieser Tölpel, dieser Narr von einem Großvater bildet
sich doch allen Ernstes ein, er könne sie mir vorenthalten.«

Er griff in seine Tasche und zog den Brief hervor. Er entfaltete
ihn und breitete ihn auf seinen Knien aus. Sara konnte die
kühne Handschrift sehen, die dennoch ein wenig zittrig anmutete, als habe der Schreiber die Herrschaft über seine Feder
verloren.

»Hier.« Louis wies auf die Schlußzeilen des Briefes:

*»Deine Tochter Elizabeth, die jetzt acht Jahre alt ist, wird
also bei ihrer Großmutter und mir bleiben. Aus allen Berichten über die Kolonie muß ich schließen, daß es ein wildes
Land ist, völlig ungeeignet für ein Kind, wie es meine Enkelin ist. Aber auch dein unstetes Leben legt die Vermutung
nahe, daß du keinen festen Wohnsitz hast, ein Heim für ein
Kind, in dem es aufwachsen könnte. Zudem wird es in New
South Wales wohl auch keine geeignete Frau geben, die
meine Enkelin in Handarbeit, Musik und Malerei unterrich-
ten könnte. Ich erwarte daher . . .«*

Louis blickte auf: »So steht es also, Sara. Meine Tochter ist
das Eigentum ihres Großvaters, ein empfindliches Pflänzchen,
dem man unmöglich das harte Leben hier zumuten darf und
das man auf gar keinen Fall meiner Obhut anvertrauen
kann.«

Noch nie hatte sie Louis so zornig gesehen. Sie antwortete:

»Und was willst du ihm schreiben?«

»Was ich ihm schreiben will?« Völlig außer sich steckte er den
Brief wieder in die Tasche. »Ich werde persönlich antworten,
und ich werde ihm sehr deutlich klarmachen, wem Elizabeth
gehört!«

Sara berührte seinen Arm. »Louis, was willst du damit
sagen?«

»Nun, ich nehme das nächste Schiff nach England und hole mir

Elizabeth. Ich bringe sie in dieses Land, das in Zukunft ihre Heimat sein wird.«

»Hierher? Bist du toll?«

»Toll, Sara? Wenn du eine Tochter hättest, würde sie etwa nicht hier bei dir sein?«

»Das ist doch etwas anderes. Meine Tochter wäre ja auch hier geboren, das Kind einer Generation, die schon ganz hierher gehört, genau wie meine Söhne. Sie wüßte nichts von England, nichts von dem feinen Lebensstil, den dort die kleinen Mädchen lernen, noch bevor sie laufen können. Abgesehen davon müßte ich sie doch eines Tages nach England schicken, damit sie Schliff bekommt.«

»Den kann Elizabeth auch hier bekommen«, entgegnete er voll Eifer. »Ich werde irgendeine Erzieherin für sie engagieren, die in Pensionaten für vornehme Damen ein kärgliches Leben fristen muß, und nichts, nichts, Sara, werde ich außer acht lassen, wenn es darum geht, meine Tochter in Dingen wie Musik, Malerei und Handarbeiten auszubilden. Falls sie nicht ganz und gar die Tochter ihrer Mutter ist, wird sie mir dankbar sein, wenn ich sie aus diesem kalten Gemäuer, das ihre Großeltern bewohnen, befreie.«

Zweifelnd wiegte Sara den Kopf. »Du solltest es dir noch einmal überlegen, Louis. Du sprichst jetzt im Zorn – später siehst du es vielleicht in einem ganz anderen Licht. Sie ist ja noch ein Kind!«

»Ja, mein Kind«, brach es aus ihm, »und in meinem Haus soll sie leben, sie soll ein Leben führen, wie ich es für sie bestimme.« Er sprang auf und starrte finster auf sie herab. »Nein, Sara, mein Entschluß steht fest. Die Delphin liegt im Hafen, sie hat auch die Post gebracht. Ich werde sofort den Kapitän bitten, mir einen Platz für die Heimreise zu buchen. Ich glaube, sie geht mit direktem Kurs nach Kapstadt. Wenn das Wetter einigermaßen ist, bin ich in sechs Monaten in England.«

Drei Wochen später segelte Louis auf der Delphin nach England. Banon blieb unter Madame Balvets Obhut, die Geschäfte lagen in Andrews Hand. Louis hatte Andrew gebeten, gelegentlich in Banon nach dem Rechten zu sehen.

Am Tage seiner Abreise war strahlendes Wetter. Die grünen Küsten glänzten fern und schön. Er küßte Sara zum Abschied die Hand, von Andrew verabschiedete er sich mit einem herzlichen Händedruck. Dann stieg er die Holzstufen des Piers hinab zu dem wartenden Schiff. Der Wind ließ Saras Rock und ihr Taschentuch, mit dem sie ihm winkte, lustig flattern. Das Schiff hatte den Hafen schon verlassen, und immer noch konnte er Saras rotes Kleid inmitten der kleinen Gesellschaft auf der Mole erkennen.

Kapitel 4

An einem Sonntagabend im März des Jahres 1804 stand Sara mit Julia und Ellen Ryder auf der Veranda des Ryderschen Hauses. Sie beugte sich nieder und drückte einen herzlichen Abschiedskuß auf Julias Wange.

»Gib acht auf dich«, sagte sie zärtlich, »da jetzt Ellen zurück ist und dich entlasten kann, wird James dich schon mal entbehren können, damit du mich in Glenbar besuchen kannst.«

»Ja, ich werde sehen . . ., ich werde sehen«, antwortete Julia vorsichtig. »Noch habe ich mich kaum daran gewöhnt, daß Ellen wieder hier ist. Im übrigen bezweifele ich, daß sie in ihrem Pensionat in Bath gelernt hat, einem Kolonialhaushalt vorzustehen. Warten wir also ab, meine Gute. Aber du weißt ja, dein Sebastian ist mir so ans Herz gewachsen, daß ich gewiß nicht lange widerstehen kann.«

Ellen, die neben ihnen stand, meinte vorlaut: »O Mammi, wirklich . . .«

Andrew, der schon die Treppe hinuntergegangen war, drehte sich noch einmal um: »Ich würde mich wirklich freuen, wenn du zu einem ausgiebigen Besuch nach Glenbar kämst, Julia. Sara wird ein wenig Gesellschaft gut tun, wenn ich fort bin.«

»Fort . . .?« wiederholte Julia und sah in fragend an: »Ich wußte gar nicht, daß du eine neue Reise vorhast, wieder nach dem Osten?«

»Andrew denkt daran, nach England zu reisen«, entgegnete Sara. »Aber es ist noch nicht entschieden. Wahrscheinlich, wenn die Hawk einläuft . . .«

James Ryder, der neben dem geöffneten Wagenschlag wartete, ließ sich vernehmen: »Was redest du da von England?«

Er stieg wieder die Stufen hinan. Andrew nickte:

»Ja, ich habe vor, eine Zeitlang nach England zu gehen. Die Nachrichten, wie man dort Macarthurs Wollmuster aufgenommen hat, stimmen mich doch etwas nachdenklich. Der weiß, was er tut. Er hat lange vor uns erkannt, daß die Zukunft des Landes seine Schafe sind.«

Ryder lächelte leicht: »Man kann wirklich nicht behaupten, daß du ihm nachstehst, deine eigenen Merinoherden sind doch beinahe genau so groß wie seine . . .«

»Ja, das schon«, unterbrach ihn Andrew, »aber sieh doch, wie er mich überrundet. Er kennt den Markt in England und gilt überall als Fachmann, was den Wollhandel betrifft. Wie ist er denn um das Gerichtsverfahren herumgekommen? Doch nur, weil man sich von ihm etwas für den Handel in Yorkshire versprach. Also werde ich hinfahren und diesen Leutchen beibringen, daß es außer Macarthur auch noch andere gibt, die Merinowolle zu bieten haben.«

»Oh«, warf Sara lachend ein, »das ist nicht der einzige Grund. Andrew hat nämlich gehört, Macarthur habe dem Kolonialamt eine Landschenkung von fünftausend Morgen für seine Herden entrissen, und das möchte Andrew natürlich auch gern erreichen.«

»Warum etwa nicht?« gab er zurück. »Das Klima hier ist wie geschaffen für die Schafzucht, und England ist wie wild nach jedem Pfund Wolle, das es bekommen kann. Sie haben dort die Fabriken und die Arbeiter, sie beherrschen auch den Markt. Allein aus Spanien führt England Merinowolle im Werte von fünf Millionen Pfund jährlich ein, und damit ist der Bedarf noch lange nicht gedeckt. Ich kann euch sagen, hier ist eine echte Chance, ein Vermögen zu machen. Die Schiffe, die Wolle exportieren, habe ich, ich habe auch das Kapital oder kann es doch zusammen mit Louis de Bourget jederzeit aufbringen. Was ich brauche, ist Land, Weideland, und die Verbindung mit den führenden Maklern. Macarthur ist davon überzeugt, daß die Zeit nicht mehr fern ist, da unsere Wolle die spanische auf dem Markt aussticht. Und ich glaube, er hat recht.«

»Wenn er recht haben sollte«, meinte Ryder nachdenklich, »ja, wenn er recht hat, kannst du ein Vermögen machen. Dein Geld wird sich wie deine Merinoschafe vermehren.«

»Falls er recht hat«, wiederholte Andrew mit einem Seitenblick auf seine Frau, »baue ich endlich den anderen Flügel in Glenbar an, und Sara kann ihn dann mit silbernen Vorhängen und weißem Marmor ausschmücken.«

Sara nahm seinen Arm und drängte ihn sanft die Treppe hinab zum Wagen: »Wenn es wirklich so weit kommt«, meinte sie lachend, »will ich eine Marmorplakette mit sämtlichen Widderköpfen haben. Die kommt dann auf den Kaminsims in dem neuen Flügel.« Sie preßte seinen Arm. »Nun komm endlich, Julia und Ellen erfrieren uns ja noch in der Kälte.«

Sie eilten die Stufen hinab, James half Sara in den Wagen und gab Edward auf dem Kutschbock das Zeichen zur Abfahrt. Die beiden Frauen auf der Veranda riefen noch ein letztes Lebewohl, und der Wagen setzte sich in Bewegung. Sara winkte zurück. Der Abstand vergrößerte sich rasch, und bald konnte sie nur noch das Haus als einen dunklen Schatten gegen den Nachthimmel erkennen sowie den Lichterschein, der aus der Halle und dem Salon auf den Weg fiel. Eine scharfe Wegbiegung kam, und die Bäume nahmen Sara die Sicht.

Ellen Ryder war erst vor zwei Tagen mit der Lady Augusta in Port Jackson gelandet, nachdem sie vier Jahre in England gewesen war. Sara und Andrew hatten die Nachricht in Priest empfangen und waren noch am gleichen Nachmittag zu den Ryders gefahren.

Sara kümmerte sich nicht sonderlich um die Wandlung, die mit Ellen vor sich gegangen war. Das Mädchen war jetzt eine vollerblühte Frau mit den selbstbewußten Allüren eines Menschen, der erst ziemlich spät die vornehmen Lebensformen eines Pensionates in Bath kennengelernt und Einblick in die vornehme Welt des Salons in Twickenham bekommen hatte, wo ihre elegante Tante, Julias Schwester, regierte. Schon wie sie Sara begrüßte, offenbarte ihre Überheblichkeit. Sie, die vornehme Ellen Ryder, sollte ein ehemaliges Kindermädchen, einen Sträfling gar, bemerken?! Wenn sie es nur hätte wagen dürfen, sie hätte Sara geschnitten. Aber zwei Tage in der Kolonie hatten vollauf genügt, Ellen klarzumachen, daß Andrew Maclay nicht der Mann war, eine verächtliche Geste gegen sein »gräßliches« Weib zu verzeihen. So hatte sie gelächelt mit Grübchen in den Wangen und nur zu gern eingewilligt, das Piano akkurat und hölzern zu bearbeiten, um zu zeigen, daß sie vornehme englische Erziehung genossen hatte.

Der Wagen ratterte plötzlich stark, woraus Sara schließen konnte, daß sie auf der nach Castle Hill und Priest führenden Chaussee dahinfuhren.

»Was hältst du von Ellen?« fragte sie Andrew. Er fuhr hoch, als hätte sie ihn aus tiefster Versunkenheit aufgeschreckt. Er antwortete widerstrebend:

»Ellen . . .? Vorlaut und hübsch, aber ich denke, Ehe und Zeit werden sie schon wieder zurechtbiegen.«

Mehr brachte sie nicht aus ihm heraus. Sie verfiel wieder in ihr Schweigen und richtete sich auf einen gemütlichen Schlummer ein.

Ein Ausruf von Edward ließ sie hochfahren. Ihre Glieder waren steif und kalt, denn die Luft war bereits herbstlich kühl. Mit einem jähen Ruck, der sie seitlich gegen die Polster schleuderte, kam der Wagen zum Stehen. Pechschwarze Nacht herrschte. Kein Haus, kein Licht war zu entdecken. Es gab anscheinend keinen Grund für dieses plötzliche Halten.

Andrew steckte den Kopf aus dem Fenster: »Was ist los, Edward, warum hältst du?«

Edwards kehlige Stimme verriet eine an ihm gänzlich ungewohnte Lebhaftigkeit.

»Da, das Licht, Sir, hab's schon 'ne ganze Weile beobachtet. Das ist kein gewöhnliches Licht, nee, das ist Feuer.«

»Feuer? Wo denn?«

Mit einem Satz war Andrew aus dem Wagen. Er kletterte auf den Kutschbock, um einen besseren Überblick zu haben. Sara lehnte sich weit aus dem Fenster.

»Wir sind wohl noch 'ne halbe Meile von Castle Hill weg, Sir, entweder das Dorf brennt oder das Gebäude, wo sie die Sträflinge halten.«

»Die Sträflinge . . .?« Andrews Stimme klang plötzlich unsicher. »Wird wohl ein ganz gewöhnlicher Brand sein. Wir fahren besser los und sehen zu, ob wir behilflich sein können.«

Edward widersprach: »Nee, lieber vorsichtig sein, warten wir mal noch 'n bißchen. Man redet soviel von Aufruhr unter den Sträflingen, und dort das kann auch . . .«

»Unsinn«, fiel ihm Andrew ins Wort. »Ich hab' es allmählich satt, dauernd diese Gerüchte über eine bevorstehende Meuterei . . . Alles nur Gerede. Das ist doch höchstens eine Scheune, die irgend so ein Tölpel in Brand gesteckt hat. Komm fahr los.«

»Schön, Sir, wie Sie wollen. Wäre mir aber ganz lieb, Sie nähmen Ihre Pistole zur Hand.«

Während Andrew vom Bock kletterte, hörte er, wie Edward leise vor sich hin schimpfte. Sara unterschied die Worte »Rebellen« und »tolle Iren«. Andrew öffnete den Wagenschlag und stieg wieder ein. Sara fürchtete sich plötzlich und legte ihre Hand auf seinen Arm:

»Wäre es nicht doch besser, nach Parramatta zurückzufahren, Andrew? Wenn es wirklich Unruhen gibt . . .«

Edwards Ausruf unterbrach sie: »Nehmen Sie die Pistole, Sir, da kommt wer, jemand mit 'ner Lampe!«

Wieder stieg Andrew aus. Sara, die sich ganz weit aus dem Fenster beugte, konnte jetzt ganz deutlich das schwankende Licht einer Laterne erkennen. Gleich darauf wurden Schritte vernehmbar. Es klang, als ob jemand liefe und ab und zu stolperte.

Andrew drehte sich rasch herum und griff unter den Sitz, wo er ständig eine Pistole versteckt hielt. Er nahm sie an sich, entsicherte sie und wartete. Alle drei hielten vor lauter Spannung den Atem an. Aus der Finsternis drang plötzlich eine weibliche Stimme zu ihnen: .

»Um Gottes Barmherzigkeit willen, warten Sie!«

Und dann erschien die Frau in dem kleinen Lichtkegel der Wagenlaterne. Sie war völlig außer Atem und schluchzte leise in sich hinein.Sie war nur mit einem weißen Nachthemd bekleidet, über das sie achtlos einen Umhang geworfen hatte. Ihr langes, schwarzes Haar fiel unordentlich über ihre Schultern. Ihr hübsches, glattes Gesicht war leichenblaß.

»Nell Finnigan, Andrew«, stieß Sara hervor, »es ist Nell Finnigan aus Castle Hill.«

Nell stolperte und griff haltsuchend in die Speichen des Vorderrades. Andrew stützte sie. Sie lehnte sich gegen das Rad, legte den Kopf zurück und rang nach Atem. Andrew bückte sich und nahm ihr die Laterne aus den frostklammen Fingern. Inzwischen war auch Edward vom Bock gestiegen. Er kannte Nell, die plötzlich zu beben begann.

»Ein Aufstand«, stieß sie aufschluchzend hervor und klammerte sich an Andrew. »Die Sträflinge sind aus der Gemeindefarm ausgebrochen, sie haben sie angesteckt. Das ist das verabredete Zeichen für die Meuterei, die sie schon seit Monaten planen. Wir müssen so schnell es nur eben geht nach Parramatta, dort sind wir sicher, sie werden . . .«

Andrew schüttelte sie sanft, damit sie wieder zu sich kam.

»Nun mal ganz ruhig, erzählen Sie genau, was Sie wissen!«

Nell holte erst noch einmal tief Luft und fing noch einmal von vorne an: »Ja, also zuerst hörte ich die Glocken der Farm plötzlich läuten, mit denen die Sträflinge von den Feldern gerufen werden. Ich wollte gerade zu Bett gehen, hatte schon geschlossen und alles verriegelt. Finnigan ist in Parramatta, ich kann Ihnen sagen, die Angst brachte mich fast um den Verstand. Ich blickte aus dem Fenster, und da sah ich das Feuer, ich wußte ja von den Gerüchten über einen Aufstand, aber ich hoffte noch, das Läuten würde nur bedeuten, daß es einen Brand gab, und nicht, daß es das Zeichen zum Aufruhr war. Da kamen aber auch schon die Kerle ins Dorf geströmt. Sie durchsuchten alle Häuser nach Waffen und Lebensmitteln. Sie haben höchstens ein halbes Dutzend Musketen, aber anscheinend genügend Piken. Sie wissen ja, diese Dinger, die sie sich selbst machen.«

»Ja, ja«, sagte Andrew ungeduldig, »weiter, was geschah dann in Castle Hill?«

Er preßte ihren Arm. Sie entzog sich ihm und sah ihn entrüstet an: »Au, Sie tun mir ja weh!« Ihre Stimme klang böse, aber sie mäßigte sofort ihren Ton, denn sie wollte schließlich von Andrew sicher nach Parramatta gebracht werden. »Sie wüßten auch nicht mehr, auch wenn Sie dabei gewesen wären!«

Sie strengte sich sichtlich an, ruhiger zu sprechen.

»Ungefähr so war es«, fuhr sie fort. »Sie kamen also aus dem Gemeindehaus vom anderen Ende des Dorfes. Die meisten gingen zu Carson, dem Schmied, waren natürlich hinter Pferden her, und dort gab es wohl auch am ehesten eine Möglichkeit, Pistolen und Gewehre zu kriegen. Vom Wachhaus hielten sie sich wohlweislich fern, obwohl nur drei Soldaten Dienst machten. Die hätten so oder so nicht viel ausrichten können. Jedenfalls sah ich sofort, daß sie in die Häuser drangen, und da hab' ich gar nicht erst abgewartet. Ich nahm die Laterne, und dann nichts wie über die Mauer hinten im Garten! Manche dieser Burschen sind Finnigan nicht gerade freundlich gesinnt, wissen Sie. Jedenfalls hatte ich keine Lust, mein Haus durchwühlt zu sehen, und außerdem wußte ich nur zu gut, daß ich meinen Mund nicht halten würde.«

»Und wann war das?« fragte Andrew ungeduldig.

Sie schüttelte den Kopf: »Weiß nicht, habe mich ja eine ganze Weile in einem Kartoffelfeld versteckt gehalten, weiß wirklich nicht, wie lange ich schon herumlaufe. Ich wollte sehen, wie viele es wohl sein mochten, wissen Sie, und ob sie die Landstraße benutzten. Aber es war zu dunkel, ich konnte sie hören, aber nicht sehen. Aber glauben Sie mir, das ist nur der Anfang, es waren auch viel mehr Männer in Castle Hill, als das Gemeindehaus sonst beherbergt. Es sind bestimmt noch welche dazugekommen. Sie wollen einen Marsch auf Parramatta versuchen, davon bin ich jedenfalls fest überzeugt. Bestimmt ist die Straße von Parramatta nicht mehr sicher. Die Botschaft verbreitet sich wie ein Lauffeuer, und all die Jungens, die ihre Piken in den vergangenen Monaten geschliffen und geschärft haben, werden sie jetzt unter den Dielen hervorholen.«

»Hat jemand Nachricht nach Parramatta gesandt?«

»Weiß ich's?« antwortete sie. »Ich kann Ihnen nur noch einmal sagen, Mr. Maclay, wären Sie dabei gewesen, dann würden Sie auch nicht mehr so ruhig und gefaßt sein. Vielleicht ist einer der Soldaten nach Parramatta, ich weiß es nicht. Aber wenn ich an den Haufen Kerle denke, dann bin ich sicher, daß sie in Castle Hill alles bekommen haben, was sie nur wollten. Und wahrscheinlich werden sich noch viel mehr um sie sammeln.«

Andrew, der tief in Gedanken versunken dastand, streichelte beruhigend ihre Schulter. Dann wandte er sich an Edward: »Wir müssen auf jeden Fall nach Parramatta zurück. Gut möglich, daß sie dort noch nichts wissen. Zu dumm, daß das Geräusch des Wagens die Sträflinge warnen kann, bevor wir sie bemerken. Aber wenn wir nicht den Wagen nehmen, sondern uns quer durch die Felder nach Parramatta durchschlagen, sind wir nicht vor Morgengrauen dort. Und dann ist alles zwecklos gewesen. Wir dürfen auf keinen Fall zögern. Vielleicht treiben sich jetzt schon Banden auf der Chaussee herum, aber wir müssen das Risiko auf uns nehmen.«

Noch während er sprach, schob er Nell in den Wagen. Nell ließ sich Sara gegenüber in die Polsterung sinken. Sie zitterte am ganzen Leib und zog den Umhang fester um die Schultern. Andrew leuchtete ihr mit der Laterne, bis sie sich zurechtgesetzt hatte. Auf einmal war sie eine sanfte, freundliche Nell Finnigan, wie Andrew und Sara sie noch nie gesehen hatten. Nur ihre schwarzen Augen blickten immer noch fest, ihre unsentimentale Natur sah auch jetzt der Gefahr offen ins Auge. Mochte sie auch geflohen sein, bedeutete das noch lange nicht, daß sie dem Gedanken an die Gefahr nicht standhielt.

Andrew breitete eine Decke über ihre Knie. Sein letzter Blick aber galt Sara. Das Licht der Laterne fiel sanft auf ihr Haar und ihr bleiches Gesicht. Sie lächelte ihm schwach zu, eine kleine vertrauliche Geste, ein Zeichen der Zuversicht und des Vertrauens. Dann sprang er vom Wagentritt und schloß den Schlag. Die beiden Frauen blieben allein. Tiefe Dunkelheit umfing sie. Sie hörten, daß Andrew auf den Bock kletterte und sich neben Edward niederließ.

Langsam setzte sich der Wagen in Bewegung. Allmählich bekam er etwas mehr Fahrt, und bald wurden Sara und Nell tüchtig durchgerüttelt. Sie waren eingeschlossen in diese kleine finstere Welt. Sie konnten nicht einmal ihre Gesichter erkennen. Sara blickte zu Nell hinüber und fragte sich, ob Nell noch Angst hatte, jetzt, da sie nicht mehr allein von ihrem Versteck aus die Landstraße im Auge behalten oder auf verdächtige Geräusche aus den Feldern achten mußte. Sara spürte, daß die finstere Einsamkeit im Wageninneren nicht dazu angetan war, die Furcht zu lindern oder die Einbildungskraft zu hemmen. Nell Finnigan war tapfer, das wollte sie gerne zugeben. Aber ob Nell wirklich hier still neben ihr saß, weil sie sich gar nicht mehr fürchtete? Nach Parramatta war es noch ein gutes Stück. Zu beiden Seiten der Landstraße dehnten sich die weiten Felder, lagen die Hütten der Arbeiter, die Behausungen der Sträflinge, in denen vielleicht gerade jetzt Rädelsführer berieten. Wenn die anderen Sträflinge erst von dem Aufstand erfuhren, konnte der gesamte Landstrich in wenigen Stunden in Aufruhr sein. Gewehre, Piken und Äxte, alles, was nur als Waffe dienen konnte, würden sie zusammentragen, sie würden plündern und die Pferde aus den Ställen holen. Der Schrei nach Freiheit würde die Rebellen anspornen. Wenn die Nacht einem neuen Morgen wich und die Leute wegen leerer Mägen zu verzagen drohten, würde ihnen die Losung neuen Mut verleihen.

Verzweifelte waren es, welche die neunschwänzige Katze oder gar der Galgen erwartete, wenn sie versagten. Die Mehrzahl von ihnen waren Iren, denen die Rebellion im Blute lag, sie hatten den Geist der Rebellion genährt und gepflegt, sie hatten ihn bei ihren Kameraden zu züchten gewußt. Und in dieser Nacht sollte die Freiheit erkämpft werden.

Sara erschauderte bei dem Gedanken, wie viele sich wohl diesen Unzufriedenen anschließen werden. Ob auch die unterbezahlten Arbeiter mitmachen würden? Bestimmt, wenn man ihnen Land und Vieh als Belohnung versprach. Die Hoffnung auf einen endgültigen Sieg war zu gering, aber hatten denn jene eine größere Chance gehabt, ihre Freunde und Brüder, die das Schloß in Dublin stürmten? Das Militär war undiszipliniert und nicht sehr verläßlich, das wußten diese Männer genau. Es kam also alles darauf an, ob sie schnell genug handeln konnten und wie viele sich ihnen anschlossen, die bereit waren, zu den Waffen zu greifen, sobald das Zeichen gegeben war.

Die Bäume an der Chaussee wirkten wie eine Drohung. Hin und wieder blitzte der Schein einer Lampe auf, die Fenster einiger Hütten waren beleuchtet. Sie fragten sich, warum so spät noch Lichter brannten. Aber es ließ sich kaum etwas daraus schließen, sie wußten nicht, ob die Botschaft von dem Aufruhr sie bereits überholt hatte, oder ob sie noch zur rechten Zeit in Parramatta eintreffen würden. Nicht eine Menschenseele trafen sie, nirgends war ein Laut zu vernehmen.

Nell zog den Mantel noch enger um sich: »Alles schön und gut«, sagte sie, und ihre Stimme klang fest und deutlich, »ich weiß zwar nicht, wie Ihnen zumute ist, Mrs. Maclay, aber ich für meinen Teil habe einfach Angst.«

Sara warf einen dankbaren Blick auf den schwarzen Schatten gegenüber. Wenn schon Nell Finnigan sich fürchtete, brauchte man sich der eigenen Angst wahrhaftig nicht zu schämen. Impulsiv beugte sich Sara vor und ergriff die große, rauhe Hand der anderen.

»Ich habe auch Angst«, sagte sie erleichtert. Wußte sie auch nicht mehr zu sagen, fühlte sie sich nun doch etwas erleichtert.

Die beiden Frauen lehnten sich wieder in die Polsterung zurück. Der Wagen holperte jetzt einen Abhang hinunter. Sara beugte sich vor und sah aus dem Fenster. Sie konnte die Örtlichkeit erkennen, hier durchlief die Straße eine seichte Furt. Sara hörte außer dem Räderrollen das schwache Rauschen des Wassers. Die Räder sackten etwas ein, faßten aber gleich wieder festen Grund und schon ging es bergauf. Sie hatten gerade die andere Uferböschung erklommen, als ein Ruf die Stille zerriß:

»Halt, wer da?«

Die nächsten Sekunden brachten ein tolles Durcheinander – wilde Schreie, Männergeschimpfe, Edwards Flüche und Peitschenknallen. Die Pferde scheuten, legten sich in die Stränge, der Wagen schlingerte plötzlich. Sara flog gegen die Rücklehne, und Nell, die sich nicht hatte festhalten können, sackte in die Knie. Der Wagen fuhr nicht mehr lange. An der Art, wie sich sein Tempo verlangsamte, konnte Sara deutlich erkennen, daß die Angreifer den Pferden in die Zügel gefallen waren. Schließlich fuhren sie nur noch im Schritt, ein letzter, rumpelnder Satz, und sie standen. Im selben Augenblick flog auch schon der Wagenschlag auf. Ein unrasierter, ekelhaft nach Schweiß riechender Mann steckte seinen Kopf herein und richtete die Laterne gegen die beiden Frauen.

»Raus!« stieß er hervor und wies mit dem Daumen über die Schultern. »Es geht nicht mehr weiter, meine Damen!«

In blinder Wut, Vernunft und Vorsicht ganz außer acht lassend, stieß Sara ihn gegen die Schulter: »Hinaus hier, was fällt Ihnen ein!«

Statt einer Antwort ergriff er ihren Arm und zerrte sie aus dem Wagen. Sara fühlte sich jäh hochgerissen, sie taumelte und fiel beinahe vom Wagentritt auf die Straße. Nell erging es nicht besser. Ihre Flüche mischten sich mit dem allgemeinen Lärm und der Aufregung.

»Hände weg, ihr lausigen Teufel!« Breitbeinig stand sie vor den rauhen Gesellen, ihre Arme in die Seiten gestemmt. Ihre Blicke gingen finster und herausfordernd. »Wirklich, 'ne feine Bande, das muß man schon sagen, ein paar Piken und eine Flinte, das ist alles, bildet euch wohl noch allen Ernstes ein, damit Mr. King aus dem Regierungsgebäude vertreiben zu können?«

Der Stoß einer der so verächtlich gemachten Piken ließ sie verstummen. Mittlerweile hatte man auch Andrew und Edward vom Bock heruntergeholt. Sie näherten sich den Frauen. Wohl ein Dutzend Männer standen um sie herum und drängten sich vor. Es war eine ziemlich wunderliche Gesellschaft, die sich offenbar selbst nicht viel zutraute. Nur ihre Überzahl mochte ihnen so etwas wie Zuversicht geben. Sie schienen auch im Zweifel zu sein, wer als Führer zu gelten hatte. Sie sahen einander an, einer immer noch unsicherer als der andere. Sara ließ sich nicht täuschen, das unsichere Gebaren dieser Leute ließ durchaus auf nichts Gutes schließen. Mochten sie auch in dem Licht der Laternen unentschlossen und nicht gerade unternehmungslustig erscheinen, es durfte keinen Augenblick vergessen werden, daß es Verzweifelte waren. Die schmutzigen, unrasierten Gesichter erfüllten sie mit Schrecken. Ein solches Gesicht war es gewesen, das sich in jener Nacht auf Kintyre gegen das ihre gepreßt hatte; war es auch schon lange her, die Erinnerung machte sie heute noch schaudern. Sie blickte von einem zum anderen. Die Kerle hatten anscheinend Angst vor ihrem eigenen Mut bekommen. Aber waren sie ohne Anführer nicht weit gefährlicher als eine disziplinierte Bande?

Endlich ergriff einer aus dem Haufen die Initiative. Er trat vor und faßte Andrew ins Auge. Nur seine Flinte verlieh ihm eine gewisse Überlegenheit und Sicherheit.

»Es geschieht Ihnen nichts, so lange Sie sich ruhig verhalten.« Er sprach mit einem leichten irischen Akzent. »Wir wollen nur die Pferde und Ihre Pistole, dann können Sie Ihres Weges ziehen. Der Weg nach Parramatta ist auch für die Damen nicht beschwerlich, denk ich. Aber wenn es Ihnen nicht zusagt, finden Sie sicherlich unterwegs eine Hütte, in der Ihnen Obdach gewährt wird.«

Andrew warf einen raschen Blick in die Runde, als wollte er abschätzen, mit welchem Widerstand er zu rechnen hatte. Dann trat er einen Schritt zurück und brachte die Pistole drohend in Anschlag. Mit der freien Hand winkte er Sara:

»Zurück in den Wagen, und du, Edward, auf den Bock!«

Edward und Nell beeilten sich, seinem Befehl zu folgen, nur Sara blieb stehen.

»Andrew, gib ihnen lieber, was sie wollen, sie werden . . .«

»Tu, was ich sage«, entgegnete er bestimmt.

Sie gehorchte. Nell, die schon auf dem Wagentritt stand, stieg auf sein Wort hin ein. Edward war gerade dabei, den Kutschbock zu erklimmen. Sara zögerte noch, betäubt von Schreck und Sorge. Andrew rührte sich nicht. Mit der Pistole in der Hand hielt er die Männer in Schach. Sara stockte der Atem. Was würde Andrews nächste Bewegung sein? Das Blut rauschte ihr in den Ohren, sie spürte ihre Knie wanken. Sie fühlte sich schwach und elend, haltsuchend fuhr ihre Hand an den Türgriff. Sara vernahm alles nur noch wie aus der Ferne.

Jetzt sprach Andrew, seine Stimme klang, als rede er zu einer Schar aufsässiger Kinder:

»Ihr wißt ja wohl, welche Strafe auf Pferdediebstahl steht – nämlich hängen! Und daß eure Chance für eine Meuterei gleich Null ist, sobald erst die Soldaten eingesetzt werden, dürfte auch klar sein.«

Völlige Stille herrschte. Kein Widerspruch wurde laut. Die Bande verharrte bewegungslos.

»Laßt also ab von den Pferden. Ich kann euch nur raten, nicht noch eine Schandtat der Liste eurer Verbrechen hinzuzufügen, es verschlimmert nur eure Lage, das versichere ich euch.«

Der Rädelsführer, der eigentlich nur notgedrungen diese Rolle spielte, wich einen Schritt zurück, unsicher und unentschlossen. Er sah sich um und versuchte, in den Mienen seiner Genossen zu lesen. Die Männer traten verlegen von einem Fuß auf den anderen, einer flüsterte etwas. In den Baumkronen über ihnen spielte ein launischer Wind.

Diese Minute kam Sara wie eine Ewigkeit vor, das gegenseitige Abtasten mit Blicken, das Hoffen und Bangen war schrecklich. Und die zu allem entschlossenen und doch so ängstlichen Gesichter! In der tiefen Stille wirkte das Aufstampfen eines Schuhes wie ein Donner. Die Männer schwankten offensichtlich. Die Unentschlossenheit ihres Anführers hatte sich auf sie übertragen. Noch einen kurzen Augenblick – und Andrew hätte gewonnen gehabt!

Etwas zu voreilig, so kam es Sara vor, gab er das Zeichen. Sie kletterte in den Wagen und lehnte sich aus dem Fenster, denn sie wollte ihn im Auge behalten. Er setzte den Fuß auf die Leiter zum Kutschbock:

»Los, Edward!«

Andrews scharfer Ton schien den Bann, der über der Horde gelegen hatte, gebrochen zu haben. In der hinteren Reihe schimpfte einer roh: »Bist du noch ein Mann, Matt Donoran? Bist nicht mal fähig, 'nen Esel zu führen!« Mechanisch machte die Gruppe dem Sprecher Platz. Es war ein langer Kerl mit einem häßlichen, grobknochigen Gesicht, das jetzt vor Wut glühte. Er fuhr Andrew an: »Runter da! Bei Gott, die Pferde nehmen wir, ob du willst oder nicht!«

Die Männer grölten plötzlich Beifall. Über dem Lärm hörte Sara Andrews Stimme:

»Nimm die Peitsche, Edward . . .« Da krachte ein Schuß. Die Pferde rasten los. Andrew taumelte und brach zusammen. Sara hörte sich einen markerschütternden Schrei ausstoßen, sah sich den Wagenschlag aufreißen, spürte Nells Hand, die wie rasend nach ihr griff. Sie riß sich los. Edward zerrte wild an den Zügeln, der Wagen verlangsamte die Fahrt. Sara sprang ab, taumelte, versuchte ihr Gleichgewicht zu halten, fiel aber dann doch hin. Die Wucht des Aufpralles hatte ihr den Atem genommen. Mühsam erhob sie sich und lief keuchend zurück. Als der Wagen endlich zum Stehen kam, kniete sie schon neben Andrew.

Die Bande hielt sich jetzt im Hintergrund. Sie beobachteten Saras Tun. Einige flüsterten miteinander. Sie machten keinen Versuch, ihr zur Hilfe zu kommen. Sie drehte Andrew auf den Rücken. Die Kugel hatte seine Schläfe durchbohrt, er mußte sofort tot gewesen sein.

Die Kerle nahmen die Pferde und die Pistole und machten sich schleunigst davon, eine schweigende, verschreckte Schar. Sara merkte kaum, daß die Sträflinge abgezogen waren, vielleicht sagte es ihr nur die tiefere Stille. Sie saß am Straßenrand und hielt Andrews entseelten Körper. Was sie empfand, war einzig und allein das gräßliche Schweigen, das von dem Leichnam auf ihrem Schoß ausging.

Nell und Edward berieten flüsternd, was unternommen werden konnte. Dann kam Nell und kauerte sich neben Sara in den Straßenstaub. Sara bemerkte auch Nell nicht. Erst als eine warme Träne ihre Hand netzte, hob sie den Kopf. Sie sah die andere ungläubig an:

»Sie weinen?«

Nell wischte sich die Augen.

»Ich kannte ihn nicht einmal besonders gut, er hat mich eigentlich immer übersehen, sooft er durch Castle Hill kam, aber ich hatte ihn gern.«

Sara beugte sich nieder, und ihre Lippen berührten den für immer verschlossenen Mund:

»Ich liebte ihn«, flüsterte sie.

Die beiden Frauen blieben in Schweigen versunken am Straßenrand sitzen. Endlich gelang es Edward, die Laterne vom Wagen zu lösen. Er flüsterte Nell etwas ins Ohr und machte sich auf den Weg nach Parramatta.

Kapitel 5

Die Rebellion währte kaum vierundzwanzig Stunden. Schon am nächsten Morgen wurde die Hauptgruppe der Aufständischen von einem Aufgebot des New South Wales-Korps, das unter dem Befehl Major Johnstons stand, bei Toongabbie niedergeschlagen. Cunningham, der Rädelsführer des Aufstandes in Castle Hill, fiel im Kampf. Sechzehn seiner Leute waren tot, zwölf wurden verwundet und dreißig gefangengenommen. Die übrigen zweihundertunddreißig entkamen in den Busch. Mistgabeln, Sicheln, Piken, ein oder zwei Flinten und das Verlangen nach Freiheit genügten eben doch nicht. Im Laufe einer Woche hatten sich die meisten ergeben – eine zerlumpte Armee von Rebellen. Wie ein Lauffeuer verbreiteten sich die Nachrichten durch die Kolonie, und so manche Gruppe und Clique, die nur auf günstigere Meldungen gewartet hatte, um sich dem großen Haufen unter einem Anführer anzuschließen, legte heimlich die Waffen nieder. Die Revolution starb, noch bevor sie richtig gelebt hatte.

Bald darauf, es war an einem Donnerstag und Freitag, erlebten

Sydney, Parramatta und Castle Hill das Schauspiel der Hinrichtung der Anführer, darunter auch des Mörders von Andrew Maclay. Manche der Aufsässigen wurden ausgepeitscht oder in Eisen gelegt, einige nach der Norfolk-Insel verbannt oder gar an den Coal-Fluß. Beides bedeutete die Hölle.

Seine Exzellenz sprach Major Johnston und Captain Abbott für die bewiesene Tapferkeit und das rasche Handeln eine öffentliche Belobigung aus. Das Standrecht, das der Gouverneur gleich nach dem Bekanntwerden der ersten Nachrichten von dem Aufruhr verhängt hatte, wurde wieder aufgehoben. Die Kolonie atmete erleichtert auf, und alles ging wieder seinen gewohnten Gang.

Müde lehnte sich Sara im Sessel zurück, das Gesicht dem schwachen Feuer im Kamin zugewandt. Im Salon auf Glenbar war es totenstill. Am Nachmittag war Andrew beerdigt worden. Den ganzen Tag über war in dem Salon ein Kommen und Gehen gewesen, Freunde und Nachbarn hatten Sara ihr Beileid ausgesprochen. Sogar der Gouverneur hatte einen Beileidsbesuch gemacht. David, ihr Ältester, war bei ihr gewesen. Starr und befangen hatte er in seinem schwarzen Anzug ausgesehen. In seinen jugendlichen Zügen hatten Erschöpfung und Verwunderung miteinander gestritten, all die Zeremonien, die er miterleben mußte und die aus der fremden Welt der Erwachsenen stammten, machten ihn staunen und müde zugleich. Ahnungslos hatte er nach der Unterstützung seines Vaters gesucht, und da er ihn nirgends gefunden hatte, war er sich ganz verloren vorgekommen und hatte ganz bestürzt dreingeschaut. Die letzten Besucher hatten sich verabschiedet. Sie nahmen bald darauf das Nachtmahl ein, und David war zu Bett gegangen. Glenbar lag wieder in tiefster Ruhe. Nur Jeremy war geblieben. Er saß mit dem Rücken gegen den Kamin und beobachtete Sara, verfolgte aufmerksam das unruhige Spiel ihrer Hände, die nervös an dem Gewand aus kostbarer schwarzer Seide zupften. Sie trug das Haar hochgekämmt. Das helle Blond schimmerte fast weiß über dem tiefen Schwarz ihres Kleides. Jeremy erstaunte, welche Spuren diese letzte Woche in ihrem Gesicht hinterlassen hatte. Das grausame Erlebnis grub tiefe Linien um Mund und Kinn, und unter ihren Augen lagen dunkle Schatten, wie er sie noch niemals an ihr sah.

Überraschend brach sie das Schweigen, ihre Stimme klang müde:

»Deine Strafzeit geht mit diesem Jahr zu Ende, Jeremy. Du bist

dann frei. Ich habe über dich nachgedacht – deine Zu-
kunft . . .«
Er antwortete mit einem fragenden: »Ja?«
Sie blickte ihn fest an. »Wenn es soweit ist und du frei sein
wirst, dann werde ich dich bitten, zu bleiben. Ich brauche deine
Hilfe auf Kintyre, Toongabbie und Priest. Es soll bleiben, wie es
immer war.«
Er wollte zu einer Antwort ansetzen, aber mit einer knappen
Geste bedeutete sie ihm, zu schweigen.
»Ich weiß, was du sagen willst, du möchtest dein eigener Herr
sein, du willst dir selbst Land nehmen, um endlich deinen
eigenen Grund und Boden zu bewirtschaften. Ich bitte dich ja
auch nur um ein, höchstens zwei Jahre. Bleib noch so lange, ich
werde es dir anständig entlohnen . . .«
»Wir wollen jetzt nicht von Geld und Entlohnung reden, Sara,
es gibt anderes zu bedenken.«
Sie zog die Brauen hoch: »Anderes zu bedenken . . .?«
Er nickte bedeutsam. »Du kannst doch unmöglich den ganzen
Komplex, drei Farmen, das Kaufhaus und Glenbar, behalten
wollen? Und was soll mit den Schiffen geschehen?«
»Ich behalte alles und jedes«, antwortete sie seelenruhig. »Es
gehörte Andrew, nicht wahr, und also gehört es seinen
Söhnen.«
»Aber du bist eine Frau, Sara, du kannst dich unmöglich mit
Andrew messen, das geht einfach über deine Kraft und deine
Macht.«
Sie biß sich auf die Lippen und starrte ihn unter zusammenge-
zogenen Brauen an: »Meinst du vielleicht, Jeremy Hogan, ich
hätte in all diesen Jahren, da ich redlich mein Teil dazu beitrug,
den Besitz zu mehren, nicht daran gedacht, daß es eigentlich für
unsere Söhne geschieht! Hat Andrew auch nur eine Entscheidung getroffen, die nicht von mir angeregt worden wäre!
Wenn ich jetzt die Güter verkaufe und die Schiffe und das
Kaufhaus – dann habe ich einmal meinen Kindern nur Geld zu
bieten. Aber Geld allein gibt keine Sicherheit, abgesehen davon, daß ihnen Geld nie und nimmer Achtung für Wertbestän-
diges verschaffen wird. Sie sollen Gefühl dafür bekommen, was
es bedeutet, Land zu besitzen, sie sollen spüren, daß sie hier
verwurzelt sind und daß Besitz bindet. Andrews Bild wird
verblassen in ihnen, und sie würden ihn nie verstehen lernen,
wenn ich ihnen das, was er geschaffen hat, nehme. Ich will, daß
meine Söhne David, Duncan und Sebastian eines Tages Kintyre

betrachten und sagen können, daß mehr dazu gehört hatte als ein wenig Glück beim Kartenspiel und zufällig gewonnenes Bergungsgeld, um so etwas aufzubauen.«

Er schüttelte nachdrücklich den Kopf:

»Aber Sara, du bist eine Frau«, wiederholte er. »Du kannst nicht alles unter deiner alleinigen Aufsicht halten. Denk doch nur an die vielen Arbeiter auf den drei Farmen, an die Kapitäne der Schiffe, an den Laden . . .«

»Ja, mit deiner Hilfe, Jeremy, schaffe ich es. Laß mir zwei Jahre Zeit, dann werde ich allen beweisen, was eine Frau vermag. Werden sie auch anfangs zweifeln und spotten, ich weiß genau, daß ich es schaffen werde.«

»Und wenn ich nun sage, daß ich nicht daran glaube, wenn ich dir meine Hilfe verweigere?«

Einen Augenblick war sie völlig bestürzt. Dann aber sagte sie gelassen:

»Wenn du nicht willst, gut, dann muß ich es eben allein schaffen.«

Er sprang auf: »Mein Gott, Sara, du bist herzlos, du läßt mir keine Wahl.« Mit großen Schritten durchmaß er das Zimmer. Plötzlich blieb er stehen, drehte sich auf dem Absatz herum, kam auf sie zu und sah ihr fest in die Augen: »Dein Entschluß steht also fest?«

Sie hob den Blick zu ihm. »Mir bleibt doch gar keine Wahl, Jeremy! Alle diese Besitztümer *sind* Andrew, wie könnte ich etwas davon aufgeben! Sie zu verlieren, bedeutete, Andrew noch einmal verlieren.«

Ihre Stimme brach, Tränen rollten ihr die Wangen hinab. »Du weißt doch am besten, was Andrew für mich getan hat. Er holte mich aus dem Kerkerloch auf dem Sträflingsschiff. Nur meinetwegen blieb er in diesem Land. Dann fing er an, es zu lieben, und sein Herz gehörte der Kolonie. Und deshalb, und das ist mein fester Glaube, muß ich zusammenhalten, was er geschaffen hat, muß es bewahren für unsere Söhne. Auch sie gehören in dieses Land, hier haben sie die Leistungen ihres Vaters immer vor Augen.«

»Und du würdest es auch ohne mich versuchen, allein?« fragte er ruhig.

Sie nickte: »Ja, wenn es nicht anders geht.« Ganz unvermittelt ließ sie den Kopf sinken. Er sah, daß ihre Schultern bebten. Sie barg ihr Gesicht in den Händen, und ihre Worte klangen undeutlich, von Schluchzen erstickt, als sie sagte:

»Ich, ich habe nicht gewußt, daß es so schlimm sein würde, ich hätte es nie geglaubt, daß man sich so verlassen und verzweifelt fühlen kann . . . Andrew, o Andrew . . .«

Jeremy streckte die Hand aus und fuhr sanft über ihren Scheitel.

Schmerzlich klar erstand die erste Nacht, die sie unter diesem Dache Glenbars verbracht hatten, wieder vor seinen Augen. Damals hatten sie bei Kerzenlicht und auf Kisten sitzend ihr Abendbrot verzehrt, Andrew war erregt in dem kahlen Zimmer auf und ab geschritten, sein Gesicht hatte geglüht, wie er mit Feuereifer seine Zukunftspläne erläuterte. Wie unbesieglich und unzerstörbar er Jeremy erschienen war. Er hatte ausgesehen, als ob es für seinen Wagemut, seine Energie und seinen kühnen Geist kein Hindernis gäbe, und was er auch in der Folgezeit anrührte, es verwandelte sich in Gold. Und jetzt, keine vier Jahre später, war das goldene Zeitalter vorbei, und Saras Tränen waren ein einziger wilder Protest, denn die glücklichen Zeiten entschwanden.

Fünftes Buch

Kapitel 1

Drei Wochen lang bekam Sydney Sara Maclay nicht mehr zu Gesicht. Jeremy Hogan kehrte nach Kintyre zurück, ohne ein Wort über ihre Pläne verlauten zu lassen. Auch aus Glenbar kamen keinerlei Nachrichten. Die Dienstboten wußten nicht mehr zu berichten, als daß ihre Herrin die Zeit mit den Kindern verbrachte, mit ihnen spazierenging und manchmal in die kleine Bucht hinauswandere. Hin und wieder wohnte Sara auch dem Unterricht bei, den der junge Lehrer Michael Sullivan ihren Söhnen erteilte. Der junge Mann kam täglich aus seinem Quartier in der Stadt nach Glenbar hinauf. Aber aus Michael Sullivan brachten die Leute auch nichts heraus. Selbst Richard Barwell schien nichts Genaueres zu wissen. Annie Stokes wußte immerhin zu berichten, daß sich Sara jeden Abend in Andrews Büro einschloß. Jeden Abend ließ Sara dort Feuer machen, und Annies Wachsamkeit entging es nicht, daß es oft schon tagte, wenn die Herrin mit der Kerze in der Hand ihr Schlafgemach aufsuchte.

Sara lebte in diesen Wochen wie in einer Betäubung. Nicht, daß sie etwa versuchte, Andrew zu vergessen, nein, es war eher so, als entdeckte sie neu seinen wagemutigen Geist und spürte noch einmal all den Erfolgen nach und den Plänen, die er im Laufe ihrer Ehe verwirklicht hatte. Allein, in dem kleinen, nüchternen Kontor, nahm sie sich die schweren Bücher vor, in denen alle geschäftlichen Transaktionen verzeichnet waren, und zwar seit dem Tage, da Andrew das erste Stück Land am Hawkesbury erhalten hatte. Sie las vom Bau des Kaufhauses, vom Erwerb der Toongabbie-Farm, fand Unterlagen über Priests Farm, den Ankauf der ersten Schaluppe, der Thistle, den Erwerb des neuen Schiffes in London, den Kauf der Hawk und der Trush, über alle Gewinne, die die Schiffe eingebracht hatten – alles, alles stand hier verzeichnet. Sara fand auch die Abschriften sämtlicher Instruktionen, die Andrew seinen Londoner Agenten erteilt hatte.

In den Stunden, die sie über den Büchern verbrachte, lernte sie nicht nur viel, sie fühlte sich auch tief mit Andrew verbunden. Was hier in den Büchern verzeichnet stand, das war gleichsam das Gerippe all dessen, was sie gemeinsam geschaffen hatten . . . Eröffnung des Kaufhauses: Noch einmal erlebte sie den lärmenden, ungemütlichen Tag, als das Kaufhaus zum ersten Male seine Tore öffnete . . . Ankauf der Farm am Toongabbie: Aus den dürren Zeilen stieg die Erinnerung an Andrews Rückkehr aus London mit der neuen Thistle auf – der Zeitabschnitt, da Glenbar gebaut wurde . . .

Jede einzelne Zeile dieser Aufzeichnungen rief tausend längst vergessene Kleinigkeiten in ihrer Erinnerung wach. Was geschrieben stand, waren kahle Zeugnisse von Andrews Plänen und Ehrgeiz, und doch, welch ein Glauben Andrews an die Zukunft der Kolonie sprach aus ihnen. Ihr war, als blätterte sie in dem Tagebuch ihres gemeinsamen Lebens. Sanft strichen ihre Finger über die Seiten, sie hörte wieder seine Stimme, die ihr voller Eifer ein neues Vorhaben auseinandersetzte. Andrew besaß zwar nicht die Seele eines Dichters, sie hatte keine Briefe von ihm, über denen sie weinen konnte, aber diese so sorgfältig geführten Journale waren eine greifbare Urkunde seiner Liebe. Als sie das letzte der Rechnungsbücher gelesen und durchstudiert hatte, schrieb sie an Louis. Es wurde ein langer Brief, in dem sie ausführlich von dem Aufruhr der Sträflinge in Castle Hill berichtete und Andrews Tod schilderte. Sie schrieb von ihren Plänen, daß sie die Arbeit dort aufnehmen werde, wo Andrew sie hatte lassen müssen. Und dann machte sie Louis das Angebot, seine Teilhaberschaft an den Schaluppen Hawk und Trush aufzugeben, da sie es vorziehe – so schrieb sie wörtlich –, ihr eigenes Geld zu riskieren, als ihm zuzumuten, die Leitung den Händen einer Frau anzuvertrauen. Dann sagte sie sich, daß sie sich mit Geduld wappnen müsse, denn vor Ablauf eines Jahres konnte sie kaum mit einer Antwort rechnen.

Ungefähr ein Monat war seit dem Tode Andrews vergangen, als eines Tages David eilig die Treppe heruntergelaufen kam und aufgeregt berichtete, sie hätten gerade vom Fenster des Schulzimmers aus die Hawk in den Hafen einlaufen sehen.

Diese Neuigkeit erfüllte Sara mit Besorgnis. Sie fühlte sich noch nicht imstande, all die Probleme zu meistern, die mit der Entladung der Hawk zusammenhingen. Dennoch setzte sie sich sofort nieder, um Kapitän Sam Thorne schriftlich zu sich zu bitten. Am nächsten Tag wartete Kapitän Thorne in dem schmalen Zimmer, das ihm als Andrew Maclays Büro in Erin-

nerung war. Er hatte schon bei sich entschieden, mit welchem
Ergebnis diese Unterredung zu enden hatte – nicht um alles in
der Welt wollte er im Dienst einer Frau bleiben! Nein, er, Sam
Thorne, war es nicht gewohnt, höfliche Briefchen zu empfangen, die die Stunde bestimmten, wann man über die Fracht zu
sprechen gewillt war. Er war es anders gewöhnt. Entweder ein
Schiffseigner hatte seine Agenten, oder aber er erledigte die
Geschäfte selbst, und dann hatte er in höchst eigener Person
sofort an Bord des Schiffes zu erscheinen. So verstand Sam
Thorne die Sache und nicht anders! Geschäfte mit dem Schiffseigner erledigte man am besten und schnellsten über einer
Buddel Rum in der Kajüte, aber beileibe nicht in einem Salon
beim Teeschlürfen.
Die folgenden beiden Stunden waren außerordentlich lehrreich
für ihn. Natürlich spürte er sofort, daß die Frau da vor ihm sich
ihrer Sache nicht ganz sicher war, aber sooft er sich eine gewisse
Autorität anmaßte, brachte sie es mit geradezu unheimlichem
Geschick fertig, ihn auf seinen Platz zu verweisen. Nichts nahm
sie auf Treu und Glauben hin, sondern studierte jede Rechnung
sehr sorgfältig und genau, und zwar in einer Art und Weise, die
er glatt als Beleidigung empfunden haben würde, wenn ihm so
etwas ein Mann geboten hätte.
Sie war unsicher, das sah er sehr genau, aber ihr unterlief kein
einziger Fehler, der es ihm erlaubt hätte, rundheraus zu erklären, daß sie toll sein müsse, wenn sie sich einbilde, vom grünen
Tisch aus über das Wohl und Wehe von drei Schiffen entscheiden zu können.
Einen Monat später lief die Hawk wieder mit Kurs London aus.
Während dieser Zeit waren Sara und Kapitän Thorne zu einer
stillschweigenden Übereinkunft gekommen. Sam Thorne war
auch jetzt noch nicht mit einem weiblichen Reeder einverstanden, und im stillen sagte er sich, daß sie nicht allzuviel von den
Geschäften, auf die sie sich da einließ, verstand. Aber andererseits war sie durchaus nicht so unwissend, wie er eigentlich
erwartet hatte. Und wenn sie auch um den Pfennig feilschte, so
handelte sie doch äußerst korrekt und fair in geschäftlichen
Dingen. So ging also der Kampf zwischen Sara und Kapitän
Thorne aus, und der Sieg war weder auf ihrer noch auf seiner
Seite.
Am frühen Nachmittag des Tages, an dem die Hawk auslaufen
sollte, erschien Kapitän Thorne noch einmal auf Glenbar, um
sich von der Frau zu verabschieden, unter deren Befehl er

vielleicht noch manches Jahr sein Schiff zu leiten hatte.

Sie begleitete ihn bis zur obersten Verandastufe: »Nun, Kapitän, ich wünsche Ihnen eine gute Fahrt, möge Gott Ihre Heimkehr segnen.«

»Danke, Madame, Sie können sich auf mich verlassen. Ich werde ein Auge darauf haben, daß die Londoner Agenten Sie gerecht behandeln.«

»Ja, ich weiß«, antwortete sie und reichte ihm zum Abschied lächelnd die Hand.

Er stieg langsam die Stufen hinab und dachte bei sich, daß Andrew die Geschäfte einem Köpfchen überlassen hatte, das fast so schlau und unbeugsam wie sein Dickschädel war.

In der Stadt erregte es Aufsehen, als man davon erfuhr, daß der erste Ausgang nach dem Tode ihres Mannes Sara auf die Hawk führte.

Und als es sich herumsprach, daß sie dem Schiff in Begleitung von Annie Stokes nun schon dreimal einen Besuch abgestattet hatte, wußten die Leute das Gerücht bestätigt, daß Sara Maclay keineswegs die Absicht hegte, ihre Londoner Agenten mit dem Verkauf der drei Schiffe zu betrauen. Man schüttelte wieder einmal die Köpfe und flüsterte, wie jammerschade es doch sei, daß Mrs. Maclay einfach kein Gefühl für die Dinge habe, daß sie sich übernehme.

Kapitel 2

Andrews Tod setzte auch einen Schlußstrich unter den nun schon drei Jahre währenden Streit zwischen Sara und Richard. Er hatte zwar gleich nach dem Trauerfall mehrere Male in Glenbar vorgesprochen, wurde aber nie empfangen. Eines Tages jedoch, es war zu der Zeit, da Kapitän Thorne die Leute mit der Neuigkeit zu überraschen wußte, daß er auch in Zukunft unter Saras Befehl fahren würde, speiste man ihn nicht mit dem Bescheid ab, daß Mrs. Maclay leider keine Besuche empfange. Man führte ihn aber nicht in den Salon, sondern Bennett geleitete ihn in das schmale Gelaß, in dem Richard so oft mit Andrew über geschäftliche Dinge gesprochen hatte. Sara erhob sich hinter ihrem Schreibtisch und nahm seine ausgestreckte Hand. Sie lud ihn zum Sitzen ein. Er zog einen Stuhl heran und musterte sie prüfend. Der stolz erhobene Kopf über dem hohen schwarzen Kragen, das feine, blasse Gesicht, das hochgekämmte Haar – Sara war immer noch schön. Länger als drei Jahre war er nicht mehr mit ihr allein gewesen, eine lange Zeit, in der er so manchmal die Worte, die er damals auf der Landstraße nach Kintyre unbedacht sprach, bereut hatte. Und eine lange Zeit, um über die Eigenschaften nachzudenken, die Sara auszeichnete und die er so wenig zu würdigen gewußt hatte. Wenn auch widerstrebend, so mußte er diese Frau doch bewundern, die Persönlichkeit, die so gar nicht mehr dem Mädchen aus Bramfield glich. In diesen drei Jahren hatte er ihren Stolz zu spüren bekommen, ihre unbeugsame Entschlossenheit, über die er nicht mehr mit einem bloßen Lächeln hinweggehen konnte. Das Gefühl selbstverständlichen Zutrauens, das er noch während seines ersten Jahres hier in der Kolonie an ihr beobachten konnte und das sie miteinander verbunden hatte, war erloschen gewesen. Erst Andrews Tod hatte ihre Persönlichkeit zur vollen Reife gebracht. Er erkannte es sofort und näherte sich ihr demütig und voller Behutsamkeit, ja er fürchtete sich fast vor ihr. Er wußte nicht, ob er ein Gespräch über Andrew beginnen sollte. Zögernd setzte er an:

»Es ist seltsam, Sara, dich gerade hier zu sehen, wo Andrew immer . . .«

Sie machte eine unbestimmte Handbewegung. Er fragte sich, ob sie Ungeduld bedeute, ob er sofort auf sein eigentliches Anliegen zu sprechen kommen sollte, oder ob sie damit gar andeuten wollte, daß er Andrew aus dem Spiel lassen solle.

»Ja, ich weiß«, sagte sie, »aber was soll ich sonst anfangen? Ich bin nicht dazu geschaffen, meine Tage über Handarbeiten hinzubringen.« Sie breitete die Hände über die auf dem Tisch verstreuten Papiere. »Das hier gäbe Beschäftigung für drei Männer, es nimmt mich ganz in Anspruch und bannt die Gedanken.«

Während sie sprach, spielte sie nervös mit den Papieren. Richard aber sah den Tränenschleier vor ihren Augen.

Sie sagte es in schnellen, abgehackten Sätzen, und wenn sie auch ruhige Überlegenheit vortäuschte, so spürte er doch, daß sie Angst hatte vor dem, was sie sich zumutete. Er dachte an ihr Schiff, das zur Zeit im Hafen lag, an den Kapitän, der es gewohnt war, seine Befehle von Männern zu empfangen. Sara war schon immer eine Ausnahme unter den Frauen gewesen, die er kannte, in ihrer Art fast furchteinflößend, aber jetzt trat sie ein in die Welt der Männer, in der nur ein sehr gewiegter Kopf bestehen konnte. Sie mußte mehr Spürsinn für günstige Gelegenheiten entwickeln, mußte in jeder Weise schärfer als ihre Rivalen sein, Weiberherrschaft galt unter den Geschäftsleuten als unsichere Sache, sie müßte also schon all ihren Witz und all ihre Schläue, all ihren Mut und all ihre an Andrew geschulte Energie zusammennehmen, wenn ihr Wagnis Erfolg haben sollte. Wieder sah er auf ihre unruhigen Hände, und plötzlich hatte er Angst um sie.

Er blickte zu ihr auf: »Ich wollte mit dir über meine Sache mit Andrew reden. Ich komme wegen des Geldes, das ich ihm schulde.«

Sie antwortete nicht, sondern zog nur die Brauen hoch.

»Ich wollte dir nur sagen, Sara, daß ich es natürlich bis auf den letzten Pfennig zurückzahlen werde.«

»Zurückzahlen«, wiederholte sie ruhig, »Andrew hat doch nie darauf gedrungen, und ich habe auch nicht die Absicht.«

»Du verstehst mich nicht. Es ist ein gewaltiger Unterschied, ob ich Andrew Geld schulde, oder . . .« seine Stimme wurde fast zu einem Flüstern, »oder ob ich es dir schuldig bin.«

Sie sah von ihm weg, starrte einen Augenblick auf die Schreibutensilien auf dem Tisch. Alle diese Dinge lagen noch genauso da, wie sie Andrew verlassen hatte, denn Annie ließ es sich nicht nehmen, sie immer wieder zurechtzurücken.

»Und wie willst du dies Geld aufbringen, Richard?« fragte Sara plötzlich. Sie schaute auf. »Hast du etwa vor, Hyde-Farm zu verkaufen?«

»Nein, das nicht. Hyde-Farm behalte ich natürlich, egal, was auch geschieht. Lady Linton würde das Geld vorschießen, wenn ich ihr schriebe und den Fall darlegte.«

Sara schüttelte heftig den Kopf und winkte ab. Ihre Augen funkelten zornig, ihre Miene verriet, daß sie bei der bloßen Erwähnung von Lady Lintons Namen Verbitterung empfand.

»Ich dulde es nicht, daß du dir von ihr Geld leihst. Ich habe es nicht so eilig.«

Er unterbrach sie schroff, so als hätten ihre Worte ihn tief verletzt. Die Arroganz und der Hochmut ihres Vaters in ihrem Wesen ließen sich nicht leugnen und traten bei einer solchen Gelegenheit immer wieder zutage. Seit den Bramfielder Tagen mochte sie vielleicht klüger geworden sein, Bescheidenheit lag ihr immer noch nicht.

Er beobachtete sie, wie sie sich in dem Sessel, der einst Andrew gehört hatte, voller Selbstvertrauen zurücklehnte, er beobachtete ihre auf dem Tisch ruhenden Hände, und mit einem gewissen Erstaunen hörte er, daß sie sich weigerte, Geld von einer Frau anzunehmen, die mehr als tausend Meilen von ihr entfernt lebte, von einer Frau, die längst vergessen hatte, daß es einmal eine Sara Dane gab.

»Ich würde mich ja nur dann an Lady Linton wenden, wenn du das Geld sofort zurückhaben wolltest. Wenn du mir Zeit läßt, schaffe ich es auch allein.«

»Wie willst du das machen?« fragte sie, jetzt aber bedeutend freundlicher.

»Ich werde das tun, was ich schon von Anfang an hätte tun sollen. Ich werde mich in allem einschränken. Es muß eine Möglichkeit geben, aus Hyde-Farm mehr herauszuholen, und Alison und ich müssen eben versuchen, mit weniger auszukommen. Andrew hat uns zu großzügig mit seinem Geld bedacht. Es war so leicht, zu leicht, es von ihm zu bekommen, aber jetzt soll es anders werden.«

Sie lauschte aufmerksam seinen Ausführungen, seinen Plänen, wie er die Erträge der Farm noch zu steigern gedachte, wie er seinen Etat kürzen wollte, sie hörte zum erstenmal von Geschäften, an denen er beteiligt war, und auch von seinem mangelnden Interesse, das er bisher noch nie offen zugegeben hatte. Jetzt aber sei er entschlossen, keine Möglichkeit mehr auszulassen. Er redete und redete. Sie unterbrach ihn mit keinem Wort. Natürlich wußte sie, daß er sich wieder selbst betrog, daß er sich wieder etwas vormachte, denn er war nicht der Mann voller Energie und Scharfsinn, der er so gerne sein wollte und als den er sich so gerne sah. Aber eines gelang ihm doch, die Begeisterung, in die er sich hineingesteigert hatte, rief ihr das Bild seiner Ankunft in die Kolonie ins Gedächtnis zurück und die Zeit damals, als er die Farm erworben hatte. Solange sie ihm zuhörte, konnte auch sie sich dem Traum hingeben und sich einbilden, daß sie niemals in Streit geraten wären, und daß die drei Jahre, in denen sie schweigend nebeneinander hergelebt hatten, in diesem Augenblick ihr so fern waren, als wären sie nie gewesen. Hin und wieder ermutigte sie ihn durch kurzes Nicken oder durch eine Frage. Falls Richard auch nur die Hälfte von dem erreichte, was er sich jetzt vornahm, würde er sich selbst übertreffen. Solche Anstrengungen hatte er in seinem ganzen Leben noch nie gemacht. Nein, sie brauchte das Geld nicht, das er ihr schuldete. Es war ihr sowieso sicher, weil Alison eines Tages Lady Linton beerben würde. Blieb sie bei seinen Ausführungen auch skeptisch, so hätte sie doch um nichts in der Welt seinen Redeschwall auch nur mit einem Wort unterbrochen. Er fühlte sich offenbar beim Ehrgeiz gepackt und bewies plötzlich mehr Unternehmungsgeist, als sie je in ihm vermutet hatte. Es würde ihm auch gar nicht schaden, überlegte sie, wenn er endlich lernte, was es heißt, Geld zu verdienen, jeden Pfennig zweimal umzudrehen und genau zu überlegen, ob man nicht noch irgendwo einsparen könnte. Er würde sich dann vor allem daran gewöhnen müssen, vorjährige Kleidung zu tragen und seinen Wein nach dem Preis zu wählen. Lange genug hatte Richard solche Notwendigkeiten außer acht gelassen. Jetzt würde er endlich kennenlernen, wenn auch etwas plötzlich, was es hieß, sich einzuschränken. Sicherlich eine harte Schule, aber das konnte ihm nichts schaden.

Es war Mittag geworden, als er sich erhob, um zu gehen. Einen Augenblick standen sie sich wortlos gegenüber. Plötzlich beugte er sich nieder und küßte sie auf den Mund.

»Auf Wiedersehen, Sara, ich weiß, es ist mir nicht vergönnt, dich häufiger allein zu sprechen. Ich verstehe dich heute. Nur – diese drei Jahre waren die reine Hölle, das soll sich nie wiederholen.«

Sie begriff ihn sofort.

Endlich bekannte sich Richard freiwillig zu der Vorsicht, die sie ihm damals geboten hatte. Er kannte nun aus eigener Erfahrung den engen Horizont der Gesellschaft, der sie angehörten, er wußte um die Macht des Klatsches und der Gerüchte. Mit einer Art Klugheit und Güte, die sie an ihm noch nicht kannte, fügte er sich ins Unabänderliche.

»Ja, es wäre wirklich töricht, wenn wir immer noch nicht begriffen hätten, daß wir zwei mit Zank und Streit nicht weiterkommen«, sagte Sara. »Du und ich, wir sind nicht dazu geschaffen, uns zu streiten.«

Lächelnd schüttelte sie den Kopf, als er sie zum zweitenmal küssen wollte. Aber sie nahm seine Hand und drückte sie.

Jeremy beobachtete Sara in den folgenden Monaten aufmerksam. Es bekümmerte ihn, daß ihr Gesicht wieder den gewissen Ausdruck angenommen hatte, den er an ihr aus den ersten Jahren in der Kolonie kannte. Kalt und hart war ihr Blick, die Stimme klang spröde und allzu forsch. Er erkannte, daß sie

Angst hatte, daß sie unglücklich war und Qualen litt. Sie wurde immer dünner, was ihre Schönheit jedoch noch erhöhte, gleichsam veredelte, so daß es einem Mann ganz seltsam ums Herz werden konnte. Aber sie schien alles Interesse an Männern verloren zu haben.

Machtlos mußte er mitansehen, wie sie sich Aufgaben aufbürdete, für die es mindestens dreier Männer bedurft hätte. Clapmore wurde hinter dem Ladentisch hervorgeholt und in ein neuerrichtetes Büro gesteckt, das gleich neben Saras Kontor lag. Er bekam von ihr diktiert, plagte sich redlich über lange Zahlenreihen, entwarf Briefe für die Londoner Agenten und fungierte als Mittelsmann zwischen Sara und ihren Geschäftspartnern. Die Kolonie mußte sich damit abfinden, daß es einfach unmöglich war, Sara Maclay von einem Geschäft fernzuhalten, das ihr gelegen kam. Das gefiel ihnen zwar ganz und gar nicht, aber mit der Zeit nahmen sie es hin, ja sie bequemten sich sogar dazu, ihre Abmachungen anzuerkennen, als hätte Andrew selbst sie getroffen. Sie behandelten Sara bei den Geschäften beinahe gutmütig, wenn sie auch alle mehr oder minder unbewußt auf den Tag warteten, da ihr ein verhängnisvoller Fehler unterlaufen würde, ein falscher Schachzug, der endlich ihren Stolz zusammenbrechen ließ.

Als Jeremys Strafzeit abgelaufen war, bedachte Sara ihn mit einem großzügigen Geldgeschenk. Jeremy war verletzt. Er brachte es sofort und mit ziemlich barschen Worten zurück. Sie nahm es achselzuckend und nicht im geringsten verwirrt zurück.

»Du bist ein unverbesserlicher Narr, Jeremy Hogan. Du bist jetzt ein freier Mann und könntest das Geld gebrauchen, aber wenn du es vorziehst, störrisch wie ein Esel zu sein, dann ist das deine Sache.«

Die Erinnerung allerdings an das Festmahl, daß sie ihm zu Ehren an diesem Tag in Glenbar gegeben hatte, hütete er als Schatz in seinem Gedächtnis.

David durfte zur Feier des Tages länger aufbleiben, und mit den Erwachsenen speisen. Durch die offenen Fenster strömte die milde Frühlingsluft, der Wein war köstlich, und die Kerzen übergossen die Gesichter von Sara und David mit zärtlichem Licht. Sie lachten viel und herzhaft, etwas von der alten Sara schien wieder zum Leben erwacht.

Plötzlich hob Sara ihr Glas, lächelte ihm zu und sagte: »Auf deine Zukunft, Jeremy!«

Er verstand den Doppelsinn ihrer Worte. Er hob sein Glas und stieß genauso ängstlich auf seine Freiheit an wie sie. Was würde aus ihm werden, was würde er tun? Vierzehn Jahre seines Lebens waren dahin. Vierzehn Jahre hatte er seine Heimat nicht mehr gesehen, und alles, was ihm einst die Welt bedeutete – hübsche Frauen, feine Lebensart, Politik und herrliche Pferde, die er am liebsten bei Jagden in frostklaren Wintermorgen ritt –, war vorbei und vertan. Vorbei war aber auch die Zeit, da er anderen dienen mußte. Er konnte zwar nicht mehr in sein früheres Leben zurück, aber er konnte sich jetzt sein Leben hier in der Kolonie einrichten, wie es ihm beliebte. Endlich war er sein eigener Herr . . . War er das wirklich? unterbrach er seine Gedanken. Nein, er war keineswegs der Herr seiner selbst, weil es Sara gefallen hatte, auch weiterhin über ihn zu verfügen. Er schalt sich einen Narren, leerte aber doch voller Freude das Glas mit ihr.

Ja, die Erinnerung daran, wie Sara an diesem Abend zu ihm gewesen war, mußte ihm für lange Zeit genügen. Umsonst wartete er darauf, daß sie zu der Lebhaftigkeit, die sie an diesem Abend gezeigt hatte, zurückkehrte. Man konnte nicht eigentlich sagen, daß sie sich von ihm fernhielt, überlegte er, aber sie hatte sich wieder ganz in ihr Innerstes zurückgezogen und lebte in ihrer eigenen Gedankenwelt. Und wenn er sie ansprach, kam es ihm vor, als würden ihre Gedanken ihn fliehen, als zögen sie sich gleich wieder auf eine der zahlreichen Pflichten einer Geschäftsfrau zurück. Natürlich wußte er, daß sie ihm vertraute und fest auf ihn baute. Nicht umsonst suchte sie öfters seinen Rat, um ihn sogar hin und wieder anzunehmen. Aber jeder Versuch, ihr näherzukommen, so kam es ihm wenigstens vor, schien von vornherein zum Scheitern verurteilt. Immer wieder mußte er denken, daß Andrew keineswegs tot war. Seine Schiffe durchpflügten die Meere, seine Ernten gediehen auf fruchtbarem Boden – und Sara lebte nur für ihn und sein Werk, ihr Herz blieb verschlossen.

Die neuerworbene Freiheit hatte Jeremys Leben kaum verändert. Er teilte seine Zeit weiterhin zwischen den drei Farmen. Morgen für Morgen stand er früh auf und schaffte mit den anderen Arbeitern auf den Feldern, bis es dunkelte. Wenn er dann nachts auf Kintyre oder auf Priests Farm über den Büchern saß, schweiften seine Gedanken zu Sara, die zu dieser späten Stunde wahrscheinlich auch noch arbeitete, und dann konnte es wohl geschehen, daß er sie verwünschte wegen der

Abhängigkeit, in der sie ihn hielt. Manchmal ritt er hinab nach Parramatta oder Sydney, um sich eine wohlfeile Frau zu nehmen, eine von diesen Dämchen, die bei Dunkelwerden herumflanierten, herausgeputzt mit billigem Flitter, den meist irgendein Soldat aus dem Korps bezahlt hatte oder ein Farmer, der aus der ländlichen Einsamkeit für ein paar Tage in die Stadt geflohen war.

Aber solche Zufallsbekanntschaften bedeuteten ihm nichts. Er dachte nur an Sara, die sich in Glenbar vom Leben abschloß und ihn nie empfing, ohne daß Clapmore zugegen war oder Annie Stokes in der Halle spionierte. Manchmal wachte er des Nachts auf, in Schweiß gebadet, weil er von Sara geträumt hatte. Es waren Träume, in denen sich ihr Haar um seinen Hals wand und ihn langsam erdrosselte. Hundertmal bäumte er sich in Gedanken gegen ihr Joch auf und entbrannte in Zorn, aber dann brachte er es doch nicht über sich, es abzuschütteln.

Die Monate gingen ins Land, und immer häufiger traf man Sara im Wagen auf der Landstraße unterwegs nach einer der drei Farmen. Sie machte auch Inspektionsritte bei Wind und Wetter – eine ernste Gestalt, im schwarzen, gutsitzenden Reitkleid, wie sie hoch zu Roß über die Felder ritt. Hin und wieder wandte sie den Blick zu Jeremy, der sie auf diesen Ritten oft begleitete, machte eine Bemerkung, lobte auch wohl einmal, obwohl man sagen mußte, daß sie darin sehr viel sparsamer war als Andrew. Sie hat einfach Angst davor, etwas Anerkennendes zu sagen, so sagte er sich, sie lebt in der ständigen Furcht, am Ende könnte es sich doch noch erweisen, daß sie sich einfach zu viel zugemutet hatte.

Kapitel 3

Nur das völlige Aufgehen in ihren Geschäften bewahrte Sara vor dem Gefühl der Verlassenheit. Sie verausgabte sich, damit sie zu müde war, an sich und ihren Fähigkeiten zu zweifeln, damit sie wenigstens des Nachts zu Ruhe und Schlaf kam. Wie sollte sie so allein mit ihren Aufgaben fertig werden? Mit jedem Tag wuchs die Angst in ihrem Herzen. Die Kolonie hatte sich wohl von der Überraschung erholt, die ihr Saras Entschluß bereitet hatte, Andrews Geschäfte weiterzuführen. Sie hatte inzwischen auch Erfahrungen gesammelt, die Abwicklung mannigfaltiger geschäftlicher Transaktionen bereiteten ihr keine Schwierigkeiten mehr. Beide Schiffe, die Thrush und die Thistle, waren erst vor kurzem eingelaufen. Die Kapitäne hatten bereitwillig ihre Weisungen entgegengenommen. Sie konnte also im Grunde genommen mit ihren Erfolgen zufrieden sein. Aber sie spürte die wachsende Kühle ihrer Umgebung, sie merkte, wie sich die Haltung der Leute ihr gegenüber versteifte. Sie mußte sich sagen, daß sie nur um Andrews willen von der Gesellschaft in Kauf genommen worden war. In der ersten Zeit nach seinem Tode war es zwar sie selber gewesen, die keine Besuche empfangen hatte, aber als längere Zeit verstrich, ohne daß sich ein Gast aus früheren Tagen in Glenbar blicken ließ, fragte sie sich, ob sie wohl je wiederkehren würden. Wo blieben all die Frauen, die früher ihre Bekanntschaft gesucht hatten, dem Beispiel folgend, das Alison Barwell ihnen gegeben hatte. Sagten sie sich etwa, daß sie nun nicht mehr die Frau eines bedeutenden Siedlers war, sondern nur noch ein ehemaliger Sträfling? Sie begegnete ihren Bekannten höchstens an den Sonntagvormittagen, wenn sie mit den Kindern zum Gottesdienst ging, den Hochwürden Samuel Marsden in dem provisorischen Gotteshaus abhielt, das die große, noch im Bau befindliche Kirche aus Stein ersetzte. Sooft sie früher in Sydney gewesen waren, hatten sie und Andrew regelmäßig dem Gottesdienst beigewohnt. Der Heimweg nach Glenbar war dann immer hinausgezögert worden, weil viele Bekannte sie mit einem Schwatz aufzuhalten pflegten. Jetzt ging sie mit David und Duncan zwar denselben Weg, aber die Bekannten eilten an ihr vorbei, als fürchteten sie, irgendwohin zu spät zu kommen, sie taten, als sähen sie Sara nicht.

Die Leute saßen in der Kirche auf den harten Holzbänken und lauschten Mr. Marsdens Predigt. Die Sträflinge hielten sich pflichtschuldigst im Hintergrund, sie sangen ihre Hymnen, die ohne Unterstützung einer Orgel ohne rechten Klang waren, und drängten nach der Andacht sofort wieder hinaus.

Die Menschen zerstreuten sich auf dem Vorplatz, als wäre es der altgewohnte Kirchplatz in ihrem England, nur daß ihre Ohren umsonst auf das Glockengeläut warteten. Keiner entfernte sich, ehe sich nicht der Gouverneur und Mrs. King empfohlen hatten. Es war ein einziges Sichverbeugen und Knicksen, und früher waren auch Andrew und Sara oft unter den Auserwählten gewesen, die der Gouverneur eines Wortes würdigte. Jetzt stand Sara mit ihren Kindern verlassen in der Menge und mußte mitansehen, daß sie der Gouverneur übersah, mußte es erleben, daß selbst Alison mit einem nur eben angedeuteten Kopfnicken an ihr vorüberschritt. Sie merkte, daß auch die Grüße der anderen Damen von Mal zu Mal lässiger ausfielen. Deutlicher konnte man ihr kaum zu erkennen geben, was Sydney von einer Frau hielt, die nicht, wie es sich gehörte, das erste Jahr ihrer Witwenschaft über Handarbeiten in ihrem Salon vertrauerte.

Allmählich ging es ihr auf, daß man sie scharf kritisierte und jede ihrer Handlungen verfolgte, ob sie nun auf Inspektionstour auf ihren Farmen war oder im Geschäft nach dem Rechten sah, ob sie ihre Schiffe im Hafen besichtigte oder größere Einkäufe für den Haushalt tätigte. Hilflos und voller Schrecken mußte sie es erleben, daß man sie langsam, aber sicher wieder in jene Stellung drängte, die sie innegehabt hatte, als sie von Kintyre nach Sydney übergesiedelt war.

Ihre einzige Freude in diesem Jahr der Wirren und Ängste war der Wandel, der mit Richard vor sich ging. Gemäß ihrer stillschweigenden Übereinkunft sahen sie einander nie allein, sie trafen sich höchstens einmal auf der Straße oder sagten sich im Laden guten Tag. Dennoch wuchs zwischen ihnen eine nicht wegzuleugnende Vertrautheit, beruhte sie auch nur auf der schwachen Basis gelegentlicher Briefe und auf ihr kurzes Zusammensein, wenn er pünktlich jedes Vierteljahr bei ihr erschien, um eine der Raten zu entrichten, durch die er sein Schuldenkonto im Laufe der Zeit tilgen wollte. Beim Kartenspiel im Casino war Richard so gut wie gar nicht mehr anzutreffen. Sooft er Zeit fand, machte er den langen Ritt nach Hyde-Farm, und auch die Gerüchte, die dieses und jenes über seine Trunksucht wissen wollten, waren verstummt. Alison gab keine glanzvollen Gesellschaften mehr. Und ging sie auch immer noch sehr erlesen gekleidet, so handelte es sich doch um Garderobe aus dem Vorjahr. Es fiel geradezu auf, daß niemand mehr neugierig fragte, was wohl Mrs. Barwell mit dem nächsten Schiff aus England an Kostbarkeiten erwartete. Richard machte sogar den zaghaften Versuch, auf eigene Rechnung sich auf einen kleinen Handel einzulassen. Viel Erfolg war ihm nicht beschieden, er hatte nicht den Schneid und nicht die nötige Geschicklichkeit, um den täglich härter werdenden Kampf im Rumhandel bestehen zu können. Es war einfach zu spät, Richards so plötzlich entflammter Ehrgeiz fand zu viel Widerstand. Energie allein konnte nicht Gewitztheit und List ersetzen, die nötig waren, um Erfolg zu haben. Und Richard war weder gewitzt noch listig. Sara, die ihn genau beobachtete, sah wohl, daß er wie noch nie in seinem Leben arbeitete, aber sie wußte nur zu gut, daß der Lohn für seine Mühen nur gering war. Der Betrag, den er ihr jeden Monat zurückerstattete, war zwar ein sichtbares Zeugnis dafür, wie rücksichtslos er seine persönlichen Ausgaben drosselte, nicht aber für seine wachsenden Einnahmen. Es würde jedoch seinen Stolz verletzen, wenn sie ihn hätte merken lassen, daß sie Bescheid wußte. Daß er jetzt bescheidener gekleidet ging, daß er seine Vollblutstute verkauft hatte – Sara war zartfühlend genug, ihm gegenüber nichts davon zu erwähnen.

Sie freute sich aufrichtig, wenn er einen seiner seltenen Besuche auf Glenbar machte. Gespannt und voller Eifer hörte sie ihm zu, wenn er von den Verbesserungen auf Hyde-Farm sprach. Sie redete ihm zu, die Farm zu vergrößern, wenn sie sich auch eingestehen mußte, daß sie es weniger wegen der künftigen Wohlfahrt seiner Farm, sondern eigentlich mehr um der Freude willen tat, ihn sein Traumgespinst vor ihr knüpfen zu sehen. Es ist zu spät für ihn, sagte sie sich, er kann nicht mehr die Hälfte von dem erreichen, was sie ihm von ganzem Herzen wünschte. Aber was machte das schon aus. Sein verändertes Wesen und seine verwandelte Erscheinung waren ihr schon so etwas wie eine Genugtuung, er sah sie jetzt wie ein Mensch an, der seine Selbstsucht verloren hatte und nicht immer nur an sich dachte.

Die Briefe, die er ihr manchmal schrieb – eine seltsame Mischung von privaten und geschäftlichen Belangen –, las sie immer und immer wieder, und wenn sie sich auch wohlweislich keine Rechenschaft über den Grund gab, so verwahrte sie doch alle fein säuberlich gebündelt und wohlverschlossen in einer Schublade ihres Schreibtisches.

Monate vergingen und brachten nicht mehr als das tägliche Einerlei. Sooft Sara darüber nachdachte, gab es ihr einen Stich. Auf die Dauer waren ihre eigenen Gedanken doch ein recht eintöniger Gesprächspartner für ihre Mußestunden. Jeremy war weit fort, er sah entweder auf Toongabbie oder Kintyre oder Priests Farm nach dem Rechten. Richard hatte sich wohlweislich selbst verbannt. Ihre Kinder waren noch zu jung, und Michael Sullivan war viel zu schüchtern für eine ersprießliche

Unterhaltung, und ihre mannigfaltigen Aufgaben befriedigten sie eben doch nicht ganz. In jeder aus dem Ausland kommenden Post suchte sie daher begierig nach einem Brief von Louis.

Kapitel 4

»Sind wir bald da, Mama?«
Sara drehte sich zu Duncan, der ihr gegenüber saß. Sein Mund war ganz verschmiert, denn er hatte gerade ein Stück Kuchen gegessen. Er sah sehr müde aus, sein Anzug war voller Staub und ganz zerdrückt. Sebastian neben ihr war eingeschlafen. Sie hielt ihn mit einem Arm umschlungen, den anderen stützte sie auf den Fensterrahmen, um die Stöße des Wagens abzufangen, der auf dem schlechten Pflaster dahinrumpelte. Annie, die neben Duncan saß, döste vor sich hin. Nur David schien noch genügend Energie zu haben, um aufmerksam auf den Fluß, an dem sich die Landstraße entlangzog, hinauszuschauen.
»Ja, mein Liebling, wir sind gleich da. Nur noch eine Meile.«
David wandte sich ihr zu: »Hier waren wir doch schon mal, nicht wahr, Mama, damals bevor Papa starb?«
Der fragende Ton sagte ihr, daß er den Besuch vor achtzehn Monaten schon beinahe vergessen hatte. Er konnte sich an Banon nur noch flüchtig erinnern.
»Ja«, antwortete Sara, »weißt du es denn nicht mehr, David? Und du auch nicht, Duncan? Das schöne weiße Haus hoch über dem Nepean und das Vogelhaus habt ihr sicherlich nicht vergessen.«
»Ach ja, jetzt weiß ich es wieder«, meinte Duncan etwas unsicher. Er liebte Ortsveränderungen nicht sehr.
»Und wann fahren wir nach Kintyre zurück, Mama? In Kintyre ist es doch am allerschönsten!«
»Vielleicht in einer Woche. Von Banon aus fahren wir dann nach Kintyre.«
»Und warum müssen wir nach Banon? Monsieur Bourget ist doch gar nicht dort, er ist doch in England.«
Auch David machte ein unzufriedenes Gesicht. Er war ebensowenig begeistert von dem Aufenthalt in Banon wie Duncan. Die ganze Liebe der beiden galt Kintyre, dort fühlten sie sich zu Hause, mehr noch als in Glenbar. David versuchte gar nicht,

der Mutter seinen Unwillen darüber zu verbergen, daß Banon sie so lange von ihrer Hawkesbury-Farm fernhalten sollte.

Einen Augenblick lang wußte Sara nicht recht, was sie antworten sollte: »Nun, bevor Papa starb, hat er Monsieur de Bourget versprochen, von Zeit zu Zeit in Banon nach dem Rechten zu sehen. Papa konnte nur noch einmal hinausfahren, und jetzt ist es schon über ein Jahr her, daß jemand von uns draußen gewesen ist. Und da Papa und Monsieur de Bourget Teilhaber waren, halte ich es für richtig, daß ich nun sein Versprechen erfülle.«

David nickte, die Antwort schien ihn zufriedenzustellen. Er wandte sich ab und schaute wieder aus dem Fenster.

Es war ein Tag Ende März des Jahres 1805 – der Jahrestag von Andrews Tod. Der Herbst breitete sich allmählich über die Landschaft. In Sydney spürte man ihn kaum, aber hier auf dem freien Land waren die Nächte schon empfindlich kühl. Seit Wochen hatte es nicht geregnet, und unter den Hufen der Pferde wirbelte Staub auf. In dieser Nachmittagsstunde lag tiefe Stille über der Landschaft.

Sara bemerkte staunend die Veränderungen zu beiden Seiten der Chaussee. Überall sah sie neue Siedlungen. Rechts und links zweigten immer wieder Pfade ab, die zu einer hinter den Bäumen verborgenen Farm führten. Große Flächen Landes waren urbar gemacht worden, und schon graste Vieh auf den eingefriedeten Weiden. Sie kamen jetzt in die Gegend von Cowpastures, einem reichen Landstrich auf der anderen Flußseite.

Eigentlich durfte niemand ohne besondere Genehmigung dieses Areal betreten. Aber da dieser Verordnung kein Nachdruck verliehen wurde, jagten dort die Siedler, sooft es sie nach frischem Fleisch gelüstete, denn hier gab es die wilden Herden, die sich aus ein paar herumstreunenden Tieren entwickelt hatten und seit den Tagen des Gouverneurs Phillips hier beheimatet waren. Die Regierung konnte den weiten Landstrich nur notdürftig unter Kontrolle halten.

Immer schon hatte Sara die Abgeschiedenheit von Banon als wahren Segen empfunden. Diesmal sollte es ihr Zuflucht sein. Der Verzweiflung nahe war sie aus Sydney geflohen, hatte kurz entschlossen Kinder und Gepäck in den Wagen verfrachtet. Sie hatte sich an Andrews Versprechen geklammert, es als Vorwand benützt, um in den Frieden von Banon zu entkommen. Sie sehnte sich nach Stille und nach einer neutralen

Umgebung. In Banon würde sie endlich allein sein und ungestört über ihre Lage nachdenken können, über die Situation, die sich so zugespitzt hatte, daß sie nicht länger die Augen davor verschließen durfte. Gerade in den letzten drei Tagen war so viel auf sie eingestürmt, daß sie einfach nicht anders hatte handeln können, als in dieser etwas unwürdigen Hast in die Einsamkeit von Banon zu fliehen. Sie wußte, sie hatte etwa eine Woche Zeit, dann mußte sie über ihre und ihrer Kinder Zukunft entschieden haben. Und diese Entscheidung wollte sie treffen, ohne von der Erinnerung an Andrew und die Vergangenheit, die sie in Sydney auf Schritt und Tritt verfolgte, beeinflußt zu sein. Der Gedanke an Banon ließ sie ruhiger werden. David, der immer noch aus dem Fenster lehnte, streckte sich plötzlich. Er machte einen langen Hals und kniete sich sogar auf den Sitz. Annie ergriff ihn am Arm und wollte ihn zurückziehen, aber er schüttelte sie heftig ab:

»Da, da ist das Haus, Mama, jetzt erkenn' ich es wieder! Sieh doch, Duncan!«

Sara beugte sich vor, froh, die weißen Säulen und Terrassen wiederzusehen. Sie rückte Sebastian ein wenig in ihrem Arm zurecht. Sie hatte schon morgens einen Boten zu Madame Balvet geschickt, der sie angemeldet hatte. Offensichtlich postierte Madame Balvet daraufhin einen Diener auf der Landstraße, denn kaum hatte der Wagen die Anhöhe zum Haus erklommen, erschien die schwarzgekleidete Gestalt der Hausdame in dem Porticus.

Mit der freien Hand rückte Sara ihren Hut zurecht und versuchte, den Staub aus ihrem Rock zu schütteln. Der Wagen hielt, und Louis' Hausdame kam die Stufen herab. Sie winkte dem bereitstehenden Diener ab und öffnete eigenhändig den Wagenschlag.

»Herzlich willkommen in Banon, Madame!« Sie streckte die Arme aus, um Sara den schlafenden Sebastian abzunehmen.

In den folgenden zwei Tagen war Sara streng beschäftigt. Die Kinder blieben unter Annies Obhut, und sie widmete sich ganz Banon. Die Arbeit ließ ihr gar keine Zeit, über die Fragen nachzudenken, zu deren Lösung sie eigentlich nach Banon geflüchtet war. Im Augenblick jedenfalls nahm sie die Besichtigung der Ländereien ganz und gar in Anspruch. Auf einem von Louis' Pferden ritt sie über die Felder, inspizierte die Erntearbeiten, prüfte den Viehbestand. Sie hörte aufmerksam die aufgeregt vorgebrachten Berichte und Erläuterungen der beiden Aufseher an und nahm alle Einzelheiten zur Kenntnis. Sie stand den beiden mit einer ähnlich kühlen Zurückhaltung gegenüber, die wohl auch Andrew oder Jeremy gezeigt haben würden. Nachher zog sie sich für den Rest des Tages mit den beiden zurück, um mit ihnen die Bücher durchzusehen.

Sie stellte fest, daß die Bücher so ehrlich geführt waren, wie man es von zwei Männern, die über ein Jahr hier die Herren waren, erwarten durfte. Ihr geübter Blick sah sofort, daß keiner der beiden einen nennenswerten Betrag in die eigene Tasche gewirtschaftet hatte. Es war ihr klar, daß sie Louis' Farm nicht bewirtschaftet hatten, ohne an sich selbst zu denken, aber damit hatte man rechnen müssen. Louis hatte bei seiner Abreise diese »Extraausgaben« wohl einkalkuliert, und die beiden in der Landwirtschaft überaus erfahrenen Männer waren sie ihm sicherlich wert. Sara unterließ daher peinliche Fragen und nahm die Abrechnungen stillschweigend zur Kenntnis. Am Abend dieses langen Tages tippten die beiden Männer zum Abschied an ihre Mützen, und die Erleichterung stand ihnen deutlich in den Gesichtern geschrieben.

Eines Morgens, Sara war schon drei Tage auf Banon, erschien Madame Balvet und bat sie, sie möge sich doch auch einmal das Haus ansehen. Sara tat es nur widerstrebend. Nicht einen einzigen Augenblick hatte sie vorgehabt, sich um die Haushaltsführung der Französin zu kümmern. Es machte sie verlegen, sich das Leinen vorzählen zu lassen, um es anhand der Listen zu überprüfen, ob alles stimmte. Es erwies sich, daß die Haushaltsbücher peinlich genau geführt waren, es gab kein Pfund Mehl, keine Speckseite, die nicht genau verzeichnet standen. Allmählich begriff Sara, daß Madame Balvet ihre Freude daran hatte, ihr alles zu zeigen, daß sie nicht etwa nur notgedrungen die Vorratskammern, die Leinenschränke und die Speisekammern der Dienerschaft öffnete. Sie war stolz darauf, Sara beweisen zu können, daß sie die Wirtschaft vorzüglich geführt hatte. Der Rundgang begann im Salon, dessen Möbel bis zu Saras Ankunft unter Schutzbezügen gewesen waren, und dessen kostbarer chinesischer Zierat sie von neuem beeindruckte, und endete bei den reinlichen Schlafräumen der Küchenmägde. Madame de Balvet blieb oft stehen, zog hier einen Vorhang zurück, öffnete dort eine Schublade. Sie vergaß nicht, auf den Hochglanz der Fußböden hinzuweisen. Oft wandte sie sich in der Erwartung eines Lobes Sara zu. Sara kargte nicht mit Anerkennung. Sie war wirklich erstaunt über die mustergültige Ordnung. Die Französin registrierte jedes Lob voller Zufriedenheit, ihre Miene spiegelte deutlich Stolz und Freude. Nachher nahmen die beiden Frauen in geradezu festlicher Stimmung den Tee im Zimmer der Hausdame, das im hinteren Flügel dieses Hauses lag. Sara beobachtete, wie geschickt die Hände dieser Frau mit der Teekanne und dem Spirituskocher zu hantieren wußten, sie vollführten die Zeremonie des Teebereitens mit Anmut und Würde. Sie nahm ihre Tasse aus Madame Balvets Händen und rührte nachdenklich mit dem Löffel.

»Fühlen Sie sich hier nicht etwas einsam, Madame Balvet? Sydney ist doch reichlich weit entfernt.«

Die Französin zuckte die Achseln: »Ich habe meine Arbeit, Sie wissen selbst, wie es einem da geht, es bleibt einem keine Zeit, sich einsam zu fühlen. Irgend etwas gibt es immer zu tun. Monsieur de Bourget soll nicht sagen können, ich hätte es mir bequem gemacht.«

Sara, die gerade die mit den Tassen hantierende Madame Balvet musterte, erschrak förmlich über den Ausdruck ihres Gesichtes. Diese Sekunde, in der sich die Hausdame unbeobachtet glaubte, hatte Sara verraten, daß auch über eine solche Entfernung hinweg Louis de Bourget diese Frau völlig beherrschte.

Kapitel 5

Sara hatte es sich vor dem Kamin ihres Schlafzimmers auf Banon bequem gemacht. Sie trug einen weiten silbernen Morgenrock. In der Hand hielt sie einen Briefbogen und überlas noch einmal die Zeilen, die sie bis jetzt geschrieben hatte: »Cher Louis . . .«

Ihre Finger trommelten auf die Schreibplatte des Sekretärs. Sie hatte, solange die Eindrücke noch frisch waren, Louis einen vollständigen Bericht über Banon geben wollen, über den Verlauf dieser drei Tage, aber schon die ersten paar Zeilen waren schwunglos, unbeteiligt. Wieder tauchte sie den Federkiel in die Tinte, schrieb ein paar Worte – und ließ ihn abermals sinken.

Nein, sie wollte gar nicht über Banon schreiben. In der vergangenen Woche hatte sich ein Gedanke in ihrem Kopf festgesetzt.

Sie hatte ihn verdrängen können, solange sie mit der Aufgabe hier beschäftigt gewesen war, aber jetzt rührte er sich wieder und erzwang ihre Aufmerksamkeit. Eines war ihr jetzt unumstößlich klar, sie hatte eine Kostprobe davon bekommen, daß ihre Position ins Wanken geraten war. Als Andrew starb, hatten ihr die in der Kolonie zählenden Familien zwar pflichtschuldigst ihr Beileid ausgesprochen, aber dann zogen sie sich von ihr zurück. Was das Schlimmste war, diese Verachtung traf auch ihre Kinder. Sie würde ihren Söhnen David und Duncan, sie waren jetzt elf und neun Jahre alt, nicht mehr lange verschweigen können, daß jeder ehemalige Sträfling einen ausweglosen Kampf gegen das Stigma seiner Verurteilung führte. Selbst politische Sträflinge, wie zum Beispiel Jeremy Hogan, entgingen diesem Schicksal nicht. Die einflußreichen freien Siedler und die Offiziere des Korps hatten sich zu einem exklusiven Kreis zusammengeschlossen, und niemand, der wegen einer Straftat nach Botany Bay gekommen war, durfte hoffen, je in diesen Kreis aufgenommen zu werden. Nur ihrer Ehe mit Andrew und der Freundschaft mit Alison Barwell verdankte sie es, daß man sie in diesen Zirkel aufnahm. Andrew jedoch war tot, seine Macht erloschen, und langsam, aber sicher stieß man sie in das andere Lager, zu den sogenannten Befreiten, die zwar unerschrocken ihren Platz behaupteten, von den Vornehmen aber hochmütig übersehen wurden.

Hatte sie nicht erst vor einer Woche ein deutliches Beispiel dieser Mißachtung empfangen? Anläßlich der Geburtstagsfeier des ältesten Sohnes von Captain Taylor waren Einladungen versandt worden. Andrew hatte seinerzeit in London für Taylor einen hübschen Abschluß erzielen können, und auf allen früheren Geburtstagsgesellschaften waren David und Duncan bevorzugte Gäste gewesen. Aber in diesem Jahr war keine Einladung in Glenbar abgegeben worden, und Sara hatte schnell begriffen, daß auch nie mehr eine kommen würde. Auch David wußte es. Er hatte zwar nur stillschweigend die Achseln gezuckt, aber ehe er sich noch rechtzeitig abwenden konnte, hatte Sara die hellen Tränen in seinen Augen gesehen, Tränen, die er vor ihr zu verbergen suchte. Das Herz hatte sich ihr zusammengekrampft. Er war fast noch ein Kind, und doch mußte er schon lernen, daß man seiner Mutter nie ihre Vergangenheit verzeihen würde, ja, daß man gesonnen war, diese Vergangenheit auch noch seinen Brüdern und ihm aufzubürden.

»Das macht nichts, Mama«, hatte er gesagt, »ich kann John Taylor sowieso nicht ausstehen – und Mama, ich hab dich lieb.«

Bald wird es auch Duncan merken, hatte sie gedacht, während sie den Arm fest um die Schultern ihres Ältesten schlang, vorausgesetzt allerdings, daß Duncan nicht auch schon gespürt hatte, daß bei seiner Mutter irgend etwas ganz anders war als bei den anderen Frauen.

Hier auf Banon dachte sie wieder an den Tag, da die beiden Knaben vom Hafen gekommen waren, schmutzig und mit zerrissenen Jacken. David versuchte vergeblich, das verkrustete Blut von seiner Stirnwunde zu wischen. Sie hatten sich beide geweigert, ihr den Grund für die Keilerei zu sagen, obgleich Duncan einen ganz bestürzten Eindruck machte und sich dauernd hilfesuchend nach seinem Bruder umsah. David drängte ihn schnell aus dem Zimmer, damit er nicht doch etwas verriet. Beunruhigt hatte Sara den beiden nachgeschaut. In jener Nacht war sie schlaflos in Andrews Kontor auf und ab geschritten und hatte voller Verwirrung über das verflossene Jahr nachgedacht, das ihr plötzlich so nutzlos und vertan vorkam. Ihre Position in der Kolonie war mehr als zweifelhaft. Nicht ein einziges Mal war sie zu irgendeiner Gesellschaft oder einem Empfang geladen worden. Sie gestand sich endlich ein, daß sie bisher immer noch verzweifelt gehofft hatte, man nehme nur Rücksicht auf ihre Trauer, aber auch jetzt, nachdem das Trauerjahr vorüber war, hörte und sah sie nichts von einer Einladung. Und die letzte Einladung vom Gouverneur lag über ein Jahr zurück. Noch ein Jahr, ohne daß Mrs. King gesellschaftlich von ihr Notiz nahm, und der Boden war ihr unter den Füßen endgültig entzogen. Alle Begünstigungen, die sie dank Andrews genossen hatte, wären dahin.

Als sie sich über die Folgen einer solchen Entwicklung klar geworden war, entschloß sie sich, mit ihren Kindern auf Banon Besuch zu machen. Der eine Teil ihrer Aufgabe hier war erledigt. Jetzt war es an der Zeit, sich ihrem eigenen Problem zuzuwenden.

Nervös spielten ihre Finger mit dem steifen Briefbogen. Nein, sagte sie zu sich, wenn ich mich mit der jetzigen Lage abfinde, müßten meine Kinder unglücklich zwischen den »Befreiten« und der Offiziersclique aufwachsen. Sie würden dann zu keiner der Gruppen gehören. Und wen sollten sie später einmal heiraten? Vielleicht Töchter ehemaliger Sträflinge, damit auch sie um die gesellschaftliche Anerkennung ihrer Frauen ringen müßten. Würden sie es auch nie offen aussprechen, so könnte es doch leicht geschehen, daß sie ihre Mutter verantwortlich machten.

Nein, Sara verspürte wahrlich keine Neigung, sich von ihren eigenen Söhnen eines Tages bemitleiden lassen zu müssen. Mit jähem Ungestüm zerriß sie den angefangenen Brief, zerknüllte ihn und warf ihn ins Feuer.

»Cher Louis . . .«, fing sie ein zweites Mal an. – Wenn doch nur Louis bald zurückkäme, das wäre die Rettung! Louis kehrte als Witwer nach Banon zurück, noch dazu mit einer kleinen Tochter, die es zu behüten und zu erziehen galt. Ein Mann konnte da nicht lange allein bleiben. Sie mußte ihn soweit bekommen, daß er sich wieder verheiratete – und zwar mit ihr. War sie erst wieder die Frau eines freien Siedlers, hatte David nicht mehr nötig, so zu tun, als hasse er seine Freunde, nur um die Gefühle seiner Mutter zu schonen. Dann brauchte er nicht länger Duncan einzuschärfen, daß er dieses und jenes um keinen Preis seiner Mutter verraten dürfe.

Ja, Louis war die Rettung – wenn er doch bald heimkehren würde! Stirnrunzelnd saß sie über ihrem Brief. Ein ganzes Jahr lang hatte sie von Louis nicht eine Zeile mehr empfangen. Es war nicht ausgeschlossen, daß er in England wieder geheiratet hatte. Vielleicht würde er auch gar nicht mehr in New South Wales bleiben wollen. So vieles konnte ihre Pläne durchkreuzen, und auch Madame Balvet durfte sie nicht vergessen. Obgleich der Gedanke einer Ehe mit Louis erst in der letzten Woche festere Formen angenommen hatte, so war sie doch wie besessen davon. Louis mußte einfach zurück, mußte . . . Alles andere würde sie schon schaffen.

»Oh, Louis . . ., Louis«, flüsterte sie leidenschaftlich, »warum kommst du nicht!«

Mit einem Gefühl hilflosen Zornes dachte sie an die große Entfernung, die zwischen ihm und ihr lag. Und erst die Zeit! Sie malte sich aus, welchen Einflüssen er ausgesetzt war, wie viele Frauen ihn attraktiv fanden, ob nun ihre Bewunderung seiner Person oder seinem Vermögen galt, blieb nebensächlich. Es konnte ja auch sein, daß ihn das reiche, vornehme Londoner Leben zum Bleiben verlockte. Oder er zögerte, seine junge Tochter in die Einsamkeit von Banon zu verpflanzen. Mehr als ein Dutzend Gründe gingen ihr durch den Kopf, wie unerreichbar er ihr auf einmal schien! Zornerfüllt starrte sie auf den

Briefbogen. Schon dieser Brief hier brauchte sechs Monate, um in seine Hände zu gelangen. Und dabei war es mehr als fraglich, ob ihn dann überhaupt noch eine Botschaft aus Banon interessierte. Das Bewußtsein, dem Schicksal gegenüber ohnmächtig zu sein, brachte sie schier außer sich. Jäh stieß sie den Stuhl zurück und schritt erregt im Zimmer auf und ab. Wie konnte man auf einen Mann einwirken, der dreizehntausend Meilen entfernt war?! Bildete sie sich denn im Ernst ein, daß dieses eintönige, arbeitssame Leben in der Kolonie mit dem Glanz der Londoner Gesellschaft wetteifern konnte! Wie mochte sie wohl in Louis' Erinnerung leben? Als eine altmodisch gekleidete Frau, als Mutter von drei Kindern, die ihr immer und ewig am Schürzenzipfel hingen? Ihren Unterhaltungen fehlte sicherlich der Glanz und der Schliff Londoner Salons, und dieses unergründliche Etwas von Madame Balvet besaß sie auch nicht. Sie preßte die Hände gegen die Brust. Was konnte sie tun? Sollte sie Louis schreiben, daß sie sein Gut inspiziert hatte mit dem rücksichtslosen Scharfblick, den Andrew sie lehrte? War es nicht wahrscheinlicher, daß Louis etwas anderes in einer Frau suchte als gerade diese Eigenschaft? Sicherlich würde er für bezaubernde Hilflosigkeit mehr übrig haben.

Sie blieb mit verschränkten Händen vor dem Kamin stehen. »Andrew, ja, der hätte genau gewußt, wie man es anzustellen hatte«, sagte sie laut vor sich. »Er hätte gewußt, wie man Louis behandeln mußte!«

Es kam ihr gar nicht in den Sinn, daß solche Gedankengänge nicht sehr pietätvoll waren. Die Heirat mit diesem Franzosen wäre ja auch nichts weiter als ein Geschäft gewesen, ein Schachzug, den Andrew bestimmt gutgeheißen hätte, denn es handelte sich um einen Schritt, der zum Schutze seiner Söhne unternommen wurde. Sein Besitz sollte zusammengehalten werden, bis sie groß genug waren, die Verwaltung selbst zu übernehmen. Nein, Andrew würde nicht vergessen haben, wie schwer er um die Anerkennung seiner Frau gerungen hatte, er wüßte am besten, wie sich die Tatsache, daß sie ein ehemaliger Sträfling war, auf seine Kinder auswirken könnte. Er würde nicht überrascht sein, wenn er sehen könnte, wie weit zu gehen sie gesonnen war, denn was sie tat, geschah zur Wahrung ihrer gemeinsamen Interessen.

Vor ihren Augen tauchte Louis' Bild auf: das dunkle, schmale Gesicht, die Weltklugheit, die es ausstrahlte. Sie verglich ihn mit Andrew und fragte sich, ob sie ihn je innig lieben würde. Sie glaubte wohl, daß Louis Leidenschaft besaß, echte Zärtlichkeit jedoch traute sie ihm kaum zu. Er kannte die Frauen, aber doch nur oberflächlich. Er war sicherlich schon oft verliebt gewesen, aber sie hegte doch Zweifel, daß ihn jemals eine Frau ganz erfüllt hatte. Nein, Louis war nicht der Mann, der einer Frau zu Füßen lag und ihre Befehle entgegennahm. Nie würde man seiner ganz sicher sein, auch nicht in der Ehe. Aber mochte er sich auch wie ein wahres Irrlicht gebärden, sie mußte es schaffen, ihn nach New South Wales zurückzuholen.

Sie ließ sich in den weichen Sessel am Kamin fallen, rückte ganz nach vorn und streckte die Hände gegen die Glut. Die Hitze brannte auf ihren Wangen, aber sie genoß die Wärme, die für einen Augenblick alle Angst und alle Zweifel in ihr erstickte.

Sie vergrub das Kinn in den Händen. Was würde Jeremy sagen, wenn sie Louis heiratete? Jeremy liebte sie. Nur deswegen schuftete er für drei – weil er sie liebte und Andrew gern gehabt hatte. In dem verflossenen Jahr hatte sie oft über Jeremy nachdenken müssen. Mit schmerzlichem Bedauern sagte sie sich immer wieder, daß er nicht besser daran war als sie. Jeremy liebte sie tief und aufrichtig, aber seine Liebe konnte ihren Kindern nicht helfen. Sah sie einmal von Andrew ab, mußte sie sich eingestehen, daß er mehr wert war als jeder andere Mann. Aber was half es? Er war ein ehemaliger Sträfling, genau wie sie! Ob er je daran gedacht hatte, sie um ihre Hand zu bitten? Er kannte anscheinend jeden ihrer Gedanken, er kannte ihre Beweggründe, ihre Härte und Rücksichtslosigkeit viel besser als Andrew, der sie nie ganz durchschaut hatte. Jeremy war der einzige, der es wagte, ihr offen ihre Fehler ins Gesicht zu sagen, ja, er zwang sie geradezu, dem Bilde zu gleichen, wie nach seiner Meinung Andrews Frau zu sein hatte. Nein, dieser Mann gab sich keinen Illusionen über sie hin, und dennoch liebte er sie.

Sie schüttelte bedächtig den Kopf. An eine Liebe zwischen ihr und Jeremy durfte sie gar nicht denken, das hätte bedeutet, daß ein »Befreiter« und eine »Befreite« zusammenkamen. Wenn sie sich wirklich wieder verheiratete, so mußte es ein Schritt vorwärts sein, sie wollte festigen, was Andrew für sie erreicht hatte. Jeremy zu heiraten, das hieße endgültig in das andere Lager hinüberwechseln, und daran dachte sie nicht einmal im Traum. Sollten etwa ihre Söhne in zehn Jahren die Torheit ihrer Mutter zu bereuen haben? Nein, tausendmal nein! Natürlich wußte sie, daß Jeremy alle Eigenschaften besaß, die sie in Louis vergeblich suchen würde. Jeremy war ihr ergeben und treu. Wie oft war sie von der Güte in seiner Stimme gerührt gewesen, um Saras willen schuftete er sich fast zu Tode, auf drei Farmen, die nicht sein Eigentum waren. Überhaupt hatte er in all den Jahren einem anderen geholfen, ein Vermögen zu gewinnen. Sie spürte, daß sie Jeremy liebte, wenn auch nicht so wie Andrew oder Richard, aber doch auf eine ganz besondere Weise – seit jener Nacht nach dem Aufruhr der Sträflinge in Kintyre. Ja, wenn es eine Möglichkeit gäbe . . . Jäh riß sie sich aus diesem Traum. Jeremy war ein ehemaliger Sträfling!

Sie stand auf und kehrte entschlossen an den Schreibtisch zurück. Der blanke Bogen starrte sie an. Ach, sie war der eigenen Pläne überdrüssig und verachtete sich selbst. Wenn sie sich vorstellte, was sie Jeremy antat . . .

Jetzt also würde sie sich hinsetzen und an Louis schreiben, ihm berechnend erzählen, wie eifrig sie sich seiner Angelegenheiten angenommen hatte, zwischen den Zeilen würde sie ihm deutlich machen, wie zärtlich sie seine Tochter umhegen wollte, und dabei wußte sie genau, daß sie sich nicht im geringsten etwas daraus machte, bei einem fremden Kind die Mutter zu vertreten. Aber solche Dinge gehörten nun einmal zu dem Handel, den sie im Sinn hatte. Sie tauchte gedankenverloren die Feder ein. Das Dumme war nur, daß der ganze Handel vorläufig nur in ihrem eigenen Kopf existierte. Louis war Tausende von Meilen entfernt, unerreichbar ihrem Einfluß. Sie seufzte und setzte die Feder an.

Sie hatte eine halbe Stunde lang geschrieben, als sie Pferdegetrappel und Räderrollen dicht unter ihrem Fenster vernahm. Sie schaute auf die Uhr. Es war bereits zehn Uhr. Was war los? Ohne besonderen Grund war zu so später Stunde niemand auf der Landstraße am Nepean unterwegs. Verwirrt eilte sie ans Fenster und zog die Vorhänge zurück. Der Wagen hielt in einiger Entfernung. Sie hörte Stimmengewirr, vernahm die lauten Ausrufe der Diener, von denen einer auf das Verdeck stieg und Gepäck ablud. Laternen wurden herausgebracht. Sara erkannte die Gestalt eines Mannes, der eifrig mit Madame Balvet sprach. Jetzt drehte sich der Mann herum, beugte sich in den Wagen, und als er wieder im Lichtkegel auftauchte, trug er ein Kind auf den Armen, das zum Schutz gegen die Nachtkälte in Decken gehüllt war.

Louis war heimgekehrt!

Sara wartete noch einen Moment, ob ihn nicht vielleicht eine Frau begleite. Dann ließ sie die Vorhänge zurückfallen. Sie rannte durchs Zimmer, daß die vollgeschriebenen Briefbogen hochwirbelten und auf den Teppich segelten. Sie wollte in die Halle eilen. Die Hand auf der Türklinke, hielt sie noch einmal inne. Sie kehrte um. Bedachtsam trat sie an den Frisiertisch, beugte sich vor und musterte ihr Gesicht im Spiegel. Ob Louis sie verändert finden würde? War sie älter geworden? Ihre Augen konnten natürlich keinen Unterschied entdecken, aber wie würde er sie sehen? Wie wirkte sie im Vergleich zu den blassen Schönen der Londoner Damenwelt? Sie zog eine Puderdose aus der Schublade. Ob es etwas half? Ihr Haar hatte sie schon vorhin zur Nacht gebürstet, es wallte lose über ihre Schultern. An diesen Goldton würde er sich hoffentlich noch erinnern. Zufrieden wanderte ihr Blick über die schlanke Gestalt im Spiegel. Der Morgenrock betonte die Formen. Dann eilte sie an den Kleiderschrank und entnahm ihm ein Hausgewand aus seegrüner Seide, von dem Andrew immer behauptet hatte, es gleiche in der Farbe genau ihren Augen. Bevor sie das Zimmer verließ, zerriß sie noch schnell den Brief und sah zu, wie die Fetzen lustig im Kamin verbrannten. Ihre Wangen glühten vor Aufregung. Diesen Brief hätte sie sich sparen können, Louis war zurückgekehrt – allein!

In aller Eile waren in der Halle sämtliche Kerzen angezündet worden. Das Tor stand weit offen, damit die Diener mit dem großen Gepäck hereinkonnten. Der von den Bergen kommende Wind strich durch die Tür. Sara hielt fröstelnd inne und nahm das bewegte Bild in sich auf. Louis und Madame Balvet standen nahe beieinander und unterhielten sich angeregt auf französisch. Das Kind war fast ganz in einem der tiefen Sessel verschwunden. Seit Hütchen war verrutscht und ließ dichtes schwarzes Haar und ein blasses Gesichtchen sehen. Das Mädchen hielt die Augen geschlossen. Es nahm von dem Wirrwarr um sich herum nichts mehr auf, Sara ging langsam auf die Gruppe zu.

Beim Klang ihrer Schritte drehte sich Louis herum und eilte ihr mit ausgestreckten Händen entgegen.

»Sara!«

Er war ganz der alte. Die Haut spannte über seinen hohen Backenknochen, die Augen zeigten den alten Glanz, und auch der schnelle, leichtfüßige Gang war ihm geblieben. Sein Lächeln ging in ein leises Lachen über.

»Was ist los, Sara, hast du kein Wort des Willkommens für mich?«

Sie drückte nur innig seine Hand. Sprechen konnte sie nicht. Sie kämpfte mit Tränen, ihre Kehle war wie zugeschnürt. Sie war völlig fassungslos, denn sie hatte nicht erwartet, daß seine Heimkehr sie so beeindrucken würde. In den achtzehn Monaten seiner Abwesenheit, so gestand sie sich jetzt ein, hatte er in ihrer Erinnerung doch fast als ein Fremder gelebt. Nun empfand sie es als große Erleichterung, sich trotzdem sagen zu können, daß er ihr vertraut vorkam, vertraut wie damals, als er die Kolonie verließ. Ja, diese Vertrautheit schien sogar noch gewachsen zu sein. Als sie vorhin auf ihn zuschritt, war es ihr einen Augenblick lang so vorgekommen, als ginge sie, ihren Vater willkommen zu heißen. Das gleiche schmale Antlitz, die selbe schlanke Gestalt! Auch das Lachen hätte von Sebastian Dane sein können!

»Louis!« Ihre Stimme klang gepreßt. »Natürlich heiße ich dich willkommen, und wie ich mich freue, aber es kommt so überraschend . . .«

Er zuckte die Achseln: »Hätte ich in Sydney warten sollen, bis du mir gestattest, in mein Haus zu kommen? Wir sind vor zwei Tagen angekommen, in Glenbar hörte ich, du seiest nach Banon gefahren. Also sagte ich mir, Louis, dort findest du sie wie eh und je. Sie herrscht sicher wie ein Despot auf Banon, während du dir hier in Sydney die Beine abstrampelst. Überrasche sie und schlage sie in die Flucht!« Er beugte sich über ihre Hand und küßte sie: »Da bin ich nun.«

Ihr Lächeln war eitel Entzücken: »Noch nie ist mir eine Niederlage so willkommen gewesen, ich werde mich in aller Eile und allem Anstand aus dem Staube machen.«

»Um Gottes willen, Sara, ich brauche hübsch ein paar Tage, um mich wieder an deinen Anblick zu gewöhnen. Dann erst kann ich dich gehen lassen.«

Sie zog die Brauen hoch: »Hübsch paar Tage? Ich kann unmöglich allein hierbleiben.«

»Ach, laß die Leute reden«, entgegnete er kurzerhand. »Bist du denn nicht mein Geschäftspartner? Und bist du nicht . . . Genug davon.« Er hielt immer noch ihre Hand. Ein warmes Lächeln verklärte seine Züge, als er hinzufügte: »Wir verplaudern uns, komm, ich möchte dir meine Tochter vorstellen.«

Er führte sie zu dem Sessel, in welchem das Kind schlief. Eine Frau in mittleren Jahren, offenbar das Kindermädchen, stand schüchtern neben dem Sessel und wartete auf nähere Anweisungen. Auch Madame Balvet hatte sich noch nicht entfernt. Sie berührte das Kind an der Schulter und bedeutete ihm aufzustehen. Schlaftrunken öffneten sich ein paar schwarze Augen, die verwundert auf Sara schauten.

»Elizabeth«, sagte Louis zärtlich, »dies ist Mrs. Maclay, du weißt doch, ich habe dir von Mrs. Maclays drei Buben erzählt, mit denen du hier spielen kannst.«

Einen Augenblick lang blickte das Kind verstört zu den Erwachsenen auf. Dann rutschte es bis an die Sesselkante vor und landete schließlich ein wenig taumelnd auf seinen müden Beinchen. Die Kleine wollte ihren Knicks machen, aber Sara hielt sie fest.

»Ich freue mich, dich kennenzulernen, Elizabeth«, sagte sie weich.

Das Kind antwortete nicht. Seine Blicke hafteten auf dem Fußboden. Das weiße Gesichtchen zeigte eine kalte, bedrückte Miene, und scheu und verlegen zupften die Finger an dem Mäntelchen.

Sara kehrte sich rasch ab: »Louis . . .?«

Er nickte und gab seiner Hausdame einen Wink: »Mein Kleines ist müde. Es war zu viel für sie, die lange Reise und die vielen neuen Eindrücke, morgen früh . . .«

Madame Balvet bückte sich und nahm Elizabeth auf den Arm. Von der sicheren Höhe herab betrachtete das Kind die Erwachsenen ernsthaft.

»Morgen früh lernst du meine drei Buben kennen«, sagte Sara, »der eine ist genauso alt wie du.«

Ein Lächeln huschte über Elizabeths Züge. Sie nickte ernsthaft, warf rasch das Köpfchen zurück und kuschelte sich wieder an Madame Balvets Schulter. Saras und Louis' Blicke folgten ihr, als sie hinausgetragen wurde. Das Kindermädchen folgte den beiden ein wenig unsicher.

»Ich weiß nicht, wie das werden soll«, sagte Louis sinnend. »Sie ist immer noch so scheu vor mir, obgleich ich doch schon eine ganze Zeit lang mit ihr beisammen bin. Dabei ist sie so altklug. Ich habe es wohl auch nicht sehr geschickt angefangen. In London habe ich sie geradezu schamlos verwöhnt. Ich bin zwar überzeugt, daß sie in diesem öden Haus in Gloucestershire nicht sehr glücklich war, aber es sieht wahrlich nicht so aus, als ob sie jetzt glücklicher wäre. Hoffen wir, daß es ihr auf Banon besser gefällt. Reiten kann sie, als wäre sie auf einem Pferd

geboren. Nun, da hat ja auch nicht viel gefehlt. Sie hat über-
haupt viel von ihrer Mutter.«
»Sieht sie ihr ähnlich?«
Er lächelte: »Ja. Übrigens das einzige, was ich ihr als Erbteil von
ihrer Mutter immer gewünscht habe. Die hatte es im Überfluß.
Elizabeth verspricht eine Schönheit zu werden.« Er legte den
Arm herzlich um Saras Schultern. »Komm, Sara, stehen wir
hier nicht herum. Gehen wir lieber ins Speisezimmer, Madame
Balvet wird uns sicherlich etwas Gutes zu essen bringen.«
Sara leistete Louis während des Mahls Gesellschaft. Ihre Finger
krampften sich um den Stiel des Glases, das Louis ihr gefüllt
hatte. Madame Balvet hatte es sich nicht nehmen lassen, ihn
selber zu bedienen. Sie kam und ging mit den Schüsseln. Auf
ihren Wangen brannten zwei hektisch rote Flecke, ein unge-
wöhnlicher Anblick in diesem Gesicht. Während er aß, redete
Louis schnell und eifrig auf Sara ein. Er sprudelte die Neuigkeiten nur so hervor und bombardierte Sara mit Fragen.
»England liegt Nelson zu Füßen, um seine Geliebte, die Hamilton, kümmert sich niemand . . . Bonaparte und seine Grande
Armée sind im Feldlager auf den Felsklippen von Boulogne.«
»Invasion?« fragte Sara.
Er zuckte mit der Schulter. »Nelson ist auf der Hut.« Er deutete
lächelnd mit der Hühnerkeule auf Sara: »Und falls die guten
Briten es wegen der Invasion zu sehr mit der Angst bekommen
sollten, bleibt ihnen zur Abwechslung immer noch der Skandal
mit ihrem Prinzen von Wales. Mon Dieu, der Mann versteht
es, Geld zu vergeuden! Er lebt mit der Fitzherbert in morgana-
tischer Ehe. Die Fitzherbert hat es glücklicherweise vom Papst
verbrieft, daß sie in allen Ehren mit der königlichen Hoheit
vermählt ist, haha. Die arme Prinzessin Caroline kommt aus
den Aufregungen nicht mehr heraus, und alle Leute, die den
Prinzen verabscheuen, sammeln sich um sie.« Er schüttelte sich
übertrieben: »Sie hat aber auch wirklich einen gräßlichen Geschmack, was das Äußere anbelangt. Ich jedenfalls glaube fest
daran, daß er ihr nie untreu geworden wäre, wenn nur jemand
den Mut aufgebracht hätte, ihr zu zeigen, wie man sich anzieht.
Man kann es ihm wirklich nicht verübeln, daß er mit so einer
Vogelscheuche nicht zusammen leben mag.« Er leerte sein Glas
und reichte es Madame Balvet hin, damit sie ihm noch einmal
einschenke.
»Übrigens, ich habe auch Lady Linton kennengelernt«, fuhr er
fort. »Du meine Güte, ist die Dame fett! Kleidet sich nur in

Purpur. Ich konnte nur nicht herausbekommen, warum eigentlich, sie sieht doch selber schon wie ein orangeroter Mond aus.«

Sara lächelte über seine Ausdrücke.

Louis beendete seine Mahlzeit und wandte sich an die Hausdame.

»Den Koffer, wissen Sie, den kleinen, machte es Ihnen etwas aus, ihn mir zu bringen?«

Madame Balvet schüttelte den Kopf und verließ das Zimmer.

Louis wandte sich wieder an Sara. »Auch unseren Macarthur habe ich in London ein paarmal getroffen. Er ist ganz krank vor Heimweh und wird sicherlich bald zurückkommen. Das Verfahren gegen ihn ist zu seinen Gunsten ausgegangen. Glaub kaum, daß unser armer Gouverneur gut in dieser Sache abgeschnitten hat. Macarthur hat nicht nur eine beredte Zunge, seine Proben Merinowolle vor allem machten Stimmung für ihn. Jedenfalls kommt er zurück mit einer Landbeleihung im Cowpastures-Gelände in der Tasche . . .«

»Wolle . . .«, flüsterte Sara vor sich hin.

»Was meinst du?«

»Ich sagte nur, Wolle . . . Wolle ist wichtiger in diesem Land als alles andere, und Macarthur weiß das schon lange. Ackerbau, der reicht auf die Dauer nur für unseren eigenen Bedarf, aber mit Wolle wird sich auch in der Zukunft ein Vermögen machen lassen.«

»Immer noch ganz die alte Geschäftsfrau, Sara? Nein, du hast dich nicht verändert, meine Liebe.«

Sie hob den Kopf, das Rot ihrer Wangen vertiefte sich.

»Warum sollte ich auch, was sonst könnte mich hier halten. Hier hört man keinen Hofklatsch, man erfährt nichts von Nelsons Geliebten. Womit also soll man sich sonst die Zeit vertreiben? Sei deshalb gnädig mit mir, Louis.«

»Dann erzähl du mir endlich von deinen Neuigkeiten!«

Ihre Augen verdunkelten sich ein wenig. »Ich war gerade dabei, dir einen Brief zu schreiben, heute abend . . . Natürlich in der Hauptsache über Banon, aber das hat ja nun Zeit bis morgen. Nur eins, das interessiert dich sicherlich. Man sagt, der Gouverneur habe Bericht über Matthew Flinders, du kannst dich doch sicher noch erinnern, Louis, den jungen Leutnant, der mit der Investigator losgesegelt war und den Auftrag hatte, für die Admiralität den neuen Kontinent zu typographieren.«

Er nickte. »Natürlich, was ist mit ihm?«

»Ja, denk dir, er befand sich mit der Cumberland auf der Heimreise nach England. In Frankreich mußte er wegen Reparaturen in Dock, und jetzt hat man erfahren, daß General Decean ihn als Kriegsgefangenen in Gewahrsam genommen haben soll.«

»Der Mann muß ja verrückt geworden sein«, murmelte Louis.

»Flinders trug einen Paß bei sich, der seine Reise als einen wissenschaftlichen Auftrag auswies, ausgestellt vom französischen Kriegsminister persönlich. Mon Dieu, das ist mir wahrhaftig eine reizende Vergeltung für die Gastfreundschaft und den Schutz, die Gouverneur King seinerzeit der Expedition unter Baudin angedeihen ließ. – Das muß doch einen besonderen Grund haben, Sara?«

»Natürlich, denn schließlich bleiben Flinders Karten und Tabellen auch in Frankreich. Und was das bedeutet, Louis, das weißt du. Man braucht ihn nur lange genug festzuhalten, und Baudin kann in der Zwischenzeit seinen Reisebericht veröffentlichen und mit seinen Entdeckungen prahlen, die er für Frankreich gemacht hat . . . Wie leicht kann es sein, daß man Flinders hinterher nicht mehr glaubt.«

Louis schüttelte bedächtig den Kopf: »So etwas Dummes. So etwas Sinnloses . . . Ist Flinders verheiratet?«

»Ja, im Jahre 1801 hat er geheiratet, drei Monate bevor er England verließ. Er wollte seine Frau damals eigentlich mitnehmen. Aber in letzter Minute verweigerte man ihr die Ausreise auf der Investigator. Und nun muß sie abwarten, bis Decean sich dazu herbeiläßt, ihren Mann freizulassen.«

Spielerisch ließ er den Wein im Glase kreisen.

»Oh, diese Gelehrten, welche Opfer sie doch für ihre Geliebte, die Wissenschaft, bringen! Schau dir den jungen Flinders an mit seinen Mappen und Karten, alles Beweise seiner Gewandtheit und Geduld. Da sitzt er nun eingesperrt auf der Ile de France – und seine junge Frau darf derweil auf ihn in England warten. Ich frage mich nur, wen liebt er nun mehr, wen würde er opfern, falls es einmal darauf ankäme – sie oder seine Wissenschaft?«

Er schaute auf, weil nach einem kurzen Klopfen Madame Balvet wieder das Zimmer betreten hatte. Ihr folgte ein Diener, der einen eisenbeschlagenen Koffer auf den Schultern trug.

»Danke«, sagte Louis. »Stellen Sie ihn bitte hier vor den Kamin.« Dann wandte er sich an die Hausdame: »Ist Elizabeth im Bett?«

Die Französin nickte: »Das Kinderfräulein ist noch bei ihr, aber ich glaube, Elizabeth schläft schon.«

»Dann ist es gut. Morgen wird sie wieder frisch sein, das arme, kleine Dingelchen, sie ist einfach übermüdet.«

Madame Balvet deckte den Tisch ab. Sie zögerte vor den Gläsern und der Weinkaraffe. Louis schüttelte den Kopf: »Nein, das können Sie stehen lassen!«

Sie erwiderte nichts und sah keinen von den beiden an, als sie das Tablett nahm und dem Diener übergab. Sie blieb noch einen Augenblick stehen – ohne besonderen Zweck, wie Sara fand – und zog sich dann still zurück. Lautlos schloß sie die Tür hinter sich.

Louis beugte sich vor und schenkte Sara noch einmal ein. Er tat es nachdenklich und langsam.

»Nun, Sara, haben wir es nicht wunderbar friedlich hier? Der Reisende ist an den heimatlichen Herd zurückgekehrt, das glänzende Europa verblaßt vor seinen Blicken. Ich freue mich, weil ich wieder zu Hause bin. Noch vor fünf Jahren hätte ich es einfach nicht für möglich gehalten, daß ich mich darüber freuen könnte.« Er hielt inne. »Und du, meine Liebe . . . Wie ist es dir in diesem Jahr ergangen?«

Sie zögerte mit der Antwort. Ihre Augen irrten zum Kamin, ihre Hand spielte unruhig mit dem Glas. Dunkel glühte der Wein. Sara sah dem Spiel des Feuers zu und suchte nach Worten. Wie begann sie am besten? Er saß ihr schweigend gegenüber. Es wäre ihr fast lieber gewesen, wenn er eine seiner spottlustigen Launen gehabt hätte. Nein, mit der Friedlichkeit, die er eben erwähnt hatte, war es nicht weit her. Plötzlich stieß sie den Sessel zurück und kehrte sich dem Kaminfeuer zu. Bei der jähen Bewegung geriet der Tisch etwas ins Wanken, und der vergossene Wein färbte das Tafeltuch dunkel.

»Dieses Jahr, seit Andrews Tod – es war einfach schrecklich! Ach, du kannst dir nicht vorstellen, wie es war. Vom frühen Morgen bis zum späten Abend immer in tausenderlei Pflichten eingespannt, ständig jagend und gejagt. Und doch kommt es mir so vor, als sei alle meine Mühe zwecklos. Was für einen Sinn hat es für eine Frau, so zu leben, wie ich es tue, wie ich es muß. Und dabei immer die Gedanken, wie es früher einmal war.« Ihre Stimme erstarb. Sie hielt den Blick auf ihn gerichtet: »Ja, ich bin eine erfolgreiche, tüchtige Geschäftsfrau, ich habe meine drei Kinder, und dennoch bin ich so allein. Ich ziehe von einer Farm zur anderen, sehe überall nach dem Rechten und freue mich, daß alles in Ordnung ist. Aber es ist niemand da, mit dem ich meine Freude teilen könnte. Ich kaufe mir ein neues Kleid, aber wen interessiert es schon, wie es mir steht?« Sie drehte sich herum und sah ihn voller Leidenschaft an: »Nein, das ist kein Leben für eine Frau, Louis, das ist nur ein Vegetieren. Ich werde langsam menschenscheu und schließe mich von allen ab. Ich fühle es ganz genau und kann es doch nicht ändern.« Sie ließ sich wieder in den Sessel zurücksinken. »Sie haben zwar Andrews Mörder auf dem höchsten Pfahl aufgeknüpft, aber ist die Gerechtigkeit ein Trost für mich? Sie bringt mir nicht die Zeiten zurück, da ich zufrieden und glücklich sein konnte. Jetzt vergrabe ich mich in meine Pflichten, arbeite für meine Söhne. Nur – mit dem Herzen bin ich nicht dabei.«

Er nickte. Seine Hände ruhten auf der Sessellehne.

»Ja, du hast wohl recht – und ich kann dir kaum Trost bringen. Ich habe oft an dich denken müssen, Sara, seit deinem Brief damals. Ich bin wegen Andrews Tod eher heimgekehrt, als ich ursprünglich vorhatte, ich habe das erstbeste Schiff genommen. Du tatest mir so leid. Und doch, als ich die Botschaft empfing, kam es mir so vor, als hätte ich es in meinem tiefsten Innern immer gewußt. Du und Andrew, ihr seid zu glücklich gewesen, eure Bindung war zu vollkommen. Was der eine dachte, das fühlte der andere, und alles, alles fiel euch beiden in den Schoß. Der Himmel ist neidisch auf ein solches Glück. Mon Dieu, ich kann mir denken, wie euch die anderen beneidet haben – genau wie ich.« Er hob beschwörend die Hände. »Aber das ist vorbei, weine also nicht Verlorenem nach, du müßtest ja eine ganz eigennützige Person sein, Sara, wenn du nicht voller Dankbarkeit an alles, was du gehabt hast, denken würdest.«

Finsteren Blickes rutschte sie unruhig auf ihrem Stuhl hin und her.

»Ja, aber alle Dankbarkeit wird mich nicht davon abhalten können, mir diese Zeit zurückzuwünschen. Hast du denn kein Herz, Louis?«

»O doch, ein Herz habe ich schon, nur daß es nicht gerade überfließt vor Mitleid mit dir. Du bist glücklich gewesen, und Glück, meine Liebe, das währt nun einmal nicht ewig. Ich trauere auch um Andrew, ich weiß, wie sehr er mir überall fehlen wird. Er war mir ein treuer Freund wie kaum ein anderer Mann in meinem Leben. Aber er ist tot, und alle Trauer muß einmal ein Ende haben. Freu dich lieber über die Dinge, die du in so verschwenderischer Fülle genossen hast, und vergiß endlich dein Selbstmitleid.«

Ihre Miene verriet Erstaunen und Gereiztheit.

»Selbstmitleid? Das hat mir noch keiner gesagt.«

»Nein, natürlich nicht, weil jeder Angst vor dir hat. Aber ich . . ., ich habe eben keine Angst vor dir. Und vielleicht noch einer nicht. Jeremy Hogan, dein Aufseher. Aber selbst er, fürchte ich, wird sich schwer hüten, dir so etwas zu sagen. Ich war mir gleich darüber im klaren, was du aus deiner Witwenschaft hermachen würdest. Ich habe oft über dich nachgedacht, Sara, und ich glaube, dich gut genug zu kennen, um es mir vorstellen zu können. Und ich fürchte fast, ich habe recht.«

»Sprich weiter!« sagte sie kleinlaut.

»Ja«, fuhr er langsam fort, »ich wußte genau, daß du dich Hals über Kopf in Andrews Geschäfte stürzen würdest und dich zu Tode schuften in dem Wahn, die Zukunft deiner Söhne sichern zu müssen. Ich wußte, daß du dich in Glenbar von aller Welt abschließen würdest, nur um der Welt das Schauspiel zu bieten, was es bedeutet, Witwe zu sein! Du wolltest sie alle glauben machen, dein Herz sei mit Andrew begraben, und schon verleugnest du deine Vitalität und deinen ungebrochenen Lebensmut, hältst ihn gewaltsam nieder. Auf die Dauer jedoch wirst du keinen Erfolg damit haben, Sara. Du könntest die ganze Welt verlieren und bliebest doch immer du selbst. Sag, hab’ ich nicht recht?«

Sie sah ihn nachdenklich an, während sie antwortete:

»Ja, du könntest recht haben, Louis, von diesem Standpunkt aus habe ich die Sache noch nie betrachtet!«

»Dann ist es höchste Zeit. Ein Jahr ist es nun her, seit Andrew ermordet wurde. So wenig Mut hast du nicht, daß du es nicht schafftest, dein Leben etwas erfolgreicher zu gestalten als in dem vergangenen Jahr. Ich habe dich eigentlich immer höher eingeschätzt, Sara, wenngleich ich wußte, wie gut du die Witwenrolle spielen würdest, bei deiner Vorstellung von Achtbarkeit. Mon Dieu, Sara, du bist nun einmal nicht wie diese sanften, einfältigen Damen der Gesellschaft, die nur im Salon herumsitzen und sticken. Du bist auf einem Sträflingsschiff ins Land gekommen, du bist durch eine härtere Schule gegangen, als es sich die da oben je vorstellen können. Das Leben vermag dir eigentlich nichts Schlimmes mehr zuzufügen, du hast das Schlimmste schon erfahren. Warum also versuchst du dir einzureden, daß Andrews Tod ein Schlag ist, von dem du dich nicht erholen kannst? Damit belügst du dich doch nur selbst.«

»Hör auf, Louis!« unterbrach sie ihn. »Das geht wirklich zu weit, ich kann es nicht mehr mit anhören.«

»Aufhören? Bitte schön.« In seinen Augen funkelte die wiedererwachte Spottlust: »Du hast meine Worte so sanftmütig über dich ergehen lassen, daß ich schon glaubte, du hättest dich verändert, seit ich fort bin.«

Ganz gegen ihren Willen mußte sie lächeln. Hatten seine Reden sie auch gekränkt und verwirrt, so vermochte sie doch nicht, seinem Übermut zu widerstehen. Sie spürte, daß ihm das Musterbild konventionellen Betragens, das sie den Leuten bot, Vergnügen bereitete. Sein Spott war berechtigt. Noch keiner hatte es in all diesen Jahren gewagt, so offen auf ihre Vergangenheit als Sträfling anzuspielen, um ihr klarzumachen, daß nun einmal zwischen ihr und den anderen in der Kolonie zählenden Frauen ein Unterschied bestand. Er hatte auch völlig recht, wenn er meinte, daß sie nie mehr im Leben so zu leiden haben würde wie damals als Sträfling auf der Georgette. Er als einziger wagte es, all diese Gründe ins Treffen zu führen, nahm es sich heraus, den Einflüssen und Wirkungen dieser bitteren Erfahrungen nachzuspüren, um danach ihr jetziges Verhalten zu beurteilen. Sie betrachtete die Sache nun auch von der anderen Seite und mußte sich eingestehen, daß er recht tat, wenn er ihren Verrat am eigenen Wesen, ihren Versuch, den guten Schein aufrechtzuerhalten, einen Selbstbetrug nannte. Die junge Sara von der Georgette hätte solche Praktiken verschmäht und hätte sich über die Rolle, welche die ältere Sara hier vor Louis spielte, nur lustig gemacht. Sie lächelte jetzt offen zu ihm hinüber und überlegte dabei, wie sie sich noch vor zehn Jahren mit Feuereifer in die Aufgabe gestürzt haben würde, auch nach Andrews Tod ihr Leben zu ihrer eigenen Zufriedenheit neu zu gestalten. Nein, was sie da Louis in dieser halben Stunde vorgespielt hatte, das hätte er damals nie und nimmer zu sehen bekommen. Die langen Jahre der Sicherheit mußten wohl ihren Scharfsinn abgestumpft haben, schalt sie sich selbst. Bei diesem Eingeständnis fühlte sie sich plötzlich erleichtert, die Verkrampfung wich aus ihren Zügen. Sara lächelte Louis jetzt freimütig an.

Er beugte sich zu ihr: »Jetzt fasse ich endlich wieder Mut«, meinte er, »ich dachte schon, ich fände keine passende Gelegenheit mehr, mein Geschenk in gebührender Form zu überreichen.«

»Dein Geschenk?«

Er suchte indes schon in seinen Taschen und brachte ein Schlüsselbund zum Vorschein.

»All die Zeit habe ich dich in Trauergewändern schmachtend vor mir gesehen, Sara. Kurz vor meiner Ausfahrt fand ich etwas für dich, das dich hoffentlich gegen das ewige Schwarz revoltieren lassen wird.« Er stand auf, löste einen Schlüssel aus dem Bund und deutete auf den Koffer. »Ich möchte gern, daß du ihn selbst aufmachst.«

Sie ließ sich vor der Kiste auf die Knie nieder. Ihre Finger zitterten vor lauter Aufregung, als sie sich an dem Schloß zu schaffen machte. Es war gut geölt und sprang sofort auf. Sie bebte vor Ungeduld. Hinter sich hörte sie Louis sagen:

»Wenn sie mich auch sehr behinderte, meine liebe Sara, so habe ich die Kiste doch immer in meiner Kabine behalten. Ich wollte um jeden Preis verhüten, daß auch nur ein Tropfen Salzwasser das hier verderben konnte.«

Sie hatte unterdessen Bogen um Bogen des Seidenpapiers abgehoben und neben sich auf den Teppich geworfen. Eine Hülle aus Kattun kam zum Vorschein. Darunter schimmerte Atlas. Andächtig nahm sie das Gebilde heraus, entfaltete es langsam, so daß Kerzenschimmer und Feuerschein sich im Faltenwurf fingen. Ein Ballkleid war es, die Farbe tiefstes Blau, der Faltenwurf mit kleinen glitzernden Perlen übersät. Es war ein Gewand, das einem den Atem verschlug. Sie lehnte sich zurück und starrte es verzückt an. Sie brachte nicht ein Wort über die Lippen.

Louis sagte: »Ich vertraute auf unsere Freundschaft, als ich dieses Kleid wählte. Du wirst es vielleicht für ein zu persönliches Geschenk halten, vielleicht gar für eine intime Gabe, sicherlich wären ein Stapel Bücher für Glenbar passender gewesen – aber, wenn du es annimmst, ist es der schönste Beweis, daß ich mit meiner Meinung über dich doch recht habe und du die Frau bist, die . . .«

»Warte, Louis!« Ihre Stimme klang rauh. Mit nervösen Händen wendete sie das Kleid nach allen Seiten und hielt es sich an. Die Farbe allein war schon eine Herrlichkeit, sie leuchtete und war wie eine Herausforderung. Die Stunde kurz vor Louis' Ankunft ging ihr durch den Sinn, sie dachte an den Brief, den sie sich abgerungen hatte, an alle ihre vergeblichen Hoffnungen, da sie ihn fern wähnte. Er war so wichtig für ihren Plan. Sollte sie es wagen, jetzt in der Vertraulichkeit dieser Stunde?

Sollte sie ihn ermuntern? Andrew würde in einem so günstigen Augenblick sicherlich nicht gezögert haben, und vor zehn Jahren noch hätte auch sie keine Bedenken gekannt. Ach, sie verwünschte die Klugheit und Vorsicht, die sie sich im Laufe der Zeit zugelegt hatte. Warum eigentlich sollte sie nicht die Hand ausstrecken nach dem, was vor ihr lag, sich sichern, bevor andere Einflüsse ihn ihr nehmen konnten? Vielleicht wollte er sie mit dieser vertraulichen Gabe nur quälen, er war imstande, sie monatelang hinzuhalten – und immer würde Madame Balvet im Hinterhalt sein. Es brauchte nur ein wenig Mut, und alle Zweifel hatten ein Ende, ein kurzer Moment, und . . .

»Louis!«

»Ja, was ist?« sagte er ruhig.

Immer noch kniend, drehte sie sich langsam um und sah ihn voll an. Das Kleid hielt sie eng an sich gepreßt.

»Louis . . .«, sie sprach seinen Namen noch einmal aus und zögerte absichtlich. Ihre Augen versanken in den seinen. »Würdest du mich heiraten, Louis?«

Er glitt neben ihr auf die Knie, nahm zart das Gewand aus ihren Händen, warf es achtlos über den Koffer. Dann legte er ihr die Hände auf die Schultern und sah sie lang an:

»Weißt du, was du da eben gesagt hast? Weißt, was du getan hast?«

»Ich glaube schon!«

»Wieso glauben?« sagte er bestimmt. »Du *hast* mich gebeten, dich zu heiraten.«

Seine Arme umfingen sie, zogen sie fest an sich. Als er sie küßte, geschah es in einer Art, als habe er den Kuß geplant. Dieser Kuß konnte ihm kaum etwas geben, und er war keine Antwort auf ihre Frage, war eher eine Herausforderung. Sie wollte sich von ihm lösen, aber er gab sie nicht frei.

Lange forschte er in ihren Zügen. Er legte die Stirn in nachdenkliche Falten, seine Lippen wurden schmaler. Dann wich der prüfende Ausdruck aus seinem Gesicht und machte langsam einem Lächeln Platz. Um seine Mundwinkel zuckte es. Im gleichen Augenblick strafften sich seine Züge jedoch wieder, als wolle er das Lächeln verscheuchen, noch bevor sie es bemerkte. Mit dem linken Arm hielt er sie umfangen, mit der rechten griff er hinter sich und zog zwei Kissen vom Sessel. Dumpf fielen die Polster auf den Teppich. Behutsam schloß er Sara in seine Arme, legte sie hin und bettete ihren Kopf wie den eines Kindes auf die Kissen. Sie machte nur einen schwachen Versuch, sich aufzurichten. Dann trafen sich ihre Lippen wieder. Diesmal küßte er sie ohne Vorbehalte, und auch in ihr war kein Platz für die Frage: Warum? Sie fühlte nur, daß Wärme und Leben sie durchrieselten, daß die tiefe Unzufriedenheit, die so lange auf ihr gelastet hatte, in diesem Kuß erstickt wurde. Ganz still war es im Zimmer, und sie hörte, wie ihr und sein Atem im gleichen Rhythmus gingen. Eine tiefe Freude ergriff sie, und ihre Hand glitt zärtlich über sein markantes Gesicht. Nun wußte sie, die Leere, die sie in den letzten Monaten so bedrückte und quälte, hatte ein Ende gefunden. Schließlich gab er sie frei. Sie hob den Kopf aus den Kissen, um ihn besser anschauen zu können. Er lag ausgestreckt neben ihr. Dann hob er sich auf die Ellenbogen, das Kinn stützte er mit der Hand.

»Ich dachte, es würde Monate dauern, ehe du es aussprechen würdest. Ich hörte in Sydney, wie es um dich steht, daß du dich in Glenbar einschließt und außer in Geschäften niemals das Haus verläßt. Ich sagte mir, solange sie nicht damit aufhört, werde ich sie nicht bitten können, mich zu heiraten.« Er machte eine unbestimmte Handbewegung. »Aber ich war fest entschlossen, dich soweit zu bringen, daß du mich haben wolltest, Sara. Ich wollte dich dazu bringen, es selbst einzugestehen, wie überdrüssig du es bist, allein zu leben, ich wollte, daß deine Leidenschaft dich eines Tages zwingt, mich zu bitten, ich solle dich heiraten.«

Er setzte sich auf und hob die Stimme.

»Ich hatte es mir geschworen, ja, geschworen hatte ich mir, nie wieder eine Frau zu heiraten, die sich mit einer Spur von Widerstreben gab, und geschähe es auch nur, um sich in den Mantel des Anstandes zu hüllen. Nein, ich mag den Schein nicht, den du aufrechtzuerhalten suchtest. Ich möchte wahrhafter leben. Du willst mich heiraten, weil du selbst es wünschst – und wirst nicht erst eine schickliche Zeit der Werbung abwarten. Wir wollen schnell heiraten, so daß dem Klatsch nichts als die reine Tatsache bleibt, daß wir uns genommen haben, weil wir es wollten, nicht aber unserer gemeinsamen Interessen wegen oder der Bequemlichkeit willen. Morgen wirst du Banon verlassen, und in einem Monat – in einem Monat sind wir verheiratet.«

»In einem Monat . . .?«

»Das ist durchaus nicht zu früh, Sara, denn wir brauchen einander.«

Er beugte sich über sie und vergrub seinen Mund in ihrem Haar.

»Wie schön du aussiehst im Schein des Feuers, wie warm deine Haut ist . . . Ach, ich hab sie so über, diese marmorweiße englische Haut. Deine Hände sind fest und greifen zu. In all den Monaten habe ich davon geträumt, wie es sein würde, wenn sie mich berührten. Mich erfüllt ein tolles Verlangen, deinen Hals zu küssen, und doch halte ich an mich, nur um der Freude willen, ihn anschauen zu dürfen. Oh, mein Schönes . . .«

Seine Stimme ward zum Flüstern. Er legte den Kopf auf die Kissen, sein Mund berührte ihre Wange. Aber er blieb nicht lange so ruhig neben ihr liegen. Es drängte ihn enger an sie. Und dann nahm er sie fest in seine Arme.

Kapitel 6

Fünf Tage nachdem in der Sydney-Gazette eine Notiz erschienen war, in welcher von der bevorstehenden Vermählung Louis de Bourgets mit Sara Maclay berichtet wurde, kam Jeremy nach Glenbar. Unangemeldet. Er öffnete mit einem Ruck die Tür zu Saras Büro. Sara arbeitete gerade. Er blieb hochaufgerichtet im Türrahmen stehen und sagte kein Wort. Sie wandte sich um, nach dem Ankömmling zu sehen.

Mit einem Blick erfaßte sie die Situation. Seine liederliche Kleidung und die händeringend in der Halle stehende Annie Stokes sagten ihr alles. Jeremy warf die Tür krachend ins Schloß. Er machte ein paar Schritte auf Sara zu, wobei er eine zerknüllte Nummer der Gazette entfaltete.

»Das bekam ich gestern, ist es wahr?«

Sie warf ihm einen abschätzigen Blick zu: »Falls du die Notiz über meine Vermählung meinst – ja, es ist wahr!«

Zornentbrannt ballte er die Zeitung zusammen.

»Gott im Himmel, Sara, hast du den Verstand verloren? Das kann doch unmöglich dein Ernst sein?«

»Natürlich ist es mein Ernst!«

»Du kannst ihn unmöglich heiraten, nicht Louis de Bourget!«

»Und was hast du gegen ihn einzuwenden?«

»Nichts – außer daß er dein Mann werden will. Ich bitte dich,

Sara, überleg es dir noch einmal, überleg es dir reiflich, ehe du einen solchen Schritt tust.«

Die letzten Worte hatte er ruhiger gesprochen, und auch ihr Blick wurde freundlicher. Sein Anzug und seine Schuhe waren staubbedeckt, das schwarze, in die Stirn fallende Haar glänzte schweißig. Welch ein Unterschied doch zwischen ihm und Louis bestand, dachte sie. Und doch war ihr Jeremy so vertraut, in gewisser Weise gefiel er ihr sogar. Jeremys Anblick brachte ihr jedesmal die ersten Jahre auf Kintyre in Erinnerung, die glücklichste Zeit ihres Lebens.

»Sag mir, Jeremy«, fragte sie, und ihre Stimme klang fast gütig, »sag mir, was du gegen eine Ehe mit Louis de Bourget einzuwenden hast.«

Die verkrampfte Haltung, die er eingenommen hatte, löste sich etwas, die Hand, in der er noch immer die zerknüllte Zeitung hielt, fiel herab. Er schien verwirrt zu sein. Langsam trat er auf den Tisch zu und stemmte sich mit zitternden Händen dagegen.

»Sperrt man vielleicht zwei Tiere verschiedener Art miteinander ein, Sara? Wer kommt denn auf den Gedanken, zwei Menschen mit ganz verschiedenen Charakteren, die weder was ihre Anschauungen noch was den Lebenszweck anbetrifft, zusammenpassen, zu verheiraten? Louis de Bourget ist ein typischer Europäer, außen wie innen – nein, sagen wir lieber, er stammt noch aus der vorrevolutionären Welt. Du aber bist hier in der Kolonie zu Hause, und das Leben hier, mag es noch so rauh und hart sein, ist die Form für eine bessere Zukunft. Für Louis de Bourget jedoch bedeutet die Kolonie nur eine Zuflucht, nämlich vor dem, was ihm in dem alten Europa nicht mehr genehm ist. Mag es ihm auch nie richtig zum Bewußtsein kommen, für ihn sind die Sträflinge hier nichts anderes als seine Bauern in Frankreich.«

Jeremy machte eine wegwerfende Handbewegung. Er hob die Stimme, als er fortfuhr:

»Und die fruchtbare Erde hier ist nur insofern verheißend für ihn, als sie ihm neuen Reichtum aus dem Fleiß und durch die Arbeit anderer verspricht. Für ihn bedeutet unser Land so etwas wie ein neues Frankreich, ein Land, in dem die alten Privilegien gelten sollen wie eh und je, in dem nur einige wenige die Macht in den Händen halten und die anderen sich mit einem noch niedrigeren Lebensstandard zufriedengeben sollen als ehedem die französischen Bauern . . .«

»Vorsichtig, Jeremy«, unterbrach sie ihn, »du zeigst immer noch die Gesinnung, die dir deine Verbannung nach Botanay Bay eingebracht hat.«

Zornig tat er ihren Einwand ab: »Meine politischen Ansichten haben damit nichts zu schaffen. Hör zu, Sara, wie kannst du Louis de Bourget heiraten, der nicht einmal ahnen kann, welche Erfahrungen du gesammelt und was du alles hinter dir hast. Was weiß er schon von dir, von dem jungen Mädchen, das Andrew einst nach Kintyre brachte? Und willst du etwa seinetwegen, das heißt um der Vorstellung willen, die er von einer Frau hat, alles verleugnen und verschleudern, was du gemeinsam mit Andrew geschaffen hast? Willst du etwa das Warenhaus verkaufen, die Farmen und die Schiffe? Hast du Lust, deine Tage über Handarbeiten zu verbringen? Falls ich Louis de Bourget richtig einschätze, ist es nämlich genau das, was er von dir erwartet!«

»Wie blind du doch bist«, gab sie ärgerlich zurück. »Gerade weil ich das Kaufhaus, die Farmen und alles, was ich besitze, behalten will, darum heirate ich ihn. Dieser Gedanke ist dir wohl noch nie gekommen, Jeremy Hogan? Du weißt selbst, daß es für eine alleinstehende Frau unmöglich ist, alle diese Aufgaben zu bewältigen. Sooft ich etwas anordne oder ein Geschäft abschließe, nimmt man es mir übel. Mir fehlt eben die Autorität, und durch einen solchen Ehemann kann ich sie bekommen.«

Sie holte tief Luft. Zornesröte stieg ihr in die Wangen. Ihr Ärger glich allmählich dem seinen.

»Und meine Kinder, was soll aus denen werden? Du kennst das Problem der Freigelassenen ebenso gut wie ich. Seit Andrews Tod sieht man auch in mir nur den ehemaligen Sträfling, nichts weiter. Meine Söhne behandelt man bereits dementsprechend. Handelte ich richtig, wenn ich sie großziehen würde, nur damit sie eines Tages der gleichen Situation gegenüberstehen wie ich einstmals, damit sie ganz allmählich merken, daß sie den Menschen, mit denen sie gern verkehren möchten, nicht genehm sind?«

»Deine Söhne sind auch Andrews Söhne«, entgegnete er bestimmt. »Keiner von den dreien wird sich zu einem Schwächling auswachsen, unfähig, seine Sache selbst zu vertreten und selbst um sein Recht zu kämpfen. Sie werden ihr Glück machen, jeder auf seine Weise, für sie gibt es keine Hürde, die sie nicht zu nehmen vermöchten. Gib ihnen nicht die böse Last eines Stiefvaters auf, der, fremd wie er in dieser Welt ist, nur

Spott und Hohn übrig hat für Handel und Wandel, also für eine Welt, die Andrew ihnen hinterließ. Willst du ihnen Vollblütler zu reiten geben und sie mit weicher Hand lenken, bis sie eines Tages nicht mehr einen Spaten von einem Pflug unterscheiden können?«

»Meine Söhne brauchen einen Vater«, sagte sie eigensinnig. »Und ich . . ., ich brauche einen Mann.«

Schweiß trat auf seine Stirn, die Hände, die sich so schwer auf die Tischplatte stützten, zitterten.

»Wenn es so steht, Sara, dann . . ., dann heirate mich! Ich eigne mich ganz bestimmt besser für diese Rolle als Louis de Bourget.«

Sie starrte ihn an. Wieder stieg ihr die jähe Röte in die Wangen, die jetzt wie Purpur leuchteten.

»Dich?« Sie würgte schwer an diesem Wort.

Eine ganze Weile sah er sie fest an. Seine Augen wurden ganz schmal. Schweißperlen standen auf seiner Stirn. Er hob die Hand und wischte sie wie ungeduldig weg. Keinen Blick ließ er von ihr. Auf einmal beugte er sich noch weiter vor, bis sein Gesicht ganz nahe dem ihren war.

»Nein, damit ist dir nicht geholfen, nicht wahr, Sara? Ich weiß, ich bin nur ein ehemaliger Sträfling. Eine Ehe mit mir würde dich nur hoffnungslos zugrunde richten, und mit dir deine Kinder. Lieber heiratest du diesen Franzosen, ohne überhaupt zu bedenken, ob er dich liebt oder nicht. Oder ob du ihn liebst. Wenn du auch die ganze Welt durchsuchtest, einen Mann, der Andrew weniger gleicht, könntest du kaum finden. Dennoch hast du dir ausgerechnet diesen gewählt, um mit ihm dein zukünftiges Leben zu teilen. Du bist also auf dem besten Wege, dir deinen Weg zu den prunkvollen Empfängen des Gouverneurs zu ebnen, gib es nur zu. Eines würde mich interessieren, siehst du es wirklich lieber, daß deine Söhne sich in der vizeköniglichen Gunst sonnen, anstatt daß sie sich zu Männern entwickeln, wie Andrew einer war?«

Er hielt inne. Plötzlich schlug er mit der flachen Hand auf den Tisch.

»Gott verdamme deine merkantile, kleinkrämerische Seele, Sara! Du bist es ja gar nicht wert, daß ein Mann dir seine Aufmerksamkeit schenkt.«

Schreckenerregend war seine Miene. Er wich einen Schritt zurück, als ekelte es ihn vor ihr.

»Schön, heirate deinen Franzosen, aber deinen Verwalter bist du los. Ich will verdammt sein, wenn ich mich noch länger zu Tode schufte und für dich frone, nur um der Madame de Bourget noch mehr Gewänder zu schaffen, die sie zu den Einladungen beim Gouverneur tragen kann. Bewirtschafte in Zukunft dein Land selbst. Mach damit, was du willst, mich kümmert es nicht länger. Mit dem Tag, da du de Bourget heiratest, kannst du aufhören, mir deine Weisungen zu schik- ken. Ich bin dann nicht mehr da.«

»Jeremy!« sagte sie betroffen. »Du willst doch nicht etwa gehen? Wo willst du denn hin? Was willst du anfangen?«

»Ich werde meine Zeit endlich zu meinem eigenen Vorteil nutzen«, entgegnete er schroff. »Dir jedenfalls habe ich von meinem Leben genug gegeben, von jetzt an gehört es mir allein.«

Sie erhob sich so rasch, daß die Papiere auf dem Tisch aufwir- belten.

»Warte, Jeremy«, sagte sie rauh, »so warte doch . . . Du kannst doch nicht so von mir gehen, so nicht . . .«

Er trat an den Tisch zurück. Die zerknitterte Zeitung, die er die ganze Zeit in der Hand gehalten hatte, flatterte zu Boden.

»Es wird höchste Zeit für dich, zu lernen, daß du nicht länger sagen kannst: tu dies, tu das –, und obendrein noch erwartest, daß man dir gehorcht. Du scheinst zu vergessen, daß ich frei bin. Ich kann tun und lassen, was mir gefällt. Und dazu gehört auch, dir zu sagen, daß ich mit dir fertig bin. Ich werde die Bücher noch in Ordnung bringen und sie dir nach Glenbar schicken. Es ist also überflüssig, daß wir uns noch einmal sehen.«

Er drehte sich brüsk um und schritt zur Tür. Er öffnete sie, ließ aber nach einem kurzen Zögern den Türgriff wieder fahren.

»Beinah hätt ich es vergessen. Auf dem Weg hierher sprach ich bei den Ryders vor. Mrs. Ryder bat mich, dir diesen Brief zu übergeben.«

Er kam noch einmal zurück und legte den Brief auf den Tisch, Sara sah er nicht mehr an.

Diesmal schlug er nicht die Tür zu. Sara hörte ihn draußen nach seinem Hut rufen. Sie lauschte angestrengt. Wenige Sekunden später klang Hufschlag von der Auffahrt her an ihr Ohr.

Erst dann griff sie nach Julias Brief. Sie bemühte sich, ihres Zornes Herr zu werden. Nachdenklich brach sie das Siegel.

»Meine liebe Sara, ich hoffe, Du wirst es mir mit der Zeit verzeihen, daß ich dir heute diesen Brief schreiben muß.

Glaub mir, es geschieht nur im Vertrauen darauf, daß Du innehältst und noch einmal genau überdenkst, was Du damit anrichtest, wenn Du diese Ehe mit Louis de Bourget eingehst. Meine Liebe, kann einer von Euch von dieser Bindung echtes Glück erwarten? Willst Du Dich wirklich damit abfinden, all das, was Andrew und Du seit den ersten Tagen der Kolonie aufgebaut habt, aufzugeben und in Banon Ruhe suchen? Oder hat Monsieur de Bourget etwa vor, Banon aufzugeben, will er Dir in Deinen Angelegenheiten zur Seite stehen? Ich hoffe zuversichtlich, daß Du es nicht auf einen Versuch, Euer beider Leben zusammenzuketten, ankommen lassen wirst, denn das Ergebnis wird, soweit ich es beurteilen kann, nur Verwirrung und Leid sein . . .«

Ärgerlich las Sara das Schreiben zu Ende. Der ganze Brief wiederholte Jeremys Worte nur in einem etwas weniger strengen Ton. Kaum war sie bei Julias Unterschrift angelangt, zerknüllte sie den Brief und ließ ihn achtlos auf den Boden fallen. Zum Teufel mit ihnen allen, dachte sie, bildeten sich ein, genau zu wissen, was für sie das Beste ist. Diese Leute dachten wohl, sie könnten ihr befehlen. Sie mochte aber nicht mehr leben wie in dem letzten Jahr, sie würde sich nicht sanftmütig fügen. Man ging ja geradezu darauf aus, in Louis Neigungen zu sehen, die ihrem Charakter genau zuwiderliefen. Man unterstellte ihnen einfach verschiedene Ziele, die sie niemals zu einem Frieden kommen lassen würden. Trotzig ballte sie die Fäuste.

Nie und nimmer beabsichtigte sie – und sie glaubte auch nicht, daß Louis es vorhatte –, die Farmen oder das Kaufhaus zu verkaufen. Er wußte, daß es nicht nur allein ihr Eigentum war, sondern daß der ganze Besitz ebenso ihren Kindern gehörte. Sie hatte auch schon mit Louis darüber gesprochen, und er hatte vorgeschlagen, einen erfahrenen Geschäftsführer für das Kaufhaus aus England kommen zu lassen und vielleicht noch zwei Farmerfamilien, die Jeremy unterstützen konnten. Es war doch nur selbstverständlich, daß Louis, waren sie erst einmal verheiratet, mehr von ihrer Zeit fordern würde, als sie ihm jetzt geben konnte. Aber sie fühlte, daß er Geduld haben und ihr Zeit lassen würde, bis ihre Agenten in London die geeigneten Leute gefunden hatten.

Zu allem Überfluß rollten ihr jetzt auch noch die blanken Tränen die Wangen hinab. Sie wischte sie mit dem Handrücken fort. Nein, sie hatten nicht recht, Julia und Jeremy und alle nicht, die wie diese beiden dachten. Sie würde ihnen schon beweisen, wozu Louis bereit war, um ihretwillen bereit war. Sie wollte ihnen zeigen, was sie ihm bedeutete. Sie waren beide keine Kinder mehr, sie kannten das Leben. Sie konnten einander viel bedeuten. Beide würden sie ihr Teil zu einer guten Ehe beitragen. Louis wußte, daß sie Andrews Besitz zusammenhalten wollte, und er hatte ihrer Ehe unter dieser Voraussetzung zugestimmt. Mehr war zu Jeremys Zorn und Verachtung nicht zu sagen und auch nicht zu Julias behutsamen Warnungen. Dennoch vermochte sie nicht, den Tränen zu wehren, die immerfort die Wangen hinabrollten. Es galt einfach, den Tatsachen Rechnung zu tragen und sich damit abzufinden, daß Jeremy sie verlassen hatte. Er nahm sich jetzt die Freiheit, die er seit fünfzehn Jahren nicht mehr gekannt hatte. Den Gedanken, daß er sie gern geheiratet hätte, verdrängte sie wohlweislich. Nicht einmal Jeremys Persönlichkeitswert kam gegen alle diese Umstände auf, die gegen ihn sprachen. Jetzt war er also frei von ihr, war frei und konnte endlich das tun, was ihm behagte. Eine Zukunft ohne Jeremy kam ihr jedoch öde vor und irgendwie furchteinflößend.

Ganz langsam entfaltete und glättete sie Julias Brief. Sie las ihn noch einmal. Der Tränenschleier vor ihren Augen machte es ihr fast unmöglich, die Zeilen zu entziffern.

Kapitel 7

Noch am Tage vor ihrer Heirat – etwa einen Monat nachdem Louis zurückgekehrt war – erwartete Sara eine Botschaft von Richard oder seinen Besuch. Aber Richard Barwell ließ nichts von sich hören und sehen. Anfangs wartete sie begierig, schließlich jedoch ergab sie sich darein, daß auch er anscheinend von dieser Ehe nur Unheil erwartete. Oder er war zu eifersüchtig, um die Notwendigkeit ihres Schrittes auch nur zur Kenntnis zu nehmen. Sobald ihre Gedanken auf diesem Punkt angelangt waren, zuckte sie nur noch mit der Schulter. Was war von Richard schon anderes zu erwarten!

An einem Aprilmorgen wurden Sara Maclay und Louis de Bourget getraut. Nur die Ryders, Andrews Söhne und Elizabeth de Bourget waren Zeugen der Zeremonie. David, Duncan und Sebastian hatten sich mit keinem Wort geäußert, aber Sara vermutete, daß sie einverstanden waren.

Sie erinnerten sich noch gut an Louis und seine regelmäßigen Besuche zu Lebzeiten ihres Vaters, er war ihnen zu einem Freund geworden, den sie gern hatten. Elizabeth hingegen sah man es deutlich an, daß sie sich Zwang antat und sich unsicher fühlte. Julia, die sich vorsorglich neben sie gestellt hatte, berührte hin und wieder ihren Arm. Das Kind war nervös, die neue Lage verwirrte es, und so war es ob Julias Fürsorge sehr froh.

In der Hochzeitsnacht erstrahlte Glenbar im Lichterglanz. In allen Zimmern duftete es nach Blumen, alles funkelte und strahlte. Im Speisezimmer bogen sich schier die Tische unter der Menge erlesener Speisen. Louis' französischer Koch war eigens aus Banon gekommen, das Festmahl zu bereiten. Alles war so wohlgelungen, daß man noch Wochen später darüber reden sollte. Das Tafelsilber funkelte, die Weine standen bereit. Weißbehandschuhte Diener glitten lautlos durch die Räume und entzündeten die letzten Kerzen. Bennet, heute in prächtiger jägergrüner Livree, dirigierte von der Halle aus die Schar der Bediensteten. Und dann rollte endlich ein Wagen nach dem anderen die Auffahrt hinan.

Sara stand neben Louis und erwartete die Gäste. Sie trug das blaue Atlaskleid, das er ihr aus London mitgebracht hatte. Ihr Haar war kunstvoll frisiert, und ihr gebräuntes Gesicht leicht gepudert. Das Gewand hätte sie sogar bei Hofe tragen können, für Sydney war es fast zu prächtig. Aber es war für sie eine große Genugtuung, es den neidischen Besuchern vorführen zu können und Louis' bewundernde Blicke auf sich zu fühlen.

Während er wartend neben ihr stand, klopfte er leise mit dem Fuße den Takt einer ihr unbekannten Melodie. In seinem brokatenen Rock und mit dem gepuderten Haar sah er inmitten all der angelsächsischen Gesichter noch gallischer aus als für gewöhnlich. Die Leute strömten herein. Fast alle blickten leicht spöttisch drein, sie lauerten förmlich darauf, alles genau in Augenschein zu nehmen und womöglich zu kritisieren. Da waren sie wieder, die Abbots, die Macarthurs, die Pipers . . .

Mit einem huldvollen Lächeln erwiderte Sara den Händedruck eines jeden Gastes. Die Pattersons, die Johnstons, die Campbells, die Palmers, sie alle, alle kamen. Viele von ihnen waren früher häufig Gast auf Glenbar gewesen, aber seit Andrews Tod war niemand mehr erschienen.

Sie wußte genau, daß die meisten sie jetzt ebensowenig wie

früher billigten. Aber es ließ sich nicht umgehen, die Gemahlin eines de Bourget mußten sie wieder in ihren so sorgsam gehüteten Kreis aufnehmen.

Während des bunten Treibens wanderten Saras Gedanken zurück zu jener kleinen Hochzeitsfeier vor zwölf Jahren im Hause der Ryders, wo nicht Seide und Samt kostbarer Frauengewänder Farbe in das Bild gebracht hatte, sondern nur die scharlachroten Uniformröcke der paar Offiziere des Korps, die Andrew und sie stolz als Gäste willkommen geheißen hatten.

Sie gedachte noch einmal der Arbeit und der Liebe, mit der das Haus am Hawkesbury entstanden war, und des Glückes, das sie dort genossen hatte. Dann trat an die Stelle dieses Bildes Banon, das weiße, vornehme, kühle . . . Sie würde wieder glücklich sein, sagte sie sich, und alle, die bei dieser Ehe von einem Unglück unkten, denen wollte sie schon noch das Gegenteil beweisen. Sie dachte an Jeremy, der ausgerechnet heute seine letzte Habe aus Kintyre geholt hatte. Ihre Lippen formten seinen Namen, die Gesichter vor ihr verschwammen, ein Schleier breitete sich über das gütige, fade von William Cooper, über Julias besorgtes und fragendes Gesicht und über das eines lachenden jungen Mädchens, das sie nicht kannte. Sie wandte sich ab und vertrieb mit einer unwilligen Bewegung diese Störenfriede von Gedanken – und schon versank sie in einem tiefen Knicks vor Gouverneur King und dessen Gemahlin.

Endlich verkündete der Diener die Ankunft von Captain und Mrs. Barwell. Die beiden kamen langsam näher. Alison trug ein pfirsichfarbenes Brokatkleid und wirkte in ihrer zerbrechlichen Schönheit wie kostbares Glas. Richard in seiner prächtigen Galauniform sah mürrisch und ungnädig drein. Er beugte sich zum Kuß über Saras Hand, vermied aber ihren Blick, als er sich wieder aufrichtete. Viel später erst erfuhr man, daß er noch in jener Nacht seine Frau durch sinnlose Trunkenheit düpiert hatte.

Kapitel 8

Gleich nach der Hochzeit begaben sich Louis und Sara nach Banon. Über das Land breitete sich ein trockener, brauner Herbst. Das auf die Flußebene herabblickende Haus, dessen

Weiß ihr früher so hart vorgekommen war, wirkte nicht mehr wie eine weiße Narbe inmitten der Landschaft, sondern schmiegte sich sanft an die Hügelkette. Die braungoldenen Herbsttage waren voller Sonne. In den kühlen Nächten flammten die Holzscheite im Kamin. Sara entlockte Louis ein paar Erinnerungen an seine Zeit in England. Europa schien so weit, schien ferner als ein Traum. Die Geschichten aus den Londoner Ballsälen, von den Pharospielen, die oft nächtelang gewährt hatten, belebten für Augenblicke ihre Phantasie. Indes, ihre neue Umgebung nahm sie doch mehr und mehr gefangen und erfüllte sie ganz. Vier Wochen vergingen in geradezu träger Zufriedenheit.

Madame Balvet, die als einzige Saras Glück hätte trüben können, war fort. Eine Irin mit weicher Stimme, die voller Ehrerbietung Saras Befehle entgegennahm, ersetzte sie. Madame Balvet war in Sydney untergekommen, wo sie das erstbeste Schiff nach England nehmen wollte.

Mit keinem Wort wurde an die wahre Position der Französin auf Banon gerührt. Mrs. Fagan spielte die Rolle einer Haushälterin so selbstverständlich weiter, als hätte es vor ihr nie eine andere gegeben.

Saras Honigmond war noch nicht ganz zu Ende, als die ersten beunruhigenden Nachrichten ihren Weg in den Frieden von Banon fanden. Clapmore war erkrankt, und der für Toongabbie gerade erst engagierte Verwalter war beim Holzfällen umgekommen. Louis versuchte vergeblich, Sara zu beruhigen. Schließlich erklärte er sich, wenn auch ziemlich unwillig, bereit, mit ihr nach Sydney zu fahren. Während der Reise machte sie die Feststellung, daß er sehr schweigsam sein konnte.

Sie war sich klar darüber, daß dieser eine Monat mit Louis auf Banon als Muster für die kommenden Ehejahre zu gelten hatte. Louis ließ keinen Zweifel aufkommen, daß er sie in Banon haben wollte. Sooft es eben ging, kam sie mit dem ganzen Gefolge von Dienstboten und Kindern von Sydney herauf, was sie viel Anstrengung kostete. Abgesehen davon mußte sie jedesmal viel Unerledigtes zurücklassen, das ihrer Rückkehr harrte, sowohl was die Farmen als auch das Kaufhaus anbelangte. Clapmore war zwar wieder gesund, und für die Toongabbie-Farm hatte sich auch ein neuer Verwalter gefunden, aber keiner von den beiden vermochte Saras Erwartungen voll zu befriedigen. Clapmore, der zwar sehr gewissenhaft war, hatte einfach noch nicht genügend Autorität, um bestimmte

Geschäfte, die noch ihrer ganzen Aufmerksamkeit bedurft hätten, zu erledigen. Und der neue Aufseher, ein Freigelassener, trank zu viel und erwies sich als zu lasch gegen die Untergebenen. Clapmore sowie die drei Aufseher auf den Farmen waren eben nur ein kläglicher Ersatz für Jeremy Hogan!

Aber sie unterdrückte ihre Enttäuschung. Sooft es nur ging, eilte sie nach Banon. Und Louis' gute Laune kehrte zurück. Sie blieb meist ein bis zwei Wochen dort.

Louis beschäftigte sich auf seine Weise. Er spielte Farmer. Er lächelte nachsichtig, als er erleben mußte, daß Sara sofort die Aufsicht über Verwalter und Arbeiter übernahm. Er hatte aber auch seinen Spaß an den Kindern, und offensichtliche Freude machte es ihm, Michael Sullivan, den Hauslehrer, bei den Schulstunden zu ersetzen.

Sooft Sara an dem Schulzimmer, das am Ende des Säulenganges in einem hellen Raum eingerichtet worden war, vorbeikam, hielt sie inne und lauschte auf Louis Stimme, die dann vielleicht gerade lateinische Verben wiederholte. Schon sehr bald konnte sie feststellen, daß ihre Söhne den irischen Akzent in der Aussprache des Französischen verloren hatten. Glückliches Lachen, in das sich Louis' tieferes Organ mischte, konnte sie immer öfter vernehmen.

Ganz im geheimen gestand sie sich ein, daß es einer gewissen Zeit und einer großen Geduld bedurfte, sich an die neue Ehe zu gewöhnen. Louis war nicht so leicht zu lenken wie etwa Andrew, und vor allem war er nicht so schnell zufriedenzustellen. Er erwartete viel von einer Frau. Nicht umsonst hatte er jahrelang die heiße, überkultivierte Luft der Pariser Salons geatmet. Sie strengte sich an, ihm zu gefallen. Dazu gehörte, daß sie vom frühen Morgen bis zum späten Abend immer untadelig und für jede Gelegenheit passend gekleidet war. Sie bestellte ausgefallene Gewänder. Es waren viel zu viele, abgesehen davon, daß sie ihr viel zu prächtig für die Gesellschaft hier in der Kolonie schienen. Aber Louis liebte es, selbst wenn sie allein waren, aus jeder Mahlzeit ein Fest zu machen, und ihre Toilette hatte sich dem eben anzupassen. Sie gewöhnte sich an, mit ihm französisch zu sprechen, und allmählich lernte sie es, daß in ihren Plaudereien nur ganz gelegentlich solche Dinge wie Handel und Ernte erwähnt werden durften. Louis hatte zu derartigen Gesprächen weder Lust noch Interesse. Sie ließ daher lieber diese Dinge auf sich beruhen, auch wenn sie Geschäfte betrafen, die ihn angingen. Jedenfalls bei Tisch oder im Salon kam sie ihm mit nichts, was Handel und Wandel bedeutete. Louis erinnerte sie in seinen Unterhaltungen sehr stark an ihren Vater. Sein Esprit brachte in die immer gleichbleibenden Gesellschaften, denen sie oft beiwohnen mußten, einen Hauch von kultivierter Welt und manchen geistvollen Witz. Es fiel ihr nicht leicht, mit ihm Schritt zu halten. Sein Beispiel jedoch wirkte beflügelnd, seine Anforderungen regten ihre Kräfte an sowohl im Physischen als auch im Geistigen. Er wirkte auf sie wie ein starkes Reizmittel, manchmal sogar bis zur Unerträglichkeit. Sie reagierte auf ihn, wie sie noch auf keinen Mann reagiert hatte. Der geringste Wechsel in seinem Mienenspiel oder der veränderte Klang seiner Stimme sagte ihr, in welcher Stimmung er war. Es konnte geschehen, daß sie sich inmitten einer Menschenmenge von ihm umarmt fühlte. Ja, er nahm so vollständig Besitz von ihr und bezauberte sie in einer Weise, daß sie bisweilen Angst bekam, sie könnte in diesem geheimen Kampf der Persönlichkeiten unterliegen. Er war großer Zärtlichkeit und Leidenschaft fähig, und sie fragte sich immer wieder beunruhigt, ob ihr Verlorensein an ihn womöglich den Ehrgeiz, ihren Söhnen Andrews Besitz zu erhalten, zu verdrängen vermochte. Ständig maßen sie ihren Witz und ihre Kraft aneinander, es war ein ununterbrochener Kampf, den sie zwar lächelnd in der spröden, klugen Art austrugen, die Louis eigen war, der aber zu einem Kampf auf Leben und Tod wurde.

Die Zeit in Banon erschien ihnen immer viel zu kurz. Jedesmal kamen Botschaften über irgendeinen Ärger auf den Farmen oder im Geschäft, und dann hielt es Sara vor Ungeduld nicht mehr aus, sie wollte endlich unterwegs sein, um zu schlichten und zu ordnen.

Die Thrush, die Thistle und die Hawk kehrten zu allem Überfluß kurz hintereinander heim, und es war schier unmöglich, aus der Abgeschiedenheit von Banon aus die vielen Geschäfte zu erledigen, die nun einmal mit der Ladung zusammenhingen. Also fuhr wieder einmal der ganze Hofstaat mit Kisten und Kasten nach Glenbar. Louis' Barometer stand auf Gewitter!

Wie gewöhnlich meldete sich Kapitän Thorne in ihrem Kontor.

»Herzlichen Glückwunsch zur Vermählung«, brummte er und beugte sich über ihre Hand. »Zweifellos ist eine Ehe das einzig Richtige für eine Frau, aber wenn Sie mit Erfolg Reeder spielen wollen, sollten Sie nur mit ihrem Schreibtisch verheiratet sein.«

Er rieb sich die Stirn. Mürrisch fuhr er fort:

»Monsieur de Bourget war ja, soviel ich weiß, in der letzten Zeit Teilhaber Ihres ersten Mannes. Sicher hilft er Ihnen bei der Abwicklung der Geschäfte.«

Louis entschuldigte sich erst gar nicht wegen seiner Weigerung, irgend etwas mit Saras Geschäften zu tun haben zu wollen.

»Ich habe nicht die geringste Lust, mich zum Sklaven machen zu lassen«, entgegnete er kurz angebunden. »Und es wäre nur gut für dich, Sara, wenn du endlich einsehen wolltest, daß es genau das ist, was du tust.«

Ihr Streit wurde zu einem Dauerzustand, wenngleich er nicht sehr ernsthaft war. Das wurde jedoch mit dem Tage anders, da Louis gewahr wurde, daß sie ein Kind bekam. Er wollte sie sofort mit nach Banon nehmen und sie zwingen, so lange zu bleiben, bis das Kind geboren war. Das wäre im Mai des kommenden Jahres gewesen. Sie hatte es vorausgesehen und befürchtet. Sie bat ihn, in Glenbar bleiben zu dürfen. Zwei Wochen lang kämpften sie erbittert miteinander. Endlich gab Louis nach.

Sara wußte jedoch sehr wohl, daß er sich in dem Glauben wiegte, sie würde sich schon von einem Teil von Andrews Besitz trennen, wenn er nur lange genug seine Mitarbeit verweigerte.

»Verkaufe doch, Sara«, drängte er. »Verkaufe endlich. Keine Frau auf Gottes Erdboden kann all das in ihrer Hand behalten. Was du versuchst, ist unmöglich. Und dann auch noch für die Kinder da sein? Du bringst dich noch um – und mir brichst du das Herz.«

»Aber ich darf nichts verkaufen, es gehört mir doch nicht«, lautete ihre gleichbleibende Antwort. »Und wenn ich die Farmen und das Kaufhaus nicht ständig kontrolliere, dann gehen sie bankrott. Und die Herren Kapitäne werden ganz nach ihrem Belieben kaufen und verkaufen. Was dann aus der Geldanlage zugunsten meiner Söhne werden soll, möchte ich wissen?«

»Oh . . .« Sooft das Gespräch diese Wendung nahm, wurde er wild. »Du redest wie ein Krämer.«

»Genau das bin ich«, gab sie jedesmal zurück.

Bei solchen Zankereien kehrten ihre Gedanken ständig zu Jeremy Hogan zurück. Ach, wäre nur Jeremy noch da, dem hätte sie alle diese Geschäfte anvertrauen können. Er wußte wie kaum ein zweiter in der Landwirtschaft Bescheid, und seine schlauen Augen hätten in einer Stunde die Bücher im Kaufhaus geprüft. Aber Jeremy war ein für allemal von ihr gegangen. Er hatte sich eine eigene Farm am Hawkesbury gekauft, und es ging das Gerücht, daß die junge, ansehnliche Frau, die er sich als Haushälterin genommen hatte, als seine Geliebte ein glückliches Leben an seiner Seite führte.

Gleich damals beim Kauf der ersten Thistle hatte Andrew gewissermaßen als Anerkennung eine bestimmte Summe auf Jeremys Namen in das Unternehmen gesteckt. Mit jeder Reise hatte sich der Gewinn vergrößert. Und als Sara sich mit Louis vermählte, verfügte Jeremy über genügend Kapital, um die zur Versteigerung anstehende Farm von Theodore Woodward zu erwerben, die vier Meilen von Kintyre entfernt war. Dort lebte er jetzt mit achtzehn Arbeitern und dem jungen weiblichen Sträfling, die man, durfte dem Klatsch geglaubt werden, als »ganz nett« oder gar als »schön« bezeichnen konnte. Sara hatte dafür nur ein Achselzucken. Sie bemühte sich, unbeteiligt zu erscheinen.

Von Richard kam kein Lebenszeichen. Jede Verbindung war abgebrochen. Er brachte zwar noch regelmäßig alle Vierteljahre die Summe, mit der er seine Schulden tilgte, aber er händigte sie jetzt immer Clapmore aus. Gewiß, Sara traf ihn hin und wieder in Begleitung Alisons in den Salons, und zweimal hatte er auch eine Einladung nach Glenbar angenommen. Aber seine Miene blieb völlig teilnahmslos und zeigte keine Gemütsbewegung, wenn er sich über ihre Hand beugte. Genauso hätte William Cooper die Hand küssen können. Und kam er wirklich einmal ins Kaufhaus, um einen Einkauf zu tätigen, dann nur, wenn er ganz sicher war, sie nicht anzutreffen. Eines Tages, sie kam gerade mit David aus dem Geschäft und wollte heim, sah sie ihn inmitten der Menge, die sich auf der staubigen Straße drängte, direkt auf sich zukommen. Es war ein schrecklicher Anblick für sie, als sie wahrnahm, daß er absichtlich in eine Nebenstraße abbog, nur um ihr auszuweichen.

Elizabeth de Bourget zählte sie nicht mit, wenn sie die Schwierigkeiten überdachte, die das erste Ehejahr mit Louis trübten. Die drei Knaben waren sichtlich entzückt von ihrer kleinen Stiefschwester. Wie eine kleine Kokette, kapriziös und bezaubernd, wußte sie die Herzen im Sturm zu nehmen. In der ersten Zeit hatten sie die Anforderungen, die ein ihr gänzlich fremdes Land an sie stellte, verwirrt und scheu gemacht, scheu auch der neuen Stiefmutter und den Stiefbrüdern gegenüber. Ihr Selbstbewußtsein kehrte jedoch schnell wieder zurück, als sie sich erst einmal sicher wußte in der neuen Umgebung und als sie spürte, wie man sie verwöhnte und wieviel Aufhebens man um sie machte. Genau wie Louis es vorhergesagt hatte, ritt sie, als sei sie auf einem Pferde geboren. Und sie hatte ihren Spaß daran, wenn sie ihre Künste zur Schau stellen konnte. Sie zwang ihr Pony zu Kunststücken, die nicht einmal David ihr nachmachte. Es hatte nicht den Anschein, als ob sie sich gegen Sara verschloß, Louis war ihr ja auch noch ziemlich fremd, und es sah nicht so aus, als brächte sie Louis oder Sara mit ihrer verstorbenen Mutter in Verbindung. Sara machte in ihrer Liebe und Fürsorge keinen Unterschied zwischen ihren eigenen Kindern und der angenommenen Tochter. Mit großer Erleichterung und Zufriedenheit konstatierte Sara, daß sich das Verhältnis Stiefmutter und Stieftochter zu aller Zufriedenheit entwickelte.

Ende Februar des Jahres 1806 setzte sich wieder einmal die Prozession der Wagen und Fuhren von Glenbar aus in Bewegung. Sara hatte endlich Louis' dringenden Bitten nachgegeben, bis zur Geburt des Kindes im Mai sich Ruhe zu gönnen. Sie hatte vorgeschlagen, nach Priest zu gehen, da Banon, wie sie sagte, zu entlegen sei. Louis hatte eingewendet, das Wohnhaus in Priest sei zu klein, sie, die Kinder, den Hauslehrer und die zahlreiche Dienerschaft zu beherbergen. Den Hauptgrund jedoch verschwieg er wohlweislich, daß nämlich dieser Ort zu nahe Saras Tätigkeitsfeld gelegen war, um ihr die wohlverdiente Ruhe zu gönnen. So hatten sie sich schließlich auf Kintyre geeinigt, das zwar nicht viel näher als Banon war, das aber bessere Straßen nach Parramatta hatte. Louis verschloß sich dem Einwand nicht, daß dort schneller ein Arzt zu erreichen sei, falls es sich als notwendig herausstellen sollte, einen zu rufen.

Sara hatte ihm sogar noch das Zugeständnis abringen können, einen Abstecher nach Toongabbie und Priest zu machen. Das Herz schlug ihr höher beim Anblick der beiden Farmen, denen jetzt noch Jeremys Fürsorge anzumerken war. Aufgeregt vor lauter Begeisterung lenkte sie Davids und Duncans Aufmerksamkeit auf die wachsenden Merinoherden. Bei der letzten Zählung hatte es in der Kolonie bereits über zwanzigtausend Merinoschafe gegeben, und der Sieg Macarthurs in London wirkte sich insofern schon positiv aus, als auch die Gedanken anderer Farmer auf den überseeischen Markt gelenkt waren.

»Sie brauchen diese Wolle in England«, erläuterte Sara, während sie sich neben Duncan und Elizabeth an den Weidenzaun lehnte, hinter dem die Merinos von Priests Farm grasten. »England weiß nie sicher, ob es genügend Merinowolle aus Spanien bekommt, und überdies ist die Qualität der spanischen Wolle nicht halb so gut.«

Sie blickte gegen die Sonne und schaute über die Weiden, die der lange Sommer ausgedörrt hatte.

»Das hiesige Klima und unsere Weiden scheinen gerade das Richtige zu sein für die Merinos. Noch ein paar Jährchen, und wir haben eine Wolle, die höhere Preise in London erzielt, als jemals die Spanier vermochten.«

Elizabeth war unterdessen auf die oberste Sprosse des Gatters geklettert, um die Tiere, auf deren Rücken buchstäblich das Gold wachsen sollte, besser sehen zu können. Sie kamen ihr unwahrscheinlich groß vor im Vergleich zu den Schafen, die sie auf den grünen Weiden an der englischen Küste hatte grasen sehen.

»Aber wenn die Herden sich weiter so vermehren«, meinte David, der eine Hand auf Elizabeths Schulter gelegt hatte, um die Schwankende zu stützen, »wo werden wir sie unterbringen? Ich hörte Macarthur sagen, wir hätten einfach nicht genügend Weideland für sie.«

Sara musterte ihn von der Seite. Er war gerade zwölf geworden und fing schon an, Ansichten über Fragen der Landwirtschaft zu äußern, die weit über sein Alter hinausgingen. Sie hatte ihn schon manches Mal über Fachbüchern hocken sehen, und auch Louis stellte mehr als einmal belustigt fest, er hätte sich über die Preise erkundigt, die Wolle und Weizen erzielten.

Sara antwortete nachdenklich: »Ja, David, wir brauchen noch so einen Mann wie Matthew Flinders. Wir brauchen einen Mann, der endlich einen Weg über die Berge findet. Dahinter gibt es mehr Weideland für die Schafe als hier, das glauben alle. Sind wir erst einmal jenseits dieser Sperre, dann haben wir Land im Überfluß.«

Die Dämmerung, die sich über das Hawkesbury-Tal senkte, gab den schwellenden Fluten ein düsteres, schwermütiges Aussehen. Seit den ersten Märztagen war der Fluß vierzig Fuß über Normalstand gestiegen. Sara stand im Eßzimmer am Fenster und schaute auf die Wasserwüste. Ihr Blick wanderte über die Wasser, unter denen die niedriggelegenen Felder von Kintyre verschwunden waren. Wo man vor kurzer Zeit noch Bäume sah, bildeten sich jetzt Strudel und Wirbel. Das Hochwasser war wohl jahreszeitlich bedingt, aber diesmal war die Flut nicht als jähe Wassermauer gekommen, wie sie sich sonst nach einem heftigen Regen aus den Bergen niederwälzte, diesmal waren die Wasser ganz allmählich und unbarmherzig gestiegen. Einen ganzen Monat lang hatten die Farmer der Niederung gewacht, der Regen hatte auf die Dächer getrommelt, und Tag für Tag war der Hawkesbury höher gestiegen. Einmal gab es eine kurze Unterbrechung, der Wasserspiegel sank sogar ein wenig, aber dann stieg er immer schneller. Schon lagen viele Häuser verlassen da. Das Vieh war fortgetrieben worden. Ganze Familien siedelten zu den Nachbarn über, die auf höher gelegenen Farmen wohnten. Und immer noch stieg der Fluß. An einigen Orten zögerten die Farmer zu lange und mußten nachher mit Booten von den Dächern ihrer Häuser geholt werden. Solche Rettungsaktionen gingen ohne richtige Planung vonstatten, und so nahm es nicht wunder, daß es ständig Ertrunkene gab. Sara hatte einige der völlig niedergeschlagenen Farmer gesprochen. Es waren immer die gleichen Berichte gewesen: das Vieh ertrunken oder verirrt, die Häuser unter Wasser und die Heuschober abgetrieben.

Von ihrem Fenster auf Kintyre konnte sie genau auf das Zentrum des Hochwassers sehen, eine reißende Strömung, die dem gewöhnlichen Flußlauf zu folgen schien. In den letzten drei Tagen hatten sie einem wahren Urgesang der Vernichtung lauschen können. Pferde kämpften verzweifelt gegen die Fluten an und versuchten seichtere Stellen zu gewinnen. Auf den wirbelnden Wassern trieben die gedunsenen Kadaver von Schafen und Rindern. Heuschober fuhren Karussell auf den aufgewühlten Wogen, bevor der wilde Strudel sie hinabriß. Und immer wieder trieb Hausrat aus den überschwemmten Farmhäusern vorbei, Eichentische, Schaukelstühle, Gemälde und was es in einem Farmhaushalt sonst noch gab. Dabei regnete es unaufhörlich. Ein öder, grauer Himmel begrüßte sie jeden Morgen. Und nirgends war ein Zeichen zu erblicken, daß die Wolkendecke aufbrechen würde. Schon breitete sich Fäulnisgeruch über dem Fluß aus, einige der verwesenden Tierleiber hatten sich in den Ästen der wenigen Bäume gefangen, die noch aus dem Wasser herausragten. Der Fluß spie Schlangen und greuliche Rieseneidechsen aus. Die Luft roch säuerlich nach verdorbenem Getreide, Schlamm und Lehm.

Sara kehrte sich erschöpft vom Fenster. Sie begab sich wieder an ihre Arbeit, nämlich aus einem großen Bündel auf dem Tisch Kleidungsstücke zu sortieren. Auch Kintyre war nicht verschont geblieben, wenn man auch mit ziemlicher Gewißheit sagen konnte, daß das Haus sicher war. Andrew hatte es seinerzeit noch oberhalb der Hochwassergrenze errichtet. Aber die Heuschober waren fortgeschwemmt worden, und auch einiges Vieh war verloren. Sara wußte nicht genau, wieviel Stück vermißt wurden. Schon vor fünf Tagen waren die tiefer liegenden Nebengebäude in der Ebene in den Fluten verschwunden. Immerhin blieb ihr der tröstliche Gedanke, daß ihre Schafe, die man schnell in winzigen, hinter dem Hause provisorisch auf dem lehmweichen Boden errichteten Holzboxen untergebracht hatte, in Sicherheit waren. Es war zwar keine Weide, die Tiere fanden keinen einzigen Grashalm und mußten täglich gefüttert werden, aber es bestand doch begründete Hoffnung, daß die Herde gerettet würde. Die Schafe standen dicht zusammengedrängt im Regen und blökten kläglich und laut gegen den verhangenen Himmel. Auch die Pferde in den Ställen waren unruhig, weil ihnen seit Tagen die Bewegung fehlte.

Nur mühsam ging Saras Arbeit vorwärts, die Kleidungsstücke in kleine, angemessene Bündel zu sortieren. Viele Familien in der Kolonie, die von der Flut gezwungen worden waren, ihre Wohnstätte aufzugeben, würden bald dringend etwas Kleidung und Bettzeug benötigen. Auch Kintyre hatte schon eine Anzahl Flüchtlinge aufgenommen. Vor drei Tagen bereits, als der Fluß plötzlich gestiegen war, hatten vier Farmer, deren Anwesen an den Maclayschen Besitz grenzte, ihre Frauen und Kinder in die Obhut von Kintyre gebracht.

Die Männer waren sofort umgekehrt, um an Vieh und Hausrat zu retten, was noch zu retten war. Zwei der Farmersfrauen hatten ihre Kinder bei Sara zurückgelassen und waren mit ihren Männern gegangen, um ihnen zu helfen. Mehr als einen verstümmelten Bericht über die Verluste und Verwüstungen drunten im Tal hatte Sara aus ihnen nicht herausbekommen. Die beiden anderen Frauen, Susan Matthews und Emily Bains, bevölkerten das Wohnzimmer und vertrieben sich die Zeit mit Lamentieren. Sie jammerten nicht nur wegen des Unglücks, sie sparten auch nicht mit kritischen Worten über Saras Gastfreundschaft. Die Kinder der vier betroffenen Familien, sieben an der Zahl, hausten mit Saras Söhnen und Elizabeth zusammen in der Veranda. Es war ihnen ausdrücklich verboten, sich zu entfernen. Die Folge war ein ständiges Knurren und Maulen, sie fühlten sich in ihrer Freiheit beschnitten. Sie spielten, zankten und balgten in einem, und ihr Geheule und Gelächter war nun schon seit drei Tagen die Begleitmusik zu den Sorgen, die eine jede Stunde des lieben langen Tages brachte. Voller Groll dachte Sara, daß es schon eine große Erleichterung gewesen wäre, wenn sich wenigstens eine der Frauen der Kinder angenommen hätte. Vergebliche Hoffnung. Die Dienerschaft der anderen Farmerinnen, sechs Sträflinge, war entschlossen, die unerwartete Freizeit zu genießen. Sie hockten in einem kleinen Wohnzimmer beieinander und klatschten nach Herzenslust. Keine machte auch nur den Versuch, Annie Stokes zur Hand zu gehen oder Bess und Kate, Saras beiden anderen Dienstboten, zu helfen. Und die Herrinnen fühlten sich nicht bemüßigt, ihren Bediensteten einen entsprechenden Befehl zu erteilen. Die Flüchtlinge schienen geradezu darauf versessen zu sein, so viel Ärger wie nur eben möglich zu verursachen. Sara vermutete, daß sie in den vielen Jahren des steten Kampfes mit dem Fluß neidisch geworden seien, daß sie auf die glücklicheren Besitzer von Kintyre mit bösen Augen geschielt haben mochten. Und da sie sich jetzt in ihrem Unglück hier zusammenfanden, wollten sie eben ihre Gegenwart in unmißverständlicher Weise fühlbar machen.

So glich Saras Heim wahrlich einem Tollhaus. Es war kalt und unordentlich. Überall lagen Matratzen herum, auf den Teppichen hatten schmutzige Kinderschuhe ihre Spuren hinterlassen, und auf den Wänden, wohin man auch schauen mochte, zeigten sich die Abdrücke ihrer nicht weniger schmutzigen Hände. Dazu kam das eintönige, unablässige Rauschen des Regens. Es war daher kaum verwunderlich, das Saras Nerven zum Zerreißen gespannt waren.

Sara ging aus dem Eßzimmer über den schon im Dunkel liegenden Flur zur Küche. Wie oft hatte sie in dieser Woche nicht an

Jeremy Hogan denken müssen. Wie wohl er das Hochwasser überstanden hatte? Zum Glück lag seine Farm ebenso wie Kintyre sehr günstig. Der frühere Eigentümer, der alte Theodore Woodward, hatte zu den ersten Siedlern am Hawkesbury gehört und sich nach dem Vorbild Andrews kluger Wahl ebenfalls für einen höhergelegenen Platz entschieden. Jeremys Felder würden wohl auch gelitten haben, aber sicher war es ihm geglückt, rechtzeitig das Vieh zusammenzutreiben. Sie wünschte sehr, irgendeine Nachricht von ihm zu erhalten. Oder ob er sich gar entschließen könnte, selbst zu kommen, um sich nach dem Wohl und Wehe auf Kintyre zu erkundigen. Aber die Erfüllung solcher Wünsche war mehr als unwahrscheinlich. Er hatte sein Haus gewiß auch bis unter das Dach voll mit Obdachlosen. Es gab ihr einen Stich, als sie sich vorstellte, wie Jeremys junge Haushälterin Gastgeberin spielte.

Sie kam in die Küche und trat an den großen Tisch, den man eigens für die Kinder als Eßtisch aufgestellt hatte. Sie zündete die Lampe an. Hinten in der Spülküche wuschen Bess und Kate das Geschirr ab. Dabei schwatzten sie eifrig.

Annie schloß gerade die Backofentür und wandte sich an ihre Herrin: »Die da«, sie deutete mit dem Kopf in Richtung des Wohnzimmers, »die essen einem ja die Haare vom Kopf. Und noch dazu in aller Seelenruhe. Nichts für ungut, Ma'am, aber in drei Tagen zweimal backen!? Wenn's nicht bald aufhört zu regnen, können wir sie sowieso nicht mehr durchfüttern.«

Sie legte den Topflappen weg und trat näher.

»Was ist los, Ma'am, Sie sind ja weiß wie ein Tischtuch?« Ihr kleines runzeliges Gesicht war ganz verzogen vor Bestürzung. »Völlig überarbeitet, ja, das ist es . . . Ich wünschte nur, der Herr wäre hier, dann müßten Sie wenigstens ruhen. Schließlich ist es nicht mehr weit bis zur Geburt des Kindes!«

»Ja, Annie«, antwortete Sara begütigend und beugte sich wieder über die Lampe.

Kaum eine Stunde in den vergangenen drei Tagen, daß sie nicht einen dankbaren Stoßseufzer getan hätte, daß Louis fern war. Er mußte vor zehn Tagen nach Sydney, weil Clapmore Botschaft geschickt hatte, daß die Hawk aus Indien zurück sei. Louis fand sich, wenn auch achselzuckend, sofort bereit, an Stelle seiner Frau mit Kapitän Thorn zu verhandeln. Dabei hatte er sich gut gelaunt gezeigt und gescherzt, welch hohe Provision er verlangen würde. Ohne ihn fühlte sich Sara eigentlich sehr einsam auf Kintyre. Sie hatte ihn schon früher zurückerwartet, aber als mit den Regenfällen der Fluß höher und höher stieg und die Schar der Kinder und Frauen ins Haus kam, hoffte sie, daß das Hochwasser seine Heimkehr auf unbestimmte Zeit hinauszögern würde. Man konnte sich Louis unmöglich in diesem Chaos vorstellen. Schon der Gedanke war absurd, daß er die gemeinsamen Mahlzeiten teilen würde.

Allein die Vorstellung, daß Louis diesem Hochwasser auf Kintyre hätte ausgesetzt sein können, war schon schlimm genug, aber es war einfach undenkbar, sich ihn hier inmitten der plappernden und streitenden Weiber und zwischen den elf ungebärdigen Kindern vorzustellen.

»Ist vielleicht ganz gut, daß er nicht hier ist, Annie«, sagte sie. »Das ganze Durcheinander hier . . .« Sie beendete ihren Satz erst gar nicht, aber ihre Geste sprach deutlich aus, was sie von der Unordnung im Haus hielt und von dem Lärm, der nicht eine Minute abebbte, solange die Kinder wach waren.

Annie schwieg einen Augenblick. In ihrer Miene stand deutlich zu lesen, wie sie sich den vornehmen und wählerischen Louis inmitten dieses Heerlagers vorstellte.

»Ja, da haben Sie wohl recht, Ma'am.« Annie warf Sara einen listigen Blick zu: »Aber ärgern Sie sich nicht zu sehr. Wir werden sie ja bald wieder los. Dann können Sie sich endlich hinlegen. Hätten Sie überhaupt schon längst tun sollen.«

Während sie so sprach, glitten Annies Blicke über den für die Kinder gedeckten Abendbrottisch.

»Am besten, wir rufen die Bande gleich rein, dann haben wir es bald hinter uns.« Plötzlich schlug sie sich bestürzt mit der Hand auf den Mund:

»Oh, Verzeihung, Ma'am, ich meinte natürlich nicht Mrs. Elizabeth und unsere jungen Herren.«

»Schon gut, Annie, in diesen Tagen kann man schwerlich einen Unterschied machen. Ja, ruf sie nur, vielleicht sind sie etwas leiser, wenn sie mit ihrem Abendbrot beschäftigt sind.«

Annie drehte sich herum und rief laut: »Bess, geh und hol die Gören. Und sieh zu, daß sie nicht so'n Krach machen. Mir platzt ja schier das Trommelfell vor lauter Lärm.«

Bess erschien in der Tür. Sie trocknete sich die Hände an der Schürze ab.

»Dachte, eine dieser faulen Schlampen würde sie 'n bißchen in Zucht halten. Der reinste Zirkus, seit die alle da sind . . . Nee, es ist nicht recht . . .«

Damit entfernte sie sich über den Flur, immer noch weiter vor sich hin schimpfend. Sara tat, als hörte sie nichts. Sie konnte Bess wirklich nicht ihren Groll verargen.

Wie Heuschrecken waren diese Weiber über sie hergefallen, nahmen Obdach und Essen ohne ein Wort des Dankes, und obendrein gebärdeten sie sich, als sei Kintyre ein Gasthaus. Der Gedanke an die Undankbarkeit der Leute trieb Sara die Zornesröte in die Wangen. Allein die Schafe und Rinderherden in Sicherheit zu bringen war eine schwere Arbeit gewesen. Notdürftig und in aller Eile hatte man die Pferche errichtet. Ein jeder Mann tat die Arbeit für drei, nur um das Vieh ruhig in der Einhegung zu halten. Sogar Michael Sullivan ließ die Schulstunden Schulstunden sein und arbeitete vom frühen Morgen bis spät in die Nacht mit den Sträflingen. Und da saßen die acht Frauen den ganzen lieben langen Tag müßig im Hause herum und rührten nicht den kleinen Finger. Nicht einmal beim Kochen halfen sie. Sara wagte nichts zu sagen, jedes Wort von ihr würde bedenkenlos verdreht werden, sie würde es noch jahrelang zu hören bekommen, daß sie mit ihrer Gastfreundschaft gegeizt habe zu einer Zeit, da jedes Haus, das vom Hochwasser verschont war, seine Tore den Obdachlosen bereitwillig geöffnet hatte. Es blieb ihr also nichts anderes übrig, als mit Annie zu hoffen, daß sie bald in Frieden abzögen.

Sie nahm einen Laib Brot vom Nebentisch und fing an, ihn in Scheiben zu schneiden. Sie blickte zu Annie hinüber, die emsig Fleisch und Gemüse auf die Teller verteilte. Sie beneidete die Magd, die kraftvoll und flink hantierte. Sara spürte das Gewicht ihres Leibes, eine bleierne Müdigkeit machte sich in ihren Gliedern breit. Widerwillig blickte sie an sich hinunter und versuchte, den langen Schal, den sie wegen des feuchten Wetters trug, etwas gefälliger um ihre Schultern zu legen. Sieben Wochen waren es noch bis zur Geburt des Kindes. Sie dünkten sie eine Ewigkeit. Diese Schwangerschaft war viel lästiger gewesen als alle früheren. Die Zeit war förmlich gekrochen. Dabei hatten die mannigfaltigen Geschäfte große Anforderungen an sie gestellt, so daß sie sich sogar Louis' durchaus nicht unvernünftiger Forderung, sie solle sich Ruhe gönnen, öfter als gewollt widersetzen mußte. Louis war stets voller Geduld gewesen, er hatte sie in den langen Monaten mit Zartheit behandelt und in jeder Weise geschont. Wenn er auch nicht viel über das kommende Kind redete, so war ihr doch klar, daß die besondere Sorgfalt, die er in der letzten Zeit Banon angedeihen ließ, seinem Sohn und Erben galt. Wieder blickte sie auf ihren unförmigen Leib und betete, daß es ein Sohn sein möge – um Louis willen!

Und dann kamen die Kinder. Sie drängten durch die Tür und richteten die Blicke erwartungsvoll auf den gedeckten Tisch. Elizabeth hielt sich in der Mitte der munteren Schar. Ihr Gesicht glühte vor Eifer. Sara mußte unwillkürlich lächeln. Das Kind hatte seine Sprödigkeit und die guten, allzu guten Manieren völlig abgelegt, es behauptete seinen Platz, indem es sich wenig Zurückhaltung auferlegte. Ihr Gebaren gab den fremden Kindern sehr deutlich zu verstehen, daß sie der Meinung war, diese große helle Küche gehöre zu ihr und ihren Stiefbrüdern und zu niemandem sonst. Ihre Gesten und ihr Auftreten zeugten deutlich davon, daß sie Louis' Tochter war.

Ein kleiner Rotschopf, der Sohn von Sam Murphy, lächelte Sara an, als sie ihm seinen Teller hinstellte.

»Wir haben eine Schlange gefangen, Madame de Bourget, auch getötet. War mindestens so lang . . .« Er spannte die Arme, so weit es ging.

Sara rümpfte die Nase. »Schrecklich. Nur gut, daß du flink genug warst, sie zu töten. Schlangen sind . . .« Sie hielt plötzlich inne. In strengem Ton fuhr sie fort: »Wo hast du sie denn gefunden, Tommy? Sie ist bestimmt nicht auf die Veranda gekommen!«

Er ließ den Kopf hängen und schielte Beistand heischend zu David.

Sara wandte sich an ihren Ältesten: »Ihr habt doch nicht etwa die Veranda verlassen, David?«

»Ach, Mami«, sagte er zerknirscht, »die Schlange war ja ganz nah, und da dachten wir, wenn es dunkel wird, kommt sie womöglich ins Haus.«

Saras Miene verdüsterte sich. Angst um die Kinder, denen sie jetzt nicht so viel Zeit widmen konnte, machte ihre Worte scharf.

»Ich habe es dir ein für allemal verboten, einer Schlange nahezukommen. Es kann ja eine Giftschlange sein. Außerdem hast du es mir versprochen, daß keiner von euch die Veranda verläßt.«

Sie warf einen schnellen Blick über die Stuhlreihen. Annie setzte gerade den letzten Ankömmling, Tim Murphys siebenjährige Schwester, auf einen Stuhl.

»Annie, wo ist denn Sebastian?«

Der Kopf der alten Frau fuhr hoch. Ihr Blick ging unruhig über die Kinderschar. Dann sah sie Sara an:

»Ja . . .« Sie fuhr sich mit der Zunge über die Lippen. »Der scheint nicht hier zu sein!«

»War er bei dir, als ihr die Schlange getötet habt?« fragte Sara David. Er zog die Brauen angestrengt hoch und versuchte sich zu erinnern:

»Ja. Ich glaube wohl.«

»Wann war das?«

David biß sich auf die Lippe.

»Ich weiß nicht genau, Mami. Kurz bevor wir reinkamen.«

Annie rief den beiden Mädchen in der Spülküche voller Angst zu:

»Bess, Kate, habt ihr Master Sebastian gesehen?«

Sie kamen sofort herbei und schüttelten ernst die Köpfe. Sebastian war aller Liebling, die Besorgnis in ihren Mienen war echt und ungeheuchelt.

»Mein Gott, Ma'am«, fing Kate an, »hab Master Sebastian seit heut mittag nicht mehr gesehen! Eine von denen da«, sie wies mit dem Kopf in Richtung des Wohnzimmers, »sollte ja auf die Kinder aufpassen.«

Sara blickte verstört um sich: »Aber er muß doch irgendwo stecken. Kate, geh hinaus und ruf ihn noch einmal. Nimm die Lampe. Annie, komm, wir suchen inzwischen im Haus. Vielleicht ist er bei den anderen im Wohnzimmer, mach schnell . . .«

Nach ungefähr zehn Minuten fanden sich alle wieder in der Küche ein. Auch Susan Matthews und Amily Bains waren mitgekommen. Die herbeigeeilten Sträflinge bildeten eine unruhig schwatzende Gruppe. Saras und Annies Suche in den Zimmern war vergeblich gewesen, im Haus war Sebastian jedenfalls nicht. Sie wandten sich erwartungsvoll Bess und Kate zu, die gerade zurückkehrten. Sie waren um das ganze Gebäude herumgegangen. »Nun . . .?« fragte Sara ungeduldig.

Die beiden Mägde hielten einander bei den Händen. Die Kinder hörten auf zu essen. Alle Köpfe fuhren herum, alle starrten Bess und Kate an. In der Sekunde Stillschweigen, die entstand, weil die beiden ängstlich nach einer Antwort suchten, nahm Sara trotz des Ernstes der Situation wahr, daß ein kleiner Junge, er mochte etwa in Sebastians Alter sein, das Abendbrot noch nicht bekommen hatte. Er starrte kummervoll auf die vollen Teller der anderen und sah und hörte nicht, was um ihn herum vorging.

Endlich sprach Kate: »Nichts, Ma'am, wir haben gerufen und gerufen, aber er ist nirgends zu finden.«

Saras Atem ging auf einmal keuchend: »Oh . . .«

Annie berührte ihren Arm.

»Beruhigen Sie sich, Ma'am, er wird vielleicht bei den Männern sein, ja, ganz gewiß. Ich nehm die Laterne und geh schnell zu den Ställen rüber. Bess und Kate können derweil in den Hütten nachschaun. Bei den Männern ist er in Sicherheit. Wenn er auch nicht hingehen soll. Aber die Männer, Ma'am, verführen ihn immer, mitzukommen. Wir werden ihn schon finden. Sicher Hand in Hand mit Mr. Sullivan. Und wenn nicht, dann werden Trigg und Sullivan die Männer mit Laternen ausschicken. Sie werden sehen, bald haben wir ihn wieder.«

Noch während sie sprach, holte sich Annie ihren Umhang und griff nach der Laterne. Bess und Kate beeilten sich, ihr zu folgen. Mittlerweile hatte sich die Dämmerung in rabenschwarze Nacht verwandelt. Mit dem schwindenden Tageslicht beendeten die Männer in der Regel ihr Tagewerk. Ausnahmen wurden nur bei dringenden Arbeiten in den Ställen gemacht. Die Sträflingshütten befanden sich hinter dem Wohnhaus, alle auf sicherem Grund. Die Notunterkünfte für das Vieh hatte man auf dem freien Platz zwischen den Hütten und dem Herrschaftshaus errichtet.

Sara begleitete Annie zur Tür. Aus den Ställen drang nur ein schwacher Lichtschein. Mehr war nicht zu erkennen. Die Nacht und der dichte Regenvorhang nahmen vollkommen die Sicht. Ihr war ganz elend vor Angst. Sara blickte in die dunkle Leere hinaus. Sie hörte das Blöken und Stampfen der unruhigen Tiere. Erkennen konnte sie keines. Friedlich schien das Licht in den Ställen. Und dort unten am Abhang stieg unaufhaltsam das Wasser!

Ein einziger Gedanke beherrschte sie: Sebastians unstillbare Neugierde. Jeden Tag hatte er sie mit Fragen bestürmt, wie das denn sei mit der Hochwasserkatastrophe. Er wollte den Hawkesbury und die steigenden Fluten aus der Nähe betrachten. Er sah mit seinen sechs Jahren nur die Herrlichkeit des Abenteuers, der Gefahren war er sich nicht bewußt. Sie zitterte vor Angst:

»Los, Annie, Bess, Kate, beeilt euch!«

Als die schwankenden Laternen von der Dunkelheit verschluckt waren, kehrte Sara niedergeschlagen in die Küche zurück. Sie trat an den Tisch und bediente die Kinder. Sie reichten ihr die Teller, und sie füllte sie neu. Dann goß sie aus einer Kanne Milch in die Becher. Überraschenderweise beteiligten sich auch Susan Matthew und Emily Bains. Wortlos gingen sie Sara zur Hand. Sie schauten beide verängstigt drein und bewegten sich auf Zehenspitzen, als fürchteten sie, sie könnten stören. Sara sah alles wie durch einen Schleier. Die gebeugten Kinderköpfe verschwammen, sie hörte nichts von dem sorglosen Geplapper. Vor ihrem inneren Auge stand Sebastians dunkles Gesichtchen, und in ihrem Ohr klang sein eifriges Stimmchen. Schon war der Brotkorb leer. Mechanisch griff sie nach dem Messer, um neues Brot zu schneiden. Ihre Gedanken aber waren bei Annie, Bess und Kate, begleiteten sie auf ihrem Weg zu den Hütten. Wenn sie Sebastian dort nicht fanden . . .? So innig sie es hoffte, so wenig glaubte sie im Grunde genommen daran, daß sie ihn finden würden. Er war bestimmt nicht nur hinter das Haus gewandert, als er die Veranda verließ. Sicher war er den Hügel hinab auf den Fluß zu gegangen, der ihn schon die ganze Woche lang magisch angezogen hatte. Sie sah ihn vor sich, sah sein schlankes, sehniges Körperchen, das lief, müde wurde, sich immer noch mehr verausgabte. Wenn er nun gefallen war und sich verletzt hatte, wenn er irgendwo verletzt lag? Polternd fiel ihr das Messer aus der Hand. Nein, diese Untätigkeit ertrug sie nicht mehr!

»David, du kommst mit mir«, sagte sie, »ich werde noch einmal hier die nächste Umgebung absuchen.«

David nickte und rutschte vom Stuhl. Susan Matthew warf Sara einen entsetzten Blick zu: »Um Gottes willen, Madame de Bourget, Sie dürfen nicht hinaus. Es ist doch auch völlig unnötig, in wenigen Minuten werden die Männer dasein, sie werden ihn schon finden. Er kann unmöglich weit gekommen sein.«

Mit fester Hand zündete Sara die Laterne an: »Mir geschieht nichts, Mrs. Matthew, ich gehe nur ein paar Schritte um das Haus herum. Sollte Mr. Sullivan inzwischen eintreffen, bitten Sie ihn doch, mir nachzukommen.«

»Ja, aber . . .« Susan Matthew schluckte verzweifelt: »Ich meine doch, Sie sollten lieber hierbleiben. Ihr Mann würde es sicherlich nicht gerne sehen – in diesem Zustand!«

Sara überhörte alle Einwände: »Komm, David, wir gehen erst einmal vors Haus. Zeig mir, wo ihr die Schlange getötet habt.«

Duncan stellte sich ihr in den Weg:

»Mama!«

»Ja?«

»Darf ich auch mitgehen, ich weiß genau, wo wir sie gefunden haben.«

Sie schüttelte den Kopf. Ein flüchtiges Lächeln war alles, was sie für ihn übrig hatte.

»Nein, mein Herz, du bleibst bei Elizabeth.«

Sie nahm Davids Arm und verließ mit ihm die Küche. Sara hielt im Flur noch einmal an und griff nach einem Mantel für David. Sich selbst hüllte sie in einen wärmenden Umhang. Als sie die Tür öffnete, schlug ihnen heftiger Regen entgegen. Er war stärker denn je. Nervenaufreibend war dieser eintönige, prasselnde Ton, der ihnen nun schon eine Woche lang unaufhörlich in den Ohren summte. Im Lampenschein sah sie in das ernste Jungengesicht neben sich. David starrte in die Dunkelheit hinaus mit ängstlicher, verstörter Miene.

Sara beugte sich zu ihm herab:

»Was ist los, mein Liebling?«

Er preßte die zitternden Lippen zusammen: »Sebastian . . ., er ist der Jüngste, du hast immer gesagt, ich müsse auf ihn aufpassen. Er ist ja noch ein Baby. Wenn er verschwunden ist, dann – dann ist das meine Schuld.«

Sie stellte die Laterne auf den Boden und kniete vor ihm nieder. Sie legte ihre Hände auf seine schmalen Schultern und sah ihn fest an:

»Liebling, niemand hat schuld. Eine von Mrs. Matthews Frauen hätte eigentlich auf euch achtgeben sollen. Hätte sie nur gehorcht, dann wäre es niemals geschehen. Von dir erwartet keiner . . . Oh, David, schau nicht so drein! Wir werden ihn finden, mein Liebling.«

Sie beugte sich vor und küßte ihn sanft auf die Wange. Dann erhob sie sich, nahm die Lampe auf und rückte ihre Kappe zurecht. Auf der Treppe hielt sie noch einmal inne. Sie nahm die leise zitternde Knabenhand und schritt aus.

Der Boden war zu einem einzigen Schlammeer aufgeweicht. Sie hielt die Laterne sehr niedrig und achtete auf jeden Tritt. Ihre Füße sanken knöcheltief ein. Die Nacht war rabenschwarz, die Erde nahm keinen Tropfen mehr auf, die Strahlen der Lampe spiegelten sich in endlosen Wasserpfützen. Aus der Ebene stieg das Rauschen des angeschwollenen Flusses.

David zerrte an Saras Hand: »Hierher, Mama!«

Sie fanden die Schlange, die schon fast im Schlamm versunken war. Sekundenlang starrte Sara auf das tote Tier nieder. Dann wanderte ihr Blick in die Runde. Hier bog die Auffahrt ab, führte den Hügel hinab, die zur Landstraße stieß, die Kintyre mit den Nachbarfarmen verband. Sara, die gedankenverloren vorwärts gegangen war, verhielt den Schritt. Sie dachte daran, wie nahe die Fluten der Chaussee bereits gewesen waren, als sie zuletzt nach dem Wasserstand gesehen hatte. Sie zog den Umhang enger um ihre Schultern, ihre Finger bohrten sich fest in Davids Arm.

»Nur noch ein Stückchen, vielleicht ist er irgendwo in der Nähe, er kann gefallen sein und sich verletzt haben.« Sie ließ die Laterne in der hocherhobenen Hand kreisen:

»Sebastian!«

Ihre Stimme kam nur schwach gegen die gurgelnden Wassermassen und den Regen auf. Sie eilte weiter und durchmaß im Zickzack, so wie es der aufgeweichte Lehmboden erlaubte, die ganze Breite der Auffahrt. Dabei schwenkte sie unablässig die Laterne.

»Ach, er kann mich nicht hören«, weinte sie verzweifelt. »Komm, David, wir wollen beide zusammen rufen. Sebastian!«

Keine Antwort . . . Wieder ein paar Schritte vorwärts:

»Sebastian!«

Saras Kehle wurde trocken, sie brachte kaum mehr einen Laut heraus. Windböen schleuderten ihnen den Regen ins Gesicht, das Laternenlicht flackerte heftig. Sara fühlte sich elend und kämpfte mühsam gegen den stürmischen Wind an. Er würde die Fluten noch höher peitschen. Und wenn er noch lange so wütete, würden Bäume, die frühere Hochwasser überstanden hatten, unweigerlich fallen. Und noch mehr Häuser würden aus ihren Grundfesten gerissen werden. Der Gedanke an die reißenden, schäumenden Wassermassen und die Trümmer, die sie mit sich führten, machte sie vollends verzweifelt. Schutzsuchend umklammerte sie Davids Hand.

»Oh, David, wir müssen ihn doch finden!«

Sie kamen an die Grenze ihres Besitztums, wo die Auffahrt die Landstraße berührte.

Sara kniff die Augen zusammen, aber sie konnte nichts sehen. Das Toben des Wassers klang hier noch näher. Furchtsam zögerte sie einen Augenblick, stürzte dann ein paar Schritte vorwärts, die Laterne hoch in der Hand.

Jäh blieb David stehen. Er zerrte heftig an ihrer Hand:

»Achtung, Mama . . . Das Wasser! Es hat die Straße überflutet.«

Vorsichtig setzte sie einen Fuß vor. David bemühte sich, an ihrer Seite zu bleiben. In dem schwankenden Licht der Laterne sahen sie das schwarze, unheilschwangere Wasser, das vor ihnen strudelte und ihre Füße leckte. Sara blieb entmutigt stehen. An dieser Stelle senkte sich die Straße zu beiden Seiten und lief ein gutes Stück zwischen einer Gruppe von Findlingsblöcken hindurch, die man gesprengt hatte, um einen Durchgang zu schaffen. Dahinter stieg das Land wieder an bis zu dem Plateau, auf dem Kintyre errichtet worden war. Hier um die Sohle wand sich die Chaussee, die jetzt, wie sie wußte, unter Wasser stand. Noch nie hatten die Fluten einen so hohen Stand erreicht, und zum erstenmal beschlich sie die Furcht, daß auch ihr Haus bedroht sein könnte.

»Nur noch ein paar Schritte, David, dann kehren wir um. Vielleicht wissen sie zu Hause inzwischen etwas.«

Sie mußte schreien, um sich gegen den Wind verständlich zu machen. Vorsichtig suchten sie sich entlang der tosenden Wassermassen einen Weg. Ihre Füße fanden nur unsicheren Halt an dem Abhang. Sie kämpften sich ungefähr hundert Meter weiter, bis sie auf das Geröll stießen, das den Anfang der Felsblöcke markierte. Sie kletterten ein wenig höher und hielten dann inne. Das Rauschen des Wassers, das sich seinen Weg zwischen den Gesteinsmassen suchte, tönte hier noch lauter.

»Wir müssen umkehren«, sagte Sara. »Die andern müssen möglichst schnell erfahren, daß die Fluten viel höher sind, als wir dachten. Wir müssen uns darauf vorbereiten, das Haus zu verlassen.«

Als sie sich umwandten, um zurückzugehen, fiel das Licht auf einen leuchtendweißen Gegenstand, der an einem Felsen lehnte. Sie sahen ihn beide zugleich und stürzten darauf zu. David bückte sich und hob ihn auf:

»Sebastians Holzpferdchen!« schrie er auf.

Er gab es seiner Mutter. Mit einer Mischung von Furcht und Hoffnung nahm sie es. Sebastians Lieblingsspielzeug – ein weißgestrichenes Holzpferdchen mit unregelmäßigen schwarzen Flecken im Fell, das ein Sträflingsarbeiter auf Kintyre für ihn geschnitzt hatte. Ein Stückchen roter Kordel, welches die Zügel darstellte, gab ihm das muntere, flotte Aussehen, das Sebastian so sehr entzückt hatte.

Ganz eng preßte Sara das Pferdchen an sich. Dann hob sie wieder die Laterne.

»Er muß doch irgendwo in der Nähe sein, wir können jetzt nicht fort . . . Aber unterdessen steigt das Wasser immer weiter . . . Sebastian! Sebastian!«

Davids Stimme klang wie ein Echo: »Sebastian!«

Er stürmte ihr voraus, ungestüm suchte er sich einen Weg zwischen den Felsblöcken, er durchkämmte das Buschwerk, das zwischen den Findlingen wucherte. Sara bemühte sich, ihm nachzukommen. Sie durfte ihn auf keinen Fall aus den Augen verlieren. Sie bahnten sich ihren Weg hügelan. Saras Atem ging keuchend vor Anstrengung. Sie rang nach Luft und klammerte sich mit der freien Hand an das Gestein.

»Sebastian!«

Gerade wollten sie den Abstieg auf der anderen Seite beginnen, da spürte sie die erste Wehe. Wie Feuer schoß der Schmerz durch ihren Leib, dann war es vorbei. Sie machte ein paar Schritte, ehe sie überhaupt begriff, was vor sich ging. Dann überfiel sie ein heftiges Zittern: Die Wehen hatten eingesetzt – sieben Wochen vor der Zeit! Ein entsetzter Schrei entrang sich ihren Lippen, sie taumelte gegen einen Findlingsblock:

»David . . . Warte! Ich kann nicht mehr!«

Sie keuchte, als er zu ihr kam: »Ich muß sofort nach Hause.«

»Aber Sebastian . . .?«

Sie schüttelte den Kopf. »Es ist sinnlos . . . Ich kann nicht mehr! Die anderen werden schon zu Hause sein. Komm, ich muß mich auf deine Schulter stützen.«

Etwas wie Verstehen dämmerte in ihm. Er nahm ihr die Laterne aus der Hand hob sie hoch und leuchtete ihr ins Gesicht.

»Mama, bist du krank? Mama!«

»Ja, mein Liebling, aber es wird bald vorüber sein, wir müssen nur schnell heim.«

Er drängte sich ganz dicht an sie, schlang seinen Arm um ihre Hüfte, um sie besser stützen zu können.

»Lehn dich nur fest auf mich, Mama, du stützt dich ja gar nicht richtig auf mich!«

Saras Schritte waren nicht mehr so fest wie vorher. Sie spürte, daß größte Eile not tat, aber sie konnte ihren Körper einfach nicht zu der Anstrengung zwingen.

Fest preßte sie das Holzpferdchen gegen die Brust, hielt es wie einen Talisman. Jäh blieb sie stehen, als eine neue Wehe sich einstellte. Sie wünschte sehnlichst, in Kintyre zu sein, und fürchtete gleichzeitig, daß Sebastian vielleicht ganz in der Nähe war und ihrer Hilfe bedurfte. Aber die Schmerzen und eine grenzenlose Mattigkeit verdrängten jedes andere Gefühl. Sie mußte sich ganz darauf konzentrieren, einen Fuß vor den anderen zu setzen. Sie war in Schweiß gebadet, ihr nasser Umhang schlug eisig um ihre Glieder. Immer schwerer lehnte sie sich auf David, obgleich sie fühlte, daß die Last die Kräfte des Kindes überstieg. Aber die unmenschliche Anstrengung, den Qualen standzuhalten, benahm ihr fast die Sinne. Da strauchelte sie über einen losen Stein. David griff wie wahnsinnig nach ihr, vermochte sie aber nicht mehr aufzufangen. Hart schlug sie gegen einen Felsen. David brachte es zwar fertig, sie wieder aufzurichten, aber sie konnte einfach nicht mehr weiter. Jeder Wille, den Schmerzen zu wehren, war gebrochen. Sie klammerte sich an den Felsen, preßte den Kopf an das Gestein und schluchzte bitterlich.

David zerrte sie hoch, er riß an ihrem Umhang.

»Nur noch ein paar Schritte, Mama, ich seh ein Licht, das ist sicherlich Mr. Sullivan. Bitte, bitte, Mama, nur noch ein paar Schritte!«

Er schwenkte die Lampe hoch über seinem Kopf, um die Aufmerksamkeit auf sie zu lenken. Ein Ruf drang schwach durch die Regenmauer. Sara öffnete kurz die Augen und sah, daß sich ein schwankendes Licht auf sie zu bewegte. Dann sank sie an dem Felsblock nieder.

Wieder zog David an ihrem Umhang. »Jetzt wird alles gut, Mama, es sind zwei . . . Mr. Sullivan . . .« Er zerrte plötzlich noch heftiger. »Schau doch, Mama, es ist Mr. Hogan!«

Sara wendete schwach den Kopf:

»Jeremy? Jeremy hier . . .?«

Dann umfing sie schwarze Finsternis, und das letzte, was sie spürte, war, daß Jeremy sie auf seine starken Arme nahm.

Kapitel 10

Bei Sonnenaufgang kam Annie bleich und müde in die Küche. Gemeinsam mit Bess und Kate bereitete sie das Frühstück für die Männer, die fast die ganze Nacht unter der Führung von

Jeremy und Michael Sullivan nach Sebastian gesucht hatten. Die Frauen hantierten wortlos, deckten lautlos den Tisch, damit ja kein Geräusch in den anderen Flügel des Hauses drang. Eine bleiche Sonne kroch in die Fenster und streichelte Annies verhutzeltes, verhärmtes Gesicht. Immer wieder mußte sie in der Arbeit innehalten und sich die Augen mit der Schürze abwischen. In dieser Nacht hatte die Flut ihren höchsten Stand erreicht. Kurz vor der Dämmerung hatte sich der Wind gelegt und der Regen aufgehört. Am Morgen hatte der Fußboden der Sträflingsküche noch über sechs Zoll unter Wasser gestanden.

Gleich würden die müden, hungrigen Männer hereinströmen, um endlich etwas Warmes in den Leib zu bekommen. Heute kümmerte es Annie wenig, daß der Schmutz an den schweren Männerstiefeln häßliche Spuren auf ihrem sauberen Fußboden hinterlassen würde. Als ein Schatten von der Türschwelle her in die Küche fiel, blieb sie stehen. Sie wandte sich um und erblickte Trigg und Jackson, den zweiten Aufseher.

»Nun?« fragte sie.

Aber Trigg schüttelte nur den Kopf. »Sie sind alle zurück, keine Spur von Master Sebastian. Sprach gerade mit Mr. Hogan und Mr. Sullivan, sie meinen, wir sollen erst 'n Stündchen ausruhen, ehe wir weitersuchen. Das Wasser wird wohl inzwischen fallen . . .« Seine Stimme senkte sich zu einem düstern Flüstern: »Dann . . .«

»Barmherzigkeit«, schluchzte Annie auf, und die Tränen strömten über ihre runzeligen Wangen. »Da ist ja kaum noch 'ne Hoffnung für den armen kleinen Burschen . . . Ach, er war immer so freundlich, so voller Späße!« Wieder mußte sie nach dem Schürzenzipfel greifen.

Jackson nickte: »Aye, das kann man wohl sagen, der junge Master Sebastian, ja, den hatten alle gern. Hab noch nie gesehen, daß jeder so eifrig und gern seine Pflicht erfüllt hätte wie hier letzte Nacht. Aber alles schön und gut . . .« Seine Blicke glitten über den gedeckten Tisch.

Annie verstand sofort, sie ließ die Schürze sinken und eilte an den Herd: »Nur noch 'ne Minute.«

Trigg und Jackson setzten sich an den Tisch. Ihre schwerfälligen Bewegungen verrieten die Erschöpfung, die ihnen nach dieser langen Nacht in Sturm und Regen in den Knochen saß. Plötzlich wandte sich Trigg an Annie:

»Was gibt's Neues, ich meine die Herrin?«

»Mein Gott, ja, das hätt ich beinah vergessen über dem Kummer wegen Master Sebastian. Vor vier Stunden. Ein Mädchen. Ein winziges Dingelchen, aber es sieht ganz kräftig aus, wird wohl am Leben bleiben. Hat ganz schwarze Haare, ganz der Vater!«

»Und die Herrin?« forschte Jackson.

Annie runzelte die Stirn. »Ich weiß nicht recht . . . Das arme Herz, es war schrecklich! Nicht so wie bei den anderen. Sie hat sich noch nicht erholt. Schläft auch nicht, liegt nur da mit weitaufgerissenen Augen und fragt ständig nach Master Sebastian. O Gott, wenn doch erst der Herr hier wäre. Wer weiß, wie lange es noch dauert bei diesem Hochwasser!«

Sie setzte ihnen die gefüllten Teller vor. Schweigen lastete über der sonnendurchfluteten Küche.

»Vielleicht gelingt es Ihnen, sie aus ihrer Erstarrung zu lösen, Mr. Hogan«, meinte Mrs. Bains. »Sie will nicht einmal das Baby bei sich haben und nimmt nicht die geringste Notiz von ihrer Umgebung. Ich sage immer . . .«

Jeremy nickte und beendete damit die leise geführte Unterhaltung vor der Tür zu Saras Schlafzimmer. Er öffnete leise die Tür und trat ein.

Saras großes Zimmer war lichtüberflutet, leicht flatterten die Vorhänge vor den offenen Fenstern. Sara lag teilnahmslos in dem großen Bett. Sie hatte die Augen weit geöffnet und starrte in den wolkenlosen Himmel.

Die Starre, die von ihr ausging, wirkte furchteinflößend. Es schien, als warte sie auf etwas. Gesicht und Lippen waren ohne jede Farbe, das Haar war zurückgekämmt und zu einem dicken Zopf geflochten, der auf den Kissen lag. Unter ihrem Hals sah man eine cremefarbene Spitzenkrause, um die Schultern hatte sie einen flaumigen, blauen Schal geschlungen. Das Zimmer war peinlich sauber und zeigte keine Spuren mehr von dem Chaos der vergangenen Nacht.

»Sara«, flüsterte er sanft und schloß die Tür.

Sie drehte den Kopf herum und sah ihm erwartungsvoll entgegen.

»Jeremy, nun . . .?«

Er blickte ihr fest in die Augen:

»Immer noch nichts. Die Männer sind zurück, sie essen jetzt und ruhen sich ein paar Stunden aus, ehe sie wieder auf die Suche gehen.«

»Oh . . .« Die Hoffnung, die so jäh in ihren Augen aufge-
flammt war, erlosch ebenso schnell wie sie gekommen.

»Sara! Sara, bitte schau nicht so . . . Noch ist ja Hoffnung, daß
wir ihn finden, jetzt bei Tag!«

»Tag! Ach ja, es ist Tag – aber ihr werdet ihn nicht
finden . . .«

Ihr Blick schweifte wieder zum Fenster ab. In dem grellen Licht
wirkten ihre Züge völlig verstört, wieder verfiel sie in diese
unnatürliche Ruhe und brütete dumpf vor sich hin. Er blickte
auf sie nieder und spürte plötzlich, wie hilflos er vor ihr war.
Kalt und starr wie ein Stein lag sie in den Kissen. Er kam lautlos
näher und stellte sich an das Fußende des Bettes. So konnte er
sie besser sehen, und nun gewahrte er auch das kleine Holz-
pferd mit dem Zügel aus roter Kordel, das sie eng an sich
gepreßt hielt. Sie umklammerte es, als fürchte sie, man könne
es ihr nehmen. Genauso hatte sie es auch in der Nacht festgehalten, als er sie gefunden hatte, und sich geweigert, es loszu-
lassen.

»Sara«, rief er gütig.

Ihre Lider zuckten, aber sie gab keine Antwort.

»Sara, du hast dein Baby noch gar nicht angeschaut. Deine
Tochter.«

Sie wendete unruhig den Kopf und sah ihn an:

»Meine Tochter? Aber ich habe Sebastian verloren, war er denn
etwas anderes als ein Baby? Schau doch, Jeremy, er nahm ein
Spielzeug mit, als er fortging. Daran kannst du sehen, was für
ein Baby er noch war.«

Ihre Fingerspitzen streichelten das abgewetzte Pferdchen.
Dann schlug sie plötzlich die Hände vors Gesicht:

»Oh, Jeremy«, schluchzte sie auf, »komm her, komm!«

Er eilte an ihre Seite und beugte sich über sie. Sie suchte seine
Hand und umklammerte sie fieberhaft. Er fiel vor ihrem Bett in
die Knie:

»Sara . . .«, keuchte er.

»Ich konnte einfach nicht glauben, daß du gekommen bist.«
Ihre Stimme war nur ein Flüstern. »Ich weiß noch, daß ich
dachte, wie dringend ich dich brauchte, und daß du meilenweit
entfernt seiest.«

Er küßte ihre Finger, die sich um seine Hand geschlossen
hatten.

»Ich kam sofort, als ich hörte, daß das Wasser steigt. Ich wußte
ja, daß Louis in Sydney ist, und dachte, daß du vielleicht meine

Hilfe brauchen würdest.«

Er lehnte seine Wange an ihre gefalteten Hände. Sie schwiegen beide. Ganz nahe an seinem Ohr konnte er ihre leisen Atemzüge hören. Die Kälte ihrer Hände erschreckte ihn, er zog sie ganz dicht an sich, um sie zu erwärmen. Sara hatte die Augen geschlossen, und einen Augenblick lang packte ihn das Entsetzen bei dem Gedanken, sie könnte bewußtlos sein. Aber da öffnete sie wieder die Augen und schaute ihn voll an:

»Ich bin so froh, daß du gekommen bist«, hauchte sie. »Ich glaube nicht, daß Sebastian noch lebt. Aber deine Gegenwart hilft mir sehr, es zu ertragen. Bleib bei mir, ich bin so allein unter all den Fremden hier, willst du, Jeremy?«

Er beugte sich über sie und küßte sie zart auf den Mund:

»Ich verlasse dich nicht, Sara«, sagte er.

Kapitel 11

Das Baby, die kleine Henriette, war schon drei Tage alt, ehe Jeremy sich entschloß, Kintyre zu verlassen und nach seiner Farm zurückzukehren. Er sorgte sich wegen seines Viehs. Hatte er es auch auf einem höhergelegenen Platz untergebracht, so waren die Unterkünfte, die er mit seinen Leuten in aller Eile zimmerte, doch nur ein Notbehelf. Und auch der Gedanke, daß seine Vorratskammern sicherlich einige Fuß unter Wasser standen, machte ihm Sorge. Jetzt, da die Fluten fielen, gab es alle Hände voll zu tun. Trümmer mußten entfernt, die Kadaver verbrannt und die eingepferchten Tiere befreit und wieder auf die Weide geführt werden. Überall im Hawkesbury-Tal würde es einer gewaltigen Anstrengung bedürfen, die Spuren des Unwetters zu löschen, und auf jeder Besitzung brauchte man dringend jeden Mann und jede Hand. Es fiel ihm schwer, fortzugehen und Kintyre der Obhut von Mr. Sullivan zu überlassen. Gewiß, der junge Lehrer aus Cork hatte sich als ein braver, tüchtiger Mann erwiesen, aber er war doch mehr in seinen Geschichtsbüchern zu Hause. Es war eine Frage, ob er mit den Folgen eines Hochwassers fertig würde. Er hoffte nur, daß Trigg und Jackson jetzt einmal bewiesen, wessen sie fähig waren. Und nicht zum erstenmal in diesen drei Tagen wünschte Jeremy, Andrew Maclay würde von Sydney zurückerwartet, anstatt . . ., nun ja, anstatt Louis de Bourget.

Sebastian war immer noch nicht gefunden worden. Die Suche wurde zwar fortgesetzt, aber alle waren entmutigt, und keiner glaubte mehr daran, daß der Kleine noch lebte. Sara trauerte um ihren kleinen Sohn. Die kleine Tochter brachte ihr ein wenig Trost. Vielleicht, so hatte sich Annie gegenüber Jeremy geäußert, erinnerte sie dieses Kind mit dem Schopf schwarzer Haare an Sebastian. Sara lag immer noch im Bett, das Baby neben sich. Außerhalb dieser stillen Welt schien es nichts für sie zu geben. Sie aß nur wenig und sprach kaum. Nur nach Sebastian erkundigte sie sich öfters.

David und Duncan schlichen traurig und niedergeschlagen umher, Elizabeth fragte immer wieder die Männer aus, wo denn Sebastian sei und warum sie ihn denn nicht finden könnten. Aber nach drei Tagen ergebnisloser Suche gab sie die Fragerei auf. Elizabeth verfiel wie die anderen in Schweigen.

Am Spätnachmittag des dritten Tages war das Wasser so weit gesunken, daß Jeremy es wagen konnte, die Heimreise zu Pferd anzutreten. Er war gerüstet, stand auf der Treppe und erteilte seine letzten Anweisungen an Trigg. Da vernahm er von der Auffahrt her Pferdegetrappel.

Es war Louis de Bourget, der mit dem Arzt D'Arcy Wentworth den Weg hinangeprescht kam. Trigg nahm die Zügel der dampfenden Pferde. Jeremy trat einen Schritt vor, um die Ankömmlinge zu begrüßen. Er faßte Louis fest ins Auge. Der Anzug des Franzosen war schmutzig, die Spitzenkrause hing herab, die Schuhe waren lehmverschmiert. Eine Schmutzschicht übrigens, die schon Tage alt sein mußte. Sein Mantel sah aus, als sei er mehrere Male durchnäßt worden. Jeremy schloß daraus, daß ihn die Flut irgendwo am Fluß überrascht haben mußte. Wahrscheinlich hatte er dort wie jedermann geholfen, das Vieh auf höheren Grund in Sicherheit zu bringen. Er sah erschöpft aus. Sicher hatte er schon von der Geburt seiner Tochter erfahren und wußte auch von Sebastians Verschwinden. Vor einer halben Stunde war Jackson von Kintyre aufgebrochen, den Wagen mit den Kindern, mit Kleidung und Lebensmitteln beladen. Sie wollten zu Talbot hinunter, dem nächsten Nachbarn, der von der Flut verschont geblieben war. Sobald sich nämlich die Kunde von den bösen Ereignissen auf Kintyre verbreitet hatte, war auch das Angebot eingetroffen, die Obdachlosen aufzunehmen. Falls also Louis es noch nicht vorher erfahren haben sollte, Jackson hatte es ihm unterwegs bestimmt erzählt.

Es blieben Jeremy nur wenige Sekunden, zu überlegen, wie Louis ihn wohl empfangen würde. Seit Louis aus England zurückgekehrt war, hatten sie nie mehr ein Wort miteinander gewechselt. Jeremy wußte auch nicht, wieviel Sara von der letzten Begegnung im Kontor auf Glenbar ihrem Manne erzählt oder wie sie es erklärt hatte, warum er so plötzlich die Bewirtschaftung der drei Farmen aufkündigte. Louis, so bezaubernd und leutselig er auch sein konnte, hatte das Temperament eines französischen Edelmannes. Es konnte also gut sein, daß er Jeremys Anwesenheit als pure Frechheit auffaßte. De Bourget war imstande, wortlos an ihm vorbei ins Haus zu gehen.

Aber Louis kam mit ausgestreckten Händen auf ihn zu. Er war unrasiert und sah genauso erbarmungswürdig aus wie alle hier seit einer Woche.

»Ich war so erleichtert, als ich von Jackson hörte, daß Sie hier seien, Jeremy«, sagte er. »Das wird meiner Frau eine große Beruhigung gewesen sein.«

Jeremy drückte herzlich die Hand des anderen.

»Ich habe nicht viel tun können, Sebastian ist immer noch nicht . . .«

Louis fiel ihm ins Wort: »Gerade heute morgen erfuhr ich über Sebastian . . .«

»Ja . . .?« unterbrach jetzt Jeremy Louis de Bourget.

»Man hat ihn gefunden – tot. Ungefähr sechs Meilen von hier flußabwärts. Sein Leichnam hat sich in einem Baum bei der Sutton-Farm gefangen. Sie fanden ihn, als das Wasser zu fallen begann. Sie haben ihn gleich erkannt. Mark Sutton gab die Botschaft an Kapitän Pierce weiter, der mir dann einen Boten nachschickte. Ich habe Jackson schon befohlen, zu den Suttons zu fahren, sobald er die Kinder abgeliefert hat. Ich sagte ihm, ich würde nachkommen, sobald ich meine Frau gesehen habe.«

Die beiden Männer blickten einander an. Stand nicht Sebastian zu den beiden in ähnlicher Beziehung? Er war Andrew Maclays Sohn und wahrscheinlich Saras Lieblingskind, wie sie beide vermuteten. Auch Louis war der Jüngste fester ans Herz gewachsen. Und Elizabeth endlich hatte ihr Herz an ihn verloren. Jeremy spürte wohl, hätte Sara ihrem Mann einen Sohn geboren, dann wäre Sebastians Tod für Louis nicht so schmerzlich gewesen. Jeremy hörte aus Louis' Worten so etwas wie Vereinsamung heraus. Und zum erstenmal in seinem Leben fühlte er eine gewisse Sympathie für diesen Mann.

»Könnte ich nicht . . .?« sagte er unbeholfen und wunderte sich, wie sehr er doch immer noch auf seine frühere Beziehung zu den Maclays rechnete. Kummervoll blickte er in Louis' umwölktes Antlitz. »Ich würde gern selbst zu den Suttons gehen, falls Sie es erlauben!«

Ein warmer Glanz trat in Louis' Augen:

»Das ist wirklich zu gütig von Ihnen. Aber Sie haben Ihre eigene Farm, und sicherlich wartet die Arbeit schon auf Sie.« Er beendete seinen Satz mit einem Achselzucken: »Keiner von uns ist heil davongekommen.«

Jeremys Antwort war so leise, daß man ihn kaum verstehen konnte: »Ich kenne die Maclayschen Kinder von Geburt an, ich wäre Ihnen sehr dankbar, wenn Sie es mir erlauben würden.«

Der andere nickte: »Aber natürlich, gehen Sie, ich komme so schnell wie möglich nach.« So rasch, daß Jeremy kaum seine Worte aufzunehmen vermochte, setzte er hinzu: »Es ist ganz in der Ordnung, daß ein Freund Sebastian heimbringt.«

Inzwischen hatte Wentworth die Satteltaschen abgenommen. Trigg hielt immer noch die Zügel der Pferde. Annie und Bess standen in der Veranda. Beide Frauen schauten erwartungsvoll auf Louis, als versuchten sie die Botschaft zu erwittern, die er brachte. Sein Blick streifte die Mägde: Nein, das waren wahrlich keine frohen Mienen, die ihn da willkommen hießen, ausgerechnet an dem Tag, da er zum erstenmal seine kleine Tochter sehen sollte.

»Ja, Hogan«, fuhr er fort, »jetzt muß ich wohl zu meiner Frau und ihr die schlimme Nachricht bringen.« Seine Augen wanderten langsam von Jeremy über die Veranda zu Saras Fenster. Es sah aus, als fürchtete er sich. Schweigend machten Annie und Bess ihm Platz, als er langsam die Stufen hinaufging.

Kapitel 12

An einem Morgen im September des Jahres 1806 wartete der Wagen de Bourgets eine lange Zeit vor den Toren des Regierungsgebäudes. Edward thronte auf dem Bock, blinzelte in die

Sonne und hob hin und wieder den Kopf, um den würzigen Duft der Blumen einzusaugen, die seit etwa einer Woche den Frühling ankündigten. Der Alte hielt die Beine bequem von sich gestreckt, dankbar für die heiße Sonne, die seinem Zipperlein so gut tat. Dennoch fühlte er sich nicht sehr behaglich. Er vermißte jedes Jahr von neuem den englischen Frühling, dieses sanfte Sprießen des jungen Grüns an Bäumen und Hecken nach den langen Monaten der winterlichen Totenstarre. In diesem Lande des Immergrüns ist der Frühling überhaupt kein richtiger Frühling, dachte er bei sich. Seine Augen leuchteten auf, als er einen Mann gewahrte, der mit Eimer und Reisigbesen gemächlich um das Haus herum geschlendert kam. Das konnte einen willkommenen Schwatz geben. Steif kletterte Edward vom Bock herunter, streichelte das ihm am nächsten stehende Pferd und nahm es beim Zügel. Er wartete auf seinen Genossen.

Er konnte den Ankömmling ruhig als seinen Genossen bezeichnen, denn mit Simon Brand hatte er schon manchen Krug Bier bei Castello geleert und dabei die Neuigkeiten aus dem Regierungsgebäude gegen die von Glenbar und Banon ausgetauscht. Nun war es aber schon eine ganze Weile her, seit er das letztemal mit seinem Bekannten zusammensaß, und so nahm es durchaus nicht wunder, daß er nach einem ausgiebigen Klatsch geradezu gierte.

»Gut'n Morgen, Simon, alter Junge.«

»Morgen, Tom, schöner Tag heut, was?«

»Jawoll, Simon, das kann man wohl sagen.«

Brand musterte den Wagen. Er sah den glänzenden Lack, die kostbare neue Polsterung, die Federn. Wie nebenbei sagte er: »Der Franzmann hat wohl Geschäfte beim Gouverneur, nicht?«

Edward schüttelte den Kopf: »Nee, ich fahr die Gnädige«, winkte er ab und grinste über das ganze Gesicht. »Für Seine Exzellenz ist das Beste eben gut genug – daher den Wagen vom Herrn!«

Brand spuckte nachdenklich in die zierliche Hecke, die den Weg säumte.

»Nun, eins kannste mir glauben, 'n stattliches Gefährt, das haut auch nich hin, daß Old Bounty-Blight 'ne bessere Meinung von ihr kriegt. Er hat nix im Sinn mit diesen Reichen. Der weiß genau, die Moneten stammen auch nur aus dem guten alten Rum. Ich kann dir sagen, Tom, der Mann wird 'nen hübschen Wirbel machen. Ist 'n anständiger Kerl, aber verdammt hart, das kannste mir glauben.«

Er trat einen Schritt näher, kramte den Tabaksbeutel aus der Tasche und hielt ihn Edward hin. Dabei warf er einen sorgenvollen Blick in Richtung der Gouverneursräume. Dann steckten die beiden Alten die Köpfe zusammen und flüsterten miteinander.

In den vergangenen sechs Wochen war der neue Gouverneur überall in der Kolonie das Tagesgespräch gewesen. Gleich nachdem King um seinen Abschied eingekommen war, hatte das Kolonialamt wieder einen Seemann ernannt, den ehemaligen Kapitän William Blight, dessen Name vor nunmehr sechzehn Jahren im Zusammenhang mit der Meuterei auf der Bounty die Runde gemacht hatte. Er war weit über die Kreise der Marine hinaus bekannt.

Bounty-Blight, der Spitzname war ihm geblieben, gleichsam als Symbol eines heldischen Mutes und überragender Navigationskünste, die in den Annalen der Schiffahrt nicht leicht ihresgleichen fanden. Mit nur achtzehn Mann der Bounty-Besatzung hatte er mehr als tausend Meilen in einem offenen Boot zurückgelegt, und zwar von Otaheite bis nach Timor. Er schaffte die Strecke, die fast ständig durch unbekannte Gewässer führte, in kaum einundvierzig Tagen. Blight hatte sich zwar als ein kühner, gerechter und gewissenhafter Kapitän erwiesen, war aber andererseits so stur und phantasielos, daß er die Meuterei seiner Leute, die über sechs Monate in dem Südseeidyll auf Otaheite gelebt hatten und von einem Tag zum anderen gezwungen worden waren, ihre reizenden Geliebten aufzugeben, um mit Blight und einer Ladung von Affenbrotfrüchten nach den West-Indischen Inseln zu segeln, herausgefordert hatte. Aber es war ihm gelungen, sein kleines Boot sicher nach Timor zu steuern, und nun kannte ihn die Welt als den glänzendsten Nautiker und harten Mann, der mit den von Fletcher Christian angeführten Meuterern fertig geworden war. Es gab aber auch Stimmen, die meinten, er sei zu hart. Nachdem er unglückseligerweise in die Meuterei verwickelt gewesen war und das Gerede über seine Gewalttätigkeit nicht verstummen wollte, ging er zu Duncan und schlug sich hervorragend bei Camperdown und unter Nelson bei Kopenhagen. Immer und überall gab er glänzende Beweise seines Mutes, seiner Findigkeit und Tatkraft. Jedoch die Gerüchte über seine grausame Disziplin auf der Bounty wollten nicht zur Ruhe kommen. Er war ein Opfer seiner Sehnsucht nach Vollkommenheit, ebenso streng gegen sich wie gegen die anderen. Man stempelte ihn als humorlos und arrogant ab und wollte einfach die Lauterkeit seines Charakters nicht wahrhaben. Noch jetzt nach sechzehn Jahren beurteilte die Welt ihn nach der Fahrt der berüchtigten Bounty. Die kleine Kolonie in New South Wales hatte seiner Ankunft mit Besorgnis entgegengesehen. Falls sich das Temperament und der Charakter von Bounty-Blight nicht beträchtlich geändert hatten, so war er bestimmt nicht der Mann, der es bei schwachen Protesten gegenüber jenen, die jede Anordnung der Regierung mißachteten, bewenden lassen würde.

»Der benimmt sich ja reinweg, als wär er hier auf seinem Schiff, Tom«, meinte Brand. »Schon bei Tagesgrauen ist er auf den Beinen und gibt seine Anordnungen. Kaum denkste, er sitzt sicher hinter seinem Schreibtisch, schon taucht er auf und will wissen, warum der Gang noch nich gefegt ist.« Er überlegte eine Weile und fügte hinzu: »Aber ich glaube, gerade deswegen mag ich ihn.«

Wieder glitt sein Blick über den Wagen. Dann sagte er nachdenklich:

»Was will eigentlich Madame de Bourget beim alten Blight? In letzter Zeit hat man sie ja kaum zu Gesicht gekriegt . . .«

Edward sah seinen Gefährten prüfend an: »Sollte wohl meinen, das ist ganz allein ihre Sache, was meine Herrin mit dem Gouverneur zu tun hat, Simon. Aber damit haste recht, in letzter Zeit ist sie kaum ausgegangen. Und ist doch immerhin schon sechs Monate her, seit unser junger Herr Sebastian ertrunken ist. Aber sie kann und kann nicht darüber wegkommen. Die Arme, kaum, daß sie aus den Trauerkleidern für Mr. Maclay raus war, da muß sie schon wieder um den jungen Herrn trauern. Nee, sie geht nirgends hin, höchstens geschäftlich, mal in den Laden oder zu den Farmen. Und das sieht, glaub ich, Monsieur de Bourget nicht gerade gern. Sollen sich manchmal zanken, hab ich gehört. Der Herr ist nicht einer von der Sorte, der sich freundlich dreinfindet, wenn sie ihm nur halbe Aufmerksamkeit schenkt. Aber das hätte er ja wissen können, als er sie heiratete. Die denkt nicht daran, sich wegen eines Mannsbildes zu ändern, nee, die bestimmt nich.«

Simons Miene spendete Beifall. Edward holte noch einmal tief Luft und setzte zu einem neuen Klatsch an.

Mit Rücksicht darauf, daß er eine Dame vor sich hatte, setzte der Gouverneur Sara nicht vor den Schreibtisch, sondern bat sie, in dem großen Schaukelstuhl vor dem Kamin Platz zu nehmen. Sie setzte sich umständlich zurecht, zupfte an ihrem Rock und ließ ihm so Zeit, sich in der gewohnten Haltung mit dem Rücken zum Kamin hin zu postieren.

Als sie endlich den Kopf hob, sah sie Bounty-Blights musternden Blick auf sich ruhen. Im gleichen Augenblick jedoch schauten die scharfen Augen fragend, waren voller Aufmerksamkeit. Sein Haar war grau meliert, seine Gestalt untersetzt und stämmig, die Haltung typisch für einen Mann in mittleren Jahren. Von der Hochtrabenheit eines Menschen in leitender Position schien er jedoch frei zu sein.

An der Art, wie er leicht arrogant die Lippen schürzte, erkannte Sara, daß er etwas von ihrem eigenen Wesen hatte. Sie sagte sich, daß dieser Mann eine gehörige Portion Anmaßung und Autorität gehabt haben mußte, aber auch einen beträchtlichen Mut, um achtzehn Mann in einem offenen Boot über tausend Meilen sicher über das Meer zu bringen.

Die Höflichkeitsbezeigungen waren schon beim Eintritt ins Zimmer gewechselt worden. Blight verlagerte sein Gewicht von einem Fuß auf den anderen, während er darauf wartete, daß sie auf den Anlaß ihres Besuches zu sprechen kam. War er auch erst seit einigen Wochen im Amt, so kannte er doch alle Einzelheiten von Madame de Bourgets Schicksal. Er beobachtete sie scharf und versuchte herauszubekommen, ob es ihr rastloser Ehrgeiz allein war, der sie bis zu ihrer jetzigen Stellung in der Kolonie emporsteigen ließ. Immerhin sagte man von ihr, daß sie eine vorbildliche Mutter war. Und Blight, Vater von sechs Töchtern, hegte alle Hochachtung für eine Frau, die es mit ihren Mutterpflichten ernst nahm. Es verwirrte ihn, daß sie eigentlich so gar nicht zu dem Bild paßte, daß er sich in Anbetracht der kleinen Gesellschaftsschicht von New South Wales von ihr gemacht hatte. Es war ihm bekannt, daß ihr erster Mann sich in den frühen Tagen der Kolonie sehr rege an dem illegalen Rumhandel beteiligte. Allerdings hatte Andrew Maclay diese Beziehungen schon zu Kings Zeit abgebrochen. Selbstverständlich wußte er auch, daß sie eine Freigelassene war, die es dennoch fertiggebracht hatte, einen Mann zu heiraten, der, wie man allgemein sagte, auf alle Freigelassenen nur herabsah, einen Franzosen, der sein Gut wie ein echter Herr bewirtschafte und sich seine Hände nicht mit Geschäften beschmutze. Dieses Rätsel interessierte Blight – die routinierte

Geschäftemacherin, verheiratet mit einem vornehmen Dilettanten!

Sie trug Schwarz, Schmuck hatte sie keinen angelegt. Ihm fiel ein, daß King ihm erzählte, sie habe bei dem Hochwasser vor sechs Monaten eines ihrer Kinder verloren. Abgesehen von dem kurzen Höflichkeitsbesuch bei seinem Amtsantritt, den sie gemeinsam mit ihrem Gemahl abstattete, konnte er sich nicht erinnern, sie je bei seinen offiziellen Empfängen gesehen zu haben.

Sie hielt die Hände im Schoß gefaltet. Sein Gefühl sagte ihm, daß die Frau, die ihm hier gegenübersaß, von Natur aus ruhige Hände hatte. Jetzt zuckten ihre kraftvollen Finger nervös. Er spürte, daß es wirklich an der Zeit war, das Schweigen zu brechen:

»Kann ich irgend etwas für Sie tun, Madame? Darf ich Ihnen irgendwie behilflich sein?«

Kein sehr geschickter Anfang, überlegte er, er forderte sie zu einer Bitte geradezu heraus. Je mehr Geld solche Leute besitzen, um so befugter fühlen sie sich, von dem Gouvernement immer neue Vorteile zu verlangen. Nein, er hatte dieses Amt nicht angetreten, um Leute wie diese Madame de Bourget zu verhätscheln, sondern um ihre Macht zu zügeln.

Sie antwortete bestimmt:

»Nein, ich wollte Sie um nichts bitten, Exzellenz, höchstens um Ihre Diskretion.«

»Meine Diskretion, Madame? Ich weiß nicht, wie ich das verstehen soll.«

Er runzelte die Stirn. Argwöhnisch wartete er auf ihre nächsten Worte. Es kam niemand zu ihm, der nichts wollte, und diese Frau sah am wenigsten danach aus, als erginge sie sich gerne in leeren Redensarten. Die Amtszeiten seiner Vorgänger hatten ihn gelehrt, auf der Hut zu sein, wenn ihm einmal etwas unerklärlich vorkommen sollte. Und wenn dieser Franzose vielleicht dachte, er könne seine Frau vorschieben, dann hatte er sich gründlich getäuscht.

»Ich komme wegen des Getreides, das aus den Ernten von Toongabbie und Castle Hill stammt.«

»Ja?!«

Blight antwortete betont scharf. Er ahnte, worauf sie hinauswollte. Und schon bildete er sich ein, sie richtig eingeschätzt zu haben. Wie jedermann hier in der Kolonie, wußte auch diese Frau genau, daß infolge der Überschwemmung am Hawkesbury an Getreide ein verzweifelter Mangel bestand. Schon King hatte in dem Bemühen, die Lage zu verbessern, Schiffe nach Indien gesandt, aber bis zur Stunde war noch kein einziges mit der ersehnten Ladung zurückgekehrt. In den vergangenen Monaten waren die Bestände gefährlich zusammengeschmolzen, und zum erstenmal seit vielen Jahren kehrten die Zeiten der Hungersnot und der Rationierung zurück. Je leerer die Kornspeicher wurden, desto höhere Preise forderten die wenigen, die noch Getreide in ihren Scheunen hatten. Blights Mund verzog sich, während er Sara beobachtete. Das also wollte sie von ihm, sie wollte ihm ihre großen Getreidevorräte, die sie, wie er wußte, noch besaß, zu einem Preis verkaufen, wie ihn noch nie ein Farmer von der Kommission erzielt hatte. Sie hatte genau die Stunde abgewartet, bis die Farmer am Hawkesbury den Hunger am bittersten zu spüren bekamen, und kein Gouverneur, wenn er nicht ganz herzlos war, konnte den Handel ausschlagen. In einer solchen Stunde also warf sie ihre Ware auf den Markt. Und obendrein besaß sie noch die Unverfrorenheit, ihn um Diskretion zu bitten!

Er spürte Zorn in sich aufsteigen. So eine kalte Rechnerin! Da saß sie und blickte ihn ruhig an, dieses Weib, das sich nicht scheute, aus einer Katastrophe, die ihr ein Kind geraubt hatte, Gewinn zu schlagen.

»Zum Glück haben uns beide Farmen eine gute Ernte gebracht . . .«

Er unterbrach sie schneidend: »Darf ich Sie daran erinnern, Madame, daß Sie Ihr Angebot dem Kommissar zu machen haben. Und darf ich noch erwähnen, daß er keineswegs befugt ist, über die von mir eigens festgesetzten Preise hinauszugehen!«

Sara sprang auf. Röte schoß ihr in die Wangen:

»Sie täuschen sich, Exzellenz, ich komme, um mein Getreide zu spenden. Ich will es nicht verkaufen.«

Er starrte sie an. Das ruhige Ticken der Standuhr fiel plötzlich laut in die Stille, die sich zwischen ihnen ausbreitete.

»Es spenden, Madame . . .?« fragte er langsam.

»Ja, ganz recht, Exzellenz«, entgegnete sie. Ihre Wangen glühten immer noch, ihre Stimme aber klang gelassen. »Ich bin erst kürzlich von einer Besichtigung meiner Farm am Hawkesbury zurückgekommen. Ich habe das Elend mit eigenen Augen gesehen. Die meisten Familien haben kein Geld, um sich Mehl kaufen zu können, und ihr eigenes Getreide ist vernichtet. Die

Kinder . . .« Sie hielt inne. Es war wohl gar nicht notwendig, nähere Einzelheiten zu schildern, dieser Mann wußte sicher Bescheid.

Er nickte, verschränkte die Arme hinter dem Rücken, und ein nachdenklicher und zugleich erstaunter Blick traf sie.

»Nein, Sie brauchen mir nichts zu erzählen, Madame«, sagte er ruhig. Er schritt vor dem Kamin auf und ab. Als er sich ihr wieder zukehrte, vollführte er eine weitausholende Gebärde mit den Armen, die all seine Bedrängnis und Sorge ausdrückte.

»Auch ich war erst kürzlich am Hawkesbury, ich konnte mich von der Not der kleinen Farmer überzeugen. Der Zustand der Kinder ist geeignet, auch das härteste Herz zu erweichen. Aber«, fuhr er fort, »es gibt zu viele in der Kolonie, die sich sagen, daß das Herz nur Ballast bei Geschäften ist.«

Er zuckte mit den Schultern, als könne er damit die schlimmen Gedanken abschütteln. Gedankenverloren fragte er:

»Madame de Bourget?«

»Ja, Exzellenz?«

»Warum tun Sie das? Warum verschenken Sie Ihr Getreide, indes die anderen mit jedem Tag die Preise höhertreiben?«

Sie fuhr sich mit der Zunge über die Lippen.

»Das habe ich doch hinreichend erklärt, sollte ich meinen. All das Elend, Exzellenz . . .«

»Meine Verehrteste, wenn ich auch erst kurze Zeit hier bin, so habe ich doch ein genaues Bild über alle Bürger und weiß also auch über Sie und Ihren Gemahl ziemlich gut Bescheid. Bitte, nehmen Sie es mir nicht übel, wenn ich zu sagen wage, daß Ihre früheren Transaktionen sich so gar nicht mit diesem Angebot in Einklang bringen lassen.«

Jetzt war es an Sara, die Stirn zu runzeln. Sie kämpfte sichtlich, ihre Stimme zu beherrschen.

»Exzellenz, darf ich daran erinnern, daß meine früheren Geschäfte nichts, aber auch gar nichts damit zu tun haben, daß mein jüngster Sohn bei dem Hochwasser, das die Teuerung verursacht hat, umgekommen ist. Bei diesem Angebot handele ich eben einmal nicht als Geschäftsfrau. Übrigens gerade darum bitte ich Sie um Ihre Verschwiegenheit.« Sie holte tief Luft. »Ich möchte nämlich nicht, daß es in der Kolonie herumkommt, denn ich ziehe es ganz entschieden vor, meinen Ruf als Geschäftsfrau zu behalten.«

Er verbeugte sich leicht: »Gewiß, Madame, ich werde sofort eine entsprechende Anweisung geben.«

Sara warf ein: »Ich gebe Ihnen noch genau an, wann und wo Sie das Getreide abholen lassen können. Wahrscheinlich wollen Sie die Sache dem Kommissar übergeben?«

Blight schaute ihr jetzt voll in die Augen. Ihre Sicherheit und Würde berührten ihn tief. Und ganz besonders beeindruckte ihn, wie sie ihre Gefühle zu beherrschen suchte, in einer Situation, die jede andere Frau zu Tränen gerührt hätte. Ja, sogar einem Bounty-Blight imponierte es, wie sie vor ihm stand. Tief in ihm brannte nicht nur der das Herz erwärmende Gedanke, daß man mit ihrem Getreide eine geraume Weile dem Hunger zu wehren vermochte, es beherrschte ihn vor allem die überraschende und so wohltuende Erkenntnis, daß er einen Freund gefunden hatte, wo er einen Feind erwartete. Da ist jemand innerhalb dieses den Handel beherrschenden Kreises, der nicht gegen mich arbeiten wird, sagte er sich. Er wußte wohl, sie konnte sich diese Schenkung leisten. Und dennoch wirkte ihre Tat wie der reinste Balsam auf sein Gemüt.

Während er noch über ihre Handlungsweise nachgrübelte, war sie ein paar Schritte zurückgetreten. Sie schickte sich zum Gehen an. Er hob bittend die Hand. »Bitte, Madame, setzen Sie sich noch einen Augenblick, ich hätte so gern noch verschiedenes mit Ihnen besprochen.«

Aber Sara fiel schon in einen tiefen Knicks: »Wenn Sie gestatten, Exzellenz, ein andermal.«

Sie erhob sich, kehrte um und schritt auf die Tür zu. Sie war fort, bevor er einen Schritt tun konnte. Nur eines hatte er noch feststellen können, daß sie nämlich am Ende doch genau wie alle Frauen war. Als sie vor ihm knickste, hatte er Tränen in ihren Augen gesehen.

Kapitel 13

Am Nachmittag nach Saras Besuch bei Gouverneur Blight schlug das schöne Frühlingswetter plötzlich um. Es regnete. Sara streckte die Füße behaglich auf einem Fußbänkchen vor dem Kamin aus und rückte ihren Stickrahmen ins Licht. Duncan saß dicht neben ihr an einem kleinen Tischchen. Er baute ein Kartenhaus. Vor lauter Eifer streckte er die Zunge hervor. Sooft eine Karte abrutschte und der Bau zusammenstürzte, stieß er einen ärgerlichen Laut aus. David hockte, in ein Buch vertieft, am Kamin.

Sara wählte aus ihrem Arbeitskorb einen anderen Seidenfaden und blickte zu Elizabeth auf, die ihr über die Schulter sah.

»Wir nehmen lieber nicht zu viel von einer Farbe.« Sie hielt inne, weil sich die Tür zum Schulzimmer öffnete und Louis eintrat. David sah von seinem Buch auf. Über sein Gesicht huschte ein Lächeln. Duncan murrte vor sich hin, weil der Luftzug sein Kartenhaus zusammenpurzeln ließ. Louis' Miene war gespielte Verzweiflung: »Oh, Duncan, ich verspreche dir, es neu zu bauen. Nicht umsonst sagt man mir nach, in ganz Frankreich gäbe es keine geschickteren Hände für die Karten als meine.«

Er wandte sich Sara zu und küßte ihr die Hand. Dann beugte er sich nieder, um Elizabeths Kuß auf die Wange zu empfangen. Dabei drehte er spielerisch eine von Elizabeths Locken.

»Na, du paßt doch hoffentlich gut auf bei den Handarbeiten«, meinte er, »ich hab nämlich Großvater versprochen, daß es dir hier, was die Unterweisung in den weiblichen Künsten anbelangt, an nichts fehlen wird.«

Sara nickte zu Elizabeth hinüber: »Ja, sie macht ihre Sache recht gut«, sagte sie scherzhaft, »gerade gestern hörte ich Annie sagen, daß sie geschickte Finger wie ein Äffchen habe. Und das war wohl als Kompliment gemeint.« Sie hielt inne und sah Louis fragend an, der ein versiegeltes Päckchen aus der Rocktasche zog und es ihr reichte. Sie nahm es und drehte es herum, um Anschrift und Absender zu lesen.

»Was ist das?« fragte sie neugierig.

Er zuckte die Achseln. »Mach es nur auf, mein Herz. Ein Bote aus dem Regierungsgebäude händigte es mir eben aus, als ich die Stiegen heraufkam. Offizielle Schreiben übersieht man besser nicht, vor allem dann nicht, wenn sie von einem so wichtigen Mann wie Blight kommen. Da ist ganz besondere Aufmerksamkeit geboten.«

Er drückte Elizabeth sanft auf den Stuhl nieder. Sara erbrach inzwischen mit zusammengekniffenen Brauen das Siegel und begann zu lesen. Ihre Augen liefen die kühnen Schriftzüge entlang:

». . . ich bestätige den Empfang der Kornfuder, die Sie uns gespendet haben . . .«

Es folgten Einzelheiten über das Getreide und Saras Verfügungen, wie es ausgeliefert werden sollte. Als das Geschäftliche erledigt war, änderte sich der Ton plötzlich. Sara las jetzt langsamer:

>>All die zahlreichen Siedlerfamilien, die Ihre Gabe, Madame, beglücken wird, werden niemals von Ihrer Großmut erfahren und haben somit auch nicht die Möglichkeit, Ihnen zu danken. Das Unglück dieser Menschen greift mir ans Herz, und ich bin wohl im Augenblick der einzige in der Kolonie, der weiß, was Sie für die Betroffenen geleistet haben. Daher hoffe ich zuversichtlich, daß Sie meine Landbeleihung annehmen werden. Ich denke an ein Stück, das an das Besitztum Ihres Herrn Gemahls am Nepean grenzt und zum Cowpastures-Distrikt gehört. Dieses Land soll künftig Ihnen und Ihren Kindern gehören . . .<<

Tränen liefen ihr die Wangen hinab, und nur mühsam konnte sie den Brief zu Ende lesen. Blight schrieb, daß er von ihrem Interesse und ihren Erfolgen bei der Zucht von Merinoschafen wisse, und daß er sich wohl bewußt sei, wie geeignet gerade dieses Land für die Aufzucht von Merinos ist. Das war eine unmittelbare Anspielung auf Macarthur, der sich zum großen Ärger des Gouverneurs einen Anteil von fünftausend Morgen eigenmächtig genommen hatte. Zwischen den bündigen und ziemlich steifen Worten des Gouverneurs las sie deutlich Großmut und Menschlichkeit. Sara war der jähzornige, angeblich phantasielose Mann, dem das Unglück der Siedler am Hawkesbury so naheging und der sie so nobel zu entschädigen suchte, bloß weil sie ein wenig geholfen hatte, plötzlich sympathisch.

Ein Mann von größerem Zartgefühl für eine Frau hätte sich allerdings taktvoller erkenntlich gezeigt, er hätte zumindest eine Zeitlang gewartet. Aber Blight war ein Seemann, noch dazu einer, dem man nicht gerade ein besonderes Feingefühl nachsagte. Auf jeden Fall war dies die größte Landbeleihung, an die sie sich erinnern konnte, abgesehen natürlich von dem Stück, das Macarthur seinerzeit vom Kolonialamt in London erhalten hatte. Die Legende, die Bounty-Blight zu einem Tyrannen stempelte, dem man es zutrauen konnte, daß er eine Meuterei entfesselte, nur um sich nachher auszeichnen zu können, tat ihm sicher Unrecht. Die Armen am Hawkesbury wußten es jetzt wahrscheinlich besser.

Sara glättete den Brief und gab ihn Louis.

>>Gouverneur Blight erweist sich wirklich als sehr großmütig<<, sagte sie gelassen.

Louis' Züge wurden weich und nachdenklich, während er las.

»Nun, seine Großmut ist nicht von ungefähr, meine Gute«, sagte er, faltete den Brief und gab ihn Sara zurück.

Duncan rutschte vom Stuhl, kam um den Tisch herum und schlüpfte unter Louis' Arm:

»Kommt Gouverneur Blight zu uns, Mami?«

»Das glaube ich kaum, mein Liebling, er hat viel zu tun.«

Duncan verzog den Mund: »Ach, wie schade, ich möchte ihn so gern nach der Meuterei fragen.«

Sara schüttelte den Kopf: »Das läßt du besser bleiben, Duncan, vielleicht spricht er nicht gern darüber.«

David ließ das Buch sinken:

»Aber diese Reise von Otaheite ist doch eine tolle Geschichte. Darüber wird er doch sprechen, meinst du nicht? Leutnant Flinders sagt, es sei das kühnste Stückchen an Navigation, das man kennt.« Seine blauen Augen bekamen einen träumerischen Glanz. Er war eben ein Junge, der farbige Abenteuergeschichten liebte. »Weißt du eigentlich, Mami, daß Leutnant Flinders als Matrose mit Blight gefahren ist? Natürlich erst nach der Meuterei!«

Sara seufzte: »Ach, der Arme. Nie wird man ihm diese Meuterei vergessen, fürchte ich. Kaum hat man seinen Namen genannt, schon schwirren die Gerüchte . . .«

Elizabeth zupfte ihren Vater am Ärmel:

»Erzähl mal von der Meuterei, Papa. Besonders von der Sache, weißt du . . .«

»Nein«, schrie Duncan dazwischen, »lieber von der Reise des Bootes, das möchte ich noch mal hören.«

Er setzte sich neben Elizabeth auf den Schemel. Louis lächelte auf die ihm zugewandten Gesichter herab.

»Nun, ihr müßt dem Gouverneur Gerechtigkeit widerfahren lassen, Kinder, und daran denken, daß er schließlich noch mehr geleistet hat. Er überstand nicht nur eine Meuterei und eine lange Reise im offenen Boot. Er ist seinerzeit mit Cook gesegelt, und bei Kopenhagen war er der Zweite neben Nelson. Nach der Schlacht ließ Nelson ihn an Bord der Elephant kommen, um ihm höchstpersönlich zu danken.«

Während er erzählte, erhob sich Sara, nickte Louis zu und verließ das Zimmer. Seine volltönende Stimme folgte ihr bis auf die Treppe. Auf ihrem Weg durch die Halle blickte ihr Bennet nach. Er sah sie ins Büro gehen.

Immer noch peitschte der Regen gegen die Fenster. Der Himmel war mit dunklen Wolken verhangen. Im Kamin brannte kein Feuer, obgleich die Scheite bereitgelegt waren. Es fröstelte sie. Sie entzündete die auf dem Tisch stehende Kerze und breitete den Brief vor sich aus, um ihn noch einmal zu lesen.

Diese kühnen Schriftzüge verhießen ihr also das Stück Land, um dessentwillen Andrew damals nach London fahren wollte. Davon hatte er immer geträumt – Weideland für seine Merinoschafe in dem fruchtbaren Nepeantal. Wie Andrew wohl gestaunt haben würde! Eine solche Schenkung gerade von Blight! Von Blight, dem Verteidiger der kleinen Farmen, der jetzt freiwillig den Besitz eines Begüterten vermehrte, nur weil sie sein Herz gerührt hatte. Wieder einmal mußte sie über diesen Mann staunen, von dem die Bounty-Legende eigentlich ein ganz anderes Bild vermittelte. Sie öffnete die oberste Schublade des Schreibtisches und entnahm ihr eine Karte über den Nepean- und den Cowpastures-Distrikt. Plötzlich hielt sie inne. Sie beugte sich noch einmal nieder, um die unterste Lade aufzuziehen. Aber die war verschlossen. Sekundenlang zerrte Sara an dem Griff. Dann suchte sie nach dem Schlüssel. Sie stieß ihn ungeduldig ins Schloß und drehte ihn herum.

Bis auf einen in einer Hülle aus Kattun steckenden Gegenstand war die Lade leer. Sie wickelte ihn behutsam aus. Sebastians angemaltes Holzpferdchen kam zum Vorschein. Es trug immer noch die Schmutzspuren aus jener Nacht, da sie es in dem hügeligen Gelände unten am Hawkesbury gefunden hatte. Sie stellte das Pferdchen vor sich hin, lehnte sich im Stuhl zurück und betrachtete es. Die rote Kordel, die als Zügel gedient hatte, war längst verblichen, aber das Holztier zeigte immer noch jene sorglose Lebendigkeit, die ihm die geschickten Hände des Sträflings auf Kintyre mitgegeben hatten.

Zärtlich strich Saras Finger über die abgewetzte Kordel. Dann glitt ihr Blick wieder zu Blights Brief. Tonlos formten ihre Lippen die Worte:

»Sebastian, er hat dich zwar nie gesehen, und doch hat er mir nur um deinetwillen das hier gegeben – Land, das Andrew und ich uns so sehr gewünscht haben. Was immer auch geschieht, dieses Lande werde ich nie und nimmer preisgeben.«

Sie griff nach der Karte und suchte die Stelle, die Blight angegeben hatte. Ihre Finger fuhren dem Umriß nach. Ja, die Weidegründe lagen ganz dicht bei Banon. Und sie fragte sich schon jetzt, wann und wie es ihr wohl gelingen würde, auch noch das dazwischenliegende Land zu bekommen. Einige kleinere Farmen hatten dort ihre Niederlassungen. Vielleicht konnte man sie mit der Zeit überreden . . . Saras Gedanken wanderten in die Zukunft.

Kapitel 14

Blights Herrschaft in New South Wales fand an einem Tage des Jahres 1808, und zwar am zwanzigsten Jahrestag der Gründung der Kolonie, ein jähes Ende. Ein Jahr und fünf Monate waren ins Land gegangen, seit er die Geschäfte übernommen hatte. Er war mit der festen Absicht in die Kolonie gekommen, seine Obliegenheiten wie ein Herrscher wahrzunehmen, aber auch er war gescheitert an einer Institution, die schon seine Vorgänger niedergerungen hatte – die Armee!

Solange er nicht das Korps beherrschte, war er schlechterdings machtlos. Alle seine Unternehmungen wurden vereitelt und durchkreuzt. Ohne Unterstützung der Offiziere waren die Erlasse aus dem Regierungsgebäude nicht mehr als ein Bündel Papier. Mit den Monaten hatte sich der Kampf zwischen Blight und den Offizieren immer mehr verschärft. Aber Macarthur, inzwischen Privatmann, war es gewesen, der schließlich die Krise herbeiführte.

Aus Protest gegen die von Blight verfügte, wie sie sagten ungerechte Inhaftierung Macarthurs marschierten die Offiziere aus Sydney unter Führung von Colonel Johnston zum Regierungsgebäude, um den Gouverneur gefangenzunehmen. Mit ihnen waren dreihundert Soldaten und ein Musikzug, der »Britische Grenadiere« spielte. Halb Sydney folgte dem Zug.

Es war wie ein Nachklang jener Meuterei bei Otaheite. Blight, in voller Uniform, den Orden von Camperdown auf der Brust, war bereit, den Offizieren entgegenzutreten. Er wußte, daß diese Meuterei nicht weniger ernst war.

Blight wurde unter Hausarrest gesetzt. In jener Nacht jubelten viele, Macarthur und Johnston wurden lärmend gefeiert, andere wieder erwogen weniger laut das Für und Wider. Das Rumkorps hatte zwar seine große Stunde, aber schon fingen einige an, den Tag zu fürchten, da man würde Rechenschaft ablegen müssen.

»Das ist Verrat, Sara, das ganze Regiment ist in offenem Aufruhr. Sie haben Blight in Haft genommen und gedemütigt – des Königs Stellvertreter! Mon Dieu, bilden sich diese Narren wirklich ein, den Folgen entgehen zu können?«

Im Dunkel auf der Veranda von Glenbar vermochte Sara kaum noch Louis' Gesicht zu erkennen. Der Gesang der Zikaden erfüllte die warme Sommernacht. Immer wieder konnte sie der vibrierende Rhythmus dieses Chores entzücken. Jetzt aber widmete sie ihre ganze Aufmerksamkeit Louis. Er trat an die Brüstung und blickte eine Weile zu den Lichtern der hellerleuchteten Stadt. Dann wendete er sich wieder zu der an einem Pfeiler lehnenden Sara.

»Das wird Blight ihnen niemals vergessen«, sagte er nachdenklich. »Und kommt es erst zur Gerichtsverhandlung, dann wird es ein sehr erschwerender Umstand sein, daß es des Königs Stellvertreter war, gegen den man rebellierte. Das geschieht ihm nun schon zum zweitenmal in seinem Leben. Aber das bringt ja auch nur so ein Dickschädel wie er fertig, zweimal eine Meuterei herauszufordern.«

Wieder blickte er auf die Stadt hinab. Auch er hatte sich an diesem Tage unter die Menge gemischt, war Zeuge von Johnstons Marsch zum Regierungsgebäude gewesen. Er war voller Hohn und Entrüstung nach Glenbar zurückgekehrt. Für die Art und Weise, wie Macarthur seinen Feind vernichtete, hatte er nur Verachtung. Sein französischer Geist vermißte in dem Plan jede Klugheit und List. Dieser Sieg brachte Macarthur doch nichts ein, eine kurze Atempause höchstens, die er dazu benutzen mußte, sich eine geschickte Verteidigungsrede zurechtzulegen. Es ist einfach, mit Waffengewalt die Herrschaft an sich zu bringen, hatte Louis geäußert, aber dann erklären zu wollen, das sei gesetzlich, wie das Macarthur jetzt mache, das ist einfach lächerlich. Mochte auch zwischen Whitehall und der Kolonie eine Schiffsreise von sechs Monaten liegen, endlich würde man doch Whitehalls Entschlüsse erfahren. Und das war klar, sie würden keinesfalls zugunsten von Macarthur ausfallen. Er streckte die Hand aus und berührte leicht Saras Schulter.

»Macarthur wird sich rechtfertigen müssen, meine Liebe. Er und Johnston, beide.«

Wie immer, wenn sie sein Gesicht nicht recht zu erkennen vermochte, wirkte seine Stimme ganz besonders auf sie. Sie lauschte dann mehr auf den Klang als auf die Worte.

»Sie werden sich bald ihrer Freunde versichern müssen, Sara.

Sicherlich werden sie irgendeine Urkunde zirkulieren lassen, die wir unterzeichnen sollen, Dokumente, die sozusagen unsere von Herzen kommende Dankbarkeit ausdrücken, daß die Kolonie endlich von dem Tyrannen befreit ist. Aber wir müssen ja nicht hier sein, wenn es soweit kommt. Schön, Blight mag erledigt sein, aber die Regierung bleibt – und überdies gibt man nicht seine Unterschrift her für einen Verrat.«

»Wohin«, fragte sie, »wohin sollen wir gehen?«

»So weit wie möglich aus Macarthurs Machtbereich. Wir gehen am besten nach Banon. Wir müssen es diplomatisch anstellen, es wäre unklug, sich diesen Herren gegenüber unfreundlich zu erweisen, denn bevor nicht ein neuer Gouverneur kommt, ist es klar, wer hier regieren wird.«

»Und wie lange meinst du?«

Er zuckte die Achseln: »Wer weiß, aber das hat ja nichts zu sagen.«

»Oh, Louis . . .« Mehr sagte sie nicht, sie lauschte immer noch auf den Klang seiner Stimme, der imstande war, die Reise nach Banon verheißend wie ein Abenteuer erscheinen zu lassen, ein Abenteuer, das nur sie beide teilten.

»Hier hält dich doch nichts, Sara. Du hast jetzt auf deinen Farmen so gute Verwalter, daß du dir deine regelmäßigen Besuche ersparen kannst. Das Geschäft leitet Clapmore, ihm kannst du blindlings vertrauen. Ganz nebenbei – er möchte heiraten. Ich denke, als Zeichen deiner Anerkennung könntest du ihm die leeren Räume über dem Laden geben. Und vor sechs, vielleicht gar neun Monaten ist auch keines deiner Schiffe im Hafen zu erwarten. Warum also sollen wir nicht endlich einmal ausgiebig den Frieden von Banon genießen?«

Sie machte unwillkürlich eine Bewegung von ihm weg. Nein, sie wollte nicht fort. Das häßliche kleine Sydney hatte mit dem Tage der Rebellion ein ganz neues Gesicht bekommen, es strömte förmlich über vor neuem, kräftigem Leben. Mochte es auch nicht gerade die rechte Art von Leben sein, aufregend war es auf jeden Fall. Sie wünschte so sehr, hierbleiben zu dürfen, um den Kampf aus nächster Nähe zu verfolgen. Andererseits aber konnte sie Louis' vernünftige Einwände nicht einfach abtun. Sicherlich gab es noch mehr Verwirrung, und man würde bestimmt von ihr erwarten, daß sie sich für oder wider Macarthur entscheide. Und das war so oder so gefährlich.

Ihre Blicke wanderten zu den Lichtern der Stadt, wanderten

weiter zum Hafen. Das Wasser schimmerte matt im Sternen-
licht. Die fremdartige Herrlichkeit von Banon ließ sich nicht
mit der Welt hier vergleichen, diesem so schönen und so häßlichen Flecken Erde. Banon war lieblich, aber ihr Herz verlangte
danach, hier zu bleiben.

»Und dann, Sara, bedenke, du wirst dabeisein, wenn die erste
Merinoherde in der neuen Farm ankommt. Du hast dir doch
schon immer gewünscht, die erste Schafschur auf Dane-Farm
mitzuerleben.«

Von der Auffahrt her klang gedämpfter Hufschlag. Sie versuchten beide die Finsternis zu durchdringen, konnten aber nur
schwach die Gestalt eines Reiters ausmachen, der augenblicklich sein Pferd vor der Haustür zügelte.

»Wer ist da?« rief Louis.

Der Mann wendete den Kopf und blickte in ihre Richtung.
Dann trieb er sein Pferd an und kam im Schritt über den Rasen.
Er hielt am Saum des Blumenbeetes unterhalb der Veranda.

»Richard . . .«, hauchte Sara.

Unruhig umspannten ihre Hände das Gitter. Seit ihrer Heirat
mit Louis war Richard niemals mehr aus freien Stücken nach
Glenbar gekommen. Als Sebastian verunglückt war, hatte er
ihr zwar geschrieben, einen Brief, der aus dem Herzen kam und
nur für ihre Augen bestimmt war. Ansonsten bestand die
einzige Verbindung zu ihm darin, daß er regelmäßig die Raten
zahlte. Aber da sah sie ihn nie, denn er ging immer nur zu
Clapmore. Richard mit all seinen Gedanken und Plänen war
wie in jenen Jahren aus ihrem Leben entschwunden, die seinem
Streit mit Jeremy gefolgt waren. Und nun tauchte er plötzlich
auf, kam wie ein Schatten aus dem Dunkel, als sei er von den
Toten auferstanden. Ihre fest auf die Brüstung gestützten
Hände wurden langsam feucht.

»Bitte, entschuldige, daß ich hier einfach einbreche«, hörte sie
Richard sagen. Seine Stimme klang wie die eines Knaben, der
sich eifrig und eigensinnig zugleich gab.

Louis antwortete kühl: »Wir sind entzückt. Es tut mir nur leid,
daß ich Ihr Pferd nicht in den Salon bitten kann, sonst würde
ich Sie herzlich gern im Hause willkommen heißen.«

»Ich komme gerade von Parramatta heraufgeritten«, sagte Richard und überhörte Louis' Bemerkung. »Gleich nachdem ich
von dieser Rebellion hörte, bin ich losgeritten.«

»Das heiße ich umsichtig gehandelt«, erwiderte Louis. »Aber
wir sind keineswegs in Gefahr, das versichere ich Ihnen. Gou-

verneur Blight dürfte der einzige sein, der heute Ihrer Unterstützung bedurft hätte.«

»Ich habe keine Zeit, de Bourget, mich auf ein Geplänkel mit Ihnen einzulassen«, sagte Richard ungeduldig. »Ich komme hauptsächlich um Saras willen.«

»Was ist denn, Richard?« fragte sie ruhig.

Er beugte sich seitlich aus dem Sattel, dämpfte seine Stimme und sprach leise und ernst:

»Ich bin auf dem Weg zu den Kasernen. Ich wollte gern noch mit dir sprechen, ehe auch ich in diese Scherereien hineingezogen werde. Manche im Korps sind der Meinung, daß wir Blight endgültig los sind, andere wieder glauben es nicht. Über eins gibt es jedoch keine Meinungsverschiedenheiten: mag auch nach außen hin Johnston die Geschäfte übernommen haben, in Wahrheit heißt der neue Herr Macarthur. Solange kein neuer Mann aus England kommt, wird er hier befehlen. Das kann ein Jahr dauern, vielleicht noch länger. Aber auf jeden Fall wird Macarthur in der Zwischenzeit das Beste für sich herausholen wollen. Und glaub mir, er wird es schaffen.«

Louis unterbrach ihn freundlich:

»Und was hat das alles mit meiner Frau zu tun, Barwell?«

»Ganz einfach, Macarthur wird nichts unversucht lassen, alle bedeutenden Leute in seine Sache zu verwickeln. Er braucht Bundesgenossen, weil man ihn zur Rechenschaft ziehen wird. Die es mit Blight halten, werden bei Johnston und Macarthur nicht gerade in Gunst stehen. Eine heikle Situation!«

»So?«

Richard wendete sich an Sara: »Es ist schon schlimm genug für alle, die sich damit befassen müssen, wie ich zum Beispiel, aber du hast das nicht nötig. Du brauchst dich ja bloß von Sydney fernzuhalten. Darum komme ich, ich wollte dich überreden, ein paar Monate fortzugehen, besser noch länger, wenn du es einrichten kannst.«

»Ich danke dir, Richard«, sagte Sara sanft. »Es ist lieb von dir, daran zu denken.«

»Kein Grund zum Danken«, entgegnete er scharf, »ich kam, weil die Sache viel ernster ist, als sie im Augenblick aussieht. Sie kann deine ganze Zukunft in der Kolonie beeinflussen, Sara. Johnston wird es mit Landbeleihungen versuchen, um Bundesgenossen von deinem Einfluß zu gewinnen. Ich hoffe, daß dies keine Versuchung für dich bedeuten wird.«

»Ich werde an deine Worte denken, Richard«, erwiderte sie.

»Ich bin dir wirklich sehr dankbar für deine Warnung.«

»Gut, dann darf ich euch beiden gute Nacht wünschen. Man erwartet mich in der Kaserne.«

Er grüßte knapp, wendete sein Pferd und setzte im Sprung über die niedrige Hecke, die den Rasen einhegte. Erdklumpen flogen auf, als das Pferd die Hürde nahm. Sara lauschte auf die Hufschläge, die schwächer und schwächer klangen.

Louis beendete das Schweigen, das zwischen ihnen lastete: »Barwell ist wohl schon zu alt, als daß man ihm noch Manieren beibringen könnte. Offenbar sieht er sich gern als dramatischen Helden, der mit seinem Roß unseren Rasen durchpflügt.«

»Ich glaube kaum, daß er sich darüber klar war«, meinte Sara begütigend. »Ich hätte gar nicht gedacht, daß ihn die Ereignisse so außer Fassung bringen würden.«

Sie hielt inne, denn Louis hatte sich zu ihr gekehrt und strich sanft mit der Hand über ihre Wange. Sein Zeigefinger folgte der Linie ihres Kinns und hob es an, so daß sie gezwungen war, ihm gerade in die Augen zu schauen.

»Er ist wie ein eigensinniger Knabe in seiner Liebe zu dir, meine Sara, entweder ganz Leidenschaft, oder ganz Eiseskälte. Er verkrampft sich förmlich, nur um seine Gleichgültigkeit zu beweisen, aber wenn er glaubt, dir helfen zu können, dann ist er zur Stelle wie der Ritter für seine Herzensdame. Wie jung und närrisch er doch ist. Er wird sich nie ändern.«

Sara schüttelte den Kopf, um sich aus seinem Griff zu befreien.

»Du glaubst, Richard liebt mich? Wie kommst du darauf?«

»Mein Herz, selbst ein Tor könnte das sehen, und das bin ich ja nun doch nicht.« Seine Hände fuhren herrisch über ihre Schultern. Er beugte sich vor, bis sein Gesicht ganz nahe dem ihren war. »Und jetzt, meine Liebe, bist du ja wohl endgültig davon überzeugt, daß wir nach Banon gehen müssen.«

Sie zögerte. Dann nickte sie zustimmend.

Seine Lippen fanden ihren Mund. Er preßte sie an sich. Sie schloß die Augen und versuchte, den Aufruhr in ihrem Herzen, der sich beim Klang von Richards Stimme erhoben hatte, zu vergessen.

Fast zwei Jahre lang blieben die de Bourgets in Banon. In dieser Zeit wechselten die Gouverneure. Von Johnston gingen die Amtsgeschäfte auf Foveaux über, und als Colonel Patterson aus der Siedlung bei Port Dalrymple heimkehrte, übernahm er widerstrebend das Amt in dem mehr als kümmerlichen Machtbereich. Macarthur und Johnston segelten 1809 nach England, wo sie sich zu verantworten hatten. Im selben Monate wurde Blight endlich aus der Haft entlassen, und man gestattete ihm die Heimfahrt auf der Porpoise.

Er hatte versprechen müssen, unverzüglich nach England heimzukehren, aber er fühlte sich an ein Rebellen gegebenes Versprechen keineswegs gebunden und begab sich an den Derwent-Fluß im Van-Diemans-Land. Dort wartete er auf die Hilfe des sich nicht gerade beeilenden Kolonialamtes. Nacheinander ankerten die Hawk, die Thistle und die Thrush in Port Jackson, Louis und Sara kamen dann jeweils auf einige Tage nach Sydney, um mit den Kapitänen zu verhandeln. Sooft sie in der Stadt erschienen, überschwemmte sie förmlich eine Woge von neuen Gerüchten, und Skandalgeschichten hießen sie willkommen. Wenn man dem Klatsch aus den Salons Glauben schenken wollte, so war ein jedes Mitglied der Rebellenverwaltung mit nichts anderem beschäftigt, als möglichst viel an sich zu raffen. Allein fünfundsiebzigtausend Morgen Land waren aufgeteilt worden. Das Kommissariat hatte nichts mehr zu vergeben. Die Vergünstigungen wurden, wie nicht anders zu erwarten war, nur gegen eine Unterschrift auf einem Dokument gegeben, das den Aufruhr guthieß. Der Handel in der Kolonie glich einer überreifen Frucht. Es bedurfte nicht mehr Louis' Drängen, Sara hielt sich auch so von Sydney fern, solange kein rechtmäßiger Gouverneur regierte.

Sie überwachte jedoch den Gang der Geschäfte im Kaufhaus und auf den Farmen. Clapmore tat, was in seinen Kräften stand, um mit den zermürbenden Zuständen fertig zu werden. Es gelang ihm auch über Erwarten gut, solange die de Bourgetschen Schiffe ihn ausreichend mit Ware versorgten. Denn Sara hatte angeordnet, daß er auf keinen Fall von irgend jemand aus der Kolonie Waren beziehen durfte, selbst um den Preis, daß die Regale auf Monate hinaus leerstehen würden.

»Zahlen Sie ihnen nicht die Preise, die sie fordern«, sagte sie immer wieder zu Clapmore. »Lieber schließen Sie den Laden, wenn es nicht anders geht.«

Clapmore war redlich bemüht, ihren Wünschen nachzukommen, immer gewärtig der hundertundeinen Beschlüsse, die Sara jeweils zu erlassen pflegte. Sie sorgte sich um ihn, spürte aber, daß sie es nicht wagen durfte, längere Zeit in Sydney zu bleiben.

Bei ihren kurzen Besuchen in Priest und Toongabbie stellte sie jedesmal von neuem fest, daß sie einfach die Farmen zu lange sich selbst überließ. Sie traf ihre Anordnungen, wenn Reparaturen an den Wohnhäusern und Nebengebäuden notwendig wurden, hatte aber nie genügend Zeit, die Durchführung ihrer Befehle abzuwarten. Nur wegen Kintyre brauchte sie sich keine Gedanken zu machen. Seit dem Hochwasser hielt Jeremy die Zügel dort wieder fest in der Hand. Er hatte gleich in den Monaten nach Henriettes Geburt die gewohnten Ritte nach Kintyre wieder aufgenommen, um auf der Farm nach dem Rechten zu sehen. Er besprach genau wie früher alle Fragen mit Trigg. Louis hatte darauf bestanden, daß Jeremy für seine Dienste eine feste Vergütung erhielt. Alle paar Wochen bekam sie einen Brief von Jeremy, der über Kintyre berichtete. Manchmal, wenn sie sich um ihre anderen Farmen Sorgen machte, gaben ihr diese Briefe Trost, denn Kintyre gedieh genauso, als herrschte Andrew noch dort.

Banon war ihr in all dem Wirrwarr in der Kolonie zur wahren Zuflucht geworden, genau wie Louis es vorhergesagt hatte. Die Täler und Schluchten waren von geheimnisvoller Schönheit. Jenseits des Flusses tummelten sich die wilden Herden ohne jede Aufsicht. Wahre Regenstürme jagten über das Tal. Dann folgten wieder lange Tage voller Sonnenschein und vollkommener Stille. Der Frieden dieser Monate war wie ein weiches Tuch, das sich um Sara hüllte und alle widrigen Gedanken und Sorgen von ihr fernhielt.

Auch Louis trug eine stille Zufriedenheit zur Schau. Er ritt jeden Tag mit den Kindern aus oder unternahm etwas mit Sara. Wollte sie es sich früher nicht eingestehen, so spürte sie jetzt immer deutlicher, daß Banon sein Leben tief beeinflußte. Er schien sich nichts anderes zu wünschen, als hier friedlich leben zu können. Unter seinen Händen formte sich der Garten zu einer erlesenen, mit künstlerischem Geschmack gestalteten Kostbarkeit. Hin und wieder machte er sich in Begleitung von zwei oder drei Männern auf zum Fuße des Gebirges und brachte junge, blühende Bäume heim, die er zwischen die das Haus säumenden Eukalyptusbäume und Norfolk-Föhren pflanzte. Und eine Bibliothek richtete er sich auch ein für die Bücher, die mit jedem Schiff aus England kamen.

Für Elizabeth engagierte er eine Gouvernante, eine gewisse Mrs. Parry. Sie war eine steife, bei nachsichtigem Urteil noch jung zu nennende Frau, die Louis herrlich nachzuahmen verstand. Elizabeth nahm jedoch weiter an dem Unterricht teil, den ihr Vater und Mr. Sullivan abhielten. Sie begab sich immer nur widerstrebend in Mrs. Parrys Obhut, von der sie in den Fächern Musik, Handarbeit und Malerei unterwiesen wurde. Jeden Morgen hörte man aus dem Salon Melodien von Mozart und Händel, die zwar sehr laut, aber doch reichlich hölzern klangen. Das Pony war nach wie vor Elizabeths ganze Leidenschaft, abgesehen allerdings von ihrer kleinen Halbschwester Henriette, zu der sie eine stürmische Zuneigung gefaßt hatte. Henriette war ganz und gar Louis' Kind. Sie zeigte jetzt schon den gewissen Charme des Vaters, mit dem sie alles erreichte, was sie nur wollte.

Sara mußte immer wieder von neuem darüber staunen, wie Louis mit seiner kleinen Tochter umging. Er betete sie an, verwöhnte sie unvorstellbar und geriet bei jeder Gelegenheit über ihr altkluges Französisch-Geplapper in Entzücken. Eingedenk der Tragödie des kleinen Sebastian engagierte er eine Pflegerin, die eigens für Henriette da war. Das Mädchen hatte strengen Befehl, das Kind nicht eine Sekunde aus den Augen zu lassen. Sara wünschte sich den Mut, endlich einzuschreiten, um dieser Herrschaft, die Henriette auf den gesamten Haushalt ausdehnte, ein Ende zu machen. Aber immer noch bohrte in ihr der Gedanke, daß Henriette sozusagen den Platz des Erben, auf den Louis gehofft hatte, einzunehmen hatte, und sie ihm die Freude lassen mußte, dieses Kind zu verwöhnen und ihm in allen Wünschen nachzugeben.

Mit jedem Monat, der verstrich, schlugen David und Duncan auf Banon immer tiefer Wurzel, David wuchs zu einem scheuen, zurückhaltenden Jüngling heran, der nach Saras Feststellung allzu geneigt war, seine Zeit in Louis' Bibliothek zu verträumen oder auf langen Ritten, die er allein über Land unternahm. Er schien ganz damit zufrieden, daß ihn Duncan leitete. Duncan, der für sie beide redete, der Andrews Spürsinn für günstige Gelegenheit geerbt hatte und die ungestüme Lust am Vergnügen. Was ihr Interesse an der Landwirtschaft betraf, glichen sich die beiden Brüder ganz und gar. Sie wußten, daß eines nicht sehr fernen Tages ihnen Dane-Farm gehören würde, und verfolgten das Wachsen und Gedeihen dieser Farm mit großer Anteilnahme. Zwei- bis dreimal in der Woche ritten sie mit Sara hinüber und beaufsichtigten das Roden und Einzäunen des Geländes. In ihrem Wissen um die Aufzucht von Merinoschafen standen sie ihrer Mutter kaum nach, und über die Preise, die Schafe und Rinder auf den Viehmärkten in Sydney und Parramatta erzielten, waren sie vielleicht noch genauer im Bilde.

Sara, die fast zusehen konnte, wie sie den Kinderschuhen entwuchsen, erwog, sie nach England in die Schule zu schicken. Sie schob die Entscheidung indes Woche um Woche hinaus. Nächstes Jahr ist es auch noch Zeit, beruhigte sie sich selbst, ja, nächstes Jahr . . .

Ende Dezember des Jahres 1809, beinahe zwei Jahre nach dem Aufstand gegen Blight, erfuhr man auch auf Banon, daß Lachlan Macquarie, der neuernannte Gouverneur, auf der Hindostan in Port Jackson gelandet war. Und mit ihm auf der Hindostan und auf dem Begleitschiff Dromedary kamen die Soldaten des 73. Regimentes, welches das rebellische Rumkorps ersetzen sollte. Mit der Ernennung eines Regimentskommandeurs zum Gouverneur machte es das Kolonialamt vollends deutlich, daß es ein für allemal genug hatte von den Streitigkeiten, die zwischen Regierung und Militär seit Hunters Zeiten an der Tagesordnung gewesen waren.

Mit dem neuen Gouverneur zog die Hoffnung auf Frieden in der Kolonie ein. Dennoch packte Sara nur widerstrebend die Koffer. Sie beeilte sich nicht sehr mit der Abreise nach Sydney.

Kapitel 16

Eine wahre Dunstglocke hing über dem Paradeplatz am Neujahrstag des Jahres 1810. Die Bevölkerung Sydneys hatte sich in ihren Sonntagsstaat geworfen, und in echter Feiertagslaune machten sich alle auf die Beine, um den neuen Gouverneur zu begrüßen. Neben den glänzenden Uniformen der Dreiundsiebziger nahmen sich jene des New South Wales-Korps recht schäbig aus. Das Gewehr aber präsentierte das Korps genauso schmissig wie die neue Truppe. Die Kanonen dröhnten von den Hügeln, von der Nordküste kam dumpf das Echo zurück. Eine weidlich schwitzende Militärkapelle spielte die Nationalhymne.

Sara, die neben Elizabeth und Henriette im Wagen saß, sah mit einem belustigten, jedoch sorgsam unterdrückten Lächeln, wie die Menge achtungsvoll die Häupter entblößte, als der Oberste Richter der Kolonie das Siegel an dem Beglaubigungsschreiben brach. Große Hüte und kleine Kappen wurden freudig geschwenkt, und nichts deutete mehr darauf hin, daß diese gleiche Menge vor kaum zwei Jahren die Niederlage königlicher Autorität bejubelt hatte.

Georg der Dritte: »An unseren vertrauten und viellieben Lachlan Macquarie . . .«

In der Enge des Wagens fingerte Elizabeth inzwischen an ihrem Hut herum. Sara vermutete, daß die Stieftochter ihrem Gesicht damit mehr Schatten spenden wolle, damit sie nur ja keine Sommersprossen davontrug.

Henriette, die nun bald das vierte Lebensjahr vollenden würde, saß ungewöhnlich still. Gesammelt blickte sie geradeaus. Das Schauspiel bezauberte sie. Noch nie in ihrem jungen Leben hatte sie einen solchen Aufzug gesehen, die rotgoldenen Uniformen, das Wirbeln der Trommeln und die Salutschüsse der Batterien erfüllten sie mit tiefer Ehrfurcht. Dieses Bild machte sie völlig vergessen, wie lästig ihr vor einer Weile noch die vielen Unterröcke unter ihrem Kleidchen gewesen waren. Belustigt beobachtete Sara, daß Elizabeth hingegen kein Auge für das Schauspiel hatte und vollauf damit beschäftigt war, hübsch auszusehen in ihrem Kleid, das sie heut erst zum zweiten Male trug.

Louis, der neben dem Wagen stand, zeigte eine leicht gelangweilte Miene, die deutlich besagte, wie wenig ihn diese Zurschaustellung vizeköniglichen Prunkes beeindruckte. Während die Stimme des Obersten Richters über den Platz dröhnte, spielte er lässig mit seinem Hut. Die Mittagshitze war glühend. Die Menge schlug gereizt nach den Fliegen, die sich auf Arme und Beine setzten. Neben Louis stand Duncan, der seinen Bruder David dauernd in die Rippen stieß und ihm aufgeregt etwas zuflüsterte. Sara beugte sich vor und berührte mit dem Sonnenschirm leicht Duncans Schulter. Er drehte sich um und grinste wie ein kleiner Kobold. Dabei gewahrte er Elizabeths mürrisches Gesicht und zog die Brauen hoch.

In diesem Augenblick beendete der Gouverneur seine Ansprache. Wieder donnerten die Kanonen, die Trommeln fielen ein, und die Kapelle intonierte noch einmal die Nationalhymne. Die auf der Menge lastende Spannung lockerte sich.

Ungeduldig öffnete Louis den Wagenschlag: »Mon Dieu, wie sie doch ihre kleinen Zeremonien lieben!« Bevor er in den Wagen stieg, drehte er sich noch einmal um und blickte über den Volkshaufen, der sich jetzt langsam in Bewegung setzte. »Da ist ja Jeremy Hogan!« rief er.

Sara beugte sich aus dem Wagen. Jeremy kam auf sie zu. Er lächelte. Den Hut hielt er noch immer in der Hand.

»Jeremy«, sagte sie entzückt, »was bringt dich denn her? Hätte nie gedacht, daß dich dieses Volksfest vom Hawkesbury fortlocken könnte, ja, ich hätte es dir nicht zugetraut, wenn der König höchsteigen . . .«

Ihre Worte gingen in der stürmischen Begrüßung durch die beiden Knaben unter. Sogar Elizabeth sah auf einmal nicht mehr gelangweilt drein, sondern lächelte bezaubernd.

»Manchmal überkommt mich eben dieser irische Drang nach Gesellschaft«, sagte Jeremy und schüttelte Louis die Hand. »Plötzlich sehe ich mich selbst als einen langweiligen Patron, der in seiner Wildnis versauert, und dann sage ich mir, ich muß mal wieder hinauf in unsere große Metropole und ein wenig kultivierte Unterhaltung genießen. Hab gehört, es gibt sogar ein Feuerwerk heute abend – und Feuerwerk, da kann ich nie widerstehen!«

Louis drängte ihn zum Wagen. »Sie werden hoffentlich auch nicht widerstehen können, wenn wir Sie einladen, mit uns nach Glenbar zu fahren. Sie werden mit uns speisen, und dann wird es sich zeigen, ob wir Sie nicht überreden können, noch zu bleiben. Wir veranstalten heute abend unser eigenes Feuerwerk, um die Ankunft des vom Herrn Gesalbten gebührend zu feiern.«

Sara sah, wie ein breites Lachen über Duncans Züge glitt.

»Du bist nicht gerade sehr respektvoll, Louis!« sagte sie.

»Unsinn, mein Herz.« Er lachte. »Ich höre schon die Bibelstelle, über die Hochwürden seine Predigt türmen wird: ›Erhebet euch, salbet ihn, denn er ist es!‹«

Noch während er sprach, kletterte er hinter Jeremy in den Wagen. Von Elizabeths jammervoller Protestmiene nahm er keine Notiz. Sollte in dem Gedränge ihr Musselinkleid ruhig

zerknautscht werden. Bevor er den Wagenschlag zuwarf, wandte sich Louis an die beiden Knaben:
»David und Duncan, ihr kommt zu Fuß nach Hause, ja? Hier drinnen ist nun kein Platz mehr.«
David nickte eifrig: »Aber gern . . .«
Kaum hatte Duncan Louis' Worte vernommen, winkte er fröhlich mit der Hand. Und schon war er in der Menge verschwunden. David folgte ihm eilig.
Louis sah den ungleichen Brüdern lächelnd nach: »Nun, die beiden bekommen wir sicher nicht eher zu Gesicht, bis Hunger und Müdigkeit sie heimtreiben.«
Er lehnte sich in die Polsterung zurück. Die Pferde zogen an. Die Kutsche kam jedoch in der langen Wagenreihe nur langsam vorwärts. Sara entfaltete ihren Fächer, um die Fliegen zu verscheuchen. Sie blickte auf die Menschenmassen, hörte den Rufen und dem lebhaften Schwatzen zu.
Die Soldaten auf dem Paradeplatz, jetzt ihrer Pflichten ledig, mischten sich unter das Volk. Ihre roten Röcke brachten einen starken Farbton in die Palette der lichtblauen Baumwoll- und Musselinkleider. Ein hübsches Mädchen, das am Arm eines Korporals ging, schielte etwas mißgünstig in den Bourgetschen Wagen. Ihr Begleiter beugte sich zu ihr und flüsterte ihr etwas ins Ohr. Sie schaute lächelnd zu ihm auf, und vergessen waren Samt und Seide, die noch vor einer Sekunde so stark ihren Neid erregt hatten.
Es war Sonntagnachmittag, aber der Platz sah alles andere als sonntäglich aus. Tausende von Füßen wirbelten Staub auf. Saras Kopf schmerzte von der Hitze und dem Lärm. Sehnsüchtig dachte sie an die wohltuende Kühle auf Glenbar.
Jeremy, heute voller Spottlust, gab inzwischen eine Parodie auf den Sermon, den der gestrenge Mr. Cooper gleich in St. Philip von sich geben und in dem er sicherlich den neuen Gouverneur als Erretter der Kolonie preisen würde, zum besten. Louis, von seiner Langeweile erlöst, amüsierte sich köstlich. Er lehnte bequem in der Polsterung und kicherte in sich hinein. Er war sich auch diesmal treu geblieben, er hatte sich geweigert, mit der Schar derer langsam nach vorn zu drängen, die Macquarie vorgestellt werden wollten. Er und Sara hatten die Einladung zu einem Empfang, der ein paar Tage später stattfinden sollte, bereits erhalten. Ihm behagte es ganz und gar nicht, einer unter vielen zu sein. Und etwa in der heißen Sonne darauf zu warten, vor den neugierigen Blicken des Volkes dem Gouverneur vor-

gestellt zu werden, das kam für ihn überhaupt nicht in Frage. Während sich die beiden Männer unterhielten, fand Sara Muße, Jeremy unauffällig zu beobachten. Sie bemerkte, daß er sich in dem letzten Jahr ziemlich verändert hatte. Er war jetzt völlig der freie Mann, der sich ungezwungen gab und sicher. Seine Sprechweise und sein Humor hatten das Verkrampfte verloren, das ihm noch anhing, als er schon Andrew Maclays Verwalter gewesen war. Sein Rock war von tadellosem Schnitt, das Hemd makellos weiß, der Wohlstand, den ihm das Gedeihen seiner Farm am Hawkesbury garantierte, hatte ihm sichtlich seinen Stempel aufgedrückt. Wenn man näher hinsah, bemerkte man in seinem schwarzen Haar einige graue Strähnen. Nun ja, überlegte sie, er war immerhin schon zweiundvierzig, wenn nicht gar dreiundvierzig. Und die Jahre in der Kolonie waren, abgesehen vielleicht von dem letzten, hart und anstrengend gewesen. Sein Gesicht war tief gebräunt, die Haut wettergegerbt. Dennoch bot er das Bild eines Mannes, der mit sich und der Welt zufrieden war. Sie glaubte nicht, daß er noch oft an sein Leben in Irland zurückdachte. Vierzehn Jahre Zwangsarbeit trennten ihn von dem Jüngling, der er damals in der Heimat war, von dem jungen Mann mit der Vorliebe für Frauen und Pferde. Er blickte jetzt vertrauensvoll in die Zukunft, und für die Erinnerung an die Verurteilung wegen Teilnahme an einem Aufruhr hatte er nur noch ein Achselzukken. Die Strafe schien, jedenfalls was seinen Charakter betraf, keine Spur hinterlassen zu haben. Heute konnte er sich in der Kolonie frei entfalten und vorankommen, er konnte tun, was ihm beliebte. Saras Augen ruhten forschend auf ihm. Und da ertappte sie sich bei dem Gedanken an die Sträflingsfrau, die er als seine Geliebte im Hause hielt, und sie fragte sich, ob er sie einmal heiraten würde.

An diesem Abend gesellte sich der gesamte de Bourgetsche Haushalt, Gäste, Kinder und Dienerschaft, um das Freudenfeuer, das Edward und Ted O'Malley unterhielten. Bess und Kate waren damit beschäftigt, über einem kleineren Feuer ein Spanferkel am Spieß zu braten. Der Duft von geröstetem Fleisch erfüllte die Luft. Elizabeth, die neben ihrem Vater stand, jubelte auf, als hinter der Stadt eine Rakete aufstieg und zu einem richtigen Sternschnuppenregen zerplatzte. Überall sah man jetzt Freudenfeuer leuchten, überall wurde das Eintreffen von Gouverneur Macquarie gefeiert. Wohl ein Dutzend solcher flammender, den Nachthimmel rötlich färbender Holzstöße konnte Sara zählen. Da loderte ein Feuer in Kapitän Pipers Garten, ein anderes erglühte auf dem Berg im Süden, wieder ein anderes prasselte auf dem Paradeplatz. Im Hafen, auf den Schiffen, bei Dawes-Point, überall das gleiche Bild. Noch nie war ihr Sydney so schön vorgekommen. Die Dunkelheit verhüllte die baufälligen Häuser, über dem Meer glänzte der Vollmond, und immer mehr Freudenfeuer erhellten die warme Sommernacht.

Sara war wie benommen von all den Lichtern und dem Glanz. Sie blickte nur kurz auf, als sie einen sanften Druck am Arm spürte. Jeremy stand neben ihr. Er flüsterte ihr etwas zu. Wegen des Geknisters der Flammen vermochte sie ihn kaum zu verstehen.

»Schon den ganzen Abend versuche ich, dich allein zu sprechen, Sara!«

Lächelnd sah sie zu ihm auf: »Was gibt es denn so Wichtiges, Jeremy?«

Ihre Blick schweifte ab zu Duncan, der gerade einen Satz zur Seite machte, um einem Schwärmer auszuweichen, den Edward fast unter seinen Füßen entzündet hatte.

»Wichtig genug für dich, Sara, sollte ich meinen«, erwiderte er ruhig.

Sie sah ihn jetzt voll an. Ihr Lächeln erstarb. »Ja? Was denn?«

»Ich frage mich die ganze Zeit, ob du schon die Neuigkeiten über Richard Barwell gehört hast.«

»Was für Neuigkeiten?« entgegnete sie scharf. »Was willst du damit sagen?«

»Die Hindostan brachte einen Brief für ihn. Lady Linton ist tot. Sie hat ihr Vermögen Alison vermacht. Ich hörte heute morgen, daß Richard eine Passage nach England gebucht hat.«

»Für beide?« Sie dämpfte die Stimme, um den Schrecken nicht laut werden zu lassen, der sie erfaßt hatte.

»Ja, Sara, für beide.«

»Schön . . . Ich danke dir, Jeremy, daß du es mir gesagt hast. Ich hätte es nicht gern von einem anderen erfahren.«

Ihre Lippen zitterten, während sie sprach, und Tränen verschleierten ihren Blick. Die Freudenfeuer, die Jubelrufe der Kinder, das alles gehörte für sie plötzlich zu einer anderen Welt. Sydneys Hügel, von Lichtern geschmückt, verlöschten plötzlich vor ihren Augen. Sie stützte sich auf Jeremys Arm und trat ein wenig aus dem hellen Feuerschein heraus. Wie dankbar war sie für die Dunkelheit, die ihr Gesicht barg.

Kapitel 17

Glenbar schien in Schlaf versunken. Es war früher Nachmittag. In fast allen Zimmern hatte man zum Schutz gegen die Sonne die Rolläden heruntergelassen. Das Hafenbecken widerspiegelte die Sonnenstrahlen, daß die Augen schmerzten. Sara, die von Zeit zu Zeit auf die Bucht hinausschaute, mußte die Augen abschirmen.

Nichts rührte sich, wie ausgestorben lagen Haus und Garten. David, Duncan und Elizabeth hatten Unterricht bei Mr. Sullivan, Louis war zur Stadt hinunter geritten, die Entladung einiger Gemälde, die er in England für Banon bestellt hatte, zu überwachen.

Nur Henriette saß neben ihr in der Schaukel, die das vor sich hin dösende Kindermädchen Fanny in sanfter Bewegung hielt. Die Seile knarrten leise eine einschläfernde Melodie. Henriettes blaues Kleidchen bauschte sich jedesmal leicht, wenn die Schaukel zurückpendelte. Nicht ein Hauch regte sich. Die Norfolk-Föhren, unter denen sie saß, rührten kein Ästchen.

Hin und wieder sagte Henriette etwas. Sara antwortete ihr zerstreut. Die Hitze lähmte ihre Lebensgeister. Ihr Nähzeug lag neben ihr im Korb, aber sie machte keine Anstalten, es aufzunehmen.

Sechs Tage waren seit der Verlesung der Bestallungsurkunde des neuen Gouverneurs vergangen. Die Festlichkeiten, die anläßlich eines solchen Ereignisses zu anderer Zeit noch voll im Gange gewesen wären, waren fast ausgefallen. Auch hier litt der Schwung der Bürger unter der ständig wachsenden Hitze.

Sara lehnte den Kopf gegen einen Baumstamm. Sie lauschte auf das Gesumm der Insekten und ließ ihre matten Augen über den Rasen schweifen, den die regenlosen Wochen allmählich braun verfärbt hatten. Hin und wieder sah sie kurz zur Auffahrt hinüber. Aber der Reiter, den sie erwartete, kam noch nicht.

Henriette war es, die ihn zuerst erblickte. Saras Aufmerksamkeit war von einem Fischerboot gefesselt gewesen, das in der Bucht unterhalb des Gartens aufgetaucht war. Henriettes Stimme ließ sie auffahren.

»Da kommt jemand, Mami!«

Sara drehte sich rasch herum. Sie erblickte die scharlachrote Uniform eines Soldaten aus dem Korps. Richard war zu Fuß gekommen. Langsam kam er näher. Trotz der beträchtlichen Entfernung erkannte sie, daß er niedergeschlagen war. Seine Haltung berührte sie seltsam. Da blieb er stehen und blickte auf die kleine Gruppe unter den Föhren, wobei er die Hand an die Augen hob. Die Hitze ließ die Luft zwischen Sara und ihm flimmern. Sie erhob sich.

»Darf ich mitkommen, Mami?« rief Henriette.

Sara schüttelte den Kopf: »Nein, Henriette, es wird Zeit für dich, schlafen zu gehen. Höchstens noch zehn Minuten, Fanny, dann bringen Sie Henriette ins Haus.«

»Sehr wohl, Ma'am«, antwortete Fanny dankbar, denn sie war froh, das anstrengende Kind für eine Zeitlang loszuwerden.

Sara trat aus dem Schatten der Bäume heraus und ging Richard langsam entgegen.

Richard hatte vor zwei Tagen schriftlich bei Sara angefragt, ob er sie in Glenbar sprechen könne. Dieser Brief hatte all ihren Fragen und Zweifeln ein Ende gemacht, die sie seit Jeremys Eröffnung, daß Lady Linton gestorben sei und die Barwells nach England zurückkehren wollten, beschäftigt hatten. In ihrer Antwort hatte sie ihm für seinen Besuch eine Zeit bestimmt, denn sie wollte sicher sein, daß Louis zu dieser Stunde nicht zu Hause war. Dann hieß es warten. In einer fast unnatürlichen Gemütsruhe hatte sie dieser Begegnung entgegengesehen. Sie wußte schon jetzt, was Richard sprechen würde. Ja selbst die Worte kannte sie auswendig, die er gebrauchen würde. Das also war nun das Ende einer Beziehung, die seit jenem Tag währte, da sie zum erstenmal allein in der Bucht unten am Strand miteinander gesprochen hatten. Zehn lange Jahre hatten sie nebeneinander hergelebt. Während dieser Zeit waren sie einander in Liebe innerlich sehr nahe gewesen, wenn auch Streit und Entfremdung oft eine Mauer zwischen ihnen errichtet hatten. Das neue Gefühl einer unerfüllten Liebe hatte nichts mehr mit der kindlichen Liebelei aus den Bramfielder Tagen gemein. Nein, es war eine Leidenschaft, die Richard über die halbe Welt zu ihr trieb, und die ihm am Ende doch nichts anderes als Bitterkeit und vereitelte Hoffnungen eingebracht hatte.

Das ist nun endgültig vorbei, sagte sie sich, als sie fast schon bei ihm war. Sie trat dicht an ihn heran und legte ihre Hand in die seine.

»Ich bin so froh, daß du gekommen bist, Richard!«

Er nickte nur.

Sie zupfte ermunternd am Ärmel seines Rockes. Lächelnd bedeutete sie ihm, ihr auf die Veranda zu folgen. Auf der Treppe ging er immer einen Schritt hinter ihr. Auf der Veranda überholte er sie, um die Tür zum Salon zu öffnen.

Alle Vorhänge und Jalousien waren geschlossen, nur durch das große Türfenster drang Licht in den dämmrigen Raum. Der polierte Fußboden, der zwischen den Teppichen sichtbar wurde, sowie die hellen, fast weißen Wände gaben dem Raum ein kühles Aussehen. Die erst am Morgen frisch geschnittenen Blumen ließen schon die Köpfe hängen. Seit Saras Vermählung mit Louis hatte dieses Zimmer mancherlei Veränderung erfahren. Dennoch glaubte sie die gleiche Atmosphäre zu spüren wie an jenem Abend, als Richard und Alison zum erstenmal hier gespeist hatten. Auch Richard sah sich aufmerksam und wie erinnernd um, und Sara fühlte, daß ihn der gleiche Gedanke beherrschte wie sie.

Er stellte sich vor den Kamin und stützte die Hand auf das Sims. Seine Augen ruhten fest auf Sara, die sich ganz in seiner Nähe auf einem Sofa niederließ.

Seine Augen verfolgten jede ihrer Bewegungen.

»Du hast es wohl schon gehört, Sara?«

Sie nickte. »Nun, ich glaube, alle wissen es bereits.«

Zögernd kam es von seinen Lippen: »Dann . . . Du hättest es also lieber gesehen, wenn ich nicht gekommen wäre . . . Fünf Jahre sind es jetzt her, seit ich dich zum letztenmal hier allein sprechen durfte, Sara!«

Plötzlich verließ sie ihre Beherrschung. Um ihren Mund zuckte es, sie streckte ihm die Hand hin:

»Oh, Richard, Richard, ich weiß nicht, wie ich es hätte ertragen sollen, wenn du nicht gekommen wärest!«

Mit einem Satz war er neben ihr, kauerte sich auf einen Schemel zu ihren Füßen und preßte ihre beiden Hände zwischen seinen Fingern.

»Oh, Sara, mein Liebling! Ich kann dich nicht verlassen. Warum auch sollen wir uns eigentlich trennen. Ich werde Alison schon noch überreden, hierzubleiben. Sie muß einfach hierbleiben, wenn ich es will!«

Sara beugte sich herab und lehnte ihre Stirn sanft gegen die seine.

»Oh, still. Richard, still, nichts mehr davon. Darüber haben wir schon einmal vor zehn Jahren gesprochen, das führt zu nichts.«

Er preßte das Gesicht fest gegen ihre Schulter.

»Mein Gott«, flüsterte er, »was für eine Verwirrung habe ich da nur angerichtet. Ach, erzähle mir nicht, daß ich mich wie ein Kind aufführe, Sara, das weiß ich ja selbst. Aber ich kann nicht anders. Ebensowenig, wie ich aufhören kann, zu atmen, kann ich aufhören, dich zu lieben. Und doch haben wir uns all die Jahre über nur gequält.«

Sie strich ihm zärtlich übers Haar.

»Ach, mein Liebster, du sollst nicht anklagen, es gibt keine Schuld . . .«

Jäh warf er den Kopf zurück. Er sah sie voll an.

»Es gibt eine Schuld! Durch meine Tollheit habe ich Alisons Leben zerstört und meines dazu. Sie ist nicht glücklich, konnte es nicht mehr sein, seit . . .«

»Aber Alison liebt dich doch!« widersprach sie. »Du bist ihr ein und alles, außer dir gibt es für sie nichts auf der Welt.«

»Ja, das hat sie alle glauben machen wollen, und das machte sie sogar mich glauben. O ja, sie liebt mich, daran gibt es keinen Zweifel. Liebt mich so sehr, wie ich es gar nicht verdiene, in ihrem Herzen ist kein Platz für ein anderes Gefühl. Aber sie kennt mich auch und durchschaut mich, mehr als ich das je gedacht hätte.«

Sara runzelte die Stirn: »Was willst du damit sagen?«

»Nur, daß meine Frau, die mich liebt und anbetet, vom ersten Abend an hier im Haus gewußt hat, was ich für dich empfinde!«

»Richard!«

»Ja, es ist wahr. Als der Brief mit der Trauerbotschaft kam, sagte ich Alison, daß ich hier in der Kolonie bleiben wollte. Ich versuchte sie davon zu überzeugen, daß ich jetzt, mit einem Vermögen in der Hand, mehr Geld machen könnte als je Andrew in seinem Leben. Und da gestand sie es mir.«

»Was gestand sie dir?«

»Sie sagte, daß sie von der Kolonie genug habe. Vom ersten Augenblick an, da sie ihren Fuß in dieses Land gesetzt habe, sei sie der Kolonie überdrüssig, dieser langweiligen, dummen Gesellschaften. Sie habe es satt, sie wolle nicht dauernd dieselben Leute treffen, dauernd dasselbe müßige Geschwätz anhören. Zudem komme es ihr so vor, als sei es von Jahr zu Jahr schlimmer geworden, und dann . . .«

»Und dann?«

Er fuhr sich zerstreut mit der Hand übers Gesicht.

»Dann sprach sie über dich, Sara. Sie erinnerte mich an jenen ersten Abend, an jede unserer Begegnungen, deren Zeuge sie gewesen war, sie wußte noch jedes Wort, das wir gewechselt hatten. Sie sprach darüber, wie wir uns dabei benahmen. Steinchen um Steinchen trug sie zusammen zu einem Bild, das mich zutiefst berührte. Sie zeigte mir, was ich aus ihrem Leben gemacht hatte – und auch aus deinem. Sie bewies mir, daß ich für dich völlig nutzlos gewesen war, und um wieviel besser und gütiger ich gehandelt haben würde, hätte ich dich in Ruhe gelassen.«

»Und Alison . . .«, sagte sie langsam, »Alison schwieg alle die Jahre und blieb bei dir? Warum?«

»Ich sagte ja schon, sie liebt mich, liebt mich mehr als ich es verdiene. Ich bin nicht gut genug, weder für Alison noch für dich. Aber sie liebt mich eben, wie ich bin. Oh, ich schäme mich, wenn ich daran denke, was ich ihr angetan habe . . . Und dir!«

Sinnend sagte Sara: »Das ist nun schon so lange her . . . Damals aber, als ich davon hörte, daß ihr nach Sydney kommen würdet, sagte ich zu Julia Ryder, daß die Kolonie nun endlich um eine echte Lady ihr Wesen machen könne. Das war nicht etwa großherzig gemeint, denn ich haßte Alison und fürchtete sie. Aber jetzt, wenn ich daran denke, daß sie all die Zeit über von unserer Liebe gewußt hat und immer nur dazu schwieg, dann schäme auch ich mich. Sie ist eine Lady, eine vollkommenere Lady, als ich je geahnt habe.«

Seine Finger schlossen sich noch fester um ihre Hände.

»Es war so seltsam für mich, zu erleben, wie meine Frau, die ich doch immer beherrscht habe, plötzlich die Zügel in die Hand nahm. Sie weinte nicht einmal, Sara, nein, nicht eine Träne verlor sie. Dabei kann ich mir wohl gar nicht vorstellen, was sie die Jahre gelitten hat. Immer nur sehen zu müssen, daß der Geliebte eine andere liebt . . .! Aber das Schlimmste wußte ich noch nicht.«

»Das Schlimmste?« fragte Sara voller Unruhe. »Richard, was denn?«

»Vor einigen Monaten hat D'Arcy Wentworth ihr eröffnet, daß sie höchstens noch ein Jahr zu leben hätte – vielleicht auch etwas länger, falls sie sich zu einer Seereise entschließen könnte. Sie hat bisher nie mit mir darüber gesprochen, weil sie wußte, daß es keine Möglichkeit gab, die Kolonie zu verlassen, bevor nicht die Tante gestorben war. Aber jetzt hat sie Geld

genug, und jetzt will sie fort von hier. Ihre Lungen sind ange-
griffen. Du hast ja selbst gesehen, Sara, sie ist nur noch ein
Schatten . . .« Wieder lehnte er den Kopf gegen ihre Schulter:
»So steht es also, ob ich will oder nicht, ich muß einfach mit ihr
nach England zurückkehren. Wenn ich sie schon all diese Jahre
unglücklich gemacht habe, so schulde ich ihr wenigstens in dem
letzten Jahr volle Rücksichtnahme.«
Er ließ ihre Hände los. Seine Arme umschlangen sie.
»Oh, Sara, Sara, was fange ich bloß an? Ohne dich bin ich
verloren! Und doch darf ich nicht bleiben!«
Sie barg seinen Kopf an ihrer Brust, hielt ihn innig umschlungen: »Lieber, fahr mit Alison, bist du erst einmal von mir fort,
wirst du deinen Frieden finden. Wir gehören nicht zueinander,
wir quälen und zerstören uns nur. Ich habe Louis und die
Kinder – ich werde glücklich sein – und du in London – da du
jetzt genügend Geld hast – du wirst Zerstreuung finden – dort
ist deine Welt, Richard, nur dorthin gehörst du!«
»Ach, Sara, ohne dich gehöre ich nirgends hin, schon als wir
Kinder waren . . .«
Sie verschloß ihm mit einem Kuß den Mund.
»Es gibt nichts mehr zu sagen, Liebster. Ich werde dich immer
lieben. Komm, küß mich noch einmal, Richard, das soll unser
Abschied sein.«
Langsam stand er auf, zog sie hoch und schloß sie in die
Arme.
»Sara, o Sara, was soll ich nur ohne dich anfangen?«
Sie schlang die Arme um seinen Hals. Als er sie küßte, spürte
sie heiße Tränen auf ihren Wangen. Und Kuß und Tränen
sagten ihr, daß er ihr auf ewig entglitten war.

Kapitel 18

Anfang Mai des Jahres 1810 sollten Richard und Alison auf der
Hindostan von Port Jackson aus heimwärts segeln, zusammen
mit den Mitgliedern des in die Heimat versetzten New South
Wales-Korps. Die Zeit bis zur Abreise kam Sara endlos vor. Die
Hindostan und die Dromedary, die beide nach England sollten,
mußten noch ins Dock, und mit Lebensmitteln waren sie auch
noch nicht versorgt. Die Abschiedsgesellschaften nahmen kein

Ende, und die Monate schlichen nur so dahin. Blight, der auf der alten Porpoise nach Sydney zurückgekehrt war – zu spät allerdings, um seine Amtsgeschäfte wieder aufzunehmen –, wollte ebenfalls auf der Hindostan heimreisen. Der erzwungene Aufenthalt in Port Dalrymple hatte ihn noch bissiger gemacht, der Aufschub der Heimfahrt schien ihm ein geradezu perverses Vergnügen zu bereiten. Er und Macquarie haßten sich auf den ersten Blick. Blights Gegenwart in Sydney war für den neuen Gouverneur eine stete Plage. Ende April war es endlich soweit, daß er seinen Vorgänger mit einem Festessen und Ball in allen Ehren und in tiefer Dankbarkeit, wie er sagte, verabschieden konnte.

Sara war die ganze Zeit äußerst nervös, sie konnte einfach nicht zur Ruhe kommen, solange die beiden Schiffe noch vor Anker lagen und Richard nicht an Bord gehen konnte. Sie schlug Louis vor, nach Banon zurückzukehren. Er verstand ihre Unruhe und traf sofort alle Vorbereitungen für die Abreise.

In Banon, es war mittlerweile Mai geworden, erhielt sie endlich die Botschaft, daß die beiden Schiffe ausgelaufen seien. Jetzt fand sie endlich ihren inneren Frieden wieder, der ihr über das Gefühl des Verlorenseins, das sie seit der Abschiedsstunde merkwürdigerweise beherrschte, hinweghalf. Jetzt konnte sie mit niemandem mehr über Erinnerungen an die Romney-Marsch schwelgen, keiner würde je wieder ihren Vater erwähnen. Das Bild der jungen Sara Dane hatte Richard für immer mit sich genommen.

Gouverneur Macquarie gefielen die Verhältnisse in der Kolonie, wie er sie bei seiner Ankunft angetroffen hatte, ganz und gar nicht. Er hatte eine sehr genaue Vorstellung davon, in welche Form er diese kleine Welt, über die er gebot, pressen wollte, und ging voller Entschlossenheit ans Werk. Die baufälligen Häuser in Sydney waren ihm ein Dorn im Auge. Im Geiste sah er sie schon ersetzt durch feste, solide Steinbauten. Auch die Straßen mußten besser werden. Ein neues Krankenhaus wurde erbaut, und auch der Bau der St.-Philipps-Kirche ging seiner Vollendung entgegen. Endlich konnte sie feierlich eingeweiht werden. Macquaries Energie stürzte sich auf alles und jedes. Er gab auch ein Beispiel großzügiger Gastlichkeit, und so nahm es nicht wunder, daß plötzlich das gesellschaftliche Leben blühte. Es galt als chic, Picknicks am Saum der erst kürzlich vollendeten South-Head-Straße zu veranstalten, und der sonntägliche Kirchgang wurde bald zu einem gesellschaftlichen Ereignis. Abends pflegte man unter den Klängen der Militärkapelle im Hyde-Park zu promenieren. Private Bälle und große Gesellschaften, bei denen die Offiziere des 73. Regimentes zahlreich vertreten waren, brachten Abwechslung in die eintönigen Wochen. Ja sogar eine Rennbahn wurde im Hyde-Park gebaut, und die alljährliche Rennwoche im Oktober ward bald zu Sydneys größter gesellschaftlicher Veranstaltung. Daneben hielt sich allerdings das zügellose, unzüchtige Treiben einer Hafenstadt. Aber Macquarie konnte es innerhalb von drei Jahren auf einen eigenen Bezirk begrenzen, der als die Rocks bekannt war und an den die Sträflingsbaracken grenzten.

Macquarie liebte gesellschaftlichen Schliff und feine Lebensart. Die Gesellschaft, die er vorfand, entgalt ihm seine Anstrengungen mit dem entschlossenen Bemühen, vornehm zu werden. Noch ein anderes Steckenpferd ritt der Gouverneur, eines, das den Vornehmen allerdings weniger behagte. Er zeigte nämlich eine besondere Vorliebe für die Freigelassenen. Er begünstigte sie, wo er nur konnte, er ermutigte sie geradezu, sich unter die Gesellschaft zu mischen. Aber hier erwies er sich doch nicht als stark genug, die althergebrachte Ordnung, die alle Freigelassenen in gewisse Schranken wies, zu brechen. Mochte er sie auch zu Festmahlen in sein Haus bitten oder zu anderen gemeinsamen Zusammenkünften einladen, sein Beispiel vermochte doch nicht, ihren Eintritt in die Salons der Offiziere und Kaufleute zu erzwingen. Sooft auch Seine Exzellenz darauf hinwies, daß doch eine Sara de Bourget Einlaß in die Gesellschaft gefunden habe, so oft erinnerte man ihn freundlichst daran, daß nicht alle Freigelassenen in der glücklichen Lage seien, Männer zu heiraten, die so hochgeboren und reich dazu waren, daß man sie unmöglich vor den Kopf stoßen konnte.

Für Sara gestalteten sich die drei Jahre nach Macquaries Ankunft in der Kolonie, zumindestens oberflächlich betrachtet, zu einer friedlichen Zeit. Allerdings fand sie sich nur ganz allmählich damit ab, daß Richard fort war. Hatte er auch seit ihrer Vermählung mit Louis in ihrem Leben nur einen schmalen Raum eingenommen, so wußte sie doch dank des Klatsches immer genau über ihn Bescheid. Zudem sah sie ihn doch öfters auf den Gesellschaften, abgesehen davon, daß sie sich manchmal mit jemandem über ihn unterhalten konnte. Das war nun endgültig vorbei. Keiner sprach mehr über ihn, es gab keinen Anlaß mehr, seinen Namen zu nennen. Hyde-Farm hatte innerhalb der kurzen Zeit schon zweimal den Besitzer gewechselt. Nicht einmal dort war von ihm eine Spur mehr zu finden. Richard hatte eben nie die Kolonie geliebt, also vergaß auch die Kolonie ihn sehr schnell.

Louis hatte sich mittlerweile damit ausgesöhnt, daß er sein Leben zwischen Banon und Glenbar verbringen mußte. Zwar ging Sara nicht mehr täglich ins Geschäft, sie überprüfte höchstens einmal die Rechnungsbücher, die Clapmore ihr nach Glenbar hinausbrachte, aber sie mußte eben doch oft in Sydney sein. Sie ritt auch nicht mehr so häufig nach Priest, Kintyre und Toongabbie. Kintyre übrigens verwaltete immer noch in der Hauptsache Jeremy Hogan, und die Verwalter auf den anderen Farmen waren auf ihre Art ebenfalls tüchtige Männer. Im übrigen hatte sie sich damit abgefunden, daß sie um des lieben Friedens mit Louis willen aus diesen beiden Farmen nicht so viel wie früher herauswirtschaften konnte. Die zurückgehenden Einnahmen des Kaufhauses machten sie auch nicht gerade besorgt. Sie betrachtete diese Zeit ganz einfach als einen Übergang. Wenn David und Duncan alt genug waren, die Aufgaben zu übernehmen, würde es der Ehrgeiz ihrer Söhne schon überflüssig machen, daß sie sich höchstselbst mit den Obliegenheiten befaßte. Mit jedem Jahr wuchsen die Morgen urbar gemachten Landes der Dane-Farm, die Merinoherden erhielten ständig größere Weiden. Ihre Schiffe brachten eine stattliche Fracht an Merinowolle auf den englischen Markt. Louis nannte sie wohl noch manchmal eine Krämerin, aber der verachtungsvolle Unterton, den seine Stimme früher dabei gehabt hatte, war ganz verschwunden.

Anfang des Jahres 1912 erhielt Sara den ersten und einzigen Brief von Richard. In kurzen, knappen Worten berichtete er, daß Alison im Lintonschen Haus in Devon verschieden sei. Die Nachricht stimmte sie traurig. Arme Alison, dachte sie, wie vergeblich sie doch geliebt hätte. Richard war einer solchen Liebe nicht wert. Wer wußte aber besser als Sara, daß man ihn lieben mußte. Sie stellte sich sein jetziges Leben vor, sah ihn inmitten des fröhlichen Londoner Gesellschaftstrubels, nach dem es ihn immer verlangt hatte, im Besitze eines Vermögens, in dessen Genuß die arme Alison nun nicht mehr kam. Sara versuchte sich einzureden, daß Richard jetzt endlich glücklich war in seinem jungen Reichtum und der neugewonnenen Freiheit.

Kapitel 19

Glenbar erstrahlte im Lichterglanz, die Luft schwirrte, so geschäftig ging es auf Glenbar am Silvesterabend des Jahres 1812 zu. Sara stieg die Treppe zu ihrem Schlafzimmer hinan. Von unten drangen deutlich die Stimmen der Dienstboten an ihr Ohr, die auf ihrem Weg in die Küche in der Halle vorbeikamen und schwatzten. Als sie oben ankam, spürte sie förmlich die Aufregung hinter den geschlossenen Türen. Ihre Familie kleidete sich zur Abendgesellschaft an. Glenbar trug sein Festgewand.

Auf dem obersten Treppenabsatz hielt Sara inne und schaute sich um. Treppengeländer und Balustrade prunkten im Schmuck von Girlanden, die Elizabeth gewunden hatte. In jeder freien Ecke standen Blumenarrangements. Die Tafel im Eßzimmer war festlich gedeckt, im Salon standen die Kartentische bereit, an den Wänden befanden sich bequeme Sofas für jene, die eine Plauderei vorzogen.

Die allgemeine Erregung sprang plötzlich auf Sara über. Sie raffte ihren Rock und lief zum Fenster am äußersten Ende des Flurs. Dieses Fenster eröffnete den Ausblick auf den Teil des Gartens, in dem man ein Zelt für die Tänzer errichtet hatte. Es war hell erleuchtet und stand nach zwei Seiten hin offen. Sara sah auf die Bucht hinaus. Es dunkelte. Der Himmel war klar, später würde der Mond herauskommen. Sara lauschte auf das Plätschern der Wellen, das den Klang einer einsamen Geige übertönte. Ein Orchestermitglied versuchte sich und dem Gärtner die Zeit zu verkürzen. Es war eine von Tommy Moores lieblichen, gefühlvollen Balladen, die der Geiger spielte. Sara summte die Melodie mit. Dann erklang ein lebhafter irischer Volkstanz. Sie kannte den Mann nicht, dessen Umrisse sich auf der Zeltwand abzeichneten, aber sie spürte, daß sie dem Ruf eines verbannten Herzens lauschte.

Sara vernahm Schritte hinter sich. Sie drehte sich um. David kam aus einem Zimmer und ging lächelnd auf sie zu:

»Noch nicht umgezogen, Mama?«

Sie schüttelte den Kopf: »Ich brauche nicht so viel Zeit dazu wie Elizabeth. Ich bin keine Schönheit, und überdies habe ich jahrelange Übung.«

»Elizabeth kann dich nicht ausstechen«, sagte er. Er beugte sich vor und küßte sie auf die Wange. »Du bist immer noch die schönste Frau in der ganzen Kolonie, und das weißt du auch ganz genau.«

Sara lachte und streckte die Hand aus, um ihm durch die Haare zu fahren. Aber sie ließ sie sinken.

»Nein, das darf ich nicht tun, du siehst so unantastbar aus, David!«

»Ja, und das möchte ich mir auch gern erhalten.«

Sie blickte voller Stolz auf ihn. Er war jetzt neunzehn und noch größer als Louis. Er sah hübsch aus, das Blau des Rockes paßte gut zu seinem hellen Haar. Er hatte sich zu einem ruhigen, nachdenklichen Jüngling entwickelt. Sara spürte, daß es ihr immer seltener gelingen würde, Zugang zu seinem Innenleben zu finden. Sie wußte jetzt schon nicht mehr, was er dachte und fühlte. Gewiß, er liebte sie und war ihr ergeben, aber sein Vertrauen besaß sie nicht. David strebte auf seine Art nach dem Vollkommenen. Er gab sich nur mit Aufgaben ab, von denen er sicher wußte, daß er sie gut und vollständig erledigen konnte. Den Unterricht bei Michael Sullivan hatte er hinter sich. Jetzt bereitete er sich darauf vor, in Priest einen Teil der Verantwortung zu übernehmen. Die neue Aufgabe schien ihn ganz glücklich und zufrieden zu machen, und doch bekümmerte es Sara, daß er so gar kein Feuer besaß. Manchmal kam es ihr vor, als wende er sich der Aufgabe nur zu, weil es keine andere für ihn gab. Er war ein guter Schütze und Reiter, er war höflich, ja, er konnte geradezu bezaubernd wirken. Und er war immer ängstlich besorgt. Für gewöhnlich trug er eine in sich gekehrte Miene zur Schau. Spielte er auch im Familienleben nicht den Außenseiter, schien er doch jedesmal erleichtert aufzuatmen, wenn es wieder einmal an der Zeit war, einen seiner einsamen Ritte zu Priest oder zu einer der anderen Farmen zu machen. Natürlich wußte Sara, daß er sie liebte, aber er hatte ihr nie sein ganzes Herz gegeben. Sooft sie ihn forschend betrachtete, stieg eine seltsame Unruhe in ihr auf. So auch jetzt. Da stand er mit seinen neunzehn Jahren – und kam ihr plötzlich viel älter vor. Wie vollständig ihm doch jene Leidenschaft fehlte, die Andrew erfüllt hatte und die auch Duncan in so reichem Maße besaß. Aber sie verdrängte diese Gedanken, lächelte ihm zu und tätschelte ihm zärtlich die Wange.

»Hab keine Angst, ich bringe deine Frisur schon nicht in Unordnung. Du siehst hübsch aus, ich kann mir vorstellen, daß die Mädchen Herzklopfen bekommen werden . . .«

Sie unterbrach sich, weil plötzlich mit viel Lärm eine Tür

aufflog. Duncan erschien. Er grinste über das ganze Gesicht.
»Na, Mutter, wie schau ich aus, alles in Ordnung?«
Er errötete vor Freude und strich auf seiner Hose eine nicht
vorhandene Falte glatt. Sara sah ihn gerührt an. Sein Anzug
aus rotem Tuch war um einen Stich zu elegant. Louis würde das
sicherlich heimlich feststellen. Aber Duncan hatte ihn selbst
ausgesucht und war glücklich darin. Ein fast sträflicher Charme
ging von ihm aus, und sein Selbstvertrauen überrannte alle
Schwierigkeiten. Das ganze Haus vergötterte ihn. Er hatte auch
Sinn für Klatsch, und überall, in jedem nur erdenklichen Win-
kel, in jeder Schicht der stetig wachsenden Bevölkerung von
Sydney hatte er seine Freunde. Er ritt und segelte mit einer
Unbekümmertheit und einem Eifer, daß einem das Herz still-
stehen konnte. Nein, Duncan hatte nicht die Spur von der
Verschlossenheit seines Bruders. Mechanisch streckte Sara die
Hand aus, seine Halsbinde zu glätten.
»Hebst du mir auch bestimmt einen Tanz auf, Mutter? Ich habe
fleißig mit Elizabeth geübt, aber sie meint, ich dürfe auf keinen
Fall mit jemand anders als mit dir oder ihr tanzen, sonst würde
ich unsterbliche Schande über die Familie bringen.«
»Ich werde stolz darauf sein, mit dir zu tanzen, mein Liebling.«
In der Halle schlug die Uhr. Bestürzt sah Sara ihre beiden
Söhne an:
»Oh, ich muß eilen, sonst werde ich nie mehr fertig und kann
mit keinem von euch tanzen.«
Sie raffte die Röcke und lief über den Flur. David blickte ihr
liebevoll nach, während Duncan ganz davon in Anspruch genommen war, seinen neuen Rock noch vorteilhafter zurechtzu-
ziehen.
Sara war schon fast fertig angezogen, als Louis das Schlafzimmer betrat. Langsam schritt er über den Teppich auf sie zu und
blieb hinter ihr stehen. Einen Augenblick lang sah er prüfend
auf ihr Spiegelbild. Dann beugte er sich über den Toilettentisch
und entnahm einem Kästchen das Saphirhalsband, das er ihr
vor zwei Jahren geschenkt hatte. Als er es um ihren Hals legte,
leuchteten die Steine lebhaft und feurig auf, vorteilhaft kontra-
stiert von dem steifenelfenbeinfarbenen Brokatgewand. Er lächelte und berührte mit den Lippen schnell ihre Schulter. Dann
schlenderte er ans Fenster.
»Der Garten sieht wirklich ganz attraktiv aus.«
Sie nickte. Inzwischen waren kleine Laternen aufgehängt wor-

den, die den Saum des Rasens und die Auffahrt kenntlich machten. Erwartungsvolle Stille lag über Haus und Garten, alles wartete auf Musik und Gelächter, wartete auf die Stimmen der Pärchen, die bald Arm in Arm über den Rasen promenieren würden.

»Aber die Moskitos werden alle, die sich nach draußen wagen, zu Tode stechen«, sagte Louis plötzlich laut.

Sara warf ihm über die Schulter einen Blick zu. Er blickte jedoch immer noch hinaus, die Hände hinter dem Rücken verschränkt. An der Art, wie er sprach, merkte sie, daß er bloß Konversation machte, während ihm etwas ganz anderes durch den Kopf ging. Sie wartete ruhig, denn sie wußte, daß er schon sprechen würde, wenn es soweit war. Sie warf ihrem Spiegelbild noch einen prüfenden Blick zu und zupfte eine Locke zurecht.

»Es wird morgen mittag sengend heiß werden«, meinte er, während er den wolkenlosen Himmel betrachtete. Über dem Hafen stieg gerade der Mond auf. »Genau das richtige Wetter für ein Rennen, alle werden in schlechtester Stimmung sein. Übrigens – ich habe so das Gefühl, daß ich David nicht schlagen werde.«

»Das wäre schade«, antwortete sie langsam. »David täte es nämlich mal ganz gut, besiegt zu werden. Ich glaube, er hat schon ein wenig Angst vor dem Rennen. Es könnte sich nämlich als eine Gelegenheit erweisen, bei der er einmal nicht erreicht, was er sich vorgenommen hat. Er ist mir eine Spur zu erfolgreich in allem, was er unternimmt. Es ist nicht gut . . .«

»Ach, ein Rennen . . .«, warf er achselzuckend ein. »Ich fürchte, es gehört schon etwas mehr dazu, David aufzurütteln.«

Eine gewisse Ungeduld im Ton ließ Sara herumfahren. Er hielt immer noch die Hände auf dem Rücken verschränkt, sein Bild wanderte über Bucht und Hafen.

»Wie meinst du das, Louis?«

Er drehte sich herum: »Ich spreche nicht nur von David, nein, ich meine alle Kinder, Duncan und Elizabeth, ja sogar Henriette.«

Verwirrt runzelte sie die Stirn: »Ich fürchte, ich verstehe nicht recht. Was ist denn mit ihnen?«

Er spreizte die Hände, eine Geste, die seine Unsicherheit ausdrückte.

»Ich bin mir selbst nicht ganz klar, aber ich kann nun mal nicht das Gefühl loswerden, daß es ein Jammer ist, daß sie hier nichts aus ihrer beschaulichen Ruhe bringen kann. Sie haben ja auch noch nie etwas anderes gesehen. Nehmen wir einmal die Gesellschaft heute abend als Beispiel. Sie kommt ihnen vor wie der letzte Gipfel an Vornehmheit und Eleganz – weil sie nichts anderes kennen. Sie leben sozusagen auf dem Grat ihrer Welt und übersehen nur zu gern, wie schmal er eigentlich ist.«

Sie beugte sich zum Spiegel und betrachtete nachdenklich ihr Gesicht.

»Du hast sicherlich recht«, sagte sie, und ihre Augen hielten im Spiegel seinem Blick stand. »Aber was soll man dagegen machen. Sooft ich auch mit David darüber gesprochen habe, daß er einmal nach England sollte, erwiderte er jedesmal, er wolle lieber hierbleiben. Ihn dort zur Schule zu schicken, dazu ist es jetzt natürlich zu spät.«

»Ach was, Schule, dort lernt er bestimmt nicht, was in England Leben bedeutet. Nein, David ist gerade jetzt im richtigen Alter, London zu genießen und die mannigfaltigen Eindrücke zu verarbeiten.«

Sara griff nach den langen Abendhandschuhen. Sie spürte, daß ihre Hände leicht zitterten.

»Und was ist mit den anderen?«

»Sie haben es genauso nötig wie er. Bedenke, Elizabeth ist siebzehn! Eines schönen Tages verliebt sie sich in irgendeinen kleinen Offizier hier vom Regiment und weiß nicht einmal, daß es auch noch ganz andere Männer gibt.«

Sie zog die Brauen hoch: »Bitte, Louis, vergiß nicht, daß man in England die Heiraten der Töchter nicht so wie in Frankreich zu arrangieren pflegt. Elizabeth sollte die Freiheit haben, nach ihrem Herzen zu wählen, und wenn sie nun gern hier heiraten möchte . . .«

Er hob die Hände: »Mon Dieu, ich denke gar nicht daran, einen Mann für sie auszusuchen. Ich hoffe sogar und bin dessen eigentlich auch ganz sicher, daß sie hierher zurückkehren und bleiben wird. Denn nur hier war sie richtig glücklich. Aber jetzt, da sie noch jung genug ist, sollte sie doch wenigstens erfahren, wie die Welt draußen aussieht.«

Sara fingerte nervös an ihrem Armband. Es ließ sich immer so schwer über dem Handschuh befestigen.

»Du meinst also, alle drei sollten gehen?«

Sie sah im Spiegel, daß er auf sie zukam. Er blieb hinter ihrem Stuhl stehen und nahm sie sanft bei den Schultern:

»Laß uns alle zusammen gehen, Sara.«

Erschreckt griff sie sich an die Kehle: »Alle? Du und ich auch?«

»Nur ein oder zwei Jahre, länger nicht.«

»Glenbar verlassen, Banon . . . oh, ich glaube, ich bringe es nicht fertig.«

»Warum nicht, bist du für alle Ewigkeit an die Kolonie gebunden? Mir kommt es allmählich vor, daß du es ebenso nötig hast wie die Kinder, einen Schimmer von der Welt da draußen zu bekommen.«

Sara antwortete nicht. Sie senkte den Kopf und zupfte an den Reiherfedern ihres Fächers. Louis' Hand auf ihrer Schulter griff ein wenig fester zu.

»Sara, mein Liebling, was ist denn?«

Jäh warf sie den Kopf zurück. Ihre Augen begegneten den seinen im Spiegel.

»Ich habe Angst«, brach es leidenschaftlich aus ihr, »du berührst meinen wundesten Punkt. Ich bin jetzt mehr als zwanzig Jahre in der Kolonie, ich fürchte mich, sie zu verlassen. Hier kennen alle meine Geschichte, und schon lange hat man aufgehört, darüber zu flüstern und zu wispern. Ich liebe mein Leben hier . . ., und jetzt bittest du mich, fortzugehen, mich noch einmal dem Klatsch in London zu stellen. Du kannst es nicht wollen, daß man wieder meine Vergangenheit in allen Einzelheiten durchhechelt. Du hast mich schon einmal daran erinnert, Louis, daß ich mit einem Sträflingsschiff ins Land gekommen bin, und du sagtest damals, daß ich niemals mehr im Leben ein solches Leid durchmachen müsse. Es ist durchaus möglich, daß ich noch Schlimmeres zu erdulden haben werde, wenn du . . .«

Seine schwarzen Brauen zogen sich zusammen. »Still, Sara, deine Phantasie läuft mit dir davon. Wer in London könnte dir ein Leid antun? Glaub mir, mein Herz, du siehst die Sache, wie die Kolonie es anschaut. Wer in London wird es wohl wagen, auf dich zu weisen und zu behaupten, daß du alle Ursache habest, dich zu schämen! In London weiß man längst, was Sydney einfach nicht wahrhaben will, daß nämlich damals so manches Fehlurteil gesprochen wurde. Für alle, die deine Geschichte kennen, ist deine Tat nichts anderes als ein Jugendstreich. Hast du vergessen, wie zynisch und spitzfindig man in London zu denken pflegt? Du hast eine gesellschaftliche Stellung, du bist reich – was sonst kümmerte jemals London!?

England könnte sich glücklich schätzen, wenn wenigstens der König von so unschuldigen Lämmern wie du umgeben wäre. Siehst du das nicht ein?«

»Ja, aber das alles ist es ja nicht«, antwortete sie und schüttelte den Kopf. »Die Kinder . . ., woher weißt du denn so genau, daß sie gerne gehen möchten. Vielleicht Elizabeth, aber Duncan und David? Wenn David nicht will, ich kann ihn nicht zwingen. Und es ist ja auch ganz natürlich, daß er lieber hierbleiben will, gerade jetzt, da er anfängt, sich um die Landwirtschaft zu kümmern. Ich glaube einfach nicht, daß er das leichten Herzens aufgibt.«

»Aber Sara, Kinder sind meistens anders, als wir sie sehen. Du und Andrew, ihr habt euch eure Zukunft mit den ersten rohen Steinen des Farmhauses am Hawkesbury erbaut, für euch bedeutete Besitz mehr. Aber erwarte doch nicht ernstlich von deinen Kindern, daß sie ihren Besitz ebenso hegen und pflegen werden, wie du das getan hast. Sie haben ja niemals dafür gearbeitet. Du gefällst dir in dem Gedanken, daß ihre Herzen aus lauter Liebe für Kintyre höherschlagen, und daß sie es nicht einmal für ein oder zwei Jahre verlassen möchten. Aber das stimmt nicht. Für sie bedeutet dieser Besitz etwas Dauerhaftes, der ihnen immer gehört hat und der da sein wird, wenn sie zurückkommen. Und bietet man ihnen eine ganz neue Seite des Lebens, so wäre es einfach unnatürlich, wenn sie nein sagen würden.«

Sie spielte nervös mit den Saphiren des Halsbandes. »Louis, warum bist du eigentlich deiner Sache so sicher? Wie kannst du wissen, wie sie darüber denken und fühlen?«

Er zog sie sanft an sich. Der steife Brokat auf ihren bloßen Schultern knisterte leise.

»Weil ich sie gefragt habe.«

»Du – ohne mich zuerst zu fragen?«

»Sei nicht böse, mein Herz, aber ich wußte doch all deine Einwände im voraus. Und ich wollte diesen Befürchtungen mit allen guten Gründen, die ich nur sammeln konnte, zuvorkommen. Ich fragte sie, weil ich zuerst ihre Ansicht hören wollte, bevor ich mit dir sprach. Sara, sie brauchen es, sie müssen einmal von hier fortkommen, damit sie um so freudiger heimkehren können. Wie sollen sie sonst das, was sie von jeher besessen haben, richtig einschätzen. Nie können sie eine Vorstellung bekommen von dem Frieden, den wir beide hier gefunden haben, wenn sie nichts anderes erleben. Nur zu ihrem

Besten wünsche ich diese Reise nach England. Aber du mußt mitkommen, sie brauchen dich.«

Ihr war ganz elend zumute. Sie rang die Hände: »Ach, so einfach, wie du es hinstellst, ist es nicht. Kommen sie erst einmal auf den Geschmack, werden sie auf das hiesige Leben verächtlich herabsehen. Sie werden nicht mehr zurückwollen. Und die ganze jahrelange Arbeit war umsonst. Ich habe mich abgemüht, die Güter und das Kaufhaus zusammenzuhalten, so daß sie alles eines Tages nur zu übernehmen brauchen. Gewähre ihnen nur ein Jahr Londoner Leichtlebigkeit, und sie werden danach trachten, ihren Besitz hier zu verkaufen. Oh, Louis, siehst du denn das nicht?«

»Aber, Sara, hast du wirklich so wenig Vertrauen in deine Kinder? Was ich beabsichtige, ist doch nur, sie durch den Vergleich zu überzeugen, welch ein schönes Leben sie hier führen. Also laß uns gehen . . .«

Es klopfte. Er löste die Hände von ihren Schultern und trat ein wenig zurück.

»Ja, bitte!«

Die Tür sprang auf, und Elizabeth stand auf der Schwelle. Sie trug ein Kleid aus weicher, weißer Seide, das beinahe die Tönung ihrer Haut hatte. Es war ihr erstes Ballkleid, und ihr Vater hatte darauf bestanden, daß es ganz schlicht sein sollte. Ohne den vielen Putz, den sie sich ursprünglich gewünscht hatte. Sara schaute sie an und lächelte. Louis' Wahl war ein Triumph. Elizabeth sah strahlend und bildschön aus.

»Du siehst wunderbar aus, Elizabeth«, sagte sie voller Bewunderung, »wirklich wie ein Gemälde.«

»Ja . . .?« Elizabeth stieß ein kleines, erregtes Lachen aus. »David und Duncan haben es auch gesagt, nur Henriette meint, es sei zu einfach. Ich hab mich ihr eben im Kinderzimmer vorgestellt. Sie sagte es ja nicht offen, aber ich glaube, sie hätte ein leuchtendrotes Gewand vorgezogen. Duncan war schon vor mir bei ihr – sein neuer Anzug fand die volle Bewunderung unserer kleinen Despotin.« Sie kam näher und drehte sich vor ihnen. »Und du, Papa, wie gefällt es dir?«

»Wunderhübsch, mein Liebling, ich bin ordentlich stolz auf dich.«

Sie schlug sich aufgeregt mit der behandschuhten Hand auf den Mund: »Mein Gott, ich vergesse ja ganz, weshalb ich eigentlich gekommen bin. Der erste Gast ist da. Ist aber nur der alte Mr. Bridie. Er ist gleich 'rein ins Eßzimmer, scheint noch gar nicht gemerkt zu haben, daß ihr noch nicht da seid. Er kam zu Fuß, daher konntet ihr auch keinen Wagen hören.«

Ihr Ton verriet, daß sie es einfach nicht begreifen konnte, daß ein Mensch zu Fuß ging, dem ein Wagen zur Verfügung stand. Sie kehrte sich um und wollte schon gehen, hielt aber noch einmal inne und blickte sich langsam um:

»Papa, hast du schon davon gesprochen?« fragte sie zögernd. »Du wolltest doch heute abend Mama fragen, nicht wahr?«

»Ja, Elizabeth, wir haben darüber gesprochen.«

Das Mädchenantlitz leuchtete auf: »Und ist es entschieden? Reisen wir?«

»Noch nicht ganz«, antwortete Louis, »noch nicht ganz.«

Plötzlich lief Elizabeth auf Sara zu. »Bitte, Mama, sag ja, ich kann es gar nicht erwarten, London zu sehen und das Land. Ach, nur einmal eine Jagd dort mitzureiten, ich wäre selig. Stell dir vor, wie entsetzlich es ist, alt und grau zu werden, ohne je eine richtige Treibjagd erlebt zu haben.« Sie küßte Sara flüchtig auf die Wange: »Überleg nicht mehr lange, bitte sag, daß wir fahren!«

Elizabeth eilte hinaus. Sie hörten noch, wie sie nach David rief, als sie die Treppe hinabstürmte.

Sara erhob sich, strich die Handschuhe glatt und entfaltete den Reiherfächer zu seiner vollen Weite.

»Es scheint«, sagte sie, »man hat über meinen Kopf hinweg schon alles entschieden.«

Ein freudiges Lächeln breitete sich über seine Züge. Er beugte sich vor und hauchte einen Kuß auf ihre Schläfe.

»Ich habe es mir immer gewünscht, das Glück zu haben, dich in London einzuführen, mein Herz!«

Er bot ihr den Arm, und sie verließen gemeinsam das Zimmer.

Kapitel 20

Während des ganzen Abends wurde Sara ein Gefühl der Enttäuschung und Verwirrung nicht los. Die Gäste erschienen, sie begrüßte einen jeden mit einem Lächeln, war aber froh über jeden Gast, der vorbeischritt und sie auf diese Weise der Konversation enthob. Die Räume hallten wider von Stimmengewirr und Gelächter. Von draußen drang schwach aus dem Zelt die Musik herein. Wie immer waren die Männer in der Überzahl. Die jungen Offiziere tanzten einfach aus Lust am Tanze, nicht etwa aus Höflichkeit, mit Damen, die ihre Großmütter hätten sein können. Die jüngeren Damen wurden von Bewunderern nur so umschwärmt. Elizabeth, die ihren ersten Ball in vollen Zügen genoß, bestand darauf, jeden Tanz nur zur Hälfte zu vergeben, damit sie ihren vielen Partnern auch gerecht werden konnte. Sie erwies sich als eine vollendete kleine Kokette ohne jede Spur von Befangenheit. Ihre Wangen glühten nur so vor Begeisterung. Sooft David sie um einen Tanz bat, empfing er eine lachende Abfuhr, nur als der Gouverneur in höchsteigener Person sich ihr vorstellen ließ, versank sie in einen ehrerbietigen Knicks, und diesmal war keine Rede davon, den Tanz, um den er sie bat, zu unterteilen.

Als alle Gäste bis auf wenige Nachzügler erschienen waren, trat David auf Sara zu, die immer noch neben Louis in der Halle stand. Er bot ihr den Arm:

»Mutter hat nun ihrer Pflicht genügt, was meinen Sie, Sir«, sagte er mit einem spitzbübischen Lächeln und sah Louis an. »Leute, die so spät kommen, können nicht erwarten, noch sonderlich willkommen geheißen zu werden. Ich denke, ich nehme Mutter erst einmal mit ins Eßzimmer, damit sie etwas zu trinken bekommt, und vielleicht schenkt sie mir dann einen Tanz?«

Louis nickte ihm zu. »Ja, ich muß sowieso mal nach Mrs. Macquarie sehen . . . David, was meinst du, muß ich mich auch anstellen wie alle die Offiziere, die auf die Gunst warten, mit der Lady des Gouverneurs tanzen zu dürfen!?«

Damit schlenderte er auch schon auf den Salon zu, glättete seine Handschuhe und ließ seine Augen von den Sofas zu den Kartentischen wandern.

David führte Sara ins Eßzimmer zu einem Sessel und bot ihr ein Glas Champagner an. Er war eisgekühlt. Sara nippte daran, während er mit ihr plauderte. Er spottete über einige allzu pompös aufgemachte Gäste und beschrieb ihr mit einer wahren Lästerzunge, wie sich die Frau eines der prominentesten Bürger der Stadt aufgetakelt hatte.

»Purpur, Mutter, mit großer gelber Schleife, glaub mir, selbst die Eingeborenen haben mehr Geschmack.« Er eilte fort, um einen Stuhl für Julia Ryder herbeizuschaffen, die gerade am Arm von William Cooper hereinkam. Er rief Bennet, der

Champagner bringen mußte. Dann entfernte er sich einen Imbiß vom kalten Buffet zu holen.

»David macht dir alle Ehre«, bemerkte Julia.

»Ja, wahrhaftig, Madame de Bourget, Ihr Sohn steht in dem Ruf, ein junger Mann von vollendeten Manieren zu sein«, murmelte William Cooper, dem Höflichkeit nicht gerade leichtfiel.

Julia unterbrach ihn brüsk: »Ich hoffe, Sara, die Gerüchte über eure bevorstehende Englandreise stimmen. Es wird den Kindern nur guttun, sie sollten wirklich nicht in die Kolonie hineinwachsen, ohne zu wissen, wie es draußen ausschaut. Und du und Louis, ihr habt euch wirklich ein geruhsames Jahr verdient. Von einem echten Franzosen kannst du ohnehin nicht erwarten, daß ihn nicht hin und wieder die Sehnsucht nach seinem früheren Leben ergreift.«

Sara lächelte nur und antwortete mit einer nichtssagenden Bemerkung, dankbar, daß David zurückkehrte und darauf beharrte, sie zu einem Tanz ins Zelt zu entführen.

»Ich glaube wahrhaftig, ich bin die letzte, die von dieser Reise nach England erfahren hat. In den Köpfen aller hier steht es fest, daß wir bereits gepackt haben und eigentlich schon fort sind. Nur ich habe nicht ein Sterbenswörtchen von der ganzen Verschwörung zu hören bekommen, erst vor einer Stunde . . .«

»Oh, hat Elizabeth geschwatzt?« fragte David. »Sie ist so entzückt davon.«

Schweigend überquerten sie den Rasen. Vorm Eingang zum Zelt hielten sie an und beobachteten das bunte Bild. Die scharlachroten Uniformen leuchteten zwischen den dunklen Anzügen der Zivilisten und den Farben der Frauenkleider.

»Wie fröhlich wir jetzt alle sind. Vor zwanzig Jahren gab es noch keinen Fetzen Seide in der ganzen Kolonie, der es auch nur mit dem einfachsten der Gewänder hier hätte aufnehmen können.«

Sie sprach leise vor sich hin, als habe die Erinnerung an eine andere Zeit auch nicht im entferntesten etwas mit David zu tun. Dann faßte sie seinen Arm fester und sagte mit verändertem Ton:

»Wünschst du wirklich so sehr, daß wir nach England fahren, David? Louis sagt, er habe mit dir darüber gesprochen. Ich möchte aber ganz sichergehen, daß du nicht etwa nur ihm zum Gefallen zugestimmt hast.«

Er drehte sich herum, so daß sich ihre Blicke trafen.

»Ja, Mutter, ich würde sehr gern gehen, und wirklich nur, weil ich es selbst wünsche.«

Mit diesen Worten geleitete er sie ins Zelt und sie mischten sich unter die Tanzenden. Auch von Duncan bekam Sara die gleiche Auskunft, als sie die Frage später einmal anschnitt. Nachdem sie zusammen getanzt hatten, ergab sich Gelegenheit zu einer kurzen Unterhaltung. Weil es mittlerweile im Zelt stickig heiß geworden war, schlenderten sie bis an den Saum des Rasens, wo die Laternen die Blumenbeete aus dem Schatten hoben.

»Ach, Mutter, ich könnte so manches in London anfangen«, sprach er eifrig. »Ich würde so gerne ein paar Fechtstunden nehmen, und die Reitschule möchte ich auch besuchen, und dann gibt es dort die Spielhäuser, und weißt du, Mutter, man sagt, wenn man am Nachmittag im Hyde-Park ausreiten würde, sähe man alle die Dandys . . .«

Sie tätschelte lächelnd seine Hand: »Ja, sicherlich, aber bedeuten dir denn die Dandys so viel?«

Er legte die Stirn in Falten. »Nein, das gerade nicht, aber ich würde sie doch ganz gern mal sehen.«

Die Stunden wurden Sara an diesem Abend zu lang. Endlich verließen die letzten Paare das Zelt, die Kartentische wurden geräumt und die Sofas leerten sich. Der letzte Wagen rollte auf der Auffahrt an.

Punkt zwölf hatten sie auf das neue Jahr angestoßen, ein Pfeifer des Regimentes war feierlich auf dem Rasen entlanggeschritten. Die hohen, dünnen Töne hatten den Gästen im Zelt und in den Zimmern Mitternacht angezeigt. Auch zwei Eingeborene, die im Mondlicht fischten, hörten den Pfeifenklang. Sie waren sicher überzeugt, die Klagetöne eines Teufels zu vernehmen. Gleich Schatten glitten sie in ihren Kanus aus der gefährlichen Zone. Der Gouverneur war mit seinem Gefolge um zwei Uhr aufgebrochen. Die letzten Gäste jedoch gingen erst, als es schon dämmerte. Die Diener bliesen die niederbrennenden Kerzen aus, im wachsenden Tageslicht flackerten trübselig die Laternen längs des Rasens. Die festlich gedeckten Tische wurden abgeräumt.

Arm in Arm stiegen Elizabeth und David die Treppe hinan. Sie lachten über irgendeine Bemerkung von Duncan. Elizabeths dunkle Augen blickten müde, aber ihre Füße waren noch flink wie zu Beginn des Abends. »Wir fahren nach England, nach

England . . .«, sang sie vor sich hin. Die von der süßen, hohen Stimme gesungenen Worte versetzten Sara einen Stich ins Herz.

Sara legte die Saphire behutsam in die Schatulle zurück und blickte versonnen darauf nieder. Sie machte keine Anstalten, sich zu entkleiden. Sie hatte es aufgegeben, noch länger gegen Furcht und Enttäuschung anzukämpfen. Sie würden also alle nach England fahren, das stand fest. Als Louis davon sprach, war sie noch voller Hoffnung gewesen, daß wenigstens David sich weigern würde. Sie hatte darauf vertraut, daß seine Begeisterung für die neue Aufgabe in Priest groß genug sein würde, ihn gegen die Verlockungen einer Stadt wie London gefeit zu machen. Es war sehr schwer, wenn man diesen unfehlbaren David vom vergangenen Abend vor sich sah, sich einzugestehen, daß er im Grunde genommen doch noch ein rechtes Kind sei. Ja, Louis hatte recht, überlegte sie erschöpft, sie erwartete einfach zu viel von ihren Söhnen. Sie verlangte von ihnen, sich an die ersten schweren Jahre am Hawkesbury zu erinnern, als hätten sie diese Zeit miterlebt. Mit der Zeit werden sie es schon lernen, was es heißt, reich zu sein und Besitz zu verwalten, beruhigte sie sich, ihre Erfahrungen und das Lehrgeld, das sie zu zahlen haben würden, sahen eben anders aus als jenes von Andrew und ihr. Vielleicht lehrte sie gerade der Aufenthalt in London, Besitz richtig zu würdigen.

Sie seufzte. Ob es nun zum Guten oder Bösen ausschlug, sie war zu der Reise bereit, Während sie die Schuhe von den Füßen streifte, merkte sie, daß sich eine frische Brise erhoben hatte. Morgen früh würde sie sich wohl wieder gelegt haben, und die Sonne würde auf das Haus niederbrennen. Dann fiel ihr ein, daß sie ja am Nachmittag sich unter die Menschenmenge im Hyde-Park Sydneys mischen und zusehen müsse, wie Louis und David auf der Rennbahn um den Preis des Bürgermeisters rangen. Sie streifte die Strümpfe ab, rieb sich die Zehen, genoß die Weichheit des Teppichs unter ihren müden Füßen. Sie sehnte sich nach Kintyre oder Banon oder irgendwohin, wo es ihr erspart bliebe, sich dem Staub und der Hitze des Rennens aussetzen zu müssen. Sie saß noch aufrecht im Bett und schlürfte die Milch, die Annie ihr gebracht hatte, als sich die Tür öffnete und Louis gemächlich hereinkam. Er trug einen langen roten Hausrock über seinem Nachthemd. Langsam kam er näher.

»Mon Dieu, ich werde langsam alt und gebrechlich, wenn mich

das bißchen Tanzerei so ermüdet.« Er warf sich der Länge nach aufs Bett und verschränkte die Hände hinter dem Kopf. »Und wenn ich erst daran denke, daß ich versprochen habe, gegen einen Jüngling wie David morgen zu reiten!«

»Heute meinst du wohl!«

»Ach ja, heute, stimmt. Ich werde nicht fähig sein, heute nachmittag auch nur ein Pferd zu besteigen, geschweige denn ein Rennen zu machen.« Er rollte sich plötzlich auf die Seite, stützte sich auf die Ellenbogen und schaute sie an:

»Ich hab's, Sara, wir werden eine ernste Erkrankung vorschützen. Irgendein Fieber, das mich ans Bett fesselt, und du mußt natürlich auch zu Hause bleiben, um mich zu pflegen. Ah, ich werde den ganzen Nachmittag hier im verdunkelten Zimmer liegen, weit weg von all dem Lärm und der Hitze und all diesen schreienden Narren. Ich . . .« Ein Lächeln glitt über seine Züge.

»Nun, was gibt's?« fragte sie.

»Ich dachte nur, wie hübsch es sein würde, wenn du neben mir lägest.«

Sie lachten beide, und sie zauste seine Haare, wie sie das früher so oft mit David getan hatte. Er warf den Kopf zurück und umklammerte ihr Handgelenk.

»Ich muß doch bitten, Madame, Sie sind pflichtvergessen und widerspenstig. Ich denke, so ein Nachmittag würde auch Ihnen guttun.«

Sie stellte flink das Glas ab und verschloß ihm mit der Hand den Mund.

»Still, ich verlange Achtung!«

Er biß sie in den Finger, so daß sie die Hand zurückziehen mußte.

»Achtung, ja, das ist eben das Dumme . . ., davon hast du zeitlebens zu viel verlangt, ich weiß noch . . .«

»Was weißt du noch?«

»Nun, damals, als ich dich das erstemal sah, in der Hütte der sehr liebenswerten Nell Finnigan – du, das ganz nebenbei, sie ist in letzter Zeit entsetzlich fett geworden, Sara, bitte werde bloß nie dick, es ist so unkleidsam . . .« Er rollte näher zu ihr. »Ja, also, als ich dich zum erstenmal sah, da sagte ich mir, das ist eine Frau, großer Leidenschaft fähig, dein Anblick machte mich ganz toll. Aber, mon Dieu, du warst so gepanzert in all deiner Hochachtbarkeit. Ich erinnere mich genau, wie ich darüber lamentiert habe, als du fort warst. Daß dies nun New South

Wales sei, und daß Kultur noch nie seine Ufer beleckt habe.«
»Was willst du damit sagen?«
»Ganz einfach, wäre das hier London oder gar Paris gewesen, dann – nach ein wenig Werben, wärest du unweigerlich meine Geliebte geworden. Aber in New South Wales, oje, was sollte ich anderes machen, als abzuwarten, bis ich dich heiraten konnte.« Plötzlich richtete er sich auf, ergriff sie bei den Schultern und hob sie ein Stück aus den Kissen. »Aber es war sogar eine Heirat wert, dich ganz für mich zu haben«, flüsterte er und küßte sie: »Und als es endlich dazu kam, da freute ich mich sogar darüber, daß unsere Kultur noch nicht hier in die Kolonie eingedrungen ist. Ich habe die ganz barbarische Neigung und Absicht, dich nur für mich allein zu behalten.«

Sara stand mit Elizabeth an der Brüstung. Die beiden Frauen waren in Begleitung einiger junger Offiziere und beobachteten das Rennen um den Preis des Bürgermeisters. Und da geschah es. Sara sah es nur zu deutlich.
Sie bemerkte den Hund, der plötzlich aus der Menge hervorbrach und wie toll auf die Bahn lospreschte, gerade in dem Augenblick, als die ersten Pferde auf ihn zurasten. Louis war der vierte von außen. Ehe er den Hund sehen konnte, war er schon bei ihm. Sein Pferd bäumte sich, bockte und stürzte. Louis fiel aus dem Sattel. Die drei Reiter hinter ihm konnten ihre Pferde nicht mehr zügeln und galoppierten über ihn hinweg. Noch ein Pferd stürzte in dem Durcheinander, aber der Reiter kam sofort wieder auf die Füße und kroch auf Louis zu. Kaum waren die Pferde vorbei, rannte die entsetzte Menge durch die Schranken auf die Bahn. Sara schloß die Augen und kehrte sich ab. Haltsuchend lehnte sie sich gegen das Gatter.
Später erfuhr sie, daß Louis sich bei dem Sturz das Genick gebrochen hatte. Der Arzt meinte, daß er schon tot gewesen sein müsse, als die anderen Pferde über ihn hinwegritten.

Kapitel 21

Gegen sieben Uhr abends brach das Gewitter los und machte der mörderischen Hitze des Tages ein Ende. Zwei Stunden lang regnete es ohne Unterlaß, der Regen klatschte gegen das Haus und verwandelte die Straßen in eine einzige Lehmpfütze. Dann verzog sich die Wolkenfront langsam. Im Osten zuckten noch die Blitze, der Donner hallte, aber die Gewalt des Unwetters war gebrochen. Jetzt tobte es über dem Meer mit teuflischer Wildheit, die Wogen tobten mit voller Kraft in der Hafeneinfahrt. Die Stadt lag verödet da, die windschiefen, verfallenen Häuser schienen sich zusammenzukauern.

Im Zimmer über dem Laden, der immer noch Andrew Maclays Namensschild trug, sah Sara Clapmore zu, der dabei war, einige Stoffballen aus den Regalen zu holen. Sie fühlte sich schwach, als hätte die Hitze des Tages ihr alle Kraft aus den Knochen gesogen, und auch das Gewitter, das gegen Abend aufgekommen war, hatte sie nicht erfrischen können. Gleich nachdem der Sturm vorbei war, brach sie von Glenbar auf und fuhr ganz allein ins Geschäft. Sie hatte sich sofort hier nach oben begeben. Edward fand draußen unterm Torbogen Schutz vor dem Regen. Ein junger Stallknecht hielt unterdessen die Pferde. Plötzlich hatte Sara nicht mehr anders gekonnt, als zu dieser späten Stunde hierher zu fahren. Sie wollte bestimmt nicht mit einer Ausfahrt zwei Tage nach Louis' Tod abermals die Stadt schockieren. Vorsichtig hatte Clapmore in dem dunklen Laden auf Edwards Klopfen hin Antwort gegeben. Als er im Licht der erhobenen Laterne die Insassin des Wagens erkannte, beeilte er sich, den Riegel zurückzuschieben. Seine rothaarige Frau kam aus dem Hinterzimmer gelaufen, machte ihren Knicks, murmelte ein paar Beileidsworte und verschwand wieder. Sara hatte Clapmore kurz gesagt, was sie wollte. Er ging mit der Laterne voran in den Lagerraum.

»Ich hätte es Ihnen doch bringen können, Ma'am, wenn ich nur eine Ahnung gehabt hätte . . .«

»Natürlich, Clapmore, ich weiß, aber es gab so viel zu bedenken heut, daß ich einfach nicht die Zeit fand, Ihnen eine Nachricht zu schicken. Und als das Gewitter kam, war ich zu unruhig, im Hause zu bleiben. Ich dachte, dies ist eine gute Gelegenheit.«

Er nickte, setzte die Laterne ab, trat an die Regale und schob die Schutzhüllen zurück. Er arbeitete jetzt schon fast fünfzehn Jahre für sie und wäre eher am Kommen und Gehen der Jahreszeiten irre geworden als an ihrem Verhalten. Und wenn es ihr in den Sinn kam, dem Laden um Mitternacht einen Besuch abzustatten, gut, er würde sie empfangen, weil er genau wußte, daß sie dann ihre Gründe hatte. Er schleppte einen Ballen nach dem anderen heran und legte sie auf den großen

Ladentisch. Die schwarzen Stoffe glänzten matt im Licht der Laterne. Schwarze Seide – schwarzer Atlas – schwarzer Batist – alles schwarz, genau wie die verhangenen Fenster in Glenbar, genau wie ihr Kleid, genau wie ihr Hut. Immer mehr Ballen stapelte Clapmore vor ihr auf, und auf einmal überkam sie das Gefühl, daß dieses elende Zeug ausreichte, ganz Sydney in Trauer zu kleiden für Louis de Bourget. Aus diesen Ballen hier hatte man den Stoff für ihre und Elizabeths Trauerkleidung herausgeschnitten. Schals, Umhänge – nein, sie konnte den Anblick nicht mehr ertragen, sie kehrte sich ab und trat rasch ans Fenster.

Clapmore blickte ihr fragend nach:

»Was ist, Ma'am . . .?«

Sie antwortete nicht. Sie umspannte das Fensterbrett und starrte hinunter auf den verödeten finsteren Kai. Aus dem Dunkel drang das Schlagen der Wogen an der Kaimauer zu ihr herauf. Der stärker werdende Regen machte die Finsternis undurchdringlich, sie vermochte nicht einmal die Positionslampen der Schiffe zu erkennen. Sekundenlang überließ sie sich dem Gefühl des Verlorenseins. Mochte doch Clapmore denken, was er wollte, ihr war es gleich. In den beiden Tagen seit Louis' Tod hatte sie nie ihren Gefühlen nachgeben dürfen, immer mußte sie Rücksicht nehmen auf Elizabeth und Henriette. Clapmores Anwesenheit störte sie nicht, er war kaum weniger unpersönlich als die Möbel ringsherum. Es kümmerte sie nicht, daß er die Tränen auf ihren Wangen sah. Er kannte sie seit Jahren, er kannte ihr Leben mit Andrew, ihre Ehe mit Louis, und war nicht so unempfindlich, daß er all ihr Elend und ihre Not nicht erspürt hätte. Louis' Tod hatte sie förmlich betäubt, sie konnte es einfach nicht fassen, daß er nicht mehr war. Louis besaß ihre Seele und ihren Körper. Es fehlt nicht viel, und er hätte sie völlig für sich gewonnen, hätte sie vergessen lassen, daß die Farmen, die Schiffe, das Kaufhaus da waren. In den verflossenen zwei Jahren hatte sie dem Tag entgegengefiebert, an dem David und Duncan alt genug waren, ihren Besitz selbst zu verwalten, damit sie endlich frei war und ihre Zeit gänzlich Louis schenken konnte. Ja, er war ein Egoist, der alles forderte und verlangte, aber er hatte sich nun einmal stärker als sie erwiesen, hatte es wie noch keiner verstanden, ihren Willen dem seinen unterzuordnen. Sie fühlte förmlich, wie ergeben und geduldig Clapmore hinter ihrem Rücken bei seinen schwarzen Ballen wartete. Wie gut, daß er keine Frau war, die sie jetzt mit gefühlvollem Mitleid überschüttet und ihr womöglich eine weiche Hand auf die Schulter gelegt haben würde, um ihr die üblichen Plattheiten, die Louis immer so entsetzt hatten, ins Ohr zu flüstern. Männer verstanden eine solche Situation weitaus besser. Wenn sie das Verlangen überkam, hier am Fenster still vor sich hin zu weinen, dann war das einzig ihre Sache, das fühlte er genau. Clapmore wußte, daß sie sich nach Louis sehnte – ach, sie sehnte sich ja so nach Louis' Unterhaltung, seinem belustigten Achselzucken, wenn sie über alle die Dinge sprachen, welche diese kleine Welt hier so bitter ernst nahm, sie sehnte sich nach seiner Eleganz, seinem Charme, seiner Leidenschaft. Er war ihr ein und alles gewesen, und jetzt mußte sie sich damit abfinden, daß alles vorbei war. Verzweifelt hoffte sie, daß ihr Weinen nicht ins Schluchzen überging, weil sie dann nicht einmal von Clapmore erwarten konnte, daß er ruhig verharrte und keinen Versuch unternahm, sie zu trösten. Und sie wäre nicht gern grob gegen ihn geworden.

Das Trommeln des Regens hatte sie ganz das Geräusch unter dem Fenster, wo Edward und der Stalljunge immer noch auf sie warteten, überhören lassen. Das Hämmern des Türklopfers zerriß die Stille. Sara erschrak. Clapmore fuhr verwirrt herum, als sähe er schon den unbekannten Klopfer die Treppe heraufkommen. Er schien auf der Stelle Wurzeln geschlagen zu haben.

»Ich glaube, es ist besser, Sie antworten«, sagte Sara rasch. »Wer immer es auch sein mag, Sie brauchen nicht zu sagen, daß ich hier bin.«

»Nein, Ma'am, natürlich nicht.«

Er nahm die Laterne und ging hinunter. Sara tupfte sich schnell die Augen trocken. Sie richtete ihren Hut und schlich leise, so daß der unerwartete Besucher ihre Schritte nicht hören konnte, auf den Flur.

Sie hörte, wie der Riegel zurückgeschoben wurde. In einem fernen Donnerrollen gingen die ersten Worte unter, die Clapmore mit dem Besucher wechselte. Sie beugte sich übers Geländer, um besser hören zu können.

Clapmores aufgeregte Stimme drang an ihr Ohr: »Madame de Bourget ist nicht hier, ich sage es Ihnen doch, Sie irren sich, Mr. Hogan!«

»Gott verdamm mich, ich bin doch nicht verrückt. Ich war in Glenbar, ihr eigener Sohn sagte mir, sie sei hier. Und draußen wartet ja auch ihr Wagen mit Edward . . .«

»Jeremy«, rief Sara, »Jeremy, ich bin hier.« Sie lief die Treppe hinab. »Warte, Clapmore, ich komme.«

Die beiden Männer kamen ihr durch den Laden entgegen. Jeremy begrüßte sie mit verstörter Miene, Clapmore stand bekümmert da.

»Ich gehorchte lediglich Madame de Bourgets Anweisung, Mr. Hogan, es tut mir leid, wenn Sie . . .«

Er verstummte, weil Sara ihm einen raschen Blick zuwarf, der deutlich besagte, daß ein Clapmore, der als freier Mann in die Kolonie gekommen war, es wahrhaftig nicht nötig hatte, sich bei einem Freigelassenen zu entschuldigen.

»Danke, Clapmore«, sagte sie. »Ich rufe Sie, wenn ich fertig bin. Sie können die Stoffe hierherbringen.«

»Gern, Madame«, erwiderte er und verschwand.

Sara wartete, bis Clapmore die Tür zu seiner Wohnung hinter sich geschlossen hatte. Dann erst bedeutete sie Jeremy, ihr in den Laden zu folgen.

Eine halbe Stunde später standen sie einander immer noch gegenüber. Ihre Schatten tanzten im zuckenden Kerzenlicht über den Boden. Hin und wieder erhellte ein Blitz den Nachthimmel. Sara hielt sich kerzengerade. Jeremy stand gegen den breiten Ladentisch gelehnt da. Die Arme hielt er verschränkt, das durchnäßte Regencape hatte er an den Schultern zurückgeschlagen. Mit unruhigen Fingern trommelte der Regen gegen die Scheiben. Manchmal drang das Stampfen der Pferde und das Knarren von Edwards schweren Stiefeln in den Raum.

»So steht es also, Sara«, unterbrach Jeremy das lastende Schweigen.

»Ja«, sagte sie und errötete. Sein Ton ärgerte sie. »So steht es . . ., wenn du es so nennen willst.«

Im Schatten wirkte sein Gesicht noch finsterer.

»Ich kann es nicht glauben, nein, ich glaube es einfach nicht, daß du so töricht sein willst, dies alles hier einer verrückten Grille wegen aufzugeben.«

»Ich habe es dir nun bis zur Erschöpfung klarzumachen versucht. Es ist keine verrückte Grille. Es ist Louis' Wunsch. Ich habe lange genug mit ihm darüber gestritten, aber er bewies mir, wie nötig es für die Kinder ist. Und alles aufgeben . . .? Das ist doch barer Unsinn. In einem, höchstens in zwei Jahren kommen wir zurück. Und ich hoffe, daß David und Duncan gern mit mir heimkehren werden, denn sie werden bis dahin erfahren haben, daß ein Leben hier ihrer Liebe und Arbeit wert ist, ein Leben, wie England es ihnen niemals bieten kann.«

»Und du, Sara, was ist mir dir? Was versprichst du dir von England?« Seine Stimme klang scharf, obgleich er leise sprach.

»Ich . . .? Gar nichts, Jeremy. Ich muß natürlich wegen Elizabeth mitfahren, und dann . . .«

»Und dann?«

»Ja, ich möchte eben zur Stelle sein, sobald David und Duncan daran denken, die Heimreise anzutreten. Bedenke, die Jugend vergißt schnell. Die Erinnerung an Kintyre und Banon wird verblassen. Ich muß schauen, daß ich sie lebendig erhalte.«

Jeremy betrachtete sie mit durchdringendem Blick. Er erwiderte nichts. Die lastende Stille wurde jetzt nur von dem Geklapper des Maclayschen Namensschildes unterbrochen, an dem der Wind riß. Schließlich bewegte er langsam die Lippen:

»Warum sagst du mir nicht die Wahrheit?«

Sie sah erstaunt auf:

»Wie meinst du das?«

Ungestüm und klatschend schlug er sich mit der Faust in die flache Hand:

»Verdammt, du meinst doch nicht etwa im Ernst, ich falle auf dein gefühlvolles Gerede herein, daß du nach England mußt, nur um bei den Kindern zu sein. Du hast mich oft genug zu Dingen gezwungen, zu denen ich eigentlich gar keine Lust hatte, Sara, aber mich zu täuschen, das ist dir noch nie gelungen.«

Zornig trat sie einen Schritt auf ihn zu: »Drück dich gefälligst deutlicher aus, höre endlich auf mit diesen Anspielungen!«

Er atmete schwer: »Du fährst nach England wegen dieses Narren Richard Barwell, stimmt's?! Ihn hast du ja schon immer haben wollen, und jetzt bist du am Ziel deiner Wünsche.«

Seine Worte ließen sie förmlich zurückprallen: »Wie kannst du es wagen, mir so etwas zu unterstellen! Wie kannst du dich so etwas unterstehen, kaum daß Louis zwei Tage tot ist!«

Er zog den Umhang wieder fester um seine Schultern.

»Ich werde noch mehr sagen – jetzt, da ich endlich erkenne, was in deiner kleinen, verlogenen Seele vorgeht. Mein Gott, wenn ich bloß daran denke, wie viele Jahre ich mir einzureden versucht habe, du seiest anders als die übrigen Frauen. Immer suchte ich nach Entschuldigungen für dein Verhalten. Ich machte mir vor, du könntest nicht anders handeln, weil ein hartes Leben dich gelehrt hatte, zuerst an dich zu denken. Als du damals nach Kintyre kamst, hoffte ich, daß Andrews Liebe und sein Bemühen, dir alles vor die Füße zu legen, was du dir nur wünschen konntest, diese Kruste von Eigensucht zerbrechen würde. Nach außen hin bequemtest du dich ja auch zu einem weichen Wesen, aber nie, nie hast du dich auch nur die Spur gewandelt. Jahrelang habe ich mir eingeredet, ja, sie ist anders geworden, aber nein, du stehst hier und sinnst nur darauf, eine neue Beute, nach der es dich schon immer gelüstet hat, einzufangen.«

»Hör auf mit deinen Sprüchen, Jeremy Hogan!« sagte sie scharf. »Maße dir doch nicht an, mein Gewissen spielen zu können, was weißt denn du schon von Frauen meiner Art! Hast du mir nicht selbst erzählt, daß du unter Frauen mit weichen Stimmen aufgewachsen bist, Frauen, die in weichen Betten schlafen? Also komm nicht daher wie ein Pfaffe und predige mir, was ich zu tun und zu lassen habe. Du bildest dir ein, mich durch und durch zu kennen. Das hast du dir übrigens schon immer eingeredet. Aber ich will dir mal was sagen, du hast gar keine Ahnung davon, was für eine Frau du vor dir hast. Du kennst doch nur zwei Sorten von Frauen. Solche, die hübsch Klavier spielen konnten und im Salon deiner Mutter herumsaßen, oder deine Sträflingsschlampe, mit der du jetzt lebst. Und das sage ich dir ein für allemal, es langweilt mich zu Tode, dein ewiges Herumkommandieren. Ich habe dein Moralisieren und Predigen endgültig satt. Seit ich dich kenne, hat es immer nur geheißen, Sara, tu dies, Sara, laß das, oder auch, Andrew erwartet von dir dies oder jenes. Dabei hat dich all die Jahre die pure Eifersucht getrieben, weil ich nicht endlich dir in die Arme sank. Du hast es mir ja selbst gestanden, damals in Kintyre . . . Oh, ich habe es nicht vergessen, nicht einen Augenblick.«

»Sei ruhig«, fuhr er sie an, »du sprichst wie ein Straßenmädchen!«

»Das ist mir egal. Hör gut zu, Jeremy Hogan, ich habe es nicht nötig, irgend jemanden auf Gottes Erdboden um Erlaubnis zu fragen, ob ich etwas tun darf oder nicht. Hast du verstanden?« Sie machte eine unbestimmte Handbewegung. »Ich weiß wohl, ich schulde dir viel Dank, sehr viel sogar, das vergesse ich nicht. Aber meine Dankbarkeit gibt dir noch lange nicht das Recht, mir mein Verhalten vorzuschreiben. Seit Andrews Tod hast du immer wieder versucht, mir einzureden, daß ich mein Leben so oder so zu gestalten hätte. Ich habe mich nicht nach deinen Wünschen gerichtet, und trotzdem bin ich nicht unglücklich geworden, wie du prophezeit hast. Ich habe ein volles Leben gehabt, wäre es aber nach dir gegangen, dann säße ich immer noch weinend über meine Handarbeit gebeugt. Ja, Louis, der verstand mich, der erkannte mit einem Blick, was ich vom Leben erhoffte. Und darum auch hat er mich geheiratet, begreifst du das endlich?«

Er griff nach Hut und Reitpeitsche: »Ja, ich begreife es sehr genau!«

»Nun?« forderte sie.

Er trat dicht an sie heran und starrte ihr ins Gesicht.

»Ich begreife es so gut, daß ich ein für allemal gehen werde. Die erstbeste Frau, die ich finde, werde ich heiraten. Nur darauf werde ich sehen, daß sie keinen Ehrgeiz hat und nicht über ihren Kochtopf hinausdenkt. Sie muß sanftmütig, nachgiebig und gehorsam sein. Sie muß das genaue Gegenteil von dir sein, Sara. Wenn du meiner bis zum Sterben überdrüssig bist, nun, so laß dir gesagt sein, auch mir stehst du bis hierher, ich habe genug von dir. Und ich hoffe auf Gott, daß ich in meinem ganzen Leben nie mehr die Blicke auf eine von deiner Sorte richte.«

Er drehte sich um, stülpte den Hut auf den Kopf und stampfte hinaus. Seine Hand fiel schwer auf die Klinke, und die Tür flog auf. Edward, der gerade dagegenlehnte, stolperte in den Laden hinein und griff verwirrt nach einer Kiste, um nicht hinzufallen. Da krachte die Tür ins Schloß. Ein paar von der Decke herabhängende Bratpfannen klirrten. Edward blieb der Mund offen. Das hatte er nicht erwartet. Bestürzt starrte er Sara an.

»Mr. Hogan ist fort«, stellte Sara völlig überflüssig fest. »Geh und bitte Mr. Clapmore zu mir.«

Sechstes Buch

Kapitel 1

Es war an einem Junimorgen des Jahres 1814. Sara schlug in ihrem Schlafzimmer im Hause Golden Square die Augen auf. Seit nun schon sechs Monaten erwachte sie jeden Morgen mit einem Gefühl der Erwartung, sie hoffte, daß der neue Tag endlich einmal etwas anderes bringen würde als die verflossenen. Aber ihre Hoffnung erwies sich auch diesmal als eitel. Wenige Augenblicke genügten, und wieder stiegen Enttäuschung und Gleichgültigkeit in ihr auf. Die Vorhänge waren zugezogen, das Zimmer lag im Dämmer. Sie hatte keine Ahnung, wie spät es sein konnte. Es war auch gleichgültig.

Die Laute des frühen Londoner Tages drangen in ihr Zimmer. Auf den Straßen lärmte es, schwere Wagen polterten vorbei, die grellen Stimmen der Dienstboten, die im Vorhof die Stufen kehrten und klatschten, klangen herauf. Allmählich waren ihr diese Laute vertraut, wenngleich sie sich nie daran gewöhnen konnte – sie beleidigten ihr Ohr jeden Morgen aufs neue. Sie starrte auf den silbernen Baldachin über ihrem Bett. Sie wußte, ihre Empfindlichkeit war übertrieben, sie war einfach unzufrieden mit sich selbst. Mit einer fast wilden Bewegung griff sie nach der Klingelschnur und zog. Während sie auf die hurtigen Schritte lauschte, die ihrem Läuten gleich antworten würden, überdachte sie den kommenden Tag. Er würde sich kaum von den anderen Tagen unterscheiden. Die Korrespondenz mußte erledigt werden – vielleicht ergab sich der Besuch eines Schiffsagenten, oder sie machte eine Ausfahrt in einen der Parks. Und zum Schluß das übliche – eine Gesellschaft im Hause von Lady Fulton am St. James Square. Sie würde kaum vor Morgengrauen ins Bett kommen.

Bis vor wenigen Wochen noch war sie bereit gewesen, das tägliche Einerlei über sich ergehen zu lassen. Sie hatte kaum je darüber nachgedacht, und da alles noch so neu war, empfand sie es eine Zeitlang in gewisser Weise sogar anregend. Der scharfe Gegensatz zwischen dem London, zu dem sie jetzt gehörte, und jenem der billigen Quartiere in der Gegend um Fleet Street und

Strand, die sie noch aus den Zeiten, da sie mit ihrem Vater hier lebte, in Erinnerung hatte, war Balsam für jegliche Langeweile und Ungeduld gewesen. Gewiß, ein Haus in London gemietet zu haben, sich Pferde und Wagen halten zu können, livrierte Diener in den Ställen zu wissen, falls es einen nach einer Ausfahrt verlangte, alle diese Beweise, daß man zur vornehmen Welt gehörte, sie wären dem kleinen Mädchen von einst wie ein Märchen vorgekommen, diesem jungen Ding, das vor schier undenklichen Zeiten in einem Modehaus Lehrling war. Ach, sie erinnerte sich noch lebhaft an dieses Kind, das so früh schon gezwungen war, etwas hinzuzuverdienen, denn Sebastians unsichere Einkünfte garantierten keinen Lebensunterhalt. Und eines Tages trieben Sebastians Schulden die junge Sara Dane endgültig in die Kutsche und nach Rye. Jetzt zählte Sara selbst zu den angesehenen Kundinnen eines der vornehmsten Londoner Modehäuser, aber ganz im Gegensatz zu den anderen Damen war ihr die Gewohnheit eigen, ihre Rechnungen gleich zu bezahlen. Manchmal überkam sie das eigenartige Gefühl, als stünde die junge Sara neben ihr, wenn sie ihre Gesellschaften und Empfänge gab, und blickte abschätzend auf die Einrichtung des Hauses, auf die prächtigen Karossen, in denen die Gäste erschienen, und auf die Kleider, die sie trugen.

Sie drehte sich im Bett herum und seufzte. Einmal hatte sie sich einen Wagen genommen, gemietet wohlweislich, weil ihre Dienstboten sich schön gewundert hätten, wenn ihre Herrin im eigenen Wagen zur Villier Street am Strand gefahren wäre. Sie sah sich alles noch einmal genau an – die großen, engen Häuser, die Hausierer, die schmutzigen Kinder, die streunenden Köter. Hier, so hatte Sebastian gesagt, war sie geboren worden. Aber der Anblick weckte kein vertrautes Gefühl in ihr. Sie blieb auch nicht lange – die junge Sara schien sie im entscheidenden Moment verlassen zu haben. Übrig blieb eine reichgekleidete Dame in einem Mietwagen, die in dieser Umgebung zu sehr freimütigen Bemerkungen reizte. Sie kehrte nach Golden Square zurück mit dem Gefühl, etwas unendlich Kostbares verloren zu haben.

Eine Magd in mittleren Jahren klopfte an und öffnete die Tür. Sie ging zuerst zum Fenster und zog die Vorhänge zurück. Die helle Sonne des Sommermorgens flutete ins Zimmer.

»Das kann man einen schönen Tag nennen, Ma'am.«

»Ja, Susan«, erwiderte Sara gleichgültig. Sie setzte sich auf und nahm den leichten Schal um ihre Schultern, den die Frau mitgebracht hatte. Dann griff sie nach dem Kamm und ordnete ihr Haar. Inzwischen stellte ihr die Magd das Frühstückstablett auf die Knie.

»Die Kinder . . .?« fragte Sara. »Sind sie noch zu Hause oder sind sie schon fort?«

»Mr. David und Miß Elizabeth sind noch zu Hause, Ma'am, aber Mr. Duncan, glaube ich, ist schon fort. Und Miß Henriette hat Unterricht.«

Sara nickte und wartete mit einer Ungeduld, die ihr selber unerklärlich war, daß Susan ihre kleinen Hantierungen beendete und endlich ging. Sie wechselten noch ein paar Worte über die Kleidung, die das Tagesprogramm verlangte, und dann war sie wieder allein.

Sara schlürfte ihren Kaffee. Es war besser gegangen, als sie gedacht hatte, in der Londoner Gesellschaft Fuß zu fassen. Louis hatte völlig recht gehabt mit seiner Ansicht, London würde das und nichts anderes zu ihr sagen. Natürlich war sie nicht all dem Klatsch entgangen, man sprach über ihre Vergangenheit, aber sie fand schnell heraus, daß es genügend Leute in dieser smarten Gesellschaft gab, die durchaus nicht danach trachteten, über ihren offensichtlichen Wohlstand hinauszusehen, und nur zu gern Umgang mit ihr pflegten. Sie wußte sehr wohl, daß die meisten ihrer neuen Bekannten – diese Leute, die Sara zu Diners und Empfängen einluden – nicht gerade zur ersten Garnitur gehörten, wenn sie sich auch in höchsten Kreisen bewegten. Aber auch Sara zeigte sich in einer besonderen Art wählerisch und suchte sich für den näheren Umgang die Attraktivsten unter ihnen aus. Auch im höchsten königlichen Kreis entschieden nur Eleganz und Reichtum. Und in diesen beiden Punkten konnte ja Sara mithalten. Ließ man sich also einerseits ihre Sträflingsvergangenheit als willkommene Bereicherung des Klatsches nicht entgehen, suchte man andererseits Entschuldigungen und erging sich in spitzfindigen Mutmaßungen über ihr Schicksal. Die schon fast in Vergessenheit geratene Geschichte über Louis de Bourget lebte wieder auf, und die Macht des Geldes verwandelte Sara in vielen Köpfen aus einer strafwürdigen Verbrecherin in das unschuldige Opfer eines Justizirrtums. So wurde sie bei allen Anlässen bald ein gern gesehener Gast, ja, man bewunderte sie geradezu und machte viel Aufhebens von ihr. Blight, jetzt im Range eines Vizeadmirals, machte ihr seine Aufwartung, er schien entzückt zu sein, sie wiederzusehen, und drückte ihr in seiner linkischen Art sein Beileid zum Tode ihres Mannes aus. Er führte sie bei seinem Freunde und Gönner Sir Joseph Banks ein, der als Präsident der königlichen Gesellschaft einen großen Einfluß ausübte. Für Banks war Sara so etwas wie ein Original aus den Kolonien, sie schien ihn einfach zu belustigen, aber was noch wichtiger war, sie hatte Louis' gediegene Sammlung botanischer Musterexemplare mit nach London gebracht, und bei der Aussicht, sie zu bekommen, öffnete ihr Banks, der vor allem Wissenschaftler war, bereitwillig sein Haus. Alle, die sie dort kennenlernte, erfuhren als erstes, daß sie begnadigt worden sei, anstatt ihre Strafe abbüßen zu müssen.

Auch Richard Barwell hatte sein Teil dazu beigetragen, sie in die Gesellschaftskreise, in denen er verkehrte, einzuführen. Er war nun im Genuß von Alisons Erbe und hatte sich ein Haus gleich am Green Park gekauft und führte ein Leben, wie er es sich vorstellte. Auf der Heimreise von New South Wales nach England war er in Spanien in Wellingtons Armee eingetreten. Der Ruhm dieses Feldzuges verlieh auch ihm eine Aureole. Hinzu kam, daß man ihn als einen Helden verehrte, sein Ruf, den ihm eine Verwundung an der Schulter einbrachte, die in den Feldlazaretten nicht ausheilen wollte, so daß man ihn in die Heimat zurückschicken mußte. Er war ein Soldat des großen Wellington gewesen, und er trug diese Auszeichnung mit schicklicher, aber, wie Sara argwöhnte, nicht gerade echter Bescheidenheit.

Richard hatte sie bei ihrer Ankunft in England mit unleugbarer Begeisterung willkommen geheißen. Er war ihr bis Portsmouth entgegengekommen. Auch später in London war er ihr bei der Suche nach einem geeigneten Haus behilflich gewesen. Dank einer guten Freundin von ihm, der Lady Fulton, Schwester eines Grafen und Gemahlin eines irischen Pair, der niemals einen Fuß nach London setzte, hatte sie das Haus am Golden Square mieten können. Das Haus gehörte einem Neffen ihres Gemahls, und Sara vermutete, daß Lady Fulton einen Teil der Miete einsteckte. Sehr geschickt wußte die Lady gegen Sara und mehr noch gegen Elizabeth die Gönnerin herauszukehren. Wenn auch Sara sie durchschaute, so mußte sie sich doch eingestehen, daß sie die Gesellschaften und Gastmähler bezahlte, die Lady Fulton gab, damit Elizabeth, David und Duncan mit den richtigen Leuten zusammenkamen. In gewisser Weise gefiel Sara diese Beziehung zwischen Lady Fulton und ihr ausnehmend gut. Sicher, unter anderen Umständen wären sie gute Freundinnen geworden, jetzt nutzten sie sich eben gegenseitig aus. Lady Fulton verfügte über wichtige Beziehungen und war nur zu bereit, sie spielen zu lassen, solange von Zeit zu Zeit einige ihrer Schulden von dem de Bourgetschen Gelde beglichen wurden. Sie war befreundet mit jener »auserwählten Großmutter«, der Marquise von Hertford, der Vertrauten des Prinzregenten. Sara wohnte einmal einem Empfang in Lady Fultons Haus am St. James Square bei, als gänzlich unerwartet die Marquise mit dem Prinzen auftauchte. Die beiden hatten sich zwanglos unter die Gesellschaft gemischt, am Mahl teilgenommen, gelacht und gescherzt. Kurz bevor sie gingen, bedeutete der Prinz Lady Fulton, ihm Madame de Bourget vorzustellen. Saras seltsame Geschichte, von der Londoner Gesellschaft weidlich ausgesponnen, war natürlich auch ihm zu Ohren gekommen. Seine blauen, hervorquellenden Augen ruhten voller Vergnügen auf ihr, während er sie über die Kolonie ausfragte, die, wie er sich äußerte, so jenseits aller Vorstellung der zivilisierten Welt sei. Er war nicht populär, viele haßten ihn sogar, aber was Geschmack, feine Lebensart und Grazie anbetraf, war er unübertroffen in ganz Europa. Daß eine Sara de Bourget Gnade vor seinen Augen fand, wenn auch nur für wenige Minuten, das gab der großen Gesellschaft neuen Gesprächsstoff und wurde nie mehr vergessen.

Mit leicht geröteten Wangen zog sich Sara damals zurück. Sie mußte sich sagen, daß in gewissen Kreisen der Schnitt eines Kleides oder auch eine gefällige Haartracht mehr galten als der Urteilsspruch des Hohen Gerichtes.

Der Winter wurde vom Frühling, der Frühling vom Sommer abgelöst. Die Sommermonate brachten die Botschaften von Wellingtons großem Sieg nördlich der Pyrenäen, von der Besetzung Paris' durch die Alliierten, von Napoleons Abdankung und seiner Verbannung nach Elba. Europa durfte endlich aufatmen. Und gleich machte es sich daran, in langen Konferenzen die Beute zu teilen. Im Juni machten Zar Alexander von Rußland und der König von Preußen Staatsbesuche in London. Die Stadt bereitete ihnen einen jubelnden Empfang. Die Höhepunkte dieser Ereignisse bildeten natürlich die offiziellen Empfänge, aber auch die ganze Stadt feierte die Monarchen. Wo immer der Zar erschien, er wurde umringt, das Volk jubelte und wartete bis tief in die Nacht hinein auf den Straßen, nur um ihn einmal flüchtig zu sehen. Mit ähnlicher Begeisterung winkten die Leute der Karosse des Prinzregenten zu, sooft er sich blicken ließ.

Sara stellte das Tablett zur Seite und lehnte sich in die Kissen zurück. Ja, es war schon aufregend, das Leben dieses Londoner Sommers, aber sie stellte dennoch immer wieder fest, wie überdrüssig sie des ganzen Treibens war. Die Besuche in den Modesalons, die Diners und Gesellschaften, die zahllosen Empfänge kamen ihr alle so sinnlos vor.

Ein kurzes Klopfen an der Tür, und Elizabeth erschien. Ein Rascheln von Seide begleitete ihren Auftritt. Elizabeth, die einen neuen Hut trug, eilte auf Sara zu, beugte sich zu einem Kuß über sie.

»Ein herrlicher Morgen«, verkündete Elizabeth, »fast wie ein Frühlingstag zu Hause . . .«

»Zu Hause?« fragte Sara erstaunt.

»Nun ja, du weißt doch, wie ich das meine«, antwortete Elizabeth und zog das Näschen kraus. »An so einem Morgen sehne ich mich nach einem Ritt in die Umgebung von Banon.«

Sie erblickte die Reste des Frühstücks, und schon fing sie an, Butter auf die letzte Scheibe Toast zu streichen.

»Wie machst du das bloß«, fragte sie, während sie herzhaft in die Schnitte biß, »daß du den einzigen, nicht verbrannten Toast bekommst, der heute morgen aus der Küche gekommen ist?«

»Wahrscheinlich bitte ich höflich darum«, antwortete Sara vielsagend.

Elizabeth ließ sich auf einen Stuhl fallen und leckte an ihren Fingern.

»Ich habe gar keine Lust, heute abend zu Lady Fultons Gesellschaft zu gehen.«

Sara zog die Brauen hoch: »Oh . . ., und dabei hat Lady Fulton eigens ein paar junge Leute eingeladen, die du, wie sie meint, sicherlich gern kennenlernen möchtest.«

»Och, die . . .« Elizabeth zuckte geringschätzig die Achseln. »Ich kenne die Sorte, lauter Laffen, die nicht einmal den Kopf zu drehen wagen vor lauter Angst, ihre Halsbinde könnte in Unordnung kommen. Außerdem . . .«

»Außerdem?«

»David hat gesagt, er käme nicht. Und ich rechne doch auf ihn. Er ist meine einzige Rettung, wenn ich dem Geschwätz dieser albernen Jünglinge entfliehen will.«

»Nun, David solltest du allmählich gut genug kennen«, sagte Sara so beiläufig wie nur möglich.

Elizabeth zupfte an ihrem Kleid, nahm plötzlich den Hut ab, blickte auf ihre Schuhe nieder. Dabei vermied sie sorgfältig Saras Blick.

Sara beobachtete schon seit geraumer Zeit die wachsende Anhänglichkeit Elizabeths an David. Die Augen der Mutter sahen aber auch, daß David Elizabeth genau wie immer mit einer Mischung von Zuneigung und Mutwillen behandelte. Sie bekam Angst, wenn sie überlegte, wie sich diese Beziehung gestalten konnte. Sie kannte Elizabeth nur zu gut. Ihre Stieftochter besaß Louis' Leidenschaftlichkeit und Herrschsucht in hohem Maße. Dazu kam eine beträchtliche Entschlossenheit. Elizabeth wußte zu erhalten, was sie wollte. In den vergangenen Monaten hatte Sara ein wachsames Auge auf sie gehabt und gesehen, daß Elizabeth keineswegs den Kopf verlor inmitten einer wahren Woge von Schmeichelei und Artigkeiten, die jedem anderen jungen Mädchen den Atem verschlagen hätte. Nur noch wenige Jahre, und Elizabeth würde in den Besitz der Erbschaft gelangen, die Louis ihr vermacht hatte, ein Vermögen, das dank der vorsichtigen Investierungen seiner Londoner Agenten noch gewachsen war. Sie war eine feurige Schönheit, die, wo immer sie auftrat, aller Blicke auf sich zog. Sara sah wohl, daß Elizabeth keineswegs blind war für die Wirkung, die sie auf Männer ausübte, sie war sich im Gegenteil dessen bewußt, daß sie selbst eine Adelskrone heiraten könnte. Aber sie schien sich nicht das geringste daraus zu machen. Solange David unbeeindruckt blieb, machten ihr weder ihr Geld noch ihr hübsches Gesicht viel Freude.

Das hübsche Gesicht unter dem gelben Hut zeigte jetzt einen traurigen, unzufriedenen Ausdruck. Elizabeth rückte unruhig auf dem Stuhl hin und her und seufzte. Sie blickte auf die Uhr, bückte sich und überzeugte sich zum wiederholten Male von dem richtigen Sitz ihrer Strümpfe. Sara spürte, daß sie in gewisser Weise bei Elizabeth versagt hatte. Sie hatte ihr alles, was ihrer Ansicht nach ein junges Mädchen entzückte, gegeben, sie hatte Louis' Tochter mit den hübschesten Kleidern geschmückt, hatte sie auf alle möglichen Gesellschaften geführt. Aber Elizabeth wünschte sich das alles anscheinend gar nicht. Gleich nach ihrer Ankunft in London war Elizabeth auf Besuch zu ihren Verwandten nach Gloucestershire gefahren. Sie hatte zwei prächtige Jagdpferde gekauft und wollte eigentlich bis zum Schluß der Jagdsaison bleiben. Aber schon nach vier Wochen war sie in das Haus am Golden Square zurückgekehrt, und wenn Sara erwartet hatte, sie voller Heiterkeit zu finden, so täuschte sie sich. Elizabeth sprach kaum ein Wort über die Jagden, über die Verwandten sagte sie gar nichts. Sie war sehr still zurückgekehrt. In London stürzte sie sich dann Hals über Kopf in einen wahren Einkaufsrausch. Später äußerte David einmal beiläufig, Elizabeth habe ihn zur Jagd nach Gloucestershire eingeladen, er habe aber abgesagt.

»Ja«, nahm Sara das Gespräch wieder auf, »wegen heute abend . . ., hat David gesagt, warum er nicht kommen will?«

»Nein. Er hat bloß gesagt, Lady Fulton werde wohl nicht sehr gekränkt sein, wenn nur ich käme. Sieht so aus, als ziehe er etwas anderes vor«, sagte sie, und ihre Miene verfinsterte sich. Elizabeths Hände umkrampften die Sessellehne.

»Nun, du brauchst nicht hinzugehen«, antwortete Sara widerstrebend, »ich werde schon eine plausible Entschuldigung für euch beide finden.«

»Gut, das wäre also erledigt«, sagte Elizabeth brüsk.

Am liebsten hätte Sara sie geschlagen, ihr Manieren beigebracht, welche Louis füglich von seiner Tochter erwartet hätte. Louis würde niemals ein solches Benehmen von einem jungen Mädchen geduldet haben, und Sara sagte sich, daß sie endlich Einhalt gebieten mußte. Aber Elizabeth war nicht ihre eigene Tochter. Sie besaß einen Kopf und ein Temperament, die höchstens Louis hätte zügeln können. Dann blickte sie in das unglückliche Gesicht gegenüber, und schon bereute sie wieder ihre Unduldsamkeit.

Voller Erleichterung vernahm Sara Schritte im Flur näher kommen. Aber dieses Gefühl währte nicht lange, denn David steckte den Kopf durch die Tür.

»Guten Morgen, Mutter.«

Er ging um das Bett herum und setzte sich ans Fußende. Auch er nahm das Tablett in Augenschein.

»Na, ich sehe schon, Elizabeth hat hier aufgeräumt, der Toast ist weg.«

»Da ihr schon jeden Morgen alle hier auftaucht, verstehe ich nicht, warum ihr nicht gleich hier frühstückt. Wo ist Duncan?«

»Ausgeritten, im Park«, entgegnete David. »Ich muß schon sagen, er sucht sich eine ziemlich unpassende Stunde dafür aus.«

»Oh, du machst mich noch verrückt«, fuhr ihn Elizabeth an.

»Duncan ist der einzig Vernünftige. Er reitet dann aus, wenn noch nicht so viel Menschen draußen sind. Nachmittags gibt's nur Gedränge, aber gerade dann müssen sich alle sehen lassen – wie eine Herde von dummen Schafen.«

»Meine liebe Elizabeth, wenn du dich als Schaf bezeichnen willst, bitte, aber mich . . .«

»Still doch«, fuhr Sara dazwischen. »Ich sollte es euch wirklich verbieten, ins Schlafzimmer zu kommen, solange ihr es nicht fertigbringt, zehn Minuten ohne Zank auszukommen, die reinsten Kinder . . .«

David beugte sich vor und streichelte ihre Hand: »Ja, ja, wir sind schon eine Plage für dich . . ., aber wenn du mich aus deinem Zimmer verbannst, sehe ich mich leider zu einem Verzweiflungsakt gezwungen.«

Sara blickte von einem zum andern. Das Herz tat ihr weh, wenn sie dieses unzufriedene Gesicht von Elizabeth und Davids gleichmütiges, undurchdringliches betrachtete. Sie war ernstlich besorgt. Wie sehr sich beide seit ihrer Ankunft in London verändert hatten. Sie spürte, daß sie seit langem nicht mehr Herr der Lage war. Die Kinder wurden allmählich so wie alle hier in London. Übersättigt, gelangweilt, von den vielen Vergnügungen so erschöpft, daß sie nicht mehr viel überlegten, ob sich etwas schickt oder nicht. Sieh sie dir doch an, dachte sie verärgert, da sielen sich beide in meinem Schlafzimmer herum, obwohl sie zu dieser Stunde eigentlich mit anderen Dingen beschäftigt sein müßten, katzbalgen sich und gähnen und schauen auf die Uhr. In Banon oder Glenbar wäre das nie vorgekommen, in der Kolonie wäre Davids Tag mit mannigfaltigen Pflichten ausgefüllt gewesen, und auch Elizabeth hätte ihre kleinen Aufgaben gehabt. Sara wünschte sehnlich, die beiden hätten New South Wales niemals verlassen. Sechs Monate hatten genügt, sie zu verderben. Und in weiteren sechs Monaten würden sie, selbst wenn sie es wollten, kaum noch fähig sein, in die Kolonie heimzukehren. Davids ganze Sorge waren so nichtige Dinge wie die Frage, aus welchem Stoff sein neuer Rock geschneidert werden sollte, oder welche Einladung man annahm oder am besten ablehnte. Hin und wieder fuhr er zu Besuch auf die Landgüter seiner neuen Bekannten. Sooft er zurückkehrte, forschte Sara ängstlich, ob er nicht schon gänzlich dem Lebensstil der englischen Landedelleute verfallen war. Dachte er vielleicht schon, daß das Leben in der Kolonie im Vergleich mit diesem hier eintönig war und zu anstrengend? Es mußte etwas geschehen. Der Gedanke, einer von Andrews

Söhnen könnte sich als arbeitsscheu erweisen, war ihr unerträglich.

Bis zu dieser Stunde hatte sie sich einfach geweigert, zuzugeben, daß David eine Enttäuschung war. Wenn sie ihn so neben Elizabeth sah, wurde ihr klar, daß er langsam, aber sicher zum Snob wurde. Sie fragte sich, ob sie es sich etwa nur einbildete, oder ob er wirklich schon begann, sich das träge Gebaren und die modische Sprechweise anzueignen, die unter den jungen Dandys gang und gäbe waren. Sorgte auch er sich mehr um den Sitz seiner Krawatte als um das, was in Priest oder auf Dane-Farm inzwischen geschah? Wo blieb der Ehrgeiz, den sie in ihm zu erwecken gehofft hatte? Er schien mit sich und der Welt zufrieden zu sein, er nahm sie hin, anstatt sie nach seinem Bilde formen zu wollen, wie Andrew das einst getan hatte. Wenn Geld eine solche Wirkung auf Kinder ausübt, ja dann wäre es wahrhaftig besser gewesen, sie wären niemals über den bescheidenen Wohlstand von Kintyre hinausgekommen, dachte sie voller Bitterkeit. Und doch spürte sie hinter Davids Gleichgültigkeit Macht. Er brauchte nur ernsthaft zu äußern, daß er in die Kolonie zurückkehren wolle, und Duncan und wohl auch Elizabeth würden ihm ohne Widerrede folgen. In diesem Punkte war Duncan einfach noch zu jung und unerfahren, um die Führung zu übernehmen. David allein hatte die Kraft, alles zu ändern. Aber die Wochen verstrichen, er sagte nichts, tat nichts dergleichen.

»Fährst du heut nachmittag aus?« fragte Elizabeth Sara träge.

»Ja, ich möchte zu Fitzroy Square fahren, ich muß doch mal sehen, wie es Captain Flinders geht.«

David reckte sich: »Flinders? Doch nicht Matthew Flinders, Mutter?«

»Ja, ich habe ihn endlich ausfindig gemacht. Er ist so oft umgezogen, daß es die reinste Schnitzeljagd war, ihn aufzuspüren.«

»Was ist denn mit ihm, ist er krank?«

»Er liegt im Sterben, David. In den letzten Wochen soll er vor lauter Schmerzen kaum noch bei Bewußtsein gewesen sein. Dazu kommt, daß er kein Geld hat . . . Nur der Wille, sein Buch in Druck zu geben, hält ihn noch am Leben, aber ich zweifle allmählich daran, daß er es noch zu sehen bekommt.«

Elizabeth zeigte Mitleid: »Wie traurig! Ist er verheiratet?«

David fiel ihr ohne weiteres ins Wort: »Ja, jetzt erinnere ich mich, er ist verheiratet. Er hat so oft von ihr gesprochen. Anne hieß sie. Zwei Monate, bevor er mit der Investigator lossegelte, hatte er geheiratet. Mein Gott, wie lange ist das schon her? Damals war ich noch ein Kind.«

»Ungefähr dreizehn Jahre muß es her sein«, sagte Sara nachdenklich. »Der arme Flinders. Genau wie du gesagt hast, David, gleich nachdem er geheiratet hatte, mußte er fort. Neun lange Jahre sah er sie nicht wieder. In dieser Zeit erkundete er die Küsten von New South Wales, beziehungsweise saß sechseinhalb Jahre als Gefangener in Frankreich.«

»Das Buch über die Forschungsreise, es ist fertig, sagst du?« Sara nickte: »Zwei Bände und ein Atlas. Aber die größte Freude haben sie ihm gestohlen. Er nannte es ›A voyage to Australia‹. Aber sie haben darauf bestanden, daß er es in ›A voyage to terra australis‹ zurückbenenne. Wenn jemandem die Ehre gebührt, dem neuen Kontinent seinen Namen gegeben zu haben, dann ist es Flinders, aber es sieht so aus, als ob man ihm auch die noch raube.«

»Australia«, flüsterte Elizabeth, »wie weich das klingt . . .«

»Wen meinst du mit ›man‹?« brach es aus David. »Wer nimmt ihm den Ruhm?«

Sara zuckte mit der Schulter: »Die Admiralität, die königliche Gesellschaft . . . Sir Joseph Banks ist dagegen, und sein Wort scheint Gesetz zu sein, jedenfalls was Flinders Buch betrifft.«

David runzelte finster die Stirn: »So . . ., das große Land dort unten gehört also sozusagen der Admiralität, was? Und der Mann, der es kartographierte, zählt überhaupt nicht? Er durfte nur sein Leben riskieren, damit die Herren ihren Kontinent auf Karten haben, aber seiner Entdeckung den Namen geben, das darf er nicht!« Er stand auf, trat ans Fenster und verschränkte die Hände hinter dem Rücken. »Das ist wieder diese verdammte Bürokratie, die alles und jedes in New South Wales verdirbt. Das Kolonialamt hinkt einfach zehn Jahre hinter den erfolgreichen Siedlern her, und immer noch kommen ganze Bündel hemmender Befehle und Verordnungen aus dem Gouvernementshaus. Zwang und nochmals Zwang, nur jedermann hübsch im Zaum halten. Denk doch nur an das Problem der Schafzucht. Die Kolonie könnte England mit so viel Merinowolle versorgen, wie es nur brauchte, wenn die Siedler bloß genügend Weideland hätten.«

»Aber sie dehnen die Gebiete doch immer weiter aus, David«, warf Sara ein.

»Ausdehnen . . .!?« wiederholte er. »Nennst du das ausdehnen, dieses schüchterne Vordringen, hier ein paar Meilen nördlich und dort ein paar Meilen südlich. Das Kolonialamt will
eben kein Kapital hineinstecken, nur deshalb sind wir alle
verdammt, am Saum des Kontinents sitzen zu bleiben. Bis
eines Tages die Schafe und Rinder alle verfügbaren Weiden
abgegrast haben, dann . . . Ach, es ist eine Schande!«
Sara hätte ihn vor Freude in die Arme schließen mögen, als sie
ihn so sprechen hörte. Seit Monaten hatte er sich nicht mehr so
ereifert, und Wochen war es her, daß er die Kolonie erwähnt
hatte. Sie fragte sich, ob seine Gleichgültigkeit vielleicht daher
rührte, weil er den Glauben an die Zukunft des Landes aufgegeben hatte. Er besaß Land, das längst gerodet und fruchtbar war.
Diese friedlichen, bequemen Ländereien bedurften nicht mehr
seiner vollen Kraft. Mit Ausnahme von Dane-Farm waren alle
Güter vorzüglich bewirtschaftet, sie brachten, solange er denken konnte, reichen Gewinn. Glaubte er wirklich an das Bild,
das er hier von der Kolonie entwarf, überlegte Sara. Sah er
wirklich die Gefahren, die das stete Anwachsen der Bevölkerung und der Viehherden innerhalb der engen Grenzen des
Küstenstreifens brachte?
»Die Berge, David, hast du vergessen, daß man sie schließlich
doch überwunden hat?« fragte sie scheinbar gelassen. »Nein,
du hast sicherlich nicht alle die Briefe vergessen, in denen es
schwarz auf weiß steht, daß Blaxland und Lawson gemeinsam
mit dem Sohn von D'Arcy Wentworth endlich einen Weg
gefunden haben . . .«
»Nein, natürlich habe ich das nicht vergessen«, entgegnete er
ungeduldig. Er kehrte sich ihr zu. Zorn brannte in seinen
Augen: »Ich habe immer darauf gewartet, mehr darüber zu
hören, aber was geschieht? Gut, ich weiß, Charles Wentworth
fand einen Weg durchs Gebirge, aber das wissen wir bereits seit
Januar. Seitdem vernahm man kein Wort mehr darüber. Es ist
ein echtes Wunder, aber was macht das Gouvernement damit?
Nichts, einfach nichts. Charles Wentworth sagt, von den Hö-
hen herab hätten sie prachtvolles Land gesehen. Aber läßt das
Kolonialamt etwa eine Straße bauen, damit mit dem Siedeln
begonnen werden kann? Nein, es denkt nicht daran. Denn das
würde ja bedeuten, daß einige seiner Bürger sich außerhalb des
Machtbereiches begäben, nicht wahr, und das darf natürlich
um keinen Preis geschehen. Soll ich vielleicht noch die ›Sydney
Gazette‹ zitieren, Mutter? Sie nannte diese Expedition eine

pfadlose Reise ins Innere und bezeichnete das Land, das sie
sahen, als eines, dem die Zeit vielleicht Bedeutung und Nutz-
barkeit zurückgeben könne. Da hast du die Begeisterung des
Gouvernements. Das ist der Grund, warum die Herzen und
Kräfte von Männern wie Flinders an der offiziellen Engstirnig-
keit brechen müssen.« Zornig fügte er hinzu: »Ich sage dir, es
macht mich krank, daran zu denken.«
Nun erst bemerkte er den erschreckten Ausdruck in Saras
Gesicht. Er faßte sich wieder. Seine Züge entspannten sich. »Es
tut mir leid, Mutter. Ich wollte nicht schreien.« Er zuckte
verlegen mit den Schultern. »Ich glaube, ich muß ein wenig
spazierengehen, um meine schlechte Laune zu verlieren.«
Er warf einen Blick auf Elizabeth. »Da du schon deinen Hut auf
hast, kannst du ruhig mit mir kommen. Es wird auch dir
guttun. Ich glaube, du bist in den letzten Tagen nicht viel
draußen gewesen.«
Elizabeth erhob sich sofort. »Natürlich – ich komme gern
mit!«
Beunruhigt beobachtete Sara die leichte Röte, die Elizabeths
Gesicht plötzlich belebte.

Kapitel 2

Richard Barwells Wagen hielt vor London Street Nr. 14, Fitzroy Square. Die Sonne dieses Juninachmittags zeigte sich nicht
gerade freundlich über dieser armseligen Straße mit den Reihen verkommener bräunlicher Häuser, von denen die Farbe
abplatzte und -blätterte. Ein paar Häuser entfernt zog gerade
eine Familie aus. Die zusammengerollten Bündel Bettzeug und
Matratzen gaben aller Welt ihre Armut preis. Kinder, die den
ganzen Tag lang die Straße mit ihrem wilden Lärm erfüllten,
belagerten den Möbelwagen, balgten sich und stolperten über
das Gerümpel und die abgenutzten Möbel, die auf dem Bürgersteig standen. Die Ankunft einer schnittigen Karosse mit li-
vriertem Kutscher und Lakai auf dem Bock zog die ganze
Aufmerksamkeit der Knirpse auf sich. Mit lautem Geschrei
stürzten sie darauf zu und warteten neugierig, wer wohl zum
Vorschein kommen würde. Ein etwa zehnjähriges Mädchen,
ein dreister Kobold mit einem schmutzigen Käppchen, kam

ganz dicht an den Wagenschlag heran und lugte durch die Scheiben.

»Hört«, verkündete sie ihren Gespielen, »wenn das nicht der Zar von Rußland ist!«

Die anderen kicherten, blieben aber schüchtern stehen. Sie wichen sogar einige Schritte zurück, als der Lakai vom Bock kletterte, auf die Haustür zuschritt und an dem Klingelzug zog. Nach geraumer Weile erschien eine adrett gekleidete, müde aussehende Frau. Richard öffnete den Wagenschlag und stieg aus. Die Frau kam über den Bürgersteig auf ihn zu.

»Guten Tag«, sagte er, »ich habe Madame de Bourget mitgebracht. Wir möchten uns nach Captain Flinders Ergehen erkundigen.«

Die Frau blickte unsicher in den Wagen, aber als Sara ausstieg, veränderte sich ihre Miene:

»Oh, ja, ich erinnere mich, die Dame war ja schon einmal zu Besuch beim Captain und Mrs. Flinders. Aber ich an ihrer Stelle würde heute lieber nicht hinaufgehen. Mrs. Flinders, die Arme, kam ungefähr vor zehn Minuten nach unten und sagte, er schlafe jetzt endlich ein bißchen. Sie hat mir ihr Kind dagelassen und ist ein wenig frische Luft schöpfen gegangen.«

»Wie geht es Captain Flinders?« fragte Sara.

Die Frau schüttelte den Kopf: »Schlecht, Ma'am, sehr schlecht. Jetzt, da er mit dem Buch fertig ist, hält ihn wohl nichts mehr. Er merkt kaum noch, was um ihn vorgeht. Die Schmerzen sind zu stark. Und der Doktor kann ihm nicht helfen. Ach, es ist ein Kreuz, was für Krankheiten sich diese Seeleute in den fremden Erdteilen holen.«

Sara nickte. »Ich danke Ihnen für Ihre Auskunft. Dann wollen wir lieber Captain Flinders nicht stören. Sagen Sie doch bitte Mrs. Flinders, daß wir da waren.« Sara nahm den Henkelkorb, den der Lakai ihr vom Wagen herunterreichte, und gab ihn der Frau. »Das kann Mrs. Flinders vielleicht gebrauchen.«

»Oh, sicherlich, Madame, und wer, wenn sie fragt, hat das gebracht?«

Sara drehte sich noch einmal herum: »Ach ja, sagen Sie, Madame de Bourget und Captain Barwell.«

Die Frau nickte, wiederholte die Namen, wobei sie über den von Sara ein wenig stolperte. Dann blickte sie, den Korb in der Hand, dem davonrollenden Gefährt nach.

Als die Karosse in Fitzroy Square einbog, zupfte Sara Richard am Ärmel.

»Bist du mir böse, Richard, wenn ich nicht mit in den Park komme? Es ist vielleicht albern, aber ich kann jetzt nicht diese Menge Leute ertragen. Wenn auch nur die geringste Aussicht besteht, daß der Zar ausfährt, werden sie zu Tausenden den Park bevölkern.«

»Sicher . . . Ich gebe Simmons Bescheid. Wohin möchtest du? Wollen wir durch Marylebone fahren oder nach Primerose Hill?«

Sara schüttelte den Kopf: »Ich möchte am liebsten gleich zurück nach Golden Square. Die Auskunft über Flinders hat mir alle Lust genommen, den Nachmittag zu vertrödeln. Einesteils, Richard, bin ich ganz froh, daß wir seine Frau nicht getroffen haben. Es kommt mir immer wie eine Beleidigung vor, ihnen meinen Korb dazulassen. Flinders verdiente wahrlich eine andere Behandlung seitens der Admiralität. Sie haben so wenig Geld, daß sie nicht einmal meinen armseligen Korb ausschlagen können. Heute morgen hat David . . .«

Richard steckte den Kopf aus dem Fenster und gab dem Kutscher Anweisung, geradewegs nach Golden Square zu fahren. Dann rückte er sich wieder auf seinem Sitz zurecht.

»Was ist mit David?«

»Er sprach heut morgen ganz aufgebracht wegen Flinders. Ich hatte gar nicht geahnt, wie erbittert er über die ungerechte Behandlung der Flinders ist. Und wie er sich ereifert hat über die Verwaltung der Kolonie, ja, er geriet richtig in Zorn. Man hätte denken können, er stecke voller Haß.«

»Vielleicht tut er das. Hast du nicht versucht, es herauszubekommen?«

Sara zuckte die Achseln: »Etwas aus David herausholen wollen, ebensogut könntest du die Sphinx ausfragen. Er ist so eigenwillig, so verschlossen, und wenn er nicht zufällig einen solchen Ausbruch hat, ist er der wohlerzogenste Sohn mit vollendeten Manieren, einem freundlichen Lächeln. Man kann in der Regel nicht einmal erraten, was in seinem Kopf vorgeht. Er spricht nicht darüber, und doch spüre ich eine wachsende Unzufriedenheit in ihm. Mit jeder Woche, die wir hier sind, wird er ungeduldiger. Das gilt auch für Elizabeth und Duncan. Sie sind so ruhelos, so unbefriedigt auf einmal.«

»Ist das nicht vielleicht deine Schuld, Sara?«

»Meine? Wieso?«

»Nun, auch du bist unzufrieden. Und Unzufriedenheit ist eine sehr ansteckende Krankheit.«

Sie wendete sich ihm zu und sah ihm in die Augen. Die Sonne fiel voll auf sein Gesicht und zeigte die Fältchen, die sich ihm tief um Augen und Mundwinkel gruben, zeigte die grauen Strähnen im Haar, die Tolle über der Narbe auf seiner Stirn war bereits schneeweiß. Seine Haut aber hatte noch den warmen Bronzeton aus den langen Sommern in der Kolonie, und seine schlanke Figur war kaum fülliger geworden seit den Tagen in der Rommey-Marsch. Er war immer noch bemerkenswert hübsch, und trotz seiner steifen Schulter, dem Vermächtnis aus dem spanischen Feldzug, bewegte er sich mit lässiger Grazie, und zu Pferd machte er eine prachtvolle Figur. Für Richard bedeutete das Leben einen einzigen Festtag, er war immer guter Laune, und es gab einfach nichts, das sie ihm hätte rauben können. Seine Bekannten hatten ihn mit herzlicher Freude wieder in ihren Kreis aufgenommen, und das war ein Kreis, der so manchem zu Kopf gestiegen wäre. Nicht so Richard, er lächelte und genoß seine Beliebtheit mit einer Bescheidenheit, die ihm, wie er wohl wußte, sehr zuträglich war.

Ja, er war wirklich ein Mann, sagte sich Sara, in den sich die Frauen leicht verlieben konnten, der geborene Charmeur und Frauenheld. Aber dennoch war er für die meisten eine Enttäuschung, da er zu träge war, einen Flirt auszudehnen, sobald er ernsthaft zu werden drohte. Sara, die alle seine Vorzüge kannte, konnte selbst nicht verstehen, warum sie ihn nicht heiratete. Es war schon lange sein Wunsch, und er ließ nicht locker in seinem Werben. Aber sie hatte ihn immer noch nicht erhört. Er scherzte manchesmal gut gelaunt über ihre Ausflüchte. Immerhin, er konnte es sich gestatten, guten Mutes und geduldig zu sein, das Leben lag vor ihm wie ein langer goldener Nachmittag. Sie fragte sich oft, ob es nicht gerade diese Genügsamkeit war, die sie störte, es sah ja fast so aus, als sei seine Liebe zu ihr nachgerade zu einer Gewohnheit geworden, und er scheue einfach die Mühe, sie abzuschütteln. Sie machte sich auch nichts vor und sagte sich, wenn sie nicht zufällig als Witwe in London aufgetaucht wäre, dann hätte er wohl schon längst eine andere geheiratet. Es lag nicht in Richards Natur, lange ohne eine Frau zu leben, die ihm ihre volle Aufmerksamkeit schenkte. Aber nun war *sie* gekommen, und es war von seiner früheren Leidenschaft noch so viel übriggeblieben, daß er Sara einer anderen vorzog und sie immer wieder um ihre Hand bat. Sechs Monate hatte sie die Entscheidung hinausgezögert, aber sie spürte, daß sie doch noch zu einem

Entschluß kommen würde, wenn David keine Anstalten machte, in die Kolonie zurückzukehren. Bei allem jedoch fühlte sie genau, daß ihr das bisher so Unerreichbare, nun so zum Greifen nahe, gar nicht mehr so wünschenswert erschien. Ihr Leben lang hatte sie Richard geliebt, und sie liebte ihn auch jetzt noch. Aber in mehr als zwanzig Jahren hatte sie gelernt, diese Liebe zu analysieren und genau zu wissen, wie stark sie war. Weder die verzehrende Gewalt, mit der die Liebe einst die junge Sara heimgesucht hatte, noch das Gefühl der Pein, die sie erlitten, als er nach New South Wales gekommen war, vermochte ihr Richard jetzt noch zu bereiten. Diese Liebe hielt nicht stand gegen ihr Gefühl für Kintyre und Banon und Dane-Farm, wenngleich Richard auch einen ganz bestimmten Platz in ihrem Leben einnahm, den sie nie ableugnen würde.

Sie hielt also Richard immer wieder mit ausweichenden Antworten hin, während sie darauf wartete, was David beschließen würde. Sollte er sie wirklich enttäuschen und sein Erbe gleichgültig behandeln, dann würde sie Trost suchen in einer Ehe mit Richard. Sie malte sich das Leben an seiner Seite aus, das Dasein in dem kleinen vornehmen Stadthaus und auf dem Gut in Devon. Sie würde genügend Zerstreuung finden, um den Kummer, der ihr Davids allmähliche Verwandlung in einen gelangweilten Landedelmann bereitete, leichter zu ertragen. Aber sollte David auch nur mit einem Fünkchen Begeisterung erklären, in die Kolonie heimkehren zu wollen, dann wollte sie freudig mit ihm gehen, und Richard müßte wieder einmal die Rolle übernehmen, die er schon immer in ihrem Leben gespielt hatte.

Sie wußte, was er damit sagen wollte, wenn er sie unzufrieden nannte. »Unzufrieden . . .?« wiederholte sie langsam. Sie wußte nicht recht, was sie darauf erwidern sollte.

Er beugte sich zu ihr und ergriff fest ihre Hand: »Aber, Sara, du mußt doch wissen, was dich so ruhelos macht. Du willst dir einfach nicht über die Zukunft klarwerden und spielst mit deinem Gefühl und meiner Liebe Versteck. Warum heiratest du mich nicht und machst endlich ein Ende mit dieser Unentschlossenheit? Wenn du nur erst ja gesagt hast, dann bleibt kein Raum mehr für all diese Ruhelosigkeit.«

Sie schüttelte bedächtig den Kopf. »Nicht jetzt, Richard, nein, nicht jetzt. Ich muß David Zeit lassen – und Elizabeth und Duncan.«

»Zeit, Zeit«, wiederholte er, »wovon redest du eigentlich?

Wenn du etwa glaubst, erst über ihre Zukunft entscheiden zu müssen, ehe du mich heiratest, dann begehst du einen schweren Fehler, Sara. Du mußt doch endlich begriffen haben, daß sie keine Kinder mehr sind und ihre Entscheidungen selber treffen werden. Warum behandelst du sie immer noch als Babys? Laß sie doch endlich in Ruhe. Sie werden es dir bestimmt nicht danken, wenn du um ihrer Bequemlichkeit willen auf dein eigenes Glück verzichtest. Du wirst sehen, sobald du über dein eigenes Leben verfügst, dann werden auch sie sich sehr rasch ihr Leben einrichten. – Und wenn David in die Kolonie zurück will, dann laß ihn gehen«, fügte er nach einem kurzen Zögern hinzu, »und auch Duncan. Elizabeth wird sicherlich hier heiraten. Warum also die ganze Aufregung, Sara?«

»Ach, das verstehst du nicht.«

»Das gebe ich gerne zu, denn ich kann wirklich nicht vorgeben, daß ich deine Haltung den Kindern gegenüber verstehe. Ob sie nun hierbleiben oder in die Kolonie zurückkehren, für sie ist doch gut vorgesorgt. Da brauchst du dir also keine Gedanken zu machen, du bist dein freier Herr, zu heiraten wann und wen du willst. Aber ganz abgesehen davon, allmählich verliere ich wirklich die Geduld.«

»Sei nicht böse, Richard, ich will versuchen, mich bald zu entscheiden.«

Er lächelte, als belustige ihn die Grille eines Kindes.

»Na, hoffentlich recht bald, Sara. So eine lange Werbung ist ja manchmal ganz vergnüglich, aber ich muß doch allmählich aufpassen, daß ich mich nicht lächerlich mache mit so viel Treue. Wir haben nun wirklich den größten Teil unserer Lebens umeinander geworben, ist es nicht endlich an der Zeit, damit Schluß zu machen, mein Liebling?«

Der Wagen bog in Golden Square ein. Sanft entzog sie ihm ihre Hand.

»Ja, Richard, bald.«

Der Lakai riß den Wagenschlag auf. Richard stieg als erster aus und reichte ihr die Hand. Er wartete neben ihr, bis sich die Haustür öffnete. Sie verabschiedete sich von ihm, und es kam ihr plötzlich so vor, als sei sie ihm noch einmal entkommen.

Als Sara die Halle betrat, erschien David oben auf dem Treppenabsatz. Irgend etwas in seinen Zügen ließ sie innehalten. Ihre Hände griffen langsam nach den Hutbändern.

»David, was gibt's?« fragte sie.

»Wir warten schon auf dich, Mutter, komm doch bitte in den Salon.«

Sie nickte und eilte mit flatternden Hutbändern die Treppe hinauf. Er lächelte ihr entgegen. Sie spürte, daß er erregt war, obwohl er sich äußerlich ruhig und ernst hielt.

Als sie das Zimmer betrat, sprang Duncan vom Stuhl auf, Elizabeth, die am Fenster stand, kehrte sich schnell um und kam auf Sara zu.

»Mr. Macarthur war hier, Mama, er ist gerade gegangen. Wir erwarteten dich viel später zurück.«

Sara legte den Hut ab.

»Macarthur . . . Das tut mir leid, daß ich ihn verpaßt habe. Was gibt es denn Neues in der Kolonie?«

Macarthur zählte zu den gelegentlichen Besuchern in Golden Square. Die Dienstboten hatten jedoch strikte Anweisung, ihn nicht zu melden, falls zufällig Blight auch gerade Besuch machen sollte. Das Kriegsgericht, das Johnston wegen Rebellion aus der Armee ausgestoßen hatte, war nicht befugt, Macarthur vor Gericht zu zitieren. Er konnte nur in New South Wales vernommen werden. Macarthur wußte natürlich, daß Macquarie Anweisung hatte, ihn zu belangen, und daß es für ihn keine Hoffnung gab, dem Schuldspruch zu entgehen. Es blieb ihm also nur das bittere Los des selbstverschuldeten Exils, und nur aus Briefen seiner Frau und dank seiner Verbindungen in London blieb er in steter Verbindung mit dem Leben, nach dem es ihn einzig und allein verlangte.

»Sehr viele Neuigkeiten«, stieß Duncan hervor. Er nahm einen Brief von einem Tischchen und reichte ihn Sara. »Hier, von Mrs. Ryder, Mutter, kam mit dem Schiff, das auch Mr. Macarthurs Post brachte. Er ist ganz aufgeregt – Macarthur meine ich –, sofort als er seine Post gelesen hatte, kam er zu uns.«

Sara brach inzwischen die Siegel des Briefes.

»Aber worüber denn?«

David, der am Kamin lehnte, richtete sich auf. Sara ließ die Hände in den Schoß sinken, als ihr unruhiger Blick ihn traf. Nie zuvor hatte sie David so gesehen. Dieser leidenschaftliche, zielstrebige Glanz seiner Augen – Andrew hatte ihn oft gehabt. Sein Gesicht schien auf einmal ganz schmal, die Lippen wie Striche. Sara holte tief Atem und erhob sich halb im Sessel.

»Nun, was gibt's? So redet doch endlich.«

»Die Berge . . . Macquarie hat den überlebenden Evans ausgeschickt, auf Lawsons Route das Gebirge zu überqueren. Er ist an die hundert Meilen über jenen Punkt hinaus, den Lawson erreicht hatte, ins flache Land vorgedrungen.«

»Das Land? Wie sieht es aus?«

»Gut! Viel besser als das beste Stück an der Küste entlang. Die reinste Parklandschaft. Gras drei Fuß hoch, und nirgends unfruchtbares Ödland, wie es sich auf der anderen Seite zeigte. Solange die Vorräte gereicht hatten, sind sie vorgestoßen und fanden kein Ende dieses fruchtbaren Landes. Nirgends Anzeichen von Wüste, wie alle Leute immer voraussagten.«

Duncan berührte ungeduldig die Schulter seiner Mutter: »Lies doch endlich Mrs. Ryders Brief, vielleicht schreibt sie davon.«

Sara entfaltete das Schreiben hastig. Das Rascheln des steifen Papiers war der einzige Laut im Zimmer. Sie überflog die ersten Zeilen. Sie enthielten nur bedeutungslose Einzelheiten. Endlich stieß sie auf den Bericht über Evans Expedition. Ihre Hände zitterten, als sie laut zu lesen begann:

»Wir alle hier sind in großer Aufregung über die Expedition, die der Gouverneur ausgerüstet hat, um Lawsons Weg über das Gebirge zu verfolgen. Es besteht kein Zweifel, daß sie das Gebirge überwunden haben, und daß sich das fruchtbare Land noch viel weiter ausdehnt, als Evans erkunden konnte. Die Gazette hat einen Artikel über Evans Reise veröffentlicht. Er liegt hier neben mir, während ich schreibe, und ich zitiere daraus Evans Bericht über seine Erkundungen: ›. . . der Boden hier ist überaus reich, üppiges Gras überall, die Hügel gleichen einer sanftwelligen Parklandschaft, mir fehlen einfach die Worte, dieses Land zu schildern, ich habe nie etwas Ähnliches gesehen . . .‹ Die Leute sagen, das neue Land wimmele von Wild, und Evans hat Riesenfische gefangen in dem westwärts fließenden Strom, dem er folgte. Es heißt, der Gouverneur werde nicht zögern, den Bau einer Straße in Angriff zu nehmen. Es soll höchstens noch ein Jahr dauern, dann werde das Land für Siedler offen sein. Ach, da haben wir nun all die Jahre davon geträumt, liebe Sara.*

*James und ich werden natürlich Parramatta nicht mehr ver-
lassen, wir sind wohl zu alt für solche Pionierarbeit. Dieses
Land gehört der Jugend...«*

David unterbrach sie leidenschaftlich: »Ja, das ist es, eine
Straße! Das ist das A und O, ohne eine Straße ist das Land so
nutzlos, als habe man es nie entdeckt. Stellt euch das nur mal
vor, Gras drei Fuß hoch! Wieviel Herden man dort weiden
lassen kann!«

Sara fuhr sich mit der Zunge über die trockenen Lippen. »Willst
du damit sagen, du möchtest heim, David?«

»Natürlich gehe ich heim, ich sag dir nur eins, Mutter, jetzt
endlich bekomme ich mein eigenes Land. Land, wo noch keiner
außer mir gearbeitet hat. In zehn Jahren kann man dort ein
Vermögen in Wolle machen, in zwanzig Jahren ist man stein-
reich!«

»Und – was wird mit den anderen Gütern?« fragte Sara zaghaft.
»Gelten sie dir nichts!«

Er wehrte ungeduldig ab: »Schon, aber da trete ich ja nur in
Vaters Fußstapfen. Die Farmen werden doch alle noch nach
dem alten System bewirtschaftet, da Ackerbau genauso wichtig
war wie Schafzucht. Wenn ich erst mein eigenes Land habe,
werde ich nur das an Getreide anbauen, was ich für meinen
Eigenbedarf brauche. Dort hinter den Bergen – das ist Land für
Schafzucht!«

Plötzlich schlug sich Duncan auf die Schenkel, daß es klatschte.
»Bei Gott, Davie, da halte ich mit, gib mir nur zehn Jahre Zeit,
dann werde ich es dir schon zeigen, wer der beste Schafzüchter
in der ganzen Kolonie ist. Dazu noch genügend Schiffe, die
Wolle nach England auf den Markt zu bringen, mein Gott,
Land so viel man nur will – das ist aller Mühe wert!«

Sara stieß ein nervöses Lachen aus: »Wenn man euch beide so
hört, könnte man wahrhaftig meinen, unsere Farmen diesseits
der Berge wären nur so ein paar Morgen, gerade gut genug für
Gemüse.«

David antwortete gelassen: »Nein, so ist es nicht, Mutter. Du
und der Vater, was ihr erreicht habt, das gibt uns ja erst das
Geld, damit wir dort anfangen können, wo wir gern möchten.
Aber das alles gehört immer noch dir. Schau, Mutter, wenn ich
mir in den kommenden vierzig Jahren auch die Seele aus dem
Leib schuften würde, ich hätte doch nie die Genugtuung, selber
etwas für diese Farmen erreicht zu haben. Das sind *deine* von
Anfang an, und sie sollen es auch bleiben. Schilt uns nicht

undankbar, Duncan und mich, aber es ist doch kein Verbrechen oder Undankbarkeit, wenn wir etwas Eigenes leisten wollen. Ich erwarte eben mehr vom Leben, als bloß zu erhalten, was andere geschaffen haben. Dort hinter den Bergen wartet ein ganzer Kontinent, und er wird jenen gehören, die sich ihn nehmen.«

Sie nickte und blickte wieder auf ihren Brief. Aber sie las nicht mehr. Vor ihrem inneren Auge erstand jener lichte Morgen, an dem die Georgette sich anschickte, aus Botany Bay auszulaufen. Damals gebrauchte Andrew fast die gleichen Worte wie jetzt David. Er fing mit ein paar Pfunden an, die er bei der Ost-Indien-Kompanie guthatte, und einem im Spiel gewonnenen Viehbestand. Nun, David und Duncan besaßen weit mehr als er, aber was allein zählte, war ihr fester Wille, anzufangen, bevor der erste Treck eine gute Straße ins Innere des Landes vorfand. Genau wie Andrew wollten sie ihr eigenes Land auf eigene Faust entdecken, wollten sich dort niederlassen, wo ihre Herden reichere Weiden finden würden. Von weit her hörte sie Elizabeths Stimme:

»Ich komme aber auch mit zurück. Ihr wollt mich doch nicht etwa hierlassen?«

David und Duncan fuhren bei ihren Worten auf dem Absatz herum. Wie aus einem Munde sagten sie:

»Natürlich kommst du mit.«

Wieder suchten Saras Augen nach der *einen* Stelle in Julias Brief. Es würgte sie seltsam in der Kehle, als sie die Zeilen fand:

>   *»...der Boden ist überaus reich, mir fehlen einfach die Worte, dieses Land zu schildern, ich habe niemals etwas Ähnliches gesehen ...«*

»Nun ist aber Schluß«, sagte Sara und legte ihre Karten auf den Tisch. »Jetzt habe ich wirklich genug an dich verloren.«

Richard lächelte: »Das macht mir nichts aus, wenn du bei mir Schulden hast, mein Liebling, im Gegenteil, es gibt mir ein unglaubliches Gefühl der Überlegenheit. Außerdem, nach dem Abendbrot gebe ich dir Revanche.«

Sie schüttelte den Kopf: »Ich sagte, es ist Schluß. Ich meine das in der vollen Bedeutung des Wortes. Nach dem Abendbrot habe ich ernsthaft mit dir zu reden.«

Er legte sein Gesicht in kummervolle Falten. Seine Augen blickten spöttisch: »Ich zittere. Wenn du ernst wirst, bist du ein schreckliches Weib.«

Er hatte es leichthin gesagt, und sie stimmte in sein Gelächter ein. Später, beim gemeinsamen Mahl, kam ihr dieses Lachen wieder in den Sinn und beunruhigte sie plötzlich. Richard hatte ganz recht, es war verlorene Liebesmüh, in diesem Kreis etwas anderes ernst nehmen zu wollen als das Kartenspiel. Lady Fultons Haus quoll über von Gästen, die nach der neuesten Mode gekleidet waren. Einige Damen trugen noch die Juwelen, die sie anläßlich des Opernbesuches, den Seine Majestät der Zar in Begleitung des Regenten unternahm, angelegt hatten. Als neuesten Klatsch tischte man die Geschichte von der Ankunft der Prinzessin Caroline auf. Man nannte sie eine lächerliche Figur mit viel Diamanten und zu viel Rouge auf den Wangen. Sie hatte ihren Gemahl, den Regenten, ganz hübsch in Verlegenheit gebracht, was dem Zaren anscheinend höchstes Vergnügen bereitete. Ganz London würde morgen bereits die Geschichte wissen, heute abend war sie sozusagen der Leckerbissen des höheren Gesellschaftsklatsches.

Da nahm Richard plötzlich ihre Hand und führte Sara aus dem Speisesaal. »Ich merke schon, alle meine Bemühungen, dich aufzuheitern, sind vergeblich. Es ist also besser, du erzählst mir endlich, was dich seit heute nachmittag so verändert hat. Überdies schadet es deiner Schönheit, so lange ein finsteres Gesicht zu machen.«

Er führte sie durch die Halle und öffnete die Tür zu einem kleinen Gemach, das Lady Fulton des Morgens zu benutzen pflegte. Soweit Sara es überblicken konnte, war dieser Raum der einzige im ganzen Haus, der nicht bis in den letzten Winkel hinein geschmückt worden war. Er war behaglich eingerichtet. Richard ließ Sara auf einem kleinen Sofa Platz nehmen. Für sich zog er einen bequemen Polsterstuhl heran.

»Nun, dann endlich heraus damit, was dich so bedrückt.«

Sie schwieg noch eine ganze Zeit lang. Dann begann sie zögernd:

»Macarthur war heute nachmittag bei uns, er brachte mir einen Brief von Julia.«

»Ja?«

Es fiel Sara nicht leicht, ihm alles zu erzählen, aber so nach und nach formten sich die Worte. Sie sprach von den Sorgen, die ihr David gemacht hatte, weil sie nicht wußte, wie er sich wegen seines Erbes entschließen würde, erwähnte seine Fähigkeit, Duncan zu beeinflussen. Sie erzählte Richard von den langen Monaten der Ungewißheit, da sich in ihr die Ansicht verstärkte, er werde niemals mehr in die Kolonie zurückkehren, von der grenzenlosen Enttäuschung und dem vergeblichen Bemühen, so etwas wie Begeisterung in ihm zu entfachen. Dann kam sie darauf zu sprechen, daß nun endlich das Gebirge bezwungen worden sei, berichtete von dem Wandel, den diese Nachricht in ihrem Sohn bewirkt habe.

Richard hörte stillschweigend zu. Er betrachtete sie nachdenklich. Seine schwarzen Brauen berührten sich fast, so stark runzelte er die Stirn.

»Und jetzt willst du mir wohl beibringen, daß auch du nach New South Wales heimkehrst.«

Sie nickte.

»Du begehst einen Fehler, Sara, du darfst sie nicht auf diese Art an dich binden. Sie werden es dir nachtragen, werden dir deswegen eines Tages grollen. Wenn sie den Wunsch haben, sich ihre eigene Welt zu bauen, so solltest du sie lassen. Gönne ihnen doch, selbst Fehler zu machen und eigene Erfahrungen zu sammeln.«

»Ich habe nicht vor, mit ihnen ihrem Traumbild jenseits der Berge nachzujagen.« Sie schüttelte den Kopf. »Diesseits, an der Küste, gibt es für mich genug zu tun. Denn ich glaube, sie werden nichts dagegen haben, wenn sie sich auf Kintyre und Banon ab und zu über Ackerbau und Weidewirtschaft Rat holen können. Mein Entschluß hat jedoch eigentlich nichts mit den Kindern zu tun, Richard. Ich treffe ihn ganz eigennützig. Heute nachmittag ist mir klargeworden, daß ich hier nicht länger bleiben kann, ob nun die Berge überquert wurden oder nicht. In mir steckt irgendein Ehrgeiz, den England nie und nimmer zu befriedigen vermag. Ich ersticke hier allmählich, ich kann nicht atmen, die Menschen hier, der ganze Lebensstil, alles bedrängt mich so, daß ich in einer wahren Todesangst lebe, ich habe Angst, mich selbst zu verlieren. Aber bis heute hatte ich einfach nicht den Mut, es mir einzugestehen.«

Fast zerstreut streichelte Richard ihre Hand.

»Du wirst mich vielleicht einen sehr lahmen Freier nennen, Sara, wenn ich nicht auf die Knie falle und dich beschwöre, zu bleiben. Im Ernst, mein Liebling, wenn ich ehrlich sein soll, bin ich mir nicht einmal im klaren darüber, ob es nicht sogar eine Erleichterung für mich bedeutet, wenn du gehst. Wie oft wünscht man sich nicht das Unzuträgliche, und ich glaube beinahe, es trifft ziemlich genau auf mich zu. In Wahrheit bist du gar nicht *die* Frau für mich. Aber da ich dich nun einmal seit meinen Jünglingstagen haben wollte, so setzte ich wohl meinen Stolz darein, dich zu bekommen. Auch ich wollte mir meinen Irrtum nicht eingestehen. Du hast für einen Mann wie mich zu viel Energie und Geist. Ich fange an zu argwöhnen, daß ich mich im Alter zu einem ziemlich langweiligen, hochtrabenden Gesellen entwickle. Was ich brauche, ist eine bequeme Frau, die mich so nimmt, wie ich bin. Ich glaube, Alison paßte weit besser zu mir, als ich je wahrhaben wollte.«

Ein feines Lächeln umspielte Saras Lippen: »Das habe ich allerdings kaum erwartet, Richard. Jetzt lehne ich deinen Antrag ab, und du bist nicht mal enttäuscht.«

Er lachte kurz auf.

»Ich will mich nicht entschuldigen, wir zwei dürfen ja wohl ehrlich zueinander sein. Es tut dir auch mal ganz gut, einen kleinen Dämpfer zu bekommen. Immer haben dich die Männer angebetet – das wird auch in Zukunft nicht anders sein, daran zweifle ich nicht. Aber ich kann beim besten Willen nicht behaupten, daß es mir das Herz brechen wird, wenn ich dich nicht bekomme, damit du mir mein behagliches, vergnügliches Leben zerstören kannst.«

Sie warf den Kopf in den Nacken und lachte, lachte. Verwirrt sah er ihr sekundenlang zu, bis auch ihm das Komische der Situation aufging. Jetzt lachte auch er, beugte sich vor, ergriff ihre Hände und schüttelte Sara so heftig, daß sie beide ein wenig ins Wanken gerieten.

»Oh, Sara, Sara, das werde ich vermissen, wenn du fort bist. Mit meiner bequemen, anpassungsfähigen Traumfrau werde ich nie und nimmer so lachen können wie mit dir!«

Er erhob sich und küßte sie auf den Mund. Ihre Arme schlossen sich um seinen Hals.

Sie hielten einander noch umschlungen, als Lady Fulton die Tür öffnete. Sie zog sich schnell zurück.

»Oh, Verzeihung«, murmelte sie und schloß die Tür.

Richard löste die Umarmung: »Wie unangenehm, natürlich wird sie darüber reden . . . Und wenn sie es erst herausbekommen, daß du mir einen Korb gegeben hast, wird ganz London mich als den enttäuschten Liebhaber bemitleiden.«

Die Morgendämmerung hatte Golden Square schon in einen silbrigen Schimmer getaucht, als Sara von der Gesellschaft zurückkehrte. Ein müde blickender Diener öffnete ihr. Sie hielt noch einmal kurz inne, Richard, der immer noch am Wagenschlag wartete, einen Gruß zuzuwinken. Dann zog sie mit einem sanften Schwung die Tür hinter sich zu. Das Dämmerlicht der Halle umfing sie. Sie nahm dem Lakai den Kerzenhalter ab, sagte ihm gute Nacht und schritt die Treppe hinauf.

In ihrem Schlafzimmer war es noch dunkel. Sie stellte den Leuchter auf den Frisiertisch, trat ans Fenster und zog die Vorhänge zurück. Das erste Tageslicht strömte ins Zimmer. Sie blieb am Fenster stehen und sah auf den Platz hinab. Nur ein paar Monate noch, und dieses Haus, dieser Platz gehörten als ein Zwischenspiel ihren Erinnerungen an. Dem Buch der Erinnerungen, mit Goldschnitt, fein säuberlich in einzelne Abschnitte eingeteilt. »Ich fahre heim«, flüsterte sie vor sich hin, »ich fahre endlich heim.«

Das grausame, einfache Kolonialland hatte nun doch endlich David, Duncan und Elizabeth gewonnen, so gewiß gewonnen, wie es sie einst gefesselt hatte. Es forderte eine seltsame, zwingende Treue und duldete keine andere Liebe neben sich. Entweder man liebte oder haßte es, aber gleichgültig ließ es niemanden. Und liebte man es erst einmal, dann blieb im Herzen kein Platz mehr für irgendeinen anderen Ort auf Gottes Erdboden. Menschen wie Richard haßten dieses Land. Mit Strenge entgalt es solche Gefühle. Ihr, die es so liebte, hatte es Andrew, Sebastian und schließlich auch Louis genommen – es war streng und lieblich zugleich und von erhabener Größe, wenn man nur ein Auge hatte für seine besondere Schönheit. Ja, so war Australia!

Sara seufzte und reckte ihre steifen Glieder, sie zu entspannen. Ein schwaches Lüftchen wehte über die Dächer. Sie trat vom Fenster zurück und blickte um sich. Von der Mitte des Raumes aus konnte sie sich matt in dem großen Wandspiegel erkennen. Sie drehte ein wenig den Kopf und sah prüfend ihr Spiegelbild an. Dann schritt sie langsam darauf zu.

Als sie dicht vor dem Spiegel stand, streckte sie die Arme vor, umspannte den Rahmen und erforschte genau, was sie sah – das Gesicht mit dem zurückgekämmten, sorgfältig frisierten Haar, Schultern und Hals, die der Ausschnitt des hochtaillierten Kleides freiließ, den schlanken Leib unter dem steifen Fall des Brokates. »Sara . . ., Sara Dane . . .«, sagte sie ruhig zu ihrem Spiegelbild. »Es wird langsam Zeit, daran zu denken, daß du bald eine alte Frau sein wirst.« Ihre Mundwinkel verzogen sich zu einem feinen Lächeln: »Aber damit hat es noch eine gute Weile Zeit.«

Catherine Gaskin

Alles andere ist Torheit
Roman. 352 Seiten. Ln.
(auch als Fischer Taschenbuch Band 2426 lieferbar)

Die englische Erbschaft
Roman. 477 Seiten. Ln.
(auch als Fischer Taschenbuch Band 2408 lieferbar)

Wie Sand am Meer
Roman. 464 Seiten. Ln.
(auch als Fischer Taschenbuch Band 2435 lieferbar)

Denn das Leben ist Liebe
Roman.
Fischer Taschenbuch Band 2513

Der Fall Devlin
Roman.
Fischer Taschenbuch Band 2511

Das grünäugige Mädchen
Roman.
Fischer Taschenbuch Band 1957

Im Schatten ihrer Männer
Roman.
Fischer Taschenbuch Band 2512

**Wolfgang Krüger Verlag
Fischer Taschenbuch Verlag**

Mary Higgins Clark

Die Gnadenfrist

Roman
Fischer Taschenbuch Band 2615

Eine Frau ist umgebracht worden, ihr Sohn war
Augenzeuge des Verbrechens. Während Ronald
Thompson, unschuldig an dem Mord, in die
Mühlen der Justiz gerät und Steve, der Vater des
Jungen, in Presse und Fernsehen den Tod des
vermeintlichen Mörders fordert, kämpft die
Journalistin Sharon, Steves neue Frau, kompro-
mißlos gegen die Todesstrafe. Als Sharon und
der Junge entführt werden, beginnt der alp-
traumartige Höhepunkt des Romans: In einem
dunklen Kerker erleben die beiden, wie ihr
Entführer einen teuflischen Anschlag vorberei-
tet. Die Polizei führt einen dramatischen,
scheinbar aussichtslosen Kampf gegen die Uhr.
Wie schon »Wintersturm« beruht auch »Die
Gnadenfrist« auf einer wahren Begebenheit.

Fischer Taschenbuch Verlag

Mary Higgins Clark

Wintersturm

Roman

Fischer Taschenbuch Band 2401

Eine glückliche amerikanische Familie in einer Bilderbuch-
landschaft: Ray und Nancy Eldredge leben, zusammen mit
ihren Kindern Michael und Missy, in Cape Cod, einer
malerischen Siedlung an der amerikanischen Ostküste,
umgeben von Wäldern und Seen und freundlichen Nachbarn. Harmonie und Idylle aber trügen: Nancy Eldredge ist
eine Mörderin. So jedenfalls steht es in einem Artikel des
»Cape Cod Lokalanzeigers«, der am Morgen ihres 32.
Geburtstages erscheint – sieben Jahre nach einem Prozeß, in
dem das Gericht sie schuldig sprach, ihre Kinder Peter und
Lisa umgebracht zu haben. Nancy blieb nur deshalb auf
freiem Fuß, weil der Hauptbelastungszeuge plötzlich verschwand. Ihr erster Mann, der Biologieprofessor Carl
Harmon, beging Selbstmord – wie alle Leute glauben.
Harmon aber – er ist der Mörder der Kinder – lebt seit
Jahren unter anderem Namen in Cape Cod und führt mit
diabolischer Präzision einen Plan aus, der Nancy endgültig
vernichten soll. Er lanciert den Artikel und entführt am
selben Tag Michael und Missy. Nachbarn, Presse und
Fernsehen haben ihre Sensation. Für die Polizei steht fest,
daß auch diesmal nur Nancy Eldredge die Schuldige sein
kann. Angst, Verzweiflung und nacktes Entsetzen treiben
sie an den Rand des Wahnsinns.
Ein beklemmender Psychothriller, in dem Mary Higgins
Clark es meisterhaft versteht, von Seite zu Seite die Spannung zu steigern – bis zum atemberaubenden Finale.

Fischer Taschenbuch Verlag

Victoria Holt

Das Schloß im Moor
Roman. 416 S. Geb.

Die Braut von Pendorric
Roman. 400 S. Geb.

Die geheime Frau
Roman. 368 S. Leinen

Die Königin gibt Rechenschaft
Roman. 520 S. Leinen

Die siebente Jungfrau
Roman. 416 S. Geb.

Herrin auf Mellyn
Roman. 272 S. Geb.
(auch als Fischer Taschenbuch
Band 2469 lieferbar)

Im Schatten des Luchses
Roman. 456 S. Geb.
(auch als Fischer Taschenbuch
Band 2423 lieferbar)

Treibsand
Roman. 392 S. Leinen
(auch als Fischer Taschenbuch
Band 1671 lieferbar)

Harriet – sanfte Siegerin
Roman. Fischer Taschenbuch Band 2403

Königsthron und Guillotine
Roman. Fischer Taschenbuch Band 2447

Wolfgang Krüger Verlag